Martin Mosebach, geboren 1951 in Frankfurt am Main, wo er nach wie vor lebt, war zunächst Jurist. Seit 1983 veröffentlicht er Romane, Erzählungen, Gedichte, Libretti und Essays. Zu seinen Auszeichnungen zählen der Heinrich-von-Kleist-Preis, der Große Literaturpreis der Bayerischen Akademie der Schönen Künste, der Georg-Büchner-Preis und die Goethe-Plakette der Stadt Frankfurt.

«Ein Werk, dem man ohne falsche Feierlichkeit das Schicksal eines unverwüstlichen Klassikers prognostizieren darf (...) Eine raffiniert durchkomponierte Meistererzählung über das Glück des Untergangs.» *Marianna Lieder,* DIE WELT

«Ein Roman, der in seiner Opulenz, Detailfreude und Schönheitsverfallenheit überwältigt.» *Jörg Magenau,* SÜDDEUTSCHE ZEITUNG

«Anregender und ideenreicher als manche gesellschaftspolitische Analyse.» *Roman Bucheli,* NEUE ZÜRCHER ZEITUNG

«Überall Sackgassen, aber fabelhaft finstere Sackgassen, wie fürs Kino gemalt. (...) Es ist, kurzum, ein wirklich krasses Buch, eine spannende, durchtriebene, vielleicht (...) satanische Geschichte.» *Jens Jessen,* DIE ZEIT

«Mosebachs vielleicht bester Roman: ein filigran gearbeitetes, prächtig verziertes Triptychon vom Leben und Sterben des reichen Mannes.» *Martin Halter,* BADISCHE ZEITUNG

«Der (Roman) ist so gut, dass man ihn hinterher gleich noch mal lesen will.» *Wolfgang Schneider,* DER TAGESSPIEGEL

Martin Mosebach

KRASS

Roman

Rowohlt Taschenbuch Verlag

Veröffentlicht im Rowohlt Taschenbuch Verlag, Hamburg, September 2022

Covergestaltung any.way, Barbara Hanke / Cordula Schmidt,
nach dem Entwurf von Anzinger und Rasp, München
Coverabbildung Nikolaus Heidelbach
Satz aus der Trinité
bei Pinkuin Satz und Datentechnik, Berlin
Druck und Bindung GGP Media GmbH, Pößneck, Germany
ISBN 978-3-499-27334-6

Die Rowohlt Verlage haben sich zu einer nachhaltigen Buchproduktion verpflichtet. Gemeinsam mit unseren Partnern und Lieferanten setzen wir uns für eine klimaneutrale Buchproduktion ein, die den Erwerb von Klimazertifikaten zur Kompensation des CO_2-Ausstoßes einschließt.
www.klimaneutralerverlag.de

FSC
www.fsc.org
MIX
Papier aus verantwortungsvollen Quellen
FSC® C014496

KRASS

Erster Teil

Allegro imbarazzante

1

Harry Renó verzichtete bei seinen Illusionsabenden auf viel Dekor; in seinem Smoking stand er auf der Bühne, umgeben von einem schwarzen Kasten – seine Hand sehr hell, sein Haar silbrig-farblos, die Requisiten im harten Scheinwerferlicht weiß glänzend. Der Anblick glich einem Schwarz-Weiß-Photo, vor allem wenn er aus leichter Beweglichkeit unversehens in einer leicht manierierten Haltung erstarrte und das Publikum zappeln ließ, bis wieder Leben in ihn fuhr. Eben hatte er sich eine Zigarette angezündet, vom Saal halb abgewandt, um die Flamme vor Zugluft zu schützen. Er tat, als sei er allein und habe eben gerade Lust zu rauchen. Dann richtete er sich auf, saugte genußvoll, legte den Kopf zurück, und nach einem Moment vollständiger Ruhe quoll Rauch aus dem halbgeöffneten Mund, so fest und konzis wie ein schmales Band. Er tat einige Schritte. Der Rauch blieb in der Luft stehen, er verflüchtigte sich nicht. Und nun schrieb er, über die Bühne schlendernd, die Hände in den Jackentaschen, in schöner großer Kurrentschrift «Amore mio, io sono pazzo di te» in die Luft – deutlich standen die Wörter vor der schwarzen Wand. Er hingegen schaute in den Saal. Suchte er in der Menge die Frau, der das Geständnis galt? Ein Augenblick der Verblüffung. Dann rauschte der Beifall auf.

Der Zauberkünstler verbeugte sich knapp, als habe er sich mit seiner Nummer vor allem selbst ein Vergnügen bereitet und fühle sich durch den Applaus geradezu gestört, da öffnete sich die hintere Tür noch einmal, und ein Zug von Menschen wurde durchs Dunkel in die erste Reihe des kleinen Saales geführt. Diese Gesellschaft war von Santa Lucia auf den Vomero heraufgefahren, um hier neapolitanisches Volkstheater zu sehen, «Miseria e nobiltà» von Scarpetta, war aber zum falschen Tag und zur falschen Stunde erschienen, wie sich erst im Foyer herausstellte.

Der junge Mann, der die Gruppe führte, eher klein gewachsen, mit Brille im mageren Gesicht, war mit dem ersten Taxi angelangt, die übrigen waren zu seiner Erleichterung im Verkehr steckengeblieben. Der Schweiß brach ihm aus, er fuhr sich durch den Haarschopf, der danach hahnenkammartig gesträubt war.

«Es geschieht, was nicht geschehen darf ...» Das war eine Regel, die aber nicht beruhigte. Zum Glück im Unglück gab es noch teure Karten ganz vorn. Als die anderen eintrafen, hatte er sich auch schon eine Ausrede zurechtgelegt – das Programm sei kurzfristig geändert worden, die Direktion habe deshalb gute Plätze freigehalten, man bitte um Entschuldigung.

Die Leute schoben sich ins Dunkle hinein, da hielt ein schwerer Mann mit großem Kopf und finsterer Miene ihn zurück.

«Wie konnte das passieren?»

Die Frage klang bedrohlich. Dem jungen Mann wurde so heiß, daß seine Brillengläser beschlugen.

«Herr Doktor Jüngel, solche Dinge müssen Sie verhindern; ich habe hier anspruchsvolle Gäste, die haben keine

Zeit. Ich hoffe, die Organisation des späteren Abends steht.» Er wandte sich ab und verschwand gleichfalls im Dunkel.

Der junge Mann, der für den Namen Jüngel viel zu alt aussah, unfrisch und wie nicht ganz gesund, tappte ihm mit eingezogenem Kopf hinterher, als gelte es, nach der Abstrafung weniger Platz einzunehmen. Schon als er an der Bar des Hotels Excelsior das Abendprogramm vorgestellt hatte, war ihm plötzlich unwohl geworden: Das von ihm ausgesuchte Volksstück handelte von armen Leuten, die einem reichen Mann aristokratische Verhältnisse vorspielen, um ihn mit lauter Marchesi und Principesse derart zu verwirren, daß er vergißt, die Hände auf seinen Taschen zu halten – so im Groben –, aber konnte Herr Krass, sein furchterregender Chef, das nicht irgendwie auf sich beziehen? Sich womöglich in die Kategorie bedenkenlos auszunehmender reicher Leute eingeordnet finden? Er war ungewöhnlich souverän, doch man wußte nie, wo selbst bei einem solchen Mann die Empfindlichkeiten begannen. Von daher vielleicht sogar ein Segen, daß «Miseria e nobiltà» erst morgen auf dem Programm stand?

Der Zauberkünstler war, nicht nur der Name ließ es vermuten, kein Italiener, hatte aber die flüssige Sprachbegabung, wie sie dem fahrenden Volk nützlich ist. Seine Blässe war beinahe albinohaft, das fein gelöckelte weißblonde Haar, mit Pomade fest an den Kopf geklebt, blitzte metallisch. Von weitem schien er wimpernlos, die Farblosigkeit machte die Härchen unsichtbar, das gab ihm einen eigentümlich kalten und nackten Blick. Ein schöner oder wenigstens hübscher Mann war der Zauberer nicht, aber er strahlte vor Kraft und Intelligenz, man traute ihm Überraschungen zu. Stammte er aus Finnlands ewiger Dunkelheit oder aus Lettland oder Estland? Sein Stil, mit dem Saal Verbindung aufzunehmen, unterschied sich von den üblichen Schmeicheleien seiner Kollegen, nie wäre «Sie sind ein wunderbares Publikum» über seine Lippen gekommen. Er ging eher streng mit den Zuschauern um, verspottete sie gar ein wenig, belauerte sie, war wie ein Drachentöter alter Sagen, der allein vor dem hundertköpfigen Monstrum steht und es mit Finten und Scheinausfällen zu täuschen sucht.

«Sehen Sie, es gibt Leute, die behaupten, es gebe für alles einen Trick, man müsse ihn nur herausfinden. Wir sind hier in Neapel – auch ein Vesuv-Ausbruch oder ein Erdbeben: nur ein Trick! Wer der Natur in die Karten schauen kann, weiß alles.»

Er sprach sehr schnell. Jüngel, ganz gut im Italienischen, verstand ihn kaum, verwickelte sich zudem in dieser generalisierenden und etwas irrationalen Rhetorik – wieso sollte ein Erdbeben ein Trick sein?

«Nein, falsch! Wer wirklich intelligent ist, der weiß: Es gibt Dinge, die sind kein Trick, die sind unerforschbar. Es gibt Phänomene der Unbegreiflichkeit, einer Imprevisibilità.»

Welch ein Wort, gab es das überhaupt? Der Mann aus dem Norden tat so. Aber jetzt brauchte er Mitwirkung.

«Und zwar vor allem Ihretwegen, meine Damen, meine Herren, denn ich will mir später nicht anhören müssen, ich hätte Ihnen etwas vorgemacht. Nein, Sie sollen selber sehen, Sie sollen jeden Schritt verfolgen und mir auf die Finger gucken. Aber machen Sie Ihre Augen auch auf! Ich schätze ein skeptisches Publikum, mit kindlicher Leichtgläubigkeit ist mir nicht gedient. Sie sollen meine Arbeit verfolgen wie Ihren schlimmsten Feind!» Aus seiner Smokingjacke zog er einen Briefumschlag mit einem roten Siegel hervor – den habe er heute nachmittag bei dem bekannten Notar Cocco

Palmerio unter Zeugen versiegeln lassen. Und nun bitte er sechs Herrschaften auf die Bühne: Bloß keine Schüchternheit. «Ich brauche vor allem Leute, die dem Laden hier nicht trauen, eher Kontrolleure als Assistenten. Signora, Sie sehen so ungläubig aus, wollen Sie nicht heraufkommen? Und der Signore, ein Wissenschaftler, ein Rationalist, habe ich nicht recht?»

«Kein Rationalist, ein Ragioniere.» Der Mann, ein älterer Kahlkopf, hatte die Lacher auf seiner Seite, aber Harry Renó, mit zusammengekniffenen Augen, schien nichts dagegen zu haben – lacht nur, schien er zu denken. «Und was ist mit Ihnen, Signora?» Er wandte sich zu einer eleganten Frau, die neben Herrn Krass saß, mit weißem streichholzlang geschnittenen Haar und Riesenohrgehängen aus Schildpatt.

Sie erhob sich mit spöttischem Lächeln und ging mit lautem Klackern ihrer hohen Absätze die Bühnentreppe hinauf, seinen Gruß erwiderte sie auf Französisch.

«Ah, Madame est française», dem Zauberer fiel der Wechsel nicht schwer. Ganz kurz hatte er wohl auch Herrn Krass im Auge gehabt, der da so breit vor seiner Nase saß, aber als ihre Blicke sich begegneten, las er in dessen Miene eine solche Drohung, daß er schnell zu einem Mann mit gelblichen Wangen und einer mütterlichen Matrone weiterglitt.

Als letzte der sechs Personen drängte sich aus der Mitte des Saals ein hochgewachsenes Mädchen durch die Reihen, von der ganzen Gestalt her eine junge Frau mit selbstbewußt den Körper ausstellendem Gang, in aufrechter Haltung, den Bauch eingezogen, den Kopf mit den Haarfluten zurückgeworfen. Sie trug ein enges Kostüm mit ziemlich langem Rock, ein Schlitz machte große Schritte möglich. Alles an ihr war betrachtenswert – ihr eigentümlich quadratisches Gesicht,

Mund und Augen ausdrucksvoll, die Blicke neugierig hin- und herwandernd, die Lippen halb geöffnet. Jüngel blickte vor allem auf ihre Beine, die fest und wohlgeformt unter dem engen Rock hervorkamen, zugleich etwas starr wie jene Zelluloidbeine, die im Schaufenster mit gestrecktem Fuß die über sie gespannten Strümpfe vorführen. Es hätte ihn nicht überrascht, wenn sie beim Draufklopfen hohl geklungen hätten.

Auch von ihr wollte Harry Renó die Herkunft wissen – «aus Belgien», kam es auf Italienisch, und er wandte sich an die französische Dame wie an eine Verbündete, indem er in gespielter Verzweiflung «Toujours les Belges!» rief. «Wem gebe ich den Umschlag? Zu wem habe ich das meiste Vertrauen?» Nachdenklich ließ er seine sechs Gäste Revue passieren, drehte sich dann auf dem Absatz herum und reichte den Brief der hinter ihm überrascht zurückweichenden Belgierin.

«Aber bevor Sie ihn einstecken, überprüfen Sie bitte das Siegel!»

Sie hielt den Brief mit beiden Händen – sie waren groß wie alles an ihr – und schaute etwas verdutzt darauf.

«Das Siegel ist unzerstört? Klebt gut? Dann weg mit dem Brief, denn jetzt wird gearbeitet.»

Unterdessen hatten zwei Bühnenarbeiter eine Schiefertafel im Hintergrund aufgebaut und sie danach mit einem Paravent verdeckt.

«Jeden von Ihnen werde ich nun bitten, einzeln hinter den Paravent zu treten und ein Wort auf die Tafel zu schreiben: Sie, Signora, beginnen bitte und schreiben den Namen einer Stadt – aber bitte nicht Neapel, machen Sie es uns schwer!»

Ein Anflug von Gelächter im Publikum, der Zauberkünstler wußte: Die lahmsten Späße funktionierten am besten.

«Unsere französische Freundin schreibt bitte den Namen einer historischen Persönlichkeit – wie ich die Franzosen kenne: Napoléon!»

Wieder folgsames Lachen.

«Sie wollen mir ein Kompliment machen», sagte die Dame, die unerschütterlich wirkte, und verschwand hinter dem Paravent. Man hörte das Knirschen der Kreide, sie nahm sich Zeit und kam in würdigem Schritt, vom Ohrschmuck umgaukelt, wieder hervor.

Der Mann mit gelblichen Wangen und etwas stechenden Augen sollte eine Automarke notieren – «Sie verstehen doch was von Autos? Unser Rennfahrer …»; der ältere Kahlkopf, den Bauch vor sich herschiebend, durfte eine Farbe aufschreiben und die mütterliche Matrone eine Blume – «Sie lieben Rosen, stimmt das? Ich weiß alles!»

Schließlich kam die Belgierin, der Brief sah als weißer Streifen aus ihrer Kostümjacke hervor. Es war klar, daß ihr durch den Besitz des Briefes eine Sonderrolle zugefallen war.

«Was haben wir denn schon alles?» Harry Renó machte den Zerstreuten. «Namen, Farben, Städte, Autos, jetzt kommen Zahlen – Sie, Mademoiselle, schreiben bitte eine Zahl.»

Die Belgierin schien amüsiert. Sie sah um sich, als sei sie auf einen dreisten Betrug gefaßt, irgendwann würde alles herauskommen. Mit entschiedenem Schritt, der auf dem Bühnenboden dröhnte, verschwand sie hinter dem Paravent. Ein Moment des Schweigens – dann rief sie: «Aber wie viele Stellen soll meine Zahl denn haben?»

«Wie viele Stellen? Wie Sie wollen – die Telephonnummer von Ihrem Freund, nein, machen wir's einfach: acht Stellen.»

Es knirschte. Sie kehrte zurück. Sie hatte ihr Teil getan.

O nein, sie hütete ja den Brief. Die Arbeiter traten wieder auf und räumten den Paravent zur Seite, die Tafel erschien, und darauf stand untereinander: Venezia, de Gaulle, Ferrari, blau, Nelke und zum Schluß die Zahl zwo vier eins eins zwo null null acht.

Der Zauberkünstler, auf jede Zeile zeigend, las die Notate laut vor und verabschiedete dann die Gäste – halt, nein, Mademoiselle aus Belgien solle bleiben. «Öffnen Sie nun den versiegelten Brief!» Er zog aus seiner Brusttasche einen kleinen Brieföffner, einen golden glänzenden Dolch, sie nahm ihn wie einen Zauberschlüssel entgegen. Das Papier wurde zerteilt, den Zettel zog sie heraus. «Lesen Sie bitte, was darauf steht!»

Ihre leuchtenden Augen waren kurzsichtig, wie sich jetzt zeigte, sie war auf eine solche Probe nicht vorbereitet. Ganz nah hob sie den Zettel an ihr Gesicht heran: «Venezia, de Gaulle, Ferrari, blau, Nelke und eine Zahl: zwo vier eins eins zwo null null acht.»

Die Welle des Staunens, die durch den Saal ging, bekam sie kaum mit, weil sie sich zu sehr auf das Lesen konzentrieren mußte.

«Wer noch zweifelt, kann den Zettel in der Pause einsehen, und wer sich fragt, wie es zu dieser unerhörten Übereinstimmung kommt, dem sage ich: Alles, was Sie an natürlichen Lösungen konstruieren sollten, ist erheblich komplizierter und unwahrscheinlicher, als einfach anzuerkennen, daß hier etwas Unerklärliches passiert ist. Halt!», rief er, als die Belgierin sich von ihm abwandte; den Zettel hatte sie auf ein Tischchen mit einer Porzellanvase gelegt. «Ich möchte mich noch für die Mitarbeit bedanken, wir sind schließlich stets höflich zu den Damen», und er trat heran, goß aus einer Kanne Wasser in die Vase, und sieh da, ein Blumenstrauß stieg daraus hervor – er ergriff ihn und reichte ihn der Belgierin, die ihn in den Ausschnitt der Kostümjacke steckte.

Der Applaus war beträchtlich. Der blasse Zauberer versuchte, ihn auf die Belgierin zu lenken – «das Instrument der Vorsehung», so etwas rief er tatsächlich.

Es wurde hell, eine Pause, man strebte ins Foyer. Jüngel stürzte zum Buffet, um dort Champagner für die Gäste zu bestellen, als Herr Krass ihn aufhielt.

«Das reicht jetzt hier» – man möge schnellstens Wagen beschaffen, er sei hungrig, die übrigen Gäste auch. Die nächste Reservierung habe doch wenigstens geklappt?

2

Jüngel verstand, daß ihm die Verwechslung des Theaterabends noch eine Weile nachgetragen werden würde. Zu seiner Erleichterung gelang die Überführung der acht Personen wie auf dem fliegenden Teppich. Er hatte die Taxis, mit denen man auf den Vomero heraufgekommen war, draußen warten lassen, und so glich es einem weiteren Zauberkunststück, daß sich die ganze Gesellschaft binnen kurzem auf Meeresspiegelniveau in einem Restaurant unterhalb des Posillipo wiederfand. Hier war eine Tafel gedeckt. Bevor die einzelnen Bestellungen aufgegeben wurden, ließ Jüngel im Flüsterton eine große Platte mit Meeresfrüchten, Langustinos und Austern kommen, die dann, triefend wie eben aus den draußen sanft ans Ufer schlagenden Wellen geschöpft, wiederum zauberschnell auf dem Tisch stand.

Herr Krass nahm die Mitte der Tafel ein, neben sich die französische Dame mit dem streichholzkurzen weißen Haar, Madame Lecœur-Jouët, die Frau des ebenfalls anwesenden Docteur Lecœur-Jouët, eines Chefarztes aus Südfrankreich – da Herr Krass nicht ein Wort Französisch und die Franzosen nicht Englisch sprachen, war hier ständiges Übersetzen gefragt, was Jüngel auch leistete, wenn nicht zugleich anderes von ihm verlangt wurde. Er war der Zerrissene, sah auch so aus, versuchte dann und wann, diese Lage ins Komische zu wenden, brach das aber sofort ab, wenn sein Blick dem von Herrn Krass begegnete.

Gegenüber saß ein stämmiger Mann mit großen behaarten Pratzen, dickschwartiger bräunlicher Haut, eminenten Kinnbacken und verwirrend schmelzenden Augen, die jeden Menschen, ob Mann oder Frau, mit anzüglicher Ironie anblickten. Das war ein Geschäftsfreund von Herrn Krass, ein Herr Levcius; aus einer seiner Bemerkungen ging hervor, daß die beiden «schon viel zusammen gemacht» hätten – der Miene von Herrn Krass war anzumerken, daß er solche Reminiszenzen nicht schätzte. Levcius war in Begleitung einer Frau Roslovski, die, weder jung noch alt, sich in ihrem Leben bisher nicht geschont hatte, auch sie mit ziemlich dicker grauer Haut, dazu fett rotgeschminktem Mund, die Paste hinterließ Spuren auf den Zähnen. Sie gab sich wie eine Schauspielerin, die, nachdem sie auf der Bühne geglänzt hat, sich nach dem Auftritt gehenläßt, kameradschaftlich im Umgang mit wem auch immer, von müder Welt- und Menschenkenntnis, Herr Krass nahm sie kaum wahr.

Dann war da noch ein magerer alter Kahlkopf, schwerhörig und ausschließlich Italienisch sprechend, Dottore Rizzi, den Herr Krass aber wegen eines jüngst verliehenen Ordens ausschließlich Cavaliere titulierte. Jüngel hatte für die Verständigung auch hier einzuspringen, der Cavaliere war auf Anweisung von Herrn Krass mit besonderer Achtung zu behandeln. Er war mit einer viel jüngeren Deutschen verheiratet, mollig, rotgefärbt, mit kleinen grünen Augen, die von den runden Wangen darunter zugedrückt wurden – eine gesprächige Frau, die selbst dann nicht zu reden aufhörte, wenn niemand ihr zuhörte, eine vielleicht im Alltag mit dem Cavaliere erworbene Fähigkeit. Sie konnte sich nicht beherrschen, als die Platte vor ihr stand, und griff ungeniert hinein. Die roten Fingernägel stießen auf den roten Panzer, und die weißen dicken Finger tasteten nach dem weißen Krebsfleisch.

«Zugucken macht mich immer hungrig», rief sie mit stark Düsseldorfer Akzent, dessen Reize ihrem Mann ewig verschlossen bleiben würden. Hätte man einander geheiratet, wenn man den Dialekt des anderen hätte beurteilen können?

Madame Lecœur-Jouët erklärte jetzt, am schönsten habe sie die Nummer gefunden, in welcher der Zauberer Seidenpapierfetzen mit zwei Fächern wie Schmetterlinge in der Luft habe tanzen lassen – «so wenig Aufwand, und so zauberhaft», rief sie aus. Jüngel versuchte, es der Tafel zu Gehör zu bringen; Levcius half dabei.

Ihr sehr würdiger Ehemann mit weißer Haarpracht, der weise Arzt aus dem Märchenbuch, wollte das «Mental-Kunststück», so der Ausdruck des Zauberers, unbedingt getadelt wissen – solche Vorführungen hätten verdummenden Charakter. Das Schmetterlingskunststück lobe seine Frau zu Recht, denn es sei das Ergebnis stupender Fingerfertigkeit, aber das Mentalereignis – schon «mental» sei eine dicke Lüge – festige in den Leuten die Überzeugung, daß derlei möglich sei, und es sei nicht möglich. «Ich bin Naturwissenschaftler, und ich kenne viele Fälle, in denen wir sagen dürfen: Das ist unmöglich, obwohl wir nicht in der Lage sind, es zu beweisen. Nicht alles, womit wir fest rechnen dürfen, muß bewiesen werden ...»

Ein ernstes Wort. Die Konversation bekam Niveau. Levcius wiegte das Haupt und blickte den Arzt flirtistisch an. Gebe es denn nicht erstaunliche Phänomene, Unerklärliches, was sich dennoch ereigne? Höre man von Naturvölkern und ihren ungetrübten Instinkten nicht geradezu atemverschlagende Leistungen von Gedankenübertragungen über Hunderte Kilometer hinweg?

«Ich höre nichts davon.»

Der Arzt ließ sich darauf nicht ein, Frau Roslovski fiel ihm mit rauher Diseusen-Stimme ins Wort: «Irgendein Schmu ist dabei, irgendein verborgenes Signal, irgendein doppelter Boden. Die denken sich die dollsten Sachen aus. Man muß es als Spaß sehen, als Unterhaltung.»

Gar nicht besonders leise und im sicheren Vertrauen, der Cavaliere könne sie nicht verstehen, tuschelte ihr Signora Rizzi zu: «Ich bin neulich bei einer Wahrsagerin gewesen – die sagt, ich treffe einen Mann, etwa vierundfünfzig, geschieden, mit einer Villa in Capri und mit ernsten Absichten. Sie sagt, ich hätte ihn schon mal gesehen – ich zermartere mir den Kopf und komme nicht drauf, aber er muß ganz in der Nähe sein …»

«Aufgepaßt», antwortete Frau Roslovski, «den Alten festhalten und weitersuchen, aber bloß die sichere Sache nicht gefährden …» Eine Frau Rizzi hätte gewiß nicht zu ihrer Freundin getaugt, aber mit aufrichtigem Rat wollte sie ihr dennoch gern zur Seite stehen. Nach vielen Enttäuschungen findet der Mensch zur Vernunft, es ist eine harte Schule; Signora Rizzi hatte sie noch nicht durchlaufen und verharrte genießerisch im Reich der Illusion.

Herr Krass hatte den Worten seiner Gäste schweigend gelauscht, er aß und trank schnell, als wäre das Mahl bald zu Ende. Dabei wanderte sein Blick umher. War er mit etwas unzufrieden? Bereitete sich da ein Ausbruch vor? Derweil verhielten sich seine Gäste wie Schulkinder, bevor der Unterricht begonnen hat. Man sprach, ohne ihn zu beachten, solange er das gestattete. Jüngel hatte dem Kellner bedeutet, kein Glas dürfe je leer stehen, besonders das Glas des Gastgebers nicht; am besten, man postiere in der Nähe einen Kellner eigens für ihn.

Das Restaurant war groß, aber heute leer, denn eigentlich geschlossen. Da Herr Krass unbedingt dort zu speisen wünschte, hatte Jüngel verhandelt. «Finden Sie das Argument, das uns die Tore öffnet», hatte Herr Krass befohlen und ihn vieldeutig angesehen, «Sie wissen schon, mir kommt es auf das Ergebnis an, nicht auf den Weg dorthin.» Zu Beginn von Jüngels Tätigkeit in Neapel hatte er ihm im Hotelzimmer einen Aktenkoffer übergeben, der mit Bargeld gefüllt war, D-Mark und Lira, vor allem aber Dollars. «Ich wünsche, daß Sie die Verbindlichkeiten, die Sie in meinem Dienst eingehen, bar abwickeln. Sie notieren sich die größeren Beträge und tragen mir die Summen jeden Morgen vor dem Frühstück vor. Rechnungen brauche ich keine, ich weiß, was die Dinge kosten. Denken Sie bei allem daran, daß meine Zeit kostbar ist, das Kostbarste, mit dem Sie in Berührung kommen. Alles andere ist nachgeordnet.»

Jetzt wischte Herr Krass sich den Mund ab und warf die Serviette neben den Teller. «Ich möchte hier mal gewisse Dinge richtigstellen.» Was sie gesehen hätten, sei ungewöhnlich gewesen, aber nicht ausgeschlossen. Dieser Zauberer sei ein international bekannter Mann – das behauptete er ohne Bedenken, als ob der Weltruhm einer Persönlichkeit sich allein daraus ergebe, daß er mit ihr in Berührung gekommen war –, ein Meister seines Fachs, zweifellos ein Taschenspieler et cetera, et cetera, er neigte sich zu Madame Lecœur-Jouët, der Jüngel wie ein Konferenzdolmetscher ins Ohr hinein seine Übersetzung zischelte. Darüber hinaus sei er wahrscheinlich ein Genie, ein unerkanntes, wie es gar nicht so wenige gebe. Er selbst habe solche Leute kennengelernt. Was nenne man denn eigentlich Genie, was sei das? Das sei ein Mensch – er schloß die Augen und sprach leise und präzis, als lese er in der Nacht seines Inneren einen Text in leuchtenden Buchstaben.

Alles schwieg und lauschte ehrfürchtig. Sein langes Schweigen zuvor hatte einen Raum des Respekts um ihn gelegt; jetzt ging kein Wort mehr im Durcheinanderreden unter.

«Die Kraft eines Genies besteht darin, die Realität seinem Willen zu unterwerfen und nach seinem Willen zu formen.» Das sei bereits an den Ereignissen der Weltgeschichte ablesbar – sie seien nichts anderes als Verlängerungslinien einer Persönlichkeit. Ein Krieg, ein Frieden, eine Eroberung seien vor allem in die Außenwelt projizierte, zu Tatsachen geronnene Charaktereigenschaften, leicht erkennbar bei Alexander, Cäsar, Attila, Napoleon, Hitler, Stalin. «Was diese Männer taten, das waren sie. Männer wie diese schreiten durch die Welt als Rätsel und Fatum und Ausstrahlung einer anonymen Kraft – manchmal haben sie vor sich selber Angst.»

Ging es immer noch um den Zauberer? Gerade um den. Der sei ein Mann, der mit seiner Geisteskraft andere Geister lenke, in sie eindringe, ihnen ihre Gedanken aufzwinge – im Theater habe er seine Versuchspersonen nur dazu gebracht, «blau» oder «Venezia» zu denken, aber was, wenn er seine Macht einmal richtig entfaltete?

«Das Phänomen der Besessenheit, des Inkubus», das war ein Einwurf des nach einigen Gläsern Wein mutig gewordenen Jüngel, der durch Nichtbeachtung aber wie ein Selbstgespräch verhallte.

Nein, es war dem einen oder anderen klar, wovon, besser, von wem, Herr Krass hier gesprochen hatte. War der Mensch nicht mit Händen zu greifen nah, der die Realität seinem

Willen unterwarf und sie nach seinem Willen formte und den man am besten auch gewähren ließ, weil es für alle, die vom Strahl dieser Sonne getroffen wurden, so am vorteilhaftesten war?

«Sehen Sie», er schwang sich, nachdem er die Wirkung seiner Worte zur Kenntnis genommen hatte, zu einer gewissen Verbindlichkeit auf, «man müßte den Ablauf dieses Mentalwerkes nur ein bißchen unter die Lupe nehmen, um zu erkennen, wie dieser Mann vorgeht. Haben Sie bemerkt, wie er der Dame, die einen Städtenamen schreiben sollte, sagte, sie solle aber nicht Neapel schreiben? Dem folgte Gelächter, ein wenig auf Kosten dieser Dame, die vermutlich danach leicht verwirrt war. Sie stand jetzt in seinem Bann, ganz lässig hat er sie sich unterworfen. Auch mit dem Mann, der eine Automarke schreiben sollte, gab es einen irritierenden Dialog, und wenn ich mich recht erinnere, dann versuchte er auch erfolgreich, den Herrn durcheinanderzubringen, der die Farbe –» Nein? Den nicht? Das müsse man genau analysieren, anhand von Aufnahmen, dann komme nämlich heraus, daß er auch da durchaus geschickt und beinahe unbemerkt Einfluß ausgeübt habe – von ihm selbst natürlich bemerkt, denn er wisse, wie man so etwas mache. «Mit der letzten Person aber hat er zu kämpfen gehabt, die spürte seine Kraft und wollte sich ihm entziehen – sie hat sogar versucht, ihn unsicher zu machen, und hat nach den Stellen der Zahl gefragt. Das war gefährlich, aber er hat sie wieder in den Griff bekommen.»

Mit Sicherheit meinte mancher, ihn nicht gänzlich verstanden zu haben – war da nicht etwas offen geblieben? Aber man verzichtete auf die Nachfrage, weil ihm selbst alles so klar erschien, daß man sich schämte, die Langsamkeit des eigenen Geistes zu bekennen.

Zwei besonders große Loups de mer wurden jetzt gebracht. Welches Alter mochten die Fische erreicht haben, nur um schließlich auf dieser Tafel zu landen?

Frau Rizzi rief: «Ich hab auch schon wieder Hunger!» Madame Lecœur-Jouët wandte sich an Jüngel und raunte ihm zu: «Das haben Sie gut ausgesucht – was anderes kriegen die hier nämlich nicht hin», was ihn erröten ließ, während er sich zugleich besorgt umsah.

Die Fischhälften sanken unter den Gabeln der tranchierenden Kellner auseinander und offenbarten die Rosmarinzweige, mit denen die Leiber gefüllt waren. Hätte sich ein Ring darin gefunden, keiner am Tisch wäre nach dem Vortrag von Herrn Krass erstaunt gewesen.

3

Ins Hotel zurückgekehrt, begaben die Herren Krass und Levcius sich noch in die Bar, Jüngel wurde mit knappem Kopfnicken entlassen. Eine Stunde später sah man ihn aber wieder in der Halle. Er bat an der Rezeption darum, ein Fax zu versenden, wollte aber unbedingt darauf warten, daß es durchgegangen war, und das Blatt gleich wieder an sich nehmen. Auf dieses Blatt hatte er mit kleiner, etwas gezierter Schrift folgendes geschrieben:

Neapel, den 24. 11. 1988

Liebste,

hier kommt der Report meines Tages. Um es vorwegzunehmen: Alles geht gut, wenn auch mit blauem Auge. Es ist unheimlich spannend für mich, ich habe nie mit einem Menschen wie Herrn Krass zu tun gehabt. Und es wäre zu blöd, wenn das jetzt nicht funktionieren würde, auch für uns beide, eine solche Chance gibt es einmal und nie wieder, zumal für mich, der ich normalerweise in solche Kreise nie hineingeraten wäre. Allein wie die Verbindung zustande gekommen ist, das gleicht ja einer Berufung wie im Evangelium – mich ohne Prüfung, ohne Zeugnisse, ohne Empfehlung zu verpflichten. Und ich habe hier ganz nette Summen zu verwalten, alles in bar, er faßt kein Geld an, gibt keine Unterschrift. Er sagt: Ich ziehe es vor, unsichtbar durch die Welt zu gehen, was ein Witz ist – wo er sich aufhält, gucken alle hin.

Auf jeden Fall hat mir der Doktortitel bei ihm geholfen, so etwas macht ihm Eindruck, er redet mich auch immerfort damit an. «Sie haben promoviert?» Das war die einzige Frage zu meiner Vergangenheit. Sonst: «Sie sind frei, Sie können reisen?» Daß ich da einfach ja gesagt habe, schmerzt mich – natürlich bin ich nicht frei und will auch nicht frei sein, wir sind ja zusammen und bleiben es hoffentlich für immer. Und wenn mit Herrn Krass alles gut läuft, dann rückt das Ziel auch näher: Das Wort mit H schreibe ich nicht aus, weil es Dich nervös macht, aber Du weißt, worum es geht.

Daß ich mit Italienisch und Französisch keine Schwierigkeiten habe, ist entscheidend, obwohl es bedeutet, daß ich unablässig übersetzen muß. Die besten Leute unserer Gesellschaft sind ganz zufällig dazugestoßen: Herr Krass war auf der Straße mit dem Fuß eingeknickt, der Knöchel schwoll an, ich fragte im Hotel nach einem Arzt, und der stand unterdessen neben mir, ein Chefarzt aus Südfrankreich, Orthopäde sogar, mit eleganter, aber sehr natürlicher, ein bißchen derber Frau. «Bitte, darf ich mir den Fuß ansehen?» Im Salon seiner Suite lag Herr Krass auf einer Ottomane – ich gebe zu, daß mir der Anblick seiner großen nackten Füße peinlich war, als dürfte ich in meiner Stellung so etwas gar nicht sehen. Doktor Lecœur-Jouët hat dann höchst sicher und zielbewußt getastet. Herr Krass runzelte die Brauen, hat aber keinen Schmerzenslaut von sich gegeben. «Aus meiner Sicht ist nichts gebrochen – ich kann natürlich nicht in den Knochen hineinsehen, aber ich vermute, das Risiko ist gering.» Herr Krass daraufhin feierlich von seinem Lager: «Ich vertraue Ihrer Expertise, Herr Doktor, sie ist mir mehr wert als die Auskünfte einer Maschine. Würden Sie mir die Ehre geben, mit mir zu Mittag zu essen?» Und seitdem gehören die beiden dazu. Der Arzt ist sehr beeindruckt von ihm, er von dem Arzt – wohlhabende Leute sind das auf jeden Fall, ich könnte mir sogar denken, daß die Frau vor ihrer Heirat noch ein bißchen wohlhabender war. Sie hat dies Gradheraussein von altem Geld.

Dann gibt es einen Mann, der mir nicht so gut gefällt, der aber für Herrn Krass wichtig zu sein scheint: Herr Levcius, klein und feist und mit jedem Satz anzüglich, was Herrn Krass sichtlich stört, aber er sagt nichts. Wenn ich bei dem klopfe, öffnet er immer im offenen Bademantel, obwohl er nicht weiß, wer draußen steht, behaart wie ein Affe, im Hintergrund seine Frau oder Freundin, eine ebenfalls ziemlich gewöhnliche, aber nicht unfreundliche Frau.

Geht mich ja alles nichts an. Ich habe als Assistent und Sekretär nur die Abwicklung der Reise zu besorgen, auch ein Unterhaltungsprogramm, Führungen und ähnliches, doch vor allem soll ich Herrn Krass Häuser zeigen. Er möchte sich offenbar am Golf ansiedeln und sucht etwas Großes, am besten Historisches – «eine herrschaftliche Residenz», hat er mir eingeprägt. Dies ist jetzt meine Probezeit, so heißt es ausdrücklich. Aber jetzt schon zu meinem Gehalt sehr reichliche Spesen! Ich mußte mir am Flughafen Anzüge und Hemden kaufen, ich hatte die grüne Jacke an – «so können Sie als mein Repräsentant nicht rumlaufen!»

Bei aller Sonderbarkeit doch ein einzigartiger Mann. Meistens schweigend, das kann auch etwas Unheimliches haben, und dann hat er uns heute Abend seine Genietheorie entwickelt – unerhört! Ungebildet, aber ein Naturintellektueller! Genie ist ein großes Wort, man denkt da an Goethe oder Michelangelo, aber was heißt es denn eigentlich? Daß in einem Menschen etwas ist, was er nicht versteht, was größer ist als er selbst, was er nicht beherrscht, sondern was ihn beherrscht, und so was kann ich mir bei ihm vorstellen. Was man an Herrn Krass zunächst kennenlernt, ist das Einschüchternde, das Pompöse – was dahintersteckt und sich erst allmählich offenbart, das treibt ihn zu seinen jähen Entscheidungen. Und ich selbst bin ja auch Gegenstand einer solchen Entscheidung geworden, dann muß mir das wohl recht sein.

Ich schreibe Dir dies alles, weil wir zuletzt zusammen nicht so glücklich waren, wie ich mir das wünsche, und weil Du auch mit meiner Unfähigkeit, irgendwo unterzukommen, so unzufrieden warst – allzu verständlich. Jetzt sieht auf einmal alles anders aus, ist das nicht großartig? Und ich habe zwar selbst nicht viel dazu getan, bewähren muß ich mich allerdings, und das wird nicht leicht und zerrt an den Nerven. Doch das Glückhaben ist auch eine Eigenschaft, und vielleicht entpuppt sich schließlich noch, daß ich Glück haben kann. Auf jeden Fall mit Dir, Du großer Glücksfall meines Lebens!

> PS: Wenn Du per Fax antwortest, schreib bitte nur, was jeder lesen kann. So ein Fax kommt auch mal in ein falsches Fach!

In seinem Badezimmer hat Jüngel die Originalblätter, seiner Vorsicht gehorchend, im Waschbecken verbrannt.

4

Ein alter Klosterhof mit riesenhohen Pilastern aus grauem Tuffstein war so oft umgebaut worden, daß sich die Anlage nur noch einem detektivischen Blick nach einer Weile erschloß. In der Mitte dieses weitläufigen Gevierts erhob sich ein Gebäude als Kubus, auf dessen flachem Dach sich ein dichter Orangenhain befand; im dunklen Laub glühte es golden.

«So verrückt, ein Garten im ersten Stock. Ein hängender Garten wie für Semiramis, und so viele Bäume – ich möchte da rein, das ist ein richtiges Zauberwäldchen, frag die Wirtin; wir wollen da reingehen.» Das sagte ein großes Mädchen mit dichter Mähne, die zu beiden Seiten wie eine Infantinnenperücke abstand und das Quadratische des Gesichtes betonte. Ihre Augen rollten, als sei sie mit dem Aushecken eines Vergnügens beschäftigt. Sie saß nackt auf einem Bidet und plätscherte mit den Händen, zwei paddelnden Entenfüßen; das Pelzchen war triefnass und erschien sehr dunkel gegen die helle Haut. Ihre Worte waren an den Mann gerichtet, der im angrenzenden Zimmer auf dem Bett lag und rauchte, Harry Renó, der sich nach seinem Auftritt am Vorabend ausschlief, in einem eigentlich lärmenden Stadtviertel, aber in diesen Hof drang kaum ein Laut.

«Sag nicht Zauberwald, das ist nicht professionell. Du weißt doch, Zauberei gibt's nicht.»

«Ich bin ja auch nicht professionell – du im übrigen auch nicht, denn unseren Trick kannst du in jeder Stadt nur einmal vorführen, dann heißt es abreisen, das ist doch nicht sehr ökonomisch. Was machst du, wenn du mal für einen zweiten Abend verpflichtet wirst?»

«Ich laß mir was einfallen.» Auf der Bühne hatte er silbrig-eisig ausgesehen, ein Kunstmensch, jetzt, im Bett, den Kopf auf dem weißen Kissen, war sein Teint grau, die Augen farblos, das Gesicht wie ein zerknautschter Gummiball, so wie der Schlaf die meisten Menschen verwandelt; erst nach einem Aufenthalt im Badezimmer finden sie zu ihrer Tagesverfassung zurück.

Das Mädchen, auf dem Bidet wie ein Kind auf dem Schaukelpferd, war hingegen frisch und wach, bestens gelaunt, in Eroberungsstimmung. Sie verweilte in Gedanken noch bei dem Garten, den sie vor Augen hatte. Da standen auch alte Eisenstühle im Schatten des Orangendunkels; trank dort vielleicht jemand nachmittags Tee, öffnete sich hinter den Bäumen der Zugang zu einer geheimen Welt?

«Laß bloß die Wirtin in Ruhe», sagte Harry Renó, «deine Sonderwünsche haben sie immer wütender gemacht: noch ein Kissen, noch eine Decke, noch ein Tee, eine Nagelschere, ein Bügeleisen ...»

«Mir scheint, du reist nicht oft mit Frauen. Frauen brauchen Extras. Ich brauche aber noch etwas ganz anderes als ein zweites Kissen – du weißt schon, was.»

«Du willst Geld, aber du kriegst kein Geld, jedenfalls jetzt nicht. Die Abendkasse ist an meinen Agenten gegangen, abzüglich Hotel und Reisekosten immerhin für zwei – was willst du? Du siehst Neapel, da warst du noch nie, ist doch auch ein Honorar, und am Nachmittag geht's weiter nach Bari, dann nach Taranto, dann Reggio, dann Messina, dann Palermo. Ist das etwa keine schöne Reise?»

Sie lachte. «So, wie du rechnest, kann ich das auch. Wenn du mich nicht beteiligst, dann bin ich weg.» Das war keinesfalls drohend gesagt, eher spielerisch, in ihren Gedanken war sie bei dem Garten dort drüben. Wie kam eine solche Konstruktion zustande? Das Haus lag an einem Berghang – hatte man vielleicht den Boden im Hofgeviert abgetragen und nur den Garten ausgelassen, der dabei auf einmal in die Höhe gewachsen war?

«Du kannst gar nicht weg.» Harry Renó gähnte. «Ich habe deinen Paß, und du hast kein Geld, was willst du machen? Und außerdem liebst du mich, stimmt's?»

Daß sie in seiner Hand war, darauf vertraute der Mann, und er ahnte wohl auch, daß ein tägliches Gezerre um das Geld sie nicht dauerhaft verstimmte, da war sie so nüchtern wie er. Was er nicht ahnte, war, wie wenig sie es mochte, wenn er von ihrer Verliebtheit sprach; das war etwas, was ihr Geheimnis bleiben mußte, das ging ihn gar nichts an, und wenn er es doch entdeckt zu haben meinte, dann hatte er das klugerweise vor ihr zu verbergen. Jedenfalls sich niemals darauf berufen! Ein intelligenter, witziger Mann, ein unbeherrschbarer Mann, keiner Beeinflussung zugänglich, im täglichen Kampf nie die Nerven verlierend – und zugleich doch so taktlos und dumm. Zu dumm, um eine Antwort zu verdienen. Wie lächerlich er aussah mit dem feinmaschigen schwarzen Haarnetz, das die Lockenreihen seiner weißblonden Frisur über die Nacht hinweg konservierte; er band es sich stets schon vor ihrer nächtlichen Umarmung um. Wenn er sich, nach getanem Werk, von ihr abwandte und ihr den umhüllten Hinterkopf zeigte, meinte sie, in ein riesenhaftes Fliegenauge neben sich auf dem Kissen zu blicken.

Ihre Laune war nur kurz getrübt. Zur Fortsetzung der Unterhaltung fehlte ihr dennoch die Lust. Genüßlich, als schaute ein ganzes Theater ihr zu, rollte sie die Strümpfe über die Beine, den Fuß nach vorn stellend, dabei durchaus im Bewußtsein, daß Renó jedenfalls sie beobachtete, aber ohne daß dies ihre soeben erworbene Gleichgültigkeit erschüttert hätte. «Ich gehe ein bißchen spazieren. Wir treffen uns wieder, wenn du fertig bist, hier oder in der Bar gegenüber.» Einen kleinen Schmerz verspürte sie bei dem Gedanken, sich von dem Anblick des verborgenen Gartens losreißen zu müssen, aber das wäre später ohnehin fällig gewesen.

Im Vorraum kam sie an dem Tischchen vorbei, wo die Wirtin dieser Etagenpension sich die Karten legte. Nachdem Harry Renó sie noch einmal daran erinnert hatte, wie sehr diese Frau sie verabscheute, überlegte sie kurz, ob sie nicht doch einen Auftrag für sie habe; die Wirtin sah sie krötenhaft-halslos von unten an, aber es machte auch Spaß, den Ärger, der in der Frau schon aufstieg, ins Leere laufen zu lassen.

«Ich hatte noch eine Bitte an Sie, aber ich habe sie vergessen.»

Die Frau nahm den Schlag unbewegt. «Wann reisen Sie ab?»

«Das müssen Sie Herrn Renó fragen.» Mit demselben entschiedenen Schritt wie auf der Bühne ging sie an dem Tischchen vorbei und betrat das hallende Treppenhaus.

Draußen ein neapolitanischer Herbsttag in der mildesten, üppigsten Form, frühlingshaft warm, aber ohne die Aufbruchsstimmung des Frühlings. Im Herbst erreichte die Stadt ihren Idealzustand, nichts mußte sich mehr ändern und entwickeln, alles hätte jetzt auf immer so bleiben dürfen. Weiche Luft, weiches Licht, das die sonnenverbrannten braunen Fassaden in ihrer Fleckigkeit warm erstrahlen ließ. Während sie sich langsam von der Pension entfernte, fühlte sie eine kleine Unruhe in sich, als begehe sie einen Fehler – es war der «Hängende Garten», der sie zurückzurufen schien, als ob sie ihn noch nicht genügend betrachtet und in sich aufgenommen habe: als sei da etwas unerledigt geblieben. Plötzlich wurde ihr klar, warum ihre Gedanken sich von dieser höchst ungewöhnlichen Anlage nicht lösen konnten: Sie hatte sie bereits betreten, heute nacht im Traum, ja tatsächlich, sie war darin gewesen.

Das Gebäude, das von dem Orangenhain bekrönt wurde, ein in zeitloser Baufälligkeit ruhender Block, hatte große Tore, die von schief in den Angeln hängenden Flügeltüren geschlossen wurden, Remisen, Garagen, Werkstätten mochten sich dahinter verbergen. Für sie stand im Traum nur fest, daß sie nicht durch eines dieser Tore oder über eine Treppe in den Garten gelangt war – nicht umständlich von der Pension in den Hof hinunter und dann wieder hinauf, sondern pfeilgerade, der Bahn ihres Blickes und der Bewegung ihrer Wünsche folgend, die vom Schlafzimmerfenster hinüber auf das Orangenwäldchen gerichtet waren. Im Nu hatte sie vor den rostigen Stühlen gestanden, die vor dem Hain zum Verweilen einluden. Aber von dort aus ging es weiter, erst jetzt tat sich das Wunder des Gartens auf. Zwischen den dicht nebeneinander gepflanzten Orangenbäumen gab es Leben. Dieses Dunkel besaß Anziehungskraft, es zog sie hinein. Und nach wenigen Schritten schon war der weite Klosterhof vergessen.

Ein ganz eigenes Licht herrschte zwischen den Stämmen und unter den schweren, goldenen Früchten im schwarzen

Laub. Das Dunkel erhellte sich warm von innen, Sonnenuntergangsstimmung erfüllte den Hain, das Verblassen des weißen Lichts am Firmament, dem ein sattes Aufblühen aller Farben antwortete. Stimmenmurmeln empfing sie, während sie voranschritt, von den Bäumen nicht behindert – es war geradezu, als wichen sie zur Seite. Ja, da waren Menschen versammelt, schöne, altmodisch elegante Männer und Frauen, mit Teetassen und Orangeade-Gläsern in Händen, die sich lebhaft, aber gezügelt unterhielten. In ihrer Nähe stand ein kleiner korpulenter Mann in lose fallendem blauen Anzug und sprach eindringlich auf eine Dame in gepunktetem Seidenkleid ein, die in der linken behandschuhten Hand den rechten Handschuh hielt, während sie mit der rechten eine Zigarette mit Goldmundstück zu den rotgeschminkten Lippen führte. Beide zeigten keine Verwunderung, als sie hinzutrat; mit dem Eintreffen von Fremden wurde offenbar gerechnet. Sie überragte das eher kleinwüchsige Publikum dieses Goûter und spürte ihren großen schlanken Körper in seiner gespannten Straffheit sehr deutlich. Das gab ihr Zutrauen und schenkte ihr das Gefühl, am rechten Platz zu sein, denn obwohl niemand sie begrüßte oder auch nur ansprach, bemerkte sie, daß man sie aus den Augenwinkeln beobachtete, mit nicht unfreundlicher Neugier, aber zurückhaltend. Die Dame im gepunkteten Kleid sagte leise: «Wenn man diese Person kennen muß, dann wird man das im Verlauf der nächsten Stunden noch erfahren.»

Ein großer blauer Schmetterling taumelte ihr entgegen, wie er in Europa selten zu finden sein dürfte, um so mehr glich er einem der Seidenpapierschmetterlinge, die Harry Renó so virtuos mit seinen Fächern vor sich flattern lassen konnte. Mehrere Augenpaare folgten seinem Flug, ein Lichtstrahl brach sich Bahn durch das ledrige Laub und ließ ihn aufglänzen; es war, als sei er genau von ihr angezogen, und zugleich begriff sie, daß sie bis auf ihre hochhackigen Schuhe, die ihre gestreckte Haltung begünstigten, vollkommen nackt war. Das war keine verstörende Entdeckung, nur mit der Aufforderung an sich selbst verbunden, in ihrer zur Schau getragenen Selbstverständlichkeit nicht nachzulassen, sondern lächelnd so dazustehen wie die Dame mit den Handschuhen. Es kommt nur auf die Haltung an, man kann auch nackt einen angezogenen Eindruck machen – so etwas ging ihr durch den Kopf, als wiederhole sie eine ihr längst bekannte Maxime ihrer Mutter.

Und tatsächlich schien niemand in dieser geheimen Versammlung etwas Auffälliges an ihrer Nacktheit zu finden, der Schmetterling zog alle Aufmerksamkeit auf sich. Sieh da, er wollte zu ihr. Er umgaukelte sie, und dann setzte er sich auf ihren Bauch – sie meinte, die spitzen Beinchen auf der Haut zu fühlen – und öffnete und schloß langsam die herrlichen Flügel. Und nun wurde auch der gedrungene Herr auf ihn aufmerksam, trat einen Schritt auf sie zu und neigte den Kopf, um mit den hinter einer dicken Schildpattbrille lupenartig verkleinerten Augen das Naturschauspiel zu studieren – auch diesen Blick meinte sie wie ein Kitzeln zu empfinden. Ich spiele meine Rolle gut, an diesen Gedanken wollte sie sich jetzt genau erinnern.

Sie ging langsam, sie folgte dem Gefälle der Straße, an Denkmälern und schwarzen Kirchenportalen vorbei, aus denen Kerzenflämmchen leuchteten, durch Häuserschluchten, an deren Ende eine ungeheure, im Dunst verschwimmende Masse den Horizont abschloß – der Vesuv.

Richtig, das ist der Vesuv, dachte sie, so groß ... Die Straße hatte sich verengt, sie sah in übermöblierte winzige Wohnungen zu ebener Erde.

Eine Frau kam auf sie zu, zeigte auf ihre Handtasche und sagte: «Passen Sie auf!»

«Worauf?» Sie lachte. «Es ist nichts drin.»

Sie wurde sich ihrer Freiheit bewußt, Frucht ihrer Sorglosigkeit. Der Tag wurde immer schöner. Vermutlich rochen die Taschendiebe, ob sich ein Zugriff lohnte oder nicht – wie schade, sie hätte gern einen kennengelernt. Vor ihr ein kleiner Laden mit Kleidern aus zweiter Hand, ein paar waren draußen aufgehängt und wehten im lauen Wind, tanzende Feen. Früher nannte man so etwas «Fähnchen», schwarz mit weißen Punkten, aus leichtestem Stoff und von einfachstem Schnitt, vorn heruntergeknöpft, für Dienstmädchen. Sie hob einen Zipfel in die Höhe, die Verkäuferin trat hinzu; fünfundzwanzigtausend Lire. Sie beschloß, es anzuprobieren. Kaum war ihr Körper in dem Kleid, wurde es zu etwas völlig anderem. Es war wie für sie gemacht, so restlos gelungen, daß es teuer aussah. Das ging ihr oft so, sie wußte, was ihr stand. Es fehlte nur ein großer Schmuck, dann wäre der Aufzug perfekt gewesen. Sie fand in ihrer Tasche zwanzigtausend Lire, die Verkäuferin ließ mit sich reden. Damit war aber auch das Geld weg, um einen Kaffee oder einen Wein zu trinken. Dieser Gedanke streifte sie nur kurz. Sie dachte nie über den Augenblick hinaus. Wenn Bedürfnisse sich meldeten, dann nahte auch die Gelegenheit zu ihrer Befriedigung, das war bisher so gewesen, und das würde in Zukunft nicht anders sein.

Furchtlosigkeit – von zu Hause hatte sie die sicher nicht mitgebracht. Ihr Vater war Künstler gewesen, jung gestorben, knapp über fünfzig und kurz vor dem Durchbruch zum Ruhm. Martial Schoonemaker war in der Kunstwelt inzwischen ein Name, einer aus der Herde der Duchamp-Epigonen, aber mit eigenem Stil, dekorativ, witzig mit altmodischen Werbegraphiken und Typographie-Fundstükken spielend. Sie erinnerte sich, wie er, sie war zehn oder zwölf, einem Wirt auf dem Land eine Tafel mit dem Wort «Ausgang» abgehandelt hatte, in großen, unbestimmt drohenden Buchstaben; heute hing sie in einem Museum, ein schönes Stück, es ließ sich viel dazu sagen: Ausgang aus dem Jahrhundert, der Kultur, der Kunst, dem Leben, der Tod war auch ein Ausgang ... Aber welch eine Existenz. Immer im schwarzen Anzug mit Weste, in der strengen Surrealistentradition, ein wenig geduckt, ängstlich um sich schauend und vor allem stumm. «Man darf nichts riskieren», das hatte ihm ihre Mutter eingeschärft, die sich im Kunstmilieu viel besser auskannte – kein falsches Wort sagen, keine Position beziehen in einem ästhetischen Streit, das sei lebensgefährlich! Ein Haifischbecken, in dem man sich zerfleischte, glaubte man der Mutter. Wer aufsteigen wollte, hatte den Mund zu halten und den Interessen der wichtigen Händler nicht in die Quere zu kommen. «Wichtig», ein häufig gehörtes Wort in ihrer Kindheit – wichtige Leute seien gestern dagewesen, und morgen werde man wieder mit wichtigen Leuten zusammentreffen. Sich in die Gesellschaft von Wichtigen hineinzumogeln, sich an Wichtige heranzudrängeln und an sie zu hängen – die Mutter übernahm die Organisation solcher Vorhaben, mit dem stummen, gequälten Mann an ihrer Seite, aber besser stumm sein als brillant und die falschen Sachen sagend. Das Mädchen wußte, daß Martial Schoonemaker durch seinen Tod der Mutter die Arbeit erleichtert hatte. Sie war es, der es gelungen war, «Ausgang» im Museum von Antwerpen zu placieren, und schon entstanden neue und größere Vorhaben, bei denen die Tochter nicht stören durfte, denn so sicher war der Durchbruch immer noch nicht, auch wenn es inzwischen eine New Yorker Galerie, und zwar eine «wichtige», gab. Der unablässig schwarze Zigaretten rauchende Vater hatte sie geliebt. Sie roch seitdem gern den Raucheratem von Männern und wußte noch genau, an welchem Tag sie ihn nicht mehr als Gestank empfunden hatte: als der Vater nach längerer Abwesenheit zurückgekehrt war und sie auf seinem Schoß saß.

Der Mutter ging sie lieber aus dem Weg. Diese Frau durchschaute jede kleine Lüge und antwortete mit einer Ohrfeige darauf, noch bevor man zu Ende gesprochen hatte. Zuschlagen würde sie auch heute noch, wenn sie denn könnte, aber die Tochter ließ sich nicht mehr sehen und hatte auch einen Weg gefunden, sich zu rächen: Den Namen Schoonemaker konnte ihr niemand streitig machen. Damit hatte sie zum Zorn der Mutter eine Galerie gegründet, die nach kurzem wieder hatte schließen müssen; die Bank war von der Mutter zufriedengestellt worden, die nicht wollte, daß der Name in schlechtes Licht geriet. Seitdem blieb sie Brüssel fern und streunte herum – das ging sehr gut, jeder Tag brachte ein neues Erlebnis, und wenn es nur ein Kleid war. Sie würde auf den Kassenzettel eine weitere Null schreiben, bevor sie ihn Harry Renó übergab, das wäre dann immer noch spottbillig.

Ihre Verstimmung über seinen Geiz war verflogen. Sie nahm die Menschen nicht besonders ernst und war so konsequent in dieser Haltung, daß sie sich nie dazu aufraffen konnte, etwas richtig übelzunehmen, auch wenn es mit einem spürbaren Schaden für sie verbunden gewesen war. Nur ihre Mutter machte da eine Ausnahme. Die nahm sie ernst, aber so wie man einen Tiger ernst nimmt, dem man ja auch nicht übelnimmt, wenn er einen verschlingen will – man muß halt aufpassen in seiner Gesellschaft. Sie hatte die gleiche Gabe wie die Mutter, Sprachen weniger zu lernen, als sich von ihnen anfliegen zu lassen und in einem sehr melodischen Singsang mit flämischer Grundierung vom Französischen ins Italienische und von dort ins Deutsche zu wechseln, mit vielen, aber originellen Fehlern, die ihren Sätzen Farbigkeit verliehen. Harry Renó setzte sie ein wenig unter ihren Möglichkeiten ein, sie hätte mit ihm zusammen auch einen ganzen Abend getragen und zwischendrin immer mal etwas sagen können. Dem Charme ihres Landfahrermischmaschs konnte man sich schwer entziehen.

Die Stadt änderte ihr Gesicht, während sie weiterging. Aus den überfüllten altertümlichen Quartieren der Armen kommend, war sie zwischen hohe Geschäftshäuser des späten neunzehnten Jahrhunderts geraten, das Meer rückte näher, dunkelblau leuchtend. Wie schade, es schon wieder verlassen zu müssen, obwohl es in Bari ebenfalls ein Meer geben würde, aber ob es auch ein so schönes war? Der Vesuv ließ hier unten mehr von seiner Silhouette sehen, diese sanft abfallende Linie, die sich dem Meer so allmählich entgegenbewegte, daß es unmöglich schien, den Punkt zu bestimmen, wo sie den Strand erreichte, wie bei einem Regenbogen, dessen Auftreffen auf der Erde noch niemand gesehen haben soll.

Sie näherte sich der Uferstraße, die dicht befahren war. Wie die Neapolitaner Auto fuhren, ohne weiter auf Regeln zu achten, nicht zu schnell, geschmeidig die Situation einschätzend, die Augen überall, jede Lücke sofort schließend! Es war für sie ein Vergnügen, diese Uferstraße à la napolitaine zu überqueren: statt nach links und rechts zu schauen, sich einfach in den Verkehrsstrom hineinzubegeben, ruhig voranzuschreiten, darauf zu vertrauen, daß die Autos sanft abbremsten, leicht um sie herumfuhren, ihre Reihen für sie öffneten und sich hinter ihr wieder schlossen. So waren die Israeliten durchs Rote Meer gezogen, wunderbar und selbstverständlich, man wußte sich eins mit einem größeren gesellschaftlichen Ganzen und mußte sich ihm trotzdem nicht unterwerfen. Auf diese Weise wollte sie leben, fließend, voraneilend, weder zurück noch zur Seite schauend, und es war eine Freude, sie gehen zu sehen. Den Autofahrern, die für sie bremsten, war das anzumerken. Sie schritt durch ein Spalier des Lächelns.

Aber jetzt fühlte sie auch, daß sie durstig geworden war. Der Fingerhut voll Espresso in der Pension verstand sich ja nicht als Getränk im engeren Sinn, war eher ein bittersüßes Tonikum zum Beginn des Tages. Anstatt umzudrehen und zu Harry Renó zurückzukehren, von dem sie sich, unablässig abwärts laufend, schon recht weit entfernt hatte, hielt sie hier unten Ausschau nach einer Bar, in der sie um ein Glas Leitungswasser bitten könnte.

Eine Bar war weit und breit nicht in Sicht, dafür aber ein großes Hotel, der Landzunge mit dem Castel dell'Ovo gegenüber, ja, das war noch besser als eine Bar. Sie beugte sich zum Seitenspiegel eines parkenden Autos und malte die Lippen rot. Die Straße war ihr Boudoir. Und wieder zurück und hinein in den Verkehr, es war wie ein Ins-Wasser-Springen.

Im Hotel Excelsior schien sie erwartet, so eilfertig riß der Portier die Tür für sie auf. Solche altmodischen Grandhotels waren ihr wohlvertraut, man könnte sagen, genetisch, denn ihr Großvater war Maître d'hôtel gewesen. Den hatte sie zwar nicht mehr gekannt, aber die großen Gastmähler der Galeristen hatten nach Ausstellungseröffnungen oft in solchen Häusern stattgefunden, in der avantgardistischen Kunstszene gab es eine Vorliebe für Belle-Époque-Pomp. In den Jahren vor dem Tod ihres Vaters war die Familie in wachsendem Maße bei derlei Gelegenheiten zugelassen gewesen.

Das Mädchen, mit vierzehn schon frühreif, wurde immer mitgenommen; die Mutter hatte bemerkt, daß sie gefiel. Ihrem Lebensgefühl nach war ein solches Hotel der Ort, an dem irgendwer bezahlt, bei dem man sich noch nicht einmal bedanken mußte.

Dies leitete sie auch jetzt, als sie sich zur Bar wandte. Es war später Vormittag, an einen Aperitif vor dem Mahl durfte man schon denken. Die Sonne legte breite Bahnen zwischen die Sessel und ließ die Ranken des Teppichs verblassen. Sie wählte ein Tischchen mit Blick auf den Vulkan, der sollte ihr Gegenüber sein, wenn sie hier allein saß. Ohne irgendeinen Gedanken, ohne Sorge und ohne Plan, mit freiem, offenem Blick, bestellte sie ein Glas Champagner.

5

Ihr Eintreten war nicht unbeachtet geblieben. An einem anderen Tisch saß eine größere Gesellschaft, die sich auf das Mittagessen einstimmte. Sie warf nur gelegentlich einen Blick dort hinüber, beiläufig, obwohl sie bemerkte, daß offenbar über sie gesprochen wurde. Gab es da nicht sogar ein verhohlenes Herüberzeigen? Ein schwerer Mann lehnte breit in seinem Sessel, er nahm an dem Gespräch der Runde nicht teil und war umgeben von drei Damen. Eine davon kam ihr bekannt vor – war sie ihr auf einer Vernissage in Paris begegnet? Dann eine Pummlige in engem Seidenkostüm mit viel rotem Haar, daneben eine eher männliche, unkokette Frau mit gleichwohl flammend rot gemaltem Mund. Sie musterte die Leute vorurteilsfrei – «ich habe keine Gesichtspunkte», das war eine häufige Wendung von ihr, die Menschen waren, wie sie waren, in jedem mochte sich etwas Überraschendes verbergen. Männer sah sie überhaupt mit Sympathie. Einen häßlichen Mann, das gab es für sie eigentlich nicht; Männer waren derart andersartig als Frauen, daß das Äußere nur ungenügende Informationen über sie vermittelte.

Verrückt, daß man sich als Frau mit Männern beschäftigte, das dachte sie tatsächlich manchmal, aber man machte es eben. Sie schien sich ihrer eigenen Wirkung gar nicht bewußt und war zu jeder Frau von natürlicher Herzlichkeit, aber sie interessierte sich nicht für sie. Und die andere war sofort vergessen, wenn ein Mann hinzutrat, mit dem sie allerdings einen anderen Ton anschlug, spöttisch und ein wenig provozierend.

Ihr Glas war leer, denn sie hatte in großen Zügen getrunken. Sie bestellte ein zweites. Es gab Frauen, die sich allein in Hotelbars setzten; zuweilen standen sie mit dem Chefportier im Bunde. Sie vermutete, das Getuschel am anderen Tisch hatte mit dem Verdacht zu tun, sie gehöre in diese Kategorie. Das machte sie nicht verlegen. Ihre Aufmerksamkeit galt nur dem Vulkan, der im hellgrauen Dunst vor sich hin brütete, obwohl er bis zum Rand voll prasselnder Feuersglut steckte. Jetzt wäre es gut gewesen, etwas zum Lesen dabeizuhaben. Sie nahm die Karte, schlug sie auf und begann, sie zu studieren. Viel stand da nicht, aber sie nahm es mit dem höchsten Interesse auf. Die Preise waren, wie in einem solchen Hotel die Preise eben sind: so weit über ihrem Budget liegend, daß sie ohnehin nicht hätte bezahlen können, aber das war ein sachlicher Gedanke, es griff keine Hand nach ihrem Herzen. Sie spielte sich selber die vorzüglich Unterhaltene vor, das paßte zum In-dieser-Bar-Sitzen. Und sie war beschäftigt; es entstand keine seltsame Situation, wenn von dort drüben zu ihr herübergeschaut wurde – das Herübersehen wurde durch diese Lektüre sogar ermutigt.

Ein junger Mann löste sich aus der Gruppe, sehr korrekt in dunklem Anzug, leicht tailliert und mit dunkler Krawatte, der einzige Beschlipste des Kreises. Er hatte vorher sein Ohr dem Schwergewicht zugeneigt und offenbar Anweisungen entgegengenommen und trat nun auf sie zu, nach ihrer Einschätzung eher ein Männlein mit Brille und gesträubtem Haar – doch, diesen Typus gab es auch auf den Vernissagen, die schrieben Katalogbeiträge, die keiner las, aber die unbedingt in einem Kunstbuch drin sein mußten. Er beugte sich zu ihr und sagte auf Französisch mit starkem deutschen Akzent: «Madame, wenn Sie einen Vorschlag gestatten – dort drüben sitzt eine Runde, die Gäste von Monsieur Ralph Krass» – er sprach den Namen aus, als müßte jeder ihn kennen. «Wir würden uns glücklich schätzen, insbesondere Monsieur Krass, wenn Sie an unserem Mittagessen teilnehmen würden. Hoffentlich sind Sie frei.»

Ja, war sie denn frei? Um fünfzehn Uhr sollte der Zug nach Bari gehen. Harry Renó müßte irgendwie erfahren, daß sie nicht mehr ins Hotel, sondern unmittelbar zum Bahnhof käme. Das waren Gedanken, die ihr durch den Kopf gingen, aber ein anderer Gedanke durchkreuzte sie: Die beiden Gläser Champagner sind jetzt schon einmal bezahlt. Da gab es eigentlich keine Wahl. Außerdem fand sie Herrn Krass – nur der Schweigende, Massige konnte das sein – anziehend, buchstäblich: Er zog sie an, sie spürte den Sog, sie erhob sich und ging mit langsamen Schritten hinüber. Die Herren standen auf, ein Mann mit weißer Mähne begrüßte sie mit Handkuß, den sie bereitwillig entgegennahm. Die Leute murmelten ihre Namen. Sie nannte den ihren erst, als der Große, Schwere mit Bedeutung «Ich bin Ralph Krass» gesagt hatte.

«Ich bin Lidewine Schoonemaker.»

Alle Augen ruhten auf ihr, die von Madame Lecœur-Jouët mit spöttischem Lächeln, die von Frau Roslovski mit trübem Blick, als wollte sie sagen: «Ich hab nur drauf gewartet, das mußte ja sein ...», Frau Rizzi zeigte unverhohlene Neugier. Aber dann, und das hatte in dieser Gleichzeitigkeit durchaus Komik, wandten sich alle wieder einander zu, als gelte es, Herrn Krass mit seiner Neuanwerbung allein zu lassen, und der rechnete auch mit solchem Takt. Frau Rizzi, bisher an seiner Seite sitzend, mußte rücken, der Kellner brachte einen weiteren Sessel. Jüngel wies ihn leise an, die Getränke der jungen Dame bitte auf die große Rechnung zu schreiben. Er hatte mit seiner Rolle noch nicht viel Übung, war nie in einer ähnlichen Situation gewesen, barst vor Diskretion und hielt sich weit weg von seinem Herrn, um dessen Unterhaltung nicht zu behindern, aber mit Blickkontakt, um auf ein erstes Zeichen hin sofort aufspringen zu können. Unterdessen vertrat er Herrn Krass bei den anderen als Gastgeber. Auch an diesem Tisch war man, der Tageszeit angemessen, beim Champagner. Die zweite Flasche wurde herbeigeholt, in weißem Glas mit goldenem Schild.

Man hatte schon etwas besichtigt am Vormittag. Jüngel hatte einen Rundgang durch das alte Stadtzentrum vorbereitet; für ihn eine Qual, denn im Gedränge der Gassen blieb die Gruppe nicht so zusammen, daß sie seinen Erklärungen hätte lauschen können; man verspürte auch wenig Neugier darauf. Beim Schlendern auf Cardo und Decumanus, den Hauptstraßen der antiken Neapolis, gab es so viel zu entdekken, daß niemand zuhörte und jeder dem anderen etwas zeigen wollte. Jüngel hatte sich deshalb an Herrn Krass gehalten, der an diesen Unterhaltungen nicht teilnahm, sondern sich gedankenvoll und mit schweren Schritten durch die Menge bewegte, als sei er der unerkannte Herr dieser Stadt, auf dessen Befehl hin jederzeit die Kanonen hoch oben auf der Fortezza Sant'Elmo gelöst werden könnten.

«Neapel, sagten Sie, heißt Neustadt.» Unvermittelt tauchte er aus der Tiefe an die Tagesoberfläche auf. «Dann gab es wohl auch eine Altstadt ...»

«Ganz richtig.» Jüngel wollte loben, aber seinen Wissensvorsprung nicht betonen. «Es gibt eine Vorgängerstadt:

Neapolis wird um siebenhundert gegründet, aber die Vorgängerin Paleopolis, die Altstadt, verliert sich im Dunkel der Geschichte.»

«Wir müssen also sagen, das hier war immer Stadt, immer Kultur, lange bevor die eigentliche europäische Geschichte beginnt?»

Jüngel beeilte sich mit der Bestätigung: «Ja, eine Griechenstadt, das Beste, was es gibt.»

Dies machte auf Herrn Krass offenbar einen günstigen Eindruck. Ein Superlativ, ein übersichtliches Aperçu, damit konnte man etwas anfangen. «Eine Kulturstadt, sagen Sie, sogar Hochkultur. Aber warum eine solche Gründung am gefährlichsten Punkt Europas, wo ein Vulkanausbruch das alles innerhalb von Stunden vernichten kann – und so was ist ja vorgekommen. Wieso kreiert man Architektur und Malerei ausgerechnet dort, wo die Wahrscheinlichkeit am höchsten ist, daß alles wieder zerstört wird? Und warum kann man über die Jahrtausende nicht aus der unabänderlich feindlichen Disposition lernen? Wieso lernt der Mensch so wenig?» Und mit einer unerwarteten Wendung: «Warum lernen Sie, Herr Doktor Jüngel, so wenig? Diese Altstadtführung ist ein Desaster. Wir kürzen das jetzt ab. Die Damen haben Durst.»

So friedlich, heiter, genußfreudig der Kreis von Herrn Krass durch die Stadt geschlendert war und sich dann widerstandslos in Taxis hatte verteilen lassen, von Signora Rizzi sogar ausdrücklich begrüßt – «ich habe allmählich Hunger» –, so spannungsvoll stellte sich dies alles für Jüngel dar. Er hatte für die reibungslosen Abläufe zu sorgen, und diese Aufgabe brachte in ihm eine schier verrückte Übertreibung seines Pflichtgefühls hervor: Sogar für das Niveau der Gespräche, das er doch keinesfalls beeinflussen konnte, sah er sich verantwortlich, obwohl er im Grunde doch gar nicht daran teilzunehmen hatte. In der sonnendurchfluteten Behaglichkeit der Excelsior Bar, das Meeresglitzern gelangte bis hierher, war die Konversation denn auch an einen Tiefpunkt gelangt, der von der Festlichkeit der äußeren Umstände denkbar abstach. Gut, die Herrschaften waren von dem Spaziergang etwas ermattet, aber es war zwölf Uhr, die Stunde der Vollkommenheit, der Champagner hätte doch gleichfalls belebend wirken müssen. Stattdessen sagte Frau Roslovski in das Schweigen hinein:

«Es gibt die beiden Taschen von Hermès, die Sie quasi nicht kaufen können – künstlich verknappt! Wer so mir nichts, dir nichts eine Kelly oder eine Birkin haben möchte, kriegt sie nicht. Vor den Läden in Paris und München stehen die weinenden Chinesinnen und wollen nichts anderes als eine Kelly oder eine Birkin – aussichtslos. Die gucken die Kundinnen an – tut uns leid, nicht für Sie, ich kann Sie auf die Liste setzen, mache Ihnen aber keine Hoffnung. So sieht das aus! Ich bin mit der Geschäftsführerin in Frankfurt befreundet – ich kriege die Kelly und die Birkin, ich komme da dran. Ich könnte reich werden, jede Woche eine Kelly oder eine Birkin kaufen und viermal so teuer abgeben ...»

Herr Levcius hatte mit leisen Knurrlauten den Versuch unternommen, seine Freundin zu bremsen, aber sie, die sonst eher Stumme, hatte sich in Rage geredet, Kelly und Birkin hatten von ihr Besitz ergriffen, obwohl sie solche Taschen gar nicht dabeihatte. Offenbar hatte sie hier etwas begriffen, was sie nicht losließ.

Madame Lecœur-Jouët, nach zusammenfassender Übersetzung des Ausbruchs durch Jüngel, tuschelte mit ihrem Mann; schlug sie ihm etwa vor, das gemeinsame Mittagessen ausfallen zu lassen? Er schüttelte den Kopf. Konversation war ihm wohl nicht so wichtig. Es war die Gestalt von Herrn Krass, an der sein Blick hing. Dessen Schweigen zu Frau Roslovskis Beitrag ließ ihn nur noch größer werden, eine Elevation um eine Handbreit aus seinem Sessel schien nicht ausgeschlossen.

Dann war das Unerwartete eingetreten. Herr Krass winkte Jüngel, raunte ihm einen Befehl ins Ohr, und der war davongeschritten und mit der jungen Dame zurückgekehrt. Ja, wer war denn das? War sie es wirklich? Hatte man es nicht gleich gesagt? Die Frau auf der Bühne des Zauberers! Auch sie hatte die Vorstellung von Harry Renó besucht und war von ihm besonders herangezogen worden, noch mehr als Madame Lecœur-Jouët: Sie hatte den Brief öffnen dürfen, sie hatte die Wörter vorgelesen; sie mußte am besten wissen, wie alles zugegangen war.

Der Kreis ermunterte sich. In einer fremden Stadt ist es stets ein kleines Ereignis, jemandem zufällig ein zweites Mal zu begegnen.

6

Jüngel hatte das Mittagessen in einem Restaurant auf der anderen Straßenseite bestellt. Man ging Treppen hinunter, wie um zum Castel zu gehen, und stieß dann im Gewölbe unterhalb der Straße auf ein sehr würdiges klassisches Lokal, das zum Hotel gehörte. Da es früh war, deckte das Personal noch die Tische. Ein junger Kellner in weißer Jacke, die derart krachend frisch gestärkt und gemangelt war, daß sie dünnem Karton glich, kam ihnen entgegen. Er hatte sehr helle Haut und schwarze Locken und hielt zwischen jedem Finger den Stiel eines Weinglases, so daß transparente Dolden entstanden: ein optischer Vorgeschmack auf die kühlen Erfrischungen, die es gleich geben würde. Lidewine sah es erfreut. Sie stand neben Herrn Krass; er hatte das Brütende überwunden und lächelte ihr zu, aber aus weiter Ferne, wie ein Heerführer, der vor einer Schlacht die Frau eines ausländischen Botschafters empfängt und mit ihr höfliche Konversation macht. Sie war sich unsicher – er legte Wert auf Abstand, nachdem er selbst es doch gewesen war, der ihre Bekanntschaft gesucht hatte? Am besten ignorierte sie das einfach.

Immerhin war man in größerer Gesellschaft. Zum Teil sahen die Leute auch ganz anständig aus, in der Gegenwart des alten tauben Italieners etwa lag nichts, was zur Vorsicht riet. Und der schwere Mann gehörte ohne Zweifel zu den «Wichtigen», sein bedeutendes Haupt gefiel ihr sogar. Auf der Bahnfahrt nach Neapel hatte ihr gegenüber auch solch ein Schwergewicht gesessen, in engen Hosen über den prallen Schenkeln, ein Wildschwein in Menschengestalt, das sich belegte Brote in das weit geöffnete Maul schob – mit zwei Bissen war ein solches Sandwich verschwunden, aber zwischen den Backen und Kiefern ging die Zerkleinerungsarbeit noch eine Weile fort. Dabei glotzten die vortretenden Augen starr vor sich hin; Nahrungsaufnahme und Entleerung waren bei ihm vermutlich von ähnlichem Mienenspiel begleitet. Und selbst bei dem hatte sie sich vorgestellt, wie es wäre, ihm zu seiner eigenen Verwunderung nicht nur Zärtlichkeit, sondern womöglich gar Zartheit zu entlocken. Die meisten Frauen, davon war sie überzeugt, hatten gar keine Ahnung, wie man einen Mann zu behandeln hatte. Es war aus den Männern nicht nur manchmal, sondern sogar oft etwas herauszuholen.

Und nun erst aus Herrn Krass, der natürlich ein anderer Fall als das Wildschwein aus der Eisenbahn war, obwohl die Schenkel in der Hose doch auch wieder etwas Verbindendes darstellten. Wie selbstverständlich ergriff sie sein Handgelenk und drehte es, so daß sie das Zifferblatt seiner Armbanduhr lesen konnte. Die Uhrzeit beruhigte sie: Die Stunde der Entscheidung war noch nicht gekommen. Harry Renó durfte ruhig ein bißchen zappeln, damit er sich nicht mehr so unverschämt in Sicherheit wiegte. Kam sie im letzten Augenblick, dann hätte sie ihm eine kleine Lektion erteilt. Nicht im Sinne von Erziehung, bewahre! Wer glaubte denn an Erziehung? Noch nicht einmal ihre Mutter. Die wollte weh tun, wenn sie zuschlug, Besserung erhoffte sie sich davon nicht.

Herr Krass ließ sich nichts anmerken, mußte sich aber zusammennehmen. Wann zuletzt hatte jemand gewagt, ihn so unbefangen zu berühren? Er nahm die Weinkarte entgegen, hörte den Rat des Sommeliers, verwarf ihn aber und wies auf einen Wein, der als Restposten ausgezeichnet war. Wie viele Flaschen davon noch vorrätig seien?

Der Sommelier verschwand, er kehrte zurück: Vier Flaschen gebe es noch.

«Kühlen Sie die bitte ein, wir sind durstig.»

Jüngel übersetzte, fand aber kein Äquivalent für den strengen, ja unerbittlichen Ton, in welchem Herr Krass die Bestellung ausgesprochen hatte, als ginge es um eine Art Bestrafung des Weines durch seine restlose Vernichtung.

Lidewine – zunächst mußte jeder am Tisch sein Befremden über den seltsamen und sicher seltenen Namen loswerden. Niemand hatte ihn je gehört. Ein Name für die Geliebte eines provençalischen Ritters, sagte Madame Lecœur-Jouët.

Nein, das sei ein flämischer Name, richtig, er gehöre ins Mittelalter. Ihr Vater habe ihn ihr genau erklärt. «Er wollte unbedingt etwas Flämisches haben, er war immer für die Flamen und die Separation», aber sie müsse sich anklagen. Sie habe nie zugehört, bei ihrem Vater nicht und in der Schule nicht, und sie könne immer noch nicht zuhören. Das fand sie erheiternd, sie lachte ansteckend, der Kreis verlor seine Skepsis.

Jüngel wußte, daß Opulenz von seiner Regie erwartet wurde. Vor den einzelnen Bestellungen erschienen wieder große Platten, diesmal mit Granchi, Riesenkrabben, in deren kardinalsroten Schalen weißes Krebsfleisch angerichtet war. Lidewine war jetzt schon ein bißchen betrunken, denn sie hatte auch das erste Glas Weißwein schnell in sich hineingegossen. Sie saß sehr schön da, mit geradem Rücken, als die

Jüngste der Tafel präsidierend, mit guter Laune, die Beklommenheit, die in Gesellschaft von Herrn Krass herrschen konnte, gar nicht erst zulassend.

Herr Levcius kam noch einmal auf die Zaubervorführung zu sprechen, «bei der wir uns ja alle kennengelernt haben». Ralph Krass habe die These aufgestellt, der Zauberer habe die Leute auf der Bühne mit seiner Persönlichkeit, mit seiner Ausstrahlung gelenkt, es gleichsam geistig erzwungen, daß sie, Lidewine Schoonemaker, eine Zahl geschrieben habe, die schon in dem geschlossenen Umschlag stand. Wolle sie dazu etwas sagen – sei das so gewesen? Aber das könne sie vielleicht gar nicht wissen, solche Macht werde schließlich über das Unbewußte ausgeübt?

Er sah sie lauernd an, als sei für ihn ihr Unbewußtes ohnehin der interessantere Teil an ihr, und leckte sich die Lippen wie in Erwartung einer besonderen Delikatesse.

Mit großen, ein klein wenig hervorquellenden Augen – Gazellenaugen? Kuhaugen? weiblich sprechend, sanft, tief –, so blickte sie ihn an, als solle er sich die Antwort selbst geben. Es war diese längere Wortlosigkeit, in der sich der weitere Verlauf der Woche für sie entschied. Die Krabben waren köstlich, das Essen würde sich hinziehen, sie spürte eine Durchwärmung, eine psychophysische Durchglühung, ausgelöst von Champagner und Wein, und sie verstand, daß sie außerstande sei, das Essen plötzlich abzubrechen, um noch rechtzeitig zu Harry Renó zu gelangen. Sich beeilen zu müssen verstimmte bereits. Nein, es fügte sich soeben anders. Sie würde ihn allein abreisen lassen; ohne ihre gemeinsame Nummer, die ihr im übrigen großen Spaß gemacht hatte, fiel sein Programm nur unwesentlich kürzer aus, er hatte Nummern auf Vorrat. Dieses Mittagessen eröffnete Aussichten. Vielleicht ging man danach auseinander, vielleicht aber auch nicht, und auch wenn man auseinandergehen sollte, würde es wiederum zu einer neuen Kombination kommen.

«Ich will Ihnen die Wahrheit sagen.» Sie wußte, wie sie eine Sensation zu präsentieren hatte. «Kennen Sie den Ausdruck ‹gestempelt›? Ich war eine gestempelte Zuschauerin.»

Man kannte den Ausdruck nicht, ins Französische übersetzt wollte er schon überhaupt keinen Sinn ergeben, und doch verbreitete sich in jedem eine Ahnung, ein «Ach so!» war zu hören, ein Verstehen vor dem Verstehen. Bei allen Erklärungsversuchen hatte niemand daran gedacht, Lidewine der Beihilfe zum Publikumsbetrug zu verdächtigen. Im nachhinein wollte man ihre Erscheinung, ihr auffällig vorgeführtes Selbstbewußtsein doch verdächtig gefunden haben, aber am Abend selbst waren solche Ahnungen unter der Decke geblieben.

Herr Krass war so tief in Schweigen versunken, als habe er nicht zugehört; oder sollte seine sphinxhafte Zerstreutheit den anderen bedeuten, daß er den faulen Zauber längst durchschaut habe? Wie sie vorgegangen war, das wollte man jetzt denn doch im Detail wissen. Sogar der taube Cavaliere war erwacht. Die junge Frau belebte ihn, der er sich immer nach jüngeren Frauen umgesehen hatte, bis er schließlich von der grausamsten aller Strafen, der Wunscherfüllung, ereilt worden war.

«Es beginnt mit dem Brief – er war versiegelt, aber in Wahrheit nicht verschlossen.» Harry Renó tropfte bei der Vorbereitung des Abends Siegellack auf eine Glasscheibe, löste das Siegel vorsichtig ab und klebte es zur Hälfte auf die Spitze der Kuvertklappe eines Briefumschlags. Die freibleibende Hälfte des Siegels und die ihr entsprechende Stelle auf dem Kuvert wurden mit Gummimilch bestrichen. Das Siegel klebte, war aber ganz leicht zu lösen – «und ich war es, die es geprüft hat». Was jetzt kam, war höchst einfach – «aber Nerven brauchen Sie schon dafür, Messieurs dames!» Sie begab sich, wie jeder gesehen hatte, als letzte hinter den Paravent –

«Da hätte nur jemand protestieren müssen.» Levcius sah triumphierend um sich.

«Da hätte nur jemand aufpassen müssen», Lidewine hatte die Lacher auf ihrer Seite. Sie trug einen Zettel bei sich, unten stand bereits die bewußte Zahl, die sie dann nur noch auf die Tafel zu übertragen hatte, und dann schrieb sie eilig ab, was sonst noch auf der Tafel stand, steckte den Zettel in den Umschlag, leckte die Gummierung an, klebte den Umschlag zu und kam wieder hervor. Der Umschlag war jetzt in dem Zustand, in dem zuerst die alte Dame und dann sie seine Unversehrtheit hatten untersuchen dürfen.

Frau Roslovski sah in fraulicher Solidarität den praktischen Aspekt. «Da hatten Sie aber viel zu tun in kurzer Zeit.»

«Ja, ich hatte viel zu tun.» Weshalb sie sich auch etwas Luft habe verschaffen müssen durch die Frage, die sie stellte, und das Zögern bei der Antwort des Zauberers. Nein, sie habe das schon ganz gut gemacht, aber der wahre Meister sei Renó. Der führe das Publikum so an der Hand, daß die kleinen Umständlichkeiten, um Zeit für sie herauszuschinden, gar nicht auffielen. Das könne sie nach ein paar Auftritten nun schon beurteilen: Der sogenannte Mental-Effekt, den gebe es nicht, aber wie Renó mit dem Publikum spiele, das sei auch eine Art Mental-Effekt – darin liege das eigentliche Geheimnis dieser Nummer.

Harry Renó gegenüber hatte sie sich nie so bewundernd ausgedrückt; jetzt, wo sie dabei war, ihn zu verlassen und dazu noch zu verraten, war ihr, als habe sie ihre Zeit mit diesem Mann doch nicht vertan. Sie hatte etwas gelernt, und da war es nicht von Bedeutung, ob sich das später einmal anwenden ließe. Es schien ihr auch geraten, das Milieu, in dem man sie kennengelernt hatte, nicht allzu obskur erscheinen zu lassen. War das Enthüllen des Tricks vielleicht schon unvorsichtig gewesen? Vorsicht, die graue Eigenschaft ihrer Eltern, beim Vater von Ängstlichkeit getragen, bei der Mutter von Berechnung. Beides lag ihr nicht, schon gar nicht, wenn sie bereits mittags Glas um Glas Weißwein leerte.

Der Chefarzt war verhalten empört, aber sein Urteil war angesichts der allgemeinen Anteilnahme mehr zu sich selbst als in die Runde gesprochen: «Ich finde, solche faulen Machinationen gehören verboten. Für einen Prestidigitateur gelten dieselben Regeln wie für den Kriminalroman – der Leser muß bei entsprechender Aufmerksamkeit selbst auf die Lösung kommen können. Die Kunst darf nur darin bestehen, diese Aufmerksamkeit einzuschläfern und in die falsche Richtung zu lenken, aber mit einem Zuschauer zu arbeiten, der gar kein Zuschauer ist, das finde ich gar zu billig, das ist ein Vertrauensbruch.»

«Mein Mann sieht alles zu ernsthaft, die reine Unterhaltung ohne Gehirntraining verachtet er – ich nicht. Mein Gott, die fünf Wörter alle eilig aufzuschreiben ...»

Levcius fand wieder ein Loch in diesem Arrangement, das ihm im Ganzen aber gefiel: «Man hätte jetzt einfach nur die Schriften vergleichen müssen: auf dem Zettel und an der Tafel beide Male die Hand von Mademoiselle!»

«Deswegen habe ich ja Zahlen geschrieben, da erkennt man die Handschrift nicht so leicht.» Es sei eben an alles gedacht worden.

Herr Levcius zeigte Respekt. Die Illusion war nach allen

Seiten hin gegen ihre Ausleuchtung abgedichtet. «Wie kamen Sie auf die Zahl – ist das ein Datum?»

«Es ist genau in zwanzig Jahren. Ich spiele gern mit Daten – wir alle wüßten doch gern, was in zwanzig Jahren sein wird ...»

In Herrn Krass war eine stille Veränderung vorgegangen. Daß seiner grandiosen Genietheorie das konkrete Beispiel abhanden gekommen war, irritierte ihn nicht im mindesten. Er wandte sich Lidewine zu – das schreibt man so, aber es war, als gerate ein Marmorbild in eine unendlich langsame Bewegung und sende aus der steinernen Ewigkeit einen lebendigen Blick. «Etwas ins Auge fassen», diese Wendung, die das Aktive des Sehens wiedergibt, war hier am Platz wie nie.

Sie war dazu imstande, einen solchen Blick ohne Befangenheit auszuhalten. Sie war mit sich zufrieden. Hatte sie die Gesellschaft, in die sie da unvermutet geraten war, nicht vorzüglich unterhalten? Eben noch eine aufgegabelte junge Frau, jetzt schon das glänzend integrierte Mitglied eines Kreises, von dem sie bis jetzt nur wußte, daß in ihm köstlich gegessen und getrunken wurde. Dafür hatte sie Renó geopfert, aber so kannte sie doch das Leben: Was sie in der einen Stunde erworben hatte, verbrauchte sie, um in der nächsten zu bestehen.

Die Fettuccine wurden aufgetragen, und die Kellner traten zwischen die Gäste, um Trüffel darüberzuhobeln. Und zugleich entdeckte Herr Krass etwas hinter dem Rücken von Lidewine, was ihn veranlaßte, seine Serviette neben den Teller zu legen und aufzustehen. Drei Männer in dunklen Anzügen standen am Eingang und schauten sich suchend um, mit brauner Haut und Sonnenbrillen, woanders hätte man sie für Araber gehalten, in Neapel kam freilich jeder Typus der mittelmeerischen Welt vor. Er ging ihnen entgegen, mit gelassenem Schritt. Die drei verließen mit ihm das Restaurant. Durch die großen geöffneten Fenster sah man sie im Gespräch auf und ab gehen.

«Business», sagte Frau Rizzi.

Man wandte sich den Fettuccine zu. Es war wohl nicht üblich, in einem solchen Fall auf Herrn Krass zu warten.

7

Bei einer gemeinsamen Tafel kann immerfort etwas eintreten, was die Stimmung zerreißt und eine andere hervorbringt. Daß Herr Krass den Tisch verlassen hatte, ließ zunächst die Unterhaltungen munterer fließen. Eine Aufsicht war verschwunden, denn wenn er sich auch nicht oft ins Gespräch mischte, geschah es doch meist mit einer strengen Bewertung dessen, was da unbedacht geplaudert worden war. Seine Gäste vergaßen nicht, daß sie in seiner Gegenwart ein Schaugespräch zu führen hatten, als sei er ein Monarch des Mittelalters, der Gelehrte vor seinem Thron disputieren ließ, ohne selbst das Wort zu ergreifen.

Inzwischen hatte er sich aus der Sichtweite entfernt; der Kai vor dem Restaurant, wo er mit den sonnenbebrillten Herren auf und ab gegangen war, lag jetzt leer da. Jüngel sah ihm suchend nach und entdeckte die Gruppe auf dem Damm, der vom Ufer hinaus auf die Insel des Castel dell'Ovo führte. Schon sehr klein schritten sie im Sonnenschein langsam auf die Burg zu, und obwohl an den schwarzen Figuren Identitäten nicht mehr auszumachen waren, glaubte er, sicher sein zu dürfen, daß zwei der fremden Männer Herrn Krass in die Mitte genommen hatten. Währenddessen übernahm er Gastgeberpflichten, ließ Wein nachschenken und fragte nach den Wünschen für ein Dessert, leise sich an die einzelnen wendend, als ginge es um ein Geschäft von unerhörter Diskretion.

Schneller als gedacht war Herr Krass wieder da, wie auf einem anderen Weg zurückgekommen, den es doch gar nicht gab. Sein Ausdruck schien unbeteiligt, Erklärungen, gar Entschuldigungen lagen ihm ohnehin fern. Der Kellner – es war wieder der Hellhäutige, Schwarzlockige – brachte seinen Teller, der solange warm gehalten worden war. Weiße Seezungenfilets lagen darauf; in der Küche hatte man die Spuren, die davon zeugten, daß er sein Mahl unterbrochen hatte, beseitigt oder alles neu angerichtet. Er verzehrte den Fisch in Minuten, erhob sich, die Serviette auf den Tisch werfend, und sagte, gänzlich unforciert, eher gedämpft:

«Es kommen mit mir jetzt sofort Herr Doktor Jüngel, in zehn Minuten Levcius zu mir aufs Zimmer.»

Es bezeichnet die Wirkung seiner Person, daß niemand am Tisch sich über diesen Ton wunderte, jedenfalls nicht vernehmlich. Jüngel bebte am ganzen Leib, als er ihm aus dem Restaurant in die Hotelhalle folgte. Er war gewärtig, für ein ihm nicht bewußtes Delikt scharf getadelt zu werden; unmöglich, eine Verteidigung vorzubereiten. Herr Krass verlangsamte den Schritt. Er ließ Jüngel zu sich herankommen. Dem war, als werde ihn gleich aus der massiven Unbeteiligtheit heraus blitzartig eine mächtige Ohrfeige treffen. Tatsächlich zuckte er. Herr Krass blieb das nicht verborgen, er lächelte milde.

«Sie erhalten jetzt eine besondere Aufgabe. Sie können damit Ihre Fähigkeiten unter Beweis stellen. Ich möchte aber keine Fragen hören. Sie erhalten die Informationen, die Sie brauchen, das muß genügen.»

Jüngel war in seiner Dienstwilligkeit so erleichtert, daß

er sich mit kleiner Verneigung wieder entfernen wollte, als Herr Krass ihn mit unerwartet spöttischer Miene darauf aufmerksam machte, er habe den Befehl ja noch gar nicht vernommen. Er erwarte äußerste Delikatesse, und er wünsche, einen Erfolg zu sehen.

«Kommen Sie nicht zurück ohne Erfolg.» Der Spott war schon wieder verflogen. «Sie wissen ja, ich pflege Menschen zu kaufen. Ich kaufe Rat, ich kaufe Anwesenheit. Es geht mir jetzt um die Gesellschaft der jungen Dame, die zu uns gestoßen ist.» Er hielt inne und musterte Jüngel, ihm fest in die Augen sehend.

Der erwog flüchtig, ob es angebracht sei, ein angedeutetes Lächeln des männlichen Einverständnisses zu riskieren, aber er entschied sich dagegen. Herr Krass lud nicht dazu ein, es gab nichts Gemeinsames zwischen ihnen. Wenn er sich einer Frau zuwandte, war das etwas unendlich anderes, als wenn ein Jüngel das tat; das waren unvergleichliche Vorgänge.

«Sie unterbreiten ihr folgenden Vorschlag: Sie zieht hier ins Hotel, in eine eigene Suite. Sie wird neu eingekleidet. Diese Bluse will ich nicht mehr sehen. Sie nimmt an unserem Programm teil, sie ist mir zugeordnet. Es wird keinesfalls Intimitäten zwischen ihr und mir geben; sie hat in dieser Hinsicht weder Erwartungen zu hegen, noch hat sie in dieser Richtung Initiativen zu ergreifen. Eine Bedingung: Sie unterhält während der Zeit unseres Zusammenseins keine andere intime Beziehung. Ich möchte auch den Zauberer hier nicht auftauchen sehen.» Das stehe fest: Wenn sie in den nächsten zehn Tagen mit einem anderen Mann ertappt werde, fliege sie sofort hinaus, auch ihr Honoraranspruch verfalle dann. Und sie müsse wissen, daß er alles erfahre. Für ihn gebe es keine Geheimnisse.

«Welches Honorar darf ich denn vorschlagen?» Jüngel

hatte sich gefangen. Er spielte seine Rolle jetzt so, wie er hoffte, daß Herr Krass das schätzte.

«Was bekommen Sie? Nehmen Sie das Dreifache – zuzüglich die Geschenke, die im Fall des Vertragsbruchs natürlich zurückzugeben sind. Ich erwarte vor dem Abendessen Ihren Bericht.»

Levcius kam jetzt hinzu. Die Herren durchquerten die Hotelhalle und betraten den Aufzug.

Es gehörte zu den Eigenheiten von Herrn Krass, niemals zu grüßen und sich niemals zu verabschieden. Ohne Übergänge, ohne Einleitung begann er sofort ein Gespräch und verstummte, wenn er das Interesse daran verlor. Jüngel verstand seine Aufgabe so, als habe Herr Krass derartige Höflichkeiten an ihn ausgelagert, als fielen ihm solche minderen Pflichten stellvertretend zu, für die sein Meister sich nicht die Zeit nahm und sie sich auch nicht nehmen mußte, weil er in anderen Sphären lebte. Das wurde von jedermann akzeptiert. Sogar das französische Paar war da nachsichtig, der Docteur jedenfalls. Seine Frau zog gelegentlich die Augenbrauen hoch, aber wenn Jüngel derlei bemerkte, überbot er sich augenblicklich mit Beflissenheit, wie der Botschafter eines Potentaten hinter dessen Rücken alle Schroffheiten mit Wolken von Liebenswürdigkeiten abzumildern sucht.

So auch jetzt nach seiner Rückkehr an den Tisch: Das abgebrochene Mahl wurde mit der Aussicht auf ein großes Abendessen zum bloßen Übergang zu noch üppigeren kulinarischen Freuden erklärt. Und übermorgen werde dann die Bootsfahrt nach Capri folgen; Herr Krass bitte um die Ehre, sie alle dabei begrüßen zu dürfen.

Lidewine ergriff sein Handgelenk und drehte es herum, sie wollte die Uhrzeit sehen. Es war kurz vor vier. Harry Renó war entweder inzwischen abgereist, oder er saß voll Zorn in der Pension auf gepacktem Koffer, nicht im Zimmer wohlgemerkt, das er mittags hatte räumen müssen. Sie war im großen und ganzen zufrieden. Champagner und Wein hatten ihre Stimmung gehoben, aber dahinein drang nun doch die Frage, wie es weitergehen solle. Herr Krass gefiel ihr mehr und mehr, seine Generosität war nach ihrem Geschmack. Anders als bei dem wildschweinartigen Mitreisenden im Zug, dessen zarte Seele sie sich vorgestellt hatte, brauchte sie sich hier keine Mühe zu geben, den Mann anziehend zu finden, der genauso in sich hineinschlang, aber so viel bessere Dinge und auch so viele daran teilnehmen ließ. Ein Abendessen würde folgen – auch schön, aber dann? Er war doch offenbar an ihr interessiert gewesen, hatte ihr aber keine Möglichkeit gegeben, an ihn heranzukommen. Geglänzt hatte sie, alle hatten an ihren Lippen gehangen, aber er war in seinen Gedanken versunken gewesen, vermutlich hoch bedeutsamen Gedanken, als ob er vergessen habe, daß er sie an seinen Tisch gebeten hatte. Daß die anderen ihr weitgehend freundlich begegneten – die Frauen etwas zurückhaltender, aber das kannte sie schon –, spielte leider keine Rolle. Auf wen es hier ankam, war allzu offensichtlich, und deshalb hatte sie es für klug gehalten, die anzüglichen Blicke des Herrn mit den Pockennarben und den schmelzenden Augen nicht weiter wahrzunehmen, obwohl eine abweisende Miene sonst wahrlich nicht zu ihren Gewohnheiten gehörte. Und dennoch hatte der große Gastgeber sich nicht festnageln lassen. Es gab zwar noch eine zweite Chance, aber damit war immer noch nicht geklärt, wo sie nach dem Abendessen schlafen würde.

Sie grübelte. Was tun? Da gab es diesen jungen Mann mit dem gesträubten Haar, in seinem dunklen Anzug mit dunkler Krawatte wie ein Chauffeur, mit grauer Haut, eine farblose Erscheinung, nicht sehr stattlich, außerdem von einer feierlichen Servilität, die seine Männlichkeit empfindlich beeinträchtigte – aber, obschon nicht besonders anziehend, doch vielleicht ein Türöffner zu dem Gewaltigen.

«Jetzt muß ich ins Bett», rief Signora Rizzi, die ihre Primärbedürfnisse nie verbarg, aber die anderen schienen ähnliches vorzuhaben.

Lidewine stand unversehens allein da und gab sich Mühe, nicht ratlos auszusehen. Sie blickte zum Vesuv hinüber, als habe sie ihn bis jetzt nicht bemerkt und lasse sich von diesem unerwarteten Anblick gefangennehmen.

Jüngel trat wieder zu ihr. «Der schönste Berg, nicht wahr? Und ich liebe es, seinen abfallenden Linien zu folgen, die sich immer weiter dem Meer nähern und es doch niemals erreichen, die Kurve wird immer flacher und kommt doch nie zu ihrem Ende ...»

Hatte er ihre Gedanken gelesen? Sie ließ ihre Augen aufleuchten, lebhaft und ironisch, denn sie verstand diese Worte als das, was sie waren: ein eifriges Gesprächsangebot, der Versuch, sie jetzt nicht einfach gehen zu lassen. Gern ging sie darauf ein.

Er schlug vor, irgendwo noch etwas zu trinken. Sein Auftrag machte ihn mutig; sonst hätte er einen solchen Vorschlag nicht gemacht, er war schüchtern, seine Kühnheit war geliehen.

Lidewine leistete sich ein wenig Schauspielerei. Ob sie wirklich noch Zeit habe? Gut, sie mache das einfach möglich.

Seine Wangen röteten sich; die Aussicht, mit dieser Frau über die Mole zum Castel dell'Ovo zu spazieren, ließ ihn weniger grau erscheinen. Wer nicht abgewiesen wird, der ist offenbar doch liebenswert.

Die Frau des Orthopäden kehrte noch einmal zurück, denn sie hatte ihre überdimensionierte rosa Sonnenbrille auf dem Tisch liegenlassen; sie sah das junge Paar mit Wohlgefallen an. Diese Konstellation kam ihr angemessen vor, gut, daß es wohl darauf hinauslief; zu ihrem Mann hatte sie eben noch gesagt, wie peinlich es doch sei, wenn ein alternder Mann seinen Phantasien derart nachgebe wie Monsieur Krass. So trat sie denn zu Lidewine und küßte sie auf die Wange oder küßte sie vielmehr nicht, als sei die Berührung ihrer Lippen mit fremder Haut unbedingt zu vermeiden, aber die Geste war dennoch liebenswürdig, und die geküßte Lidewine hatte den verzogenen Mund ja nicht gesehen.

Jüngel platzte vor Wichtigkeit. Was stand ihm nun bevor! Alles kam darauf an, jetzt keinen Fehler zu machen. Was würden die Frauen, die er kannte, an der Spitze Hella, die Daheimgebliebene, zu solchen Propositionen sagen? Wenn man so etwas zu Hause erzählt hätte, dann wäre ein allgemeines Kopfschütteln gewiß gewesen. Gerade Hella hätte nicht das mindeste Verständnis gehabt: Eine solche Sache mußte doch einen Pferdefuß haben! Für welche Leistung sollte denn so üppig gezahlt werden? Sie hätte diesen Handel gewiß noch schärfer als die klassische Prostitution verurteilt, denn sie war schon mit seinem Engagement bei Herrn Krass nicht einverstanden. Das sei doch kein «richtiger Beruf»! Allerdings hatte sie Herrn Krass nie gesehen. Der war das beste Argument für sich, ihm gab es nichts entgegenzusetzen, das bewies jeder, den Jüngel bisher mit ihm zusammen erlebt hatte.

Er führte Lidewine denselben Weg, den Herr Krass mit den drei Sonnenbrillenmännern gegangen war, auf die alte Festung zu. An deren Mauern gab es eine Bar, von dort präsentierte sich der Vesuv noch vollständiger. Der Vulkan sollte der Pate des Ganzen sein, in Anwesenheit des im Dunst verschwimmenden Massivs würde sich das Außergewöhnliche leichter aussprechen lassen. Lidewine war animiert und sah unterwegs manchmal zu ihm hinüber, mit Augen, die anders als bedeutungsvoll gar nicht blicken konnten.

Auf der Terrasse der Bar bestellte sie wieder Champagner – «es fällt mir immer nur dasselbe ein, warum sollte ich etwas anderes trinken als das Beste?» Die Naivität, die aus diesen Worten sprach, ließ sie verzeihlich und harmlos erscheinen.

Der Einfallswinkel des Lichts machte das in der Bucht von Neapel undurchsichtig braune Meerwasser tiefblau, eine Antwort auf den Himmel. Vor ihnen hüpfte ein Schwarm Spatzen umher, alle in unablässiger Bewegung und doch zusammenbleibend. Es war, als hätten sie unter sich vereinbart, von ihren Flügeln so wenig wie möglich Gebrauch zu machen; so bewegten sie sich wie Aufziehtiere ausschließlich «zu Fuß», was doch viel mehr Kraft kostete als das Fliegen. Dann, plötzlich alarmiert, schossen sie gleichzeitig in die Luft und verteilten sich in alle Richtungen, sie hatten sich unsichtbar gemacht.

Lidewine betrachtete vergnügt die große Vogelerregung – «die Fußgänger!» War es ihr Gelächter, das die Spatzenschar schließlich aufscheuchte? Auch Jüngel blickte zu Boden, aber nicht auf die Vögel, sondern auf die Beine von Lidewine in den dunklen Strümpfen mit der dunklen Naht, ein Nostalgieprodukt, das aber die Beine vorzüglich zur Geltung brachte. Auch die Schuhe mit den Riemchen über dem Rist erinnerten an vergangene Jahrzehnte. Wie sicher sie sich auf den hohen Absätzen bewegte! Auf der gepflasterten Mole hatte es kein Stolpern und Schwanken gegeben; immerhin hatte sie sich bei ihm eingehängt und stützte sich gelegentlich sogar auf ihn, und er hatte spüren dürfen, wie ihr

Gewicht auf seinem Arm ruhte, was ihn, so angenehm das war, zugleich mit Sorge erfüllte: Hinter ihnen lag das Excelsior, mit hundert schwarzen Fensteraugen über dem Golf brütend – wenn da nun einer aus dem Dunkel eines Schlafzimmers ihren Weg beobachtete?

«Sie haben Herrn Krass kennengelernt.» Jüngel begann seine Mission.

«Wer ist das eigentlich? Was macht Herr Krass?»

«Wenn Sie das wirklich interessiert, dann haben Sie eine Chance, das zu erfahren. Ich habe sie nicht.» So listenreich ging er zu Werke. Für jetzt genüge doch erst einmal, daß er ein enorm wohlhabender, international agierender Geschäftsmann sei, der es verabscheue, allein zu essen, und deshalb jeden Tag große Tafel halte.

Lidewine war mit dieser Erklärung zwar noch nicht zufrieden, aber sie tat, als wäre sie es. Bloß nicht zu viel Interesse zeigen, bloß nicht herumbohren in den Sachen, womöglich gar den Eindruck des Aushorchens erwecken! Das hatte sie nicht erst lernen müssen, das wußte sie von Natur aus. Die Menschen barsten vor Bekenntnisdruck und ließen über kurz oder lang alles Wissenswerte aus sich herauslaufen. Man mußte nur ein wenig Zeit mit ihnen verbringen. Bei ihr waren gewagte Geständnisse im übrigen gut aufgehoben. Sie führte nicht Buch darüber, war außerstande, sich darüber zu erregen, machte kaum für sich selbst Gebrauch davon und vergaß schnell. Ihre Neugier galt dem Augenblick. Sieh' da! Da blitzt was auf! Etwas Heiteres, Komisches, zum Träumen Anregendes. Wäre es nicht undankbar, sich nicht damit zu beschäftigen?

Aber als Jüngel nun mit dem Vorschlag herausrückte, den Herr Krass ihm aufgetragen hatte – ach was, Vorschlag, Antrag vielmehr, im Grunde so etwas wie ein Stellungsbefehl –, da war sie überrascht. Nein, an etwas dergleichen hätte sie zuletzt gedacht. Sie war schon fest darauf eingestellt gewesen, zumindest die kommende Nacht mit diesem jungen Herrn zu überbrücken, kein Prachtexemplar seiner Gattung, aber offenbar beflissen, sie zu unterhalten, und hatte schon nicht mehr vermutet, daß Krass nach der Einladung an seinen Tisch einen weiteren Gedanken an sie verschwendete. Statt dessen war alles ganz anders, gerade umgekehrt. Daß der Instinkt sie so im Stich lassen konnte!

Gerade, was den Instinkt anging, hatte sie eine eigene Theorie: Eine Frau müsse ihm stets folgen, dies sei der einzige Ratgeber, der zähle. Ja, es komme zwar vor, daß dieser Weg ins Unglück führe, oft sogar, was aber überhaupt kein Argument dagegen sei. Bringe man seine innere Stimme zum Schweigen, indem man fremdem Rat folge, und lande daraufhin im Desaster, so werde man sich das niemals verzeihen, der Dorn im Gewissen bleibe ewig. Folge man hingegen dem Instinkt zum eigenen Unheil, habe man sich nichts vorzuwerfen – das sollte offenbar so kommen, das war ein Unglück, das einem entsprach, zu einem paßte, das man im geheimen gar gewollt haben mochte. Gegen diesen Instinkt kam nicht einmal die Mutter an, die über ihre Dickköpfigkeit in hellen Zorn geriet; die Schläge, die es dann gesetzt hatte, waren Zeichen der Ohnmacht gewesen. Unvorsichtigerweise hatte die Mutter sie frühzeitig zu Schmerzunempfindlichkeit erzogen.

Jetzt allerdings war Lidewine sprachlos, auch ihr Inneres blieb erst einmal stumm. Staunen lag in ihrer Miene und entspannte sie, Mund und Augen waren für ein paar Atemzüge aus dem Dienst entlassen, ausdrucksvoll zu sein. Nur eines wußte sie: sich jetzt bloß nicht über die Höhe der angebotenen Summe wundern. «Ich weiß nicht recht. Wenn man bedenkt, daß es um einen Vierundzwanzig-Stunden-Service geht ...» Jüngel forschte in ihrer Miene. «Ist das nicht genug? Brauchen Sie mehr? Ich kann das für Sie verhandeln!»

«Ich muß darüber nachdenken ...» Das Herumstreunen hatte sie gelehrt, daß eine echte Notlage abstoßend wirken kann. Bekam eine Obdachlose, zu der sie sich durch ihre Treulosigkeit gegenüber Harry Renó selbst gemacht hatte, eine Suite im Excelsior angeboten, wenn die Alternative, die Parkbank, bekannt gewesen wäre? Möglich, daß sie Herrn Krass in dieser Hinsicht unterschätzte, man kannte sich bisher nur oberflächlich.

Jüngel ließ ihr Zeit. Nachdem sie das erste Staunen überwunden hatte, war ihrem Gesicht ablesbar, wie sie die Bedingungen des Handels erwog: sie wie Juwelen aus einer Schmuckkassette herausnahm, sie im Licht blitzen ließ und zurücklegte.

Das Geld, Jüngel hatte vornehm von Honorar gesprochen, dann der ausdrückliche Verzicht auf Liebe – sie verschmähte den Ausdruck Intimitäten, der war ihr zu geziert –, was sollte das bedeuten? Sie hatte allerlei erlebt, kannte keine Bedenken, hielt sich ganz grundsätzlich für nichts zu gut, aber daß sie ihre Gunst regelrecht verkauft hätte, war noch nicht vorgekommen, jedenfalls nicht in solch unverblümter Form – es gab ja schließlich immer ein Geben und ein Nehmen, wenn man mit anderen in Beziehung trat. Verrückt erschien ihr, daß das hier ganz ausdrücklich ausgenommen sein sollte, und zwar von der Seite eines Mannes, den sie sich unter Tausenden vielleicht nicht eben ausgesucht hätte, der ihr aber durchaus präsentabel, mithin möglich erschien.

Wie war das in ihrer Kindheit gewesen, damals, als der melancholische, kränkliche Vater und die bäuerliche, energische Mutter Jagd auf die «wichtigen Leute» gemacht hatten? Stets ging es darum, wie die einzukreisen wären, wie die nicht verschreckt werden durften, wie beide ihre Rolle spielten – der Vater der introvertierte, scheinbar an allem desinteressierte genuine Künstler, die Mutter die originell-kokette, in der Kunstszene souverän verkehrende Frau, mit ihren Vintage-Kostümen aus den dreißiger Jahren, die ihr für wenig Geld einen einprägsamen Auftritt verschafften: «Man darf nicht angezogen sein wie die Sammler», war ihr Prinzip. War Herr Krass wirklich «wichtig», am Ende sogar «sehr wichtig»? Hätte ihre Mutter sie «auf ihn angesetzt», wie sie das nannte, wenn sie spürte, daß ihr eigener Charme nicht verfangen wollte? Richtig reiche Leute unterschieden sich von den anderen keineswegs nur durch das Geld; der Besitz hatte sie verwandelt, sie waren zu Menschen eigener Art geworden, unvergleichbar den Armen, mit gänzlich anderen Bedürfnissen. Zum richtigen Reichtum gehörte die Fähigkeit zur Verschwendung – etwas Teures kaufen und es dann nicht benutzen. Die Bedingung, keinen Liebhaber haben zu dürfen, solange sie in Gesellschaft von Herrn Krass lebte, kam ihr schon weniger exzentrisch vor – lag darin nicht bereits ein Keim von Eifersucht, versteckter Leidenschaft? Damit durfte dann wohl gerechnet werden?

Ihre Augen ruhten auf Jüngel. Eben noch hatte sie sich vorstellen können, ihn ersatzweise heranzuziehen, war sogar dankbar oder doch wenigstens beruhigt bei dieser Vorstellung gewesen, und jetzt rückte das schon wieder in die Ferne. Immer neu verblüffend, wie schnell die Erscheinungen der Welt in wechselndem Licht ein anderes Aussehen annahmen, genau wie eben, da eine schneeweiße Wolke sich vor die Sonne schob und gegen das gleißende Licht dunkel wurde. Lidewine erlebte, wie ein neuer Status von ihr Besitz ergriff. Ja, da gab es zwar diese ungewöhnlichen Bedingungen, aber man durfte nicht vergessen, daß es sich nicht um eine statische Situation handeln würde. Es würde Zeit verstreichen, damit kam etwas Unwägbares, Unabsehbares ins Spiel, in keinen Käfig zu zwängen. Sie war davon überzeugt, daß die Zeit mit ihr verbündet sei.

Bevor sie Renó kennenlernte, hatte sie in einem Pariser Café neben einem Mann gesessen, der sich als Chef einer Model-Agentur vorstellte, mit ölglänzendem Gesicht und fettigem Gekräusel im Nacken, die Augenlider halb gesenkt, als sähe er durch sie hindurch alles, was in ihr steckte, ihre Zukunft. Sie sei der Antityp, raunte er hypnotisierend in ihr Ohr, einfach vom Nachbartisch aus. Sie sei eben nicht die perfekte Schönheit mit ihrer Entenschnabelnase, natürlich auch etwas zu schwer nach heute gängigem Geschmack, aber groß genug und mit Klasse, mit Stil. «Kleine Brüste», sagte er eindringlich, und der Gang, die Haltung, das könne man nicht lernen, das sei angeboren. Bildeten sich beim Sprechen Bläschen in seinen Mundwinkeln? Tatsächlich war sie am nächsten Tag in der Agentur aufgekreuzt, später als verabredet. Er war durch ein Telephonat festgehalten, sie hörte seine Stimme aus dem Büro heraus, ebenso beschwörend wie am Vortag in ihr Ohr, er konnte wohl nicht anders, Geschäft und Verführung waren für ihn dasselbe. Eine ältere Frau mit kurzgeschnittenem Haar, ungeschminkt, ganz in Schwarz, begann, sie zu vermessen: Die Beine seien gut, aber das Becken zu breit, der Hintern ganz ordentlich, aber fünf Kilo müßten herunter, das Ganze mit Verachtung gesprochen, eine Feindin der Frauen, dachte Lidewine, lächerlich – als wäre der Körper ein Kleid, das man enger oder kürzer machen konnte. Was Frauen sagten, war ihr ohnehin gleichgültig. Kurz entschlossen zog sie die Jacke wieder über ihr Unterhemd, dessen Träger mit einer Sicherheitsnadel befestigt war, und ging grußlos aus dem Zimmer. «Was? Ihr habt sie gehen lassen?» hörte sie den Mann hinter sich rufen, da war sie schon im Aufzug; aus dem Fenster im dritten Stock winkte er ihr heftig zu, ein Befehl. Aber da hatte er schlechte Karten, es gab noch andere Optionen an diesem Abend.

Und dann kam Herr Renó, der sie mit der Teilnahme an seinem Trick verlockte, das hatte ein paarmal einen Riesenspaß gemacht. Renó? War der nicht schon weggewischt? Wer sie kannte, hatte auch eine für sie bezeichnende Geste bemerkt; sie strich sich mit dem Handrücken über die Schläfe, eine Strähne dabei zurückschiebend, die gleich wieder an ihren alten Ort zurückkehrte. Das sah aus wie die Bewegung einer Katzenpfote, kindlich, ein wenig unbeholfen, Zeichen einer wohligen Zufriedenheit mit sich selbst, Jüngel hatte es während des Essens schon beobachtet. Und doch begleitete diese Geste eine nüchterne Bilanz: Wenn sie erwog, was sonst zur Hand lag, war sie gut beraten, ein ungewöhnliches Angebot anzunehmen.

«Es gibt eine kleine Schwierigkeit», sagte sie. «Ich weiß nicht, ob ich einen Paß habe – wir müßten einmal nachschauen gehen ...»

Aus Jüngel sprach die Vollmacht eines Allmächtigen. Das habe ja nun gar keine Bedeutung. Er begleite sie gern beim Nachschauen – vielleicht müsse auch noch jemand weggezaubert werden?

8

Levcius saß mit Frau Roslovski, die sich für den Abend schön gemacht hatte, frischlackierte Finger- und Fußnägel, das Haar geföhnt, in der Hotelhalle, neben ihnen Cavaliere Rizzi und seine Frau, wieder im hautengen, bunten Seidenkostüm – sie besaß deren viele, ein Atelier stellte sie her, kein Ladenmädchen durfte ihr spitz erklären, in ihrer Größe sei leider nichts vorrätig –, dazu der Docteur, dessen Frau in weißem Piqué volle braune Arme sehen ließ. Ihr kurzes weißes Haar sah wie gefärbt aus, ihr Mann wirkte dagegen greisenhaft, was allerdings auch mit seiner Gravitas zu tun hatte.

«Wenn ein Außenstehender unsere Gruppe beobachten würde, wofür würde er uns halten? Ich frage mich das oft auf Reisen.»

Levcius erzählte eine Anekdote seines Vaters oder gab sie jedenfalls dafür aus. An anderen Tagen konnte man ihn sagen hören, er habe seinen Vater nie kennengelernt, aber das mußte kein Widerspruch sein; nicht wenige Menschen führen ein zweites Leben in den ihnen zugeschriebenen Anekdoten. Der alte Levcius habe – es müsse kurz nach dem Ersten Weltkrieg gewesen sein – in genau diesem Excelsior einen Kreis von Herren beobachtet und sich überlegt, wer das wohl sei, denn auffällig waren sie, aber zusammen paßten sie nicht und waren doch in lebhaftem Gespräch. Der Hochgewachsene mit dem weißen Diplomatenscheitel mochte der englische Botschafter beim Heiligen Stuhl sein, aber der tückische Zwerg neben ihm, der nervös hin und her schaute, hatte etwas von einem Schauspieler, dem Intriganten auf einem Schmierentheater, und der Hohläugige, Unrasierte, Langmähnige, bleich wie der Tod, das war gewiß ein russischer Anarchist, wohingegen der kleine Dicke mit den feuchten Augen, der gar nicht in diesen Kreis paßte, der sizilianische Orangenverkäufer aus dem Bilderbuch war. «So weit, so gut», sagte Levcius. Dem Vater habe das keine Ruhe gelassen, er habe sich beim Portier erkundigt. Nein, nein, der Kreis gehöre durchaus zusammen, sei geschäftlich eng verbunden. Auf seine Menschenkenntnis gab der Vater danach nicht mehr viel: Der Orangenverkäufer war Enrico Caruso in Erwartung eines Auftritts im Teatro San Carlo, der Bühnenintrigant war sein Agent, der russische Anarchist sein Liedbegleiter und der englische Botschafter sein Kammerdiener. Der Vater habe eine falsche Person als Zentrum des Kreises angenommen, «aber bei uns wäre das gar nicht möglich – denn wer Ralph Krass sieht, der versteht, auf wen es ankommt, und ohne ihn ist es ausgeschlossen, uns alle einzuschätzen.»

Sehr höflich war die Bemerkung nicht, wenn sie auf ihn auch zutreffen mochte; sie auf die anderen auszuweiten war eine von seinen Unverschämtheiten, die er selbst am meisten belachte. Aber man schenkte ihm keine Aufmerksamkeit mehr, denn soeben näherte sich über die breite Treppe, die vom ersten Stock in die Halle führte, der Gastgeber. Sein majestätischer Körper war von einem dunklen Anzug aus leichtestem Stoff umspannt, der bei jedem Schritt Wellen schlug, als wäre er eine flüssige Substanz. Unbeweglich war dagegen sein Gesicht, aber diese Maske war jetzt zum Teil einer Komposition geworden, da Lidewine neben ihm schritt, ihn fast überragend, weil ihr reichliches, den Kopf umstehendes Haar sie größer erscheinen ließ.

Oben auf ihrem Zimmer standen die starren Lacktüten aus den Modesalons hinter der Chiaia, auch flache Schachteln gab es da, manches war schon aus der Verpackung hervorgeholt – Kleider lagen über den Sesseln und dem großen Samtsopha mit den Prunkkissen, denn viel Zeit hatte sie vor dem Abendessen nicht mehr gehabt. Das Einkaufen hatte Stunden aufgezehrt und war doch ein Rausch gewesen, in dem, wie nicht anders zu erwarten, auch unbedachte Entscheidungen getroffen worden waren. Bei einem grünen Kleid hätte sie nicht mehr sagen können, warum sie es mitgenommen hatte – Rüschen verabscheute sie doch sonst, Gerafftes kam auch nie in Frage, und da lag es nun, besonders teuer; das wußte sie, obwohl Jüngel sich an Diskretion überbot. Gerafftes, Gerüschtes – untragbar! Der Anblick ihres Kleides erklärte ihr, wie es zur Geschmacksunsicherheit der Reichen kam: Sie mußten nie genau darüber nachdenken, was ihnen wirklich stand, sondern konnten unkonzentriert zu Werke gehen, einfach mal dies, mal das einpacken lassen und wunderten sich dann, daß sie schlecht angezogen waren.

Ihre Entscheidung für diesen Abend fiel ihr leicht – das schwarz-weiß gepunktete Kleid aus dem Secondhandladen vom Vormittag, nicht gekauft, weil jemand ein namhaftes Etikett hineingenäht hatte, sondern weil es, wie sie wußte, ein Kleid für sie war, ein kleiner Fetzen, ein Häufchen sehr dünner Stoff, der sich um sie herumschmiegte, sie schlanker erscheinen ließ, sie um die Knie herum umwehte, die Schenkel deutlich hervorhob, dem Hinterteil und dem ganz leicht nach vorn gewölbten Bauch eine feste Form gab. «Du hast eine Ägypterinnen-Figur», hatte einmal ein Archäologe zu ihr gesagt, dem sie Gelegenheit gegeben hatte, ihren Körper kennenzulernen. «Die langen Beine, der kleine Babybauch, die mädchenhaften Brüste, die abfallenden Schultern – wie ein Relief aus dem Mittleren Reich, eigentlich müßtest du enganliegende, plissierte Batistschläuche tragen, durchsichtig …» So was hörte man sich gern mal an, er hatte ein Buch über solche Sachen geschrieben und zeigte ihr die Photos darin.

Das schwarz-weiße Kleid bestand aus Kunststoffasern, sie würde darin schwitzen, aber zunächst kam es auf den Auftritt an. Der Ausschnitt war schmal, aber ziemlich tief, die Haut der Brust leuchtete weiß daraus hervor, und zugleich lud dieses schmale Dreieck dazu ein, hineinzuspähen und ahnen zu lassen, was eben nicht plump offengelegt worden war.

Es hatte geklopft, sie war fertig. Von einer Parfumwolke umgeben, öffnete sie die Tür. Draußen stand Jüngel, eine kleine Enttäuschung. «Er erwartet Sie.» Nachmittags beim Einkaufen hatte man sich geduzt, aber das war dem Ernst seiner Mission offenbar nicht mehr angemessen.

Herr Krass war im Salon seiner Suite am Telephon. Vom Vesuv waren in der Finsternis nur die tausend Lämpchen der an seinen Hängen verbotener- und unvorsichtigerweise gebauten Häuser zu erkennen, die den weich geformten Abhang in eine plastische Galaxis verwandelten, tags im Dunst blieben sie unsichtbar. Er nickte ihr ernst zu, während er weitersprach. Es war die erste Begegnung seit der neuen Regelung ihrer Beziehung. Auch als er auflegte, begrüßte er sie nicht. «Gehen wir», weniger ein Vorschlag als ein Befehl. Aber es war erstaunlich: Als sie den langen, mit Gouachen von Vesuv-Ausbrüchen dekorierten Korridor entlanggingen, entfaltete sich in ihrem Nebeneinander schon ein Magnetismus; Lidewine fühlte es in der ihm zugewandten Seite kribbeln. Sie gingen, ohne sich zu berühren, auf unwägbare Weise wie Mann und Frau. Aber während sie nun vor den Augen der anderen gemessen die Treppe hinunterschritten – «das Kleid», Levcius flüsterte, als wolle er es ihr mit einem einzigen Ruck vom Leibe reißen –, wandte Herr Krass sich mit halber Kopfdrehung an Jüngel, der sich beflissen huschend hinter ihnen bewegte: «Denken Sie bitte an einen Schal für Mademoiselle, der Abend ist kühl.» Er war sparsam in seinen Bemerkungen – in nichts sonst, und mehr als dieser Worte bedurfte es nicht, um deutlich zu machen, daß er von nun an eine verfügende Sorge für diese junge Dame übernommen hatte.

Im Aquarium des Restaurants zu Füßen des Posillipo bewegten sich, tastend die Antennen spielen lassend, Langusten in ihren prachtvollen Ritterrüstungen, untereinander trotz drangvoller Enge aber nicht kriegerisch gesinnt, obwohl von der Natur für Kämpfe so verschwenderisch ausgestattet. Sauerstoffbläschen umblubberten sie; ahnten sie, daß dieses Becken die letzte Station ihres Lebens war? Es hatte sich überwiegend in Meeresdunkelheit abgespielt, zum Schluß hingegen in Lichtüberflutung, die ihre kleinen schwarzen, Stecknadelköpfen gleichenden Augen blendete. Waren die sanften Antennenwinke womöglich eine Art Sprache, in der sie sich verständigten? Welche Botschaften enthielt ihr schwebendes Winken?

Herr Krass stand einen Augenblick lang in stummer Betrachtung, dann wandte er sich an Jüngel mit einer nachlässigen Handbewegung; so wurde alles Leben im Bassin ausgelöscht. Der Oberkellner, dem sich die Rangordnung der Gäste sofort mitgeteilt hatte, wunderte sich keineswegs, daß die eigentlichen Anweisungen von dem nervösen jungen Mann kamen; ebenso wenig wie Herr Krass Geld anfaßte, sprach er mit dem Personal. Und bald war das Becken leergefischt, und nicht viel später war auf einer Platte aus den Langusten mit ihren eingerollten, nach oben gekehrten Schwänzen ein roter Turm errichtet worden: So wurden sie um den Tisch herumgetragen, damit alle das Stilleben begutachten konnten.

Lidewine war trinkfest, das hatte die Mutter ihr vererbt. «Du sollst immer bei den Männern sein, und da mußt du trinken können», war ein Rat, den sie ihrer Tochter auf den Lebensweg mitgegeben hatte, ohne zu bedenken, daß man der Physis nicht einfach gebieten kann, aber das war im Fall der Tochter auch nicht notwendig. Wenn sie doch einmal betrunken war, und das sollte an diesem Abend eintreten, kein Wunder nach den tagsüber konsumierten Mengen, dann gelang es ihr wenigstens, nicht aus der Rolle zu fallen, nicht zu lärmen, zu viel zu sprechen oder in Tränen auszubrechen. Sie wurde einfach still und schaute höchst animiert um sich, als zeige sich ihr die Welt von einer unvermuteten Seite. Der flämische Akzent trat bei den wenigen Worten, die sie dann sagte, deutlicher hervor, und wenn ihr Gegenüber sie nicht sofort verstand, belustigte sie das über den kleinen Anlaß hinaus. Sie war gesund, was ihre Schönheit erst richtig zur Geltung brachte, wenn es diese Schönheit nicht überhaupt erst erzeugte.

Herr Krass herrschte zunächst schweigend über seinen Kreis. Wie es seine Art war, mischte er sich nicht in Rede und Gegenrede, sondern sprach, wenn er dann doch den Mund öffnete, das abschließende, entscheidende Wort. Gerade fragte Frau Roslovski, die sich mit Astrologie beschäftigte, die Tischrunde nach ihren Sternzeichen ab.

Madame Lecœur-Jouët war Skorpion. «Ich steche in die

Ferse, die mich zertritt», rief sie mit warmer Stimme, der niemand solch gequälte Tücke abnahm.

Levcius' Geburtstag kannte Frau Roslovski natürlich, abwertend klang ihr «Das wissen wir ja, du bist Fisch, nicht zu fassen» – und Mademoiselle?

Lidewine mußte nachdenken. Wann hatte sie denn Geburtstag? Für regelmäßige Feiern hatte es in ihrem Leben zu viel Unbeständigkeit gegeben. Sie sei, so erinnere sie sich, Stier, öffnete ihre neue Handtasche, die über und über mit goldenen Monogrammen besetzt war, aber das war nur ein Reflex, der Paß konnte gar nicht darin sein. Dann fiel es ihr ein, war auch ganz einfach: «Am 1. Juni!»

Vorwurfsvoll kam von allen Seiten die Korrektur: Aber dann sei sie ja gar kein Stier, dann sei sie doch Zwilling – sei ihr das denn bis heute wirklich unbekannt geblieben?

Zwilling, der Luftgeist, der Merkur, der Vermittler, der Händler – Frau Roslovski war eifrig dabei, Begriffe anzubieten, unter denen doch einer sein mußte, mit dem Lidewine sich identifizieren konnte.

Plötzlich ergriff Herr Krass das Wort: «Ich vermute, daß Mademoiselle Stier ist, sie hat das zutreffend gesehen. Man täuscht sich über dergleichen nicht. Ich hingegen bin Löwe, in stärkster, schier unerträglicher Hitze geboren. Ich war zu groß für den Körper meiner Mutter, ich habe sie beinahe zerrissen.»

Ehrfürchtiges Schweigen folgte dieser Intervention. Es mußte sich so etwas wie eine Spaltung der Erde ereignet haben, als er unter den Pfeilen einer unbarmherzigen Sonne ans Tageslicht getreten war.

«Und in welchem Jahr?»

Wieder fühlte sich Lidewine angesprochen. Ihr Geburtsjahr hatte sie nicht vergessen: 1959.

«Noch nicht dreißig.» Signora Rizzi klang entrüstet.

«Da war ich längst verheiratet, in meiner ersten Ehe, und hatte einen Sohn», es sprach aber kein Triumph aus Madame Lecœur-Jouët, eher Melancholie.

Frau Roslovski sandte Lidewine einen kritischen Blick – sie habe sie älter geschätzt. Levcius verwandelte das in ein Kompliment. «Niemand würde die Venus von Milo als junges Mädchen bezeichnen.»

Indessen hatte Herr Krass Jüngel zu sich gewinkt und flüsterte ihm etwas ins Ohr. Dessen ungehorsames Haar schien sich bei diesem Geflüster zu sträuben, die Brille beschlug, aber das kam diesmal von der Wärme. Nur Signora Rizzi hatte protestiert, als die Terrassentür geöffnet worden war. «In Neapel ißt man immer in geschlossenen Räumen», belehrte sie die Runde. Jüngel verhandelte mit dem Sommelier. Alsbald wurden neue Gläser serviert; in Schräghaltung wies der Kellner den Gästen das Etikett einer staubbedeckten Flasche vor. Ein Marsala, soviel war zu erkennen, obwohl das Papier zum Teil eingerissen war, aber das kleine Etikett darüber verriet den Jahrgang: 1959. Honiggelb und stark duftend stand der Wein im Glas, dickflüssig und schwer.

«Ihr Geburtsjahr», Herr Krass neigte sich steif zu Lidwine hin – so mochte sich ein Ritter, der seiner Dame das zerbrochene Schwert eines Feindes zu Füßen legt, seiner Vorstellung nach verneigt haben.

Sie nippte. Ein ungewohnter Geschmack: Fülle mit einer Note Terpentin, einer Andeutung Mandelbitterkeit, Holzigkeit, dazu feine Säure, das silbrige Gerüst, um das die Süße sich herumschmiegte. Was war das? Ein Zauberkraut, ein Liebestrank? War da am Ende etwas hineingemischt?

«Das ist der Spaniolgeschmack», sagte der Docteur, Cavaliere Rizzi nickte.

«Man muß das mögen.» Levcius ging mit dieser Bemerkung ein Wagnis ein; war das eine Einschränkung?

«Eine Panazee» – Jüngel wußte nicht, wie er den gemurmelten Kommentar des Cavaliere Rizzi übersetzen sollte.

Herr Krass richtete sich wieder an Lidewine, als sei er mit ihr allein. «Trinken Sie langsam, damit Sie sich an diesen Geschmack erinnern. Sie werden so bald nichts Ähnliches mehr schmecken. Versuchen Sie, es nie zu vergessen. Ihr Geburtsjahr ... Wir trinken Ihr Geburtsjahr ... Sie sind es, was ich jetzt trinke ...»

Schweigen legte sich über die Gesellschaft. In die Beklommenheit hinein hob Levcius sein Glas.

«Etwas ist jetzt überfällig – dies darf nicht ohne Konsequenzen vorübergehen! Ich schlage vor, daß wir uns alle von jetzt an Du sagen!» Ganz so bahnbrechend war der Vorschlag nicht, er duzte Herrn Krass längst, Frau Roslovski sowieso.

Madame Lecœur-Jouët flüsterte Jüngel zu: «Die Deutschen lieben das Du – als wir geheiratet haben, wollte mein Mann, daß wir uns siezen, nachdem ich drei Jahre als seine Geliebte Du gesagt habe ...»

Der Docteur war aber gar nicht so heikel, wie seine Frau das erscheinen ließ. Die Vorstellung, Herrn Krass zu duzen, selbst mittelbar durch einen Übersetzer, erfreute ihn offensichtlich. Er rief: «Cher ami», als er sein Glas nun auch in dessen Richtung hob.

«Ich heiße Ralph.» Herr Krass sprach wiederum nur zu Lidewine.

Sie hatte längst alle Bedenken abgelegt. «Ralph ist nicht schön – ich werde Krass zu dir sagen. Meine Mutter hat meinen Vater auch immer Schoonemaker genannt.»

Er nahm diese Eröffnung mit dem Ausdruck der Unbeteiligtheit entgegen, den er während seiner Weinrede kurz abgelegt hatte. Aber man konnte sich vorstellen, daß da etwas in ihn einsank, um mit der Zeit in der Tiefe eine stille Wirkung zu erzeugen.

9

Gleich nach dem Essen nahm sich Jüngel noch eine halbe Stunde Zeit für ein Fax an seine Freundin.

Liebste,

Herr Krass wünscht, daß ich seine Gäste herumführe und alles erkläre, aber zur gleichen Zeit schätzt er nicht, wenn ich den Mund aufmache. Wenn ich etwas sage, kann es sein, daß er mich durchbohrend ansieht, als sei ich dabei, gegen ein Verbot zu verstoßen, und wenn ich dann ins Stocken gerate, nickt er auffordernd und sagt: «Ich höre Ihnen zu.» Daß ich mich nicht in die Tischgespräche einzumischen habe, ist selbstverständlich, dafür bin ich auch zu beschäftigt, denn ich muß unablässig übersetzen, nach rechts und links. Ich bin wie ein Jongleur, muß im Satz von einer Sprache in die andere fallen, und ich schaffe das auch irgendwie. Zum Essen komme ich allerdings nicht. Ich bestelle mir nachts etwas aufs Zimmer, Roastbeef und eine halbe Flasche Champagner, und stelle mir vor, Du wärst hier.

Aber wenn man so auf das Beobachten konzentriert

ist, nimmt man manches wahr, was andere übersehen. Wie unterschiedlich die Leute mit Messern und Gabeln umgehen! So viele haben ihr ganzes Leben mit Besteck gegessen und stellen sich trotzdem jedesmal an, als hätten sie so etwas zum ersten Mal in der Hand. Frau Rizzi ist solch ein Fall. Wenn sie mit der Gabel etwas aufnehmen will, muß sie dazu das Messer hinlegen, und dann sticht sie von oben zu wie ein Amazonasindianer, der mit dem Spieß Fische fängt. Das Kunststück besteht dann darin, den Bissen in den Mund zu bekommen. Sie muß sich ihm entgegenbeugen und ihn von der Gabel wegschnappen, er könnte ja noch davonlaufen. Das Essen ist für sie das Wichtigste und zugleich sehr kompliziert, aber das schreckt sie nicht ab. Sie müßte nur einmal beobachten, wie lässig der alte Cavaliere mit der Gabel in die Nudeln hineingleitet und mit der rechten Hand mit einem Stück Brot nachhilft – aber das ist es wohl eben, sie hat ihn nie angesehen, er immer nur sie, während ihr Blick umherschweift, ob da nicht noch ein anderer auf sie wartet. Sie denkt vermutlich: Einsame haben keine Attraktion, das weiß niemand so gut wie ich, und ich staune immer noch, daß ich Dich gefunden habe.

Madame Lecœur-Jouët mit ihrer bäuerlichen Art käme beinahe ohne Besteck aus, greift, so oft es geht, zielsicher und ökonomisch mit den Händen zu, zerreißt ein Brötchen wie eine reife Feige, knabbert Knöchelchen ab, nimmt eine Schinkenscheibe mit den Fingern, Fleisch schneidet sie mit einem Ausdruck von disziplinierter Grausamkeit – sicher kann sie Geflügel schlachten und Wild aus der Decke schlagen, und während sie schneidet, schaukeln die Riesenohrgehänge. Sie hat diese Mischung aus Eleganz und ländlicher Roheit, und deshalb vermute ich, daß sie Aristokratin ist, ich kenne mich in Frankreich aber noch zu wenig aus. Sie ist übrigens die Einzige, die sich manchmal bei mir bedankt, auch manchmal meine Wortwahl lobt, die anderen sehen meine Übersetzungsakrobatik als blanke Selbstverständlichkeit an, als wäre ich eine Maschine. Nein, Herr Krass hat meine Rolle noch genauer beschrieben: «Ich kaufe Spezialisten.» Immerhin, was man kauft, das möchte man doch auch besitzen, das möchte man doch behalten – zunächst jedenfalls? Wieviel Zukunft liegt in dieser Bemerkung?

Er hat eine ebenfalls sehr auffällige Art zu essen, eine gezierte Plumpheit. Messer und Gabel hält er waagrecht, die Ellenbogen weit nach außen gestellt. Er ist ohnehin raumverdrängend, aber mit diesen Ellenbogenflügeln noch fast verdoppelt. Dafür sitzt er auch stets am Kopfende, und wenn der Tisch rund ist, dann entsteht um ihn herum so viel Abstand, daß selbst der runde Tisch ein Kopfende bekommt. Und so schiebt er denn mit der Messerklinge die Speisen auf die Gabel und schaufelt sie sich in den Mund. Und weil er bei Tisch nicht viel spricht, geht das Schaufelrad ungestört, und in Windeseile ist der Teller leer. Er läßt sich dann gern eine zweite Portion bringen und leckt sich die Lippen – nicht eigentlich genießerisch, eher wie ein großer Hund, der seine Pflicht getan hat. Wie ein Kind sagt er: «Ich bin hungrig. Ich bin durstig», das klingt wie «Ich lebe» oder «Ich sterbe» – der Motor läuft und fordert Nachschub.

Am meisten verblüfft mich aber Levcius, Du weißt schon, der Nackte, der lüsterne Barbar, wie ich ihn nenne. Bei ihm kann ich mir vorstellen, daß er Schlagsahne auf dem Körper einer Frau verteilt und sie dann aufleckt. Pardon, ich weiß, Du magst nicht, wenn ich so etwas sage, aber wenn Du seine schmelzenden Blicke sehen würdest ... gerade er ißt am manierlichsten: Häuft Bröckchen auf den Gabelrücken und führt sie, ohne daß etwas herunterfällt, mit sicherem Schwung durch die Luft in den mäßig geöffneten Mund; irgendwo muß er sich das abgeguckt haben. Bei einer Frau, die ihn erzogen hat? Sein Leben hat vermutlich eine Reihe sehr verschiedener Kapitel gekannt.

Ich vermute, daß nicht viele Leute auf solche Dinge achten. Bin ich zu mißtrauisch? Jetzt fällt mir ein, daß Dich immer wütend macht, wenn ich zu genau hinsehe – unser letzter großer Krach, aber was soll ich denn machen? Wenn dich dein Auge ärgert, reiß es aus? Willst Du das? Manchmal wäre ich bereit, alles zu tun, um Dir zu gefallen – zum Beispiel jetzt, allein auf meinem Bett sitzend.

An der Rezeption wartete er, bis das Fax gesendet war. In der Spiegeltür zur Bar sah er die Hinterköpfe von Herrn Krass und Levcius, der französische Docteur schien auch dabei zu sein. Da war ihm, als erzeugten die Blätter in seiner Jackentasche durch den Stoff hindurch ein Brennen wie eine Allergie. Verrat – war ein solcher Brief nicht schon Verrat? War einem Vasallen ein nüchterner Blick auf seinen Herrn gestattet? Oder nahm man sich zu wichtig, wenn man glaubte, der könne sich für die Gedanken seiner Untergebenen überhaupt interessieren, solange sie ihn fürchteten?

10

Nicht alles, was Jüngel aufschrieb, war für seine Freundin Hella bestimmt. Er wollte sie teilnehmen lassen an seinen Erlebnissen, aber unbedingt vermeiden, ihr Misstrauen zu wecken. Seine Notizen kamen in einen Kalender, mit winziger Schrift, für andere schwer zu entziffern. «Das Tagebuch eines Geisteskranken», hatte Hella einmal gesagt, als sie, ohne zu lesen, die Seiten durchblätterte.

25. XI. 1988
23 Uhr

Ich habe Lidewine schon auf unserem Weg durch die Stadt recht gut kennengelernt. Das ist keine Frau, die sich verbirgt. Verwirrend, was sie sieht und was sie nicht sieht – sie ist ein blinder Augenmensch. Eigentlich kurzsichtig, aber sie blinzelt nicht und kneift die Augen nicht zusammen, da hat sie sich im Griff. Nur wenn sie etwas lesen will, die Speisekarte etwa, hält sie das Blatt so nah, daß sie beinahe mit der Nase darauf stößt. Ich habe mir die Frage gestellt: Kommt ihre Zerstreutheit, die ihre Anmut ausmacht, ihre Freundlichkeit und Wärme zu jedermann – auch zu mir! –, ihre Gleichgültigkeit gegenüber dem Häßlichen, kommt das alles daher, daß sie so wenig sieht? Es mußte jedenfalls auch eine Sonnenbrille her, eine riesige, knallig wie aus dem Amerika der Nachkriegszeit, sie lachte über diese Brille und wollte sie unbedingt haben. Ihre Augen verschwinden nicht vollends dahinter, es glitzert in der dunkelgrünen Verschattung, plötzlich wirkt sie weniger harmlos. Vielleicht hat sie sich ganz einfach an die Schönheiten der Unschärfe gewöhnt, die ineinandertreibenden Farben, die Sfumatura, welche die Gegenstände mild leuchten läßt. Wie sehr es mich als Kind schockiert hat, als ich meine erste Brille bekam und die Scharfkantigkeit meiner Umgebung mich geradezu überfallen hat!

Aber ich täusche mich nicht: Zugleich sieht sie vieles, zumindest alles, was sie interessiert. Als wir vor den Klappspiegeln des teuren Kleiderladens standen, erschien mein Profil auf dem Seitenspiegel, mit gesträubtem Haar und wenig Hinterkopf, und ich bemerkte, daß sie es betrachtete. Nun bin ich ja gar nicht der Mann, mit dem sie sich nach Vertrag zu befassen hat – worüber hat sie also nachgedacht? Mit welchem Ergebnis? Günstiger, als ich mich sehe? Sie dabei in einem schulterfreien Etuikleid, das noch schöner gewesen wäre, hätte es an den Beinen zehn Zentimeter mehr gehabt, denn sie ist groß, die Proportionen stimmten nicht, aber von der Taille aufwärts sah sie hinreißend aus; sie kann so nackt sein. Sie hat die Haltung dazu.

«Ich will doch lieber einen Rock und keinen Hüftgürtel», das Etuikleid kam also nicht in Frage, dafür so manches andere.

Als wir den Laden verlassen hatten, sprach sie zu sich,

gar nicht an mich gerichtet. «Jeder Mann hat irgendwo seine beste Form; seinen Augenblick, in dem er großartig oder wenigstens nicht schlecht wirkt.» Sie erwähnte einen Freund, einen langweiligen, nicht sehr reizvollen Mann mit beschränkten Ansichten, aber wenn er auf einem Pferd saß, ein Gott! Seine langen Haare flogen, er war mit dem Tier verschmolzen, tadelloser Sitz im Galopp, wußte auch genau, daß er jetzt gut aussah. «Als ich ihn so gesehen habe, war klar: Den muß ich auch mal haben, aber als er vom Pferd abstieg ...» Sie amüsierte sich über ihre Enttäuschung. Weg mit dem Kerl, so habe ich es mir ergänzt; sie drückte sich nicht so grob aus.

Ich lief neben ihr. Ich trug die Tüten, mit meiner Krawatte wie ihr Fahrer, und dennoch hat sie mir hin und wieder die Hand auf die Schulter gelegt, die Straße war abschüssig, das Pflaster uneben. Vor einer kleinen Trattoria hielten wir an, sie wollte sich erfrischen, das Einkaufen war anstrengend. «Einen Kaffee?» habe ich gefragt. «Nein danke, lieber Wein, am besten gleich einen halben Liter.» Eine Familie hatte dort ihr Mittagsmahl beendet, es war wohl etwas Festliches gewesen, spät und beschwingt saß man beim Schnaps zusammen, aber der Mittelpunkt der Gesellschaft war ein kleines Mädchen, höchstens fünf, sehr zierlich, ausstaffiert wie eine Puppe. Im dünnen Haar eine Schleife, das abstehende Röckchen aus elfenbeinfarbener Spitze, die Söckchen endeten in einer Krause, die Schuhchen waren blütenbesetzt. Rot-goldene Tropfen hingen an den großen Ohren, die Augen kaffeefarben und undurchdringlich. Das Kind erzwang unablässig die Aufmerksamkeit der angetrunkenen Erwachsenen, die seinen Forderungen unterwürfig folgten.

«Schau mal, das böse Kind, die Teufelin.» In der romanischen Welt ist das ein halb widerwilliges Kompliment. Jeder Glaube an die Unschuld der Kinder wurde beim Anblick dieses durchtriebenen kleinen Subjekts erschüttert. Lidewine lächelte, immer dieses Lächeln, dieses Einverständnis mit allem, was geschieht, die Bereitschaft, alles interessant zu finden. Besonders beschäftigten sie die großen Ohren in ihrer rührenden Häßlichkeit: «Ein genauso böses Kind bin ich auch gewesen. Meine Eltern waren verzweifelt! Das ist der Unterschied: Dieses Kind ist böse, weil es verzogen wird, ich hingegen war böse, obwohl ich streng erzogen wurde – ich war es aus mir selbst heraus», sie staunte darüber, worauf sie ganz von allein gestoßen war. Und dabei hatte ihre Mutter sie regelmäßig bestraft – der Vater nicht, bei dem traurigen Mann saß sie gern auf den Knien, aber bei der Mutter fielen die Ohrfeigen wie Pistolenschüsse. Sie hatte stets verschmäht, Strafe durch Lügen abzuwenden – «nur aus Faulheit», fügte sie hinzu, für das Lügen brauche man ein gutes Gedächtnis, und sich etwas auszudenken sei auch mühsam! Wie sie da vor mir saß, war sie ein kräftiges Mädchen, unverwundbar. «Die Schläge meiner Mutter taten weh, aber sie waren Notwehr, das habe ich schon damals verstanden. Laß uns Schuhe kaufen gehen!»

Sie hat mich vom ersten Augenblick an geduzt. Ich war das Faktotum, schon klar, aber obwohl ihre Rolle noch nicht definiert war, schwebte sie, ihrer Natur nach, ganz oben und beugte sich freundlich und liebevoll zu dem Gewimmel unter ihr hinab. Die Trattoria lag im Grenzgebiet zwischen dem bürgerlichen und dem proletarischen Neapel; das kleine böse Mädchen war Anzeichen dieser Grenzlage. Hier begannen die engen Straßenschluchten von Santa Lucia, die hinter dem Hotel zum Promontorio aufstiegen. Eine Haustür sprang auf, zwei Frauen torkelten auf die Straße; es war zunächst nicht zu erkennen, wer stieß und wer gestoßen wurde, so eng waren die zwei ineinander verkrallt, beide heiser schimpfend, im Nu von Publikum umgeben. Sie setzten alle Waffen ihres Körpers ein, die Hände zum Kratzen und An-den-Haaren-Ziehen, die Füße zum Treten, die Zähne zum Beißen, und waren gut bei Kräften; der Kampf wurde mit äußerster Rücksichtslosigkeit geführt, als gehe es um die Vernichtung der Gegnerin. Eine war schon blutverschmiert, das sah vielleicht schlimmer aus, als es war, aber der Anblick des Blutes verwandelte die andere in eine Tigerin. Beide wollten einander an den Hals, beide röchelten und spuckten, als zwei dunkelblau uniformierte Carabinieri erschienen, die in diesem Viertel patrouillierten und sie auseinanderrissen. Sobald sie sich nicht mehr berührten, sank ihre Wut wie eine Stichflamme in sich zusammen, der das Gas abgedreht wird. Zurück blieb ein stumpfer Haß, zäh wie Pech nach der eben noch chaotisch-aggressiven Hyperbeweglichkeit. Lidewine wollte von mir wissen, was die Frauen sich ins zerkratzte Gesicht geworfen hatten: «Strega, zoccola – Hexe, Hure ...» Was war da vorgefallen? Sie hat mir gestanden, daß sie die Leidenschaft der beiden Frauen, die jetzt erschöpft, vor sich hin starrend, dastanden, zutiefst bewundere. «Die Liebe», hat sie gesagt, «meinst du, ich werde mich auch mal so verlieben? Ich mag die Männer, aber so wie die eben um einen Mann kämpfen ...»

Soll ich geschmeichelt sein, daß sie mich derart ins Vertrauen zieht? Auf dem Weg den Berg hinab sind wir zwei Halbwüchsigen begegnet, höchstens sechzehn, in

Uniformen aus dem neunzehnten Jahrhundert, mit Tschako, Cape, Degen und Handschuhen – Kadetten aus dem Gymnasium Nunziatella, das oben auf dem Promontorio thront, mitten im heruntergekommensten Teil der Stadt. Lidewine war von ihrem Anblick hingerissen. «Wenn ich irgendwann einmal einen Sohn habe, dann schicke ich ihn auf diese Schule … Wie es dazu kommen soll, weiß ich allerdings nicht … Wenn Kinder klein sind, sind sie fürchterlich.» Aber das immerhin kann sie sich vorstellen: eines Tages ein Photo von einem Sohn in einer solchen Uniform zu besitzen.

Jetzt fällt mir etwas ein, was mir vorher gar nicht aufgefallen ist: Sie hat kein zweites Mal etwas über Herrn Krass herausbekommen wollen. Der ist für sie als Lebenstatsache fraglos hinzunehmen, wie ein Axiom. Oder hat sie etwa schon gelernt, daß es sich nicht gehört, das Personal über die Herrschaft auszuhorchen?

11

In seinem ersten Fax an diesem Abend hatte Jüngel Lidewine mit keinem Wort erwähnt. Das schien ihm bei längerem Nachdenken unvorsichtig; so kam es tief in der Nacht zu einem zweiten Fax an Hella.

Liebste,

Faktotum ist ein Mann für alles, aber jetzt nimmt dies «alles» schon sehr sonderbare Formen an. Ich sagte Dir ja, daß Herr Krass verheiratet ist. Levcius, sein engster Mitarbeiter, kennt die Frau und behauptet, sie habe sich mit dem Leben ihres Mannes abgefunden – er will keine Scheidung, fordert aber vollständige Freiheit. Wenn Du mich fragst, fordert er sie nicht, sondern nimmt sie sich einfach, diskutieren tut er nicht. Levcius hat fest damit gerechnet, daß Herr Krass Frauen nach Neapel kommen lässt, Zimmer waren auch schon gebucht, aber dann ist die eine krank geworden – Levcius: nicht jung, nicht schön, aber mit spektakulären Brüsten, die sie der Welt im Riesendécolleté präsentiert –, und daß jemand krank wird, darf bei Herrn Krass nicht passieren, denn wenn er von Krankheiten hört, wendet er sich sofort ab. Und die andere, nach Levcius' Beschreibung auch keine Bellezza, er sprach von Vogelaugen und krummem Rükken, wollte Krass nicht allein empfangen, diese beiden nimmt er nur zusammen.

Du weißt, ich bin kein Sittenrichter, Du ja im Grunde auch nicht – wenn wir streiten, geht es nie darum –, aber inzwischen bin ich froh, daß Du nicht hier bist. Nein, nicht wegen Dir und schon gar nicht wegen mir – ich liege einsam im Bett und sehne mich nach Dir und bereue, daß wir uns so viel kaputtmachen müssen, wenn wir beieinander sind –, aber wegen seiner Launen. Was tun, wenn er plötzlich Dich ins Visier nähme? Jaja, ich weiß, für Dich eine Unmöglichkeit, aber was sollte ich dann tun? Der schöne Traum wäre sofort ausgeträumt, Abweisungen nimmt dieser Mann nicht hin, hat er nicht nötig, wer nicht will, kann gehen. Ich verstehe das sogar, nur selber will man nicht betroffen sein.

Jedenfalls hat er ganz schnell eine andere aus dem Hut gezogen. Levcius findet sie ungewöhnlich jung für ihn, aber sonst paßt sie: Sie ist, wenn Du verstehst, vom Eindruck her überlebensgroß, mit viel Haar und viereckigem Gesicht, in dem alles die Normaldimensionen sprengt. Für mich ist dieser große rote Mund zum Fürchten! Die Augen rollen, als ob sie aus dem Kopf fallen wollten – na gut, sie kann auftreten, schiebt ihren Körper vor sich her mit langsamem Soldatenschritt, aber für mich ist sie eine Monstrosität. Erinnerst du dich noch an das Museum von Aix-en-Provence? An den Ingres? Das große Bild, über das wir gestritten haben, Jupiter und Thetis? So wie diese Thetis ringelt sie sich um den dicken Krass – aufdringlich, er mag das nicht, sagt aber kein Wort.

Ja, und weil er bei ihrer Ankunft ihre Garderobe nicht vorzeigbar fand, mußte ich mit ihr einkaufen gehen – abwechslungsreich ist mein Job, aber inzwischen vielleicht auch ein bißchen peinlich? Das denkst Du hoffentlich nicht! Es ist doch ein Privileg, in seiner Nähe zu sein, und da läßt sich dann das Private und das Geschäftliche nicht trennen. Es kam nur darauf an, daß die Dame zufrieden war – war sie tatsächlich, ich wünschte bloß, ich hätte mit Dir eine solche Tour machen dürfen: Kleider, Schuhe, Taschen, Schals, in Parfümerien sind wir auch gewesen, nur das Beste kam in Frage, sie kannte sich aus. «Hat das Budget eine Grenze nach oben?», hat sie einmal gefragt, als sie noch einen Morgenrock aus grauer Spitze entdeckt hatte. «Ja, natürlich gibt es eine Obergrenze, ich weiß aber nicht, ob wir sie heute nachmittag erreichen werden.» Ich wollte so sprechen wie er, damit auch er zufrieden war, wenn sie ihm das erzählen sollte.

Und sogar in Neapel wird man verwundert angesehen, wenn man solche Posten alle bar bezahlt. Das Köfferchen muß ich immer dabeihaben – kein unbeschwertes Gefühl. Ich würde es mir am liebsten an die Hand ketten, aber es gibt hier wahrscheinlich auch Kerle, die sie einem dann einfach mit abreißen. Die Neue hat gelacht – sie lacht viel, lacht auch ohne Grund, ist ohnehin die einzige, die lacht, wenn er ein ernstes Gesicht macht, und hat gesagt: «So viel Geld trägt man doch in einer Plastiktüte mit dreckiger Wäsche darüber.» Auch darin kannte sie sich aus und auch mit solcher Wäsche – was man bei der Anprobe zu sehen bekam, war nicht gerade taufrisch –, aber die Unbefangenheit, in einem solchen Luxusladen vor der Verkäuferin mit löcherigem Unterhemd dazustehen, die paßt natürlich zu ihm. Er kann Menschen buchstäblich wegzaubern, unsichtbar machen, mit einem Blick versinkt man in der Bedeutungslosigkeit.

Ich schreibe Dir, anstatt zu schlafen, dabei gibt es für morgen viel vorzubereiten, das Programm muß abrollen, und zu allem anderen habe ich auch mit dem Immobilienmakler zu sprechen. Herr Krass sucht ein Haus – irgendwas Riesenhaftes. Ich habe aber schon eine Adresse.

In Liebe und in der Hoffnung, daß Du auch manchmal in Liebe an mich denkst – oder etwa nicht?!?

Unerträglich langsam, knirschend, als wäre das Innere der Maschine aus Kork, wanderten die Blätter durch den Schlitz. Auf sein Zimmer zurückgekehrt, verbrannte er die Blätter im Waschbecken und wartete, bis sie zu Asche geworden waren.

12

Die Rizzis, Levcius, Frau Roslovski und die Franzosen standen, von Jüngel wie von einem Hirtenhund umkreist, vor dem Archäologischen Museum; es fehlten nur noch Herr Krass und Lidewine. Sie nahm sich Zeit. Daß er das Warten verabscheute und nie versäumte, auf seine Eile hinzuweisen, überhörte sie schlichtweg, und solche Extrapossen mochten wohl gar seiner geheimen Erwartung entsprechen – die Frau an seiner Seite, ein über dem Gesetz stehendes Wesen, so mochte er sich das zurechtlegen. Er selbst strahlte ja trotz des bewußten Zeitdrucks eine steinerne Ruhe aus: ein Mann, der im Leben sicher noch nie einer Bahn hinterhergelaufen war.

Das Paar fuhr schließlich in einer Hotellimousine vor. Der Fahrer öffnete Lidewine den Schlag, ein schlankes, eigentümlich starr wirkendes Bein kam aus dem Wagen hervor, dann ein zweites, schön langsam, und schon war der außen herumgelaufene Herr Krass zur Stelle und reichte seine Hand in den Fond, um Mademoiselle beim Aussteigen zu helfen. Er war von seinem schwarzen Kaschmirmantel umwallt, der zugeknöpft etwas zu eng war, dabei ganz neu, eine Marotte des Mailänder Schneiders, der alles sehr knapp zuschnitt. Geöffnet umwehten die Schöße den schweren Körper und ließen ihn noch raumgreifender erscheinen.

Lidewine hatte einen Schönheitsmorgen hinter sich. Früh war eine Masseuse bei ihr gewesen, ein Bad in Körpertemperatur hatte sie erfrischt und gestrafft. Das reichliche Haar war nun um den Kopf herumgesteckt und sah dadurch nur noch üppiger aus; und auch die Augen und der Mund erschienen größer, wenn keine Haarfluten davon ablenkten. Dieses gemeinsame Vorfahren machte Eindruck auf die Versammelten. Herr Krass allein war an sich schon wirkungsvoll genug, aber die junge Frau steigerte das: König und Königin. Es gab der Macht erst ihre Abrundung, wenn zur Kraft die Anmut, zur Düsternis das Lächeln traten.

Er winkte Jüngel zu sich, wie immer ohne ihn zu begrüßen. «Ich möchte Sie auf folgendes aufmerksam machen: Führen Sie informativ, aber nicht pedantisch – die Herrschaften wünschen, nicht belehrt zu werden. Bei aller Kürze unterhaltsam, die Damen dürfen sich nicht langweilen.»

Jüngel verstand, daß sich dies ausschließlich auf Lidewine bezog, denn ob Frau Rizzi Überdruß empfand, war Herrn Krass bestimmt gleichgültig.

«Und dabei nicht lästig fallen, Sie haben hier ein Publikum von Spezialisten vor sich – ja, Spezialisten!», als habe er den Ausdruck von Verwunderung in Jüngels Augen wahrgenommen und wolle mit Nachdruck dagegenhalten. Als Souverän gebot er über die Wirklichkeit. Daß Frau Roslovski und Herr Levcius als Spezialisten hellenistischer Kunst gelten durften, war hiermit geklärt.

Jüngel wurde wieder heiß, aber die Brillengläser beschlugen nicht, weil ein frischer Wind vom Meer wehte. Und hatte er sich nicht vorbereitet? Er wollte die Gesellschaft weitgehend sich selbst überlassen und nur auf Fragen antworten, manchmal auf etwas hinweisen, den eigentlichen Vortrag aber einem einzigen Objekt widmen: dem berühmten Alexander-Mosaik, auf dem es genug zu entdecken gab. Er vermutete, daß alles, was mit dem jungen Erobererkönig zu tun hatte, bei Herrn Krass auf Sympathie stoßen würde. War er nicht ein fortlebender Alexander? Einer, der nicht mit den ominösen dreiunddreißig Jahren an sein Lebensende gelangt war, sondern diese für außerordentliche Naturen offenbar lebensgefährliche Klippe umschifft hatte?

«Ich werde vor allem das Alexander-Mosaik vorstellen», kündigte er an, wahrhaft unvorsichtig, denn was hätte er getan, wenn Herr Krass angeordnet hätte: Das Alexander-Mosaik auf gar keinen Fall?

Der schien so etwas zu erwägen, denn er richtete seinen Blick in die Ferne, wiegte das Haupt, entschied dann aber: «Gut, das Alexander-Mosaik dürfen Sie machen.»

Jüngel meinte, die Erleichterung bis in seine schon wieder hahnenkammartig gesträubten Haarspitzen hinein zu spüren, während die Gesellschaft sich dem Riesenportal des Museums näherte. Alles öffentliche Bauen in Neapel sei überdimensioniert gewesen – er haspelte, gleichsam beiseite sprechend, diese Erklärung wie etwas den Anwesenden längst Bekanntes herunter –, begünstigt durch den leicht abzubauenden, zunächst weichen Tuffstein, der erst an der Luft hart werde, Zyklopenblöcke hätten sich so übereinandertürmen lassen. Das interessierte aber keinen, die Zeitgenossen waren andere Dimensionen des Bauens gewohnt, und deshalb verteilte er jetzt die schon vorher besorgten Eintrittskarten. «Ich lege Wert darauf, daß keiner der Gäste in meiner Gegenwart Geld anfaßt», hatte Herr Krass ihm eingeschärft, er selbst tat es ja auch nicht, in seiner Gegenwart wollte er jeden auf sein eigenes Niveau gehoben wissen. Er ging neben Lidewine, einen kleinen Abstand haltend, aber es war dennoch klar, daß sie zusammengehörten. Wie sie da neben ihm einherschritt, indem sie die hohen Absätze auf dem Marmorboden knallen ließ, wollte Jüngel keine bessere Ergänzung für seinen Chef einfallen.

Wie erhofft und vorgesehen, sammelte sich die Gesellschaft, die zunächst verstreut vor einzelnen kleineren Objekten da und dort stehengeblieben war, vor dem großen Alexander-Mosaik, das einstmals den Fußboden einer Villa im verschütteten Pompeji bedeckt hatte. Jüngel, immerfort bemüht, wie nebenbei zu plaudern, wagte zu behaupten, daß es an der Wand jetzt viel besser präsentiert sei, ähnlich dem griechischen Gemälde, dessen Kopie man vor sich habe.

«Eine Kopie ...», murmelte Herr Krass. Das klang weder nach Enttäuschung noch Mißfallen, aber es war dieses Wort nun einmal in ihn hineingefallen wie die Münze in einen Automaten.

Ja, bestätigte Jüngel etwas zu eifrig, die Kopie eines wahrscheinlich noch zu Lebzeiten Alexanders geschaffenen Gemäldes. «Dieses Motiv hier ...», er wies auf den Makedonenkönig, der einen gelbbestrumpften Perser mit der Lanze durchbohrte, während dessen Pferd, schon unter dem Reiter zusammengebrochen, den Kopf in den Staub des Schlachtfeldes beugte, «findet sich bereits auf dem Alexander-Sarkophag in Istanbul, und der stammt von 325.» Er sprach in verschwörerischem Ton, als wolle er den unangemessenen Versuch unternehmen, Herrn Krass auf seine Seite zu ziehen, aber der würgte das ab.

«Schon in Istanbul? Das hat meiner Meinung nach nicht viel zu sagen.»

Jüngel kam, wie er sich später in einem Fax an Hella rühmte, auf einen glücklichen Einfall. «Die Leute lieben es, an Kunstwerken Fehler festzustellen – nichts bringt ihnen ein Werk so nahe wie der Nachweis von Fehlern, es macht sie richtig glücklich. Und das Kunstwerk verliert nicht unbedingt dabei, es prägt sich vielmehr besser ein: Das war doch das Bild mit den falsch gemalten Füßen. Die nachgewiesenen Fehler erlauben überhaupt erst, das Kunstwerk zu lieben. Ich habe sie deshalb aufgefordert, die Reiter und die Pferde zu zählen, denn es gibt tatsächlich weniger Pferde als Reiter. Es heißt, das sei ein Fehler des Kopisten, aber ich finde, das Schlachtgetümmel wird durch solche Inkongruenzen nur noch eindringlicher, in einem Tumult kann man eben keine Details mehr erkennen, alles fällt übereinander her. So ein Fehler, wenn wir denn bei dem Wort bleiben wollen, trägt zum Realismus der Szene bei, diesem Aufeinanderknallen zweier Riesengewalten.»

Die von Jüngel derart inspirierte Schar schmolz in der Fehlersuche für einen Moment zusammen; sogar Frau Roslovski vermochte etwas beizutragen. Ihrem Scharfblick war ein pferdeloser Reiter links hinten nicht entgangen, den alle anderen übersehen hatten.

Jüngel suchte weitere Verbündete und wandte sich an Madame Lecœur-Jouët: «Finden Sie nicht, daß der persische Großkönig etwas Südfranzösisches hat? Mit diesem bräunlichen Teint, der langen Nase, den schwarzen Locken? Erinnert er nicht ein bißchen an den Geiger Thibaud?»

«Wer war denn das?» Ihre warme Stimme klang amüsiert, der Geiger sagte ihr nichts, aber der Versuch, in dem alten, aus der Lava hervorgegrabenen Bild Ähnlichkeiten mit Zeitgenossen zu entdecken, gefiel ihr.

«War das vielleicht ihre Vorstellung von Esprit, an die ich da appelliert habe?», schrieb Jüngel später in seinem Fax. Madame Lecœur-Jouët war in der Gesellschaft sein geheimer Ankerplatz. Ihr auf Französisch etwas zuzuraunen gab ihm das Gefühl, nicht verloren zu sein. Sie ging immer darauf ein, gleichfalls raunend, obwohl sie doch wußte, daß niemand sonst hier Französisch sprach, von ihrem Mann abgesehen – halt, aber da war jetzt auch Lidewine, polyglott durch Unbedenklichkeit, jede Sprache unbekümmert flämisierend und dadurch in ein gesamteuropäisches Idiom umschmelzend, in ein organisches, nicht am Schreibtisch ausgedachtes Esperanto.

Madame Lecœur-Jouët widmete ihr distanzierte Seitenblicke. Sie war so aufgeklärt, daß sie die neue Konstellation nicht kritikwürdig fand, aber das bedeutete natürlich nicht, daß sie sich dazu verpflichtet fühlte, das Mädchen ernst zu nehmen. Man mußte sich schließlich nicht mit jedem unterhalten. Ihr Mann hingegen, der von Herrn Krass stets durch besondere Respektsgesten ausgezeichnet wurde, denen allerdings selten ein kurzes Gespräch folgte – es schien, als langweile er sich in Gesellschaft des Arztes und gehe der Notwendigkeit, das Wort an ihn zu richten, nach Möglichkeit aus dem Wege –, hatte sich dazu entschlossen, seinem Patienten und Gastgeber die allerhöchste Ehrfurcht entgegenzubringen, und wandte nur selten die Augen von ihm. Wie hatte Herr Krass das Herz dieses Mannes gewinnen können? Durch geistigen Austausch jedenfalls nicht.

Bevor die Gruppe vor der Alexanderschlacht zusammenkam, war Jüngel in die Lage geraten, eine kurze Unterhaltung des Paares zu belauschen; sie betrachteten gerade das Mosaik eines völlig unrealistischen Totenkopfs mit knöchernen Wangen.

«Du siehst, Chérie, die hatten keine Ahnung von Anatomie», sagte der Docteur gedämpft, als gehöre sich Kritik an den Exponaten nicht, wenn man eingeladen war.

«Komisch, am Anblick von Leichen hat es ja wohl nicht gefehlt.» Madame Lecœur-Jouët wollte die Abweichungen auf dem Mosaik nicht einfach auf antike Ignoranz geschoben wissen. «Aber jetzt mal etwas anderes – was willst du tun?»

«Was tun?»

«Pour faire un geste. Wir waren gestern zu zwei großen Essen eingeladen, dann das Programm heute, morgen mit dem Motorboot nach Capri – was willst du tun?»

«Was stellst du dir vor? Ich kann doch nicht die ganze Gesellschaft einladen?»

«Können schon.» Madame Lecœur-Jouët führte es nicht aus.

«Aber das wäre ja ganz fehl am Platz, das wäre eine Taktlosigkeit – einen solchen Mann müßte das kränken, kommt gar nicht in Frage.» Er hatte sich in Rage geredet, dabei die Stimme unwillkürlich erhoben.

Seine Frau wandte, wie von dem Ausbruch belästigt, den Kopf zur Seite und erblickte Jüngel, der augenblicklich zu reden begann – nachträglich war er besonders stolz auf seine Geistesgegenwart. Allenfalls war seine Geläufigkeit etwas forciert, aber das wirkte, als hätte ihm seine Bemerkung auf der Zunge gelegen und alles andere wäre ihm entgangen.

«Die Antike war bestens anatomisch instruiert», sagte er in die verblüfften Gesichter der Franzosen hinein, «sonst wären die grandiosen Skulpturen ja unvorstellbar. Aber man hatte eine Scheu vor dem Zergliedern und einen Ekel vor der Häßlichkeit. Realistische Totenköpfe findet man erst in der Gotik – dazu mußte erst eine neue Religion entstehen, mit einer anderen Beziehung zur Häßlichkeit.»

Der Docteur schwenkte dankbar auf das Thema ein: «Am besten für den Realismus ist doch wohl das Fehlen jedweder Religion ...» Das war schon auf dem Weg zum Alexander-Mosaik.

Jüngel verschenkte seinen Aufmerksamkeitserfolg, den

er durch das Anspornen zur Fehlersuche erzielt hatte, sehr schnell durch den gerafften Vortrag von Jahreszahlen. Schon bei 333 zeigten sich Auflösungserscheinungen, und bei 332 und 330 fielen Levcius und Frau Roslovski, die ohnehin weiter hinten gestanden hatten, von der Schar der Zuhörer ab und strebten der weit geöffneten Fenstertür zu, die auf einen nur fußbreiten Balkon führte. Hier stand ein Museumswärter und rauchte, und diese Zigarettenfahne in der Luft übte auf das Paar eine höhere Anziehung aus als die Schlacht von Issos. Der Wächter war entgegenkommend und gab Feuer. Sie blickten in den tief unter ihnen liegenden Hof, in dem antike Säulentrümmer rund um eine das Dach des Museums beinahe überragende gerupfte Palme lagen – ein Friedhof der Geschichte, in welchem die Steinbrocken die Knochen waren. Von fern hörten sie Jüngels vor Nervosität leicht krähende Stimme.

«Die Protagonisten der Handlung sind hier die Pferde – sämtlich Pferdepersönlichkeiten, in den Kampf gezwungene, im Kampf zu Fall gebrachte gigantische Sklaven. Nicht umsonst hat das Pferd des Alexander einer Stadt den Namen gegeben, Sie wissen schon, das Pferd, das Angst vor seinem Schatten hatte – Stierkopf, welch ein Name für ein Pferd, sehen Sie nur die Muskeln und Adern und die hysterisch rollenden Augen …»

«Das Schönste ist der große Pferdehintern in der Mitte.» Madame Lecœur-Jouët demonstrierte die Unabhängigkeit ihres Urteils.

Herr Krass sah sie unverwandt an und lächelte andeutungsweise; es war diesmal Lidewine, die ihm übersetzt hatte: «Wie sagt man da? Sie liebt den Arsch.» Sie sprach das Wort aus wie in «archeange» oder «archevêque», wie etwas sehr Feines jedenfalls.

Jüngel war alarmiert. Der Chef schätzte keine rohen Ausdrücke in seiner Gegenwart, sogar Levcius beugte sich diesem Widerwillen. Um ihn abzulenken, schaltete er sich ein, indem er die günstige Gelegenheit sichtbarer Anteilnahme nutzte. «Ja, es gehört zu den Unbegreiflichkeiten der Kunstgeschichte, daß die späteren Maler, Velázquez und Rubens, diesen Pferdehintern mit dem flatternden Schweif nie gesehen haben – nicht gesehen haben können, weil er doch unter der Erde schlief – und dennoch genau solche Hintern gemalt haben. Sie sehen den Glanz des gestriegelten Fells, die Kraft, zugleich auch die delikate Konstruktion der Beine, die Verwundbarkeit eines solchen Riesengeschöpfs ...»

«Warum steht der Reiter neben seinem Pferd?» Die Frage von Herrn Krass unterbrach sein Schweigen, er hatte einen weiteren neuralgischen Punkt des Bildes entdeckt.

Jüngel begleitete seine Antwort mit ausladenden Handbewegungen, in Fahrt geraten, um die Dramatik der Darstellung auf seine Zuhörer überspringen zu lassen. Das da sei das tödlich getroffene Pferd des persischen Obristen, das Blut laufe ihm aus dem Maul – der über ihm stehende Obrist sei selbst schon von der Lanze Alexanders durchbohrt. Der Mann daneben habe seinem Vorgesetzten das eigene Pferd anbieten wollen, erkenne aber mit Schrecken, daß er zu spät komme, und sei dabei, wieder aufzuspringen – so werde das in der Literatur aufgefaßt.

«Also wissenschaftlich gesichert.» Herrn Krass war eine gewisse Zufriedenheit anzumerken. «So habe ich mir eine Führung in etwa vorgestellt», schien seine Miene zu sagen. Damit war seine Teilnahme aber auch schon beendet. Dies hier lief gut, das konnte man sich selbst überlassen. Er empfand einen inneren Widerstand, Erklärungen zuzuhören, niemals hätte er ein Verhör führen können. Ihm war, als gebe es niemanden auf der Welt, der ihm etwas Neues sagen könnte – alles, von dem er zuvor nie gehört hatte, schien ihm auf unbestimmte Weise dennoch bereits bekannt, war jedenfalls von der Art, daß er selbst darauf hätte kommen können. Da waren diese aus dem Boden herausgegrabenen Sachen, ohne Zweifel von beträchtlicher Bedeutung, aber was er darüber hörte, konnte das Wesentliche doch nicht sein. In den angrenzenden Sälen gab es noch allerlei, er würde es rasch in Augenschein nehmen. Es war auch bald an die nächste Mahlzeit zu denken.

«Gennaro kennt das alles hier seit seiner Kindheit», sagte Frau Rizzi.

Der Cavaliere nickte dazu und ließ sich auf den Stuhl sinken, der von dem auf dem Balkon rauchenden Wärter aufgegeben worden war. Die Stuhlbeine ratschten laut auf dem Terrazzoboden, das hallte im Saal und ließ die Vernachlässigung und Frostigkeit dieses Museums stärker empfinden. Krass, in Gedanken versunken, wandelte weiter, die Mantelschöße umwallten ihn.

So kam es, daß Jüngel auf einmal allein mit Lidewine vor dem Alexander-Mosaik stand. Er war überrascht von ihrem Interesse. Ohne wirklich von Kunst angezogen zu sein, war sie es doch gewohnt, in Ausstellungen umherzulaufen und auch einmal etwas über die Werke zu sagen. Von ihrer Mutter hatte sie gelernt, sich Kritik zu verkneifen, was ihr leichtfiel, weil ihr die Maßstäbe, die man hätte anlegen können, unbekannt waren. Es genügte oft, eine Arbeit «stark» zu finden oder bedeutungsvoll den Kopf zu schütteln, als wolle man sagen: «Ein dolles Ding», was ihr besonders gut gelang, wenn sie dabei ihre Augen aufleuchten ließ; das bewirkte mehr als viele Worte. Äußerte sie Einschränkendes, klang das so: «Es ist gut, es ist schön, aber mir fehlt eine gewisse Energie ...»

Sich dann umdrehend und auf ein entferntes Werk zeigend: «So wie das da!» Diese Hingerissenheit wurde durch den vorhergegangenen Zweifel noch gesteigert.

Jüngel nahm seinen Mut zusammen. Er wollte ihrer Erwartung genügen. Sie wisse wahrscheinlich selbst, was die kühnste Erfindung dieses großen Bildes sei, habe das längst entdeckt? Hier, das Zentrum des Schlachtenlärms, mitten zwischen den kämpfenden Monarchen gelegen. Das Gespann des Streitwagens, das in verzweifelter Flucht den geschlagenen Darius aus dem Getümmel ziehen sollte, Pferde mit Seelen, eigentlich verzauberte Menschen, auf die das Leid des besiegten Großkönigs übergesprungen sei. «Der Wagen walzt jetzt über die am Boden liegenden Verwundeten hinweg, zerquetscht die eigenen Soldaten, die im Wege liegen.»

Er wollte ihre Teilnahme wecken, und tatsächlich sah sie nur flüchtig auf das Mosaik und dafür um so verwunderter auf seinen Mund. Sie standen so nah beieinander, daß der Zimt- und Rosenduft des schweren Parfums, das sie gestern gemeinsam neben so vielem anderen an der Piazza dei Martiri gekauft hatten, auch ihn umgab. Der Duft veränderte sich auf ihrer Haut und war noch durchdringender geworden, ein Kopfschmerzparfum; aber zu ihr paßte, was bei anderen nicht nur Kopf-, sondern auch Herzschmerzen auslösen mochte – wie war gegenwärtig wohl Harry Renó zumute?

«Nein, es sind nicht die herrlichen Pferde, die ich meine. Schau nach unten, unter die Hufe. Da liegt er, der eigentliche Held des Bildes, auf den Rücken geworfen, und hält seinen polierten Schild vor sich. Schwer verwundet ist er, im nächsten Augenblick wird er zertreten oder von den Rädern zerteilt werden. Und in dem spiegelblanken Schild sieht er, während der Tod unmittelbar bevorsteht, sein Gesicht – wie das mit den wenigen Farben der Mosaiksteine gelungen ist, das ist kaum zu fassen. Treten wir noch einen Schritt zurück, dann schmelzen die Steinchen ineinander, alles erscheint wie gemalt, und der Eindruck ist vollkommen.»

«Ja, tatsächlich, ein Spiegel – und darin sein erschrockenes weißes Gesicht ...»

«Siehst du, das gibt es nur einmal, nur auf diesem Mosaik: Überall rasende Bewegung, der vorwärtsstürmende Alexander, der davonbrausende Großkönig, stürzende Pferde, sich aufbäumende, in ihrem Blut liegende Verwundete, der Lärm, das Geschrei, das Entsetzen, und mittendrin eine Sekunde Ewigkeit. Ein Mann sieht sich beim Sterben zu, der Tod erscheint ihm und hat sein eigenes Gesicht angenommen. Er als einziger sieht auf einem Schlachtfeld mit vielen Sterbenden den Tod höchstpersönlich!»

«Meinst du das wirklich?» Lidewine sprach gedämpft. Es schien ihr zu gefallen, wie sehr er sich in Fahrt geredet hatte. Jüngel, das war doch nur der Sekretär, das Faktotum, der Schammes – war er am Ende noch ein bißchen mehr? Aus der Kindheit bei den Eltern war ihr der Typus des Intellektuellen bekannt, der den Mangel an körperlicher Ausstrahlung durch Redefluten, wildes Theoretisieren, gewagte Urteile ersetzte. Sie mochte das: zuschauen, wie ein Mann sich anstrengte, um sie zu beeindrucken, und sie war auch bereit, so etwas zu belohnen.

Da war Herr Krass auch schon wieder hinzugetreten. «Es ist vollkommen klar, warum der Perser der Verlierer ist.» Es klang, als wäre diese Frage aufgeworfen und ungenügend beantwortet worden. «Er blickt zurück – das ist immer ein Fehler!»

Jüngel wagte, auf die griechischen Lanzen im Rücken des Großkönigs zu zeigen. «Er ist umzingelt.»

«Er hätte sich eben nicht umzingeln lassen dürfen.» Herr Krass wandte sich von Jüngel ab, sah ihn gar nicht mehr. Mit demonstrativer Galanterie neigte er das Haupt vor Lidewine. «Wir sollten aufbrechen, alle haben jetzt großen Hunger.»

13

Jüngel an Hella, um fünf Uhr nachmittags:

Je länger ich Herrn Krass kenne, desto rätselhafter ist er mir. Manchmal kommt er mir barbarisch vor. Du weißt, was Bücher für mich sind und wie sehr es mich schmerzt, daß wir immer noch keine Wohnung haben, wo ich alle im Keller gelagerten Bücher endlich mal anständig aufstellen könnte. Weißt Du, wie er liest? Er reißt den Teil, den er gelesen hat, einfach ab und wirft ihn weg, das Buch wird beim Lesen immer dünner! Du könntest einwenden, er liest doch immerhin, aber mir wird übel, wenn ich so etwas sehe. Im nächsten Moment sagt er Erstaunliches, Seltsames, das er sich nicht angelesen hat, ich wüßte jedenfalls nicht, wo. Er hat einen Respekt, sogar eine Ehrfurcht vor Bildung, aber die Bücher, denen sie zu entnehmen wäre, müssen mit dieser Kraftgeste des Auseinanderreißens gleichsam unterworfen werden. Er wirkt oft abwesend und gänzlich asozial, wenn er schweigend dasitzt, als ob ferner Donner um ihn herum wäre, so empfinde ich das – diese Frau, seine Mätresse, bemerkt das offenbar gar nicht, oder sie tut so und macht ihn dadurch, fürchte ich, ziemlich wütend. Die anderen Gäste würden aber verstehen, was ich mit Donner meine – sogar Levcius macht seine Späße sicher nur, um sein Unbehagen zu vertreiben. Kurz darauf überschüttet er wieder alle mit Wohltaten.

Du müßtest mal sehen, was das für einen Effekt macht, wenn wir vorfahren, wenn wir aussteigen, wenn wir durch das Kellnerspalier ins Restaurant streben – ein Aufrauschen ist das, ein Geknister, die Leute drehen sich um, was sich allerdings nach Eintreffen von dieser Frau noch verstärkt hat, sie ist die perfekte Ergänzung für ihn, sie sind ein auffälliges Paar. Die Leute einzeln genommen würden gar nichts hermachen, aber indem sie ihn umrahmen, gewinnen sie etwas und werden eindrucksvoller.

Ich trage natürlich zu diesen Aufzügen einiges bei: vorauseilend, das Personal aufscheuchend, dem Geschäftsführer die Bedeutung von Herrn Krass erläuternd, die Champagnerfontäne anwerfend. Es wird unfaßbar viel getrunken, aber mir kommt es vor, als vertrügen die Leute in seiner Gegenwart einfach mehr. Im Archäologischen Museum kamen wir schon an der Tazza Farnese vorbei, einer griechischen Achatschale, die hat mal der Kleopatra gehört, dann Cäsar, Kaiser Friedrich II., dem Perserschah, Lorenzo il Magnifico – ich habe diese sensationelle Provenienz heruntergebetet, während er die Schale zerstreut ansah, dann sagt er plötzlich: «Arrangieren Sie, daß ich aus dieser Schale Wein trinken kann. Wenn Ihnen das gelingt, sind Sie gut.» Das ist immer so vertrackt: Meint er es ernst? Soll ich mich wirklich darum bemühen? Dem Museumsdirektor mit einer Spende winken? Oder will er mir dadurch nur meine Grenzen zeigen – so was schaffen Sie natürlich nie! Aber schon ging es weiter, und draußen hatte er die Tazza wahrscheinlich vergessen, ist jedenfalls nicht mehr darauf zurückgekommen. Stell Dir vor, ich hätte versucht, dem Museumsdirektor dieses groteske Ansinnen zu unterbreiten! Er findet eben nicht, daß man mit so etwas seinen Namen ruinieren kann – meinen ohnehin nicht, denn den gibt es ja gar nicht, seinen aber erst recht nicht. Was die Leute lächerlich oder unverschämt nennen, das ist für ihn kein Maßstab. Seine Erfahrung ist offenbar, daß niemand ein dickes Bündel Geldscheine lächerlich oder unverschämt findet. Ist der Mann verrückt oder zynisch? Das frage ich mich manchmal, und das ist nicht gut – er soll ja meine Zukunft sein, bietet mir das an, da darf es auf meiner Seite keinen kleinsten Vorbehalt geben. Das schlägt durch, das kommt raus, er hat ein übernatürliches Ahnungsvermögen.

Und dann ist er immer wieder einmal der originelle Selberdenker: Wir stehen vor einer Porphyrsäule, ich erkläre, daß der Porphyr aus Ägypten stammt, der Stein der Pharaonen und der Kaiser, daß diese Steinbrüche aber jetzt erschöpft sind, und da sagt er: «Das erklärt mir das Ende der Monarchie – wenn es den Stein der Könige nicht mehr gibt, kann es auch keine Könige mehr geben, dieser Vorrat der Geschichte ist dann erschöpft. Die politischen Systeme und die Geologie stehen offenbar in einem inneren Zusammenhang.» «Die Purpurschnecke ist ja ebenfalls ausgestorben», das habe ich, um ihn zu bestätigen, vor mich hin gemurmelt, er darauf streng: «Sehen Sie», und hat sich abgewendet. Was der Mann sich ausdenkt, kann niemand vorhersehen!

14

Als Jüngel dabeigewesen war, den Capri-Ausflug vorzubereiten, in den Tagen, die er allein in Neapel verbracht hatte, durfte ein Besuch bei einem Makler nicht fehlen. Herr Krass interessierte sich für Häuser am Golf – «eine Villa, einen Palast, ein Landschloß, ein Kloster ...», so hatte er in Frage kommende Objekte aufgezählt, als er Jüngel vor dessen Abreise in der Frankfurter Hotelhalle gegenübersaß, wohin er seinen neuen Sekretär und Reisemarschall zu bestellen pflegte. «Sie müssen verstehen – mir liegt nichts an dem, was heute als Ferienhaus bezeichnet wird. Meine Frau wird dort wohnen, wir brauchen sehr viel Platz, Sie können sich das Haus nicht groß genug vorstellen. Ich plane, dort auch eine Stiftung unterzubringen, die von Neapel aus verwaltet werden soll. Sie werden Ihre Fähigkeit, für mich zu arbeiten, auch dadurch unter Beweis stellen müssen, daß Sie imstande sind, mir geeignete Objekte vorzuführen, denn ich habe keine Zeit; ich kann nicht wochenlang mit der Prüfung von Angeboten zubringen.» Dies sagte er wie in vorweggenommener Empörung über eine noch gar nicht an ihn herangetragene Zumutung. Das richtige, das einzig passende Haus mußte wie von selbst zu ihm kommen, wie ein für ihn maßgeschneiderter Anzug, aber bitte nicht von jenem Mailänder Schneider, der dazu neigte, alles ein wenig zu eng zu machen – im Gegenteil, ein weitläufiges Haus, worin sein Geist nicht so schnell an seine Grenzen stieße. Obwohl er eigentlich keine Zeit hatte, fuhr er fort, von seinen Erwartungen an Architektur zu sprechen, und schwenkte dabei in der gepolsterten Hand ein großes Cognacglas; Jüngel war ebenfalls eines solchen gewürdigt worden und hatte nicht gewagt, es auszuschlagen, obwohl es elf Uhr vormittags war und er noch nicht gefrühstückt hatte.

«Ich bin ausschließlich zukunftszugewandt, sonst könnte ich kein Geschäftsmann sein. Meine Sympathie gehörte lange Asien» – er dehnte das A, um die Größe des Kontinents zu beschwören –, «den neuen Städten dort, aus dem Boden gestampft in unerhörten Willensakten. Ich denke vor allem an Seoul, die Erfindung des unsichtbaren Hochhauses –»

«Unsichtbar ...?» Jüngel ließ seinen Einwurf in Staunen ausklingen.

«Buchstäblich unsichtbar, überhaupt keine Architektur mehr bei größtem Volumen.» Er schilderte dreißigstöckige Hochhäuser, deren Mauern vollständig mit einem Bildschirm bedeckt waren, für turmhohe Filme: Karpfen wie Walfische, die durch türkises Wasser schwimmen, Pferde, die einen Strand entlangjagen, Blumenkelche, die sich im Zeitraffer öffnen, blauer Himmel, durch den Fallschirmspringer segeln. Wenn der Himmel drum herum – «der echte Himmel», sagte Herr Krass bedeutungsvoll – ebenso blau war, dann ging das Haus zur Gänze darin auf. «Und entwickelt sich statt dessen ins Innere – mit Wasserfällen über zehn Stockwerke hohe Hallen hinweg, Urwäldern, Papageien, Riesenschildkröten, von künstlichem Monsunregen bewegten Palmwedeln. So wird die Menschheit einmal leben, Asien geht uns voran.» Geschäftlich sei er gegenwärtig aber vor allem auf den Mittelmeerraum verwiesen, dort sei das Gelenk zwischen Westen und Osten, von da aus behalte er Afrika und Asien im Blick. «Es geht nur um ein Hauptquartier für die nächsten Jahre, ich möchte seßhaft werden.» Er sprach, als schildere er das Seßhaftwerden eroberungsmüder Reitervölker. Würde sein Haus nicht immer etwas von einem Heerlager haben?

Jüngel hatte also schon von Deutschland aus mit neapolitanischen Immobilienagenturen Verbindung aufgenommen, denen er das Haus, das er suchte, in einer Prosa beschrieb, wie sie eher den Anpreisungen der Makler entsprochen hätte. Herr Krass hatte ihm keinen Rahmen für den Preis genannt, den er willens wäre aufzubringen, sondern auf die scheue Frage seines Faktotums erst mit einer wegwischenden Handbewegung geantwortet, um dann hinzuzufügen: «Wir sind nicht nach günstigen Gelegenheiten aus. Wir zahlen, was die Sache wert ist.» Das erlaubte Jüngel, großspurig aufzutreten. «Das Wichtigste: Das Objekt muß außergewöhnlich sein – zeigen Sie mir keinesfalls etwas, das nicht in diese Kategorie gehört.»

Ihm war längst bewußt, daß die Arbeit für Herrn Krass ihn in Verhältnisse führen würde, auf die er nicht vorbereitet war. In Wahrheit tastete er im Dunkeln. Seine Aufgabe konnte nur gelöst werden, wenn ihm ein glücklicher Zufall zur Seite sprang. Und nun sah es so aus, als sollte er solches Anfängerglück haben. Doch als er mit dem lebhaft sprechenden, glatzköpfigen Mann, der einen schönen blauen Anzug trug, unzweifelhaft Schneiderarbeit, vor einem modernen Apartmenthaus auf dem Posillipo aus dem Wagen stieg, war er zunächst enttäuscht – «nein, etwas Derartiges kommt überhaupt nicht in Betracht!».

Er ließ sich dann aber ins Haus ziehen, nachdem der Makler einen komplizierten Nummerncode eingegeben hatte. «Nicht hier! Nicht hier! Hier wohnt nur die Eigentümerin!»

Es ging in den obersten Stock, eine Marmorhalle mit Lilienbukett öffnete sich unmittelbar hinter der Aufzugtür. Ein Diener in schwarz-rot gestreifter Jacke empfing sie und führte sie in einen niedrigen, aber riesigen Salon mit schwarzen Ölgemälden und einem Blick aus Panoramascheiben über den ganzen Golf. Durch einen Türspalt sah man, halb von hinten, die Frau des Hauses ihr Mittagessen einnehmen, Haarfluten in Cremefarben verbargen ihren Hinterkopf. Ein Diener goß Wasser ein, ein anderer reichte eine Platte, von der sie etwas nahm. Der schwarz-rote Domestik bemerkte den Spalt und schloß die Tür, bot den Herren aber Kaffee an.

«Ja, gern einen Kaffee, wir leben von Kaffee.» Der Makler war beflissen, seinen Kunden, den Sendboten eines offenbar wirklich potenten Interessenten, bei Laune zu halten. Das Objekt sei einzigartig, erfordere aber ein gewisses finanzielles Engagement, Investitionen, Arbeiten, «bei denen wir gern behilflich sind, Baugenehmigungen, die Lizenzen von der Sovrintendenza per i Beni Culturali für allfällige Umbauten, das beschaffen wir, das ist alles vorbereitet, liegt im Grunde auch schon vor ...»

Die Dame hinter der Tür ließ sich bei der geräuschlosen Liturgie ihrer Colazione nicht drängen, und so hatte der Makler, dessen Blicke umherschweiften, Gelegenheit, einen Photoband zu ergreifen, der neben Auktionskatalogen und Hochglanzzeitschriften auf einem Glastisch lag.

«Hier, Capri ...», er blätterte und blätterte zurück – «und hier: die Villa!»

Die Doppelseite zeigte die Ansicht einer schroffen Felswand, die steil ins Meer abfiel und hoch oben mit Steineichen bekränzt war. Aber wo war die Villa?

«Hier» – der Makler zeigte auf zwei weiße Säulen, die aus dem schwarz-grünen Filz der alten Bäume mit ihrem ledrigen Laub hervorsahen. «Na, ist das was? Das ist spektakulär. Stellen Sie sich den Blick von dort oben vor – zum Aperitif, bei Sonnenuntergang, die Sonne sinkt hinter Ischia, der Vesuv wird rosa, das Wasser ... Farben! So etwas haben Sie nie gesehen.»

Die Flügeltür zum Eßzimmer öffnete sich langsam. Der Diener, der die Klinke herunterdrückte, tat das im Gleichklang mit der vorsichtigen Fortbewegung der Hausherrin. Jetzt erkannte man ihr Alter, obwohl dessen deutlichste Spuren verwischt worden waren. An der Nase war gewiß schon früher gearbeitet worden; auf dem Kaminsims stand die große Photographie eines Mannes, dem sie wie aus dem Gesicht geschnitten war, aber an der Stelle seiner bedeutenden fleischigen Nase saß bei ihr ein Näschen, fast zu klein für ihre würdevolle Erscheinung.

«Sie interessieren sich für die Villa Faraone?» Ihre Worte begleiteten eine Handbewegung, die zum Hinsetzen einlud. «Sie haben Glück, daß Sie mich hier antreffen.» Sie war in weichen, den mageren Körper umschmeichelnden Kaschmir gehüllt, mit weiten Hosen, die sie ein wenig wie eine Rehabilitandin in einem Sanatorium aussehen ließen, aber sie verriet, daß sie vor der Abreise stehe. «Mehr als drei Tage halte ich es nirgendwo aus. Ich werde verrückt, wenn ich irgendwo länger bleiben soll.» Dort auf dem Kamin, das sei ihr Vater, genau das Gegenteil von ihr. Neapolitaner durch und durch, an keinem anderen Ort der Welt vorstellbar. Er habe sie hier verhaften, hier festkleben wollen, durch Ehen, durch Geschäfte. Ein großer Planer, das Neapel der fünfziger Jahre sei ohne ihn nicht denkbar, seine Spuren überall in der Stadt zu sehen. «Ich komme hierher, um auf dem Friedhof an sein Grab zu gehen, und dann reise ich wieder ab, morgen nach Südafrika. Damit wir uns verstehen: Die Villa Faraone, die Sie anschauen wollen, haben wir nie bewohnt.» Ein Jahrhundertwendehaus, den Namen habe es von den goldenen ägyptischen Hieroglyphen im Rauchsalon, wofern sie noch erhalten seien. Die Lage die beste von Capri, aber die Villa nur zu Fuß zu erreichen – «nach dem Krieg sollte eine Autostraße quer durch die Insel dorthin gebaut werden. Eines der wenigen Projekte meines Vaters, das gescheitert ist – dann hätte er dorthin ein Hotel gesetzt.» Als es endgültig klar war, daß es zu der Straße nicht kommen würde – schon erstaunlich, denn damals sei auf Denkmal- und Naturschutz noch gar nichts gegeben worden –, habe er jedes Interesse an dem Haus verloren. «Er hat es gehaßt, weil es ihn an eine Niederlage erinnert hat.» Ihre Hände strichen über die Daunenkissen des Sophas, die ihre Magerkeit vor Druck bewahrten. Er habe sich von da an geweigert, die bescheidensten Reparaturen durchführen zu lassen, bis das Haus durch ein Loch im Dach, zunächst klein, dann immer größer, vom Winterregen derart durchtränkt gewesen sei, daß es –

Der Makler fiel ihr ins Wort: «Sie wollten von dem kleinen Schaden sprechen, Signora?» Seine Stimme hatte etwas Beschwichtigendes.

«Ich will sagen, daß es eingestürzt ist.»

Der Makler ergriff die Initiative: «Das hat unerhörte Vorteile. Bei der Wiederherstellung ist man ganz frei, kann auch den Grundriß verändern, kann viel leichter eine Heizung, Bäder et cetera einbauen, als wenn man sich in das alte Gebäude hineinzwängen müßte.» Wenn man eine der vielen Terrassen überbaue, komme noch erhebliche Wohnfläche hinzu.

«Es ist eine Ruine?»

«Aber eine spektakuläre Ruine! Wenn Sie, wie Sie sagten, etwas Unübertreffliches suchen, dann ist es dieses Haus ...»

«Die Kommune hat uns auch einen Helikopterlandeplatz verboten», fügte die Dame dem hinzu. Ihre Stimme war geborsten, wahrscheinlich tiefer als in ihrer Jugend. Sie war illusionslos, vermutlich hatte sie solche Gespräche schon öfter geführt. Zu verschleudern gedachte sie die Villa, oder was von ihr übriggeblieben war, übrigens nicht. Es war, als verfolge sie eine doppelte Strategie der Abschreckung: durch getreuliche Aufzählung aller Nachteile einer- und einen Höchstpreis andererseits.

«Denken Sie an den Blick von dort oben», der Makler setzte auf ein anderes Argument. «Sie überblicken vom Haus aus den gesamten Golf von Neapel und ein großes Stück vom Golf von Salerno, bis zu den Isole di Galli!»

Jüngel war in der ungewohnten Lage, für einen anderen, dessen Bedürfnisse ihm letztlich nicht bekannt waren, ein unüberschaubares Risiko einzugehen. Wenn er bedachte, wie er Herrn Krass kennengelernt hatte, meinte er vermuten zu dürfen, daß alle Bedenken, die vernünftige Leute von einem solchen Projekt ferngehalten hätten, hier keinerlei Bedeutung besaßen. Er fühlte sich wie ein Spieler, der einen hohen Einsatz wagt, um vielleicht einen noch höheren Gewinn einzustreichen, aber auch mit der Aussicht auf einen Totalverlust. Auf keinen Fall durfte er die Gefahr eingehen, die Ansprüche von Herrn Krass zu unterschätzen. Er mußte ihm ein Objekt vorführen, mit dem er bewies, daß er ihn verstanden hatte. Sehr viel mehr Häuser als dieses würde er ihm nicht zeigen können – über allem schwebte stets die Devise: «Ich habe keine Zeit.» Er gab sich einen Ruck. Er setzte darauf, daß Herr Krass eine kühne Zumutung schätzte. Und wenn die Villa Faraone auch gänzlich verfallen sein mochte – der unerhörte Preis stellte sie wieder her. Was so viel kostete, besaß ein Recht auf Bewunderung. Und dann das Photo der beiden Säulen über der Steilwand, das hatte seine Phantasie entzündet. Er verabredete mit der Dame und dem Makler einen Besichtigungstermin, aber einen wohlvorbereiteten, mit Architekten, den Plänen des Hauses, einem Vorschlag, was dort geschehen müsste, und einer vorläufigen Kalkulation der Kosten.

Der Diener erschien. Sie werde am Telephon verlangt.

«Sie verzeihen, wenn ich Sie nicht zum Aufzug begleite, Sie finden den Weg.» Als sie sich umwandte und langsam entfernte, sah man wieder ihr kunstvoll verlängertes Haar; es schien, als vergesse sie den Besuch mit jedem ihrer Schritte ein wenig mehr.

15

Ein großes Boot trug die Gesellschaft nach Capri. Alle hatten reichlich Platz, sich auf Bänken und Liegestühlen auszustrecken; wer die Sonne fürchtete wie das Ehepaar Rizzi, fand in der Kabine bequeme Sophas. Ein Kellner mit weißen Handschuhen servierte Orangensaft, aber auch Weißwein in beschlagenen Gläsern, ein junger Mann mit schwarzen Lokken und sehr heller Haut. Herr Krass hatte Anweisung erteilt, die Geschwindigkeit etwas zu drosseln, weil das Boot auf das Wasser aufschlug, was den Wein in den Gläsern schwappen ließ, da gab es ein lustiges Gekreisch; möglich, daß ihm das zuwider war. Er selbst hatte sich auf einer Matratze am Bug niedergelassen, in splendider Einsamkeit, die niemand zu stören wagte. Lidewine war so tief in eine Plauderei mit Madame Lecœur-Jouët versunken, daß sie wohl gar nicht daran dachte, wo er abgeblieben sei. Der Wind wehte ihm ins Gesicht, seine dichten grauen Haare flogen, die Falten und Fältchen wurden glattgezogen, Krass verjüngte sich.

Die Meerfahrt war eine ihm adäquate Fortbewegungsweise, selbst schon Ereignis, vom Zielort unabhängig. Vom Hotelbalkon war die berühmte Silhouette von Capri deutlich zu erkennen, die beiden Berge, der niedrigere Monte

Tiberio und der höhere Monte Solaro mit dem Sattel dazwischen, auf dem sich die Stadt Capri ausbreitete, dann die lang abfallende Linie des Monte Solaro zur anderen Seite hin, wo Anacapri lag. Zum Greifen nah schien die Insel von dort, und doch mußte jetzt der ganze Golf durchquert werden, um sie zu erreichen, denn sie befand sich am Ende des Uferbogens, dem Capo Miseno gegenüber. Die Fahrt führte an alten Städten mit klingenden Namen vorbei, die an die Antike erinnerten, Castellammare di Stabia, Torre del Greco, Torre Annunziata, inzwischen zu einer einzigen Betonsiedlung verschmolzen, aber aus beträchtlichem Abstand immer noch als seliges Land aus Gärten und Palästen vor dem Vesuv-Massiv vorstellbar. Der aufsteigende Dunst tat ein übriges, der Küstenvedute Tiefe und Schimmer zu verleihen. Es gehört nicht viel dazu, sich in brausender Fahrt über Wasser als Welteroberer zu fühlen, als Argonaut oder Normanne, städteverwüstend und städtegründend, Ungeheuer besiegend und Beute machend. Herr Krass ergab sich dort vorn im Gegenwind Träumereien, die er auf diesem Boot mit niemandem teilen wollte.

Mit Lidewine schon gar nicht, da lag sogar eine kleine Verstimmung in der Luft. Nicht daß er an seiner Entscheidung zweifelte, sie in seinen Kreis zu ziehen, nein, keineswegs, das wäre auch gar nicht seine Art gewesen. Wer in seine Nähe gespült worden und seiner Anziehung erlegen war, der hatte bis auf weiteres auch anwesend zu bleiben. Mit Blick auf die Beziehungen um ihn herum konnte man auf seiner Seite sogar von Treue sprechen, und das in einem sehr weitgehenden Sinn. Eher mißhandelte er jemanden, als daß er ihn verstieß. An das Verstoßen glaubte er wohl nicht. Es ging nun einmal nicht darum, Leute loszuwerden, sondern, im Gegenteil, sie festzuhalten. Damit war auch eine Kraftprobe verbunden. Der andere mochte sich undankbar und gar verräterisch betragen, erwarb dadurch jedoch noch lange nicht das Recht, über seine Beziehung zu Ralph Krass zu entscheiden. Alle lernten das schnell, ja sie wußten im geheimen, daß es vor ihm kein Entkommen gab, das entsprach jedenfalls seiner Erfahrung mit der Welt.

Nein, er ärgerte sich ein wenig über Levcius mit seiner aus dem Suff geborenen Fraternisierungsattacke, denn er hätte Lidewine, ohne je Französisch mit ihr zu sprechen, statt mit einem billigen Du nicht ungern weiter mit Mademoiselle angeredet. Stattdessen sagte sie nun «Krass» zu ihm und gestattete sich auf dieser Basis Ratschläge, hatte ihm am Morgen etwa schon erklärt, seine Hosen säßen zu niedrig, der Bauch dürfe sich nicht über den Hosenbund wölben, die Hose müsse vielmehr bis zum Bauchnabel reichen, von Hosenträgern gehalten, was er ablehnte. Das war ein Relikt der Jugendjahre bei den Pfadfindern: Männer mit Hosenträgern galten dort als ältlich und komisch. Längst war er bis in den Schlaf hinein davon überzeugt, daß die Lächerlichkeit für ihn keine Gefahr darstelle, sich vielmehr in seiner Gegenwart auflöse, aber er war doch verblüfft, als Lidewine beim Frühstück und in Gegenwart von Levcius und Frau Roslovski vom Hosenbund und dessen korrektem Sitz anfing. Auch Levcius blieb erst einmal die Sprache weg, während Frau Roslovski, weiblich aufgestachelt, als habe sie nur auf diese Gelegenheit gewartet, ebenfalls meinte, etwas zu dem Thema beisteuern zu sollen. Das Ungehörige dieses Vorstoßes fiel allerdings damit zusammen, daß es um seinen Körper ging, und das war ein reizvoller Gegenstand, mit dem er sich in Gedanken gern beschäftigte – daß sein Körper, so wie er nun einmal war, als Wohnort seines Willens höchste Beachtung verdiente, das stand für ihn außer Frage.

Außerdem störte, ja behinderte es ihn, daß Lidewine ihm stets in die Quere kam, wenn er seinem Schweigen Nachdruck verleihen wollte, indem sie gefühllos weiter auf ihn einsprach, das Schweigen gleichsam nicht ausklingen ließ, was sonst jeder im Umgang mit ihm ganz schnell herausfand. Selbst Plappermäuler hatten nicht die Nerven, sein Schweigen zu unterbrechen, aber sie stach da ungeniert hinein, von dieser Dreistigkeit kam er nicht los. Zugleich war es nicht möglich, sie dafür zu tadeln. Wären sie allein gewesen! Aber vor Zeugen wollte er nicht so weit gehen. Er hatte das Bedürfnis, ein Glacis von Respekt um sie herumzulegen, mehr noch: sie durch den ihr entgegengebrachten Respekt, den sie kaum gewohnt sein konnte, zu leiten und zu formen. Führen, erziehen, befehlen, ohne es in Worte umsetzen zu müssen, das war sein Ideal. Eigentlich hätte in seiner Gegenwart alles ohne ausdrückliche Anordnung laufen müssen: So sah Autorität aus.

In seinem Rücken war inzwischen ein buntes Bild entstanden. Jüngel hatte Sonnenhüte verteilt, am Morgen noch vor dem Frühstück eingekauft, in verschiedenen Farben, um die Gäste vor den durch die Reflexion der Wellen aggressiven Strahlen zu bewahren. Die Damen hatten sich die Hüte erfreut aufgesetzt, die breiten Krempen verdeckten sie weitgehend. Als er sich umdrehte, sah er nur noch eine Ansammlung bunter Bonbons, unter denen Stimmen hervordrangen. Französisches erklang da, er verstand es nicht, aber das war ihm gleichgültig. Mit Sprachenlernen hatte er sich nie abgegeben, obwohl er seine Geschäfte vorwiegend im Ausland machte – das war kein Hindernis gewesen, im Gegenteil. Lange Zeit hatte sein Erfolg darauf beruht, daß er kein Russisch sprach. Er hatte im Außenhandelsministerium mit den ihm schon lange bekannten, stets reich von ihm beschenkten Herren Glokov und Gelovani zusammengesessen und verhandelt – wenn er etwas vorschlug, hatten sie auf Russisch darüber beraten, wohl wissend, daß er sie nicht verstand. Hätte er ihnen folgen können, dann hätte man erst in seiner Abwesenheit beraten, er hätte in sechs Wochen wiederkommen dürfen. Die sechs Wochen gewann er durch seine Ignoranz. Eigentlich hing er der Devise «Mehr ist mehr» an, aber was das Beherrschen von Sprachen anging, stimmte nach seiner Erfahrung «Weniger ist mehr». Es war ohnehin angenehm, einen perfekten Dolmetscher im Schlepptau zu haben, ein Organ außerhalb seines Körpers, das wie die eigenen Hände und Füße Gedanken in manifeste Akte umsetzte. Der mußte nur in Furcht und Schrecken gehalten werden, damit sein Eifer nicht erlahmte. Dienen – ein großes Wort. Er sann darüber nach, während der Wind ihm ins Gesicht blies.

«Der ist doch ganz hübsch», das war Lidewine, auf französisch an Madame Lecœur-Jouët gerichtet, die einen violetten Hut trug, passend zu ihren weißen Streichholzhaaren aus dem Angebot herausgesucht. «Nein, nicht dein Hut, der Kellner! Farben wie ein Schneewittchen – weiß, schwarz, rot.»

«Ach, was machst du mit so einem Jungen – die sind doch zu gar nichts brauchbar. So einer hat mich nie interessiert.»

Lidewine insistierte schläfrig: «Interessieren ist zu viel, anschauen macht aber Spaß ...»

Der Kellner hatte ein Tablett voller Weißweingläser unter die farbigen Hutkrempen gereicht und kehrte mit leerem Tablett in die Kombüse zurück.

«Seltsam, daß er immer wieder auftaucht – im Hotel, im Restaurant, hier ...»

«Du beobachtest ihn schon länger?»

«Nein, ich habe einfach ein Gedächtnis für Menschen. Ich erinnere mich an jeden, der mir über den Weg läuft – heute noch könnte ich alle wiedererkennen, die mit uns auf der Bühne waren.»

«Was für eine Begabung ... Du könntest zur Polizei gehen ...»

Lidewine lachte. Die Vorstellung, Kriminalfälle zu untersuchen, amüsierte sie. «Da wäre ich die Richtige!»

Das Boot verlangsamte seine Fahrt. Man hatte geplaudert und getrunken oder schweigend in der Sonne gelegen und darüber nicht bemerkt, wie weit man schon gefahren war. Und jetzt erschrak man geradezu, als man aufblickte und sich unterhalb einer kathedralhohen Felswand sah, die sich steil aus dem Wasser erhob, das hier türkis und durchsichtig um das Boot herumschwappte. Eine Bucht tat sich auf, ein Felsenhaupt ragte darüber, eine Waldung aus Steineichen war wie eine Toga um den Steilhang geschlagen. Am Ufer zeugten Steinbrocken davon, daß es nicht immer ungefährlich sein mochte, an diesem Strand zu verweilen, wenn der blinde Zyklop von dort oben mit Felsen warf. Eine Treppe führte aus dem Wald herab, war aber schon hoch über dem Wasser vom Steinschlag zerstört worden. Menschenleer war diese Bucht, verheißungsvoll wie eine Landschaft der «Odyssee», schattig dazu, denn die Sonne stand hinter dem Berg. Ganz hoch oben konnte man zwei weiße Säulen ausmachen. Dort stand offenbar eine Villa, von der aus das große Boot wie eine Nußschale aussehen mußte.

Jüngel gab bekannt, Herr Krass habe entschieden, hier ein Bad zu nehmen, alle seien eingeladen, das gleiche zu tun. Der schaute sinnend zu den weißen Säulen empor. Jüngel deutete hinauf: «Nach meinen Informationen ist dies das Haus, das wir später besichtigen werden. Der Aufstieg von hier wäre möglich, aber mit riskanter Kletterei über die Steine verbunden und später sehr anstrengend, ein steiler Pfad. Wir kommen besser von der anderen Seite.»

Herr Krass antwortete nicht, aber sein Schweigen ließ vermuten, daß ihm die Vorstellung, die ganze Gesellschaft zur Steilwandbesteigung zu zwingen, verlockend erschien; er ließ, indem er auf die Gäste blickte, die schon dabei waren, in den Badetaschen nach ihren Trikots zu suchen, den Plan aber wieder fallen – obwohl, die Vorstellung von Frau Rizzi in der Wand, die mochte eine sadistische Phantasie schon reizen.

Bis auf Madame Lecœur-Jouët und ihren Gemahl hatte in diesem Jahr noch niemand längere Sonnenbäder genommen. Lidewine, die kurz in der Kabine verschwunden war, offenbarte jetzt im Bikini einen weißen Körper mit roten Druckstellen auf dem Hinterteil, wo sich die Rosenranken ihres Frotteetuches eingeprägt hatten. Auch Frau Rizzi hatte sich ausgezogen; weich quoll aus ihrem Badeanzug hervor, was sonst von den strammen Seidenkostümen in Form gehalten wurde. Frau Roslovski hingegen präsentierte ihre gesunde Magerkeit in winzigen Stoffetzchen, als hätte sie aus Versehen den Bikini eines Kindes eingepackt.

Zuletzt trat aus der Kabine der entkleidete Herr Krass hervor, auch er in knappster Badehose, mit prall gefülltem Beutel zwischen den Oberschenkeln, der unter der Kuppel seines Bauches erst gar nicht sichtbar wurde. Es war, als zeige er sich jetzt in seiner eigentlichen Gestalt. Einst hieß es, die Mächtigen verlören all ihren Schrecken, wenn man sie sich in der Unterhose vorstelle – nirgends hielt diese Behauptung so wenig stand wie in seinem Fall, dessen Erscheinung ausgezogen noch eindrucksvoller war als in den knapp sitzenden Anzügen des Mailänder Schneiders.

«Erstaunlich, wie jung sein Körper ist», bemerkte Madame

Lecœur-Jouët zu Lidewine. «Ich habe als Krankenschwester wahrlich viele nackte Männer gesehen – und immer habe ich den Gegensatz zwischen straffem Fleisch mit glatter Haut und den gealterten Gesichtern ein wenig ungut gefunden. Der Mann scheint dann aus zwei Teilen zu bestehen, wie gestern im Museum, bei den Statuen, die einen nicht zu ihnen gehörenden Kopf aufgesetzt bekommen haben. Es paßt einfach nicht zu einer gleichaltrigen Frau – im Gesicht können wir viel tun, um unser Alter zu verbergen, aber am Bauch und an den Schenkeln leider nicht.»

Hielt sie es für einen Akt der Höflichkeit des Mannes, im gleichen Takt wie seine Frau zu altern? Der Docteur hatte dem jedenfalls mustergültig entsprochen, in weiter Badehose zeigte er den sehnigen Leib eines barocken Einsiedlers, mit hängenden Brüsten, braungebrannt, denn in Südfrankreich hatte reichlich die Sonne geschienen. Lidewine lachte, die Offenherzigkeit der alten Dame gefiel ihr über die Maßen.

Herr Krass trat zu ihnen. «Kommst du auch ins Wasser?»

«Nur wenn es nicht zu kalt ist.»

In dieser Hinsicht schloß sie sich lieber Frau Rizzi an, die gleichfalls höchstens die Füße ins Wasser stecken wollte – «in Neapel geht man nur im Hochsommer ins Meer». Die Deutsche nahm die Gelegenheit wahr, den kulturellen Vorsprung geltend zu machen, den sie durch ihre Ehe mit dem Cavaliere gewonnen hatte. Der blieb in seinem Anzug und wahrte seine Würde. Auch Levcius war kein großer Schwimmer und hatte gar keine Badehose dabei, in seinen Augen ohnehin das überflüssigste Kleidungsstück, oder hatte Herr Krass ihm verboten, nackt ins Wasser zu gehen?

Da war auch der Kellner wieder mit frisch gefüllten Gläsern. Herr Krass nahm sich eines, goß sich den Wein, ohne sichtbar zu schlucken, in den Mund, wandte sich dann brüsk ab, warf es weit ins Meer und stürzte sich kopfüber mit einem Riesenplatsch hinterher, als wolle er danach tauchen. Lange blieb er verschwunden. Das durch den Sprung aufgewühlte Wasser hatte sich schon wieder beruhigt und war jetzt glatter als zuvor, aber Lidewine blickte immer weiter auf die Stelle und war verblüfft, als er weit entfernt auftauchte, zunächst gar nicht zu erkennen, weil das nasse Haar dunkel an ihm klebte. Der Kopf erschien jetzt kugelrund, der Haarschnitt modellierte ihn sonst vorteilhaft.

Eine staunenerregende Vorführung. Herr Krass zeigte sich als Naturmensch, den Elementen urverwandt. Er ließ, kraftvoll kraulend, sein Publikum jetzt hinter sich. Die weite Bucht bot ihm ein Ziel: den Felsen, der sie leuchtturmartig begrenzte, von der Sonne, die ihn über den Berggipfel hinweg erreichte, in weißes Licht getaucht. Wunderbares Vorankommen. Wie schnell er schwamm. Das Erlebnis, im Wasser gewandter zu sein als an Land. Wollte er so schnell laufen, wie er sich jetzt voranbewegte, er würde außer Atem geraten. Alleinsein war vor allem in dem Bewußtsein schön, daß es da eine Schar gab, die auf ihn wartete. Daß Lidewine nicht mitschwimmen wollte, war keine Überraschung, wenngleich etwas bedauerlich, aber immer noch besser, im eigenen Tempo voranzukommen, als sie hinter sich zu lassen oder womöglich gar warten zu müssen. Rücksicht nehmen, eine Vorstellung gegen seine Natur. Leute, die Rücksicht forderten, hatten in seiner Gegenwart nichts zu suchen. Es gab ohnedies genügend Hindernisse, von allen Seiten wurde man gebremst.

Das Meer half auch, die Unterhaltung mit den drei Herren abzuspülen. Diese Art Geschäfte verlangte ihm viel ab. Um in seinem Kreis der Erste zu sein, mußte er in den sauren Apfel beißen und sich um Leute bemühen, die ihrerseits glaubten, befehlen zu dürfen. Solchen Befehlen zu gehorchen, ohne sich selbst zu verleugnen, das war niemals leicht. Am Castell dell'Ovo hatte er sehr weit gehen müssen. Schon immer hatte er Levcius im Verdacht, ein doppeltes Spiel zu spielen. Gestern hatte der alte Kumpan ihn in die Tinte gebracht. Levcius loswerden, ein seit langem gehegter Gedanke – unmöglich. Einen Freund hätte er bestrafen können, Schmerzen zufügen, das bekam er hin. Aber Levcius war kein Freund, er war mehr.

«Levcius ist mein böser Geist», dachte er, eine für ihn ungewöhnliche Einsicht, so etwas klang mehr nach seiner Frau. Die Frauen – richtig, jetzt hatte er etwas Neues begonnen, ein Experiment. Er hatte sich doch eigentlich nie für junge Mädchen interessiert, schon mit zwanzig nach Älteren geschaut, das stand dann alles auf einer anderen Basis. Die Hemmungslosigkeit der vielfach enttäuschten, nach vielfacher Benutztheit mürbe gewordenen Frau – die Roslovski war gar kein schlechtes Beispiel, ergeben, gehorsam, Nichtbeachtung widerspruchslos und geduldig ertragend, eine Weile zwischen ihm und Levcius pendelnd, dann endgültig dort abgeladen; mochte der sehen, wohin er sie loswurde.

Schnaufend tauchte er ein, schnaufend tauchte er auf, ein Genuß, beliebig wiederholbar. Tier sein, denkendes Tier. Manchmal fielen dem kleinen Jüngel Sachen ein, die man nicht so leicht vergaß: Im Restaurant vor den Langustenbergen war er auf das Museum zurückgekommen, auf die Mosaikbilder mit den Kämpfen zwischen Languste und Oktopus, bei den Römern offenbar beliebt, diese Umklammerung durch die Fangarme, der stachelige Gepanzerte wurde in seiner Rüstung durch die Muskelkraft erstickt. Jüngel hatte behauptet, das sei eine Übertragung der Gladiatorenkämpfe auf die Tierwelt des Meeres gewesen – die Languste der Kämpfer mit Rüstung und Schwert, der Oktopus der Mann mit dem Fischernetz, das er über den Gegner warf und ihn darin zu Tode zappeln ließ.

Welcher Gladiator wäre er lieber gewesen, der mit dem Schwert oder der mit dem Netz? Eine Gewissensfrage. Welche Bewaffnung hätte ihm die größeren Überlebenschancen gewährt, welche wäre ihm entgegengekommen? Der Dreizack hatte etwas Göttlich-Poseidonisches, aber mit dem kurzen Schwert wuchtig zuzustechen, entsprach ihm das mehr? Ihm war, er erfahre etwas über sich, wenn er die Antwort auf diese Frage fand.

Lidewine war mit solchen Überlegungen nicht zu beeindrucken. Er sah sie dann lachen, ihr eigentümliches Gesicht mit den Kulleraugen und dem Lutschmund, beides war ihm schon aufgefallen, als sie auf der Bühne stand. Aus diesem lächerlichen Zaubereibetrieb hatte er sie herausgehoben, aus einem Geflecht, das zerriß unter seinem Zugriff. Ganz lautlos flogen da die Fetzen, und der Zauberer löste sich in nichts auf. Wie gleichgültig war ihm, ob bei dem Zirkus Sinnliches oder Übersinnliches im Spiel war, er fühlte sich beidem gerecht, auch in seinem Leben mußte gelegentlich gezaubert werden. Jetzt galt es erst einmal, die Ägypter zu beruhigen. Levcius hätte er denen geopfert, nur so wäre er aus dem eigenen Leben zu extrahieren, aber Levcius wollten sie nicht haben, sie wollten ihn – selbstverständlich, er hätte sich nicht anders verhalten.

Und zugleich war alles nicht so wichtig. Wichtig war, mit der Brust die Wellen zu zerteilen und das Funktionieren der eigenen Muskulatur zu spüren, viel Wasser in Mund und Nase zu bekommen und wie ein Walfisch wieder herauszuprusten. Zur Inbesitznahme eines Menschen gehörte immer auch, sich von ihm zu entfernen, unversehens weg zu sein, nachdem man schon die Enterhaken in dessen Herz geworfen hatte, und wiederzukommen, wenn der andere – die andere – es nicht mehr vermutete. Frau Krass, stets sprach er vor anderen so von ihr, war durch diese Schule gegangen, sie war darüber verrückt geworden, aber von stets eiserner Loyalität. Irgendwer würde schon dafür sorgen, daß sie erfuhr, mit wem er hier seine Zeit verbrachte, und wenn es die fette kleine Rizzi war, mit der sie sich angefreundet hatte, er verpflichtete niemanden zur Diskretion. Wer was hinter seinem Rücken erzählte, ließ ihn kalt, darin lag, wie er vermutete, ein Teil seiner Stärke, sie gründete auf der vollständigen Nichtachtung aller Menschen. Wer auf Diskretion vertraute, hatte schon verloren, machte sich abhängig – er war unabhängig. Unabhängig?

«Was hast du vor mit dem Mädchen?» hatte Levcius ihn heute Morgen am Telephon gefragt, als wüßte er nicht, daß solche plumpen Fragen bei ihm stets verhallten. Der Mann hatte das Narrenrecht, frech zu sein, aber er mußte es hinnehmen, daß seine Provokationen stets ins Leere gingen. Er würde nie einer Antwort gewürdigt werden – selten paßte diese Redewendung so gut wie zu ihrer beider Verhältnis, in dem die Würde einseitig verteilt war, nur bei ihm wohnend, auf der anderen Seite nichts davon.

Es war freilich auch bequem, nicht zu antworten, denn es wäre gar nicht so leicht gewesen zu erklären, was ihn zu dieser Laune verführt hatte, sah man ab von seiner Neigung, Menschen, die ihm bis eben noch unbekannt gewesen waren, mit mächtiger Hand zu ergreifen und zu entrücken. Jüngel, selbst ein solcher Entrückter, hatte ihn im Museum auf einen marmornen Adler aufmerksam gemacht, der seine Krallen ins Fleisch eines halbwüchsigen Knaben geschlagen hatte, um ihn auf den Olymp zu tragen. Der Kleine war hübsch, aber wieso gerade er? Solche unfertige Hübschheit gab es doch zuhauf, die Götter hatten eben auch nicht immer gewußt, was sie taten. Waren es nur diese großen nachdrücklichen Schritte der langen Beine gewesen, mit denen Lidewine sich ihm eingeprägt hatte? Diese Unbeugsamkeit, die man gern einmal sich beugen gesehen hätte? Besaß sie Ehrgefühl? Würden Geschenke ohne erkennbare Erwartung einer Gegenleistung sie verwirren, gar beschämen? Lauerte er darauf, daß sie den Spannungszustand zwischen ihnen nicht mehr aushielt und ihn zu verführen suchte? Welche Gedanken – angenehm, darin zu verweilen. Er pausierte mit dem Nach-vorn-Schwimmen und legte sich auf den Rücken, toter Mann spielen hieß das. War es so, das Totsein? Ein Starren ins Grenzenlose, während der Körper so sanft getragen wurde, daß man ihn kaum mehr wahrnahm?

Er fragte sich, was käme, wenn Lidewine die Nerven verlöre und die Waffen streckte. Etwas so vollständig anderes, als Frau Roslovski zu sodomisieren und dabei mit Kairo zu telephonieren? War etwas so vollständig anderes überhaupt wünschenswert? Aber es war falsch, ans Ziel zu denken. Wenn ein Spiel gewonnen war, dann war es auch zu Ende, und dann begann bald ein neues Spiel mit anderen Personen, die jedoch noch kein Gesicht hatten, die noch warteten in den Kulissen des Schicksals, bis er sie dort herausrief. Wie er da auf dem Wasser lag, vom salzigen Mittelmeer wie von einem lebenden Wesen gewiegt, genoß er sich als atmende Monade, nicht ergänzungsbedürftig, und zugleich in der ruhigen Gewißheit, daß überall Welt bereitlag, sich von ihm verschlingen zu lassen, sobald er sich wieder auf den Bauch drehte und zurückschwamm.

Als er das schließlich tat, dabei kurz ganz untertauchte

und dann mit dem Kopf wieder über die Wasseroberfläche geriet, stellte er mit Verwunderung fest, daß er im tatenlosen Liegen dennoch unterwegs gewesen war, und zwar eine weite Strecke. Der von der Sonne beschienene Felsen, der eigentlich sein Ziel hatte sein sollen, lag nun längst hinter ihm. Er brauchte einen Augenblick, um zu verstehen, daß er die Bucht verlassen hatte. Das Boot war aus seinem Blickfeld verschwunden. Er war ins Offene getrieben worden. Vor ihm ragten die unzugänglichen Steilwände auf, hoch oben von Steineichen gesäumt, von weißen Säulen keine Spur.

Er begann wieder zu kraulen, aber als er nach einer Weile angestrengter Bewegung den Kopf wieder über Wasser hatte, mußte er feststellen, daß er dem Sonnenfelsen kaum näher gekommen war. Der Felsen hatte eine unsichtbare Grenze markiert, jenseits derer andere Gesetze galten. Hier war es die Bewegungslosigkeit, die vorankommen ließ, leider in die falsche Richtung. Heftiges Zerteilen des Wassers mit den Armen bewirkte nur Stillstand. Vorbei war es mit Gedankenflucht und Träumereien, ob man für den Lebenskampf als Languste oder Oktopus besser gerüstet sei. Es galt jetzt nur eins: das Sammeln aller Kräfte, um sich der Strömung zu widersetzen, die er jetzt auch zu fühlen meinte – eine zähe Gewalt, die sich ihm entgegenstellte. Sein Kraulen war wie ein hilfloses Planschen gegen die unbeirrbare Ruhe, mit der das Wasser gegen ihn drückte. Nun verbündete sich die Sonne mit der Strömung. Sie war hinter dem Berggipfel hervorgestiegen und schien ihm ins Gesicht. Die Meeresoberfläche verwandelte sich in tausendfache Spiegelscherben, ein Lichtgewitter, aber wenn er die Augen schloß, dann fürchtete er, von dem Felsen abzukommen, der sich weigerte, näherzurücken.

Eine Weile gelang ihm eine neue Kraftanspannung, aber

als seine Arme lahm wurden, drehte er sich auf den Rücken und stieß nur noch mit den Beinen; er hatte den Eindruck, auf diese Weise den Widerstand der Strömung zu überwinden. Sein Bauch ragte wie der Rücken eines großen Fisches aus dem Wasser, die Sonne ließ ihn erglänzen. Er fand Zeit, diesen Anblick schön zu finden, sein Körper war gesund, er würde siegen. Er mußte jetzt stumpf werden, Geduld haben, mit kleinen Fortschritten zufrieden sein. Das war in seinem Charakter eigentlich nicht vorgesehen – die blitzartige Verwirklichung von jähen Einfällen, dafür war er gemacht. Dieses schneckenlangsame Schwimmen, das nun geboten war, hätte er am liebsten an irgendjemanden delegiert, das hätte ein anderer für ihn besorgen müssen, während er sich größeren Aufgaben zuwandte. Aber jetzt war er der einzige Mensch auf der Welt, um ihn herum nur Wasser und Stein.

Er ging ganz in dieser unbelebten Natur auf. Es hätte ein Verschmelzen mit ihr sein können, wenn die Strömung nicht unablässig daran erinnert hätte, daß er ein Fremdkörper in dem salzigen Türkis war. Gern schmeckte er dieses Salz, das erinnerte an Austern. Als er losgeschwommen war, hatte er es sich mit Genuß von den Lippen geleckt, aber inzwischen war es hart und bitter geworden, eine Medizin, die allzu reichlich gespendet wurde und brannte und in immer neuen Güssen das Gesicht überflutete. Wenn er keuchend Luft einsog, geschah es immer wieder, daß mit der Luft ein Schwall Wasser in ihn eindrang, der ihn husten und nach Luft ringen ließ, und das, obwohl es nur auf eines ankam: nicht nachzulassen, Meter für Meter zu erzwingen – ja, ein kleines Wenig war er weitergekommen. In der Felswand tat sich ein Spalt auf, als hätte eine Axt hineingeschlagen und sie zerzackt und bersten lassen. Eben noch war sie entfernt gewesen, dann war er beinahe auf ihrer Höhe, nun lag sie schon fast hinter ihm.

Er erkannte, daß es falsch war, sich an dem großen Ziel auszurichten. Besser sich kleine oder gar winzige Ziele setzen, nah an der Felswand schwimmen, keinesfalls zu nah, damit nicht eine Welle ihn gegen die Schneiden des scharf geschliffenen Steins warf. Aber auch die überschaubaren Ziele erforderten eine Anstrengung, die keinen weiteren Gedanken erlaubte. Immer weiter mit den immer gleichen Bewegungen, das Wasser im Gesicht, das schneidende Blendwerk der kurzen Wellen nicht beachten.

Es stellte sich ein unwillkommener Gedanke ein – wie wäre es, aufzugeben, wieder zum toten Mann zurückzukehren, sich wie ein Baumstamm irgendwo hintreiben zu lassen? Welche Köstlichkeit wäre damit verbunden, auf den Wellen zu liegen, auf den Wellen zu schlafen, der dummen Wassergewalt mit Ergebung zu antworten. Noch war sein Widerstand gegen diese Versuchung ungebrochen, aber sie sprach zu ihm mit einer Stimme, die von außen zu kommen schien, schmeichelnd und vernünftig: Dieses Kämpfen geht längst über deine Kraft, gib auf, es ist so einfach, es muß nicht das Ende sein, irgendwo wirst du an Land gespült, das ist ein Gesetz, alle Körper im Meer treiben schließlich ans Ufer, das weißt du doch. Das Schwimmen setzte sich dagegen nur noch automatisch durch, wie hervorgebracht von einer angeworfenen und trotz Überforderung nicht abgestellten Maschine. Es war schmerzhaft, und der Atem ging japsend, ein nicht vorgesehenes Gefühl von Schwäche breitete sich in ihm aus, was sollte denn das?

Dennoch war er dem weißen Felsen nahe gekommen. Er hatte sich an ihn herangezwungen, und dieser Felsen war inzwischen auch nicht mehr sonnenüberstrahlt, sondern von Licht und Schatten scharf konturiert, eine Skulptur der Verwitterung, der capresische Kalkstein zerklüftet und gebrochen. Ob er darauf zuhalten sollte, um sich dort festzuklammern und eine Weile Atem zu schöpfen? Er nahm Kurs auf ihn. Das schien jetzt leichter, die Strömung ließ innerhalb der Bucht nach, aber als er ihn erreicht hatte, hob sich in dem im Ganzen ruhigen Meer eine Welle, ergriff ihn und knallte ihn gegen den schrundigen Stein. Seine rechte Schulter mit ihren Muskeln und ihrem Fett war zum Glück genügend gepolstert, um ihn vor dem Aufprall etwas zu schützen, der nicht mehr als eine Ohrfeige des Meeres war, aber die Hautabschürfungen bluteten; nein, das Land war noch feindseliger als das Wasser. Er mußte dankbar sein, den Weg zurück ins Offene zu finden, der Sog des Zurückflutens half dabei.

Und doch war dies der Augenblick, da die Hoffnungslosigkeit in ihm hervorbrach, das sachliche Eingeständnis, es nicht schaffen zu können. Ja, es gab seine Muskeln, aber sie waren jetzt ausgepumpt, dicke Luftschläuche, aus denen das Gas ausgeströmt war. Da lag das Boot, sachte schaukelnd, zwei Köpfe im Wasser, um die Einstiegsleiter herum, ein kindisches Badevergnügen, aber unendlich weit entfernt. Wie ein Stier hätte er brüllen müssen, aber ihm versagte die Stimme. Als er ein zweites Mal zu rufen versuchte, hörte er sich resonanzlos und ohnmächtig, das mochte kaum zehn Meter weit tragen. Es wurde vorstellbar, daß er im Anblick des von ihm gecharterten Bootes, das vollbesetzt mit seinen Gästen und mit weingefülltem Kühlschrank in der Schönheit dieser odysseischen Bucht ankerte, ertrank – absoff vielmehr auf das erbärmlichste. Niemand vermißte ihn offenbar, niemand hielt nach ihm Ausschau, man war dort vollkommen zufrieden ohne ihn. Und war das nicht auch ganz in Ordnung so? Wenn er nicht anwesend war, zerfiel alles in Sinnlosigkeit.

Plötzlich sah er eine liebliche, lebendig schimmernde Farbe vor sich im kristallklaren Wasser: ein feines, kühles Rosa, aufs schönste das helle Blau des Meeres komplementierend. Und da waren die rosigen zarten Fäden auch schon nahe, streiften seine Brust und seine Arme wie wehendes Haar, das streichelte ihn, und alsbald schoß ein Schmerz wie von Salzsäure in seine Haut, und das Wasser, das sonst anästhesierend wirkt, tat nichts, um es zu mildern. Er war in eine Qualle hineingeschwommen, eine Medusa, wie das hierzulande hieß, nach dem dämonischen Schreckenskopf mit den Schlangenhaaren, der jeden, der ihn erblickte, erstarren ließ. Wo eine Qualle war, gab es noch mehr. Die zarten rosa Fäden waren seine Rettung; sie machten der Ermattung ein Ende, indem sie die Panik in seine Glieder jagten. Weg hier! Das war der einzige Befehl, den sein Körper noch vernahm. Er schwamm jetzt hastig, den Kopf angstvoll über Wasser haltend, die Armbewegungen wurden zu einem Hundepaddeln.

Die planschenden Badenymphen waren schon wieder im Boot, Lidewine wrang das Haar aus, den Kopf zur Seite geneigt, als sie seine Hände auf der obersten Leitersprosse bemerkte. Sie lagen dort, aber sie bewegten sich nicht. Herr Krass war zu schwach, um heraufzuklettern. Das Herz raste, die Haut brannte an der Luft noch mehr, seine Arme und die mächtige Brust waren wie nach einer Auspeitschung mit roten Striemen überzogen. Er senkte den Kopf und spuckte aus. Er schneuzte die Nase, um sie von Rotz und Wasser zu befreien.

«Krasslein, was machst du da?»

Sie beugte sich über den Bootsrand. Ihr feuchtes Haar ringelte sich, sie war erfrischt und blühend, während er mit weißen Lippen und ausdruckslosen Augen zu ihr hinaufsah. Der

Kapitän und der schwarzgelockte Kellner eilten herbei, um ihn, der kein Wort sagte, die Leiter hinaufzuziehen; aber so schwer, wie er war, entglitten seine Hände denen der Helfer, und er platschte noch einmal zurück. Wie unterschied sich dieses Eintauchen von dem des Aufbruchs. Als er schließlich an Bord saß, erkannte man, daß er blaß war. Versuchen, sich ihm zu nähern, wehrte er stumm. Es war etwas mit ihm geschehen, was allen anderen entgangen war. Man erblickte einen gefährlich geschwächten Mann.

Der war, als er dann wieder genug Luft zum Sprechen hatte, keineswegs vorwurfsvoll. Er hatte ein Abenteuer bestanden, eine selbstgewählte Gefahr überlebt.

«Ich habe mit der Strömung gekämpft – ich schätze, sie hätte einen normalen Schwimmer einfach mit sich weggerissen.»

Staunend lauschten die Gäste.

«Wußten Sie, daß die Strömung hier besonders stark ist?»

Die Frage galt dem Kapitän, Jüngel übersetzte.

Der Kapitän zuckte mit den Schultern und ließ nur ein vorwurfsvolles Ä, ä, ä hören, was am Golf von Neapel vieles besagen kann: «Was erwarten Sie, wenn Sie im Meer baden?», und: «Ich gehe nie ins Wasser, und ich weiß, warum», und: «Bin ich bei dem Stundenlohn auch noch für die Strömungen verantwortlich?»

Der Docteur wandte sich an seine Frau: «Man schwimme niemals in fremden Gewässern.»

Levcius hörte das mit und sagte leise zu Frau Roslovski: «Der Mann, der das beachtet, heißt nicht Ralph Krass; das gilt auch im übertragenen Sinn, für Geschäfte mit –»

Ein Blick traf ihn, der unversehens nicht mehr erloschen war. Levcius verstummte. Der Kellner servierte beschlagene

Gläser. Herr Krass hob das seine an die Lippen, ließ den Wein, ohne zu schlucken, in sich hineinlaufen und warf es wieder über die Reling.

16

Die Saison auf Capri war vorüber. An der Marina Grande, wo sich sonst die Passagiere der Fährschiffe drängten, hatte das Boot von Herrn Krass keine Konkurrenz. Kaum hatte es die Anlegestelle erreicht, eilten Helfer herbei, um einen Steg vom Kai zum Boot zu legen. In der Kajüte bedeckte Herr Krass die Quallenstriemen mit einem frischen Hemd. An Bord hatte sich keine Salbe gefunden, um die Schmerzen zu lindern – Jüngel geriet ins Stottern, als er das eingestehen mußte –, aber Herr Krass ließ nicht erkennen, ob er litt, wenn man davon absah, daß seine Miene noch ein wenig starrer als sonst geworden war. An Land wirkte die Gesellschaft nicht ganz so frisch und gepflegt wie beim Aufbruch in Neapel, die Einwirkung von Sonne, Wind und Wasser ließ vor allem die Frauen ein wenig zerzaust erscheinen. Vier offene Taxis brachten die Gäste über die Serpentinenstraße zwischen Weingärten hinauf zur Stadt. Die Piazza an der Kathedrale, im Sommer ein einziges großes Café, war jetzt nur spärlich bevölkert. Dem Stil dieser Reise hätte es entsprochen, daß alle sich sofort hier niedergelassen hätten, Frau Rizzi sprach diese Erwartung beim Anblick der leeren Café-Terrasse auch sofort aus, aber Jüngel bat um Geduld: Man möge nur ein paar Schritte weiter zum Hotel Quisisana laufen, wo sie erwartet würden – es sollte ja die Besichtigung der Villa folgen.

Eine schmale abschüssige Gasse nahm sie auf. Vorweg gingen Herr Krass und Lidewine in deutlichem Abstand, bis sie, auf einem glatten Stein ins Rutschen gekommen, die Hand auf seine Schultern legte. Er zuckte unter der Berührung zusammen und sah sie vorwurfsvoll an; war sie seiner Quallenwunde zu nahe gekommen?

Jüngel lief neben Levcius und wies auf den Aktenkoffer, der ihn in der Ferienstimmung der Bootspartie noch mehr als in der Stadt aus den anderen hervorhob. «Das ist eine ganz schöne Verantwortung», dies war leise zu Levcius gesprochen, «ich habe heute nacht einen Albtraum gehabt, ich hätte ihn irgendwo stehen lassen.»

Auch Levcius dämpfte seine Stimme: «In so einem Fall bloß kein Geschrei machen! Bloß Krass damit in Ruhe lassen! Sonja Reiss anrufen, die sorgt schnell für Nachschub.»

Jüngel meinte zum ersten Mal, in seiner Lage nicht ganz und gar auf sich gestellt zu sein.

Sie passierten geschlossene Eissalons und Modeläden, dann blieben Herr Krass und Lidewine vor einem Schaufenster stehen, und die anderen sammelten sich um sie. Ein Juweliergeschäft, das die Aufmerksamkeit aber auch verdiente. Hier wurde der Schmuck, nicht wie sonst üblich, feierlich auf Samtkissen und in edlen Schatullen ausgestellt, es sah vielmehr so aus, als seien die Colliers und Armbänder, die Ringe mit den großen Brillanten und die Perlenschnüre wie eine zusammengeraffte Beute einfach in die Vitrine gekippt worden.

Levcius lächelte anzüglich; zu Frau Roslovski raunte er: «Eine Geldwaschanlage der Camorra»; Jüngel, der das mitbekam, hielt in naiver Aufregung den Koffergriff noch fester umklammert.

Als hätten sie die anderen vergessen, betrachteten Herr Krass und Lidewine die Auslagen. Sie fuhr sich mit dem Finger an den Hals, als jucke es dort, oder war es der Anblick so vieler Colliers, der diese unwillkürliche Bewegung ausgelöst hatte?

Herr Krass winkte Jüngel zu sich. Er solle die Gäste schon einmal zum Quisisana führen und dort bewirten – «wir kommen in einer Viertelstunde nach.»

Madame Lecœur-Jouët wandte sich an ihren Mann: «Auf so etwas habe ich nur gewartet», während Frau Rizzi viel lauter die Worte entfuhren: «Hat die aber Glück!»

Weil Jüngel die Gäste von Herrn Krass hinwegführte, so gern die auch Zeugen der bevorstehenden Transaktion gewesen wären, bekamen sie nicht mehr mit, wie im Innern des Ladens die Besitzerin, eine kleine Greisin mit aufgeblasener Haubenfrisur in Honig- und Bernsteinfarben, den Vorhang der Vitrine öffnete und mit dickgeäderter Hand ein sich auf dem Samtboden schlängelndes Perlencollier herausnahm – ein auch in diesem Reichtum auffallender Schmuck, mindestens vierzig dicke, ins Hellgrau von Taubenfedern hineinspielende Perlen –, nein, nicht wachteleiergroß, aber nicht viel kleiner. Lidewines Locken waren durch das Meerbad außer Rand und Band geraten. Sie neigte den Kopf, raffte den Haarwust zusammen und bat die Juwelierin um ein Gummiband. Was wäre in diesem Überfluß nicht vorrätig gewesen? Es wurde herbeigebracht. Im Nu lag ihr Décolleté frei, das schönste Kissen für diese Perlen, deren Farben auf der milchweißen Haut noch besser zur Geltung kamen als auf dem Samt im Fenster. «Sie sind von der Natur für die Verbindung mit weiblicher Haut gemacht», sagte die Juwelierin.

Die Perlen stammten aus Bahrein, von den Perlentauchern gefischt, solche Größe finde man sonst nur bei Zuchtperlen, aber der Unterschied sei offensichtlich. Die Juwelierin sprach das Englische mit so starkem italienischen Akzent, daß Lidewine mit ihr ins Italienische wechselte.

Herr Krass sah dieser polyglotten Leichtigkeit mit der Miene eines Mannes zu, in dessen Umgebung das selbstverständlich war. «Wie gefallen sie dir?» Eine stille, freundliche Frage, wie man sie auch vor einem Paar Schuhe hätte stellen können.

«Sie sind – schwer.» Lidewine suchte nach dem angemessenen Wort. Sie hatte das Gesetz der Untertreibung sofort begriffen; nichts wäre verfehlter gewesen, als in Entzükkensschreie auszubrechen. Sie trug ein einfaches weißes Leinenkleid, für dessen Kauf Jüngel sich beredt eingesetzt hatte – das, genau das stehe ihr. Ja, sie fand das auch, für die Bootstour war es passend, aber nun wurde etwas ganz anderes daraus. Der Schmuck hob das Kleid und trat selbst zurück. Sie mußte sich, in ihr Spiegelbild versenkt, gestehen, daß ihr solch ein Collier schon immer gefehlt hatte. Das gehörte zur Grundausrüstung, damit konnte man in Lumpen herumlaufen.

«Zu schwer?» Seine Frage klang sachlich, als handele es sich um eine rein technische Angelegenheit.

Die Juwelierin kannte die Welt. Sie verfolgte den minimalen Dialog, indem sie ihre Aufmerksamkeit unter herabhängenden Augenlidern verbarg. Der gewichtige Mann, im besten Alter, das Mädchen zwanzig Jahre jünger, das sah sie richtig, nicht abgelenkt von Lidewines jugendlich-reifer Alterslosigkeit. Solche Paare betraten den Laden, seitdem sie und ihr Mann ihn führten. Herr Krass wäre verblüfft gewesen, wie wenig individuell er in ihren Augen wirkte. «Das

Schloß ist auch hübsch», sagte sie aus der Ferne, wo sie sich an einem Schreibtisch mit Papieren beschäftigte, ein beiläufiger Einwurf, keine Einmischung in den sich formenden Entscheidungsprozeß.

Lidewine drehte das Collier. Die Perlen hatten Gewicht, das stimmte, sie glitten kühl über ihren Hals. Da war das Schloß, ein großer roter Cabochon, von kleinen Brillanten umgeben. «Rubin …?»

Ihre Frage blieb in der Luft hängen, doch Herr Krass schaltete sich sofort ein: «Wäre dir eine andere Farbe lieber?»

Die Juwelierin hatte verstanden. «Sie können selbstverständlich jeden anderen Stein haben, in jeder Farbe – für Sie wäre auch ein Smaragd vorteilhaft, vielleicht sogar besser zu Ihrem Teint. Geben Sie mir vierundzwanzig Stunden, ich zeige Ihnen Smaragde in der passenden Größe.»

War es diese Verzögerung, die Lidewine vermeiden wollte? Ein Tag ist ein Tag, da kann viel geschehen, wenn sie allein an die letzten achtundvierzig Stunden dachte. Mit einem Aufschub waren Unwägbarkeiten verbunden, im Grunde durfte überhaupt nichts aufgeschoben werden. Das Halsband lag um ihren Hals, als hätte es dort schon immer gelegen.

Die Juwelierin, noch einmal von ihren Papieren aufsehend, sagte in den Raum hinein, ohne sich an jemand Bestimmten zu wenden: «Der Schmuck ist besonders schön auf junger Haut.» Sie selbst hatte einen dicken Seidenschal umgeschlungen, ihr Kopf saß wie auf einer Manschette, darüber fielen viele Ketten, die sie am Schreibtisch ein wenig behinderten.

«Nein, der Rubin ist gut so, ich will nichts anderes.»

Das war mit träumerischer Bestimmtheit gesprochen. Zugleich klopfte Lidewines Herz, die Wangen röteten sich leicht. Sie war sich darüber im klaren, einen großen Schritt zu tun. Ihr Honorar, stattlich, aber gewiß schnell wieder ausgegeben. Ein paar Kleider und Schuhe – nichts davon würde sie lange behalten, sie pflegte bei jeder Reise etwas zu verlieren. Eben war Renó mit ihrem gesamten Gepäck abgereist, was so viel nicht gewesen war, nette Sachen darunter, aber nichts, dem sie nachtrauerte. Dies hier war eine unerwartete Wendung. Sie dachte an den Vertrag, den sie eingegangen war. Wie war es zu verstehen? Eine Frau zu kaufen und dann keinen Gebrauch von ihr machen zu wollen, bahnte sich jetzt etwa ein Wandel an? Tat sie, wenn sie diese Gabe annahm, den entscheidenden Schritt in eine größere Verbindlichkeit?

Sie mußte sich bekennen: Wie Herr Krass das Geschenk präsentierte, so nebenbei, so still, so sanft, wie eine am Wegesrand gepflückte Frucht, nahm sie noch mehr für ihn ein als alles, was vorher geschehen war. Sich bedanken zu müssen ist eine Last, die viel unter sich begraben kann. Aber wenn sie diese Perlen akzeptierte, dann war es doch eigentlich eher, als sei sie es, die ihm einen Gefallen tue. Und wenn tatsächlich Weiterungen folgen sollten, dann konnte man es ja der Situation überlassen, wie man darauf einging. Was hieß schon «Verpflichtung»? Nichts leichter, als sich auf dem Absatz herumzudrehen und wegzugehen. Aber wenn es nun so etwas wie Verpflichtung dennoch geben sollte? Für Bedenklichkeiten war keine Zeit. Ihre Augen glänzten und schienen noch größer, als sie sich von ihrem Spiegelbild ab- und Herrn Krass zuwandte: «Ja, das Collier ist schön, ja – es gefällt mir ...»

Man durfte das als Antwort auf die nicht gestellte Frage begreifen, ob sie die Perlen besitzen wolle.

17

Der Weg zur Villa Faraone führte über kleine Straßen, beständig ansteigend, die von Feldsteinmauern eingefaßt waren, dahinter öffnete sich hier und dort ein Blick auf Gärten mit Weinpergolen. Noch in den ersten Jahrzehnten nach dem Zweiten Weltkrieg war man ihn mit Eseln hinaufgeritten, vor allem zu den ausgegrabenen Ruinen der Kaiservilla auf der Bergspitze. Zur Villa Faraone ging es über eine Abzweigung, das Haus lag genau unterhalb des tiberianischen Palastes. Inzwischen wurde die Steigung zur Beförderung von Lasten mit surrenden Elektrokarren bewältigt, Personen war dieses Verkehrsmittel untersagt, aber die Dame aus Neapel und der Makler hatten eine Ausnahmegenehmigung für die Gesellschaft des Herrn Krass erwirkt, diese «Gruppe von Spezialisten mit äußerst knapper Zeit», wie dem Makler mitgeteilt worden war. Sitzen konnte man nicht auf den Elektrokarren, doch im Stehen, während man sich an einer Stange im Rücken des Fahrers festhielt, bekam die Fahrt etwas Stürmisches, geradezu Kriegerisches. Herr Krass, der sein Haar gern im Fahrtwind wehen ließ, dachte an den Großkönig auf dem Streitwagen; nein, er würde nicht zurückschauen.

Es war ein Einzug in Capri nach seinem Geschmack. In

den engen Gassen drückten sich die Passanten an die Mauern; soweit sie Capresen waren, wußten sie, daß auf solchen Wagen nur Privilegierte fuhren. Die Häuser wurden weniger, es eröffneten sich weite Blicke über eine Senke, die wie eine große Schale dicht mit Weinpflanzungen und Zitronenhainen gefüllt war. Auf der Bergseite stieg es an, der Monte Tiberio war gleichfalls von Bauerngärten überzogen, darüber ein Pinienwald, schwarz-grün vor dem unwahrscheinlichsten Himmelsblau, ganz oben die kaiserlichen Ziegelsteinmauern mit ihrem Opus reticulatum.

Die Elektrokarrenkarawane tauchte in den Schatten eines Steineichenhaines, der Weg wurde uneben, Brocken ließen die Wägelchen rumpeln. Hinter Herrn Krass kam aus dem Mund von Frau Rizzi ein lustiges Gekreische, seine Miene verfinsterte sich. Wenige Leute wußten, was sie ihrer eigenen Würde und, solange sie in seiner Gesellschaft waren, auch der seinen schuldeten.

Dem holprigen Weg in der Laubfinsternis blieb er noch abwartend gegenüber: Sehr repräsentativ war diese Auffahrt nicht, Limousinen würden hier niemals vorfahren können. Der Transport mit diesen Wägelchen war erfrischend und hatte ihn träumerisch werden lassen, war aber vielleicht nicht jedermanns Sache, wobei mit «jedermann» die herausragenden Persönlichkeiten gemeint waren, die er zu empfangen gedachte. Lidewine, halb hinter ihm stehend, hielt sich mit der linken Hand an seiner Schulter fest. Hätte er das beobachten können, wäre die Vorstellung des Streitwagens durch die hinter dem Feldherrn stehende Siegesgöttin, die über sein Haupt einen Lorbeerkranz hält, abgerundet worden. Dann hätte er ihre Berührung noch bereitwilliger ertragen, die einfach notwendig war, damit sie in der Kurve nicht von der Ladefläche fiel. Ihr Entenschnabelprofil zeigte nach vorn, sie ließ ihr Gesicht vom warmen Wind streicheln, während sich das vom Bad naß gewordene Haar in seinen Kräuselungen verdoppelt zu haben schien. Mit einer schönen, freien Bewegung zeigte sie auf die antiken Ruinen, die jetzt aus dem stachligen Immergrün der Macchia hervorsahen. «Schilderlijk, picturely ... wie sagt man auf deutsch?»

Der Boden war mit einem Teppich von Piniennadeln gepolstert, zu hören war nur das Wespensirren der Elektromotoren. Vor einem verrosteten Eisentor, das in Höhe des geborstenen Schlosses mit Ketten gesichert war, hielt man an. Jüngel eilte von seinem hinteren Wagen zum Portal und schlug mit der Faust dagegen.

«Wir sind aber doch angemeldet?»

Die Frage von Herrn Krass hatte einen bedrohlichen Unterton. Die Brillengläser seines Sekretärs standen kurz davor zu beschlagen. Der Makler, der sich inzwischen aus Neapel eingefunden hatte, drängte sich vor.

«Die Leute im Haus sind ein bißchen verrückt, das sind Wilde, die wissen sich nicht zu benehmen – ich muß rufen.» Er kletterte am Rand des Portals auf einen Stein, um über die Mauer zu blicken, und rief mit unerwarteter Kraft: «Signora Concetta, das bin ich – macht auf!»

Wohin Jüngel sie da wohl geführt hatte? Herr Krass sah unbewegt in Lidewines Lächeln, das über den spektakulären Perlen schwebte, ganz in Erwartung, als eröffne das Collier einen Überfluß an Wundern. Sie fühlte sich wohl neben diesem schweigsamen Mann mit seinem aus Anziehung und Abstoßung wundersam gemischten Betragen.

Madame Lecœur-Jouët trat neben sie: «Der Schmuck steht Ihnen, Sie können so etwas tragen. Für viele Frauen wäre er zu groß und zu schwer, schon gar für ein junges Mädchen ...»

Lidewine war fast ein wenig gönnerhaft zumute; daß sie das tragen konnte, das wußte sie selber, aber nicht jeder bekommt, was ihm steht.

Das Tor öffnete sich schwankend und quietschend. Eine kleine alte Frau mit Nackenknoten und mißtrauischem, faltendurchfurchtem Gesicht stand vor ihnen und forderte mit einer Handbewegung dazu auf einzutreten.

Das Haus war zunächst kaum zu sehen. Sehr hohe Pinien standen so dicht beieinander, daß ihre Schirme ein Dach bildeten. Dann schob sich eine Säulenloggia mit steiler Freitreppe aus dem Dämmer. Die Stufen waren von oben bis unten mit Blecheimern besetzt, in denen Hortensienbüsche in Hellblau und Rosa blühten, ein farbiger Schaum, der da herabfloß, aber zugleich wurde aus der Nähe auch deutlich, wie ruiniert die Treppe war, aus bröckelndem Backstein gemauert und mit zerbrochenen Marmorplatten belegt. Die Säulen der Loggia hatte man aus halbierten Ziegeln hochgezogen, die mit Stuck überkleidet gewesen waren, zu kurz für die plumpen Kapitelle. Die Fensterläden hingen schief und ausgelaugt in den Angeln, die Balustraden aus Terracotta, die, einst weiß gestrichen, marmorn wirken sollten, waren lückenhaft, die Brüstung, die auf ihnen ruhte, bestand aus Beton, der dabei war zu zerfallen, die verrosteten Armiereisen schauten hervor.

Aber von der Terrasse blickte man in schwindelnde Tiefe. Winzige Boote strebten lautlos durch das Blau. Weiter weg lag die Marina Grande, das Echo der Felswände trug das Tuten der einlaufenden Schiffe herauf, linker Hand in der Ferne Ischia mit dem Vulkankegel des Epomeo, Procida, tellerflach, Nisida und der Posillip, Neapel und, über allem schwebend, die Dunsterscheinung des Vesuvs, rechter Hand Sorrent, das Capo Miseno – «wo einst ein großer Minerva-

Tempel gestanden hat.» Jüngel wies immerfort auf Dinge hin, die es nicht mehr gab.

Herr Krass drehte sich um, mit ihm Lidewine, die neben ihm stand, und nun taten sie gemeinsam einen Schritt in die Villa hinein. Der Salon, säulengetragene Kuppeldecken, das Ganze in schneeweißem Stuck – so war das einmal konzipiert worden, jetzt sah es etwas anders aus. Der große Raum war eingestürzt, durch das Loch in der Decke sah man in den oberen Stock. Das Desaster lag schon eine Weile zurück, so daß Pflanzen begonnen hatten, die häßlichen Wunden zu umranken und zu umkränzen. Nichts täuschte darüber hinweg, wie erbärmlich die Substanz des Mauerwerks war, immer wieder die Ziegel, mit Bruchsteinen aus dem grauen Kalk der Insel gemischt, einst mit Gips dekorativ überkleistert, der jetzt zum größten Teil heruntergefallen war. Der Makler bat über die breite Treppe mit blechernem Weinlaubgeländer ins obere Stockwerk – doch, doch, die halte noch, zahllose Male sei er schon hinaufgestiegen, und trotzdem empfand Jüngel Furcht, als Herr Krass und Lidewine mit ihren Schritten die Stufen leicht erschütterten, er nahm sich aber zusammen.

Von den oberen Terrassen überwältigte die Aussicht erst recht, der skandalumwitterte Monarch, der etwas oberhalb gewohnt hatte, konnte kaum weiter geblickt haben. Dafür stand man hier nicht auf hellenistischen Mosaiken, sondern auf hellblauen und hellgelben Blumenkacheln im schwedischen Jugendstil – «fragt sich, ob man das behält». Diese Bedenken äußerte Jüngel als noch nicht vollständig anerkannter Arbiter Elegantiarum, doch der Makler sprang sofort ein: Hier stehe zwar alles unter Denkmalschutz, aber das bedeute nicht viel – er pflege die besten Beziehungen zur Soprintendenza.

Man wandte dem Ausblick den Rücken zu und stieg wieder hinab, denn unten wartete noch eine Attraktion: die Camera egittica, ein unter dem Salon gelegenes halbrundes Zimmer, dessen Wände mit Hieroglyphen aus vergoldetem Gips dekoriert waren – hier habe der Erbauer Opium geraucht. Die Fenster dieser Krypta gingen auf die Isole di Galli im Golf von Salerno, eine Phantasmagorie, auch ohne Opium betäubend. Der Geruch im Haus war unangenehm, der vom Schwamm befallene Stuck verbreitete süßliche Trümmerdünste.

«Machst du dir was aus Drogen?» Lidewine fragte leichthin, als ginge es um Schlagsahne im Kaffee.

Herr Krass war ganz feierliche Ablehnung, seine sittliche Empörung hätte jeden anderen als Lidewine eingeschüchtert. Unter seiner Regie jedenfalls würde in der Camera egittica kein Opium gereicht werden.

«Und du?» fragte sie leise Jüngel, der sich als Übersetzer des Maklers stets in der Nähe hielt.

Er wußte sich zwar außer Hörweite von Herrn Krass, war in Wahrheit auch viel zu hypochondrisch, um mit nicht ungefährlichen Substanzen zu experimentieren, wollte vor ihr aber nicht zu zahm erscheinen und setzte ein vielsagendes Lächeln auf.

Sie erwiderte das – und einen Augenblick lang gehörten sie zusammen.

Als sie, wenig später, aus dem Haus traten und sich vorsichtig die zerbrochenen Stufen zwischen den Hortensieneimern hinabtasteten, war draußen auf zwei Böcken eine Tischplatte mit dem Plan der Villa Faraone aufgebaut worden; zwei Architekten warteten, um Herrn Krass die erforderlichen Maßnahmen zum Wiederaufbau des Hauses zu erläutern. Jüngel atmete auf. Das sah gut aus, ernsthaft, professionell, wie Herr Krass es stets von ihm forderte. Der trat an den Plan heran mit einer Miene, die in ihrer Verschlossenheit bemüht war, sein Wohlgefallen an diesem Arrangement zu verbergen – ein Marschall hätte sich dem Kartentisch im Hauptquartier nicht anders genähert. Im Hintergrund zwischen den Pinienstämmen erhob sich eine Art Altar aus Kunststein; dort war der inzwischen vom Boot eingetroffene junge Kellner tätig, hatte ein weißes Leintuch ausgebreitet und aus zwei Körben Platten mit Schinken und Salami aufgestellt. Gerade bückte er sich und ließ, wie man es schon von ihm kannte, aus den Weingläsern, jeden Stiel zwischen zwei Fingern, für einen Augenblick gläserne Dolden entstehen. Frau Rizzi hatte sich mit Frau Roslovski schon an die Erfrischungen herangemacht. Der Cavaliere saß erschöpft auf einem Stein. Levcius rauchte. Die Franzosen gingen in dem weitläufigen verwilderten Garten spazieren, der sich wie ein Balkon hoch über den Felsen entlangzog.

Es war gut, daß es etwas zu essen und zu trinken gab, denn Herr Krass unterzog die Architekten einer strengen Prüfung. Man hatte auch alte Photographien für ihn zur Hand, auf denen der eingestürzte Salon in erhaltenem Zustand zu sehen war, voller kopierter Louis-Seize-Sessel, Palmen und Statuen – «der David des Donatello und der Barberini-Faun aus Zinkguß», wie der ältere der Architekten gewissenhaft anmerkte.

Wo die Statuen jetzt seien?

Die habe es wohl schon beim Erwerb durch den Vater der Signora nicht mehr gegeben; es sei nicht mehr die Zeit gewesen für solche Stücke. Der Architekt vermied es, darauf hinzuweisen, daß diese ganze Anlage eigentlich eher eine große Theaterdekoration gewesen war. Aber sonst sprach er offen. Sollte das, was von der Villa noch stehe, nicht eines Tages ins

Meer fallen, müßte man sehr gründlich restaurieren und an vielen Stellen ganz und gar neu bauen.

«Das ist mir klar, und das ist auch kein Hindernis. Die Villa entspricht meinen Anforderungen, sie ist allerdings recht klein. Wo lägen denn das Schlafzimmer, Ankleidezimmer, Schreibzimmer meiner Frau? Ich sehe im Obergeschoß gar keinen Platz?»

Der ältere Architekt, ein Mann mit grauer Haarbürste, sei Caprese, wie der Makler sagte, im Umbau alter Häuser auf der Insel erfahren – «man muß hier jemanden vom Ort beauftragen, dann wird alles viel leichter!» Er deutete auf eine hintere Terrasse. Die könne man überbauen, der Blick von dort sei ohnehin weniger spektakulär, man gewänne auf diese Weise leicht weitere zweihundert Quadratmeter Wohnfläche hinzu. Er zeigte auch auf einen Winkel für einen Aufzug.

«Das ist wichtig für meine Frau.» Herr Krass sprach stets mit besonderem Nachdruck von ihr. Seine Frau war eine Institution, das mußte deutlich werden.

Die Architekten nickten respektvoll. Sagte er das, weil er bemerkt hatte, daß Lidewine nicht mehr an seiner Seite stand?

Der junge Kellner, dessen Augen überall waren, hatte sie entdeckt und trat mit einem Glas Weißwein auf sie zu. Als er es ihr mit einer Verbeugung überreichte, fiel ihm eine schwarze Locke, präzis wie ein Fragezeichen, in die weiße Stirn. Sie nahm den Wein mit dankbarem Lächeln entgegen und verließ den Tisch. Auch sie wollte sich im Garten umtun.

Die kleine Alte, die das Tor geöffnet hatte, wahrte Abstand zu der Gruppe um den Kartentisch, behielt sie aber fest im Auge. Ihre Lippen waren zusammengekniffen, es war, als stehe sie bereit, eine wichtige Mitteilung zu machen.

Lidewine näherte sich ihr, das Glas in der Hand.

«Ich wohne hier seit fünfzig Jahren», sagte die kleine Alte in neapolitanischem Dialekt, in den sich Lidewine aber leicht hineinfand. «Man will mich von hier vertreiben, aber das ist unmöglich. Der Mann dort mit der Glatze» – sie zeigte auf den Makler – «weiß das genau. Wer mich hier raushaben will, der muß mich auszahlen: fünfzig Jahre Lohn. Fünfzig Jahre bewache ich dieses Haus! Ich habe die Hortensien gepflanzt und gepflegt, die sind der Beweis, wie ich hier arbeite. An Mariä Himmelfahrt hat sie der Sindaco auf die Piazza schaffen lassen, die ganze Stadt hat gesehen, was ich geleistet habe – sagt die Signora frech: Das hat Ihnen niemand befohlen ... Das ist Ihr Privatvergnügen ... Meine Schuld ist es nicht, daß das Haus eingestürzt ist – so groß war am Anfang das Loch im Dach», sie bildete mit beiden Daumen und Zeigefingern einen Kreis, «ich habe mit der Signora telephoniert, aber sie hat gesagt, ich soll mich darum nicht kümmern. Das geht mich nichts an – was ich überhaupt im Haus zu suchen habe ... Unverschämtheit: Ich bin in diesem Haus geboren worden, meine Eltern waren schon Wächter hier – das habe ich zu suchen!»

Sie winkte Lidewine und ging ihr durch eine seitlich gelegene Tür voran in eine große Küche, düster und schmutzig, mit zusammengesuchtem Zeug möbliert. Aber als sie auf einem Gaskocher Kaffee aufsetzte und alsbald der Duft den Raum erfüllte, konnte man sich in dieser Höhle auch Behaglichkeit vorstellen, denn Gerüche gehören zu den stärksten sinnlichen Reizen: Ein von Malereien geschmückter Saal, in dem es nach Verwesung riecht, wäre ein unerträglicher Aufenthaltsort, frischer Blumenduft hingegen läßt über Schmutz und Häßlichkeit hinwegsehen, Weihrauch macht aus einer Garage eine Kirche. Lidewine setzte sich und sah sich animiert um, die Heiligenbilder, die Abreißkalender, eingerollte, verblaßte Familienphotos, alles von bräunlichen Tropfen besprenkelt – Ölspritzer? Insektenkot? Das Licht trat gebrochen durch die blinden Scheiben, eine milde Deutlichkeit erzeugend.

«Waren Sie im Haus, als es eingestürzt ist?»

«Wo sonst? Ich bin immer hier. Das war ein Geräusch, wie ich noch nie eins gehört habe – die Hölle und der Vesuv können nicht schrecklicher sein. Ich habe fest geschlafen, da reißt es mich hoch; der Jüngste Tag ist angebrochen, jetzt beginnt Gottes Gericht. Schrecklich, hoffentlich muß ich so etwas nie wieder hören – schon bei der bloßen Erinnerung stockt mir das Blut ...»

Sie hielt die entfleischten Arme, die aus dem Pullover hervorsahen, Lidewine zur Prüfung hin, als sei der Pulswechsel immer noch feststellbar.

«Und danach die Stille – Stille wie im Grab, genauso schlimm wie der Krach. Ich meinte, ganz Capri ist davon aufgewacht, aber hier oben wohnt sonst keiner, hier können Sie den Leuten den Hals durchschneiden, und niemand kriegt etwas mit.» Ganz vorsichtig sei sie aufgestanden, tapptapp zur Tür und einen Spalt geöffnet, da kam ihr eine gelbe Staubwolke entgegen, als wollte ihr jemand eine Decke über den Kopf werfen, um sie zu ersticken. Also wieder zu die Tür, doch stand schon der Staub im Raum und hat sich sofort über alles gelegt. Am Morgen kamen die Polizisten und wollten sie zwingen mitzukommen, in ein Asyl auf der Piazza, es sei zu gefährlich – «Finger weg!» habe sie geschrien, «schert euch zum Teufel, ihr Lumpenpack!» Und das sei jetzt auch schon wieder zwölf Jahre her; nach dem kleinen Weltuntergang sei es unerwartet friedlich weitergegangen.

In einer Ecke stand ein hoher, schmaler Käfig, Lidewine

näherte sich ihm neugierig. Im Halbdunkel erkannte sie ein Tier, zunächst war nur ein Lichtpünktchen auszumachen im schwarzen runden Auge, dann allmählich der ganze Hahn, ein Prachtgeschöpf, übergroß, auf Beinen dick wie Trommelschlegel. Rühren konnte er sich kaum da drin, sein Federkleid, schwarz-grünlich schimmernd, stieß überall an.

Das sei ein ungewöhnlich böses Tier. Die Alte schüttelte den Kopf über so viel Bosheit in dem eher kleinen Kopf. Der Hahn sei eigentlich für die Hühner da, die sie hinterm Haus zusammen mit den Kaninchen halte, aber wenn sie ihn aus seinem Käfig herauslasse, dann stürze er sich zuerst auf sie – «er läuft mir hinterher, er will mir unter den Rock, er will mich bespringen, und wenn ich ihn noch so schlage.» Jetzt habe sie ihm schon länger nicht mehr den Käfig geöffnet – «da steht er und denkt die ganze Zeit immer nur dasselbe – ein Mann.» Sie lachte verächtlich.

Ja, so seien die Männer, antwortete Lidewine, «die Frauen aber auch.» Das klang so versöhnlich und war von einem derart liebevollen Ausdruck begleitet, daß die Alte nicht dagegen aufbegehren wollte. Gern hätte Lidewine den wilden Hahn aus seinem Käfig befreit, einen starken Mann, dessen Beine vom Stehen schon unförmig geworden waren, von wollüstigen Vorstellungen besessen, in Einzelhaft wie der Marquis de Sade in der Bastille, nein, so sollte man mit den Männern nicht umgehen, das gefiel ihr nicht. «Signora Concetta, wir lassen ihn heraus, in die Freiheit. Wenn er hier nicht gut zu halten ist, dann jagen wir ihn in den Wald, vielleicht erschießt ihn dort ein Jäger, das ist doch besser für ihn als diese Gefangenschaft ...» Freiheitsliebend, wie sie war, konnte sie sich nie zurückhalten, anderen zu ihrem Glück zu verhelfen. Unaufgefordert richtete sie den Männern die

Krawatte und hatte noch beim Aufbruch heute morgen versucht, Herrn Krass einen Pullover auszureden – «Krasslein, du siehst unmöglich aus, wie ein Skifahrer in Neapel, zieh das aus, zieh das schnell aus!», ein Befehl, den er schweigend anhörte, wobei in seine Miene etwas Verstocktes trat. Sie wollte einfach nicht verstehen, daß ihm so nicht beizukommen war.

Auch bei der Alten konnte sie sich nicht beherrschen. Die war so verblüfft von dem, was geschah, daß sie sich nicht rührte, als Lidewine mit einem einzigen Schritt an den Käfig trat und die Drahtschlinge löste, die ihn verschlossen hielt – dieses für den starken Vogel unüberwindliche Hindernis, das zwischen ihm und der Freiheit stand.

«Was machen Sie für Dummheiten, Signora!»

Die Stimme der Alten war scharf, vor allem aber angstvoll. Der Hahn verstand im ersten Augenblick noch nicht, daß das Maschendrahtgitter aufgeschwungen war. Während er noch stutzte, wollte sie die Tür wieder zuwerfen. Sie eilte herbei und stieß gegen Lidewine, die sie festhielt. Jeden Knochen am Brustkorb der alten Frau konnte sie fühlen und doch auch ihre Kraft. Aber in dem Gerangel hatte der Hahn schon den ersten stolzierenden Schritt mit den stämmigen Beinen hinaus getan, mit ruckenden Kopfbewegungen, die Augen nach rechts und links wendend, der Kamm war kronenhaft angeschwollen. Vor den in der Umklammerung zu einem zweiköpfigen Wesen gewordenen Frauen wich er aus. Mit der Würde war es kurz vorbei, als er gackernd und unbeholfen flügelschlagend in die andere Ecke rannte. Jetzt glich er einem der von ihm verfolgten Hühner, zu deren Familie er schließlich gehörte.

Die alte Concetta war zornig, auf Lidewine und auf den Hahn – die fremde Frau wollte sie aus der Küche jagen, den Hahn in den Käfig zurückscheuchen. Zugleich hatte der Hahn sie entdeckt, das Objekt seiner Begierde, das er wochenlang durch das Gitter hatte betrachten müssen. Arme, um sie liebevoll-gewaltsam zu umfangen, fehlten ihm, aber das Flügelschlagen, das jetzt nicht mehr angstvoll, sondern kämpferisch ausfiel, vergrößerte noch seinen ohnehin imponierenden Umriß. Die haarsträhnenhaften Federn, die seinen Hals mit einer schillernden Löwenmähne umgaben, flogen; sein ganzer Wille war jetzt, gleichsam spitz zulaufend, in seinem Schnabel versammelt, den er vor sich her trug. Es sah tatsächlich so aus, als ziele er auf das, was sich unter dem Rock der Concetta verbarg. Wo war nur der Besen, mit dessen Hilfe sie sonst seiner Herr zu werden pflegte, wo war er? Er war draußen, sie hatte die Stufen der Freitreppe damit gefegt. So blieb ihr nur die Flucht, während Lidewine, was natürlich nicht schön war, über das Gezeter und den in seiner Leidenschaft verblendeten Vogel, wahrlich kein Haustier, in lautes Lachen ausbrach. Der Hahn verfolgte die Alte bis zum Kartentisch. Und erst dort, als er sich auf einmal vielen, ihn hoch überragenden Menschen gegenübersah, sank sein Mut. Er prallte regelrecht zurück, gab tuckende Laute von sich, als wolle er von seiner Harmlosigkeit überzeugen, und lief eilends, nunmehr von ihr verfolgt, dem hinterm Haus verborgenen Hühnerhof entgegen. Es gelang ihr, ihn dort einzusperren, wo er sofort damit begann, eine braune Henne umzutrampeln, um dann in einer kurzen Erstarrung auf ihr, die sich an den Boden preßte, auszuharren. So schnell war die Concetta vergessen.

Herr Krass war immer noch in die Pläne vertieft. Er hatte sich das Argument des Maklers zu eigen gemacht, daß gerade die Verfallenheit des Hauses von Vorteil sei, weil einer neuen Planung deshalb weniger im Wege stehe. Eines allerdings gab es zu bedenken: «Ich habe keine Zeit» – ein Jahr könne er für den Bau konzedieren, dann müsse er einziehen. Für jemanden, der sich nicht auskannte in der Bauerei, war das angesichts des Zustandes der Villa Faraone eine schwer erfüllbare Bedingung, aber die Architekten schreckte sie nicht.

«Wir könnten in einem Monat anfangen. Sobald Sie sich mit der Signora geeinigt haben …»

Auch der Makler sprang ein: «Alle erforderlichen Genehmigungen liegen vor.» Die Kommune sei hochzufrieden, wenn dieser Schandfleck an der schönsten Stelle der Insel endlich beseitigt werde.

«Man sieht vom Wasser aus zwei Säulen – welche sind das?» Herr Krass wechselte das Thema.

Der Makler wies den Hang hinab. Etwas unterhalb, vor der Camera egittica, befand sich eine weitere Terrasse mit weißen Säulen oder, besser, gemauerten Pfeilern, die einst Balken getragen hatten. Früher rankten die Glyzinien daran, nur eine davon hatte überlebt, die anderen waren vertrocknet, das Wasser war nur den Hortensien zugute gekommen.

Monsieur und Madame Lecœur-Jouët traten wieder auf; sie schwärmten von den Ausblicken vom Pfad oberhalb der Steilküste, der allerdings verfallen und nicht ungefährlich sei. «C'est merveilleux, c'est superbe», das klang, als wollten sie eigentlich sagen: «Das ist eine Frechheit! Das ist unverschämt!», wie eine widerwillige Kapitulation vor der Schönheit.

Herr Krass maß sie mit einem trägen Blick – ja, so ist das hier in meinem Haus, gewiß, superb, was haben Sie erwartet? Er wandte sich an Jüngel. «Sie lassen sich bitte sämtliche Nummern der beiden Herren geben.»

Nichts leichter als das, sie standen auf den Visitenkarten, die schon anfangs überreicht worden waren. Auch der Makler spendete die seine, ein weiteres Mal, und wandte sich danach an Herrn Krass, mit gedämpfter Stimme, als wolle er ihm noch schnell etwas Wichtiges, vielleicht Entscheidendes mitteilen. Aber der sah ihn streng an und wies mit dem gestreckten Zeigefinger auf Jüngel: Besprechen Sie Ihren Kram gefälligst mit dem hier!, hieß das unmißverständlich.

Solche Unzugänglichkeit machte den Söhnen eines phantasiebegabten Volkes Eindruck. In dem verhaltenen Gespräch mit Jüngel wurde das spürbar: «Un signore», das war der ältere Architekt, «un vero signore», der jüngere – «ecco», der Makler fand die Konklusion: «Un signore-signore.» Da war man schon auf dem Weg nach draußen.

18

Jüngel hatte lange geschwankt, wohin er die Gesellschaft in Capri zum Essen führen sollte. Eine sichere Adresse wäre das erste Hotel am Platze gewesen, aber das fand er nicht originell genug. Der Makler hatte ihn auf eine kleine Trattoria in der Nähe der Villa Faraone aufmerksam gemacht, die an diesem Tag geschlossen hatte: Dahin könnte man ein großes Essen aus der Stadt schicken lassen. Auf diese Weise waren zwei Fliegen mit einer Klappe geschlagen, oder besser: Mücken, die schon im Garten der Villa herumschwirrten, die Frauen hatten sich wiederholt auf die nackten Beine geklatscht. Herr Krass richtete auf dem Weg zum Essen, der zu Fuß zurückgelegt wurde, ein knappes Wort an ihn, das erste Mal als Anerkennung deutbar: «Die Villa kommt in Frage, der Preis ist in Ordnung. Der Platz dort ist etwas beschränkt, zwölf Zimmer sind eigentlich zu wenig, aber die Lage ... Man kann nicht alles haben.» Allein daß er in Betracht zog, darauf zu verzichten, «alles zu haben», war aus seinem Mund ungewöhnlich genug.

Die Trattoria lag in einer Limonaia; die Bäume, in deren Laub fleischige Zitronen hingen, bildeten eine Art Säulenwald, der ringsum mit schwarzen Netzen geschlossen war. Man trat ins Dunkle, in dem die weißen Tischtücher leuchteten. Der Boden um die Stämme herum war sauber geharkt, aber der lange Tisch stand auf einer Strohmatte, und in den Zweigen hing eine Lichterkette mit bunten Birnchen – jetzt, zur Stunde des Sonnenuntergangs, der sein Rosa über die Gärten ausgoß, noch nicht angeschaltet.

Der Docteur und seine Frau waren entzückt von dieser Umgebung und teilten das Herrn Krass auch mit, der stumm nickte, weil er sich auf ein Gestammel in französischen Brocken, was ihm immerhin möglich gewesen wäre, nicht einlassen wollte. Lidewine, erhitzt und mit glühenden Wangen, schien das Sonnenrosa zu reflektieren. Sie sah sich suchend um und entdeckte dann auf der Gasse den Elektrokarren, der den jungen Kellner mit den geleerten Körben zurück zum Boot brachte. Seine Locken flatterten im Wind, er sah zum Limonengarten empor, Lidewine hob die Hand. Als sie sich umdrehte, war es, als unterdrücke sie den Impuls, ihn heraufzurufen – er hatte bisher alles so brav gemacht, warum sollte er nicht damit fortfahren? Der Cavaliere, am Ende seiner Kraft, ließ sich sofort auf einen Klappstuhl sinken. Signora Rizzi zeigte eine leichte Enttäuschung, denn nach einem Bauerngarten stand ihr nicht der Sinn, dafür lockte aber neue Nahrungsaufnahme, das beruhigte sie. Levcius und Frau Roslovski freuten sich sichtlich, daß wegen der Mücken ihr Rauchen willkommen war. Herr Krass jedenfalls widersprach nicht, als Lidewine sie dafür ausdrücklich lobte. Wenn die beiden, wie stets, etwas abseits standen, mit den Zigaretten beschäftigt, machten sie den Eindruck von Leuten, deren Anwesenheit zu ihren Pflichten gehört und die, wann immer sie nicht in Anspruch genommen werden, Privatheit genießen.

Herr Krass wirkte zufrieden. «Wir haben gearbeitet heute.» Das war an Lidewine gerichtet. Den Status mußte man erst einmal erreichen, wo Arbeit so aussah wie dieser Tag, aber tatsächlich lag eine beträchtliche Anstrengung hinter ihm; seinen Kampf gegen die Strömung und die Quallensäure hatte er gewiß noch nicht vergessen. Als er sich niederließ – Lidewine im Perlenglanz winkte er an seine Seite –, fiel aus dem Laub etwas Schweres, Dunkles, Zappelndes vor ihr Gedeck: ein Insekt mit überlangen, künstlich wirkenden Beinen, die in einen kugelförmigen Leib mündeten, in Deutschland Leineweber genannt, in welchen sich eine Wespe verbissen hatte, ein winziger Tiger mit dem über das Opfer geneigten Kopf, ein Kampf auf Leben und Tod. Lidewine zuckte zurück und bat ihn mit bebender Stimme, die beiden zu töten, hielt selbst auch schon ein Messer in der Hand, traute sich aber nicht zuzuschlagen.

«Laß», sagte Herr Krass. Er wollte den Kampf verfolgen. «Ein Drama.» Wer so wenig spricht wie er, kann seinen Worten ein hohes Gewicht verleihen. Die Wespe mochte nicht viel stärker sein als der sich heftig wehrende Leineweber, aber mit einer äußersten Kraftanstrengung gelang es ihr, sich mit der Beute vom Tisch zu erheben und in schwerfälligem Flug das Blätterdunkel zu erreichen, das die Tischgesellschaft überwölbte.

Lidewine folgte ihr mit den Augen. «Ich habe vor ein paar Tagen von genau diesem Garten geträumt», sprach sie vor sich hin, nicht eigentlich an Herrn Krass gerichtet. «Ja, das war dieser Garten ... auch ein Insekt kam darin vor ...» Und sie strahlte dabei, als entschlüssele sich ihr soeben ein nur ihr bestimmtes Geheimnis.

Das Essen begann. Was auf den Tisch kam, entsprach keiner Bauernwirtschaft, Signora Rizzi durfte aufatmen. Noch während des Hauptgangs – ein mit Kräutern gefülltes Spanferkel – trafen Musikanten ein, mit Mandoline und Akkordeon, wiederum vom Makler empfohlen, der die Gesellschaft nicht verlassen hatte, sondern sich so nah wie möglich an seinem ungewöhnlichen Klienten hielt und ihn nicht aus den Augen ließ. Lidewines Glas blieb niemals leer; eine Weile hörte sie dem Klimpern der Mandolinen zu, dann forderte sie den Akkordeonisten auf, sie auch einmal spielen zu lassen. Mit dem großen, schweren Instrument in den Armen, von Gurten gehalten, wurde erst deutlich, wie kräftig sie war. Gut spielte sie nicht, aber der Zauber der fauchenden Akkorde stellte sich dennoch ein, und obwohl ihre Stimme ein wenig schwankte und die Töne nicht genau traf, sprang die Freude, die sie bei allem empfand, auf ihr Publikum über. Dabei sang sie ein trauriges Lied: «Plaisir d'amour ne dure qu'un moment, chagrin d'amour dure toute la vie», das war aus ihrem Mund ein bloß ausgeliehenes, nie selbst erfahrenes Gefühl. Verlassenwerden, Einsamkeit – in den Moll-Tönen der alten Melodie klang es, als sei damit ein besonders köstlicher Genuß verbunden.

19

Der Ausflug nach Capri war anstrengend gewesen. Der nächste Tag sollte der allgemeinen Erholung gewidmet sein; erst der Abend würde die Gesellschaft wieder zusammenführen. Levcius kam aus dem Badezimmer, nach ausführlicher Reinigung. Eine halbe Stunde hatte er in der Wanne geplanscht, auf den Fliesen standen die Pfützen, die Badematte war tropfnaß, der Spiegel beschlagen. Nackt und von der Hitze rosig-frisch, sauberer Schweiß glänzte in Tröpfchen auf seiner Stirn, warf er sich aufs Bett, durch die weit geöffnete Fenstertür blies warmer Meeresatem ins Zimmer und über seine Haut.

Frau Roslovski saß in einem geschäftlich anmutenden Kostüm im Sessel am Fenster, ein Frotteetuch auf dem Schoß, und feilte und schnitt mit der Akribie einer Spitzenklöpplerin an ihren Fingernägeln herum, die teilweise zersplittert waren – ärgerlich, denn sie hätte sie gern ein wenig länger getragen, aber die ihren besaßen nicht die erforderliche Stabilität, rissen ein, blieben hängen, waren lästig. Lack deckte vieles zu, aber Länge war damit nicht zu erzeugen, und künstliche Nägel aufkleben wollte sie auf keinen Fall, das sei «etwas ganz Schlimmes», etwa gar moralisch verwerflich? Dem tiefroten Nagellack entsprach ihr Lippenrot, fettglänzend aufgetragen, auf Gläsern und Servietten Spuren hinterlassend und zwischen ihren Lippen Fäden ziehend, auch auf den Zähnen schimmerte es rötlich. Sie war eine Zimmerpflanze und mied zu viel Kontakt mit der frischen Luft. Ihre Haut war dick und talgig, sie ernährte sie mit Cremes und Lotionen, die sie sich, mit den Fingerspitzen kreisend, auftrug, während sie die Augen geschlossen hielt. Wenn Levcius ihre erotischen Dienste einforderte – da er faul war, zog er es vor, unten zu liegen –, nutzte sie auch diese zwanzig Minuten für das Eincremen und sah, sowie das geleistet war, in feuchtem Salbenglanz auf ihn hinab.

Levcius kam beiläufig noch einmal auf den Besuch der drei Ägypter zurück: Ralph sei so unvorsichtig, so unbelehrbar. «Es war nicht ungefährlich mit denen, sie waren gereizt, der Abgesandte des Generals war richtig böse. ‹Wir fühlen uns betrogen, wir machen das nicht mehr mit, Sie werden Ärger bekommen› – solche Worte muß man ernst nehmen.»

Frau Roslovski hob den Blick nicht von den Nägeln, sie sprach wie im Traum. «Das kommt mir vor wie damals in Erzurum, wo wir im letzten Moment abgereist sind.»

Jetzt sei die Abreise noch einmal vermieden worden. Levcius räkelte sich wohlig in den frischen, kühlen Laken, «aber vielleicht nicht für lange». Die Ägypter verlangten endlich eine korrekt aufgeschlüsselte Rechnung für alle Bestandteile des Panzers, inklusive der Ersatzteile – eine unmögliche Bitte, denn dergleichen liege überhaupt nicht vor, man beziehe den Panzer schließlich nicht aus der Fabrik. Wieder und wieder habe Ralph denen erklären müssen, daß die Lieferung über vier Stationen zu erfolgen habe, um das Embargo zu umgehen. «Unsere Kostenliste muß unter diesen Umständen eine Fiktion sein, und so haben wir es bisher ja auch gehalten – wir gehen von einem Pauschalpreis aus, an dem nicht zu rütteln ist und den wir längst ausgehandelt haben, und den teilen wir wirklich nur, um der Bürokratie Genüge zu tun, in geschätzte Einzelposten auf. Das Liefern eines amerikanischen Panzers über Rhodos, Türkei, Libanon nach Ägypten ist kompliziert genug, aber da haben wir leider einen kleinen Fehler gemacht» – er kicherte, die bedrohliche Lage vermochte nicht, ihm seinen Sinn für Situationskomik zu rauben. Beim Spezifizieren der einzelnen Teile habe man – wer? er selbst? – einen Hammer aus dem Werkzeugkasten mit 480 Dollar berechnet. Bei der Prüfung der Rechnung, ein sinnloser Akt!, sei man im Ministerium dann ausgerechnet bei diesem Hammer hängengeblieben. Unter den Kosten des Motors, der Ketten et cetera habe sich doch niemand etwas vorstellen können, aber daß ein Hammer keine 480 Dollar koste, das könne selbst der schwachsinnige Neffe des Ministers, der vom Onkel mit einem Ministerialratsposten versorgt worden sei, als überzogen erkennen. Das Dumme sei nur – hier wurde er wieder ruhig –, man glaube ihnen nun keinen einzigen Posten mehr, schließe vom Phantasiepreis des Hammers auf die gesamte Kalkulation und fühle sich über den Tisch gezogen.

«Sonja Reiss ist schuld», sagte Frau Roslovski teilnahmslos. Dieser Satz kam oft über ihre Lippen, und zwar nicht, um die Sekretärin anzuschwärzen. Sie wußte, daß die, was immer sie anrichten mochte, unangreifbar war, unstürzbar, unbelangbar – mehr noch als Levcius, was etwas heißen wollte. Die nie anwesende Sonja Reiss, ihnen allen nur über ihre warmsachliche Stimme bekannt, besaß eine Sonderstellung im Unternehmen von Herrn Krass. «Und gewiß nicht als abgelegte Geliebte», Frau Roslovski klang geradezu vorwurfsvoll; dachte sie an ihr eigenes Schicksal?

Levcius schüttelte den Kopf. Er nannte Sonja Reiss gern

«das menschliche Gesicht von Ralph Krass». Die müsse den Schaden jetzt reparieren – auf der Basis der vorliegenden Rechnung würden die Ägypter nicht zahlen. «Dann könnte es knapp werden. Er rechnet fest mit diesem Geld und richtet danach seine Ausgaben.»

Frau Roslovski neigte nicht dazu, die Nerven zu verlieren. «Die Ägypter sollen sich nicht so anstellen. Solange wir Glokov und Gelovani auf unserer Seite haben, sollen sie schön still sein. Wir sind in Moskau immer noch auf der sicheren Seite. Glokov ist immerhin ganz nah an Gorbatschow …»

«Ja, das behauptet er …» Levcius wälzte sich hin und her. Er selbst wäre der Letzte gewesen, der bei unsicherer Geschäftslage zu Sparsamkeit gemahnt hätte, obwohl er viel bedürfnisloser war als Krass; sein Blick war nicht in eine Zukunft gerichtet, auf die hin die Mittel zusammengehalten werden mußten. Das Ein- und Abfließen der Summen war für ihn vielmehr wie Ebbe und Flut, konnte allerdings, wenn man nicht von Bedenken belastet war, beeinflußt werden. «Der Jüngel müßte mal zählen, was noch in seinem Koffer ist. Ein armer Kerl, immer in Todesangst vor Ralph. Ich dachte zunächst, daß er kurz davor sei, aus seiner Lebensbahn herauszuspringen und etwas Unerwartetes, für ihn zunächst nicht Vorgesehenes zu tun – dumm ist er ja nicht. Er ahnt irgendwie, daß er ein anderer sein könnte, aber vermutlich fällt er nach einem kurzen Aufschwung wieder zurück. Hast du bemerkt, wie hingerissen er Lidewine anstarrt? Wie er ihr hinterherläuft, wie er rot wird, wenn sie ihm die Hand auf die Schulter oder auf den Schenkel legt?»

«Sie hat kein Interesse an ihm – an Ralph aber auch nicht», das war Frau Roslovski vom Fenster her, jetzt mit einer Hautschere beschäftigt, mit der sie winzige Halbmonde von ihren Nägeln entfernte. «Au», sagte sie plötzlich, schüttelte die malträtierte Hand und steckte sich einen Finger in den Mund, um ausdrucksvoll daran zu lutschen.

Es klopfte.

Levcius erhob sich, nackt, wie er war, und öffnete. Draußen stand Jüngel und stammelte eine Entschuldigung. Er wolle nicht stören, aber Frau Roslovski rief ihm zu, er solle nur eintreten. Vor sich hielt er eine rote Pappmappe, als wäre er und nicht Levcius der Nackte.

20

28. 11. 1988

Hella, Liebste,

daß Levcius einen pudelnackt empfängt, habe ich dir ja schon geschrieben: ohne die mindeste Verlegenheit, als sei es das Natürlichste der Welt. Seine Frau sitzt zum Ausgehen angezogen daneben und scheint nicht das geringste an dieser Gewohnheit zu finden. Er hat einen runden, muskulös-stämmigen Körper mit kurzen Beinen, die Haut ist sehr hell, die Behaarung sonderbar: von einem kräftigen Busch unten führt eine dünne Ameisenstraße über den Bauch zur Brust, und dort wuchert es so dicht, daß man an ein aufgeklebtes Toupet denken könnte. Das Gesicht ist gebräunt, darin der schmelzende, flirtende Blick seiner Antilopenaugen über den von Pokkennarben gezeichneten Wangen – diese Mischung aus Weiblichkeit und brutaler Männlichkeit verwirrt mich stets aufs neue. Ich wirke im Umgang mit diesem Mann, fürchte ich, nicht sehr souverän.

Herr Krass hatte mich mit Papieren zu ihm geschickt. Er war unablässig am Telephon, das Besichtigungsprogramm für heute hatte er gestrichen, die junge Frau ist mit den Franzosen allein abgezogen. Levcius dagegen war entspannt, legte sich, die Papiere studierend, wieder aufs Bett und zog dabei ein Stück Leintuch über seine Lenden, ich war für diese Rücksicht sehr dankbar. Frau Roslovski bot mir etwas aus dem Eisschrank an, das ist in diesem Kreis ein Gesetz: Es muß unablässig getrunken werden, über den Tag verteilt vertrage ich das aber ganz gut, Du brauchst keine Sorge zu haben, daß ich betrunken bin, jedenfalls nicht mehr als die anderen – ich weiß, Du kannst das bei mir nicht leiden.

Plötzlich sieht Levcius von den Papieren auf und reicht sie seiner Freundin: «Das ist für Sonja, geh das faxen.» Dann zu mir: «Hast du dir eigentlich klargemacht, daß du hier deine Chancen nutzen mußt? Ralph Krass kann launisch sein, er spricht nicht viel, man weiß oft nicht, was er will, ein schwieriger, fordernder Chef, das hast du sicher gemerkt – aber von einer sehr speziellen Loyalität.»

Es war so verblüffend, von einem Mann mit derart brutalen Gesichtszügen psychologische Analysen zu vernehmen. Ahnt Herr Krass, daß Levcius ihn so durchdringend studiert? Oder haben die beiden ein Prinzip gemeinsam: sich vor niemandem zu genieren und vor niemandem zu schützen?

«Man muß wissen, Ralph Krass hat sich selbst gemacht und fährt damit fort bis heute. Er ist keineswegs charakterlos, im Gegenteil, aber zu seinem Charakter gehört, daß er neue Eigenschaften annehmen kann, wenn er das will. Mittlerweile tritt er schweigend, undurchdringlich, unzugänglich auf, aber das war nicht immer so. Ich kenne noch einen Krass, der redselig Philosophien und Theorien vortrug und Wutanfälle hatte. Er hat sich die

Schweigsamkeit erst zugelegt, als er von irgendeinem Monarchen hörte, der Taciturnus genannt wurde, ich weiß noch, wie beeindruckt er mir davon berichtet hat, und von da an war regelrecht zu verfolgen, wie er sich in die taciturne Rolle hineinfand, bis sie ihm schließlich ganz und gar angemessen war. Das war in der Zeit, als er viel im Osten gereist ist. Wir waren an der rumänischen Grenze zu Serbien verabredet, dort mußten wir uns einer demütigenden Kontrolle unterziehen. Er ließ das mit steinerner Würde über sich ergehen. Seine ganze Haltung drückte aus: Ihr werdet mich nicht aus der Ruhe bringen, weil ich der Stärkere bin. Das sprang auf die unverschämten uniformierten Bengel über, ob man es glaubt oder nicht, und schließlich gaben sie auf: Breitbeinig lagen sie in niedrigen Sesseln, wir standen vor ihnen, und sie warfen uns unsere Pässe vor die Füße, als ob sie einen Hund fütterten. Er stand wie eine Säule und sah sie an; ich habe mich gebückt und die Pässe aufgehoben, mir fällt da kein Zacken aus der nicht vorhandenen Krone, aber er sagte zu mir beim Hinausgehen: ‹Herrliche Männer! Echte Krieger! Eine unverdorbene, frische Kraft!› Er hat sich auf ihrer Seite gefühlt, er partizipierte an ihrem Herrentum, das war etwas Lobenswertes, Vorbildliches, zu solcher Haltung dem Leben gegenüber sah auch er sich berufen ...»

Frau Roslovski war wieder ans Fenster zurückgekehrt: «Er würde niemals etwas vom Boden aufheben, niemals würde er sich bücken, wenn eine Münze auf den Boden gefallen ist. Ich bin überzeugt, er denkt, das Geld hat eine Seele wie seine Frauen: Man muß es verachten, damit es einem nachläuft ...»

Wieder ergriff Levcius das Wort: «Ich sehe ganz genau,

wann etwas in ihn dringt und einen tiefen Eindruck hinterläßt – wann er beschließt, sich etwas zu eigen zu machen. Er nimmt keine Posen an, er verwandelt sich wirklich, solche Sachen werden bei ihm zur Natur. Man darf ihn nicht unterschätzen, bei ihm ist alles echt. Weißt du, wie ich ihn vor zwanzig Jahren kennengelernt habe?» Das sei im iranischen Konsulat gewesen – Herr Krass, damals im Ölgeschäft, habe auf ein Visum gewartet. «Er war schon überstattlich, mehr Muskeln als heute, aber auch viel Fett. Nur noch ohne Entourage – das wäre heute unvorstellbar, daß er ohne Adjutanten an einen solchen Ort geht. Er also allein, damals wie heute technisch unbegabt. Du weißt ja, daß er immer Slippers trägt, er kann sich die Schuhe nicht zuschnüren. Und sollte nun in einer kleinen Photokabine, etwas Beichtstuhlartigem, Paßbilder von sich herstellen. Ich sehe ihn da hineingehen, mit dem großen Hintern auf dem viel zu kleinen Drehhocker balancieren, höre das Fünfmarkstück in den Schlitz fallen. Er sitzt still dort drin, vom Vorhang halb verdeckt. Nach einer Weile kommt er heraus, es hat nicht geblitzt. Er wirft ein zweites Fünfmarkstück ein, nimmt wieder Platz, zieht den Vorhang zu, sitzt und wartet – nichts. Er verläßt den Kasten, man sieht, daß er zornig ist, beschwert sich bei einem Angestellten. Der Hausmeister muß gesucht werden. Der Photoapparat sei kaputt, aber die Bilder müßten her. ‹Ich habe keine Zeit!› – das habe ich damals zum ersten Mal aus seinem Mund gehört. Der Monteur erscheint, weist ihn an, sich wieder hinzusetzen, zieht den Vorhang zu, als sei das des Rätsels Lösung, drückt auf einen Knopf und wendet dem Kasten den Rücken zu. Alles erledigt. Nichts erledigt. Krass sitzt hinter dem Vorhang, der seine Misere verbirgt. Den Monteur geht der Fall nichts mehr an, er hat den Vorhang zugezogen, es ist Ordnung geschaffen. In den Spalten des Vorhangs sehe ich ein Stück der unbewegten Körpermasse. Ich bekenne, ich fand den ganzen Vorgang so komisch, daß ich immer nur auf den Photokasten geschaut habe – das ist der Anfang meiner Geschichte mit Ralph Krass. Ich habe ihn in einer lächerlichen Lage kennengelernt, das war eigentlich die schlechteste Voraussetzung für eine nähere Verbindung, so etwas mag er gar nicht. Ich bin einfach aufgestanden, zu dem Kasten gegangen und habe den Vorhang zurückgezogen – er zuckte zusammen und sah mich irritiert an, schon bereit, mich anzufahren.»

Wie gut konnte ich mir seinen aufsteigenden Zorn in dieser Kabine vorstellen. Levcius hatte kurz entschlossen auf einen weiteren Knopf gedrückt – schon kam der Blitz. Diese ersten Bilder seien natürlich unbrauchbar gewesen, denn da war auch sein Kopf darauf zu sehen. «Ich kannte Ralph Krass noch nicht, und es gab schon eine Photographie von uns beiden.»

Aber jetzt noch etwas Schockierendes, Hella. Herr Krass hat der jungen Frau, von der ich schon geschrieben habe, dieser nicht sehr hübschen, ziemlich arroganten Person, gestern auf Capri ein enormes Perlenhalsband gekauft – Du weißt schon, diese dicken echten Perlen aus den Tiefen des Persischen Golfs, für die sicher immer wieder einem Taucher die Lunge platzt, ein Wahnsinn! Sie spielt Akkordeon, singt Chansons in Moll, französische Sentimentalitäten, so was kennst Du doch – ganz schrecklich. Ungerührt fragt mich der nackte Mann aus seinem Kissen heraus: «Ich hoffe, du läßt dir von dem Juwelier eine Provision geben? Das ist hier üblich. Ralph

Krass rechnet außerdem damit, er kennt das schon. Er erwartet von dir, daß du auch an dein eigenes Fortkommen denkst. Wir machen das alle so – zier dich bloß nicht!»

Was soll ich zu einem solchen Vorschlag sagen? Ich habe den Laden doch vorher gar nicht gekannt! Mein erster Gedanke: Das ist eine Falle! Und dann war auch noch Frau Roslovski zugegen und hat das mit unbewegter Miene angehört. Du meinst doch auch, darauf darf ich keinesfalls eingehen?

Dann sagt er: «Meinst du vielleicht, der Cavaliere Rizzi stellt die Zollpapiere für den Transport nach Ägypten umsonst aus? Was glaubst du denn, warum die kleine dicke Rizzi immer so schön ‹business› ruft. Wie ich Ralph Krass kenne, hat er dem Docteur längst eine Klinik versprochen – so ist er! Er will, daß es den Leuten um ihn herum gutgeht!»

Da kommen einem die verschiedensten Gedanken. In der Lage, so etwas weit von sich zu weisen, sind Du und ich – ich denke da immer auch an Dich – eigentlich nicht. Andererseits ist das Collier noch nicht bezahlt, die Juwelierin kommt morgen; was mache ich nur?

Dieses Fax schickte Jüngel nicht vom Hotel aus ab, sondern von einem Kopierladen um die Ecke, das Original zerriß er gleich dort in winzige Fetzen.

21

Es gibt Vorgänge, die man nicht nur vor anderen verbirgt, sondern auch sich selbst nicht eingesteht. «Was nicht in den Akten ist, ist nicht in der Welt», heißt ein alter Rechtsgrundsatz, der auch auf Privatkorrespondenzen und Tagebücher anwendbar ist. Was nun geschah, hat Jüngel später nie aufs Papier gelangen lassen. Der Ablauf der Ereignisse hatte ihn vorangetrieben, da war kein Raum für Entschlüsse gewesen.

Es war spät in der Nacht. Das Abendessen, zu dem die Gesellschaft nach diesem Ruhetag wieder zusammengekommen war, hatte sich hingezogen; es schien, als seien alle zu erschöpft gewesen, um ins Bett zu gehen. Das Hotel war in Schlaf gesunken. Nichts ist so von allem Leben verlassen wie ein hellerleuchteter Hotelkorridor nach Mitternacht. Da lief auf leisen Sohlen ein schlanker junger Mann auf dem die Schritte verschluckenden Teppichboden den Gang entlang. Er hatte soeben Jüngels Zimmer passiert, als sich, gleichfalls geräuschlos, dessen Tür einen Spalt öffnete – er wollte die Karte mit der Frühstücksbestellung an die äußere Klinke hängen, bemerkte den Mann, hielt inne und schaute ihm hinterher. Er rühmte sich, ein gutes physiognomisches Gedächtnis zu haben. Der Jüngling war für ihn zwar nur von hinten zu sehen, und er trug auch seine gestärkte weiße Jacke nicht, in der er tagsüber bedient hatte, aber es waren die Kopfform, schmal, länglich, das schwarze, reichgelockte Haar – ungewöhnlich im Grandhotel, wo die Kellner akkurat geschoren zu sein pflegen –, und die Haltung, sehr gerade, militärisch und zugleich elastisch, die ein augenblickliches Erkennen auslösten. Dieser Kellner war auf der Tour nach Capri stets gegenwärtig gewesen, ohne daß weiter mit ihm gesprochen worden wäre, immer zur Stelle, von angenehmer, nicht belastender Anwesenheit, erfreulicher aussehend als die meisten Gäste.

Erkennen – nach einer Sekunde. Den Kellner vor Lidewines Suite stehenbleiben sehen – nach einer zweiten. Dann sein Anklopfen, so sanft, daß es bis zu Jüngel verhallt war. Die Tür öffnete sich, er schlüpfte hinein. Vorsichtig war der junge Mann, nur über seine Schulter hatte er nicht geschaut. Jüngels bleiches Gesicht im Türspalt – hätte es ihn innehalten lassen? Gedanken stürzten auf das Faktotum ein, alle auf einmal, sein Herz pochte. Was ging da vor? Gleich würde der andere gewiß wieder herauskommen.

Er löschte das Licht und machte den Spalt so eng, daß es aussah, als wäre die Tür aus Versehen nicht ins Schloß gefallen. Er stand im Dunkel und sah ins Helle, immer in dieselbe Richtung. Jetzt waren es schon fünf Minuten, die der Kellner bei Lidewine verschwunden war – welcher kleine Auftrag dauerte fünf Minuten? Eines war klar: Wenn er seinen Pflichten gegenüber Herrn Krass gerecht werden wollte, dann mußte er hier ausharren. Die Versuchung, die Tür einfach zu schließen, ins Bett zu gehen und nach einem anstrengenden Tag endlich auszuruhen, war groß, aber das kam nicht in Frage. Er war im Dienst. Es lag an ihm, aufzupassen, was Lidewine tat – das hatte Herr Krass zwar nicht ausdrücklich befohlen, aber es war doch selbstverständlich in dem Auftrag enthalten gewesen, Lidewine die Bedingungen des Paktes zu eröffnen.

Es war nicht leicht, Herrn Krass zu dienen, ohne sein Mißfallen zu erregen. Levcius hatte ihn erneut in der Hoffnung bestärkt, es könne sich da durchaus etwas Längerfristiges entwickeln, aber er wußte, daß er sich stündlich zu bewähren hatte. Es wurde nur deshalb nicht erwartet, daß er in unbequemer Haltung im Dunkeln an diesem Türspalt ausharrte, weil eine solche Situation vorher nicht bedacht worden war, aber es würde vorteilhaft sein, es dennoch zu tun. Eine gewisse Übererfüllung der Pflichten war unausgesprochen eben doch erwünscht. Er war die rechte Hand von Herrn Krass, aber natürlich auch dessen Ohr und Auge, und er hatte zu wachen, wenn der Chef die Augen schloß. Er sah auf die Uhr: Jetzt schon zwölf Minuten – was zwölf Minuten dauerte, das dauerte leicht auch länger.

Es war aber nicht nur der Eifer des treuen Wachhundes, der ihn in dieser peinlichen Lage festhielt. Als er den Kellner in Lidewines Zimmer verschwinden sah, empfand er einen jähen Stich im Herzen, das tat weh. Dieser Stich offenbarte, was er die ganze Zeit unter der Bewußtseinsgrenze wahrgenommen hatte und nicht zur Kenntnis nehmen wollte. Da war ja auch eigentlich nichts wahrzunehmen gewesen, nur das geschmeidig-mühelose Neben- und Umeinander zweier junger Körper in ihrem harmlosen Zusammenspiel: ein Glas reichen, ein Glas abnehmen, anmutige Gesten, dankende Blicke, mit einem diskreten Lächeln aufgenommen und erwidert – die Vertraulichkeit von zweien, die in einem Gesellschaftsspiel verschiedene Rollen übernommen haben, aber sich aus anderen Zusammenhängen längst kennen. War das also nicht nur die zwanglose Freundlichkeit unter jungen Leuten gewesen, denen der gesellschaftliche Abstand zwischen ihnen nichts bedeutet? Wären sie sich in einem Club begegnet, hätten sie vielleicht zusammen getanzt – nein, vielleicht doch nicht, der Kellner war ein bißchen jünger als sie. Sie war die Frau, trotz ihrer Jugend, er der Junge. Oder mochte gerade das anziehend sein? Auf einmal wollte er sicher gespürt haben, daß zwischen ihnen eine Anziehung bestand, die sich auf dem Boot und auf der Insel nur nicht hatte ausdrücken können, also durch Äußerlichkeiten behindert worden war. Es mußte einen Augenblick gegeben haben, der ihm entgangen war, weil der Dienst ihm nicht gestattet hatte, die Augen überall zu haben. Es mußte zu einem geheimen Einverständnis gekommen sein.

Dieses Linsen in den Korridor wurde zur Qual. Das Teppichmuster mit seinen klassizistischen Ornamenten, das Barockbild, das, je länger er es vor sich hatte, desto schlechter wurde – vermutlich eine Ruine, die ein Restaurator zum größten Teil neu gemalt hatte –, der Kunstblumenstrauß, der goldene Wandtisch mit übergroßem Kristallaschenbecher: diese Details, die beim alltäglichen Durcheilen den Eindruck von Hotelprunk erzeugten, wurden jetzt, beim Daraufstarrenmüssen, zu Requisiten einer schäbigen Kulisse. Ja, es gab keinen Zweifel, was drüben ablief. Da half es nichts, daß er sich liebevoll um Lidewine bemüht hatte, mit dem Respekt, der ihr als der Begleiterin von Herrn Krass zustand, verstohlene Flirterei war ihm nun einmal versagt, das durfte man nicht von ihm erwarten, sie erst recht nicht. Und dann kam einfach irgendein junger Mann, durch keinen Auftrag gebunden, vom Pakt zwischen Lidewine und Herrn Krass gar nicht unterrichtet – wie auch, und wenn? –, und augenblicklich fiel man sich entgegen in dem Magnetismus zweier für die Liebe geschaffener Körper. Nie hatte er sich, in keinem der enervierenden Konflikte mit Hella, so ältlich, so unattraktiv, so unwert gefühlt wie jetzt auf seinem Wachposten.

Und erst eine halbe Stunde war vorbei. Die Blase machte sich bemerkbar, lange würde er es nicht mehr aushalten, ohne sie zu entlasten. Zugleich war er davon überzeugt, daß sich die Tür sofort öffnen würde, sowie er von seinem Posten verschwunden wäre, das gehörte zur Schicksalsregie des Pechvogellebens nun einmal dazu.

Er erinnerte sich eines altbewährten Tricks. Seine Furcht besiegend, huschte er zu Lidewines Tür und legte eine Streichholzschachtel davor. Dann wieder zurück, ohne der Versuchung nachzugeben, das Ohr zuvor an die Tür zu legen, es waren ohnehin Doppeltüren, und was hätte er erhofft zu hören, leise Stimmen, Lachen, Seufzen? Ach, die Schande des Ausgeschlossenseins vom Fest des Lebens! Nicht einfach Unglück, nein, Blamage.

Bei der Rückkehr ins dunkle Zimmer blieb ihm beinahe das Herz stehen: Auf seinem kleinen Balkon mit der breiten Steinbrüstung stand ein großer Mann, seine Schulter ragte weit heraus. Während er andere beobachtet hatte, war er selbst beobachtet worden, ja während er die Schuldigen im Auge behielt, hatte er selbst unter Verdacht gestanden. Er war gelähmt, hoffte, durch Bewegungslosigkeit die Erscheinung zu vertreiben, wie man sich angeblich vor einem Tiger verhalten soll. Dann tat er unwillkürlich einen Schritt nach vorn, das Kommando dazu kam aus anderen Regionen des Hirns.

Er atmete auf. Ein hoher Taxusbusch hatte ihn genarrt, aber das bewies nur, wie sehr er sich unter Aufsicht fühlte. Inzwischen hielt er bei Herrn Krass alles für möglich, auch die Fähigkeit, zur selben Zeit an mehreren Orten anwesend zu sein: der vielfach Betrogene, wenn er Levcius glauben sollte, der zugleich niemals Betrogener, sondern alles schon Wissender war, dem Treiben seiner Subjekte von hoher Warte zusehend.

Er versuchte, sich zu beruhigen. Lidewine war nicht einfach leichtfertig, sie war wahnsinnig in ihrer Bedenkenlosigkeit, diesen Mann zu reizen. Er ging ins Bad, warf sich Wasser ins Gesicht, löschte das Licht und schlich sich wieder an die Tür. Unendlich vorsichtig öffnete er sie erneut einen Spalt, sie war schwer, aber geölt, und schwang ohne Quietschen in den Angeln. Der Korridor lag ruhig da – was hatte er erwartet? In einigen Sätzen, die Vase mit den Kunstblumen zitterte, war er an ihrer Tür. Dort lag die Streichholzschachtel wie zuvor, eng an die Schwelle gerückt. Was aber, wenn der Strolch sie bemerkt und wieder zurückgelegt hätte?

Schnell wieder in die Sicherheit. Seine Würdelosigkeit war perfekt. Zwanghaft denken, immer wieder dieselben Möglichkeiten erwägen, ohne einen Schritt vom Fleck zu kommen. Die Warte-Folter, als physische Qual noch ungenügend berücksichtigt. Wenn er sich eine halbe Stunde hinlegte und dann wieder nachsähe, könnte er, im Fall, die Streichholzschachtel hätte ihre Position verändert, das Verlassen des Zimmers immerhin auf dreißig Minuten genau angeben. Der Kellner war jetzt schon drei Stunden dort drinnen – drei lange Stunden, die zugleich vollständig leer waren für ihn, ohne Gewinn verstrichen, er hatte nichts gelesen, nichts geschrieben und immer nur dasselbe gedacht, also lang und kurz zugleich, aber im schlimmsten Sinn.

Auf einmal war die Frage da: Was mache ich hier eigentlich? Das ist doch alles gänzlich unzumutbar! War es auch, aber da war eben der Stich, der Stachel, ein uneingestandenes Rachebedürfnis, das mit dem Pflichtgefühl gegenüber Herrn Krass wie in einen Zopf geflochten war.

Es war jetzt kurz nach sieben. Die Morgendämmerung, im Süden Alba genannt, brachte in Wahrheit aber graues Licht, das alles im Zimmer verbraucht, gestrig, armselig erscheinen läßt. In dieser Stunde glaubt man nicht, Kraft für den neuen Tag zu haben. Was war, ist als Kadaver noch zu gegenwärtig: herumfliegende Kleider, geknackte Fläschchen aus dem Kühlschrank. Bei ihr drüben würde es noch ganz anders aussehen, das zerwühlte Bett, der Körperdunst – verflucht.

Aber nun kam auch die Belohnung, das Anglerglück. Die Tür öffnete sich, der Kellner drückte sich hindurch, sein Lokkenkopf zerstrubbelt – drinnen hielt ihn noch etwas fest, der Kopf verschwand wieder im Zimmer, da gab es ohne Zweifel einen Abschiedskuß von großen vollen Lippen. Dann ging er an Jüngel vorüber, das Gesicht schien etwas verwischt, von den Anstrengungen einer schlaflosen Nacht gezeichnet, ein Mann, der soeben Bedeutendes geleistet hat und sich nun anderen Aufgaben zuwendet.

22

Herr Krass stand früh auf, blieb aber noch im Morgenrock, ließ sich Tee bringen und plante den Tag; dazu hatte Jüngel anzutreten. Der trug vor, unausgeschlafen und höchst angespannt, was heute anstehe – der Besuch der Juwelierin, die Fahrt nach Pompeji mit Führung durch den Sovrintendente, am Abend die Oper «Bella Napoli» im alten königlichen Opernhaus von San Carlo. Herr Krass saß an dem großen Schreibtisch seiner Suite und blickte auf die Silhouette des Vesuvs, das ihm angemessene Gegenüber, durch die weit geöffneten Fenstertüren wehte Seeluft. Er kommentierte nichts, sondern nahm zerstreut das eine oder andere Blatt in die Hand, war mit anderen Angelegenheiten beschäftigt.

Als Jüngel mit seinem Bericht am Ende war, blieb er schweigend stehen.

Herr Krass sah auf. «Sie sind ja noch da – gibt es noch etwas?»

Das war jetzt der Augenblick von Jüngels Bewährung als nie ruhender, stets wachender Agent der Krassschen Anliegen. Ja, es gebe noch etwas. Etwas Trauriges. Er freue sich nicht, das berichten zu müssen.

Herr Krass ließ das Blatt sinken, die Stirn gerunzelt, deutlich ungehalten über das betuliche Gestammel. Herr Doktor Jüngel solle bitte zur Sache kommen.

«Es geht um Mademoiselle Lidewine ...» Jüngel sprach mit Leichenbittermiene, einen Trauerfall annoncierend.

«Geht es ihr nicht gut?» Aus der gereizten Frage klang der Widerwillen gegen Krankheiten in seiner Umgebung, diese Disziplinlosigkeit, die man am besten zu ignorieren suchte. Jetzt mußte es heraus.

«Mademoiselle hat den Pakt gebrochen.»

«Das wissen Sie positiv?»

«Ich habe das Zimmer vom Betreten des Mannes bis zum Verlassen beobachtet. Ich kann für beides die exakte Uhrzeit angeben.» So fahl er aussah, so sehr glühte er vor Diensteifer. Selten sind im Leben eines Geistesmenschen die Augenblicke, in denen er handeln und etwas bewirken darf. Sonst verachtete er mit geheimem Groll die Plumpheit der Tatmenschen und fühlte doch peinlich die eigene Schwäche. Wie gut es tat, jetzt einmal zur Schadenfreude berechtigt zu sein! Ja, so geht das eben nicht, dachte Jüngel und genoß eine plötzliche Überlegenheit. Nein, so geht das nicht, so läuft das nicht in der Welt. Das würde Lidewine, wofern sie überhaupt lernfähig war, irgendwann lernen müssen.

Herr Krass erhob sich und ging zum Fenster. Er wandte sich dem Vesuv zu, schweigend in die Betrachtung dieses Bergwunders versunken, dem er sich nah zu fühlen meinte – massiv, fruchtbar und darunter gefährlich, wobei die Menschen und Häuser verschlingenden Ausbrüche selten waren. Meist drang nur ferner Donner aus dem Bergesinnern, was genügend beunruhigte.

Jüngel sah nur die große Rückenfigur, die Arme im Kreuz und die Hände lose ineinandergelegt. Vieldeutig war diese

Abwendung. Welche Wirkung die Nachricht hinterließ, ging den Sekretär nichts an; ihm kam es nicht zu, in der Miene des Chefs nach Spuren von Erschütterung, Zorn oder Ärger zu suchen. Diese Empfindungen gehörten in eine andere Sphäre, in die Tiefen der Brust, wo sie wie in einer Gruft eingemauert wurden. Er durfte nur das Spiel der Finger auf dem Rücken sehen, ein Zucken des Ringfingers, dem sich der kleine Finger als schwächlicher Gefährte anschloß. Ob es passend wäre, jetzt etwas zu sagen? Ob es womöglich gar dankbar aufgenommen würde, wenn eine kleine Hilfe die Erstarrung auflöste? Am besten war es aber wohl, sich geräuschlos zurückzuziehen. Während er sich rückwärtsgehend der Tür näherte und schon nach der Klinke tastete, erhob Herr Krass plötzlich seine Stimme.

«Sie werden Mademoiselle Lidewine unverzüglich auf die Folgen ihres Vertragsbruchs aufmerksam machen. Sie wird das Hotel innerhalb einer Stunde verlassen. Händigen Sie ihr fünfhundert Dollar für die Reise aus. Kleider darf sie behalten, der Schmuck ist zurückzugeben. Was mit dem Schmuck zusammenhängt, wird Herr Levcius abwickeln. Das Tagesprogramm wird abgesagt. Sie können gehen.»

Warum forschte er nicht genauer nach den Umständen von dem, was er Vertragsbruch nannte, wollte nichts über den Mann wissen, Lidewine nicht befragen? Nein, auf das Vergehen folgte die Strafe als Naturgewalt, nicht als Urteil nach einer Untersuchung. Jüngel bekam kein Wort des Lobes oder der Anerkennung zu hören, es wurde ihm noch nicht einmal der Anblick des zürnenden Gesichtes zuteil. Er hatte sich erhofft, mit dieser Meldung ein besonderes Wohlwollen zu ernten. Davon war jetzt zwar nichts zu spüren, aber das mochte ja später kommen, wenn die berechtigte Empörung über die undankbare Person, die sich der Größe ihrer Chancen offenbar überhaupt nicht bewußt gewesen war, erst einmal abgeklungen wäre.

Aus dem einen Zimmer schroff hinausgewiesen, mit dem Schwung des von dort empfangenen Tritts, eilte er durch den Korridor, der jetzt nicht mehr Ort der Qual, sondern in sein intendiertes Nichtsein zurückgesunken war, und klopfte an ihre Tür. Herrisch durfte man das durchaus nennen, nicht vergleichbar mit dem diskreten Klopfen des Kellners.

Sie öffnete einen Spalt, erkannte ihn und ließ ihn eintreten. Sie hatte ein großes Handtuch umgeschlungen, um das Haar einen Turban – daß Herr Krass sie nie so gesehen hatte, war der Preis für die Laune, mit der er ihre Verbindung inszeniert hatte. Eine Parfumwolke umgab sie, als zweites, durchsichtiges Gewand und duftende Erweiterung ihres Körpers in den Raum hinein. Wenn sie wenig geschlafen haben sollte, war sie inzwischen völlig erholt. Sie hatte sich ein kleines Frühstück aufs Zimmer kommen lassen, von dem sie naschte, während sie im Bad ihre Toilette vervollkommnete, zwischen Waschbecken und Frühstückstisch pendelnd. In einer großen Vase stand ein Bukett mit einunddreißig roten Rosen, Jüngel kannte die Zahl, denn er war angewiesen worden, daß es in diesem Zimmer nie an Blumen fehlen dürfe, und hatte den Strauß bestellt. Er schnupperte herum, aber da waren nur die unpersönlichen Wohlgerüche von Parfum und Blüten.

«Bist du fertig?»

«Ich sollte doch erst um zehn Uhr fertig sein.»

Da habe sich etwas geändert, das gelte nicht mehr – für sie. Sie werde schon vorher abreisen, so bald wie möglich. Sie wisse doch, warum? Das alles war in eisiger Korrektheit ausgesprochen, ein kommunistischer Kommissar, welcher der Zarenfamilie den Befehl überbringt, sich für die Deportation bereitzuhalten, hätte nicht unnahbarer sein können.

Sie sah ihn erstaunt an, zog die Augenbrauen zusammen.

Er hatte noch eine andere Tonlage vorrätig. «Mensch, Lidewine, warum mußt du solchen Blödsinn machen, dazu noch mit dem Kellner? In einem Hotel, wo alles überwacht wird? Hier ist doch sicher auch eine Kamera irgendwo?» So sprach er in stallwarmer Vertraulichkeit, als wolle er einen anderen Funktionärstypus kopieren, der sich seiner Menschlichkeit rühmt, die allerdings die Dienstvorschriften nicht beeinträchtigen darf. «Als ich heute früh zu Herrn Krass kam, wußte er schon alles – er ist es, der dich rausschmeißt, nicht ich. Ich kann ihn leider nicht daran hindern, du kennst ihn, er ist voll Rachsucht und gänzlich unbeeinflußbar ...»

«Das Ganze war doch völlig bedeutungslos – ein kleiner Flirt auf dem Boot. Er ist ganz schön durchtrieben, guckt hin, guckt weg, niemand hat das gemerkt außer mir. Und als er dann hier vor mir stand – das kann sich ja jeder vorstellen. Einen netten Mann wegschicken, zu allem bereit, das bringe ich nicht fertig, das konnte ich noch nie ... Wenn das jetzt so schlimm sein soll – Krass will doch gar nichts von mir, macht mir aber unglaubliche Szenen, zum Angstkriegen ist das ... Ich spreche mit ihm –»

«Nein, das ist nicht möglich, nie mehr möglich, die Enttäuschung ist zu groß.» Jetzt waren wieder Strenge und Entschiedenheit angesagt, denen auch gleich die Tat folgte. Was an Kleidungsstücken im Zimmer herumlag, warf er in die Lacktüte, in der schon das unvorteilhafte grün geraffte Kleid lag, der Fehlkauf. «Was willst du anziehen?» Die friedlich-luxuriöse Boudoirstimmung, eben noch das Zimmer bis in den letzten Winkel durchdringend, war dahin. Auf dem Tisch neben dem Frühstückstablett lag die schwarze Samtschatulle des Perlencolliers – «das bleibt leider hier». Seine

Hände flogen, als er das Etui ergriff, er preßte es an seinen Körper, um das Zittern zu verbergen. Sollte sie sich etwa vor seinen Augen anziehen? «Ich warte vor der Tür. Ich bringe dich nach unten.» Jüngel war froh, ihrem Blick entkommen zu können.

Lidewine hatte seinem Treiben, das seine Erregung kaum verbarg, mit einem mitleidigen Lächeln zugesehen; das war ihre Art der Verachtung. Stolz, der sie dazu veranlaßt hätte, Geschenke nach diesem Hinauswurf zurückzulassen, belastete sie nicht. Die Sachen waren teilweise brauchbar, das teure Grün-Geraffte würde sie in dem Laden verkaufen können, wo sie das schwarze Kleid mit weißen Punkten erworben hatte, das ihr so vorzüglich stand. In der Halle traf sie Madame Lecœur-Jouët, die an der Rezeption gerade Auskünfte einholte. Der mit Tüten beladene Jüngel wartete auf Abstand. Ob sie etwa auch dabei sei, das Hotel zu verlassen?

«Ja, ich muß gehen – es gibt ein Mißverständnis ...» Das ließ sie vielsagend ausklingen.

«Du bist ein freier Mensch, das habe ich gleich gesehen.» Madame Lecœur-Jouët sprach mit Wärme, wie bisher nie. Es war, als habe sie in den letzten Minuten ihrer Bekanntschaft eine Schwester im Geiste entdeckt. «Darf ich etwas sagen? Es ist gut, daß du gehst. Du brauchst keine Anbetung, du bist unabhängig. Ich habe es ebenso gemacht, ich bin aus dem Haus gegangen, ohne mich umzudrehen. Und dabei gehöre ich nicht wie du zu den Frauen, nach denen die Männer verrückt sind, die angeschwärmt werden, für die Männer sich ruinieren. Du läßt dich erobern, aber nicht festbinden.» Ihre Miene wurde ernst. Sie müsse nun auch entschlossen einen Schlußstrich ziehen; ihrem Mann falle das schwer, aber diese sich immer noch steigernden Einladungen seien ihr inzwischen peinlich. «Ralph Krass ist unerhört großzügig, aber letztlich doch nicht unser Genre – man muß das jetzt beenden. Wir wollen außerdem noch weiter in den Süden, nach Sizilien ... Wohin gehst du?»

Lidewine lächelte. Statt einer Antwort umarmte sie die Frau des Chefarztes, nur deren große Ohrgehänge behinderten die Zärtlichkeit der Wangenküsse.

Die Frauen lösten sich voneinander, die Französin wandte sich wieder dem Concierge zu und setzte die Recherche fort. Lidewine aber schritt die Treppe vor dem Hotel hinab, ließ Jüngel ihre Tüten im Kofferraum eines Taxis verstauen und fuhr davon, ohne sich nach ihm umzudrehen – wohin?

Jüngel blieb mit dem Etui zurück, verdattert über die Geschwindigkeit, in der sich seine Gewaltaktion abgewickelt hatte. Er fühlte sich um eine große dramatische Szene geradezu geprellt. Keine Tränen, kein Protest, kein Betteln um Gnade – es war wie bei einem Zauberspruch: Kaum ausgesprochen, und ein Mensch verschwand.

Von einem Balkon in der Höhe hörte er Rufe auf englisch. Er blickte hinauf. Dort stand Levcius im offenen Bademantel, aber seine Worte galten nicht ihm, sondern drei Männern in dunklen Anzügen mit Sonnenbrillen auf der anderen Straßenseite.

«Ihr seid schon da? Warum jetzt schon? Kommt herauf, ich kann alles erklären!»

Die drei setzten sich in Bewegung, ohne nach rechts und links zu sehen, in den laufenden Verkehr hinein; die Autos umfuhren sie geschmeidig.

Zweiter Teil

Andante pensieroso

27. X. 1989

Ein schiffbrüchiger Passagier, der aus dem Strudel des Untergangs eine kleine verlassene Insel schwimmend erreicht hat – ist der eigentlich gerettet? Ich habe meine Lebenskatastrophe hinter mir gelassen, Deutschland den Rücken gekehrt, sitze nun in einem Haus, das mir nicht gehört, in menschenleerem Land. Aus einem Spiel, das ich nicht mehr beherrschte, habe ich mich herausgenommen – ein Spiel, das immer weiterzugehen drohte, obwohl ich es doch längst verloren hatte, aber damit ist nichts entschieden, nichts gelöst. Eine Atempause habe ich gewonnen, ohne zu wissen, wie es weitergehen soll, ohne Pläne und Wünsche. Mit der Bahn nach Paris, ab der Gare d'Austerlitz nach Châteauroux, von dort eine zweistündige Taxifahrt, weil die Busse so selten fahren, daß ich in Châteauroux hätte übernachten müssen – einsam in einem Hotelzimmer, das schien mir unerträglich, das Gefühl des Ausgestoßenseins hätte mich dann vollends übermannt.

Der Fahrer brauchte lang, bis er «Les Hortensias» im Dunkeln fand. Das Haus liegt einsam am Fluß und war wohl einstmals eine Mühle. Jetzt troff alles von Regen und Nebel. Aus diesem Fluß steigen, so stellte sich heraus, morgens und abends die Schwaden auf, er ist flach und fließt langsam, der Dunst steht über ihm, die Äste der Bäume hängen ins Wasser, es gluckert leise. Die dichten, hohen Hortensienbüsche in blassem bräunlichen Rosa rund um die grauen Mauern profitieren von der Feuchtigkeit, die das Tal erfüllt.

Der Schlüssel lag unter der Fußmatte. Es hat mich überrascht, daß ich mich in dieser Verlassenheit auf die Beschreibungen verlassen durfte. Siehe da, das Licht ging an, der trübe Schein einer schwachen Birne erhellte die Zimmer, die lange nicht bewohnt worden waren. Es war kalt, das Bett klamm. Das Auto war längst davongefahren. Ich war allein, ausgesetzt. Die Leute schwärmen von ihren Ferienhäusern, aber mir war zumute, als sei dies keine menschliche Behausung, sondern nur die Simulation einer solchen, von den Stimmen, Geräuschen, der Wärme, den Farben, die sie erfüllen müßten, gänzlich verlassen.

28. X. 1989

Im Haus fand ich in einem alten Schrank die Musiksammlung vor, von der mein Freund gesprochen hatte; er kennt meine Melomanie, die Bereitschaft, mich von symphonischen Wogen überschwemmen und nahezu ertränken zu lassen, die während der nächsten Tage und Wochen – so lange, wie ich es im Haus allein eben aushielte – wahrscheinlich noch wachsen würde. Er hatte lauter Aufnahmen dort stehen, die mich schon in besseren Tagen entzückt hätten – den «Figaro» von Erich Kleiber, den «Don Giovanni» von Klemperer, Monteverdis «Orfeo» von Harnoncourt, Chopin und Schumann von Alfred Cortot, Vivaldis «L'Estro Armonico», «Lohengrin», Thelonious Monk und Django Reinhardt – der Anblick dieser Kunststoffschachteln war für mich Trost und Verheißung wie für einen Kranken das erlösende Medikament, das er während einer nächtlichen Schmerzattacke im Bad entdeckt.

Mein Umgang mit Musik ist nicht von größeren Kenntnissen belastet. Ich verwende sie als Rausch- und Genußmittel, ähnlich einer warmen Badewanne oder einer Flasche Champagner, und ich delegiere an die Musik meine verworrenen Gefühle, lasse sie durch die Komposition in Ordnung bringen, reinigen, über meine Möglichkeiten hinausheben. Und borge mir sogar von ihr Gefühle, werde beim Anhören eine vollständigere, womöglich gar bedeutendere Persönlichkeit – diese Wirkung kann nach dem Verklingen noch eine Weile anhalten; wenn sie nachläßt, spiele ich dasselbe

Stück noch einmal und noch einmal und noch einmal, bis der steigernde Effekt sich verschleißt und eine Seelentaubheit sich ankündigt. Wie nach Alkoholexzessen kenne ich auch einen Kater, Stumpfheit und Verdrossenheit durch ungehemmtes Ausbeuten geliebter Musik.

Sobald ich an Hella dachte, überfiel mich jene Unruhe, die mir zu Hause befohlen hatte, auf die Suche nach ihr zu gehen, um sie durch meine Gegenwart zu stören, zu belästigen, ihr das neue Glück zu versalzen. Nun sah ich greifbar die Möglichkeit vor mir, diese Unruhe in die Musik hineinzuleiten, sie mit der Musik sich amalgamieren zu lassen und dadurch zu neutralisieren. Ich würde einstimmen können in den Gesang des Grafen «Ich soll ein Glück entbehren, das mir ein Knecht entziehet / Die Glut, die sie entzündet, soll meine Glut nicht sein» und würde dann, wenn diese Vorstellung sich in Wohllaut aufgelöst hätte, von anderer, abstrakterer Musik geführt, ja würde völlig andere Räume betreten, in denen Hella eine Unbekannte war. Musik als eine Pumpe, welche die Qual aus mir heraushob, nachdem sie ihr zunächst eine schöne Form gegeben hatte. Dieses unwirtliche, frostige Haus würde binnen kurzem von einem Musikschwall durchströmt werden, einem akustischen Feuer, das die toten Wände knacken und sich dehnen lassen würde.

In der ersten Nacht hatte ich nur Wasser aus der Leitung zu trinken. Ich hatte versäumt, auf der Hinfahrt einen ersten Vorrat zu kaufen, nicht einmal einen Apfel gab es, die Schränke in der Küche waren leer bis auf eine Schachtel Zukker und eine angebrochene Essigflasche. Statt dessen sollte die Musik mich nähren. In dieser Einsamkeit könnte ich Lärm machen, bis zum Anschlag aufdrehen, ein Tosen veranstalten, in welchem ich schließlich einschliefe wie schon so oft zuvor, wenn ich über Wagner-Donnern in die Bewußtlosigkeit geglitten war, aus der ich Stunden später, in Kleidern und unbequemer Stellung, wieder erwachte.

Da stand der CD-Spieler, in metallischer Zuverlässigkeit. Der Druck auf den Knopf ließ ein Lämpchen erglimmen, die Scheibe mit Chopins Etüden glitt in den Schlitz, als würde sie von Lippen genießerisch eingesogen. Und dabei blieb es – der Apparat ließ keinen Laut heraus, sosehr ich an den Kabeln rüttelte und sämtliche Knöpfe ein- und ausschaltete. Leuchten und saugen, mehr Leistung war dem Ding nicht zu entlocken. Nichts würde es geben, um mich zu trösten oder wenigstens abzulenken. Wie sollte ich unter diesen Umständen meinem ernsten Vorsatz treu bleiben, Hella in Ruhe zu lassen? Ich hatte doch gehofft, ihr durch meine Entfernung keinesfalls länger den Triumph zu verschaffen, daß ich nicht von ihr loskam, während sie mühelos über mich hinweggeschritten war.

Die Stille im Haus dehnte sich aus, von draußen untermalte sie leises Fluß- und Regenrauschen. Wie lange kämpfte ich mit mir, bevor ich nicht mehr widerstehen konnte und aufs neue ihre verfluchte Nummer wählte? Mir kam es wie ein langes, dramatisches Schwanken vor. Ich ging unter den niedrigen Deckenbalken auf und ab, die Fäuste schüttelnd, während ich mir streng ins Gewissen redete, wenigstens heute, am ersten Tag meines Verschwindens aus der Stadt, meinem Gelübde treu zu bleiben. Und das, obwohl in Wirklichkeit längst feststand, daß ich sie anrufen würde. Mein Vorsatz war schon vollständig durchlöchert, stand vor der Zerkrümelung und war zu etwas Unwahrscheinlichem geworden, als ich die Nummer wählte, welche der Finger auswendig kannte; der Kopf war dazu nicht vonnöten. Hätte ich nur geahnt, welche grausame Hilfe auf mich wartete! Ein Mann meldete sich, mit einer schöneren Stimme als der meinen, die immer zu hoch ist, wenn ich aufgeregt bin.

«Wer ist da bitte?»

Und fuhr fort, als ich beklommen schwieg:

«Hella hat ab morgen eine andere Nummer – Sie können dann anrufen, sooft Sie wollen, aber heute verzichten Sie besser auf weitere Versuche.»

30. X. 1989

Das Haus enthält wenig, was vom Leben seiner Bewohner erzählen könnte, an Büchern vor allem Kriminalromane, die, obwohl noch gar nicht so alt, in der Feuchtigkeit wellig geworden und vergilbt sind, wahrscheinlich zurückgelassen von Gästen, die sie nach der Lektüre nicht mehr mit nach Hause nehmen wollten. Nur auf dem Schreibtisch der Frau meines Freundes, neben einer Schale mit eingetrockneten Kugelschreibern, liegt etwas, woran ich mich nicht sattsehen kann: ein venezianischer Briefbeschwerer, der gewiß schon lange keinen Brief mehr am Davonfliegen gehindert hat; Post lassen sich meine Gastgeber hierher nicht nachschicken. Ein schweres kleines Ding, in funkelnde Prismen geschnitten, auf seinem Boden bedeckt von dicht nebeneinandergesteckten bunten Rosetten, vielfarbigen Glasbonbons, die entstehen, wenn die Glasbläser aus farbigen Stäbchen zusammengefügte Stangen in Scheiben schneiden, um aus ihnen Millefiori-Muster zu bilden. Die tausend Blüten sind hier höchstens fünfzig, schwer zu zählen, da die Prismen das Muster verzerren, aber «mille» gibt den Eindruck schon richtig wieder. In der Grabesstille des Zimmers bildet der Kristall ein winziges Lebenszentrum, einem eiskalten Funken vergleichbar, und während der Regen gegen die Fenster schlägt, sitze ich am Schreibtisch und bewege ihn hin und her. Die Blüten in ihrer leuchtenden Frische scheinen in ihrer Eingefrorenheit immer neue Muster zu formen, sie sind scharf und klar zu sehen, wie durch eine Lupe, wirklicher und brillanter als alles andere im Zimmer. Alter und Staub können ihnen nichts anhaben, auch in hundert Jahren wird keine Patina sie entstellen.

Auf einem himbeerroten Tropfen in der Mitte des Blütenkissens steht «1849», ein auch im damals unter österreichischer Herrschaft schmachtenden Venedig ominöses Jahr, da gab es eine Revolution und den vergeblichen Versuch einer Neugründung der Republik, die 1849 wieder unterging. Diese zierliche Nichtigkeit, in einer Zeit höchster politischer Erregung entstanden, ist allen historischen Wechselfällen jedoch entzogen, oder sollte der rote Tropfen womöglich an damals vergossenes Blut erinnern? Unverblaßt auf ewig, jedenfalls solange nicht wieder in einen Schmelzofen geworfen, zum Greifen verlockend, aber unberührbar, so blühen die tausend Blumen. Ich könnte stundenlang in sie hineinschauen, als ob ich dem Rätsel dieser Taufrische dadurch auf die Spur käme. Unveränderlichkeit wird meist mit dem Tod verbunden, Leben ist ein beständiger Wandel, aber der Kristall widerspricht, so meine ich, solcher Erfahrung: Seine Unverweslichkeit ist lebendiger als das warme Fleisch auf dem Weg in die Fäulnis, ganz und gar sichtbar und zugleich jeder Zergliederung entrückt. Sieht so das ewige Leben aus?

Die Wirkung der venezianischen Prismen wäre auf mich nicht so stark, wenn der CD-Apparat funktionierte. Die Stille ist also für etwas gut. Ich höre auf zu bedauern, daß ich keine Musik hören kann, und habe auch zu meinem Freund am Telephon gar nicht erst davon gesprochen – alles sei bestens in Ordnung, habe ich vielmehr behauptet, als er sich besorgt nach meinem Befinden erkundigt hat.

31. X. 1989

Es gab keine großen Konflikte, wir haben nicht über Geld gestritten, und ich glaube, daß ich sie auch als Ehemann nicht enttäuscht habe – heute staune ich über meine schier unfaßbare Naivität, aus dem Fehlen von Beschwerden auf Zufriedenheit zu schließen. Was in den Köpfen vor sich geht, findet seinen Weg nach draußen, ist aber oft nicht einfach lesbar, Augen und Mienen sprechen nicht immer in einer verständlichen Sprache. Wenn ich mich im Rückblick frage, was ich als Riß feinster Art in unserer Verbindung hätte erkennen müssen, dann komme ich zu befremdlichen Ergebnissen: Diese Risse waren wirklich Haarrisse, doch sie sind, wie ich mir jetzt eingestehen muß, durch die gesamte Substanz unserer Ehe hindurchgegangen die denn auch schließlich, beinahe lautlos, auseinanderfiel – in zwei Teile, die gerade noch verschmolzen schienen, in Wahrheit aber längst geschieden waren.

Und zwar schon vor der Hochzeit. Die war, wie ich jetzt weiß, zu spät gekommen, um die Liebe wiederherzustellen, das scheint nicht so selten zu geschehen. In unserem friedlichen, von mir keineswegs als langweilig empfundenen Nebeneinander kam es gelegentlich zu Ausbrüchen einer Gereiztheit, deren Ursache mich hätte nachdenklich machen müssen. Ich habe Hella immer gern angesehen, bin mit den Blicken über ihre Züge gewandert, als sähe ich sie zum ersten Mal. Doch das gefiel ihr nicht. Sie wandte sich dann ab und fragte unwillig, was es denn in ihrem Gesicht zu entdecken gebe. Ich habe dann etwa auf ein rotes Pünktchen am linken Nasenflügel gezeigt: War das eine kleine Entzündung, eine Schwellung, eine Unreinheit? Sie antwortete auf so etwas sehr scharf: Das da kenne sie längst, habe sie schon selbst untersucht. Es sei nichts, gar nichts, und es störe sie schon gewaltig, daß ich sie derart detektivisch anstarrte, nur um dann mit solchen Winzigkeiten anzukommen. Wenn ich mich daraufhin zu verteidigen suchte, meine gute Absicht beschwor, sie doch nur auf etwas aufmerksam zu machen, was ihr vielleicht bisher entgangen sei, wurde sie böse und verstummte. Und wenn sie dann doch noch etwas sagte, war eine Härte in ihrer Stimme, die mich stets aufs neue erschreckt hat: Plötzlich war eine tiefe Abneigung vorstellbar, ein sonst gänzlich verborgener Glutkern aus Haß. Auch unter schneebedecktem Land brennt im Erdinnern eben doch ein ewiges Feuer.

2. XI. 1989

Zu dem Desaster mit Hella, das so unerwartet über mich hereingebrochen ist, kam meine Entlassung im Verlag, die ich eigentlich hätte vorhersehen müssen, da die Probezeit auch in meinen Augen nicht befriedigend verlaufen war; ich habe mich nicht genügend auf die Arbeit konzentriert und empfand meine Stellung als zu vorläufig, um mich mit voller Kraft einzusetzen. Und wer weiß, vielleicht hatte ich, ohne es mir einzugestehen, doch schon Signale empfangen, daß Hella dabei war, sich von mir zu lösen, mit der Folge einer untergründigen Angst und eines Gefühls der Sinnlosigkeit, die es mir schwer machten, meine Aufmerksamkeit auf ein Manuskript zu richten. Daß jetzt die Geldnot mit der Liebesnot zusammenfiel, ließ mein Schicksal aussichtslos werden, denn Geld ist die Kraftquelle der Leidenschaft – der Habenichts mag kurz durch seinen Charme bestricken, aber Bedürftigkeit ist schon nach kurzem unerotisch, als sei dem Liebesvermögen eines Menschen nicht zu trauen, mit dessen übrigem Vermögen es zweifelhaft bestellt ist. Das habe ich gewußt und weiß es auch heute, und dagegen zu revoltieren ist zwecklos: ein Aufstand gegen die Evidenz. Nach meiner aufrichtigen Überzeugung ist einer Frau kein Vorwurf zu machen, die sich von dem in Geschäften Gescheiterten abwendet; viel eher müßte man ihr vorwerfen, wenn sie bliebe, denn als Frau ist sie dem Realen verpflichtet, während die Männer zu dem Glauben neigen, sich von Phantasien ernähren zu können. Ich schreibe das, obwohl es weh tut, ja weil es mir weh tut. Dieser Schmerz entlastet mich und lenkt mich von dem eigentlichen, dem unstillbaren ab.

Ich befand mich in der grotesken Lage, hinter zwei Chimären zugleich herzujagen: Im Wechsel rief ich bei Hella an und, nachdem ich es dort zehnmal hatte tuten lassen, bei Herrn Krass – der war jetzt meine einzige Hoffnung geworden. Hoffnung? Berechtigten mich sein Einfach-verschwunden-Sein und das Ausbleiben einer Antwort auf meine Nachrichten etwa dazu, anzunehmen, daß er mich freundlicher behandeln würde, wenn ich in wirklicher Not zu ihm käme? Andererseits bildeten die Telephonnummern, die ich von ihm hatte, gegenwärtig mein einziges Kapital. Manche Telephonnummern sind Gold wert, eine kostbare Handelsware, Versprechen zahlloser Möglichkeiten. Die Unerreichbaren erreichen zu können – wenn man sie denn erreicht.

Bei Herrn Krass wußte ich schließlich selbst am besten, wie schwer es werden konnte. Und dabei war er unablässig in Neapel am Telephon gewesen, in raunende Gespräche versunken oder mit strenger Lakonie einen aufgeregten Rapport unterbrechend, soldatisch knappe Rückfragen stellend oder so lange schweigend, bis der Anrufer zweifelte, ob er noch verbunden sei. Bis zu Sonja Reiss drang ich mehrfach vor, der Frau in seinem Vorzimmer, die ich nie gesehen, aber oft gesprochen habe, mit ihrer herben männlichen Stimme, in der sich Unverbindlichkeit mit einer Art Kameradschaftlichkeit verband. Ich konnte mir bei ihr nie vorstellen, daß sie mich belog, und selbst wenn sie kurz angebunden war, meinte ich mich dennoch stets darauf verlassen zu dürfen, sie werde für mich tun, was ihr möglich sei. Ihre Aufgabe war nicht leicht, sie bestand vor allem im Abweisen und Vertrösten, aber es gelang ihr mit ihrer ruhigen Entschiedenheit, auch dem Ungeduldigsten den Eindruck zu vermitteln, alles habe seine gute Ordnung und gehe den verabredeten Gang. Sollte Herr Krass doch irgendwann einmal ein Verhältnis mit ihr gehabt haben, was wohl nicht ganz auszuschließen ist, dann war es – ihm? ihr? – jedenfalls gelungen, das in gemäßigte Bahnen zu überführen.

«Es ist dringend», sagte ich zu Sonja. Das war ein Wagnis, und ich verwünschte mich dafür, kaum daß ich es ausgesprochen hatte. Herrn Krass unter Druck zu setzen, das war das Törichtste, was man versuchen konnte, aber mir stand nun einmal das Wasser bis zum Hals.

«Vieles ist dringend!»

Mir war, als seufze sie bei diesen Worten, höchst ungewöhnlich bei ihr.

Als ich am nächsten Tag wieder anrief, mußte ich meinen ganzen Mut zusammennehmen. Fast hoffte ich, auch diesmal erfolglos zu sein. Der Ruf ging durch.

Ich war nie in seinem Büro gewesen, dem Sitz der Firma BTS, ein Kürzel, das nur Eingeweihten entschlüsselbar war, zu denen ich nicht gehörte. Wenn ich es richtig sah, hielt er sich dort nur selten auf, er lebte in Hotels und Restaurants, das Büro war nur die Wabe für die Arbeitsbienen, deren Dienst in ihrer unbeschränkten Verfügbarkeit bestand.

Jetzt klingelte oder knurrte oder brummte es darin, die Wände warfen das Echo zurück, akustisch war ich jedenfalls bei ihm eingedrungen. Solange ich es tuten ließ, war ich präsent, in diesem Büro mit, wie ich vermutete, teuren, kalten Designermöbeln und einem abstrakten Bild im Riesenformat, das Sonja trotz seiner Unübersehbarkeit vermutlich noch nie betrachtet hatte. Fünfmal tutete es schon. Waren diese Signale das einzig Lebendige dort? Rief ich in einer ägyptischen Grabkammer an? Aber solange ich wartete, fühlte ich mich in einer Welt normalen Geschäftsgebarens;

zugleich befiel mich die Sorge, ein zu langes Warten könnte aufdringlich wirken, sollte doch jemand in der Nähe sein. Ich durchblätterte die Nummern, die er mir ganz zu Anfang unserer Verbindung gegeben hatte. Die meisten konnte ich wegwerfen; wenn sich überhaupt einer gemeldet hatte, war ein Herr Krass dort nicht bekannt oder längst abgereist. Ich sah ihn vor mir, seinen großen, schweren Körper, der unversehens blaß wurde und sich verflüchtigte – nur seine Umrisse blieben zurück, und dazwischen war Luft, es gab ihn nur noch als Wort.

3. XI. 1989
3 Uhr in der Nacht

Geld habe ich keins mehr, und durch mein törichtes Betragen sind die Löcher in meiner Kasse nur noch größer geworden. Ich bin ja noch nicht einmal aus meinem Mietvertrag herausgekommen und muß weiter für Räume zahlen, die ich niemals wieder betreten will, so vollgesogen sind sie mit meiner Misere, als sei das Unglück eine Art Schwamm, der die Wände schwärzlich befallen hat. Aber das nach landläufiger Weisheit Kostbarste besitze ich in Hülle und Fülle: Zeit. Davon ist so viel da, daß ich damit verschwenderisch umgehen kann, bedenkenlos wie Herr Krass, der immer neue Scheinbündel aus seinem braunen Koffer holte und niemals Quittungen verlangte, als komme es ihm darauf an, seine Mittel spurlos zu vernichten, Kraft zu beweisen, indem er den sich auflösenden Summen immer neue hinterherschickte in einem Wettkampf mit dem Nichts, das mit dem Verschlingen kaum nachkam. Es hat einmal Sanduhren gegeben, die mit Goldstaub gefüllt waren, um den Wert der verrinnenden Zeit sinnfällig werden zu lassen, dabei ist die Zeit so unendlich viel wertvoller als Gold, wenn man ihre Uneinholbarkeit, ihre Unersetzlichkeit bedenkt. Jeder einzelne Augenblick sofort wieder weg, für immer, ob genutzt oder nicht – und wie nutzt man zur Genüge eine Ressource, die unaufhörlich dabei ist zu verschwinden?

Wie schwer mir das immer gefallen ist, so vieles steht dem entgegen. Schöne Sentenzen aus der Antike, ersonnen, um in Bronzelettern die Regale ehrwürdiger Bibliotheken zu schmücken, befehlen: «Carpe diem!», pflücke den Tag, und «Nulla dies sine linea», laß keinen Tag vergehen, ohne eine Zeile geschrieben zu haben – welche Massen von Dummheit sind in Befolgung dieser Maximen aufs Papier gelangt! Die Zeit ist glitschig wie ein Stück Seife, sie läßt sich nicht halten, und oft genug wollen sich auch die Gedanken nicht fassen lassen, selbst wenn ich noch so lange grübele.

Ich weiß sehr wohl, wieviel Zeit ich schon vertan habe in meinem Leben, ohne mich dessen gerechterweise anklagen zu müssen. Die meiste Zeit ist verstrichen, während ich dem gefesselt zusehen mußte – durch ungezählte äußere Hindernisse, allein schon durch das Schlafen, das dem Willen entzogen ist –, aber die durch Schlaflosigkeit gewonnene Zeit bringt erst recht keinen Gewinn, nach einer durchwachten Nacht kann ich keinen brauchbaren Gedanken fassen. Dann das Warten auf Briefe, die nicht eintreffen, auf Entscheidungen, die nicht zustande kommen wollen. Immerfort sieht man sich auf tatsächlichen oder metaphorischen Korridoren hocken, während sich die Tür nicht öffnen will und die Zeiger der Uhr gnadenlos vorrücken. Dann die prekäre eigene Verfaßtheit, der man ausgeliefert ist – ich kann ein trübsinniges Lied singen von meiner Schwäche, Trägheit, Ratlosigkeit, von Anfällen von Stumpfsinn und regelrechter Verblödung, wenn das Wort «Es geht nicht» das einzige ist, was sich noch denken läßt. Manche behaupten, es sei immer noch besser, das Falsche zu tun als nichts – Herr Krass gehört zu ihnen, er hat das tadelnd mir gegenüber so ausgesprochen, aber für ihn gilt das natürlich nicht. Er tut niemals das Falsche, und wenn es doch einmal zu einer Fehlentscheidung kam, dann stellte sie sich stets als die Grundlage eines späteren Erfolges heraus. Mir konnte er damit die Furcht, das Falsche zu tun, nicht nehmen. Ich darf es schon als kleinen Sieg betrachten, wenn mich die Panik einmal nicht überwältigt und zu etwas treibt, was ich dann bitter bereue. Das gilt gerade auch für meine Verbindung mit Hella, in der ich viel zu oft das quälende Abwarten durch verhängnisvolle Aktionen unterbrochen habe.

Aber jetzt, wo ich zu äußerer Ruhe gelangt bin und als geschlagene Schachfigur neben dem Spielfeld stehe, auf dem die anderen sich munter weiterbewegen, wird das Vergehen der Zeit, meiner Zeit, zu einem sichtbaren Erlebnis. Das mir gewährte Leben erscheint mir wie ein Vermögen, das ich geerbt habe, worüber mir ein Brief der Bank aber mitteilt, daß nach Abzügen aller Art – Steuern, Gebühren, Umlagen – beinahe nichts übriggeblieben ist. Und ist das nicht Menschenschicksal? Geht das nicht jedem so? Stehen nicht alle Menschen unter dem Fluch, das geschenkte Leben nicht wirklich leben zu können? Und doch ist so unfaßbar viel zustande gekommen – Pyramiden, Kathedralen, Riesenromane, Kontinente verbindende Autobahnen, weltverändernde Erfindungen. Welche Tücke oder welche zerstörerische Gleichgültigkeit der Kräfte, die mich hervorgebracht haben und denen an meiner Existenz folglich doch irgendwie gelegen sein muß, durchkreuzt deren eigenes Werk und hindert es geradezu planmäßig an seiner Entfaltung?

4. XI. 1989

Wahrscheinlich gibt es wenige Männer, die Hella hübsch nennen würden. Ich habe sie für achtzehn gehalten, als wir uns kennenlernten, dabei war sie schon sechsundzwanzig, ein bläßliches Mädchen mit farblosem strähnigen Haar, diese körperliche Mitgift noch gesteigert durch die Achtlosigkeit der Garderobe – formlose graue Pullover und plump geschnittene Hosen. Ich versuchte, sie damit aufzuziehen: Sie kleide sich wie eine sibirische Gleisarbeiterin oder eine rotchinesische Reisbäuerin. Das störte sie überhaupt nicht, im Gegenteil, es bestätigte sie offenbar in der Wirkung, die sie erzielen wollte. «Ich bin keine Puppe, und ich will keinem Mann gefallen, der Puppen mag» – als sie einmal so etwas bemerkte, wußte ich nicht, wie ernst das genommen werden sollte. Es war allerdings nicht nur Puritanismus, dieser betonte Verzicht auf die Inszenierung ihrer Weiblichkeit, sondern auch Bequemlichkeit, und tatsächlich kann die Sorgfalt, die manche Frauen auf die Pflege von Haut und Haaren wenden, zu Arbeit werden.

Wir trafen uns noch nicht lange, als ich sie eines Abends völlig überraschend mit einem krebsroten Lippenstift sah – das war, als sei in ihrem Gesicht ein Feuer angezündet worden, dessen Schein die Regelmäßigkeit ihrer Züge erstmals richtig sichtbar machte. Ihre Blässe bekam etwas Überreiztes, Erschöpftes wie nach einer wilden Nacht, das Augengrau offenbarte einen grünlichen Ton, das Haar einen rötlichen Schimmer. Sehr selten habe ich sie später so gesehen, aber ich hütete gerade diesen ersten Eindruck wie eine mir bestimmte Offenbarung, so als kennte nur ich allein ihr wahres Gesicht. Ich konnte das Bild in mir abrufen, sogar wenn sie mir unmittelbar gegenüber saß, ja es bestimmte meine Vorstellung von ihr auch dann, wenn sie mit aller Kraft versuchte, dieser nicht zu entsprechen. Meine gelegentliche Anregung, doch wieder einmal den Lippenstift hervorzuholen, erwiderte sie meist mit Spott: Ich hätte wohl eine Neigung zum Fetischismus; es sei nun wirklich eindeutig, was dieser rote Stift bedeute, der da aus blinkender Hülle weiblichen Lippen entgegenwachse. Um so stärker war dann der Eindruck, wenn sie doch einmal die Lippen rot malte, stets mit einer Miene, als habe das mit meiner Bitte nichts zu tun.

In mancher Hinsicht kam mir ihr Verzicht auf alles, was landläufig «weiblich» genannt wird, sogar entgegen, ohne daß ich mir erlaubte, das offen einzugestehen. Und es ist auch nur meiner gegenwärtigen Zerknirschung und meiner von unseren sämtlichen Bekannten beobachteten Demütigung zu verdanken, daß ich darin freiwillig fortfahre und meinen Geiz bekenne – nein, nein, ich meine nicht Sparsamkeit oder kleinbürgerliche Vorsicht, sondern eine starke, oft genug sogar den Geschlechtstrieb übertrumpfende Kraft. Ich, der ich jetzt den Verlust von Hella beklage, als sei mir das Herz aus dem Leib gerissen, habe seinerzeit mit tiefer Befriedigung ihren Wunsch nach getrennten Kassen vernommen und das Kränkende darin – ihr Mißtrauen gegen mich – mühelos überhört.

Gab es bei ihr etwa eine verwandte Ader? Im Restaurant sah das stets so aus: Sie erklärte, keinen Appetit zu haben und nur etwas Kleines, Leichtes zu bestellen, einen Salat und ein Wasser; ich dagegen möge nur richtig zu Abend essen, sei doch gewiß hungrig. Die unerfreuliche Asymmetrie eines vor beladenem Teller schmausenden Mannes neben einer am Salat naschenden Frau schien sie keineswegs als störend zu empfinden: Wir seien beide selbständige Wesen und hätten unseren unterschiedlichen Bedürfnissen zu folgen. Wenn dann serviert wurde, vergaß sie jedoch sofort ihre Lust auf Salat und begann, anmutig-wählerisch von meinem Teller zu picken, «nur um zu kosten», hieß es dann, und ich mußte meinen Ärger darüber unterdrücken, weil sie meinen Protest ins Komische zog. Es lag in diesem Krieg um mein Schnitzel eine Vertraulichkeit, ja Familiarität, die sonst zwischen uns nur selten aufkam. Ich war verstimmt und fühlte mich zugleich wohl in meiner Haut. Jetzt fehlt nicht viel, und ich sehnte mich nach solchen Abenden zurück – wir hatten doch einmal zusammengehört, wir waren doch einmal ein richtiges Paar gewesen, oder etwa nicht?

5.XI.1989

Ich gewöhne mir das Spazierengehen an, am Fluß entlang, mit der sanft abfallenden Ebene auf meiner Seite, auf der anderen die Felswand, in einem früheren Erdzeitalter vom Wasser gegraben, weswegen dieser Fluß zu Recht Creuse heißt. Das Haus liegt im Schatten hoher Bäume, deren Wurzeln zum Teil ins Wasser reichen, hier ist es selbst an hellen Tagen feucht und dunkel. Meine Freunde haben es auf seinen Anblick hin gekauft, der tatsächlich bezaubert: die von rostroten Flechten bewachsene graue Feldsteinmauer, in das müde Rosa der schon papierenen Hortensienkissen gebettet, das steile, bemooste Dach, die Nähe des Wassers mit seinen schlafbegünstigenden Geräuschen – ja, selbst jetzt schlafe ich gut hier –, aber die Mauern werden wahrscheinlich nicht einmal in einem langen heißen Sommer trocken. Ich bin da empfindlich. Das Spazierengehen ist auch Therapie, um einen sich ankündigenden rheumatischen Schmerz aus den Gelenken zu vertreiben.

Je länger ich gehe, desto mehr enthüllt sich die Verlassenheit der Landschaft. Auf dem Friedhof des Dorfs inmitten der Felder, von einer Mauer umgeben, dahinter die steinernen Gräber, auf denen Blumen aus buntem Terrakotta unverwelklich blühen, ist in den letzten Jahren nur eine alte Frau beerdigt worden. In den langgestreckten Bauernhäusern, die meisten einstöckig zu ebener Erde, wohnen wohl nur im Sommer die Familien der Besitzer, die dann aus den Städten zurückkehren und dort Ferien machen; die Gärten sind kahl oder unkrautüberwachsen.

Beim Sonnenuntergang dann ein solch niedriges Haus: nach einem dunklen Tag mit feinem Regen der Himmel in Rosa und Hellgrau, ein barockes Wolkenfresko, während aus dem Kamin des sonst kein Leben verratenden Gemäuers eine Rauchfahne aufsteigt, vom Wind leicht zur Seite gedrängt, der Duft des Holzfeuers durchdringt die reinliche Abendkühle. Ich bin inzwischen gefaßter, aber der Schmerz hat sich noch nicht verflüchtigt, er ist dabei, in Selbstmitleid überzugehen. Schneidend hat mir die Rauchfahne mit dem Holzfeuergeruch zu verstehen gegeben, daß ich allein bin – wohingegen man dort drinnen am Küchenkamin ins Feuer blickt und auf das Abendessen wartet, ein Huhn im Ofen brutzelt und staubige Rotweinflaschen zum Öffnen bereitstehen. Welch ein inniges Miteinander stiftet dort das Zusammenhausen unter dem niedrigen Dach, das nichts von dem, was sich unter ihm abspielt, je nach draußen preisgibt! Den Gedanken, daß ich, wäre ich dort eingeladen, womöglich nichts von dem Glück und Frieden fände, welche die Rauchfahne verspricht, wollte ich nicht zulassen. Das Glück wohnt dort, wo ich nicht bin. Ich muß ja nur daran denken, wo ich mich jetzt eine Weile aufhalten darf: in einem schöneren Haus als dem, vor dem ich stehe, aber seine Kälte, die sich mit meiner inneren Abgestorbenheit verbindet, macht es zu einem Grab, selbst wenn ich vom Holzstoß im Garten ein paar Scheite holte und aus dem Kamin Rauch aufsteigen ließe.

5. XI. 1989
Am Abend

Der Tag, an dem es anfing. Das erste Mal. Natürlich in Wortlosigkeit – wenn wir gesprochen haben, hat es immer nur Mißverständnisse gegeben. Sie saß auf einem Stuhl, der sie größer machte, nah an meinem Sessel. Nie wollte sie in einem Sessel sitzen, sie wollte sprungbereit sein; in meiner Erinnerung sehe ich sie vor allem hin- und herlaufen, immer fehlte etwas zu ihrem Behagen – ein Schal, ein Glas, eine Zigarette, sie aß auch am liebsten im Stehen. Wenn sie etwas zu essen aus der Küche holte, hatte sie es sich auf dem Rückweg meist schon in den Mund gesteckt, und obwohl sie allerhand las, habe ich sie selten in Ruhe mit einem Buch gesehen, außer im Bett, wo sie nach kurzem darüber einschlief.

Unvergeßlich der erste Augenblick physischer Nähe: als sie mir auf dem Stuhl gegenübersaß, ich sie aus der Polstertiefe betrachtete, während das Gespräch allmählich versiegte und mein Mund trocken wurde, wie es das verfluchte Gesetz meines Körpers will: gelähmt zu sein, wenn mich alles danach drängt, höchst tätig zu werden. Sie trug einen kurzen Rock mit großem schwarz-weißem Hahnentrittmuster, eigentlich zu grob für ihre zarte Figur, und darunter schwarze Strumpfhosen, eine Nummer zu klein, sodaß sie sich nicht in die Kniekehlen schmiegten, sondern einen Luftraum über der Beugung entstehen ließen, wenn sie sich setzte – transparentes, festgespanntes Gewebe, ein Luftkissen über der Kniekehle. Ein Strahl der untergehenden Sonne hatte sich darin verfangen und ließ die feinen Kunststoffäden glitzern, die jetzt nicht mehr schwarz, sondern silbrig waren, Spinnennetzen vergleichbar, und mein einziger Gedanke in diesem versiegenden Gespräch war, meine Hand auszustrekken und dieses Luftkissen zusammenzudrücken, bis ich die Kniekehle berührte: Das wäre entweder das allerfalscheste, was ich tun könnte, oder das einzig richtige – was von beidem, vermag ich heute weniger denn je zu sagen, obwohl ich es, wie ich schwöre, ganz und gar unfreiwillig die Warnung des klopfenden Herzens überhörend, damals getan habe und nicht zurückgewiesen wurde.

7. XI. 1989

Hinter einem Zaun standen weiße Kühe, prachtvolle Tiere, unter deren festgespanntem Fell die Muskeln spielten und die Adern hervortreten ließen. In einem eigenen Pferch der Stier, ein Lebewesen von riesigen Ausmaßen, mit stumpfem Kopf, der gegen die Körpermassen klein wirkte. Die Beine so kurz, daß der baumelnde Hodensack beinahe bis zu den Fesseln herunterhing. Ein königliches, in seiner Übergröße aber auch tragisch vereinzeltes Tier, wie aus Marmor. Die Kühe schienen ihm gegenüber einer anderen Rasse anzugehören.

Ein kleiner Mann kletterte furchtlos über das Gatter, mit tiefen Falten im wettergegerbten Gesicht, aber seine knabenhafte Beweglichkeit verriet, daß er noch nicht alt war, seltsam unpassend gekleidet für seine Arbeit, mit einem Mantel, der nicht zugeknöpft war, sondern ihn offen umwehte, als er mit ausgebreiteten Armen auf die Herde zulief; er wurde dadurch größer, Mantel und Arme und die Rufe, die er ausstieß, ließen die Kühe verwundert aufblicken. In ihren Köpfen formte sich das Verstehen: Sie sollten sich zusammenfinden und anderswohin bewegen, und so taten sie denn Schritte, rührten die stattlichen Leiber, näherten sich einander an und schlugen gemeinsam eine neue Richtung ein.

Nur eine Kuh rührte sich nicht von der Stelle, hob beim Anblick des Mannes den Kopf und stieß einen machtvollen Ruf aus, als habe sie ihn erwartet, um ihm ihre Klage vorzutragen. Ihr Euter war prall gefüllt und behinderte sie beim Laufen, da es zwischen ihren Hinterbeinen eingeklemmt war. Der Mann näherte sich ihr, klatschte ihr mit der Hand auf das Hinterteil, verstand dann aber offenbar, was die Kuh mit ihrem drohenden, empörten Ruf von ihm forderte.

Er warf sich auf die Knie, die Mantelschöße verdeckten seine kotigen Schuhe. Sein Kopf beugte sich unter das Euter, sein Mund suchte eine der Zitzen. Ja, er saugte, und er tat das mit dem ganzen Körper, vom Zaun aus war sein Schlukken, an dem sein Rücken teilnahm, deutlich zu sehen. Die Kuh hielt still und schaute großäugig um sich. Das Pumpen, Schlucken, Saugen verhießen ihr offenbar Erleichterung, und die stellte sich dann wohl auch bald ein, kein Schmerz drängte sich mehr dröhnend nach außen. Als der kleine Mann sich schließlich aufrichtete, rann ihm aus beiden Mundwinkeln die Milch, die er mit dem Ärmel abwischte. Er hatte sich selbst und der Kuh etwas Gutes getan.

Jetzt entdeckte er mich und sah lachend zu mir herüber. Dann stand er auf und näherte sich dem Zaun; mit Zeige- und Mittelfinger auf den Lippen machte er schon im Gehen die Geste des Rauchens. Meine Begrüßung beantwortete er mit gutturalen Lauten – ich verstand, er war stumm, wie die ihm anvertrauten Tiere. Zum Glück hatte ich Zigaretten dabei. Als ich ihm Feuer gab, umfing er meine Hand mit großen rauhen Händen, um die Flamme zu schützen. Ein gesunder Milch- und Stallgeruch ging von ihm aus, während er an der Zigarette so intensiv sog wie eben an der Zitze. Die Kuh war ihm langsam gefolgt. Er war ihr Herr und zugleich ihr Kälbchen; seine Stummheit rückte ihn näher an sie heran, sie mochte ihn auf eine vegetative Weise als ihr gleichartig empfinden, aber als er sie nun bemerkte und sie mit ausgebreiteten Armen wegscheuchte, der er eben noch von ihr genährt worden war, drehte sie sich um und trottete den anderen Kühen folgsam nach.

8. XI. 1989

Die Hochzeit! Oder soll ich besser sagen: die sogenannte Hochzeit – hoch war da gar nichts. Der Entschluß dazu fiel in einer besonders angespannten Phase nach meiner Rückkehr aus Neapel. Obwohl mein jäher Aufbruch dort, auf den Befehl hin, unverzüglich abzureisen, den Goldglanz des Golfes gründlich von mir hätte abwaschen müssen, war offenbar noch genug davon hängengeblieben, um Hella zu stören, sogar aufzubringen.

Das fing schon bei meinen neuen Anzügen an, die ich eigentlich als eine Art Livree angesehen hatte, auf die ich mir jetzt aber etwas einbildete, als wäre mit ihnen tatsächlich ein anderer Zustand erreicht worden, ja als hätte die Erfahrung des Dienstes bei Krass mir gar etwas hinzugefügt. So, wie mißtrauisch beobachtende Frauen das schwächste Fähnchen eines unvertrauten Parfüms auf den Wangen ihres Freundes registrieren, entdeckte Hella an mir etwas Fremdes, Ungewohntes. Waren das die Gesten einer Weltläufigkeit, die ich mir blitzschnell abgeschaut hatte, besonders die Höflichkeiten im Umgang mit Frauen, die in unserem akademischen Milieu längst verpönt waren, soweit überhaupt bekannt?

Es zeichnete sich damals ab, daß sie mich verlassen würde, und gerade das löste bei mir den verhängnisvollen Mechanismus aus, alles, was sie an Zuneigung zu mir verlor, selber ersetzen zu wollen, sie mit einer gesteigerten Liebesfähigkeit zu überwältigen und wehrlos zu machen. Bevor jedes tiefere Gefühl für mich in ihr erloschen war, begann ich, ihr unsympathisch zu werden. Daß sie auf mein wiederholtes Drängen zu heiraten – einen förmlichen Antrag kann ich das zähe Gebettel nicht nennen – trotzdem einging, versetzte sie in die üble Laune eines Menschen, der zu einem unvorteilhaften Handel überredet worden ist und aus Anstand glaubt, nicht davon zurücktreten zu dürfen.

Jetzt war ein erster Besuch bei ihren Eltern unvermeidbar, vielmehr ich bestand darauf. Sie erklärte sich für völlig unabhängig: Ihre Eltern hätten mit ihrer Heirat nichts zu tun. Ich hätte einsehen müssen, daß es ihr widerstrebte, mir Einblick in ihre Herkunft zu gewähren, die offene Flanke eines jeden, der erscheinen will, als habe er sich ganz und gar sich selbst zu verdanken. Dabei hatte sie sich in Stil und Lebensform von den Eltern gar nicht entfernt – in einer Zeit der Generationenbrüche, der gesellschaftlichen Auf- und Abstiege war Hella ein Beispiel sozialer Stabilität. Vater und Mutter waren Gymnasiallehrer gewesen, jetzt pensioniert, und hatten die improvisierte Lebensweise ihrer studentischen Jugend beibehalten. Da sie das Ende ihrer Dienstzeit bei bester Gesundheit erreicht hatten, waren ihren Reisen keine Grenzen gesetzt. Die Wohnung war studentisch geblieben, aber nun angefüllt mit Mitbringseln aus Java, Bali und Borneo. Der Vater photographierte, Aufnahmen exotischer Landschaften bedeckten die Wände.

Kaum angekommen, teilten wir uns nach Geschlechtern auf: Während der Vater mir seine Photos detailliert erklärte, verschwand Hella mit ihrer Mutter in einem Nebenzimmer, wo sie alsbald mit erhöhten Stimmen sprachen. Das klang nach Gereiztheit, wenn nicht nach Streit. Die Mutter hatte offenbar etwas zu unserer Bewirtung vorbereitet, was Hella nicht paßte. «Das weißt du doch genau – warum machst du es dann ...», meinte ich deutlich zu hören. Die Spannung zwischen den beiden dauerte an, als wir uns schließlich zusammenfanden, ohne daß von den vorbereiteten Sachen etwas herbeigebracht wurde. Der Vater blieb stoisch und blickte zu Boden, sein langes graues Haar war im Nacken zusammengefaßt, von hinten glich das der Frisur seiner Frau. Es gab keinen Augenblick einen Versuch, dem Gast ein harmonisches Familienleben vorzuspielen. Und das war für mich nicht einmal unangenehm, denn man nahm keine Notiz mehr von mir, nachdem auch die Erörterung der Photos unzähliger bunter Fischerboote ein Ende gefunden hatte.

Unser Besuch war schnell vorbei. Der Vater blieb im Zimmer stehen, als wir uns auf die Haustür zubewegten, aber die Mutter unternahm noch einen letzten Anlauf, uns das, was sie gekocht oder gebacken hatte, in zwei Plastikbehältern mitzugeben, was Hella empört zurückwies. Wie die Mutter da mit verzerrter Miene, die Behälter in der Hand, in der Tür stand, glaubte ich retten zu sollen, was noch zu retten war, und nahm sie ihr ab.

Im Auto brach es dann aus Hella hervor: Ich hätte mich unmöglich verhalten. Durch die Mitnahme der Behälter sei ich ihr in den Rücken gefallen. Und überhaupt: Huldvoll hätte ich mich betragen, mit Herablassung die Erörterung des väterlichen Photo-Quatsches angehört. Geradezu gütig hätte ich diese Behälter akzeptiert, als seien ihre Eltern nicht mindestens ebenso gut wie ich, wenn nicht besser.

Ich schwieg bedrückt. Obwohl ich davon überzeugt war, daß ich mir nichts hatte anmerken lassen, fühlte ich mich ertappt, als ob Hella meine Gedanken hätte lesen können.

9. XI. 1989

Der August liegt noch gar nicht so lange zurück, aber mir kommt die Zeit vor wie aus einem anderen Leben. Da war das Fetzchen Papier zwischen den Visitenkarten in meiner Brieftasche, manche mit Namen, an die ich mich nicht mehr erinnerte. Aber dieses Fetzchen trug in meiner Handschrift eine Nummer, die ich irgendwann schnell mitgeschrieben hatte, und sie gehörte zum Umkreis von Herrn Krass – Gebrauch gemacht hatte ich noch nie von ihr. Levcius hatte sie Frau Roslovski diktiert, und ich war inzwischen daran gewöhnt gewesen, die Ohren zu spitzen und nicht für mich Bestimmtes zu registrieren. Als ich sie zum ersten Mal wählte, empfing ich die Belohnung für meinen Sammeltrieb.

«Krass», sagte eine Frauenstimme.

Mit Mühe habe ich meine Verblüffung überwunden, nach so vielen vergeblichen Versuchen unversehens am Ziel zu sein. Wer war diese Frau? Frau Krass – am Ende gar seine Ehefrau? Die verborgen gehaltene, schon beinahe überhaupt nicht existente? An ihrem Zögern merkte ich, daß für sie die Frage nach ihrem Mann überraschend kam. Aber sie fing sich, oder hatte sie nur innegehalten, weil sie sich eine Zigarette anzündete? Ich meinte, ein Feuerzeug schnappen und ein zartes Sauggeräusch zu hören.

Statt einer Antwort fragte sie ihrerseits: «Wer sind Sie?»

Die Dramaturgie dieses Dialogs ließ es an sich nicht zu, daß er sich zu einem Gespräch entwickelte, aber ihr gelang es, mich festzuhalten, obwohl sie meine Bitte, Herrn Krass sprechen zu dürfen oder ihm etwas auszurichten, ignorierte. Das war ihre Gabe: auf ihr Gegenüber nicht einzugehen und die Unterhaltung dennoch nicht versanden zu lassen.

«Ah, Sie waren auch – in Neapel? Richtig, Neapel», sagte sie, als erinnere sie sich jetzt an etwas längst Bekanntes, das ihr unter so vielen anderen Orten kurz entfallen war.

Sie hatte eine volle Stimme, eher tief für eine Frau. Ich stellte mir eine voluminöse Erscheinung vor, die einer Opernsängerin aus der Zeit, als man noch glaubte, daß die großen Stimmen einen beträchtlichen Resonanzkörper erforderten, was offenbar so nicht zutrifft. Es war mit dieser Stimme gar nicht möglich, etwas Banales zu sagen.

«Neapel ist eine schöne Stadt.»

Bei ihr klang das nicht wie ein Klischee, sondern als sei diese Bemerkung nur die Spitze eines Eisbergs ungewöhnlicher Erfahrungen – «schön», und gerade deshalb häßlich; «schön», und gerade deshalb schrecklich; «schön», weil von einer Art Schönheit, die sich erst nach einem ganzen Leben erschließt. Eine sinnliche Melancholie lag darin, das Ungesagte wurde in der Andeutung hörbar, untermalt von den Schwingungen einer angeschlagenen Saite.

Wie gelang es mir, im Hin und Her dieses tastenden Austauschs doch wieder auf meine dringende Bitte zurückzukommen, Herrn Krass auszurichten, daß ich ihn treffen oder zumindest sprechen müsse? Ich wagte, das Gespinst ihrer Rede, vom zarten Saugen an der Zigarette begleitet, mit einer Direktheit zu zerreißen, aus der meine Verzweiflung sprach.

«Ja, natürlich – Sie werden ihn sehen ...» Ihre Worte klangen wie ein plötzlich gefaßter Entschluß, als liege eine Begegnung mit Herrn Krass allein in ihrer Hand. «Wo war es doch gleich, wo Sie ihn sonst getroffen haben? Richtig, in der Halle des Grandhotel, ja, jetzt glaube ich Ihnen, dorthin bestellt er die Leute. Ich trage Sie in seinen Kalender ein, gleich morgen. Seien Sie pünktlich. Er hat keine Zeit.»

Da meinte ich, ihn selbst zu hören. Das war mir wie ein Versprechen, daß ich seiner nun endlich habhaft werden würde.

Es waren die Tage, in denen ich Hella verfolgte – auf der Straße lauernd, um sie abzufangen, wenn sie aus dem Haus ging. Das ist mir nur zweimal gelungen, danach kam sie nicht mehr, das Licht brannte, und sie hielt sich da oben verschanzt und tat einfach keinen Schritt mehr heraus. Einer Eingebung folgend, ging ich schließlich in den Hinterhof und entdeckte im Souterrain eine Kellertür nach draußen. Der Zaun des Hofes war an einer Stelle heruntergetreten, von dort aus gelangte man, gelangte sie ohne Schwierigkeit über einen angrenzenden Hof auf die Parallelstraße. Während ich, hinter Autos verborgen, vor ihrem Fenster wartete oder im Schatten anderer Hauseingänge lauerte, listenreiche Tarnungen, eines Geheimagenten würdig, hatte sie längst ungestört in den Armen meines Konkurrenten gelegen.

Die Jagd auf Herrn Krass, die ich während der Verfolgung Hellas nicht aufgab, lenkte mich ein wenig ab. Ich forderte ja nichts Ungebührliches. Schriftliches hatten wir nicht fixiert, aber mündlich und mit Handschlag besiegelt war beschlossen, daß ich ihm noch mindestens bis Ende des letzten Jahres zur Verfügung stehen sollte, wenn nicht länger, denn er liebte es nicht, von Begrenzungen zu sprechen. Ein Geschenk wollte ich nicht, obwohl ich auch bereit war, ein Geschenk anzunehmen – ich war so weichgekocht wie ein Stück Suppenfleisch, das in kleiner Hitze zieht, und ich mußte fürchten, die nackte Not werde mir aus den Augen sehen. «Laß ihn morgen im Grandhotel nicht meine Verzweiflung erkennen», betete ich zu einer mir unbekannten höheren Instanz, und mein Gebet wurde erhört. Man kann mit solchen Gebeten nicht vorsichtig genug sein.

Der Kellner führte mich in der Hotelhalle an den niedrigen Tisch, der auf den Namen Krass reserviert war. Das Treffen ließ sich gut an, aber auch wieder nicht, denn die tiefen Sessel, die diesen Tisch umgaben, kamen mir für mein Vorhaben denkbar ungeeignet vor. Man versank darin und geriet in weiten Abstand zum nächsten Sessel, unmöglich, eine Verbindung zum entfernten Gegenüber herzustellen. Wer hatte sich für ein Hotel, in dem vorwiegend Verhandlungen von Geschäftsleuten stattfanden, so etwas ausgedacht? Ich würde gezwungen sein, auf der Sesselkante zu hocken, servil vornübergebeugt, während Herr Krass in jener Gelassenheit, die sein schwerer Körper auch dann ausdrückte, wenn seine Miene verdüstert war, in den Kissen lehnte.

Vorerst war ich allein. Ich schaute mich nach einer besseren Sitzgruppe um. Da war mir, als wandere ein dunkler Fleck durch mein Gesichtsfeld; ich schüttelte den Kopf, um die Irritation zu vertreiben, aber dort war er schon wieder, zu schnell, um ihn zu fassen. Drohte meine Nervosität, in Halluzinationen umzuschlagen? Der dunkle Fleck hielt inne: eine Maus, die auf den dicken Savonnerie-Teppichen umherwanderte. Sie war zielbewußt, den langen Schwanz zog sie hinter sich her, als wäre sie mit einer Schnur festgebunden gewesen und hätte sich losgerissen. Offenbar wußte sie in der Sterilität dieser Halle Nahrhaftes zu finden, Krümel von Toastbrot und Kuchen, wie sie die Gäste um sich herum verstreuen mochten. Als der Kellner sich mit meinem Kaffee näherte, verschwand sie in einer Ritze unter der Wandleiste, die viel zu schmal schien, um ihren Körper hindurchzulassen. Sie kam davon, sie kannte hier alles. Wie würde ich hingegen aus diesem Hotel herauskommen, wenn Herr Krass doch nicht erschiene? Ich hatte nicht genügend Geld dabei, um den Kaffee zu bezahlen; warum hatte ich ihn überhaupt bestellt? Mein Mangel an Souveränität wurde sofort und zu Recht bestraft.

Die Halle war leer bis auf eine Frau, die unentschlossen am Eingang stand und sich gerade an den Kellner wandte. Von weitem schon fiel sie auf, in einem rosafarbenen, taillenlosen Minikleid und mit großen Ketten. Eine Ferienfrau, sehr braun gebrannt, der volle Pony, der die Stirn bedeckte, blondweiß, wie von Sonne und Salzwasser gebleicht. Der Kellner zeigte in meine Richtung, und sie sah mich und setzte sich mit langsamen Schritten in Bewegung. Eine Handtasche, die einem kleinen, übermäßig mit goldenen Armaturen besetzten Koffer glich, hielt sie in der am Körper herabhängenden Hand, wie ein Handwerker eine Werkzeugtasche trägt. Sie war groß, im Näherkommen erkannte ich, wie dünn sie war; die braunen Beine, die unter dem kurzen Kleid hervorkamen, hatten eine harte Muskulatur, die bei jedem Schritt spielte, aber die Knie waren, so kam es mir vor, der kräftigste Teil der Beine. Das Gesicht, von der Sonne zerfurcht, war in Leder verwandelt worden. Darin glühten die mit Mascara umrandeten Augen in unheimlichem Leben, das wie durch die Löcher einer Maske nach außen drang.

Ich stand auf. Die Hand reichte sie mir am weit ausgestreckten Arm, als wolle sie mich von sich fernhalten. Sie hatte etwas Theatralisches, ihre Erscheinung war auf Fernwirkung angelegt. Mit den Proportionen des aufgeplusterten Sessels kam sie mühelos zurecht. Sie setzte dem Weichen das Harte entgegen und hielt sich auf dem tiefen Kissen wie ein zickzackförmig gefalteter Zollstock, die nackten dunklen Knie aneinandergepreßt und fast in Brusthöhe.

«Ich bin Frau Krass», sagte sie wie nebenbei in meine verdutzte Miene hinein, obwohl die Vorstellung nicht nötig gewesen wäre.

Ich hatte schon verstanden, wen ich vor mir hatte: sie! Das bisher von niemandem gesehene Wesen, die wie in einem Harem von allen Blicken abgeschirmte Frau. Doch es war mir zugleich auch klar, was dieser unverhoffte Anblick bedeutete. Herr Krass würde nicht kommen, ausgeschlossen, daß er in der Nähe war. Wie sie mit der mir schon bekannten Opernstimme, die eben auch ohne Resonanzboden auskam, sein Ausbleiben erklärte, entging mir in meiner Verwirrung.

Sie öffnete das blitzende Handköfferchen und nahm eine Zigarettenschachtel heraus – von den langen lackierten Fingernägeln dabei nicht behindert, traf sie die Vorbereitung für das Gespräch. An einer Kette hing in einem juwelenbesetzten Halter das Feuerzeug vor ihrer Brust; erst nachdem sie einen tiefen Zug getan hatte, konzentriert, als wäre dies die erste Zigarette des Tages, setzte sie ihre Rede fort.

«Sie waren in Neapel dabei.»

Es war ein Vorhalt, keine Frage, mit dem das Verhör eröffnet wurde. Aber ich brauchte nicht zu antworten.

Sie wisse alles, sagte sie mit einer Ruhe, die zu ihrem brennenden Blick in seltsamem Kontrast stand. In der Umgebung ihres Mannes herrsche diese ängstliche, ja peinliche Geheimnistuerei, die gar nicht erforderlich sei, denn ihr Mann verberge ihr nichts, gebe sich vielmehr nicht die geringste Mühe, ihr Informationen vorzuenthalten, und widerspreche und leugne niemals, wenn sie zeige, was sie wisse. «Es müßte Ihnen eigentlich klar sein, wenn Sie für ihn gearbeitet haben – er klärt niemanden über seine Absichten auf, und das Abstreiten liegt unter seiner Würde.»

Das klang respektvoll, mit einem Unterton von Bewunderung, Kehrseite der Verachtung, die meinesgleichen galt, denn sie fühlte sich Herrn Krass zwar keineswegs gleichrangig, aber doch deutlich über seine Subjekte erhoben, zu denen sie mich zweifelsfrei zählte. Wenn sie doch nur recht gehabt hätte! Wäre sie überhaupt gekommen, zu mir, der Maus im Grandhotel, wenn sie gewußt hätte, wie es um mich stand?

«Ich erwarte, daß Sie offen mit mir sprechen – ich bin imstande, alles zu verifizieren, was Sie mir sagen.»

Wollte sie mich verletzen? Der Kellner trat zu uns.

Sie bestellte ein Glas Weißwein – «ein großes, bitte, mit Eiswürfeln» –, und zu mir gewandt: «Ich brauche das Eis, um den Wein herunterzukriegen. Er widersteht mir eigentlich.»

Die Vertraulichkeit dieser Erklärung wischte wieder weg, was ich als feindselig empfunden hatte. Es war, als wäre sie dabei, medizinischen Rat einzuholen. Sie musterte mich eindringlich.

«Ich habe selber entschieden, nicht mitzukommen nach Neapel. Eine heruntergekommene Stadt, und zwar unattraktiv heruntergekommen. Die Stadt paßt gar nicht zu ihm, er ist nur wegen Levcius dort hingegangen. Levcius hat dort vermutlich irgendein Geschäft ausbaldowert – Ralph verflucht ihn, ist von ihm schon zehnmal reingelegt worden und fängt dennoch immer wieder etwas mit ihm an. Levcius hatte natürlich diese Frau dabei. Man kann nicht sagen, daß sie ihn mit Ralph betrogen hätte, er hat sie ihm selber angeboten. Er kennt meinen Mann; für den hat so etwas die Bedeutung einer Blutsbrüderschaft. Ich dürfte kaum vermißt worden sein in Neapel.»

«Es wäre eine andere Reise geworden.» Diese Worte rutschten mir heraus, denn auch wenn Herr Krass keinerlei Rücksicht auf seine Frau genommen hätte, wäre wohl manches in ihrer Gegenwart anders abgelaufen.

«Sie brauchen nichts abzustreiten: Er hatte die Rothaarige dabei, die mit den angeklebten Riesenwimpern, die sich ablösen, wenn sie Tränen lacht bei jeder dummen Bemerkung, und mit der kahlen Stelle hinterm Ohr – eine Frau nur für die Vorderansicht –, und vermutlich war da noch die Blasse, die immer ihre hochgestemmten Brüste vor sich herträgt wie ein vorn angewachsenes Hinterteil. Eine Engländerin, ich habe mitbekommen, daß Sonja ihr ein Flugticket geschickt hat ...»

Sie selbst hatte unter dem rechteckigen Minikleid, der rosa Röhre, wohl sehr kleine Brüste, aber aus ihren Worten sprach weniger Neid als Widerwillen gegen alles Quellende, Pralle, Satte. Mir war klar, daß mir etwas einfallen müßte – würde sie nicht hinter jedem Wort von mir eine Lüge vermuten? Ich beteuerte, daß bei meinem Eintreffen keine der von ihr so farbig geschilderten Damen zu der Gesellschaft gehört habe, unmöglich, sie nach dieser Beschreibung nicht wiederzuerkennen. Meine Aufgabe habe sich darauf beschränkt, Herrn Krass Häuser zu zeigen, in den Pausen zwischen seinen geschäftlichen Unterredungen, die ohnehin den größten Teil des Tages in Anspruch genommen hätten.

«Häuser? Er wußte doch genau, daß ich nie bereit wäre, nach Neapel zu ziehen!»

Er scheine sich das ganz im Gegenteil überhaupt nicht klargemacht zu haben; ich sprach eindringlich, als führte ich einen Kampf für die Wahrheit. Beständig sei bei den Besichtigungen von ihr die Rede gewesen – «dies hier könnte der Flügel meiner Frau werden ... dies hier könnte das Ankleidezimmer meiner Frau sein ... dies hier mag meine Frau nicht, das kommt nicht in Frage ...» Genaugenommen sei ihm einzig um ihre Bedürfnisse zu tun gewesen, die er über alles andere gestellt habe.

Sie leerte ihr beschlagenes Weinglas, in dem die Würfel tanzten, in drei Schlucken aus wie etwas Bitteres, das man schnell herunterschlucken muß. «Wissen Sie, woran ich erkenne, daß Sie ehrlich sind? Dieses Besorgtsein gehört zu dem Stil, in dem er seine Herrschaft ausübt – er behandelt einen wie Dreck, mit der größten Rücksichtslosigkeit, aber zugleich zerbricht er sich beständig den Kopf über das, was man angeblich alles braucht, etwa wie man ein Pferd oder einen Hund zum Impfen schickt. Wenn er schenkt, ist das immer mit einem Befehl verbunden.»

Tatsächlich hatte das schwere goldene Armband, das auf ihrem knochigen Handgelenk lag, etwas von einem Hundehalsband. Ihr Gesicht erstarrte, ihre Augen trübten sich, die Lider sanken herab, sie hob die zerbrechlichen Schultern – ich fürchtete, sie werde zu weinen beginnen. Stattdessen nieste sie mit einem Schrei, der den Kellner in unsere Richtung blicken ließ. Danach sah sie sich benommen um, ihr ganzer Körper hatte an dieser Krampfentladung teilgehabt, ihre Augen schwammen.

«Das war stärker als ich, es muß hier irgendwoher ziehen. Er haßt es, wenn ich so niese, aber so niese ich nun einmal.» Er sei dann von Abscheu erfüllt, obwohl er sich selbst niemals Schranken auferlege, als sei das ein Männerprivileg, das sie sich nicht anzumaßen habe. Aber nur bei ihr sei er so streng. Andere Frauen – sie sagte: «Weiber» – könnten sich in seiner Gegenwart die gröbsten Vulgaritäten erlauben.

«Das weiß ich nicht.» Da war mir etwas herausgerutscht, ihre Offenherzigkeit verführte mich dazu, es ihr gleichzutun. Ich dachte an seine Verfinsterung, wenn Lidewine sich lässig mit dem Ellenbogen auf seine Schulter stützte. «Ich meine», fuhr ich schnell fort, bevor sie einhaken konnte, «er hat vermutlich ein Idealbild von Ihnen, das er nicht gefährdet sehen möchte ...»

«Ach was. Das ist sogar mehr als Abscheu, das ist der nackte Haß, mit dem er mich dann ansieht.»

Auf ihren Knien stand weiterhin das Köfferchen. Als sie es öffnete, sah ich, sauber eingeordnet, sechs Zigarettenschachteln; die allmähliche, aber unablässige Vernichtung dieses Vorrats war die Arbeit, die unterhalb unserer Unterhaltung immer weiterlief; das Feuerzeug auf ihrer Brust ersparte ihr, auf fremde Hilfe zu warten. Ich dachte daran, wie heftig Herr Krass das Rauchen verurteilt hatte, sogar Levcius mußte sich für eine Zigarette stets entfernen. Entschädigte sich Frau Krass durch ihren gewissenhaften Konsum für seine Abwesenheit?

Die Dringlichkeit meines Anliegens hatte sich keineswegs erledigt, aber in ihrer Gegenwart trat sie zurück. Ich brachte die Frage nicht über die Lippen, ob ihr Mann in der Stadt sei oder erwartet werde, ob er wisse, daß ich ihn suchte, ob sie gar meinen Anruf ausgerichtet habe. Ich mußte einfach hinnehmen, was geschah, denn ich empfand ihren Zustand als bedrohlich, explosiv. Was, wenn ich ein falsches Wort sagte, vielmehr das richtige, das einen wunden Punkt traf? Und ich war mir jetzt sicher, wo der lag: Sie wußte selber nicht, wo ihr Mann sich aufhielt.

«Häuser zeigen lassen, mit Maklern herumziehen ... Das ist seine Entspannung, sein Vergnügen, sein Tick. Er sucht gar kein Haus. Er braucht den Anblick von Häusern, um sich sein Leben vorzustellen. Und das ist immer eine Nummer größer als das Haus, das er gerade besichtigt. Wir haben in London und Paris, in der Schweiz und in Spanien Stadtpalais, Appartements, Landhäuser, Chalets – was Sie wollen – angeschaut. Damals, als ich noch dabei sein durfte, hat er oft mich vorgeschickt, ihm eine Auswahl vorzubereiten – Sie sind bloß der Ersatz für mich, diese anstrengende und zugleich sinnlose Arbeit war eigentlich mein Ressort! ‹Hier könnte man leben – wie wäre es, hier zu leben?› Ich gebe zu, daß diese Frage mich unterhalten und abgelenkt hat. Man sieht eine Gegend mit anderen Augen an, wenn es darum geht, ob man dort landen soll, für immer womöglich. Für mich ging es irgendwann nur noch darum, mein Gefängnis auszusuchen. Plötzlich ist mir das aufgegangen, bis ich dann verstanden habe, daß das noch nicht die letzte Wahrheit war: Es ging gar nicht darum, einen Ort zu finden, und also auch nicht um einen Ort für mich, weil er für mich gar keinen Ort wollte, weil ich bei ihm gar keinen Ort haben sollte!»

Vielleicht sagte sie jetzt mehr, als sie hatte sagen wollen. Durch den Schwung, in den ihre Rede hineingeraten war, hatte sich etwas verselbständigt. Ihr kam ein Gedanke, der sie innehalten ließ. Während sie an der Zigarette saugte, trat ein böses Licht in ihre schwarzen Augen, so glüht ein Funke auf, wenn man ihn anbläst.

«Ich glaube Ihnen kein Wort.» Ihre Stimme wurde leise und klang gefährlich. «Sie sagen, Sie hätten die halb kahlköpfige Rothaarige und die Blonde mit dem Hintern im Ausschnitt nicht gesehen, und wollen mich mit dem Immobilientheater ablenken, das ja ohnehin eine einzige Lüge ist. Ich will Ihnen sagen, was Sie sind und was Sie in Neapel waren: ein Kuppler und Zuhälter, genau wie Levcius und die ganze Parasitenblase um meinen Mann herum.»

Sie stand aus ihrer unbequemen Haltung mühelos auf, als sei sie von Fäden emporgezogen, und nun überragte sie mich, sah aber über mich hinweg. Ihr Blick war in die Ferne gerichtet, als mustere sie dort etwas Bestimmtes. Dann drehte sie sich um und verließ mit staksendem Schritt, die Tasche hing in Höhe ihrer nackten Knie, langsam die Hotelhalle. Sie hatte zwei große Gläser kalten Wein getrunken, aber das Schwanken mochte durch ihre Starrheit entstehen, das erinnerte an Heiligenstatuen, die bei südlichen Prozessionen umhergetragen werden.

Ich saß noch lange da, keines Gedankens fähig. Ich sah nur Bilder vor mir: wie ich an den Tisch von Lidewine in der Hotelbar herantrat, mich verneigte und sie bat, an unseren Tisch zu kommen, dann, wie ich an ihre Tür klopfte und sie mit gespielter Kälte aufforderte zu verschwinden. Dann rappelte ich mich auf und ging zur Bar, hinter welcher der Kellner sich zu schaffen machte. Verlegen versuchte ich ihm zu erklären, daß ich nicht zahlen könne, ein Mißverständnis, ich sei eigentlich eingeladen gewesen …

Der Mann sah mich ruhig und höflich an. «Zahlen Sie beim nächsten Mal.»

Erkannte er, daß ich auf seiner Seite der gesellschaftlichen Barriere stand?

10. XI. 1989

Wenn ich eine halbe Stunde am Fluß entlanggehe, vorbei an Feldern und Brombeerhecken mit den letzten großen, nicht sehr stark schmeckenden Beeren in Reichweite – zu pflücken scheint sie niemand –, gelange ich an einen ummauerten Komplex in jenem hellen, rauhen Kalkstein, aus dem auch «Les Hortensias» gebaut ist. Ein Kloster, offenbar aus frühen Zeiten, denn die hohe Fassade der Abteikirche ist beinahe schmucklos, die gotische Apsis mit ihrem Kapellenkranz und den Strebepfeilern aber läßt sich nur aus größerer Entfernung wahrnehmen, beim Näherkommen verbirgt sie sich hinter der Mauer. Das Westwerk hat zu beiden Seiten, wahrscheinlich während der Religionskriege, kleine Türme mit Schießscharten erhalten.

Das Innere der Abteikirche, vom gleichen Grau wie das Westwerk, ist auch nach einem heißen Sommer eiskalt. Sie ist in ihren dicken Mauern vor äußeren Einflüssen geschützt. Aber hier sah ich dann, wie gewalttätig die Geschichte in den Bestand des Baus eingegriffen hat. Hinter der Fassade, die mit Scharten und Schrunden stehengeblieben ist, erstreckt sich ein Langhaus, das im neunzehnten Jahrhundert neu aufgebaut werden mußte, die übriggebliebenen alten Steine zeigen, daß es bis auf Menschenhöhe abgetragen worden war; nur der Chor, der nicht in der Fluchtlinie des Schiffs liegt, sondern leicht versetzt ist, hat den Abriß nach der Revolution überdauert.

Die Rekonstruktion wollte respektvoll darauf verzichten, der Abteikirche ein neues Element hinzuzufügen: Die neuen Pfeiler und Kapitelle ahmen nach, was erhalten war. Aber die Steine sind mit Präzisionsinstrumenten geschnitten worden, die es vor tausend Jahren noch nicht gab, als jeder Quader, jedes Kapitell von einem Steinmetz als Einzelstück zurechtgehauen wurde. Die leichten Unregelmäßigkeiten des Baus, die nicht beabsichtigt waren, die sogar hatten vermieden werden sollen, was sich mit dem alten Handwerkszeug jedoch nicht erreichen ließ, belebten den Chor. Das wiederaufgebaute Langhaus stammt vermutlich aus der Zeit Napoléons III., als viele Kirchen wiederhergestellt wurden, die in der Revolution gelitten hatten. Dagegen haben sich die Vorzüge des stehengebliebenen Chors als uneinholbar erwiesen: Das Alte kann nicht mehr altmodisch werden, das Alte hat das Warten gelernt. Unablässig sinkt das Modische vor ihm dahin – obwohl es doch Ausdruck des Lebens ist. Als ob die wirkliche Probe der Dauer nur bestehen könnte, was vorher gründlich stirbt.

Hier habe ich nach zwei Wochen vollständiger Stille, wie ich sie meiner Erinnerung nach zum ersten Mal erlebt habe, dann wieder Musik gehört. Es war verblüffend: In dieser Verlassenheit – auch um das Kloster herum war kein Mensch zu sehen – öffnete sich auf einmal im Chor eine Tür, und in langem Zug kamen etwa hundert kahlgeschorene Mönche in faltenreicher schwarzer Kukulle herein und ließen sich schweigend im Chorgestühl nieder. Die Vesper, der Abendgesang der Alten Kirche, begann. Die überwiegend jüngeren Männer hatten eine eigentümliche Singweise, nicht aus voller Brust, sondern sehr hoch, mit Kopfstimme, als sollten jeder Kraftaufwand und jede Ostentation schon körperlich unmöglich gemacht werden. Dieser Gesang war ein anstrengungsloses Fließen, dem Wasser des flachen Flusses vergleichbar. Die rechte und die linke Seite des Chores wechselten sich ab. Es war ein im Rhythmus des Atmens geordneter Dialog, der keinen fühlbaren Anfang und kein Ende kannte, obwohl es nach einer halben Stunde wieder vorbei war und, nach leisem Poltern im Gestühl, der Zug sich aufs neue formierte, um wieder in der Tür zu verschwinden.

Die erzwungene musikalische Enthaltsamkeit hat mich bereit gemacht für die Strenge und Nüchternheit dieses Gesangs, seinen Verzicht auf Mehrstimmigkeit und Stimmungszauber und Dreiviertel- und Viervierteltakt. Man konnte sich zu dieser Musik nicht drehen und nicht marschieren. Singen war hier eine höhere Art von Sprechen, das Ziel schien eine Reinigung des Empfindens von trüben Emotionen zu sein. Das paßte zu der Kälte in der Kirche, die mich nach kurzem zittern ließ, ohne daß ich daran gedacht hätte, wieder ins wärmere Freie zurückzukehren. Das Halblicht in der Halle verlor sich, die beiden Kerzen, die für den Gesang angezündet worden waren, leuchteten als goldene Pünktchen, bis ein zurückkehrender Mönch sie löschte – da war es Nacht geworden.

13.XI.1989

Vergeblich frage ich mich, warum meine Geschichte mit Hella eine derart katastrophale Wendung nehmen konnte. Solche Verzweiflungstaten, solche Elendsverkrampfungen, auch die Verfolgungsbesessenheit, die Eifersuchtsexzesse, wie ich sie mir in den letzten Monaten geleistet habe, was brachte die eigentlich hervor? Extreme Zustände waren in unserer Verbindung doch überhaupt nicht vorgesehen – im Gegenteil, die wurden im Guten wie im Bösen immer schon beim ersten Anzeichen erstickt.

Liebesüberschwang duldete Hella schon gar nicht. Wenn ich in solche Richtung steuerte, dann wurde sie schnell sarkastisch und weckte in mir Scham wegen meiner Sentimentalitäten. Sie ist geradezu wahrheitssüchtig. Ihr Temperament läßt nicht die kleinste Lüge zu – aber bitte, wie kann ein tägliches Zusammensein auf Liebesbasis denn dann jemals gelingen? Ohne ein bißchen Gefühlsschmalz, ohne gewisse Überziehungen des emotionalen Kontos, ohne die Bereitschaft zum Kredit im Fall gelegentlicher gefühlsmäßiger Insolvenz ist die Liebesbehauptung im Alltag doch sehr bald abgenutzt. Ratgeber in Frauenzeitschriften beschäftigen sich oft mit dem Für und Wider einer geheuchelten Befriedigung; abgesehen von der Indezenz solcher Erörterungen in der Öffentlichkeit, die Hella natürlich verurteilte, lag ihr jedes Bemühen, um der Steigerung des innigen Momentes willen ein bißchen Theater zu spielen, denkbar fern. Sie ist ungemütlich – vielleicht ist das mein Nachfolger ja ebenfalls? Dann wären die Wahrheitsliebenden endlich unter sich und können ausprobieren, wer den Wettkampf der Desillusionierung am längsten durchhält.

Die Vorstellung, sich mit mir in einem Bund gegen die feindliche Welt zu befinden, war ihr erst recht fremd. Wenn ich mich bei ihr über irgendwelche Niederlagen im Verlag ausweinen wollte, indem ich meinen Chef als durchtriebenen Menschenfeind schilderte, war sie es, die dem sofort ein Ende bereitete und mir bewies, daß ich der allein Schuldige sei, und zwar mit einer Akribie, als hätte sie ein Anwaltsmandat übernommen. Ich fand mich dann peinvoll in die Enge getrieben: gedemütigt im Büro und an meinem einzigen Rückzugsort als moralisch fragwürdig entlarvt. Es war nicht so, daß ich in solchen Fällen schweigend litt, ich ließ es vielmehr auf quälende Auseinandersetzungen ankommen, war beleidigt, wurde laut, nur um dann wieder zurückzustecken und noch erbärmlicher dazustehen. Bei ihren strengen Ehrbegriffen akzeptierte sie Entschuldigungen nur, wenn sie von deren Ernsthaftigkeit überzeugt war. «Ich möchte, daß du wirklich verstanden hast, worum es mir geht», das sagte sie häufig, und daß ein Verzeihen nicht mit Vergessen zu verwechseln war, daran bestand ohnehin kein Zweifel. Wieso habe ich eine derartige Verbindung, die man ebensogut eine Nicht-Verbindung hätte nennen dürfen, überhaupt so lange ausgehalten?

Es wird mir wohl immer unverständlich bleiben, was da mit mir geschehen ist. Ich habe mich tatsächlich und trotz allem mit Hella nicht schlecht bedient gefühlt: Langweilig wurde es nie mit ihr, obwohl ich gegen eine gewisse Langeweile nichts einzuwenden gehabt hätte. Daß unsere Verbindung ihr nicht nur irreparabel erschien, sondern als ein sinnlos prolongierter Irrtum von Anfang an, das gestehe ich mir jetzt erst ein, nachdem ich mich gründlich lächerlich gemacht habe. Warum habe ich nicht aufgeatmet, als meine Feindin – jetzt endlich kann ich sie so nennen – dann auf einmal ein erhebliches Maß an Verschlagenheit bewies und mich zunächst betrog und, als nichts mehr zu verbergen war, vor die Tür setzte? Statt dessen wurde ich verrückt – in klinischem Sinn, darf ich wohl behaupten, denn alles, was ich mir nun an Nachstellung, Drohen und Winseln geleistet habe, geschah ausschließlich zu meinem eigenen Schaden. Aus einem bedauernswert Verlassenen wurde ein gemeingefährlicher Unhold, der keine Schonung verdiente.

18. XI. 1989

Von der Auberge de l'Abbaye haben mir meine Freunde abgeraten. Die Wirtin sei enttäuscht, daß sich kein rechter Betrieb mehr einstellen wolle, und nun kämen hauptsächlich die Trinker der Gegend, einsame Männer, welche die nicht mehr junge Frau trotz ihrer nie abgelegten schlechten Laune mit den Augen so lange betasteten, bis die Lider ihnen schwer würden. Kein brauchbarer Ratschlag war das, vor allem, weil ich bloß ein rostiges Fahrrad aus dem Schuppen zur Verfügung habe, auf dem ich auch in der Ebene nur mühsam vorankomme. Da bleibt die Auberge das einzige Ziel, wenn ich etwas trinken will.

Zweimal männliche Einsamkeit an diesem Fluß – die gewillkürte im Kloster und die unfreiwillige in der Auberge. Gab es etwa eine Verwandtschaft zwischen den unterschiedlichen Versuchen, Einsamkeit fruchtbar oder zumindest erträglich zu machen: den Rausch und die vielleicht auch eine Art trockenen Rausch erzeugende Nüchternheit? Nichts anheimelnder als die Auberge von außen an einem grauen Regentag, mit falschem Fachwerk und traulichem Licht aus den kleinen Fenstern. Innen wird es dann wieder trist, überlagert vom charakteristischen Kneipengeruch aus dem Spülbecken und von den erloschenen Zigaretten. Die Wirtin, mit grauer Haut und illusionsloser Miene, stand hinter der Theke, dem Zinc – hier tatsächlich noch mit Zink beschlagen. In ihrer freudlosen Schlampigkeit hat sie durchaus eine weibliche Ausstrahlung, ich verstand die drei alten

Männer, die sich jenseits des Schutzwalls zu ihrer Bewunderung versammelt hatten, bis sie dahinter hervorkam, um in die Küche zu gehen, in der leider nichts mehr gekocht wird: Jetzt wurden die X-Beine sichtbar – sie geben dem Körper etwas Tragisches, als stünde dieses X als Vorzeichen vor einem ganzen Leben und ließe es nicht glücken. Einst wären die Beine unter langen Röcken verborgen gewesen und nur dem Liebhaber offenbar geworden, im Bett außerdem nicht wichtig, heute wurden sie in hautengen Leggings nachdrücklich zur Schau gestellt.

Bei meinem ersten Besuch stellte ich mich neben einen gebeugten Greis mit weißer Haarbürste. Seine wohltemperierte Stimme fiel mir sofort auf, sie ließ die Wörter sinnlich klingen. Er trat einladend einen halben Schritt zur Seite; obwohl seine Aufmerksamkeit der Wirtin galt, die, was er sagte, einsilbig honorierte, erwartete er sich offenbar von meinem Eintreffen eine gesellige Belebung. Sein Gesicht war groß, mit kleinen Augen und langer Nase, im schmallippigen Mund blitzten einige Stahlzähne. Die braune Wollweste, hochgeknöpft, schützte ihn vor der feuchten Kälte. Die Hand, die sein Schnapsglas hielt, war saubergebürstet, aber Schwielen verrieten, daß er einer derben Arbeit nachging. Kaum hatte er sich mir vorgestellt – «Louis Desfosses» – und mit menschenfreundlicher Neugier nach meinem Herkommen gefragt, da näherte sich noch jemand dem Kreis im trüben Licht. Der Kuhhirte, den ich in seinem Pferch beobachtet hatte, betrat das Lokal, schüchtern und keck zugleich um sich schauend, in dem mir bekannten alten Mantel ohne Knöpfe, mit kotigen Stiefeln und struppigem ungewaschenen Haar, seine durchweichte Mütze hielt er in der Hand. Die Wirtin machte eine scheuchende Bewegung, aber Desfosses winkte ihn erfreut herbei und stellte ihn mir vor.

«Das ist Toussaint. Er ist stumm und kümmert sich um die Kühe, der arme Kerl – Toussaint, wie wär's mit einem kleinen Schnaps, einem weißen oder einem braunen?»

Das war hier die Auswahl; der Hirt nickte bei dem braunen.

«Er möchte immer einen braunen. Ich bleib beim weißen und rate Ihnen auch dazu. Das ist ein Kirschbrand, der wird im Nachbardorf gemacht, ich kenne den Produzenten.»

Der Hirt war kleiner als alle anderen im Raum, man hätte ihn ohne sein braunfaltiges Gesicht, auch wegen seiner flinken Bewegungen, für einen Knaben halten können. Die schwarzglänzenden, wimpernlosen Augen waren auf das Glas gerichtet, das ihm die Wirtin widerwillig zuschob; immerhin wollte sie ihre Stammkundschaft nicht verärgern, die offenbar Wert auf die Anwesenheit des Hirten legte. Auch die beiden anderen Alten, weniger gesprächig als Desfosses, sahen ihn mit freundlichen Blicken an.

«Sprechen kann er nicht mit den Menschen, aber er kann die Sprache der Tiere.» Das sagte Desfosses mit Nachdruck, er rechnete mit Unglauben bei mir und fuhr sehr ernsthaft fort: «Es gibt wirklich eine Sprache der Tiere, die müssen die nicht lernen, sondern werden damit geboren.» Es gebe zum Beispiel ein Wort, das jedes Kalb verstehe, so jung es auch sei – obwohl es selbst dieses Wort doch gar nicht aussprechen könne. Und auch er könne das nicht, und ich – das werde man gleich sehen – könne es gleichfalls nicht. Nur Toussaint, der Stumme, der habe das in seinem Mund, erstaunlich.

Toussaints schwarze Augen, undurchdringlich, wanderten mit höchster Aufmerksamkeit zwischen Desfosses und mir hin und her. Er war in seiner Kleingewachsenheit von festester Substanz, aus Erde gebacken, ich kam mir neben ihm vor wie ein wäßriger kalifornischer Pfirsich aus der Dose.

Alle Menschen sind gleich, ja gewiß, aber Bequemlichkeit, reichliche Nahrung, das Verschontwerden von Schmerzen und Kälte haben doch eine neue Art gezüchtet, die sich vom Grundmodell, wie Toussaint es für mich verkörpert, weit entfernt hat.

Desfosses wollte den Beweis für seine Behauptung antreten, bevor sein Gast das Glas berührt hatte. «Sag uns, Toussaint, was rufst du, wenn du willst, daß ein Kalb zu trinken aufhört, weil es das Euter nicht ganz leeren soll?»

Er mußte die Frage wiederholen, weil der Hirt, trotz gespannten Lauschens, nicht sofort verstand, daß er etwas vorführen sollte. Aber dann lächelte er, und aus seinem Mund kam kein Wort, nur ein leises kleines Geräusch, das klang wie «brrt».

«Wenn das Kalb das hört, läßt es sofort das Euter los und läuft davon.» Desfosses strahlte und ließ die Stahlzähne sehen.

«Brrt?»

«Sie können es nicht! Es klingt falsch! Und auch bei mir klingt es falsch: Brrt. Wenn ich das sage, tut das Kalb gar nichts und saugt und trinkt unverdrossen weiter. Toussaint, noch einmal!»

«Brrt», sagte Toussaint. Es war ein feines Glucksen in diesem Laut, schwächer als ein gerolltes R, wie von platzenden Wasserblasen.

Ich sammelte etwas Speichel: «Brrt.»

Toussaint schüttelte ernsthaft den Kopf, und Desfosses lachte, durch seine Gutmütigkeit gedämpft. Es ging ja nicht darum, sich über mich lustig zu machen, mein Unvermögen sollte nichts anderes als der Beweis dafür sein, daß es jedem außer Toussaint unmöglich war, den Laut Brrt nachzuahmen.

Die Wirtin mußte nun auch lächeln und sah gleich viel weniger grau aus. «Man sieht daran, daß ihr keine Kälber seid! Ihr hört nicht auf zu trinken, wenn man Brrt ruft.»

Im Gegenteil, das phonetische Experiment hatte die Gesellschaft in Schwung gebracht. Desfosses bestellte weißen Alkohol für fünf, für Toussaint noch einen braunen. Daß der am liebsten braunen trank, gehörte zu dem wenigen, was man über ihn wußte. Noch nicht einmal, wo er schlief, war Desfosses bekannt. Er hingegen wohnte im Kloster, wie er mich jetzt wissen ließ.

«Aber doch nicht als Mönch?»

Meine Frage amüsierte ihn. Er machte eine ironische Schwerenötermiene, um anzudeuten, daß seinem Mönchtum allerlei im Wege stehe. Dieses Eingeständnis von Schwäche ließ ihn noch viel gutmütiger erscheinen.

21.XI.1989

Madame Lemoine heißt die kleine Frau unbestimmten Alters, die das Haus meiner Freunde bewacht oder zumindest gelegentlich ein Auge darauf wirft. Sie ist auffällig gekleidet, mit mehreren wild gemusterten Pullovern, Jakken, Kitteln übereinander. Das hat etwas von einer Bettlerin, aber auch etwas Künstlerisches, und dem entspricht die schwarze Schminke um die Augen im verblühten sommersprossigen Gesicht; um die verstrubbelten Haare hat sie einen Schal gewunden. Ihr Mann, gestern machte ich auch seine Bekanntschaft, trägt mehrere Rosenkränze um den Hals und schleppt sich nur herum. Hierhergezogen waren sie aus Paris wegen des Klosters, aber nun fehlen ihm die Kräfte, sich noch dorthin zu bewegen. Alle Nachteile des Landlebens, die Einsamkeit, die sie um des Klosters willen auf sich genommen haben, sind ihnen geblieben, nur das Kloster fällt weg, bei ihm jedenfalls. Es scheint ein Gesetz zu sein, daß jeder, der sich im Alter durch einen Wechsel des Wohnortes einen lebenslangen Wunsch erfüllt, vom Regen in die Traufe kommt.

Morgen würden sie für ein paar Tage nach Châteauroux ins Krankenhaus fahren müssen – ob es mir etwas ausmache, wenn ich in dieser Zeit ihre Wellensittiche übernähme? Ungern würden sie die Vögel allein zurücklassen wollen. Sollte schließlich doch einmal für eine Stunde die Sonne scheinen, wäre es gut, wenn ich sie nach draußen brächte, sie liebten die Sonne. Körnchen habe sie genügend in eine

Plastikröhre eingefüllt; wenn da unten etwas herausgepickt werde, rutsche es von oben nach.

Sie hatte den Käfig schon dabei. Er war ein wenig rostig und nicht sehr sauber, ein gelbgrüner und ein weiß-hellblauer Wellensittich saßen darin und verhielten sich still auf dieser aus ihrer Sicht womöglich gefahrvollen Reise. Fragten sie sich nach dem Warum und Wohin eines solchen Transportes?

Es habe mit diesem Vogelpaar eine Bewandtnis, sagte Madame Lemoine, setzte sich auf den Küchenstuhl und holte eine Zigarette hervor. Es gebe einen Grund, die Vögel nicht allein zu lassen.

Beim Rauch-Ausblasen verzog sie ihren Mund, um den Rauch vom Käfig, der zwischen uns auf dem Tisch stand, wegzulenken – sie habe nämlich beobachtet, daß die Vögel nervös würden, wenn sie diese damit unmittelbar anblase. Sie lasse deshalb zu Hause stets Fenster und Türen auf, was zwar für Durchzug sorge, aber auch dem Kater, der hier herumstreife, einen Zugang eröffne.

Auch ich habe ihn schon gesehen, ein ungewöhnlich großes und schweres Tier, grauweiß gefleckt mit kugelrundem Kopf. Ich nenne ihn den «gestiefelten Kater», weil ich ihn mir aufrecht, in Stiefeln schreitend, vorstellen kann, ein verwöhntes und gepflegtes Raubtier, das jedem Versuch, es anzulocken, widersteht: Ich will kein Gestreichel und Kraulen hinterm Ohr, scheint es zu sagen, ich will Blut.

Den Käfig mit den Wellensittichen habe er schon zweimal umgeworfen, als durchschaue er dessen Konstruktion, den ziemlich lose mit dem Gitterwerk verbundenen Boden, der beim Hin- und Herschleudern des Käfigs abfalle. Irgendwie mußte an die rasend flatternden Vögel vor seiner Nase doch heranzukommen sein, sie saßen schon in der Falle, waren seinem Willen bereits ausgeliefert.

Madame Lemoine zögerte. Was ihr wichtig war, fiel ihr nicht leicht auszusprechen. Ich glaubte erst, sie suche nur nach neuem Gesprächsstoff, um nicht aufbrechen zu müssen, aber sie hatte wirklich etwas auf dem Herzen.

Es würde sie beruhigen, wenn sie wüßte, daß ich hin und wieder die Vögel beobachtete, fuhr sie schließlich fort. Das Männchen – woran erkannte man das? –, der grüne Sittich, etwas größer als der bläulichweiße, aber das Geschlecht sei eigentlich an den kleinen Flecken oberhalb des Schnabels zu erkennen, bei den männlichen Vögeln dunkel, bei den Weibchen weiß, sei nicht immer mit dieser Frau zusammen gewesen.

«Er war schon einmal verheiratet.» Aber eines Tages, ohne daß sich das für sie erkennbar vorbereitet hätte, habe er seine Frau, nach jahrelangem Zusammenleben, umgebracht, mit abstoßender Grausamkeit. «Er hat ihr die Hirnschale aufgehackt.»

Sie fand die tödlich Verwundete, Blutbefleckte, noch nicht Entseelte zuckend auf dem Käfigboden liegen, mit ausgebreiteten Flügeln, die noch einmal ihre kunstvolle Schönheit zeigten, während der Gattenmörder stumpf und unbeteiligt auf seinem Ast hockte. Freilich war er dazu verurteilt, den Ort der Tat nicht verlassen zu können.

«Man sah ihm nicht an, was er getan hatte.»

In ihren Worten mischten sich Empörung mit Verwunderung, aber welche physiognomischen Mittel hätten dem Mörder zu Gebote gestanden, um sein Inneres zu offenbaren? Es gab nur die feinschrumpligen hellgrauen Lider, die er in seinem Gesicht bewegen konnte, aber selbst darauf verzichtete er. Wie immer hatte er starr um sich geblickt, den Kopf, der eben noch Mordwaffe gewesen war, zierlich neigend in einer Geste anmutiger Nachdenklichkeit. Sollte er etwa Erleichterung darüber empfunden haben, sich in dem knapp bemessenen Raum von nun an allein ausbreiten zu können?

«Es ist nur ein Tier, sagt man sich, aber ich weiß es besser: Das Böse kann auch in einem Tier wohnen. Vielleicht nicht mit seiner ausdrücklichen Zustimmung, wie beim Menschen, aber eine Art Empfangsbereitschaft könnte es doch geben ... Wie soll ich mich ausdrücken?»

Sie hatte deshalb von einer Bestrafung des Wellensittichs nicht absehen wollen. Zuerst überlegte sie, ihn von den Tatzen des gestiefelten Katers zerreißen zu lassen. Dann hielt sie es aber für falsch, den Tötungstrieb des Raubtiers auch noch zu belohnen, indem sie die Erwartung bestätigte, daß sich im Umkreis des Hauses bequeme Beute finde.

«Ich habe stattdessen das Männchen zu zehn Tagen Dunkelhaft verurteilt.» Auch sie wollte zu Grausamkeit fähig sein. Die Haft wurde in einem Schrank vollstreckt. «Er sollte ruhig hören, daß wir noch da waren und uns um sein Piepsen nicht kümmerten.» Die Leiche der Frau ließ sie im Käfig – irgendwann mußte ihm doch einmal unheimlich werden vor sich selbst. Es war ihr Mann, der diese Bestrafung nach einer Woche beendete, indem er, sich auf einen Stuhl stützend, den er vor sich her schob, zum Schrank schlurfte und den Käfig herausholte. Die Tote roch nicht mehr gut, aber dem Grünen war von dem Schrecken der Dunkelheit, sollte er ihn empfunden haben, nichts anzumerken – derselbe Vogel wie vor der Dunkelhaft, wie vor dem Mord an seiner Frau! Sie begrub den kleinen Kadaver, in dem es schon zu wimmeln begann, neben dem Zwiebelbeet im Garten. Der Käfig stand am Grab, der Grüne sollte ruhig zusehen.

«Warum ich das erzähle ...»

Ihre Fingernägel waren schwarz von der Gartenarbeit,

als hätte die Beerdigung eben erst stattgefunden. Monsieur Lemoine habe entschieden, es sei unwürdig, den Grünen leiden zu lassen – «er ist ein gesunder Mann!» Nach angemessener Witwerschaft hätten sie in Le Blanc ein neues Weibchen für ihn ausgesucht. Kein besonders hübsches, ein billiges mit etwas angeschmuddelten Schwanzfedern – die fielen irgendwann aus, hatte der Händler erklärt, dann wüchsen frische nach – und wieder mit diesem Stich ins Hellblau, einer unentschlossenen Farbe; ein derart eitler Vogel, wie der Grüne es sei, dürfe keinesfalls zufrieden darüber sein, es mit der Neuen doch viel besser getroffen zu haben. Er habe versteinert dagesessen, als die Hellblaue ihm in den Käfig getan wurde, sich weder Überraschung noch gar Freude, aber auch keine Abwehr anmerken lassen, weil seine Einsamkeit nun wieder vorbei war. Sie hingegen sei vom ersten Augenblick an auf ihn losgegangen, habe sich aufgeblasen bis beinahe zu ihrer doppelten Größe, habe ihn gepickt und angerempelt und schließlich in eine exzessive Schnäbelei hineingezwungen.

«Das war geradezu eine Vergewaltigung. Verstehen Sie mich? Was ich mir vorstelle ...»

Sie sprach behutsam, denn was sie von mir erwartete, war mehr als die bloße Beherbergung des Käfigs. Ob ich ihn nicht stets ein wenig in meiner Nähe haben könnte? Dem Grünen das Gefühl vermitteln, er stehe unter Beobachtung? Solche Mordgedanken reiften in der Muße, in Phasen des Sich-selbst-überlassen-Seins. Sie sei sich vollständig sicher, daß das Weibchen genau wisse, was sich in diesem Käfig zugetragen hatte – Tiere verfügten über feinere Sensoren, man mußte denen nichts ausdrücklich erzählen, womöglich strömte der Grüne einen ganz feinen Mördergeruch aus, verriet sich durch winzige Gesten. Wie mochte ihr zumute sein, mit einem solchen Gatten zusammengesperrt zu werden? Madame Lemoine war belesen, sie hatte ein Beispiel aus der französischen Geschichte parat: Liselotte von der Pfalz war mit dem Herzog von Orléans verheiratet worden, obwohl alle Welt zu wissen meinte, daß er seine erste Frau hatte vergiften lassen. Das Beispiel zeigte aber auch, daß sich das Böse nicht wiederholen muß: Diese Ehe war zwar nicht glücklich, aber Liselotte hatte sie überlebt.

«Wenn Sie eine Aggression bemerken, könnten Sie sich dann überwinden einzugreifen? Den Grünen aus dem Käfig nehmen, ihn in eine Küchenschublade sperren, bis er sich beruhigt hat?» Sie seien bald zurück, so hoffe sie jedenfalls; der Zustand ihres Mannes sei letztlich unbeeinflußbar. «Es erleichtert ihn, wenn er gelegentlich einem Arzt sein Leid klagen kann» – das verschaffe sie ihm gern, wenn es nicht zu oft sein müsse.

Madame Lemoine huschte, von ihren Gewändern umweht, davon. War sie vor dreißig Jahren ein Hippie gewesen, oder hing ihr Stil irgendwie mit der Religion zusammen?

Was unter anderen Umständen vielleicht an eine Zumutung gegrenzt hätte, war jetzt ein erster Schritt zu meiner Rettung. Ich entdeckte einen neuen Zug an mir. Bisher hatte ich gar kein Verhältnis zu Haustieren, habe die Begeisterung dafür, die wohl nicht umsonst Affenliebe genannt wird, sogar ein wenig verachtet, aber nun war ich selber in der Lage unfreiwilliger Verlassenheit; war es da nicht ein Geschenk, ein paar Tage in Gesellschaft von kleinen Lebewesen zu sein, die meine Aufmerksamkeit forderten? Die Bewachung der Wellensittiche vor dem äußeren Feind, dem Kater, und vor dem inneren, dem Mordinstinkt des grünen Vogels, war eine Aufgabe, die mich mehr fesselte als Lektüre oder Spaziergang. Wenn ich vor dem Vogelkäfig saß, wandte sich mein Geist von der empfangenen Kränkung ab und den kleinen Lebewesen in ihrer Verschlossenheit zu. Die Pracht des Grünen war so vielgestaltig, daß ich sie am liebsten mit der Lupe studiert hätte: um den Hals ein graugrünes Pelzgefieder, zur Brust hin schwarz-weiß geschuppt, als trüge er eine Samurai-Rüstung, am Kopf ein Weiß wie frisch gefallener Schnee, und darin schob sich gelegentlich das Schrumpellid nach oben, ein uralt erscheinendes Element im taufrischen Federspiel.

Die Hellbläuliche dagegen wirkte künstlich gefärbt, wie eine weiße Nelke, die man in ein Glas mit Tinte gestellt hat. Sie konnte, was die Reinlichkeit ihres Gatten anging, nicht mithalten, die Schwanzfedern, in dem nicht geräumigen Käfig beständig an die Stäbe stoßend, waren angegraut, dafür war sie munterer als er. Sie war in diesen Käfig nicht gekommen, um sich zu langweilen.

Beschäftigt waren beide ohnehin immer, auch wenn sie in scheinbarer Unbeweglichkeit, einander ignorierend, nebeneinandersaßen. Mit dem Gesicht nah am Käfig erkannte ich, daß sie da keineswegs erstarrt waren, sondern mit höchster, geballtester Intensität die zarteste aller Bewegungen ausführten – ein Beben, gewiß kein unwillkürlicher, sondern höchst zweckvoller Zustand, bewußt und in gesammelter Konzentration ausgeübt, die stille Befolgung eines eingeborenen Gesetzes. Jäh folgten dann Aufbrüche, als sei während des Bebens eine Gedankenarbeit geleistet worden, die in einen Entschluß gemündet war. Die Plätze mußten gewechselt werden, es ging gleichsam treppauf, treppab über die verschiedenen Sitzstangen und die quer durch den Käfig gesteckte Wurzel, bis der mit Körnchen und kleinen Kotspritzern bedeckte Boden erreicht war, auf dem es sich unbequemer lief; die Schwanzfedern platt in die Ebene gedrückt, besenartig hinterhergezogen, und dann wieder hinauf, den Käfig endlos ausmessend, als hätten sie die Meßergebnisse, kaum gefunden, schon wieder vergessen und müßten sich aufs neue der Abstände vergewissern. Nach solcher Rastlosigkeit entdeckten sie plötzlich wieder, daß sie nicht allein waren, fuhren aufeinander los, vergrößerten sich mit Flügelflattern und hackten sich gegenseitig, wobei das Weibchen keineswegs die Dulderin war, was mich beruhigte. Sie nahm die Angriffe des Mannes niemals hin und vermochte aus solchen Kämpfen, bei denen ich die winzigen Schnäbel wie Glaskügelchen aufeinanderknallen hörte, sogar zur Zärtlichkeit überzugehen und ihm ein Schnäbeln aufzudrängen, in welches er sich schließlich hineinziehen ließ. Eine Weile waren sie nur damit befaßt, die sichelkrummen scharfen Schneiden ineinander zu verschränken, ich befürchtete schon, daß sie sich ineinander verkeilen könnten. Danach wieder Erstarrung in selbstbezogenem Beben, Parallelsitzen, die Vogelaugen in stumpfer Wachheit auf teilnahmslose Wahrnehmung ausgerichtet.

Auf dem Käfigboden entdeckte ich einzelne feine Federn, und zwar nicht von den grünen oder weißen, sondern welche in gemischten Grautönen, sie mußten der Unterfütterung der Federpolster entstammen, und nun hatte das Weibchen sie ebenfalls bemerkt und stieg hinab, um sie aufzusammeln. Geschäftig lief sie, so lästig das war, auf und ab, immer mit einer Feder im Schnabel. Sie hatte etwas damit vor. Wollte sie gar ein Nest bauen, in Ermangelung von Zweiglein und Blättchen eines aus ihrer eigenen körperlichen Substanz? Die neue Gattin des Grünen, die ihn nicht erwählt hatte und die sich, wenn Madame Lemoine das richtig sah, über seine Natur keiner Illusion hingab, hatte mit dieser Ehe offenbar ihren Frieden gemacht. Das war ein endgültiger Zustand, der bewältigt werden wollte. Furcht oder Antipathie befreiten nicht von der Pflicht, das Nächstliegende zu tun.

Wenn die Sonne eine halbe Stunde herauskam, hängte ich den Käfig an einen Haken des tief herabgezogenen Daches, wo er für den Kater unerreichbar war. Keine unnötige Vorsicht. Nach kurzem hatte er, wo immer er herumgeschlichen war, ihr Piepsen vernommen. Ich fand ihn unter dem Käfig sitzen, den großen runden Kopf im Nacken, die kaltglühenden Augen auf den Gegenstand seiner Begierde gerichtet. Die Vögel in ihrem sicheren Hort, vom Wind gestreichelt, geradezu als ob sie flögen, von der Sonne erwärmt, nahmen ihn nicht weiter zur Kenntnis. Er war da, sie mochten sich gelegentlich gar über ihn unterhalten, aber er ließ ihre Herzen nicht schneller schlagen. Noch vor fünfzig Jahren hatte man im indischen Rajasthan, in kleinen Städten hinter hohen Mauern lebend, bei Sonnenuntergang auf den Hügeln draußen die Silhouetten der Tiger umherschweifen sehen – wie die Inder in Dungarpur damals mochten jetzt auch die Vögel empfinden.

Ich glaubte, die Gedanken des Katers lesen zu können. Da saßen die beiden in ihrem exotischen Gefieder, unter dem sich gewiß ein ganz ähnliches Fleisch und Blut verbargen wie bei Amseln und Drosseln. Er kannte diese Vögel, war ihnen schon nahe gewesen und hatte ihre Todesangst erlebt, ihr hilfloses Geflatter, das ihnen nicht geholfen hätte, wenn Madame Lemoine nicht zurückgekehrt wäre. Das war die ihm bestimmte Beute, eine andere Funktion kam ihnen nicht zu. Jetzt schon gehörten sie ihm, von den ersten Anfängen ihres Lebens waren sie auf ihn, das herrliche, schwere Tier, ausgerichtet gewesen, und deshalb war es empörend, daß sie ihm dauernd entzogen bleiben sollten, und unmöglich, sie aufzugeben. Es war nur eine Frage der Zeit, bis er sie zu fassen bekäme; ihre Existenz wäre sonst sinnlos gewesen, und Sinnlosigkeit gab es nicht, wenn man die Welt richtig verstand. Bis dahin mußte er sich in Geduld üben, aber das fiel ihm leicht. Geduld besaß er im Übermaß, sie gehörte zu seiner physischen Kraft. Es war keine Schlaffheit und Passivität in seinem Warten, er kannte nur zwei Seinsweisen: Schlaf und gespannte Überwachheit.

Ich machte eine Bewegung auf ihn zu, um ihn zu verjagen. Er zuckte zusammen und wich höchstens einen großen Menschenschritt zurück; dieses Zurückweichen war weniger ein Zeichen der Angst als ein Erbteil seines Geschlechtes, von dem man sich nicht leicht befreit. Waren die Sehnsüchte der Propheten, die davon sprachen, daß einst der Löwe friedlich neben dem Lamm liegen werde, nicht von einer verhohlenen Gewaltsamkeit gegen das Wesen der Tiere? Was machte die Anmut der Katze denn aus, wenn nicht die Fähigkeit, sich geräuschlos einer Beute anzuschleichen, und was für eine Aufgabe hatte die Flugkunst der Vögel, wenn nicht die, solchen starken Räubern in die Lüfte entkommen zu können? Wer Katzen und Vögel liebt und sich an ihren Bewegungen nicht satt sehen kann, darf der denn jemals den Wunsch hegen, die Wellensittiche einst friedlich mit den Katern zusammenhocken zu sehen? Es wären doch ganz andere Tiere geworden als die, welche man bewundert hatte.

Meine Wut strafte solche Gedanken Lügen, als ich am nächsten Tag, nach einer Minute Abwesenheit in die Küche kommend, den Käfig vom Tisch gestürzt fand. Der Kater war durch einen Spalt der achtlos offengelassenen Tür hineingeschossen und saß nun auf dem Gitterwerk, das sich durch den Aufprall geöffnet hatte; der grüne Vogel flatterte darin wie ein Propeller, so daß seine Flügel unsichtbar wurden, während dem hellblauen die Flucht gelungen war – zum ersten Mal in seinem Leben war er geflogen. Hatte ihn das die Furcht gelehrt? Er war bis zur Gardinenstange gelangt und musterte von hoch oben das chaotische Szenario. Wenn ich ein Messer zur Hand gehabt hätte, wäre ich auf den Kater losgegangen, der sofort erkannte, daß seine Chance ein weiteres Mal vertan war, sich von der vor seinen Zähnen und Tatzen zappelnden Beute losriß und als grauweißer Blitz wieder ins Freie sauste. Aber während ich hinter ihm her lief, um die Tür zuzuwerfen, und darauf spekulierte, er werde die Flucht vor dem Stärkeren in all seiner Abgebrühtheit doch auch als Demütigung empfinden, hatte der Grüne den Weg aus dem Käfig herausgefunden und war dem Hellblauen in die Höhe gefolgt, auf die andere Gardinenstange, als sei ihm klar, daß man in der Gefahr am besten alleine durchkam.

Ich hob den Käfig auf und setzte ihn wieder zusammen, ohne die Hoffnung, er werde so bald die Vögel wieder aufnehmen. Hatten sie nicht erkannt, daß sie darin einem Angriff vollständig ausgeliefert waren? Ich stieg auf einen Stuhl, um den Hellblauen zu erreichen, aber als ich die Hand ausstreckte, flog er davon; staunte er nicht doch ein wenig darüber, mühelos etwas zu beherrschen, was ihm bis dahin unbekannt gewesen war? Aber zu meiner Verblüffung flog er genau dorthin, wo ich ihn haben wollte, auf den Käfig, und es dauerte nicht lange, bis der Grüne, den weiten Leerraum der Küche durchflatternd, ebenfalls dorthin zurückkehrte. Beide ließen sich ergreifen; in meiner Hand fühlte ich ihre bebenden Körperchen, die Krallen und die Schnäbel, die mich zwickten, und bald saßen sie nach dem lebensbedrohenden Abenteuer und der unvorhergesehenen Erfahrung des freien Fluges wieder nebeneinander auf der Stange. Ich meinte, eine Zufriedenheit über die Rückkehr ins Gewohnte zu spüren, die mit einer Vernunftentscheidung einhergegangen war, als ob sie die Unbeständigkeit der Freiheit gegen die Qualitäten der Gefangenschaft abgewogen hätten. Wenn jemals etwas zwischen ihnen gestanden haben mochte, gar die Erinnerung an die getötete erste Frau, dann war es jetzt vergessen oder jedenfalls zurückgestellt.

Im Garten fand ich später den Kater zwischen den hohen Farnstauden einherschleichen. Als er mich sah, wandte er sich ab, weniger, um meiner Verfolgung zuvorzukommen, wie ich zu spüren meinte. Es war vielmehr der Haß, der ihm meinen Anblick unerträglich machte.

24. XI. 1989

Die hohe Klostermauer wurde von dem Pförtnerhäuschen unterbrochen, in dem ein Mönch saß und die seltenen Berührungen der Klosterwelt mit dem Leben draußen verwaltete. Als ich an den Schalter trat, blickte er von einem Buch auf; es war seiner Miene abzulesen, daß er mit den Gedanken in weit entfernten Regionen geweilt hatte.

Ich wolle Monsieur Desfosses besuchen. Darauf ließ er mich in den Klosterhof eintreten, der verlassen dalag. Wo die Anlage an den Fluß grenzte, stand ein kleines Haus unmittelbar am Wasser. Im Untergeschoß befand sich die Turbine, die den Strom für das Kloster erzeugte, nicht sehr viel, wie Desfosses mir gesagt hatte, es reichte nur für ein flackerndes trübes Licht, aber mehr sei auch nicht notwendig, denn man gehe hier früh ins Bett und stehe sehr früh wieder auf; nur in der Werkstatt wäre manchmal ein helleres Licht wünschenswert gewesen.

Sie befand sich im Obergeschoß unter steilem moosbewachsenen Dach; aus den Fenstern sah man auf das hier wegen des niedrigen Wehres schneller fließende Wasser. Zweige trieben darin, Steine, die herausragten, ließen erkennen, wie flach der Fluß war. Desfosses trug seine Schürze wie eine Amtskleidung. Er empfing mich in seiner penibel aufgeräumten Umgebung, erfreut über die Gelegenheit, seine Arbeitsumstände vorzuzeigen, und tatsächlich war der Raum sehenswert, nicht nur wegen des Blicks auf die in die Strömung hinabhängenden Weiden, sondern auch wegen der schönen Ordnung des alten Handwerkszeugs und des von unzähligen Berührungen mild polierten Holzes der von einem lange verstorbenen Dorfschreiner gebauten Möbel. Hier reparierte Desfosses die Sandalen der Mönche, die in einem großen Haufen, aber sorgfältig aufgeschichtet, in einer Ecke lagen, ein einfaches Modell aus derbem schwarzen Leder, das er selber herstellte.

«Es ist gut, etwas zu reparieren, was man selbst gemacht hat. Man erkennt dann die Schwachstellen und kann sich laufend verbessern. Zehn Jahre bin ich hier, und meine Sandalen sind in der Zeit immer haltbarer geworden. Aber die Mönche nutzen sie sehr stark ab, vor allem die Brüder, die in der Landwirtschaft arbeiten.»

Die Werkzeuge, diese gleichsam organische Fortsetzung der Hände, waren sein Eigentum. Er hatte sie bei seinem Umzug ins Kloster mitgebracht, vom Vater geerbt, aber wohl schon vom Urgroßvater benutzt, unzerstörbar. Mir fiel ein Hammer mit dunkel abgegriffenem Stiel und gerundeter Schlagfläche auf, damit klopfte man Leder weich, auch ein handgeschmiedeter Dreifuß, der aus einem alchimistischen Laboratorium hätte stammen können. Hier fehlte eigentlich nur die berühmte Schusterkugel, mit Wasser gefüllt, um den Schein einer hinter ihr aufgestellten Kerze zu verstärken.

«Ah, Monsieur, das kennen Sie?» Desfosses zeigte respektvolle Bewunderung. Zu Hause habe es die tatsächlich noch gegeben, auch vom Urgroßvater her, «die Elektrizität ist spät in die Dörfer gekommen», aber wo diese Glaskugel hingeraten sei? «Bei meinem Aufbruch ist manches verlorengegangen.» Benutzt habe er selber sie nicht mehr, obwohl er den Vater als Kind damit noch habe arbeiten sehen, bei diesem milden Mondlicht in der dunklen Werkstatt.

Ich hatte meine Schuhe dabei, die ihm in der Auberge de

l'Abbaye aufgefallen waren, mit dem über dem kleinen Zeh gesprungenen Oberleder, einem in meinen Augen irreparablen Schaden. Hier auf dem Land konnte ich sie noch tragen, aber in der Stadt ging das nicht mehr, da würde ich sie, so sehr ich an ihnen hing, wegwerfen müssen.

Wegwerfen, das kam für Desfosses nicht in Frage, das Wegwerfen erschien ihm grundsätzlich ungehörig. Nie hätte ich gewagt, meine Schuhruinen einem deutschen Schuhmacher zuzumuten. Für ihn hingegen waren sie eine Aufgabe wie jede andere. Sie wollte mit Sachverstand analysiert und dann, den Regeln der Kunst folgend, gelöst werden. «Das war ein unerlaubter Gedanke» – so etwas kannte er nicht.

Er nahm den linken Schuh in die breiten, schrundigen Hände. Da er heute schon gearbeitet hatte, waren sie schmutzig bis in die Risse hinein. Er wog ihn und bog ihn zusammen. Das Bescheidene, Gutmütige wich sachlicher Strenge, dazu trug auch die Brille bei, die er aufsetzte. Er war jetzt in seinem Element, in der Sphäre, in der er alles beherrschte und in der sein Urteil, um das sich sonst niemand scherte, Anspruch auf Geltung hatte.

«Das ist ein sehr guter Schuh.»

Kein Kompliment sollte das sein, sondern die nüchterne Einschätzung eines Kenners. Mir tat das wohl. Meine Verlegenheit schwand, ich mußte mich vor ihm nicht schämen. War es nicht, als antwortete das erschöpfte, brüchige Leder auf die Berührung der breiten schwarzen Daumen, wie Tierjunge sich fügen, wenn die Mutter sie scheinbar unsanft mit dem Maul am Nacken ergreift?

«Würden Sie mir die Schuhe hierlassen?»

Es klang, als erbitte er sich von mir eine Gunst. An der Wand hing das Photo einer neugotischen Heiligenfigur: «Das ist Saint-Crispin, der Patron der Schuster.» Im französischen «cordonnier» ist die Erinnerung an das andalusische Córdoba aufgehoben, woher im Mittelalter ein besonders feines Leder stammte. In Verbindung mit solchem Kalifenglanz schien mir die Demut nicht am Platze, mit der er sagte: «Die Schuhmacherei ist ein petit métier, ein kleines Handwerk», aber seine Gelassenheit zeigte, daß er sich durchaus nicht kleinmachen wollte – «petit métier» war eine objektive Kategorie aus der unumstößlichen Ordnung aller Dinge. Darin einen unteren Rang einzunehmen erniedrigte nicht; was hätten die oben ohne das solide Fundament unten gemacht? Hätten sie in der Luft hängen sollen? In seinem petit métier – im Gegensatz zum grand métier eines Baumeisters etwa – galten Gesetze, die ihm in Fleisch und Blut übergegangen waren. Ich konnte ihn mir in einem Festumzug mittelalterlicher Zünfte vorstellen, als Abgesandten einer Zeit, in der jedes Handwerk Menschentypen hervorbrachte, den indischen Kasten vergleichbar, die vielfach ja ebenfalls Berufsgruppen sind und ihre Traditionen über viele Generationen entwikkelt haben. Um so unheimlicher, daß dies alles nicht mehr gelten sollte.

«Sagen Sie, Monsieur, ich habe gehört, in Paris gebe es Schuhflicker, die zugleich auch Schlüssel herstellen? Das ist doch unmöglich! Das sind zwei vollständig verschiedene Berufe!»

Auch ich hätte von solchen biprofessionellen Werkstätten gehört, in denen das Schlosser- und das Schuhmacherhandwerk in widernatürlichem Verkehr verbunden seien. Ich blieb unklar, um nicht verletzend zu sein. Muß es nicht verbittern, wenn man am Lebensende erfährt, daß man längst abserviert und überflüssig geworden ist? Aber solche Empfindungen schien er in dieser Werkstatt am flachen Fluß nicht zu kennen. Die Forderung, die von meinen kaputten

Schuhen ausging, brachte alle düsteren Reflexionen zum Schweigen.

Zwei Tage später durfte ich sie wieder abholen. Desfosses inszenierte, gewiss in alter Gewohnheit, die Übergabe, so wie er früher einem guten Kunden die neuen maßgemachten Stiefel überreicht hatte. Alle Arbeitsspuren in der Werkstatt waren beseitigt. Auf dem Tisch, vom hellgrauen Licht des verhangenen Tages beschienen, stand ein Paar Schuhe; es fiel mir schwer, sie als die meinen wiederzuerkennen. Die Risse über dem kleinen Zeh hatte er mit halbmondförmigen Lederflecken verklebt, mit seinem selbstgekochten Schusterleim, der das frische mit dem alten Leder geradezu verschmolz. Die jahrelange Mißhandlung dieser Schuhe war unsichtbar geworden. Er hatte sie geputzt – so waren sie noch nie geputzt worden, gereinigt mit milder Seifenlauge, dann frisch eingecremt und poliert, bis ein lackschuhhafter Glanz auf ihnen lag. Die Flecken und Scharten des Leders waren jetzt Zeugnis eines ehrwürdigen Alters wie bei liebevoll restaurierten Möbeln. Sie waren in einen Zustand strahlender Verwitterung geraten, alt und zugleich verjüngt, und diese Verjüngung stieg merklich in mir auf, als ich sie anprobierte. Mit ihnen an den Füßen war mir, als wäre ich frisch rasiert, was ich nicht war, weil ich mich in meiner Verlassenheit gehenließ.

«Voilà les immortels», sagte er, zufrieden lächelnd, als er sie an meinen Füßen sah.

Hatte er nicht ein musterhaftes Bild jener irdischen Unsterblichkeit geschaffen, die wir sonst nur Werken der Kunst und Literatur zusprechen? Es muß an solcher Unsterblichkeit in jeder Generation mitgewirkt werden, sie entsteht und scheint evident, wenn die Gegenwart sie durch intensive Zuwendung neu erschafft, restauriert, philologisch wiederherstellt, reinigt. Wie fern von solchen Gedanken war Louis Desfosses, der einfach den Sieg seiner Handwerkskunst über den Verfall genoß und sich freute, damit einem Fremden einen Gefallen getan zu haben.

27. XI. 1989

Ich bin Frau Krass noch ein zweites Mal begegnet, in der Stille meiner einsamen Tage rückt mir die Erinnerung daran bedrängend nah. Es machte mich zunächst sprachlos, als ich einige Tage nach dem peinlichen Ende unseres ersten Treffens einen Anruf von ihr erhielt. Die warme Stimme, das voluminöse Opernsängerinnenorgan, klang aber so freundlich, als hätte es den zornigen Aufbruch nicht gegeben. Vielleicht fand sie es selbstverständlich, in ihrer Lage den Launen freien Lauf lassen zu dürfen, als eine Art Marscherleichterung, die ihr das Schicksal gewährte. Auf einen Mann wie mich, in dubioser Position bei Ralph Krass und offensichtlich schlecht behandelt, mußte sie ohnehin keine Rücksicht nehmen.

«Ich habe vergessen, mich für Ihre Einladung zu bedanken, aber mir war plötzlich übel.» Ihr sei, als hätten wir nicht alles gesagt – vor allem hätte ich doch wissen wollen, wo Herr Krass sich aufhalte. Das könne sie mir jetzt sagen; ob ich ihn dort erreichte, stehe auf einem anderen Blatt.

Es klang geheimnisvoll und nicht unbedingt, als ob ich meinem Ziel näherkäme, aber ich ließ mich auf eine weitere Verabredung ein. Diesmal bestehe sie darauf, mich einzuladen; das erleichterte mir die Zusage, denn ich war vollständig blank. Herr Krass hatte mich einer Schocktherapie unterzogen: erst mir reichliche Mittel zukommen lassen, Vorschüsse, einen Fonds zur Begleichung sämtlicher sich ergebender Kosten, das alles in bar, und dann ohne vorhergehende Warnung überhaupt nichts mehr. Seinen Aktenkoffer hatte ich abgegeben, und meiner war leer, kein Schein welcher Währung auch immer lag darin, um damit Frau Krass auszuführen, was einst eine statthafte Investition gewesen wäre.

Sie selbst schien nicht von allen Ressourcen abgeschnitten. Auch wenn er sich für sie unsichtbar machte, ließ er sie wohl nicht darben. So bestellte sie mich in ein italienisches Restaurant, das beliebt war, das ich aber verabscheute wegen der Kellnertruppe, die es beherrschte: einem Landsknechtshaufen, der vom Gast Unterwerfung forderte, jungen Männern mit muskulösen Brustkörben unter den weißen Hemden, die Köpfe entweder kahlrasiert oder mit üppiger, in die Stirn fallender Tolle. Ihr Selbstverständnis gebot es, die Gäste in Schach zu halten, ihnen lärmend vorzuschreiben, was sie zu essen und zu trinken hätten, und ihnen die Flaschen und Teller quasi im Vorbeilaufen auf den Tisch zu knallen, nur um sich erneut ihren Gesprächen nahe der Tür zuzuwenden; dort rauchten und lachten sie und waren für weitere Bestellungen nur schwer herauszulösen. Das war die Art Lokal, in dem sich erwies, ob ein Gast natürliche Autorität ausstrahlte, kurz, ob es schon beim Betreten des Restaurants klar war, daß er diese Behandlung nicht dulden würde. Es war das klassische Restaurant für einen Herrn Krass, der Ort, wo man augenblicklich verstand, wer er war. Auch ich hatte das ja sofort verstanden, jeder verstand es, es gehörte zu ihm, das Superiore, das entwaffnet. Diese Kellnerbande hätte ihm auch ohne überproportionales Trinkgeld Respekt erwiesen.

Frau Krass frequentierte gewiß aufgrund solcher Erfahrungen das Isola Bella, aber wie lange mochte es her sein, daß sie mit ihrem Mann dort gewesen war? Der Tisch, den sie reserviert hatte, stand auf der Straße, vom Bürgersteig durch einen Pflanzenkübel getrennt. Obwohl es schon kühl wurde, wollte sie draußen sitzen, und so beobachtete ich denn, wie sie bei ihrer Ankunft langsam aus dem Taxi stieg, indem sie ihren hochgewachsenen, dünnen Körper zusammenfaltete. Sie hatte einen kleinen Hund dabei, ein Windspiel von einer Zartheit, die es beständig erbeben ließ, Hinterteil und Schenkel wie unfreiwillig entblößt. Bei diesem perfekt gezüchteten Hund, Prunkstück jeder Hundeausstellung, ging die Schönheit in Verkrüppelung über, er war als lebendes, durch die vorquellenden Augen Zuwendung erflehendes Wesen eine Karikatur der Schönheit, der Körper auf das vorstehende Hinterteil reduziert. Sonst bestand er nur aus Haut und Knochen.

Gegen den Zug an dieser Straßenecke, mit dem sie offenbar gerechnet hatte, trug sie eine rosafarbene Jacke mit Riesenkragen, die wie ein Ballon um sie herum stand; der Zigarettenkoffer war auch dabei. Sie kam mir mit staksendem, aber zugleich gemessenem Schritt entgegen. Für dieses Lokal, wo mittags vor allem Geschäftsleute saßen, war sie viel zu auffällig hergerichtet, aber ich vermutete, daß sie sich nie für einen Anlaß, sondern nur für sich selbst anzog. Und sicher hatte Herr Krass sie dazu angehalten, mit ihrer Garderobe stets Aufsehen zu erregen. Solch eine Jacke hätte auch Madame Lecœur-Jouët tragen können; aber für die war Mode ein Teil der Kultur, eine Pflicht für den geistig regsamen Großstädter, wohingegen Frau Krass damit ihre Isolation hervorhob.

«Ich habe eine Überraschung.» Sie konnte sprechen, während sie sich eine Zigarette anzündete, meinem Versuch, ihr dabei zu assistieren, kam sie mit dem mir schon bekannten juwelenbesetzten Feuerzeug zuvor. «Ich mache das immer selbst. Sie müssen mir nicht beweisen, daß Sie gut erzogen sind.»

Das Windspiel saß auf ihrem Schoß und verbarg sich in dem rosa Wollstoff. Es liebte das Feuerzeug und leckte daran mit der feinen Zunge, als könnte das Ding nicht nur Feuer, sondern auch Milch spenden.

«Wenn ich Sie richtig verstanden habe, besteht seit Neapel keine Verbindung mehr zwischen Ihnen und meinem Mann …?»

Was mochte sie schon wissen? Sie schien ja ebenfalls nichts von ihm gehört zu haben, sonst hätte sie die Frage nicht gestellt.

«Und auch von Herrn Levcius haben Sie nichts gehört? Natürlich nicht, es wird ihm nichts daran liegen, daß jeder erfährt, wo er sich gegenwärtig aufhält. Es mußte eines Tages so weit mit ihm kommen, ich habe das lange erwartet.»

Was sie für mich bereithielt, mußte warten, und außerdem sollte jetzt bestellt werden, Weißwein mit Eiswürfeln, ihr bevorzugtes Getränk. Dazu eine Seezunge.

«Aber kein Gemüse! Wissen Sie, daß Levcius als junger Mann mal im Priesterseminar war?»

Ich sah ihn vor mir mit den pockennarbigen Wangen, dem genußsüchtigen Mund und den schmachtenden Augen und murmelte, in einem Priesterseminar müsse er bestimmt Verwüstungen angerichtet haben.

Sie belohnte mich mit einem trockenen Lachen. Nie vergesse sie, was Levcius geantwortet habe, als er einmal nach dieser Vergangenheit gefragt worden sei. Sie wurde ernst, fast feierlich, während sie ihn zitierte, als fühle sie sich von der Wahrheit seiner Worte noch heute getroffen. Es habe da irgendeinen Vorwurf gegeben, «Verführung von Abhängigen» oder so etwas. «Darauf er: Worum geht es in der Liebe denn anderes als um Abhängigkeit? Verführung will Abhängigkeit begründen, was sonst? Am besten, sie fängt schon mit Abhängigkeit an. Und wer spricht von der Abhängigkeit des Verführers?» Sie sah mich an, als enthielten diese Worte die Summe ihres Unglücks.

Lange habe sie sich gefragt, wovon er lebe. Eine dumme Frage – von Ralph Krass selbstverständlich. Aber das sei nicht immer so gewesen und auch bis zuletzt nicht ausschließlich – ein Mann mit vielen Eisen im Feuer, an denen er sich dann aber auch selber mal verbrannte, so wie jetzt offenbar. «Ich bekomme diesen Brief von der Staatsanwaltschaft ...»

Der Umschlag hatte Platz im Zigarettenköfferchen gefunden, sie überreichte mir, was sich als Ladung zur Zeugenvernehmung herausstellte. Gegen Klaus-Jürgen-Alexander Levcius werde ermittelt.

«Ich habe zu dem, was er getan und gelassen hat, gar nichts zu sagen. Ich kenne vor allem seine Gewohnheit, den Tag nackt zu verbringen. Klein und rund und nackt, mit viel schwarzem Roßhaar auf der Brust, aber mit festem Fett, nicht schwammig und hängend.» Woher sie das wisse? Sie tat, als beantworte sie eine Frage, die ich ihr nicht stellen mußte, weil ich wußte, wie er einem entgegentrat, wenn man an seine Tür klopfte. «Verstehen Sie, es war nichts Schlüpfriges daran, er war ganz ungezwungen, Ralph mußte ihn oft zur Ordnung rufen – ‹zieh dir was an!› –, wenn Geschäftspartner kamen. Und jetzt sitzt er, und ich weiß nicht: Soll ich hoffen, daß das nichts mit Ralph zu tun hat?»

Wenn ich jetzt an dieses Mittagessen denke, dann fühle ich: Sie hat zu mir gesprochen wie zu einer Frau, zu einer Freundin, die nicht als Konkurrenz empfunden wird. Wer Herrn Krass zu Diensten war, zählte für sie nicht als Mann.

Ein hoher Preis für ihre Vertraulichkeiten, aber ich bin beinahe gefühllos geworden in den Stürmen meines Liebesuntergangs, dem gegenüber konnte mich nichts mehr richtig tief verletzen. Und gab sie nicht nur selbst empfangene Verletzungen weiter? Oder gab es noch einen anderen Zweck unseres Treffens?

«Haben Sie eine Erklärung dafür, warum Ralph Krass beständig Zuhälter beschäftigt? Er ist doch attraktiv, jedenfalls in meinen Augen, stattlich, ein ganzer Kerl – wozu dann diese Mittlerdienste? Um es klar zu sagen, bei mir ging es ohne das. Ich war Telephonistin in der Bank, durch die er damals kurz hindurchgerauscht ist, vor seiner großen Zeit, aber er war auch als Angestellter schon ganz derselbe und blieb nirgendwo lange. Da kommt er eines Tages in die Telephonzentrale, geht durch die Reihen mit finsterer Miene, wollte sich über irgendwas beschweren – ich weiß noch: Ich hatte das Gefühl, der Boden bebt unter seinen Schritten. Er kann mich nur aus den Augenwinkeln bemerkt haben – ich mit Hörer auf dem Kopf, ungeschminkt, mit einer weißen Bluse, aber natürlich blutjung, das macht schon was aus. Er bleibt bei mir stehen und fährt mich an, als wolle er mich ausschimpfen, so streng: ‹Ich würde Sie gern kennenlernen. Kommen Sie heute Abend zum Essen!› Und legt mir eine Visitenkarte hin. Ich habe den Namen meines Zukünftigen gelesen, bevor ich ihn gehört habe. Ich frage meine Kollegin: ‹Kennst du den? Macht der das immer so?› Aber auch sie hatte ihn zum ersten Mal gesehen – auch zum letzten Mal übrigens. Ein paar Tage nachdem wir zusammen aus gewesen waren, hat er die Bank schon wieder verlassen, und ich dann auch; er wollte nicht, daß ich weiter dort arbeite. Er war blondgefärbt damals, ließ das aber, ohne ein Wort zu sagen, rauswachsen, als ich ein einziges Mal angedeutet habe, daß ich das nicht so gut fand – ich konnte damals Einfluß auf ihn ausüben, man glaubt es kaum. Ist auch lange her.»

Ihre Seezunge kam. Sie begann, während sie sprach, mit der Gabel darin herumzupflücken, winzige Stücke weißes Fischfleisch herauszupicken und zu kosten, essen konnte man es nicht nennen. Ihre Behandlung des Fisches glich dem hastigen Nagen eines kleinen Tieres, das seine Beute nicht gänzlich aufzehrt und sie schließlich zerfleddert und verwüstet liegen läßt. Auch das Windspiel versuchte von dem gegrillten Fisch, sie nahm mit den langen Fingernagelhänden etwas von der Gabel, das der Hund gehorsam aufschleckte. Er schien zu wissen, daß sie seinen Wünschen stets zuvorkam, und verhielt sich musterhaft ruhig im Dunst ihrer Körperwärme, da gab es kein Quengeln und Fiepen.

«Es hätte mich warnen müssen, wie er seine damalige Geliebte wegen mir verstoßen hat – das war eine schon etwas verblühte, sanfte, zu Tränen neigende Russin. Tapfer, vom Leben gebeutelt, das Heulen enthielt für sie schon den Trost. Ihn hat das dazu aufgestachelt, sie erst recht zum Heulen zu bringen und es ihr dann sofort zu verbieten. Er hat ihr die letzten Rückzugsmöglichkeiten genommen. Sie hatte all ihre Sachen – ihre ziemlich unmögliche Garderobe – in seinem kleinen Appartement liegen, und als ich mit meinem Zeug nichtsahnend eintraf, hat er ihr am Telephon gedroht: ‹Deine Klamotten sind in zwei Stunden abgeholt, oder sie landen im Mülleimer.› Die Frau hatte ihm nichts Böses getan, das hat er selbst zugegeben, aber das hatte keine Konsequenz. ‹Ich habe keine Zeit! Entschlüsse müssen umgesetzt werden, das ist das Gesetz des Handelns.› Aber bitte – wo steht denn das Gesetz des Handelns? Wer hat es erlassen? Wissen Sie das vielleicht?» Das weitere Schicksal der Russin, Gala habe sie geheißen, repetierte sie mehr für sich selbst: «Ich habe ihr beim Ausräumen geholfen, ihr auch was zugesteckt. Wir stehen immer noch in Verbindung, sie hat inzwischen zwei Änderungsschneidereien und verdient vielleicht mehr als heute Ralph Krass, wer weiß?» Ein höhnischer Zug trat auf die braune Ledermaske. Gala sei ein bißchen falsch gewesen, aber das könne Ralph nicht gestört haben, wenn es ihm überhaupt aufgefallen sei. «Wissen Sie, was der Unterschied zwischen Ihnen und mir ist?»

Sie war sprunghaft, aber vielleicht nicht nur, weil sie so vieles zugleich bedrängte, sondern auch mit System: Wenn man sich gerade in einem ihrer Gedanken eingerichtet hatte, wurde man unvorbereitet mit etwas anderem überfallen. Die Verwirrung, in die ich dadurch geriet, hat sie mit schnellem Blick registriert.

«Sie wollen Geld von ihm, aber ich will nichts und brauche auch nichts.» Als es vor fünfzehn Jahren schon einmal «eng geworden» sei, wie sie sagte, habe er ihr drei Eigentumswohnungen überschrieben und vergessen, es später wieder rückgängig zu machen – «obwohl das gar nicht seine Art ist. Jeder soll bei ihm an der Kette liegen, an ihn denken müssen, Hoffnungen hegen. Er kann sich nicht vorstellen, daß einmal damit Schluß bei mir wäre ... Leider.»

Hier hielt sie inne. Blinkte es feucht zwischen den mascaraverkrusteten Wimpern? Die Weißweinflasche war leer; der kahlrasierte Kellner hatte im Vorübereilen, sich auf dem Absatz herumdrehend, nachgegossen, sowie man einen Schluck genommen hatte: Das Zeug muß weg, schien das ausdrücken zu sollen, und die nächste Flasche kam unbestellt und wurde sofort angebrochen. Wollte sie mich für die Mitgliedschaft in einem Verein der Ralph-Krass-Geschädigten gewinnen? Das Hundeköpfchen, beinahe nur aus Augen und Zunge bestehend, blickte mich an, als wäre es ihr aus dem Körper herausgetretenes Herz, das alles, was sie an Bösem oder Angriffslustigem sagte, mit warmer Unschuld untermalte. Ich fragte mich, ob sie mir doch noch etwas zum Aufenthalt ihres Mannes sagte, und wollte ihre Rede nicht unterbrechen; ich kannte bereits das Umschlagen ihrer Laune und fürchtete einen zweiten jähen Aufbruch. Wohl habe ich mich nicht gefühlt bei ihren Worten. Da war es, als hätte sie meine Gedanken gelesen.

«Sie dürfen nicht denken, daß er etwas dagegen hat, wenn man Unvorteilhaftes, Abträgliches von ihm weitersagt – das ist ihm alles gleichgültig. Er schreitet über so etwas hinweg, er kennt keine Peinlichkeit. ‹Alles, was du über mich gehört hast, ist wahr›, das hat er einmal zu mir gesagt. Da hatte ich noch gar nichts gehört, lebte noch ganz in seinem Bann, freiwillig hätte ich ihn nie verlassen. Aber dafür ist die Liste dessen, was er bei anderen nicht erträgt, lang. Leute, die Pech haben, kann er nicht leiden; Leute, denen etwas Schlimmes zugestoßen ist, die ihr Recht fordern, die etwas verloren haben und es verzweifelt suchen, die Schmerzen haben, die sich angesteckt haben, die dringend ein Medikament brauchen, die auf der Tanzfläche hinfallen, die man fragen muß, ob sie sich was gebrochen haben oder ob es schon wieder geht – überlegen Sie ruhig mal: In welche Kategorie gehören Sie? Es ist nicht nur Kälte, fehlendes Mitgefühl, es ist noch was anderes ...»

Es mußte etwas auf atavistische Weise Religiöses sein, das hatte ich schon früher einmal vermutet. Seine Weigerung, dem Unglück zu nahe zu kommen, das kam mir auf dieser Ebene sehr plausibel vor. Pech, die schwarze Masse, an der man klebenbleibt. Das Pech macht auch denjenigen schwarz, der dem Pechvogel helfen will. Unglück löscht die erotische Anziehung aus; hört man vom Unglück eines Menschen, verhalten sich viele, als erführen sie von einer abstoßenden Krankheit. Ich hatte eine solche Verfinsterung erlebt, als Lidewine etwas aus der Apotheke brauchte, war es gegen Kopfschmerzen, Halsschmerzen, Bauchschmerzen, Sodbrennen? Und dann mußte sie auch noch Augentropfen haben, und ich durfte ihr diese Tropfen applizieren, während sie den Kopf weit zurücklegte, was den Hals schön geschwellt erscheinen ließ. Nur Herr Krass zeigte sein Mißvergnügen; das bekam jeder mit, aber sie sah darüber hinweg, als wolle sie sagen: «Krasslein, wollen wir das jetzt ernst nehmen? Das willst du doch selber nicht.» Davon wollte ich aber nicht erzählen. Wie brachte ich sie nur dazu, endlich ihre Überraschung zu präsentieren?

«Sie müssen sich über das, was in Neapel zumindest in meiner Gegenwart geschehen ist, keine Gedanken machen. Welchen Grund sollte ich haben, Sie zu belügen?»

Viele Gründe, hätte ich mir sagen können. War es nicht höchst gefährlich, dieser Frau, deren Verhältnis zu Herrn Krass prekär war, aufrichtig entgegenzutreten? In den Krieg eines Paares mischt kein erfahrener Mensch sich ein, im Nu sind die beiden wieder versöhnt und erkennen im Dritten den gemeinsamen Feind als Basis des neuen Friedens.

Zunächst sei, fuhr ich ungeachtet dieser Gesetzmäßigkeit fort, keine besonders auffällige oder auch nur junge Frau zugegen gewesen. Frau Rizzi, Frau Roslovski, Frau Lecœur-Jouët? Nein, für deren Zurückhaltung könne ich mich verbürgen –

Für Frau Roslovski lasse sie das gelten, weil er die schon gehabt habe, fuhr mir Frau Krass in die Rede. Aber was ältere oder regelrecht unhübsche Frauen angehe, die übten im Gegenteil die allergrößte Anziehung auf ihn aus.

Dachte sie da auch an sich? Nach landläufigen Vorstellungen war sie geradezu kraftvoll häßlich, aber auf höchst elegante, beinahe mondäne Weise, und vor allem ließ sie fühlen, wie wichtig ihr die körperliche Liebe immer noch war, vielleicht sogar mehr als früher, das gab ihr eine dramatisch fordernde Weiblichkeit. All dieses Rosa, die Verhüllungen wie die Entblößungen, waren auf einen Mann bezogen, freilich nicht auf mich, wie sie mit kleinen Gesten deutlich machte: Als bei einer weiteren Zigarette das Feuerzeug nicht sofort brennen wollte, sprang im Lauf der rasierte Muskelmann an ihre Seite und gab ihr Feuer, während sie den Kopf zurücklegte und mit beiden großen Händen seine Hand mit der Flamme umfing, als Windschutz natürlich. Und schwebte, als der Kellner danach enteilte, zwischen ihnen nicht noch ein kleiner Scherzdialog in der Luft?

«Er will auf eine Frau überwältigend wirken, wie er es auf mich nebenbei auch getan hat, er will wie ein Gott zu ihr herniedersteigen, sie soll es nicht fassen können, was da mit ihr geschieht. Er will sie aus dem Gleichgewicht bringen, sie soll von ihm überfordert sein, nach Luft schnappen, wenn er über sie hinwegfährt und sie zerstört oder aufblühen läßt. Er kann ganz schön anstrengend sein im Bett», fügte sie, speziell auf mich berechnet, hinzu, indem sie mich mit zusammengekniffenen Augen musterte. «Ich habe ihn oft angefleht, eine Pause zu machen, aber da war er taub, sein Gesicht rot und abwesend, das hat er gar nicht gehört.»

Sie nahm keinerlei Rücksicht auf mich. Aber so beleidigend die Rolle auch war, die sie mir zumutete, meine Begierde, etwas über Herrn Krass zu erfahren, war größer.

Nie finde er tiefere Dankbarkeit als bei den häßlichen Frauen, nie höhere Bereitschaft, seinen erotischen Bizarrerien zu folgen.

Sie schien sich nicht bewußt zu sein, wie sehr der Begriff

des Häßlichen im Auge des Betrachters schwanken kann. War der Eifer, mit dem sie über die Liebe ihres Mannes zu den Häßlichen sprach, Zeichen eines Neides auf Frauen, die etwas besaßen, was ihr selbst fehlte?

«Er hat sich nie Mühe gegeben, seine Affären vor mir zu verbergen. Einmal waren wir mit einem Geschäftspartner von ihm in Mexiko, es ging damals noch nicht um Waffen, sondern um Zinn aus irgendwelchen afrikanischen Gruben, das nach Lateinamerika gebracht werden sollte, Kuba war auch im Spiel. Alles hochkompliziert, er hat es mir sogar erklärt, aber er hat vermutlich etwas Wichtiges ausgelassen. ‹Alles, was du von mir erfährst, kannst du weitersagen, das ist deine Lebensversicherung›, sagte er manchmal. Er hat mir nicht zugetraut, für ihn zu lügen oder etwas für mich zu behalten! ‹Was du weißt, kann die ganze Welt wissen!› Das war für ihn mein Platz – bei der ganzen Welt.

Dieser Geschäftsmann also war ein öliger Latino, kurz und dick, seine Frau kam aus Hamburg, ich nannte sie das Fragezeichen: groß mit krummem Rücken, Vogelnase, Vogelaugen, Streichholzbeinen. Sie guckte einen aus wasserblauen Augen so durchdringend an, als sähe sie durch einen hindurch, das sollte vermutlich intensiv wirken. Ich habe sofort gewußt, was geschehen würde. Unerwarteterweise wehrte sich die Dame, obwohl sie vom ersten Treffen an fest an seinem Haken saß, die Augen wurden immer starrer, ein Glimmen lag darin, wenn sie ihn fixierte. Wir verbrachten zusammen ein Wochenende in einem Hotel auf dem Land, einem alten Kloster mit Innenhof, dahinaus gingen die Zimmer. Der Latino mit seinem nordischen Fragezeichen wohnte zu ebener Erde, wir im ersten Stock. Wir gehen nach dem Essen in unser Zimmer, er nimmt noch einen Whiskey, obwohl schon reichlich voll, er schweigt, sitzt in der Ecke, steht plötzlich auf und verläßt den Raum, ohne Erklärung. War auch nicht nötig. Ich hatte während des Essens gesehen, daß er hinter dem Rücken ihres Mannes, der sich zu mir gebeugt hatte, ihre Hand hielt, ach was, massierte, sie dermaßen quetschte, daß ihr die blaßblauen Augen aus dem Kopf traten, aber gemuckst hat sie sich nicht.

Ich bin ihm nachgeschlichen, schon im Nachthemd. Der Innenhof lag halb im Licht, halb im Schatten. Unten neben einem Pfeiler, halb verdeckt, stand ein Mann, nur ein schwarzer Umriß, aber seine Kopfform erkenne ich unter Tausenden heraus. Er guckte auf ihre Tür, durch deren Spalt Licht fiel. Ich da oben, in den Arkaden verborgen, habe den dort unten beobachtet, dessen Augen an der Tür hingen, bewegungslos – eine unerhörte Disziplin hat er, er ist fähig zu dauerhafter Reglosigkeit. Muß nicht mit den Augen zwinkern, steht still und ist wach und konzentriert. Ich habe mir ausgemalt, was in seinem Kopf vorging, wenn ein Schatten den Lichtspalt gelegentlich verdunkelte: War sie es, die an der Tür vorbeiging? Gehörten diese Bewegungen zum Entkleiden? Oder war man dort noch nicht soweit – unterhielt sich womöglich, als stünde draußen niemand, der wartete?

So haben wir beide im Dunkeln ausgeharrt, die Zeit verstrich, ohne daß wir uns gerührt hätten. Fledermäuse schossen vorbei und kreuzten den Lichtstrahl der einsamen Laterne, die den Hof beleuchtete. War das nun unanständig, den eigenen Mann so zu belauern? Ich wollte ihn ja nicht zur Rede stellen, ich tat das nur für mich, ich wollte sehen, was geschah, wie sie ihn behandelte. Nach einer Stunde bin ich ins Bett gegangen. Er war dort unten wie festgenagelt, und sie kam nicht heraus. Ich hatte nur ein weiteres Mal vorgeführt bekommen, daß ich nicht mehr zählte, sowie sein Auge auf eine Frau wie diese Vogeläugige gefallen war. Seltsamerweise hatte das etwas Beruhigendes, und ich bin bald fest eingeschlafen.

Und dann kam die Strafe: Ich erwache, das Bett neben mir ist leer, stattdessen ein breiter Schatten im Sessel gegenüber. Ich wagte nicht, ein Wort zu sagen, aber ich hatte keinen Zweifel, daß er wußte, ich war aufgewacht. Mein Herz hat so laut geklopft, daß ich glaubte, er müsse es hören.

Um es kurz zu sagen: Ich hatte Angst vor ihm, nicht zum ersten Mal. Ob er das wandelnde Fragezeichen in dieser Nacht noch gesehen hat, weiß ich nicht. Es war auch gleichgültig – solange er sich für sie interessierte, würde er sie irgendwann erobern.»

Sie sprach aus Erfahrung.

«Er kann unerreichbar sein, auch wenn man neben ihm steht», rief sie.

Wollte sie mir die Sinnlosigkeit meines Versuchs beweisen, Herrn Krass zu fassen zu bekommen?

Ralph Krass sei wahrlich nicht der einzige Mann ihres Lebens, auch in der Zeit mit ihm – betrachtete sie die als abgeschlossen? – habe sie, wenn auch nur aus Verzweiflung oder Langeweile oder um ihn zu ärgern, andere Männer gehabt, und sie wisse deshalb, wo kein Mann unberührt bleibe, wenn es nämlich um den geheimen Stolz, den Sitz des männlichen Selbstbewußtseins gehe – das Fundament seiner Souveränität, seines Ehrgeizes, von allem schlechthin: die Größe, ja von was wohl – ich sagte schon, ich war geschlechtslos für sie, sie führte mir nicht nur vor, wie man einem Mann Honig um den Bart schmiert, sondern auch, wie man ihn wie Dreck behandelt.

«Ich schwöre Ihnen, kein Genie, kein Kaiser, kein Forscher, kein Diktator hat jemals etwas lieber gehört als ein Kompliment über die Größe seines …»

Sie vermied ein deutliches Wort. Vulgär wollte sie nicht sein, medizinisch erst recht nicht, Kindersprache empfand sie als dem Gegenstand unangemessen, aber wie dann?

«Es ist einfach eine Tatsache, geprüft von mir, das dürfen Sie mir abnehmen.» Nur er sei in dieser Hinsicht unempfindlich geblieben, kalt, unerreichbar eben. «Es ist ihm gleichgültig, was ich denke! Es ist ihm gleichgültig, was ich fühle. Er findet: Es ist verlorene Zeit, sich damit aufzuhalten, sie hat ohnehin keine Wahl.»

Und damit habe er ja schließlich recht. Sie habe keine Wahl, selbst heute nicht. Und er habe sie lange nicht von der Leine gelassen. Während ihn die Rothaarige mit der kahlen Stelle hinterm Ohr begleitete, habe er sich beständig um sie daheim «gekümmert», wie sie höhnisch sagte; im Kümmern stecke der «Kummer», aber auch das «Verkümmerte», dieses Kümmern sei nichts anderes als eine Dressur, um sie nicht zu Atem kommen zu lassen. Kleider und Schmuck seien wie Kriegsbeute bei ihr angekommen, vieles davon habe sie nicht haben wollen, das meiste stehe ihr nicht – habe das Umtauschen und Ändern sie womöglich ablenken sollen? «Wir hatten nie eine richtige Wohnung, eigentlich gar keinen Platz, obwohl in unseren Appartements die Wände voller Kleiderschränke waren. Aber das haben Sie ja mitbekommen: diese verrückte Suche nach dem endgültigen, dem einzig angemessenen Haus. Nein, ein Provisorium geht er nicht ein – dabei lebten wir im Dauerprovisorium. Angemessen war nur ein großes prachtvolles Haus, am besten was Historisches, aber kein Schloß, nein, das hat er immer abgelehnt!» Er denke nicht daran, sich in eine fremde Familiengeschichte hineinzudrängen. ‹Ich entstamme keiner Familie, ich gründe keine Familie, ich werde ohne Nachkommen sterben, ich bin ein Solitär.›»

Ich war verblüfft darüber, wie klar er sich erkannte, ja daß er überhaupt über sich nachdachte. Sie widersprach mir. Ihr Mann habe ein ziemlich genaues Bild von sich selbst. Er sei im Hochsommer geboren worden, an einem unerträglich heißen Tag, seine Mutter habe sich gequält, zwei Tage in den Wehen, als müsste sie einen jungen Titan aus sich herauspressen, und tatsächlich sei er übergroß gewesen, ein monströser Säugling. Er beschreibe das immer, als erinnere er sich tatsächlich an den ersten Tag seines Lebens – das konnte ich bestätigen –, die sengende Hitze, die habe ihm das Gefühl mitgegeben, daß das Leben heiß zu sein habe, dies sei der ihm angemessene Zustand; und seitdem habe er stets die Sonne und die Hitze gesucht. Im Winter verfalle er in schlechte Laune, wenn nicht gar in Kränklichkeit, trotz seiner im Kern unverwüstlichen Konstitution, aber kehre dann die Sonne zurück, lebe er sichtlich wieder auf. Ein Sonnenmensch. Sie fügte hinzu: «Aber auch so verschwenderisch wie die Sonne.» Und leitete von der Sonne die moralisch-physikalische Berechtigung, ja Pflicht zur Verschwendung her. «Sein Credo war: ‹Wir müssen dankbar sein für die Verschwendung der Sonne, denn ginge sie nur ein wenig maßvoller um mit ihrer Kraft, dann könnte es uns gar nicht geben.› Und deshalb dürfen Sie damit rechnen: Solange er Geld hat, wird er Sie nicht nur wie vereinbart bezahlen, sondern mit Geld sogar vollstopfen – natürlich nur, wenn Sie ihm nicht mit Ansprüchen und Verträgen kommen.»

Es war, als wolle sie mir zeigen, daß sie immer noch auf seiner Seite stehe, daß sie sein Sprachrohr sei. Je länger wir zusammensaßen, desto stärker fühlte ich ihre Nähe zu ihm, ihr Einverstandensein mit allem, was er tat und sagte. Er war der Mann schlechthin für sie, fremdartig, gefährlich, unlenkbar, mit weniger würde sie sich nie zufriedengeben.

«Er sieht jünger aus, als er ist, dazu trägt natürlich auch das Fett bei – wäre ich so fett wie er, hätte auch ich keine Falten. Die stören ihn übrigens nicht, er hat mir verboten, mich zurechtschneiden zu lassen, was an sich naheläge. Nun habe ich die Falten und kann mir sagen: Es liegt nicht an den Falten, daß er dich fallenläßt.»

Widerstrebend begann ich, sie zu bewundern. Sie hatte die letzten Worte mehr zu sich gesprochen, aber damit war meine Audienz noch nicht beendet. Aus ihrem Selbstgespräch kehrte sie noch einmal zu mir zurück.

«Gehen wir ein paar Schritte. Meine Minou braucht noch etwas Bewegung ...»

In der Gegend lag ein Park, dem näherten wir uns, sie mit zögernden, tastenden Schritten, Minous Hinterteil lief uns voran, mit unbeabsichtigter Schamlosigkeit in wellenförmigem Auf und Ab.

«Am schönsten ist die Farbe ihres Fells.» Ich war mutiger geworden und wagte eine Bemerkung, die sich auch kritisch auslegen ließ.

«Das Grau-Beige paßt gut zu Rosa, so tun wir uns beide was Gutes.»

Ihre dünnen Beine trugen sie gerade eben bis zum Park; bei der ersten Bank war das Ziel bereits erreicht. Minou sprang auf ihren Schoß und beobachtete die freilaufenden Hunde ohne Sehnsucht.

Wäre es nicht doch möglich gewesen, das Vertrauen von Frau Krass zu gewinnen? Verachtung zu ertragen und gleichgültig an sich ablaufen zu lassen, das ist Stärke. Konnte nicht auch mir gleichgültig sein, was sie von mir dachte? Sie war eine Monade wie ich, aus jeder Art von Gesellschaft ausgestoßen, kein Mensch scherte sich um das Urteil eines solchen armen Wurms.

«Nein, wir müssen so sagen: Sie waren nicht der klassische Kuppler, der Zuhälter aus dem Polizeibericht – nein, der waren Sie nicht. Sie waren eine schmuddelige Vorstufe davon, ein Assistent für seine Menschen-Experimente.»

Hatte die Erfahrung sie hellsichtig gemacht? Ich war kurz davor gewesen, ihr von Lidewine zu erzählen, aber so plump sollte sie mich nicht provozieren dürfen. Logisch war meine Antwort nicht, aber ich bemühte mich, eine beleidigte Würde hineinzulegen: «Ich war verliebt zu diesem Zeitpunkt.»

«‹Ich war› – das ist also schon wieder vorbei, Sie sind nur eine Kurzgeschichte, kein Roman.»

Es gelang mir nicht, ihr Interesse zu wecken. Sie wollte in der Liebe unübertroffen sein, die Frau, die am meisten ausgehalten, am meisten gelitten hatte, am treuesten, am einsamsten war und trotz allem immer weiter liebte.

«Und doch wäre ich heute bereit, ihn zu verraten, wenn ich es könnte – und zwar allein deshalb, weil das der einzige mir verbliebene Weg ist, mit ihm in Verbindung zu treten. Ich denke jetzt manchmal: Ein Verrat wäre wie ein Brief an ihn, dessen Annahme er nicht verweigern und dessen Lektüre er nicht vermeiden kann. Verstehen Sie mich? Es geht mir nur darum, ihn zu erreichen – wie, das ist längst zweitrangig.»

Hätte ich daran nicht anknüpfen dürfen? Auch mein Unglück bestand darin, daß die Frau, die ich liebte, sich für mich unerreichbar machte und keine Aussprache mehr erlaubte. Ich bin froh, daß ich das nicht herausgelassen habe. Sie hätte das alles viel zu jämmerlich gefunden, sie war keine Brust, an der ich mich ausweinen durfte. Das Schicksal, ein Ungeheuer zu lieben, war wohl kaum mit meinem Liebesleid in einem Atemzug zu nennen. Dieser Frau war nichts

Menschliches fremd, aber für meine Klagen hätte sie nur Hohn gehabt.

Und mit Recht. Ich weiß, daß ich bei Hella nicht jederzeit die beste Figur gemacht habe. Eine Untreue kann man verzeihen, aber was ist, wenn man plötzlich einen Blick in den wahren Charakter des anderen tut?

Wie wir da saßen und ich auf ihre dicken Ringe guckte – sie war mit Ringen regelrecht bewaffnet, die großen Hände hielten das aber aus –, überfiel es mich wieder siedend heiß. Das Ganze hatte so heiter angefangen. Auf der Straße war ich im schnellen Gehen neben einen jungen Mann geraten, der zu mir herübersah; ein bräunlicher Typus mit schwarzem Haarschopf, dem jungen Stalin nicht unähnlich, zutraulich grüßend: «Wie geht's?», als wären wir bekannt. Dann bleibt er stehen, er stutzt, er bückt sich – auch ich bin stehengeblieben –, lächelnd zeigt er mir auf der Fläche seiner ungewaschenen Hand einen goldenen Ring. Der Ring war breit und ein bißchen wulstig, nicht ganz mein Geschmack, aber in seiner Einfachheit tragbar, Gelbgold – ich durfte ihn untersuchen, da fand sich im Innern auch ein Stempel. Das Gewicht war ganz nett, ein stattlicher Fund.

«Was machen Sie damit?», war meine etwas lahm gestellte Frage, «den müsste man bei der Polizei abgeben.» Der junge Mann war bei näherer Betrachtung sogar sehr jung, vielleicht achtzehn, seine Kleider sahen aus, als hätte er länger schon darin geschlafen. Die Vorstellung, den Ring bei der Polizei abzugeben, belustigte ihn, als nehme er meinen Vorschlag nicht ernst. «Wollen Sie ihn haben? Sie können ihn haben, nehmen Sie ihn!»

Ich habe mich geziert. Der Ring sei zu wertvoll, der bringe ihm einen schönen Finderlohn.

«Ich bleib nicht hier, ich bin unterwegs, ich kann nicht

abwarten, ob sich da jemand mal meldet – geben Sie mir fünfzig Mark und sehen Sie selber zu, was Sie damit machen.»

Was er sagte, klang vernünftig. Daß er sich nicht auf einer Polizeiwache vorstellen wollte, dafür hatte er gewiß gute Gründe. Er schien überhaupt nicht gierig, ein Hans im Glück, der den Goldklumpen für einen Mühlstein eintauscht und sich dabei als Gewinner fühlt. In meiner Hosentasche fand ich einen Schein, ich hatte damit zur Reinigung gehen wollen. Statt des Scheins war jetzt der Ring in meiner Tasche. Der junge Stalin wischte in eine Seitenstraße. Ich fragte mich nur kurz, ob unser Handel beobachtet worden sei. Am Vorabend hatte ich mich mit Hella gestritten, war leider auch laut geworden. Ein Versöhnungsgeschenk würde verhindern, daß wir uns länger anschwiegen. Der Ring kam in eine kleine Schatulle für Manschettenknöpfe, die ich verloren hatte. Der Effekt der Gabe übertraf meine Hoffnungen. Als ich die Schachtel überreichte, war Hella überwältigt.

Woher komme denn dieser große schwere Ring? Den hätte ich noch «gehabt» – so schnell fiel mir nichts ein, dann schob ich nach: von meiner Mutter ...

«Ihren Schmuck hast du doch verkauft?»

«Diesen Ring eben nicht.»

Sie steckte ihn sich an die Hand. Ihre Hände sind oval und nicht groß, der Ring hatte keine schöne Proportion, aber ich hatte nicht erwartet, daß Gold ein solch stilles Entzücken in ihr auslösen würde. Leider saß er zu lose. Hatte er auch dem vorigen Besitzer zu lose gesessen? Man könnte vielleicht etwas hineinsetzen lassen, um ihn enger zu machen. Über Heirat hatten wir damals noch nicht gesprochen, aber es kam mir vor, als seien wir uns nähergekommen. Hätte er doch nur besser gepaßt!

Der Juwelier war ein ernster Mann, er wog den Ring in

seiner Hand und studierte mit zusammengekniffenen Augen den Stempel. «Ich kenne solche Ringe.» Gegenwärtig liefen die Mitglieder eines Betrügerclans durch die Stadt – «sie werfen sie auf die Straße, tun, als hätten sie da soeben etwas gefunden, und verkaufen sie Passanten, die glauben, ein glänzendes Geschäft gemacht zu haben. Nein, ich glaube nicht, daß Sie Betrüger sind, die kämen nicht hier herein – Sie beide sind die Betrogenen.»

Hella sah mich an.

Ich stammelte, da müsse meine Mutter offenbar reingefallen sein.

Wir gingen schweigend nach Hause, über den Ring wurde nicht mehr gesprochen, aber Hella behielt ihn, als Beweisstück? Wofür? Als ich ihn später in ihrer Nachttischschublade fand, habe ich ihn weggeworfen.

War das unverzeihlich? Ich fürchte, Frau Krass hätte, wenn ich ihr gebeichtet hätte, sofort gesagt: Genauso habe ich Sie eingeschätzt.

Sie und ich schwiegen nun schon eine ganze Weile. Sie rauchte, damit war sie beschäftigt; der Hund versuchte, durch Zittern den ersehnten Auslauf zu ersetzen. Es war kühl. Dieses Treffen war nur eine weitere Station der Vergeblichkeit. Ohne auf meine Lage einzugehen, hatte sie mir gezeigt, daß es sinnlos war, meine Hoffnung weiter auf Herrn Krass zu setzen. Eher wäre ich wieder mit Hella in Verbindung gekommen als mit ihm. Und auch aus diesem Schweigen kämen wir nicht mehr heraus. Es war alles gesagt. Nein, noch nicht alles. Unversehens wandte sie sich mir wieder zu.

«Ich wollte Ihnen doch sagen, wo Ralph Krass sich gegenwärtig aufhält, gestern jedenfalls noch. Haben Sie von dem Bombenattentat auf dem Flugplatz von Lagos gehört? Ein

Sprengstoffanschlag, mit vielen Toten. Ich weiß es aus dem Fernsehen.»

Da habe man einen Reporter gesehen, der merklich schockiert von der Katastrophe berichtete – im Hintergrund viele Menschen, von Soldaten zusammengedrängt, ein überhelles Licht, die Kamera wanderte herum, zeigte von den Verwüstungen gar nichts, man durfte gewiß dort nicht filmen, dafür aber die Leute, die ziellos durcheinanderliefen, und darunter – «nein, es war nicht möglich, doch, es stimmte» – Ralph Krass, in Hemdsärmeln, ohne Gepäck, ohne Tasche, ganz allein. Die Kamera habe auf ihm verweilt. Er habe in sie hineingeblickt, sicher ohne zu merken, daß er gefilmt wurde, mit teilnahmsloser Miene. «Er hat sich zur Seite gedreht, ist ein paar Schritte gelaufen, hat wieder die Richtung gewechselt – orientierungslos? Auf der Suche nach dem Ausgang? Nach seiner Begleitung? Er lebte, er war unverletzt.» Ihre Stimme klang warm und freudig. So lange habe sie nichts von ihm in Erfahrung bringen können – und dann seien ihre Gebete erhört worden, sie sprach tatsächlich von Gebeten. Damit sie erfuhr, daß ihr Mann lebte, mußte in Lagos eine Bombe explodieren – das war die Ökonomie solcher Erhörungen. Dankbar wolle sie dennoch sein. «Hilft Ihnen das?»

Mir prägte sich vor allem das Bild dieses in der Menge treibenden Mannes ein. Ja, das war er, der eigentliche, der verborgene Herr Krass. Ich hatte ihn nur als Zentrum eines Hofstaates erlebt, als Sonne in einem System um ihn kreisender Planeten. Krass, der Staatsgründer – wo er war, gruppierten sich die anderen zu einer Ordnung, als hätte jeder nur darauf gewartet, von ihm auf seinen Platz gestellt zu werden. Aber deswegen war jetzt das Bild eines in der Menge treibenden Mannes keineswegs mit einer Demontage verbunden, dies war kein ohnmächtiger, entzauberter Herr Krass. Im

Gegenteil. Er war auf die Bedingungen seiner Existenz nicht festgelegt. Seine Kraft verließ ihn nicht, wenn sie nicht wirken konnte.

Ich träumte in der Nacht nach dem Gespräch mit Frau Krass von ihm – auf einer Rolltreppe, starr geradeaus sehend, an mir vorbeifahrend, in einem Taxi, nur am Umriß des großen schweren Kopfes zu erkennen, in einem dunklen Zuschauerraum vor mir durch die Reihen gehend, und ich war im Traum erleichtert, daß er sich nicht umdrehte und mich ins Auge faßte.

So stark hatte er mich nach diesem Tag in seinen Bann gezogen, daß ich am Abend, als ich wieder in unseliger Einsamkeit dasaß, nicht daran dachte, Hella anzurufen. Er hatte diese Besessenheit für ein paar Stunden einfach aufgezehrt. Daß er mir so viel Geld schuldete und daß ich – wahnhaft, ich weiß – dieses Geld als die Lösung meines gesamten Liebesunglücks ansah, führte keineswegs dazu, daß ich ihn verwünschte. Nein, es war auf vertrackte Weise, als stünde ich in seiner Schuld und als hätte er die Aufhebung dieses drükkenden Verhältnisses in der Hand, indem er mich bezahlte.

5. XII. 1989

In der Auberge de l'Abbaye überrascht mich Desfosses mit dem Vorschlag, einen Ausflug mit ihm zu machen – schließlich habe er ein Auto, zwar schon ziemlich alt, aber zum Umherfahren auf den kleinen Straßen noch gut genug. Es sei in der Nähe geparkt, denn die Mönche brauchten von dessen Existenz nichts zu erfahren; der von Friedfertigkeit überströmende Mann richtet sich auf und läßt die Augen grimmig blitzen: «Monsieur, ich bin kein Mönch!», eine Kampfansage an jeden Versuch, seine Freiheit zu beschneiden. Und gleich sinkt er wieder über dem Zinc zusammen, wiegt das Haupt und fügt mit dem Willen zu unbedingter Gerechtigkeit hinzu, ganz und gar unverständlich sei er nicht, der Versuch seiner Gastgeber, ihn ein wenig zu überwachen – «sie passen auf, daß ich nicht in schlechte Gesellschaft komme!»

Ach, du treues Herz, hätte ich ausrufen mögen angesichts solcher Demut eines alten Mannes, wahrer Blauäugigkeit – blau sind seine Augen nebenbei nicht, sondern grau, vom feinsten Hellgrau, wie es die akademischen Maler verwendet haben, wenn sie blaue Augen andeuten wollten. Nichts ist so selten wie echte Blauäugigkeit. Rein biologisch sind die blauen Augen ohnehin zum Verschwinden verurteilt zugunsten der braunen und der schwarzen, aber zugleich sind auch die im übertragenen Sinne Blauäugigen ins Gedränge geraten, und zwar nicht, weil Weltkenntnis und Erfahrung im Vorrücken begriffen wären, sondern weil auch die gänzlich Ungebildeten, die faktischen Analphabeten mehr und mehr zu den fixen Kapierern, den zynischen Durchblickern und überlegenen Ungläubigen gehören, unfähig zum Staunen, zum Nichtwissen, zur Hingabe an den Augenblick, dafür strotzend mit dummem Wissen, das unerhellbar ist. Dagegen Louis Desfosses mit seinem von Erwartung verzauberten Blick beim Aussprechen des Wortes «excursion».

Ich wußte inzwischen, daß es in diesem verlassenen Landstrich allerlei zu sehen gab, denn unter den Kriminalromanen hatte auch ein Kunstführer gelegen – romanische Kirchen vor allem, denen man auf den Photos nicht ansah, wie frostig verwahrlost ihr Inneres war. Die Flut der Großen Revolution hatte selbst hier das Mittelalter weggeschwemmt, und auch wenn das romantische neunzehnte Jahrhundert da und dort mit gipsernen Heiligenfiguren zu ersetzen versucht hatte, was von den alten Skulpturen zerschlagen worden war, so war es im zwanzigsten mit dieser zahmen Erneuerung doch schon wieder zu Ende. Die Landflucht tat ein übriges, und inzwischen sahen die Gipsfiguren des Pfarrers von Ars und der Jungfrau von Orléans hinfälliger aus als die Mauern, in die man sie hineingestellt hatte. Dennoch waren hier sicher Entdeckungen möglich, ich war reif für die verborgenen Schätze der Provinz, die sich auf einer gemächlichen Tour mit dem Schuster von Dorf zu Dorf offenbaren würden.

An dem Sonntag, den wir verabredet hatten – es sollte eine klassische Sonntagsunternehmung werden, Desfosses hielt trotz seines Alters an den Arbeitstagen fest –, hatte die Sonne schon früh über den aus dem Fluß aufsteigenden Dunst gesiegt, das Trübe hatte gegen das Licht nur matte Gegenwehr geleistet, der Nebel schmolz dahin. Zwischen den Pfützen vor dem Haus hüpfte ein schwarzweißer Vogel, eine Bachstelze, auf ihren tatsächlich stelzenartigen Beinchen, pickte in den Wasserspiegel, und nun ließ sich erkennen, daß sie dort, wo sie Nahrhaftes vermutet hatte, auf eine andere Bachstelze hinabsah. Die Überraschung ließ sie einen Lidschlag lang erstarren, dann näherte sie ihren Kopf dem Spiegel und blickte hinein, eine kleine Bewegung der Oberfläche machte die Erscheinung noch lebendiger. Sie konnte sich von diesem Anblick nicht trennen – jetzt pickte sie danach und traf mit der Schnabelspitze exakt auf die andere Schnabelspitze, die sich bei der Berührung auflöste, um alsbald wieder zu ihrer Form zu finden. Es war, als habe sich dieser winzige Vogel in sich selbst verliebt, vom eigenen Bild ins Herz getroffen. Ein Liebeszauber, der ihn an ein Gegenüber fesselte, das es gab und zugleich nicht gab. Daß solcher Wahnsinn nicht nur vom Menschenhirn Besitz ergreifen kann, das fähig ist, die lebenserhaltenden Instinkte umzukehren und gegen das eigene Leben zu richten! Ich wollte die Bachstelze befreien und machte einen Schritt auf sie zu. Ihre Bereitschaft zur Flucht war stärker als der Bann des Spiegels. Leicht, wie sie war, schoß sie in die Lüfte. Eine glückliche Vergeßlichkeit hatte wohl schon im ersten Aufsteigen die unheimliche Attraktion in ihr ausgelöscht.

Desfosses kam aus der Messe, dem festlichen Hochamt entsprechend sonntäglich gekleidet, in einem weiten zweireihigen Anzug, der dem Schnitt nach von seinem Vater geerbt sein mochte, aus unzerstörbarem Tuch. Von fern erkannte ich ihn nicht gleich. Er ging gebeugt und mühsam, wie in Gedanken versunken, aber als er mich sah, straffte er sich, er warf ab, was auf seinen Schultern lastete, sein Lächeln ließ die Stahlzähne blitzen. War er dankbar, während einer Fahrt mit einem Fremden diese Last ein paar Stunden lang sich selbst zu überlassen? Er tastete in seiner Hosentasche – ach, der Autoschlüssel lag noch auf dem Zimmer, wo hatte er nur seinen Kopf gehabt? Auch diese Selbstanklage geriet ihm gutgelaunt. Ich durfte ihn begleiten.

Die Hôtellerie des Klosters war ein langgestrecktes Gebäude aus dem späten neunzehnten Jahrhundert, Anstaltsgotik gewissermaßen, aber die Luft im Treppenhaus schien mir aus viel älteren Zeiten zu stammen: ein Geruch nach Steinen, den es bekanntlich nicht gibt, den man aber in alten Kellern wahrzunehmen glaubt, schwacher Weihrauch lag auch darin, der aus der Kirche strömte, ein kühlgrauer Hauch. Im düsteren Korridor waren große Barockschränke aufgereiht, die in diesen geräumigen Verhältnissen gar nicht bedrängten. Ich stellte mir vor, daß sie von Mönchen aus dem Elternhaus mitgebracht worden waren, eine Art Aussteuer, im Innern sicher bis obenhin mit Wäsche gefüllt.

Desfosses' Zimmer mit Bett, Stuhl und Schrank aus der Zeit der Erbauung dieses Flügels war ebenso säuberlich aufgeräumt wie die Werkstatt. Selbst in den kargen Zimmern von «Les Hortensias» habe ich sofort Unordnung entstehen lassen – «wenn du die Wohnung verlassen hast, sieht man, wo du gewesen bist und was du in der Hand hattest», so Hellas beständiger Tadel; ich habe das nicht so ernst genommen, ich bin nun einmal kein Pedant. Hätte sie etwa lieber mit einem Desfosses gelebt? Ein abwegiger Gedanke – der Schuster ließ sich mit niemandem aus unserem Kreis vergleichen, einen solchen Mann gab es bei uns nicht.

Ein Schreibtisch mit grüner Linoleumplatte war vor den Kamin gerückt, die Wärme erzeugte jetzt ein rostiger Heizkörper unter dem Fenster. An diesem Tisch schrieb Desfosses wohl höchstens einmal eine Postkarte oder füllte einen Fragebogen für die Rentenkasse aus, vor allem aber las er dort. Die Bibel und das Meßbuch standen darauf in abgegriffenem, schwarzem Ledereinband, bestimmt schon vom Vorbesitzer her, und aufgeschlagen lag eine dünne Zeitschrift mit altmodischem Layout – «Le Maréchal» hieß das Periodikum. Er hatte es abonniert, es war die Zeitschrift eines Freundeskreises des Marschalls Pétain, der als Nationalheld des Ersten Weltkrieges sich für die fragwürdige Aufgabe hergegeben hatte, im von Deutschland eroberten Frankreich einem «État français» von höchst eingeschränkter Souveränität zu präsidieren und der dafür nach dem Krieg als Verräter hart bestraft worden war. Das Blatt stritt, so erklärte mir Desfosses, vor allem dafür, daß dem «Löwen von Verdun» sein Ehrengrab in der Festung Douaumont, die er einst ruhmreich gehalten habe, nicht länger verweigert werde.

War mein Schuster ein Revisionist, ein Reaktionär? Er führte mir das dünne Heft vor: Es enthielt persönliche Erinnerungen, einen Frontbericht aus dem Ersten Weltkrieg, das Protokoll von Gruppentreffen und Vorstandswahlen, Pétain-Anekdoten, auch einen Leitartikel, der ein weiteres Mal das Unrecht beklagte, welches dem Marschall angetan worden sei. Es war eine echte Vereinszeitschrift, gemacht vor allem für Leser wie Desfosses, Zeitgenossen Pétains, und wahrscheinlich waren die Beiträger im selben Alter wie die Leser. Ein frommes Blatt, so war mein Eindruck, mehr vom Geist der Verehrung und eines pietätvollen Rückblicks geprägt als von an die Gegenwart gerichteten Forderungen.

Vom Politischen und Historischen hatte Desfosses nur ungenaue Vorstellungen, das wußte ich schon, seitdem er voll freudigem Eifer, mir etwas Deutschland Betreffendes mitteilen zu können, vom «roi Bismarck», der als «homme de fer» regiert habe, durchaus bewundernd gesprochen hatte. Den Königen kam Bewunderung nun einmal zu, auch wenn sie das Feindesland beherrschten. War er sich darüber im klaren, was den Marschall für viele seiner Landsleute zum Verbrecher gemacht hatte? Das war wohl weniger seine Feindschaft zur Dritten Republik, deren Botschafter in Spanien er immerhin gewesen war, und auch nicht seine Parteinahme für einen katholischen Konservatismus, gar Monarchismus. Man verzieh ihm vor allem nicht, daß er der Versuchung nachgegeben hatte, seine französischen Feinde mit Hilfe des siegreichen Okkupanten zu bekämpfen und zu unterdrücken. Was da im einzelnen vorgefallen war, ist Desfosses, wie sich dann beim Gespräch im Auto ergab, nie ganz klar geworden. Ihm ging es um etwas anderes: um Treue. Seine Verehrungsbereitschaft, die aus seinem Verehrungsbedürfnis erwuchs, hatte sich in jungen Jahren auf die väterliche Erscheinung des alten Marschalls gerichtet, der aus anderem Stoff gemacht zu sein schien als die lärmenden, von Skandalen befleckten Politiker und dessen Ehrwürdigkeit in der Einsamkeit seiner Festungszelle nur noch zunahm. Eigentlich hatte er doch zu den Bezwingern Deutschlands gehört – respektierten das nicht sogar die Deutschen, indem sie ihm diese Ehrenpräsidentschaft über das geschlagene Frankreich angetragen hatten? Der Marschall war für Desfosses eine männliche Jeanne d'Arc, und der Jungfrau war ja gleichfalls übel mitgespielt worden. Ging die Treue nicht durch dick und dünn, dann war es keine Treue. Daß hier eine Wunde verborgen war, für Desfosses weit schmerzlicher als das Schicksal des Marschalls, sollte ich noch an diesem Tag erfahren.

Aber wo war der Autoschlüssel? In der Hose, die er in den Schrank gehängt hatte? Als er die knarrende Schranktür öffnete, verstärkte sich der Geruch, der von ihm ausging: Savon de Marseille, Tabak, alte Kleider, all das zu einer Altmännerreinlichkeit vermischt.

Das Auto war ein zwanzig Jahre alter kleiner Peugeot,

grau wie sein Besitzer; wo das Blech verbeult war, zeigten sich Rostspuren. Ein Autonarr war Desfosses offenbar nicht – wenn er mit dem Gefährt irgendwo anstieß, schien er das gleichmütig hinzunehmen. Überhaupt war er sorglos am Steuer, das zeigte sich schnell, als wir uns auf der Landstraße befanden. Entgegenkommenden Autos wich er oft erst spät aus; da wir langsam fuhren, empfand ich das aber nicht als bedrohlich.

Er sehe auf die Entfernung nicht besonders gut, für die Arbeit habe er eine Brille, aber die tauge im Auto nicht viel. Die schönen grauen Augen – kam ihr verträumter Blick auch daher, daß er die Welt nur verschwommen wahrnahm? Es war kaum Verkehr auf den ländlichen Straßen, und er kannte sich gut aus: Das Haus dort gehöre Monsieur und Madame Lemoine, in einem anderen habe ein Bauer gewohnt, der vom eigenen Traktor überrollt worden sei, im nächsten, weit zurückliegenden, hätten die Leute einen tollwütigen Hund besessen und das viel zu spät bemerkt – hier nuschelte er, als wolle er ein akustisches Grabtuch über so viel Unvernunft mit derart schlimmen Folgen breiten.

Das Land öffnete sich. Die Creuse schnitt nun weniger tief in das Gelände ein, der breite Fluß mit lanzettartigen Inseln zerteilte eine Senke, aus der sich sanftes Hügelland erhob; da und dort ein Dorf, ein Schloß, eine Burg, kaum ein neues Haus, und auf den alten grauen Mauern sah man hin und wieder noch Reste großer Reklametableaus aus den dreißiger Jahren, blätternde Riesenbuchstaben – Byrrh, ein Wort, so seltsam wie Brrrt, war das etwas zum Trinken oder Rauchen? Fresken aus der Zeit vor der Entvölkerung des Landstrichs.

Desfosses saß hinter das Steuer geklemmt, den Kopf so nah wie möglich an der Windschutzscheibe, als könne er unversehens auftauchende Hindernisse so schneller erkennen. Ein uns entgegenkommendes Auto hupte, weil wir in der Mitte der Straße fuhren – er lenkte scharf nach rechts, so daß wir beinahe in den Straßengraben gerieten, fand dann aber zu seiner Via media zurück, ohne sich zu erregen, nur mit einem mitleidigen Kommentar über die Nervosität unserer Zeitgenossen, Zeichen für all das Üble, das die Menschen neuerdings durchmachen müßten.

Ich verstand schnell, daß es ihm keineswegs darum ging, mit mir die umliegenden Sehenswürdigkeiten abzuklappern; romanische Dorfkirchen standen nicht auf dem Programm, und Interesse daran war bei einigem Nachdenken auch nicht von ihm zu erwarten, denn er selber war ja eine Art romanische Dorfkirche und für die Qualitäten von seinesgleichen blind, Klosterschuster war er nicht aus Liebe zur Romanik geworden. Ein Sonntagsausflug hatte traditionsgemäß vor allem in ein Restaurant zu führen, und so lange, wie er schon hier lebte, kannte er sich mit den Restaurants im weiten Umkreis aus. Die Eltern von Mönchen wollten bei ihren Besuchen immer wissen, wo man essen könne, das war eine wichtige Sache.

Sein Ziel war eine Ortschaft, die, obwohl nicht größer als ein Dorf, städtisch wirkte, mit einem kleinen Park im Zentrum, einer streng gezirkelten Anlage mit Laternen und eisernen Papierkörben. In der Mitte eine Bronzestatue, diesmal kein Kriegerdenkmal wie sonst auf den Dorfplätzen, sondern das Abbild einer jungen Frau im Abendkleid, einer dieser weichfließenden, eigentümlich lappig wirkenden Roben der dreißiger Jahre. Sie hatte die dazu passende Frisur, kurzgeschnittene Löckchen mit Scheitel wie bei einer Zelluloid-Friseurpuppe, hier aber eben in Bronze gegossen, dem Material der Glocken und Kanonen.

«Madeleine Robin», sagte Desfosses ehrfürchtig, so daß

ich nicht nachzufragen wagte, um ihn nicht zu enttäuschen. «Wir sind hier im Geburtsort von Madeleine Robin.»

Wer war das gleich? Eine Sängerin, eine Tänzerin, eine Filmschauspielerin, immerhin aus einer bedeutenden Epoche des französischen Films, ja, den Namen meinte ich gehört zu haben, aber ich verband nicht viel damit. Der Bildhauer hatte keinen Wert auf individuelle Züge gelegt, sondern das Ideal einer untergegangenen Mode verewigt, schmalhüftig, mit kleinen Brüsten, jetzt erstarrt, aber im Leben wohl quecksilbrig mit girrend hoher Sopranstimme und einem Zauber, dessen Strahlen bis ins Herz von Louis Desfosses gelangt waren.

Der Herbsttag war ein Fest, der viele Regen ließ alles frischer erscheinen, als es der Jahreszeit entsprach. Angesichts der Sonne und der Kumuluswolken, so aufgeplustert wie Federbetten, unfähig, einen einzigen Regentropfen hervorzubringen, bedauerte ich, in einer Wirtsstube verschwinden zu müssen, doch Desfosses richtete keinen Blick zum Himmel, sondern strebte der Tür des Cheval Blanc entgegen und streckte die Hand schon mehrere Schritte vorher zur Türklinke aus.

Im Innern waren die meisten Tische besetzt, aber er hatte reserviert. Die süß lächelnde Wirtin führte uns an einen Tisch im Winkel am Fenster, beinahe ein Séparée. Von draußen sah die schlanke Silhouette der Sängerin herein, im Gegenlicht, wie eine unbewegt auf uns Wartende. Gedämpftes Stimmengewirr, aus der Küche Buttergeruch, Gläserklingen, die routinierte Abwicklung des Déjeuner durch das Personal – das Gefühl, wieder in eine soziale Maschinerie hineingeraten zu sein, aus der ich doch eigentlich herausgefallen war, machte mich beklommen.

Die Sonne ließ die Gaststube treibhauswarm werden,

mehrere Männer hatten die Jacken ausgezogen, um sich beim Schmausen nicht stören zu lassen. Louis Desfosses im Cheval Blanc, das war eine Überraschung für mich, an diesem Treffpunkt der in der Gegend verstreut lebenden Bourgeoisie, die an Festtagen auf eine gewisse Opulenz der Mahlzeiten Wert legte. Welch ein Gegensatz zur Schusterstube mit ihrem flackernden Licht über der leise sausenden Turbine! Was seine Ansprüche an ein sonntägliches festliches Mahl betraf, unterschied er sich nicht von den übrigen Gästen. Für die Speisekarte war wieder die Brille zur Hand, die auf der Landstraße nicht geholfen hätte. Die Karte war erfreulich kurz, aber er studierte sie so sachlich und ernst, wie er meine Schuhe mit dem rissigen Oberleder geprüft hatte.

Wir bestellten auf den bestimmten Rat der Wirtin zunächst Austern. Sie glichen grauen Walnüssen, hatte ihr festes Fleisch nicht wirklich einen leichten Nußgeschmack? Es war ein herzerwärmender Anblick, diese krustigen Schalen in den großen schrundigen Händen des Schusters zu sehen und die kindliche Konzentration zu beobachten, mit der er sie ausschlürfte. Es folgte eine Samtsuppe mit Petersilienwurzeln und dann Hase à la Royale – «à la Royale», betonte Desfosses: Er erwartete etwas Königliches und amüsierte sich darüber, daß er nun kurz davor stand, wie der König zu speisen. Dieser Hase war ein seltener Genuß. Sein Fleisch verschwand unter einer beinahe schwarzen Sauce, in die beträchtliche Mengen Gänseleber hineingerührt worden waren; das ergab einen Geschmack wie von einem unendlich veredelten, zarten Exkrement.

Unsere Unterhaltung verstummte für eine Weile, während Madeleine Robin von draußen zusah, kerzengerade aufgerichtet wie vor einem alten Standmikrophon. Hörte Desfosses sie silbrig singen, als die dicke Sauce auf seiner

Zunge schmolz? Der Rotwein war schwer und gleichfalls beinahe schwarz, eine spirituelle Version der Sauce – der Schuster hob das Glas und trank vornübergebeugt, die Serviette in den Kragen gesteckt, in bedachten Schlucken. Nichts Sinnlicheres war vorstellbar als seine Behutsamkeit beim Auftunken der Sauce mit einem Stück Brot. Brot mußte ohnehin jeden Gang begleiten, auch die reifen Birnen, die wir zum Schluß bekamen, aß er mit Brot, und diese Verbindung von Birnen und Brot machte dann wieder seinen Abstand zu den übrigen Gästen sichtbar, ältere Gewohnheiten drückten sich darin aus, bäuerliche Sitten, die ihn mit einer langen Reihe seiner Vorfahren verbanden.

Ich wußte ja, daß er ein ergebener Katholik war, aber ich empfand jetzt eine solche Sympathie für ihn, daß ich eine ihn möglicherweise befremdende Bemerkung wagte: Nach einem solchen Essen, schon während desselben, empfände ich keinerlei Sehnsucht nach der Ewigkeit mehr. Das Paradies könne nichts Besseres bieten als diesen «Lièvre à la Royale», es sei eine unsinnige Vorstellung, ja es sei ungerecht und geradezu undankbar, sich eine Welt zu ersehnen, die diesen Hasen blaß und matt aussehen lassen würde.

«Gewiß, Monsieur», Desfosses ließ sich in seiner Besinnlichkeit nicht stören, «der Hase war gut, sie machen das gut hier, sie verstehen was davon. Aber jeden Tag Lièvre à la Royale – das wäre doch auch nicht bekömmlich. Sonntags, ja, einmal im Jahr, aber ewig? Meinen Sie das wirklich?»

Da stand schon die zweite Flasche, denn es wurde andachtsvoll und gemächlich, aber beständig getrunken. Ich war nicht mehr in der Verfassung, das Mißverständnis aufzuklären. «Ewig» – plötzlich war das ein Reizwort für mich.

«Ich will überhaupt keine Ewigkeit», antwortete ich mit leicht erhobener, das Gemurmel im Saal übertönender

Stimme. «Ich will, daß es ein Ende gibt. Stellen Sie sich eine rotglühende Herdplatte vor, auf der ein dicker Wassertropfen rollt. Wäre es nicht herrlich, ein solcher Tropfen zu sein, auf der Herdplatte zu rollen und zu tanzen, während es zischt und spritzt, und dabei immer kleiner zu werden, bis man mit einem letzten Zischen verbrutzelt ist?»

Wie kam ich nur dazu, diesem freundlichen Mann solche Selbstauslöschungsphantasien ins Gesicht zu sagen? Er ließ sich nicht aus der Ruhe bringen.

«Ich bitte Sie, das wäre aber schade, so ein junger Mann wie Sie! Sprechen Sie nicht so! Denken Sie lieber an Madame, sie wartet auf Sie – wenn Sie zurückkommen, ach, die jungen Turteltäubchen ...»

Er bewies mir, daß die Reinheit des Herzens keine Scheu vor dem Klischee kennt – alle Menschen sind gleich und haben dieselben Erfahrungen, und es besteht kein Grund, diese nicht immer gleich auszudrücken. So führte er mich aus dem Luftreich der Spekulation wieder auf die Erde.

«Auf mich wartet keine Taube mehr – sie ist weggeflogen.»

Ein Stimmungswechsel. Seine Miene verdüsterte sich. Es war, als erwache er aus einer beglückenden Betäubung, die nicht von Opiaten, sondern durch Hasenbraten und Burgunder erzeugt worden war. Sein Kopf senkte sich. Er schwieg, und ich wagte nicht, das Schweigen zu unterbrechen.

«Ach, das ist schlimm, sehr schlimm.» Als er den Kopf hob, sah ich, daß die grauen Augen schwammen. Er fuhr mit der breiten Schusterhand darüber und schüttelte sich, um seine Ergriffenheit zu verscheuchen. «Monsieur», sagte er dann und legte in diese Anrede eine große Feierlichkeit, «ich weiß, wie Ihnen zumute ist. Ich bin in derselben Lage.»

Eine Frau hatte ihn verlassen, nein, nicht eine Frau – seine

Frau, die rechtmäßig und freiwillig ihm angetraute Frau, die er schon als kleines Mädchen gekannt hatte, während sie als Tochter einer Witwe in beengten Verhältnissen im Nachbarhaus aufwuchs. Wo hatten diese Häuser gestanden? Er nannte jetzt den Namen seines Geburtsorts, in dem auch sein Vater, der Großvater und der Urgroßvater Desfosses geboren worden waren, die Frauen der Familie stammten aus anderen Dörfern, deren Namen er nicht nannte, während ich den seines Heimatdorfs nie vergessen werde: «Paimbœuf» – dem Klang nach waren Brot und Rindfleisch darin enthalten, ich sah den berühmten Rindersuppentopf vor mir, von dem erst das Gemüse in der Brühe und danach das Rindfleisch, natürlich mit Brot, gegessen wird. Dachte auch er daran, daß dieser Name die schönsten Traditionen der Häuslichkeit beschwor?

Paimbœuf lag nah bei Nantes, aber doch nicht so nah, daß die Stadt spürbar gewesen wäre, im Gegenteil, es war eine abgeschlossene Welt; in ihren Mauern dachte man nicht an Nantes mit seinem Blick auf Amerika – «damit haben wir nichts zu tun gehabt. Was die Leute brauchten, haben sie in Paimbœuf gefunden – bei uns gab es alles, und was es nicht gab, hat man nicht vermißt. Meine Leute jedenfalls nicht. Wir waren zufrieden.» In seiner Schilderung war Paimbœuf kein verschlafenes Nest: Es gab die Märkte, den Tanz am vierzehnten Juli, die großen kirchlichen Feste, und der Vater hatte an all dem einen besonderen Anteil, weil er Musik machte. Er war der Organist und Kantor der Kirche, spielte aber auch Trompete und Akkordeon, ohne ihn war das Dorfleben unvorstellbar. In der Christmette schmetterte er «Minuit, chrétiens» von Adolphe Adam von der Orgelempore herunter, für die Gemeinde der Höhepunkt des Weihnachtsfestes, da liefen selbst den Freimaurern Schauder über den Rücken. Der Vater war streng und sah auf Ordnung, er war auch der Lehrherr seines Sohnes, der ab seinem zwölften Geburtstag in der Werkstatt mithalf: Leim kochen und den Zwirn drehen und wachsen, Arbeiten für ein Kind, für anderes war schon eine gewisse Körperkraft notwendig.

Der Krieg war keine einschneidende Erfahrung, dafür dauerte er zu kurz, und der Soldat Desfosses gelangte nach seiner Einberufung gar nicht mehr zum Einsatz. Doch das Zusammensein mit anderen jungen Männern aus anderen Städten und Dörfern mit ihren verschiedenen Dialekten war ein Erlebnis: «Ach, wir hatten da einen Juden, der konnte alle Sänger nachahmen – Maurice Chevalier, aber auch die Frauen, Rina Ketty und Madeleine Robin. Wir lagen auf dem Boden vor Lachen, wenn er anfing, ein Genie!» Wieder zu Hause, lernte er dann weiter das Stiefelmachen, schwere Brocken, unzerstörbar, wenn regelmäßig eingefettet und immer gut getrocknet – «und daran würde ich auch Sie gern erinnern, wenn Sie gestatten, Monsieur», er unterbrach seinen Erzählfluß. «Ich weiß, es fällt nicht leicht, daran zu denken, aber das Einfetten und das Trocknenlassen, darauf sollten Sie achten, dann können Sie die Schuhe noch dreißig Jahre tragen.» Bei der Feldarbeit liefen die älteren Leute in Paimbœuf vielfach in Holzschuhen, aber deren Herstellung war ein anderes Metier, so streng von dem Schusterhandwerk geschieden wie Holz von Leder. «Leder hört eben nicht auf zu leben, als ob die Tierseele sich dort hineingeflüchtet hätte.»

Bald änderte sich das Verhältnis zum Vater. Jetzt war der Vater nicht mehr der Meister, sondern hatte verstanden, daß er alles, was er wußte, an den Sohn weitergegeben hatte und daß der Sohn inzwischen selbst ein vollkommener Schuster geworden war, im Maßstab von Paimbœuf jedenfalls – die Leute fuhren nach dem Krieg allerdings öfter in die Stadt, die

Jüngeren verließen das Dorf und kehrten nur zu den Festen zurück, und dann trugen sie schicke Schuhe aus der Fabrik, die waren ... – Desfosses widerstrebten die gar zu schroffen Urteile, aber hier hätte er, das spürte ich, gern so etwas wie «Dreck» gesagt. Mit dem Vater in der Werkstatt zu sitzen war für ihn eine einzige Freude – «mein Vater war mein Freund», lebhafter als er, mit einem großen Fundus an Geschichten und Witzen, auch nach vielfachem Hören noch köstlich. Ihr Zusammenwirken schuf ein Paradies der Gewohnheit, in seiner ganzen Schönheit erst zu erfassen, nachdem es vergangen war. Nichts hatte gefehlt, es hätte immer so weitergehen können.

Es war der Vater, der schließlich fand, er müsse heiraten, aus nüchternen Erwägungen heraus: Eines Tages wäre er tot, dann sei Louis allein, und eines Tages werde die Mutter nicht mehr vorn im Laden stehen können. Wie sollte dann in Ruhe gearbeitet werden, wenn er für die Bedienung der Kunden beständig alles unterbrechen müßte? Und er hatte, praktisch, wie er war, auch gleich eine passende Braut genannt, das Nachbarsmädchen, Tochter von anständigen, ohne Verschulden in Not geratenen Leuten. Damit käme keine Fremde ins Haus, niemand, der ihre Gewohnheiten nicht kannte.

Etwas Unerwartetes geschah: Nachdem der Vater die Gedanken seines Sohnes im beiläufigen Gespräch, von Hammerschlägen rhythmisiert, in die Richtung des Nachbarmädchens gelenkt hatte, war es dem, als sehe er dieses Mädchen jetzt erst richtig oder überhaupt zum ersten Mal; was nicht so ungewöhnlich ist, wenn man ein Kind hat aufwachsen sehen und in der allmählichen Veränderung verpaßt, daß es inzwischen erwachsen geworden ist. Er verliebte sich, angestoßen durch die sachlichen Überlegungen des Vaters, von einem auf den andern Tag heftig in das Mädchen – von Sachlichkeit war da keine Spur.

«Mein Mund wurde trocken, wenn ich sie sah, ich bekam kein Wort mehr heraus», was auffällig war, weil er bis dahin beinahe täglich mit ihr dies und das besprochen hatte, in der freundlichen Herablassung eines jungen Mannes, der an Kindern nicht weiter interessiert ist. «Eines Abends, es war schon dunkel, und Straßenbeleuchtung so wie heute gab es noch nicht in Paimbœuf, ich rauchte draußen eine Zigarette, da steht sie plötzlich vor mir und sagt wie immer: ‹Loulou, alter Zigeuner, voilà› – das war ihr als ganz kleines Mädchen mal eingefallen, sie fand das wer weiß wie komisch, wie Kinder eben Späße machen, die kein Mensch versteht. Sie hatte ein helles Sommerkleid an, und es war heiß, und eine Locke klebte ihr auf der Stirn. Ich hatte sie noch nie so hübsch gesehen, aber ich habe offenbar ein wildes Gesicht gemacht, im Dunkeln muß das zum Fürchten ausgesehen haben. Da hat sie sich die Hand vor den Mund gehalten und ist ins Haus gerannt – rums, war die Tür vor mir zugeknallt.»

Hier überwältigte ihn auch heute noch die Komik der Situation, und er machte mir vor, was er für ein wildes Gesicht hielt, ein Augenrollen wie von einer chinesischen Theatermaske. Daß er ihr gegenüber genau das Gegenteil von dem tat, was er eigentlich im Sinn hatte, das sei später dann immer wieder vorgekommen. Die richtige Brautwerbung nahm zum Glück der Vater in die Hand; der sprach mit der Witwe, während er in höchster Unruhe eine Zigarette nach der anderen rauchte, weil es nicht gelang, sich mit Arbeit abzulenken.

«Die Witwe war arm, wie gesagt, aber reich waren wir ja auch nicht.»

Ich meinte zu verstehen, daß im Haus Desfosses für ein

gutes Essen gesorgt war à la «sonntags ein Huhn im Topf», aber daß da nicht ständig angeschafft werden konnte und die Kleider lange halten mußten, wie es auch vernünftig war – warum sollte man Sachen wegwerfen, wenn sie geflickt werden können? Die Brautwerbung kam rechtzeitig, denn das Mädchen hatte inzwischen den Entschluß gefasst, in der Stadt in die Fabrik zu gehen. Jetzt brauchte sie einfach nur ins Nachbarhaus umzuziehen. Die Witwe hatte gar nicht in diese Richtung gedacht, ihr war die Lösung hochwillkommen. Seine Eltern räumten ihr Schlafzimmer und zogen in einen kleinen Raum hinter der Werkstatt, das paßte ebenfalls, denn die Treppe in den ersten Stock war eng, und die Knie der Mutter wurden arthritisch. Alles war so eingerichtet wie im Bilderbuch. Die Mutter würde sich von nun an vor allem um die Küche kümmern, mit kleinen Pantoffelschritten zwischen Herd und Speisekammer hin und her schlurfen, die junge Ehefrau würde im Laden stehen und bedienen, und die beiden Männer blieben in ihrem Reich, der vollgestopften Werkstatt im Dunst des Leimtopfs, wo die Gespräche friedlich dahinflossen, während das Erneuerungswerk an den eingelieferten Schuhen voranging – es waren jetzt vor allem Reparaturen, die anfielen. Die Fabrikschuhe verließen die Behandlung von Desfosses Père et Fils in besserer Verfassung, als sie im Laden gekauft worden waren.

«Ich habe nicht gewußt, wie stark unsere Gemeinschaft war – Mutter, Vater und ich. Sie kam da hinein, hatte so etwas nie vorher erlebt ...»

Jedem im Hause Desfosses war eine Rolle zugewiesen, die stand fest. Es stellte sich heraus, daß das Mädchen, obwohl aus kümmerlichen Verhältnissen, wie er, nicht in der Absicht, sie herabzusetzen, wiederholte, o nein, einzig um daran zu erinnern, daß er nicht aus Eigennutz um sie geworben habe –, daß sie kurzum, so knapp es auch zuging, verwöhnt worden war. Schweigend Pflichten zu übernehmen, das kannte sie nicht. Es ging ihr nicht darum, bedient zu werden, aber sie wollte gebeten sein, wenn sie etwas tun sollte, und danach erwartete sie Dank. Ihr Geist war lebhafter, als es im Hause Desfosses üblich war, sie sang vor sich hin, wenn sie gute Laune hatte, und gab ironische Antworten, welche die Schwiegereltern nicht verstanden, womöglich gar als Ungezogenheiten auffassten.

Mit ihrem Einzug in das Schusterhaus hatte sich dort etwas verändert. Die gesammelte Feierlichkeit der Mahlzeiten, das Ritual höchster familiärer Geschlossenheit, war einer gewissen Anspannung gewichen. Desfosses fürchtete jetzt das Herannahen des Abendessens, des einst so ersehnten, weil ihn die Notwendigkeit, seine Frau und die Eltern in Harmonie zu bringen, stets aufs neue erschreckte. Trotzdem nahm seine Verliebtheit um kein Gran ab; je länger er mit ihr in einem Bett lag, desto verrückter war er nach ihr. «Und dabei war sie kühl – das Küssen, das mochte sie nicht besonders, das andere schon ...» Ohne daß der Vater ahnte, welche Kräfte er entfesselt hatte, als er diese Ehe stiftete, stellte sich nun heraus, daß in seinem Sohn ein leidenschaftlicher Liebhaber geschlafen hatte.

Aber der Frieden im Haus war dahin. Die Eltern waren zu gutmütig, um ins Zanken hineinzugleiten, doch die Unruhe, die von dem Mädchen ausging und die den Sohn ganz und gar ergriffen hatte, setzte ihnen zu. Wenn Vater und Sohn in der Werkstatt hämmerten und nähten, vernahmen sie aus dem Laden die Stimme des Mädchens, das mit den Kunden plauderte und immer wieder in Gelächter ausbrach. Sie machte die Ladentheke zu ihrer Bühne, sie drängte in die Öffentlichkeit. Immer häufiger waren es nun die Männer, die zum Abholen reparierter Schuhe erschienen; bei der Mutter waren das meist die Ehefrauen gewesen. «In allen Ehren!» Er wollte seiner Frau in dieser Phase nichts Böses nachsagen, sie hatte aber ganz früh schon gezeigt, daß sie mit dem Grundgesetz des Hauses Desfosses – heilige Stabilität bis zur Stagnation, pietätvolles Verbleiben in den vorgefundenen Grenzen, die Familie als perfekte Gesellschaft, die auf Erweiterungen nach außen, auf Impulse von außen nicht angewiesen war – nicht viel anfangen konnte. Sie hatte ihre Verheiratung als einen Schritt in die Welt verstanden, als ein Verlassen des Käfigs, und einen neuen Käfig würde sie nicht hinnehmen.

Desfosses wollte dagegen alles tun, um seine junge Frau glücklich zu machen – was er eben unter Glück verstand, dieses stille Verweilen in den eigenen Mauern bei guter Arbeit und gutem Essen, dieses Glück, das sich nach außen hin nur durch den Rauch aus dem Schornstein über dem niedrigen Dach verriet –, und er wollte zugleich die geliebten Eltern zufriedenstellen, sie in ihrer Zufriedenheit jedenfalls nicht gestört wissen. Die Unmöglichkeit, beidem gerecht zu werden, preßte eine weitere, bis dahin ihm unbekannte Eigenschaft aus ihm heraus: eine Neigung zu Wutanfällen. Er gestand mir das offen und aufrichtig bekümmert, so reuevoll wie im Beichtstuhl. Wenn die Spannung unerträglich geworden sei, habe sein Hirn sich verdunkelt; er sei dann von der Einsicht einer Aussichtslosigkeit, die Dinge mit Geduld im Gleis zu halten, überwältigt worden. «Ich habe sie nie geschlagen, obwohl es manchmal kurz davor war. Aber ich merkte, daß sie begann, Angst vor mir zu haben, wenn ich sie so ansah ...» Er führte mir wieder die chinesische Wutmaske vor, mit verzerrtem Mund und hervortretenden Augen – es war verblüffend, wie die Friedfertigkeit jäh von ihm abfiel, aber die Trauer, mit der sein Bericht durchtränkt war, verbot das Lachen von vornherein.

Die Eltern fanden ihre eigene Lösung. Der Vater wurde plötzlich schwer krank, mit Lungenkrebs; von einem auf den andern Tag konnte er das Bett nicht mehr verlassen. Die Zeit seines Sterbens brachte überraschenderweise eine Entspannung. Die junge Frau entdeckte ihre Begabung, einen Kranken zu pflegen, ließ sich vom Arzt zeigen, wie man Spritzen gibt, fütterte ihn und wusch ihn und schlief in seinem Zimmer, um sofort helfen zu können, wenn er nachts nach Atem rang. Der Arzt war ihr dankbar; sie war es, die ihm berichtete, wenn er Visite machte, Desfosses und die Mutter standen stumm und beklommen dabei, staunend über die Sicherheit, mit der sie dem Arzt antwortete. Die Augen des Todkranken waren in tiefem Vertrauen auf sie gerichtet; er folgte den Bewegungen ihrer Hände und versuchte, ihr entgegenzukommen, wenn sie ihn umbettete. Daß der Sterbende nur noch mit dem eigenen Befinden beschäftigt war, langweilte sie nicht. Sie lauschte seinen Klagen und versuchte, ihm Erleichterung zu verschaffen, stopfte ihm ein frisch bezogenes Kissen in den Nacken und massierte seine Füße. Darauf war sie selbst gekommen. An den Füßen konnte man mit Massagen nichts falsch machen, es zeigte sich manchmal sogar ein Lächeln auf seinen Lippen, bevor er darüber einschlief. Sie hatte das Regiment im Haus übernommen. Die Mutter war hinter die Ladentheke zurückgekehrt.

Die Erinnerung an den Tod des Vaters bewegte Desfosses. Er schwieg eine Weile, suchte nach einem Taschentuch und schneuzte sich. Jetzt war sie da, die Auflösung der einst unerschütterlichen Fundamente seines Lebens. Die Mutter machte von ihrem Tod bald darauf nicht viel Aufhebens, eine Kundin fand sie im Laden, zusammengesackt auf einem

Stuhl. Der Kopf war auf die Brust gesunken, auf den Gruß der Kundin regte sie sich nicht.

Am gleichen Tag teilte die junge Frau ihm mit, daß sie schwanger sei. Trauer und Freude mischten sich, es begann eine Zeit der Erwartung. Zunächst erleichterte die Abwesenheit der Eltern das Zusammenleben, das zwar keineswegs harmonischer wurde, aber nicht mehr unter dem bedrohlichen Druck stand, eine Vereinbarkeit des Unvereinbaren zu finden. Desfosses begriff, daß ein Kapitel seines Lebens abgeschlossen war. Würde sich nun in neuer Form wiederholen, was er mit seinem Vater erlebt hatte? Und wenn ein Sohn kommen sollte, würde er den einmal, vielleicht schon in zwölf Jahren, in der Schuhmacherei anlernen und ihm die Geheimnisse und Kniffe eröffnen, die ihn sein Vater gelehrt hatte?

Auf was für einen Gedanken war er da gekommen! Ich konnte mir Desfosses einfach nicht als Vater vorstellen, trotz der weißen Haarbürste und der bescheidenen Würde, das Kindliche in ihm war stärker. Väterliche Autorität – wäre er dazu fähig gewesen?

Er mußte es nicht beweisen. Es kam ein Sohn, aber es stand früh fest, daß er niemals mit ihm in der Werkstatt sitzen würde. Zunächst lernte das Kind nicht sprechen, auch mit sieben oder acht war ihm mehr als «Maman» und «Papa» nicht zu entlocken. Es wuchs aber schnell, aß viel und wurde groß und schwer, schon mit zwölf hätte man den Jungen von hinten für einen Erwachsenen halten können. Seine Größe, sein Gewicht und seine Kraft machten ihn bald zu einer Gefahr. Wenn er stunden- und tagelang teilnahmslos herumgesessen hatte, konnte ihn eine kleine Störung – etwa der Versuch, ihn daran zu hindern, immer mehr in sich hineinzustopfen – zum größten Zorn reizen. Beide waren sie schon von ihm angegriffen worden und hatten sich nur, weil er ungeschickt war und seine Bewegungen schlecht koordinierte, seiner erwehren können. Die Frau war schon früh zu Beratungen mit Ärzten nach Nantes gefahren; sie hatte sich Literatur geben lassen und versuchte, die wissenschaftliche Sprache mit all den lateinischen und griechischen Ausdrükken für sich aufzuschließen – Desfosses sah ihr kopfschüttelnd dabei zu. Leider war diese anstrengende Lektüre nicht tröstlich, so wie wenn ein Angeklagter einer längeren juristischen Argumentation schließlich nur entnehmen kann, daß er zum Tode verurteilt ist. Und ganz streng wissenschaftlich war es nicht, was sie sagte, wenn sie eine Weile erbittert gestritten hatten: «Die Wutanfälle, die hat er von dir.»

Er hielt inne. «Halten Sie das für möglich, Monsieur? Meine Wutanfälle – gewiß, die sind schlimm, da gibt es nichts zu entschuldigen, aber ich weiß genau, daß ich sie nicht von Anfang an gehabt habe. Die sind erst mit ihr gekommen ... Da kann ich sie doch eigentlich nicht vererbt haben?»

Charles hieß der unschuldige Wüterich, nach seinem Großvater. Es war der Entschluß der Mutter, ihn aus dem Haus zu geben, sie hatte die Verbindung zu den Ärzten gehalten und mit ihnen immer wieder konferiert. Desfosses war diese Welt verschlossen, was ein Arzt sagte, nahm er an wie ein Gottesurteil. Eines Tages stand ein Krankentransportauto vor der Tür, und Charles wurde von zwei Pflegern aus dem Haus geführt, an diesem Tag lammfromm; seine Mutter begleitete ihn. Desfosses ging in seine Werkstatt zurück und stützte seinen Kopf in die Hände. «Monsieur, ich habe geweint.»

Ich fragte mich, wie Madame Desfosses wohl ausgesehen habe, der Schuster hatte in dieser Hinsicht nichts erwähnt, aber nach einem Foto zu fragen wagte ich nicht; diese Trennung war weit davon entfernt, überwunden zu sein. Seine Liebe war auf jeden Fall nicht durch ihre Schönheit und Anmut geweckt worden, sie war sein Schicksal, es hatte nie ein Element von Wahl darin gelegen. Eine Männerschönheit war er nicht und wohl auch in der Jugend nicht gewesen, aber er sah immer noch beeindruckend aus, wenn er die Greisenmüdigkeit von sich abwarf – die Bildhauer der antiken römischen Porträtbüsten hätten von seinem Kopf eine unvergeßliche Skulptur gemeißelt. Ich malte mir aus, daß sich bei Madame Desfosses, nachdem sie aus der Lieblichkeit ihrer achtzehn Jahre herausgewachsen war, gleichfalls ein Charakterkopf entwickelt hatte, schmallippig, mit breiten Backenknochen und Augen, die sich, wenn sie zornig wurde, zu Schlitzen verengten, dazu ein weißer Teint, Haar von unentschlossener Farbe, an den Schläfen von kleinen Kämmen gehalten. Ich stellte mir vor, daß sie ihre Schlankheit bewahrt hatte, es ist ja auf das Essen nach dem Tod seiner Mutter keine besondere Aufmerksamkeit mehr gewandt worden. Ich sah sie in den gleichen Landfrauen-Kleidern wie die andern in Paimbœuf, und zugleich wollte ich glauben, daß sie von solchen Sachen völlig unabhängig war und selbst eine karierte Kittelschürze so tragen konnte, als sei sie ihr auf den Leib geschneidert.

In alten Zeiten hatte es Asyle gegeben, die nüchtern den «incurables» vorbehalten waren. Jetzt kam Charles in eine Heilanstalt, obwohl auch bei ihm feststand, daß sich da nichts heilen ließ. Seine Frau hatte ihm die genaue Diagnose mitgeteilt, sie kam ihr flüssig über die Lippen, aber die griechischen Wörter sagten ihm nichts, und er konnte sie sich deshalb auch nicht merken. Er verstand nur, daß Charles ihm fehlte, obwohl er, kurz bevor der Junge in die Anstalt kam, von ihm zu Boden geworfen worden war.

Auch ihr fehlte der Sohn, aber sie zog daraus einen anderen Schluß. Sie saßen nun allein im Schusterhaus, das geradezu geräumig geworden war. Bei gekochtem Rindfleisch im Gemüsesud – das immerhin kam gelegentlich noch auf den Tisch – und während sie von der Birne in der Deckenlampe fahl beschienen wurden, erklärte sie ihm, sie werde nach Nantes ziehen, um in der Nähe von Charles zu sein. Und sie werde dort eine Ausbildung zur Krankenschwester anfangen. Sie war Ende zwanzig, es war dazu noch nicht zu spät, wenn sie sofort begann. Sie habe einen Platz im Krankenhaus bekommen, ein Zimmer in einem Schwesternwohnheim gehöre dazu. Mit Nachtwachen werde sie so viel verdienen, daß sie kein Geld von ihm brauchen werde. Er solle sie besuchen, wann immer er nach Charles sehe; und an einem freien Tag könne sie auch einmal nach Paimbœuf fahren. Dies alles in Ruhe und mit vollständiger Sicherheit gesagt.

War das nicht der Augenblick für einen großen Wutanfall? Der blieb aus. Desfosses fühlte, daß das Ende des Lebens, wie er es geführt hatte und wie es ihm einzig richtig erschienen war, näherrückte. Er sah sofort, daß keine Macht seine Frau mehr hinter den Ladentisch zurückbringen würde. Auf der anderen Seite waren da die Notwendigkeiten: Es war gut, wenn die Mutter in der Nähe von Charles war, am liebsten wäre er selbst es gewesen.

«Als sie mit einem Koffer in den Bus nach Nantes stieg, ohne sich umzudrehen – aus dem Fenster hat sie allerdings noch einmal gewunken –, da wußte ich, daß ich sie verloren hatte, das saß mir in den Eingeweiden. Denn das war ja meine Frau! Wir hatten zusammen vor dem Altar gestanden, wir hatten uns Treue bis zum Tod versprochen – sehen Sie, ich wußte sehr wohl, daß es die Scheidung gibt, auch in Paimbœuf gab es Geschiedene, wo denken Sie hin, aber bei uns, in meiner Familie, hielt ich das einfach für unmöglich. Ich war ein großer Dummkopf. Was ich alles geglaubt habe – was nicht geht, was wir nicht tun, was unmöglich ist –, das war wertloses Zeug. Alles war möglich, auch bei uns. Was mir unmöglich vorkam, war längst das Allergewöhnlichste, ich allein habe das nicht gewußt. Was geschah, war das Einfachste von der Welt. Sie wurde Krankenschwester, machte eine gute Prüfung, und dann» – es fiel ihm noch heute schwer, es auszusprechen – «hat sie dort einen Arzt gefunden, einen Orthopäden, später wurde er Chefarzt im Süden, in der Provence, von dem hat sie noch drei Söhne gekriegt. Verstehen Sie – das ging alles ohne Krieg und Streit, so einfach, wie ein Apfel vom Baum fällt.»

Die üblichen naheliegenden Erklärungen für diese Katastrophe zog er gar nicht in Betracht; die Suche nach einem erfüllteren Leben, nach Wohlstand und Aufstieg, ach was, das schob er weg. Das Leben war überall das gleiche – es hatte bei ihm zu essen gegeben, sie hatten in einem Bett geschlafen, sie hatten das Unglück zusammen ausgehalten, ja, natürlich hatten sie auch gestritten – was so natürlich auch wieder nicht war, denn solange er allein mit den Eltern gelebt hatte, waren häusliche Kriege dem Schusterhaus ferngeblieben. Aber bitte: Das war doch kein Grund, vor allem, weil sie nach seinen Wutattacken, wenn er wieder in sich zusammengefallen war, doch stets das letzte Wort behielt. Etwas so Banales wie die Sehnsucht nach Aufstieg kannte er bei sich nicht, und das wollte er auch der Frau, die er liebte, nicht zutrauen.

Sie kümmerte sich übrigens weiterhin um Charles, bezahlte regelmäßig und besuchte ihn. Sie hatten feste Tage bestimmt, damit sie sich nicht begegneten. Von weit her aus der Provence kam sie angereist, das ließ sie sich nicht nehmen, daran mußte sie niemand erinnern, und für Charles war die neue Verbindung seiner Mutter von Vorteil, denn jetzt gab es den einflußreichen Arzt-Ehemann im Hintergrund: Charles war in der Anstalt nicht mehr der Sohn des Schusters von Paimbœuf, sondern Kollegensohn, dem mehr Aufmerksamkeit geschenkt wurde. Mußte man sich darüber nicht freuen? In der Katastrophe nach etwas suchen, was doch eigentlich ganz gut gelaufen war? Man kann es mit der Gerechtigkeit auch übertreiben. Er begriff bis heute nicht, was geschehen war, kein Grübeln brachte ihn einer Lösung des Rätsels näher. In seiner Schreibtischschublade lag das Gerichtsurteil, das die Scheidung ausgesprochen hatte, mit Stempel, «im Namen des französischen Volkes», aber das besaß für ihn bis heute keine Realität. Sie war seine Frau wie am ersten Tag, ihm nur auf unverständliche Weise entrückt.

«Ich habe dann auch viel falsch gemacht; die Einsamkeit, die war ich nicht gewohnt. Allein in der Werkstatt, allein am Küchentisch, allein im Bett. Sie wissen es, das ist nicht gut für unsereins. Ich fing an, ins Café du Sport zu gehen und mit den Männern dort zu trinken – wie man so sagt: in schlechter Gesellschaft – so schlecht war sie nicht, nur undiszipliniert, und irgendwann leidet die Arbeit darunter, und man bleibt morgens zu lang im Bett, da gibt's ja nichts, was einen zum Aufstehen zwingt. Und da hatte ich eben diesen alten Kameraden vom Militär, mit dem ich mich damals am besten verstanden habe, ein Bauernsohn war das, der nach dem Krieg ins Kloster gegangen ist, als Bruder, Priester ist er nicht geworden, aber er hatte dort die ganze Küche unter sich, für hundert Mönche, ein wichtiger Mann. Wir haben uns immer mal geschrieben, und von dem kam dann der Vorschlag, hierher als Klosterschuster zu kommen, als Laie, ohne Gelübde, frei, soweit das in dem Zusammenhang möglich ist.

Ja, da habe ich mich vorgestellt, die Werkstatt angeschaut, die war in einem jämmerlichen Zustand. Es fehlte einer, der was von Schuhen verstand. Und dann habe ich unser Haus verkauft, mit allem, was drin war. Nur das Handwerkszeug habe ich mitgenommen, das wird nach meinem Tod dem Kloster gehören. Seitdem bin ich hier, fahre viermal im Jahr nach Nantes zu meinem Sohn, er ist etwas ruhiger geworden. Ich kann ihn manchmal rausnehmen und mit ihm in ein Restaurant gehen. Und dann gehe ich noch einmal im Jahr zu Nonnen in Lourdes und repariere dort die Sandalen, die haben dort niemanden, und ich habe etwas Abwechslung. So geht es, Monsieur ...»

Das klang doppeldeutig. So kann das Leben einem mitspielen, mochte das heißen, aber auch: So kann man aus seinem Pech das Beste machen.

Die Rechnung teilten wir uns; von dem, was ich mir bei meinen Freunden für die Reise geliehen hatte, ging dabei das meiste drauf. Desfosses war jetzt wieder völlig gefaßt. Einen Digestif lehnte er ab – «den nehmen wir woanders!» Während er mich vor dem Aufbruch noch eine Weile allein ließ, auf dem Weg zum Waschraum ein wenig unsicher schien, trank ich die letzten Schlucke Burgunder, die auf meiner Zunge manchmal zu Fleischessenz und dann wieder zu Kirschsaft wurden. Desfosses, ein Heiliger der Verborgenheit. Seine Lebensqualen trug er, wie die Märtyrer auf den alten Bildern ihre vergoldeten Folterwerkzeuge mit sich führten, diese Schwerter, Messer, glühenden Pflugscharen und Darmspindeln – was hätte zu ihm gepaßt? Ein goldenes Chirurgenskalpell etwa, mit dem das unauflösliche Band zwischen Monsieur und Madame Desfosses so fein durchschnitten worden war?

Als wir zum Auto gingen, war Madeleine Robin in ihrer

Gertenschlankheit zum Zeiger einer Sonnenuhr geworden und warf einen langen Schatten, den wir durchquerten. Schwierig war es, aus der Parklücke herauszukommen, rums und rums stießen wir einmal vorn und einmal hinten an. Desfosses stieg aus, betrachtete die Stoßstangen der anderen mit Kopfschütteln und entschied dann, die «kaum wahrnehmbaren Berührungen», wie er zu mir sagte, auf sich beruhen zu lassen.

Er kündigte mir an, es erwarte mich ein besonderer Genuß. Nun war er wieder der Mann, den ich in der Auberge de l'Abbaye kennengelernt hatte; das gehörte wohl auch zu den Regeln des verborgenen Lebens: den anderen mit seinem Schicksal nicht lästig zu werden. Romanische Kirchen standen auch weiterhin nicht auf dem Programm, obwohl es nahe der Place Madeleine Robin gleich eine gegeben hätte; ihr Portal, von schlanken Säulen flankiert, die von zwei bis zur Unkenntlichkeit abgeschliffenen Löwen getragen wurden, wischte am Fenster vorbei, als wir uns schon in voller Fahrt befanden.

Desfosses fuhr noch langsamer als am Vormittag, aber diesmal war ich dankbar dafür. Wir bogen auf eine Straße ab, die so klein war, daß er beinahe an ihr vorbeigefahren wäre; im letzten Moment riß er das Lenkrad herum, die Hinterräder gerieten ins Rutschen, wir schafften die Haarnadelkurve knapp. «Oh, là, là», er lächelte, hinter das Lenkrad geklemmt, als sei ihm ein Bubenstreich geglückt.

Kleine Hügel, nur in der Ferne von Wald begrenzt – es war einfach leeres Land, «ohne auffällige Merkmale», die farblosen Felder abgeerntet, Spuren menschlicher Tätigkeit überall, aber keine Menschen. Die Straße war gewölbt und sah aus wie der Rücken einer in die Erde gegrabenen Schlange. Ab und zu ein Wasserturm – «voilà, un château d'eau», sagte

Desfosses, und ich hielt nach den Zinnen eines Burgturms Ausschau, den französischen Ausdruck kannte ich noch nicht. Abseits der flachen Wasserarme der Creuse schien das Land tatsächlich knochentrocken, vom heißen Sommer ausgedörrt, als sei der Regen der letzten Tage nicht bis hierher, fünfzig Kilometer vom Kloster entfernt, vorgedrungen. Hatte der etwa nur mir gegolten, als kosmisches Äquivalent meiner Verheultheit?

Schließlich ein paar Häuser um eine Straßenkreuzung herum, eine winzige, in die Einöde gesetzte Vorstadt, nichts Bäuerliches hatte diese graue Siedlung. Wovon man hier leben mochte? An der Ecke ein Café mit von verschnörkelten Eisenstützen getragenem Vordach wie mitten in Paris, hinter den trüben Glasscheiben brannte ein goldenes Licht. Da sollten wir den Digestif nehmen – «ich kenne das hier gut, bin hier schon oft gewesen. Die Patronne ist erstaunlich, Sie als Deutscher haben ein Auge dafür – eine Loreley!» In seiner Generation galt «Ich weiß nicht, was soll es bedeuten» noch als Inbegriff deutschen Wesens, sein Vater hatte das Lied sogar auf der Orgel gespielt – «es paßt gut in die Messe», sagte Desfosses mit Kennermiene, «der Rhein, die Melancholie ...» Es war ihm nicht gelungen, das Auto parallel zum Bürgersteig abzustellen, es ragte mit dem Heck weit in die verlassene Straße.

Im Café schlug uns eine Fahne von mit Kokos parfümiertem Spülmittel entgegen. Wenige Männer standen am Tresen, dahinter die Frau, die er mir verheißen hatte, mit einer Haarflut, die über den Rücken bis zur Hüfte herabfiel, weißblond, leicht gelockt, eine unwirkliche Pracht; welche Üppigkeit der kleine Kopf hervorbrachte! Sie trug eine rosa Brille, ihre Gesichtsfarbe war fahl, Schminke verschmähte sie. Ihr Haar erschien weniger ein Teil ihres Körpers als eine ihr gestellte Aufgabe zu sein, ein fremdes Wesen, das sie mit sich herumtrug und gewissenhaft pflegte. So war sie zur Attraktion des einsamen Cafés geworden. Eine Frau ohne Koketterie. Den werbenden Gruß von Desfosses, der, so kam es mir vor, seine Vertrautheit mit den hiesigen Verhältnissen vorführte, erwiderte sie knapp, von vornherein dazu entschlossen, ihre Gäste im Zaum zu halten.

«Eine göttliche Frau», flüsterte er mir zu, eigentümlich zischend. Sein warmes Timbre trug selbst im Flüsterton weit.

Auch in diesem Café ging es um die Wahl zwischen Braun und Weiß – weiß war ein Aprikosenbrand mit einer gewissen Schärfe, deutlich über vierzig Prozent Alkohol. Ich verfolgte sorgenvoll, daß Desfosses zwar zunächst andächtig mit einem feinen Schluck kostete, dann aber Zufriedenheit zeigte und sein Glas in einem Zug herunterkippte. Die Unterhaltung blieb einsilbig, ich war kaum mehr existent für ihn. Seine Lockrufe in Richtung der Loreley wurden wenig erwidert, sie verhielt sich vielmehr, als sei sie die bestallte Aufsichtsperson ihrer Gäste, die auf Ordnung achtete; dazu gehörte auch, daß sie sofort nachgoß, wenn sie ein leeres Glas bemerkte. Anstatt Desfosses anzusehen, wenn sie ihm ein Wort hinwarf, blickte sie auf die große Uhr aus Spiegelglas mit aufgedruckter Reklame: Wann war es endlich soweit, sich wieder der Pflege ihres Haares zuwenden zu dürfen?

Ich werde nicht so schnell betrunken, aber ich spürte nach dem zweiten Glas, daß der Alcool blanc seine Wirkung in mir tat. «Wir fahren nach Hause», sagte ich mit einer Bestimmtheit, zu der ich mich aufraffen mußte; es fiel mir nicht leicht, meinen bejahrten Freund zu kommandieren.

«Ach, schon?» Seine Augen leuchteten trotz seiner Enttäuschung. Dann fiel ihm ein, wie aus diesem vorzeitigen

Aufbruch noch etwas Sinnvolles werden könnte. «Wir fahren, aber mit einem kleinen Umweg. Sagen Sie nichts – hier in der Nähe gibt es noch was Schönes ...»

Mit ungutem Gefühl stieg ich ins Auto. Hätte ich nicht darauf bestehen müssen, selbst zu fahren, obwohl derzeit ohne Führerschein und gleichfalls nicht mehr ganz sicher? Immerhin, Desfosses kannte sich hier aus, und wir waren ins tiefste Innere des Landes verschlagen, unmöglich, anders wegzukommen. Anfangs gelang es ihm nicht, den Schlüssel ins Schloß zu stecken, der wollte und wollte nicht hineinrutschen; paßte er nicht? Er paßte dann doch.

Die schmale Straße führte auf ein Wäldchen zu, zwischen dünnen Stämmen mit schütterem Laub schien das Licht des Spätnachmittags. Gern hätte ich ein wenig geschlafen, der Aprikosenschnaps steigerte das physische Wohlbefinden nach dem Mahl im Cheval Blanc, warum nicht einfach anhalten und sich ins Gras legen?

«Sie wollen schlafen? Schlafen Sie!» Er werde weiterfahren.

An der engsten Stelle der Straße, hinter einer Kurve, kam uns tatsächlich einmal ein Auto entgegen. Desfosses bremste scharf. Das Gegenüber hatte gleichfalls gebremst, wir standen Schnauze an Schnauze. Desfosses war zu verdutzt, um zurückzusetzen, aber dem andern gelang es, uns zu umfahren, der junge Fahrer, mit den rechten Reifen fast ganz im Straßengraben, schaute kopfschüttelnd zu uns herüber. Das war ein Schreck, der auch Desfosses durch die Aprikosenwolke im Hirn erreichte. Seine Hände zitterten, er brauchte ein wenig, bis es weiterging.

Das Landstädtchen, das hinter dem Wald verborgen lag, ruhte im tiefsten Sonntagsfrieden, aber auch hier war das Café am Marktplatz geöffnet. «Nur hier noch herein», der

Schuster fühlte, daß er mich überreden mußte, «Sie werden es nicht bereuen!» Draußen blinkte eine bunte Lichterkette, die dem Café an diesem Spätherbst-Abend Festlichkeit verlieh. Es war nicht ganz so verlassen wie Loreleys Felsen an der Straßenkreuzung, aber man mußte eingeweiht sein, um in dieser Gegend noch ein Gasthaus zu finden.

Mein Schuster war eingeweiht. Er hatte sich das Land unterworfen, wo sein Unglück ihn hatte stranden lassen. Nach den Jahrzehnten in Paimbœuf, ohne das geringste Bedürfnis, über die Ortsgemarkung hinauszuschauen, hatte er durch den erzwungenen Ortswechsel die Begabung entdeckt, sich in der Fremde zurechtzufinden. Und zwar nicht auf der Suche nach romanischen Kirchen und galloromanischen Ausgrabungen, sondern nach in dieser tiefsten Verlassenheit verstreuten Cafés mit ihren bewundernswerten Buffetdamen, denen er in Paimbœuf nicht einen einzigen Gedanken zugewandt hatte. War es nicht erst das Unglück, das ihm die Augen für die Frauen geöffnet hatte? Von der Mutter abgesehen, hatte es vorher eine einzige Frau gegeben – die eigene: Alles an ihr war fraglos und selbstverständlich gewesen, keinem Vergleich ausgesetzt dank einer Ordnung, die für ihn notwendig wie die Luft zum Atmen war. Adam und Eva hatten sich gleichfalls nie gefragt, ob der andere noch schöner hätte ausfallen können und ob er dem eigenen Geschmack entspreche, und obwohl jene beiden die Ursünde begangen hatten, an der die gesamte Menschheit bis heute trägt, wurde ihnen ein Verstoß gegen die eheliche Treue nicht nachgesagt. Aber Adam Desfosses waren die Augen gewaltsam geöffnet worden. Er hatte lernen müssen, daß seine Frau ihre Einzigartigkeit, die darin bestanden hatte, die Seine zu sein, selbst aufgeben konnte – und als er sich nach Überwindung des größten Kummers umsah, da entdeckte er auch andere Frauen, und sie standen hinter Theken, dort waren sie geschützt vor Zudringlichkeiten, aber sie ließen sich um so hemmungsloser betrachten. Und es gab eine Vielfalt unter ihnen: Was die eine nicht hatte, darüber verfügte die nächste im Übermaß. Es entstand ein Harem der Phantasie, der erlaubte, sich aus lauter Vortrefflichkeiten die Vorstellung der einen Frau zu bilden, die sie alle auf sich vereinte.

Vor dem Café lag ein alter Hund, weißbärtig, einen Napf Wasser neben sich, der den Kopf mühevoll zu Desfosses hob, als erkenne er ihn. «Vielleicht riecht er mich, sehen kann er nicht mehr, der Arme. Er ist blind, ja, das Sterben dauert lang.» Er versuchte, sich hinabzubeugen, war aber zu steif, um mit der Hand das Tier zu erreichen. «Wir sind beide nicht mehr viel wert!» – in diesem defätistisch klingenden Eingeständnis lag ein tiefes Behagen. Es war eine Wonne, so über sich selbst zu sprechen, ohne es ganz zu glauben. Er kenne den Hund seit langem, vor einem Jahr sei er noch herumgelaufen und habe gebellt, ein Freudenzeichen, und jetzt lange es schon nicht einmal mehr zum Schweifwedeln. Er wandte sich von ihm ab, denn drinnen erwartete ihn das Leben.

«Oh, Monsieur Louis ist wieder da!», rief eine hohe Stimme, ein Spatzenzwitschern.

Hinter der Theke kam eine große junge Frau hervor, mit stampfendem Schritt wegen ihrer hohen Plateausohlen. Der rote Minirock, der ihren Unterkörper wie ein Gummigürtel umschloß, betonte das Hinterteil, die enge Bluse war mit Reißverschlüssen eher verziert als geschlossen. Aus einem dick geschminkten Gesicht blickten einfältige runde Augen. Auch dieses Café quoll nicht von Gästen über, obwohl laute Musik einen munteren Betrieb vorspiegelte. Sie war entschlossen, alles zu tun, um diesen Eindruck zu unterstützen. Aus unserem Eintreffen galt es, das Maximum herauszuholen.

Die anderen Gäste hoben ihre Köpfe in unsere Richtung und taxierten uns. Desfosses küßte die Schankdame mit den schmalen Lippen auf die Wangen, Bleistiftküsse mit gespitztem Mund; andere Freiheiten nahm er sich nicht heraus, aber war er nicht doch leicht errötet? Sie stützte den vollen nackten Arm auf den Zapfhahn, das ergab eine herausfordernde Pose, die dem Schuster galt, von der aber vor allem ich profitierte. Die untergehende Sonne sandte ihre Strahlen in die Rauchwolken des Gastraumes und ließ diesen Arm aufleuchten, die Härchen darauf glühten, ein feuriges Feld geneigter Halme – wie wäre es für eine Ameise, darin zu wandern?

«Wo kommt ihr denn her?», fragte die Schankdame, als spräche sie zu Pelzjägern in Alaska, die lange verschollen waren.

Desfosses erklärte unsere Tour mit bescheidenem Stolz – erst seien wir in Laroche-Irgendwas gewesen, und dann in Lamotte-Irgendwas. Es scheint ein Gesetz zu sein: je kleiner der Ort, desto länger der Name.

Sie verdrehte die Augen, als erfahre sie von einer Weltreise. Ihre Stimme schallte durch das ganze Lokal: «Schaut euch die beiden an! Die können nicht genug kriegen, anstatt sofort zu mir zu kommen!»

Der Sonnenzauber war vorüber. Zurufe galten unserer großen Expedition, kennerhaft wurde dazu genickt. Auf dem Zinc, der hier aus Weißblech war, standen längst die Gläser, hier mit Birnenschnaps, süß duftend, mild brennend. Weil die Aufmerksamkeit allein Desfosses galt, stahl ich mich mit meinem Glas auf die Straße, um die Abendluft zu atmen. Der Sonnenuntergang goß Rötlichkeit über die grauen Häuser, in den Scheiben loderte es, zugleich wuchsen die Schatten.

Der alte Hund, eine Hündin vielmehr – als sie sich erhob, wurden auf dem dicken Bauch die Zitzen sichtbar –, tat einige Schritte, eigentümlich breitbeinig: nicht wie gelähmt, sondern als behindere ein inneres Gewächs am Gebrauch der Beine, irgendetwas klemmte und drückte in den Gelenken und im Leib. Sie war ein Mischling, ein Labrador mochte unter den Vorfahren gewesen sein. Ihr Leben hatte sie hier zugebracht, früher munter, aber das war jetzt unvorstellbar. Jetzt gab es nur noch Stehen und unsicheres Umhertapsen und ein Sich-wieder-Hinlegen, seitlich, wie eine Mutter, die vier Welpen säugt – hatte sie das gekannt? Erinnerte sie dieses Seitlich-Liegen noch an ein Säugen mit all dem, was dazugehörte, den umeinanderkrabbelnden kleinen Kreaturen des eigenen Wurfs? Daß sie mit diesem Liegen eine Aufgabe, gar eine Pflicht erfüllt hatte? Oder war die Vergangenheit ausgewischt, gab es nur noch das Erlebnis, schwach zu sein, war Schwäche der Zustand, der jetzt ausgekostet werden wollte? Wie es hier vor dem Café roch, das war vertraut. Einst mochte sie ein hübscher Hund gewesen sein, mit braunweißen Locken – von der Spaniel-Urgroßmutter her –, deren Farbe jetzt wie ausgelaufen war und die zur Schmuddeligkeit ihrer Erscheinung beitrugen. Es gab Tierfreunde, die diesen Zustand gewaltsam beendet hätten. Dazu gehörten die Besitzer der Hündin nicht, sie stellten ihr Wasser hin, fressen tat sie sicher nicht mehr viel. Was sie dick machte, war wohl vor allem das, was in ihr gewachsen war.

Daß in dem blinden Blick noch so viel Ausdruck lag! Sie spürte wohl irgendwie, daß ich sie betrachtete, denn sie wandte mir mühsam den Kopf zu, mit jenen liebeflehenden Augen, zu denen Hunde verurteilt sind; nicht jeder Mensch wird davon betört. Die Hündin war aber über ein Buhlen um Zuwendung hinaus, brauchte dergleichen auch nicht mehr.

Es ging jetzt nur noch um das Aushalten ihrer Lage, um die Geduld, die Tugend der Verlierer – ein erschreckendes Wort, wenn es das einzige bezeichnet, was einen vielleicht unabsehbar langen Zeitraum ertragen helfen soll.

Ich betrat wieder die Gaststube. Desfosses war von der Schankdame verlassen worden, sie hatte sich einem jüngeren Mann zugewandt, am Sonntag unfestlich in blauem Overall. Die beiden debattierten darüber, was wohl geschehen würde, wenn man an den Reißverschlüssen ihrer Bluse zöge. Desfosses hatte ein frisches Glas vor sich und lauschte der Anzüglichkeit des Mannes und ihrer Koketterie. Die Frage war nicht abwegig, so wie sie aus dieser Bluse hervorquoll; ich dachte an ein prall gestopftes Kissen, dessen Inhalt sich ausbreitete, wenn man es aufschnitt. Der Mann war rothaarig, da wirkt das Unrasiertsein manchmal etwas unsauber. Hätte Desfosses ihn nicht als Feind betrachten müssen? Hätte er ihr nicht zu Hilfe kommen sollen? Statt dessen sah er gebannt zwischen den beiden hin und her und begrüßte jedes Wort der drallen Wirtin mit einem bewundernden Lächeln. Sein Wohlgefallen schien tatsächlich «interesselos», es machte ihn einfach glücklich, in ihrer Gegenwart zu leben. Und er wurde noch einmal mit ihrer Aufmerksamkeit beschenkt, als ich nun, nach weiterem köstlich duftenden Birnenschnaps, zum Aufbruch drängte.

«Du bist mein Lieblings-Opapa», rief sie, wand sich hinter der Thekenbarriere hervor und küßte den abermals Errötenden. Wie klein und verschrumpelt sah er aus, als das üppige, gesunde Fleisch ihn im Arm hielt.

Ich war selbst jetzt im Zustand der Bedenkenlosigkeit, als ich ihm draußen auf der Straße zu helfen versuchte, das Schloß zu finden. Wir behinderten uns gegenseitig, das brachte uns zum Lachen.

«Ein Teufelsweib», murmelte Desfosses. Zu der Familiarität, mit der sie Abschied von ihm genommen hatte, paßte die Bemerkung nicht recht, sie entsprach aber seiner verschwommenen Hochstimmung.

Als das Anlassen schließlich gelungen war, rollten wir durch das stille Städtchen, das einzig von dem Herzen der Schankdame belebt wurde. Bald nahm die Dämmerung uns auf. Desfosses wurde schweigsam und klebte wieder mit der Nase an der Windschutzscheibe. Der Abendschein verblaßte, die Nacht sank herab. Vom Himmel her kam die Schwärze, in der einige Sterne blinkten. Die Mondsichel stand tief und war rötlich verfärbt, was ihr die Leuchtkraft nahm – ein trauriger, auch ein drohender Mond, eine Nacht ankündigend, in der man besser früh ins Bett ging, um sie zu verschlafen. Die weißgekalkten Meilensteine waren das einzige, was vom Weg noch zu erkennen war; wenn einer vom Scheinwerferkegel erfaßt wurde, war es wie eine Geistererscheinung, ein kleiner Schock. Ab und zu war etwas darauf eingemeißelt, es gelang mir schließlich, es zu lesen: Noch fünfundzwanzig Kilometer bis nach Hause – das konnte man ja beinahe zu Fuß schaffen. Und dann wieder Schwärze, bis zum nächsten vorbeihuschenden weißen Stein.

Nach einer Stunde, während der ich genau wie Desfosses auf die Straße gestarrt hatte – ein Gefühl von Gefahr verhinderte, daß ich einschlief –, sagte er ruhig, aber höchst bestimmt: «Ich sehe nichts mehr, Monsieur. Bitte übernehmen Sie das Lenkrad.»

Ich griff zu ihm hinüber, vor seine Brust gebeugt, legte die Hände auf den Volant und schrie: «So nehmen Sie doch den Fuß vom Gas! So halten Sie doch an!»

Er tat nichts dergleichen. Mein erster Impuls war, die Tür zu öffnen, mich aus dem Auto zu werfen, ihn seinem

Schicksal zu überlassen – unnötig, es ging jetzt alles sehr schnell.

Die Straße machte plötzlich eine scharfe Kurve. Geradeaus gelenkt, sauste das Auto in den Straßengraben. Es tat einen bösen Knall, der Unterboden war auf einen Steinbrocken geschlagen. Wir flogen, beide nicht angeschnallt, mit den Köpfen gegen das Dach, dann endlich Bewegungslosigkeit.

Der Aufprall war schmerzhaft gewesen, ein kräftiger Stoß gegen die Schädeldecke. Nachdem ich den Schrecken überwunden hatte, verstand ich, daß ich nicht verletzt war. Desfosses aber hing reglos über dem Lenkrad. Ich rüttelte an seiner Schulter, er murmelte etwas Unverständliches. Ich betastete seine Stirn, verwundet war er wohl nicht. Der Straßengraben war tief, alleine kämen wir da nicht mehr heraus. Der Knall hatte nichts Gutes verheißen, etwas war zerbrochen, angeschlagen, gesprungen. Der Scheinwerfer strahlte weiter sein Licht, doch mit geringer Reichweite in eine Wiese. Wo befanden wir uns, wo lag die nächste menschliche Wohnstätte? In die Stille hinein drang ein sanftes, friedliches Geräusch: ein Röcheln, kein voll ausgebildetes Schnarchen. Desfosses war eingeschlafen.

Ich hatte Zeit nachzudenken. Eine unbequeme Nacht wartete auf mich, aber nichts Schlimmeres. Im Gegenteil, mußte ich nicht dankbar sein, daß diese Fahrt ein Ende gefunden hatte? Ich würde lebendig nach «Les Hortensias» zurückkehren, wo mich außer den Wellensittichen niemand erwartete, und zwischen den Vögeln konnte kein Unheil entstanden sein, da ich den Grünen, der Anregung von Madame Lemoine folgend, vorsorglich in eine Schublade gesperrt hatte. Ich war ja frei. Jetzt erst habe ich richtig begriffen, was es bedeutete, wenn man aus jeder Verbindung mit anderen entlassen war. Wir würden hier einfach warten müssen, bis jemand vorbeikam, das könnte dauern, wäre aber von Vorteil, weil Desfosses dann vielleicht einen Teil seines Rausches ausgeschlafen hätte.

Ich schaltete das Licht aus und versuchte, aus dem Auto herauszukommen. Die Tür klemmte, da mußte erst Erde weggeschoben werden. Dann stand ich im tiefen Dunkel auf dem Feld. Der Mond war höher gestiegen, hatte dabei das unheilvolle Rot verloren und schien nun grellweiß. Ich legte mich ins weiche Feld, die Feuchte empfand ich als Erfrischung.

Der Aufschlag, mehr noch die angstvollen Augenblicke davor, hatten mich ernüchtert. Dunst lag über dem Himmel und ließ nicht viele Sterne hindurchdringen. Nachts habe ich immer gern nach den paar mir bekannten Sternbildern gesucht; damit kam ich jetzt nicht weit, nur die Venus leuchtete stark genug, jedenfalls der Stern, den ich dafür hielt. Betrachtete sie mich etwa von hoch oben mit zusammengekniffenem Auge, als meine sie es nicht gut mit mir? Meine Freiheit bestand in nichts anderem als im Verstoßensein, sie war die Ungebundenheit eines Mannes, den niemand an sich binden will.

Schon gar nicht Hella. Es war immer noch hart, mir einzugestehen, daß ich ihr am Ende abstoßend erschienen sein muß. Je besser sie mich kennenlernte, desto weniger kam ich für sie in Frage. Jede Stunde der Intimität hatte ein Argument gegen mich enthalten, und ich in meiner Verblendung hatte versucht, möglichst viele solcher Stunden herbeizuführen, sie manchmal sogar zu erzwingen. Ich ließ ihr keinen Tag, um so etwas wie eine Sehnsucht zu entwickeln, die Neapel-Reise mit Herrn Krass war die erste längere Trennung nach drei Jahren – hatte ich denn nicht gemerkt, wie erleichtert sie war, als ich ihr gestand – und das fiel mir auch noch schwer! –, die

Unternehmung könne länger dauern als angekündigt? Und zugleich hatte ich selbst geglaubt, ein wenig von ihr abgerückt zu sein, nicht, um sie aufzugeben, aber doch, um in Neapel an einem ganz anderen, berauschenden Leben teilzunehmen, von dem sie ausgeschlossen war – da hatte es auf meiner Seite durchaus eine kleine Illoyalität gegeben in der Hoffnung, eine Welt zu entdecken, die ihr unbekannt bleiben würde, und dann bereichert und überlegen zu ihr zurückzukehren. Ich habe die Vorstellung ausgekostet, daß sie dann als die Ärmere dastünde und ich sie mit meinen neuen Erfahrungen überraschen könnte. Und dabei muß sie damals schon dem Mann begegnet sein, von dem ich nicht einmal weiß, wie er heißt, ja von dem ich nur erfahren habe, daß er liebenswerter sei als ich.

So lag ich denn unter der mißgünstigen Venus, die eben nicht nur Liebesbegeisterung schenkt, sondern auch die Eifersucht und den Schmerz des Nichtgeliebtwerdens, damit man nur nicht vergißt, daß sie die oberste aller Gottheiten ist und jeden Versuch, sich von ihrem Diktat zu befreien, grausam bestraft. War nicht die Roheit, mit der Herr Krass mich hatte fallenlassen, letztlich auch eine Folge meiner Trennung von Hella? Dieser Mann mit seiner Nase für Abhängigkeiten hatte doch gewiß gerochen, daß ich nicht nur ökonomisch, sondern auch erotisch zu den Verlierern gehörte – mit so einem wollte er nichts zu tun haben.

In überdeutlichen Bildern traten mir jetzt die Tage in Neapel vor Augen. Und wenn ich versucht hätte, Hella nach Neapel mitzubringen? Eine unsinnige Vorstellung, ich hätte ja meine Aufgabe als geheimnisvoll verschwiegener Sekretär gar nicht wahrnehmen können mit einer Frau an meiner Seite. Dieses Hinzutreten zu Lidewine, ihre Anwerbung und diskrete Überwachung, das Einkaufen mit ihr, dieses Kümmern und Umsorgen, wenn Herr Krass keine Zeit für sie hatte, das wäre mit Hella unmöglich gewesen.

Wie beschämend meine Rolle dort war! Herr Krass nahm ein souveränes Recht in Anspruch, Menschen zu sich zu erheben und später über sie hinwegzuschreiten – ja, dieses Recht erkannte ihm auch der zu, dem er weh tat. Im Grunde schämte sich, wer von Herrn Krass brutal behandelt wurde, und wollte das nicht an die große Glocke hängen, litt lieber stumm und hoffte, daß niemand sonst davon Kenntnis nahm. War es nicht sogar Lidewine so ergangen? Von Frau Krass war es ausgesprochen worden: Ihr Mann hatte mit seiner Einforderung unbedingter Treue zur Treulosigkeit erst angestachelt.

Wie erhaben ich mir vorgekommen war, als ich ihr die Nachricht überbrachte, sie habe augenblicklich zu verschwinden. Welch ein Triumph über die Selbstsichere, die gegenüber dem ersten besten Kellner so zugänglich gewesen war. Ich spürte wieder den Ausdruck freundlicher Verachtung in ihren großen Augen; so hatte sie mich die ganze Zeit angesehen, bei ihr schloß Verachtung Sympathie nicht aus – ist nicht jeder Mensch ein bißchen verächtlich, kann man nicht gerade mit den Verächtlichen manchmal sehr schöne Stunden erleben? Hella war ihr gegenüber mausgrau, so empfand ich es damals in Neapel und so auch jetzt im grünen Gras. Lidewine, die keineswegs makellos Schöne, war mit einem Glanz übergossen, der auf jede ihrer Bewegungen und Mienen Goldpünktchen setzte. In ihrer Gegenwart, mit ihr im Kleiderladen, habe ich mich sofort etwas männlicher gefühlt.

Vor den Nachthimmel schoben sich nun weiße Maskengesichter, die ihre Münder bewegten, ohne daß etwas zu hören war. Wer da alles in Neapel zusammengesessen hatte:

der Cavaliere Rizzi, hager und taub, mit seinen guten Verbindungen zum Verteidigungsministerium, schweigend darauf wartend, daß Herr Krass ihm die Andeutung eines Auftrags zuwarf, die er ohne Rückfrage sofort verstand und sich auf einem Blöckchen mit goldenem Drehbleistift notierte. Seine dralle Frau, die karottenhellrot gefärbte Düsseldorferin mit der milchweißen Haut, den engsitzenden Seidenkostümen und ihren geflüsterten Indiskretionen, immer seufzend nach Nahrung Ausschau haltend, auch wenn gerade gegessen worden war. Dann der französische Arzt und seine Frau, die gar nicht in den Kreis paßten, sondern von Herrn Krass zur Vervollständigung seines Hofstaats einfach gekidnappt worden waren – der Frau war das etwas peinlich gewesen, das hatte ich sicher zu spüren gemeint. Mit ihrer lässigen Sicherheit und Ironie stammte sie bestimmt aus der höheren Bourgeoisie; ich war geschmeichelt, daß sie sich vor allem mir zuwandte, wobei ich gern hinnahm, daß sie mein Französisch fortwährend korrigierte. Auffällige Garderobe und überdimensionierten Schmuck trug auch Frau Krass, aber sonst, welch ein Unterschied! Monsieur und Madame Lecœur-Jouët, in dem Namen steckten Herz und Freude – war das nun ein glückliches Ehepaar gewesen? Trotz seiner Pedanterie sah der Arzt mit seiner weißen Mähne beinahe künstlerisch aus; sie paßten zueinander, sie bildeten ein «wahrscheinliches Paar», wie ich das nannte, anders als Levcius und Frau Roslovski, die Zweckgemeinschaft, oder der Cavaliere mit seiner nach Absprungsmöglichkeiten suchenden Düsseldorferin.

Aber war es nicht vielleicht ganz falsch, in jeder Ehe nach Rissen zu suchen, wie ich das angesichts meines eigenen Desasters besonders bereitwillig tat? Ist das Glück denn so wichtig? Ein seltsames Plädoyer war es, das sich da in mir formte, während kleine Tiere meinen warmen Körper entdeckt hatten und mir in den Kragen zu krabbeln begannen. Als hätte ich Hella zurufen wollen: Du mußt bei mir bleiben, weil du sonst das uns zugedachte Unglück und damit dich selbst nicht kennenlernst! Laß uns zusammen unglücklich sein! Ein unwiderstehliches Argument …

Es wurde ungemütlich im Gras, die Feuchtigkeit zog in die Glieder, ein Feuer wäre eine Wohltat gewesen. Ganz kurz war ich verwirrt: Warum lag ich hier eigentlich im Dunkeln auf einer Wiese? Aber da war die schwarze Masse, das nach vorn gekippte Auto. Ich kletterte nicht ohne Mühe wieder hinein, weiter als in den Graben konnte es ja nicht rutschen, und drinnen war es spürbar wärmer als draußen. Desfosses lag in tiefem Schlaf, jetzt ausdrucksvoll sägend, ich würde kaum neben ihm zur Ruhe kommen.

Wo in Westeuropa ist es möglich, auf einer Landstraße viele Stunden lang keinem anderen Auto zu begegnen? «Hier ist es einsamer als im Tschad», das hatte die Wirtin in der Auberge de l'Abbaye zu mir gesagt – erst jetzt verstand ich, was das bedeutete. Und dabei wäre die Rettung aus unserer Bredouille nahe gewesen. Als der Sonnenaufgang die Gegenstände wieder aus der schwarzen Tinte hob, die sie verschluckt hatte, wurden nicht weit entfernt die Umrisse eines einzelnen Hauses sichtbar, auf weiter Flur die einzige menschliche Wohnstatt, aber, wie bezeichnend für diese Gegend, eigentümlich städtisch, es hätte in einer langen Reihe stehen können. Aus dem Schornstein stieg so früh am Morgen eine dünne Rauchfahne in den klaren, aber noch hellgrauen Himmel.

Desfosses rappelte sich aus seiner zusammengesunkenen Haltung auf, rieb sich die Augen und nahm langsam wahr, wo er sich befand und was geschehen war. «Oh, là, là – quel désastre», murmelte er. Da hatte er noch nicht bemerkt, daß ich neben ihm saß, vielmehr kauerte, den Kopf auf dem Brett unter der Windschutzscheibe. «Wie ist es nur dazu gekommen? Wo sind wir? Sind Sie verletzt?» Er reckte sich ein wenig. Sein Versuch, die Tür zu öffnen, mißlang, weil es auch auf seiner Seite ein Hindernis gab. Er drehte den Schlüssel, der Motor hustete und rasselte, sprang aber nicht an. Sein Blick fiel auf das Haus. «Dort wohnt ja Madame Coste» – das war die Frau, die einmal in der Woche ins Kloster kam, um im Gästeflügel zu putzen. «Au weh, Madame Coste. Dann wird Père Henri sofort alles erfahren.»

Welche Konsequenzen das haben würde, konnte ich bloß ahnen. Unter einer gewissen Aufsicht stand er im Kloster, damit er nicht in «schlechte Gesellschaft» geriet, soviel hatte ich begriffen. Die schlechte Gesellschaft, das war ich. Schlechter konnte sie wohl nicht werden. Er mied meinen Blick. Er war jetzt ganz damit beschäftigt, sein Unglück zu bewältigen. Klagen anzustimmen verbot er sich.

«Zunächst waren wir im Cheval Blanc, nicht wahr? Richtig, Hase à la Royale, ach mein Gott ...» Er bedeckte die Augen mit den Händen, als sei die Erinnerung an Erfreuliches besonders peinigend. «Und dann in Laroche-...» – wieder verstand ich den zweiten Teil des Namens nicht, er hatte eine Art, ihn volltönend hinwegzuschlürfen wie die nußartigen Austern.

Ja, gewiß, das konnte ich bestätigen.

Und dann ...

Dann seien wir in einem Städtchen gewesen, Gäste einer munteren Schankdame –

«Jung? Hübsch?»

«Vor dem Café lag ein sterbender Hund.»

Was? Seien wir wirklich in Lamotte-... gewesen? Der

zweite Teil wurde wieder weggeschlürft. Wirklich bei Ghislaine im Café du Sport? Das sei ihm vollständig entfallen. «Da ist nichts mehr, weg, ausgewischt.» Staunen überwältigte ihn. Daß die Sinne den Menschen derart narren konnten, daß sie das überhaupt durften ...

Ich half ihm beim Aussteigen, er wäre mir beinahe in den Graben gestürzt. Er war schwer. Taumelnd fand er einen Stein, der seinem Fuß Halt gab.

Madame Coste saß beim Morgenkaffee. In der niedrigen Küche herrschte bräunliche Geborgenheit, sie hatte den Ofen angemacht. Mir war, als erreichte ich in arktischer Eiswüste eine mollig warme Forschungsstation – aber was bloß erforschte Madame Coste, klein, rundlich, hier auf freiem Feld? Welches Geschenk wäre es gewesen, die Nacht in ihrer Küche verbracht zu haben, gern auch im Sitzen auf den steifen Stühlen.

Sie war in höchstem Maß erregt. Was Monsieur Louis für Sachen mache – verkniff sie sich ein «schon wieder»? Einfach ins Feld zu fahren, sei er denn blind? Ich kannte die Antwort auf diese Frage: Ja, er war blind, sah jedenfalls nachts nicht viel und war dennoch nicht schuld. Ich war es, der die Kurve nicht gesehen hatte; hätte ich das bekennen müssen? Oder hätte mein Bekenntnis, an Stelle des Schusters gelenkt zu haben, alles noch schlimmer gemacht? Madame Coste kochte Kaffee für uns, den sie in großen Schalen mit viel fetter Milch darin auf den Tisch stellte, unablässig auf Desfosses einredend, ein Entenschnattern; es klang jedenfalls nicht wohlwollend. Sie war eine Samariterin, die den Geretteten ersparte, sich zu bedanken, weil man gar nicht zu Wort kam. In der Einsamkeit hatte sich der Redefluß gestaut, jetzt war der Damm gebrochen.

Warum wir denn nicht schon nachts gekommen seien?

Das war eine tückische Frage, sie war sich der Antwort ohnehin sicher: Die Trunkenbolde waren einfach dort eingeschlafen, wo sie zu Boden gegangen waren, ohne noch weiter um sich zu schauen.

Bis spät habe sie Licht brennen gehabt –

Das hätten wir nicht sehen können, hier gelang es mir, sie zu unterbrechen. Auf der uns zugewandten Mauer des Hauses gab es keine Fenster, die war wie eine Brandmauer.

«Zum Glück sind dort keine Fenster, ich habe sowieso zu viele Fenster hier» – mein Einwurf lenkte sie kurze Zeit ab, sie begann, die vielen Nachteile des Hauses, ihres Elternhauses, zu beklagen, das sie nicht losbekomme. «Nicht mal geschenkt will es einer haben!»

Es ist für mich schwer, ja wohl unmöglich zu erklären, was nun geschah. Die Klagen der hilfreichen Madame Coste, die Wärme in der Küche, der Anblick von Louis Desfosses beim bedächtigen Löffeln des Milchkaffees, was ihm die Sorgen eine Weile vertrieb, dies alles ließ mich in meine nächtlichen Gedanken zurückgleiten. Da gruppierten sich die Erinnerungssplitter neu, durcheinandergewürfelte Glassteinchen, die durch einen Spiegel zur Symmetrie gelangen – Ordnung, ist das nichts anderes als gespiegelte Unordnung? Satzfetzen, die durch die Luft geschwirrt waren, nicht für mich bestimmt, sie rückten plötzlich zu einer Geschichte zusammen. Viel Alcool blanc, Burgunder zum Hasen nicht zu vergessen, wenig Schlaf, Kälte bis auf die Knochen, der Rausch der Freiheit durch Verlassensein – hätte mein Schusterfreund doch daran teilhaben können! –, das löste in mir ein tollkühnes Kombinationsvermögen aus. Was sich vor meinen Augen ergab, war nicht aus der Luft gegriffen, aber so unwahrscheinlich, daß es schon ein lächerliches Wagnis war, es nicht bei dieser Phantasie zu belassen, sondern sie auszusprechen. Ich zögerte, mir war unheimlich vor meinem eigenen Gedanken.

Madame Coste telefonierte soeben mit dem Kloster. Desfosses ließ das geschehen, als sei er nicht Manns genug, seinen Unfall selbst zu melden.

«Springt der Wagen noch an?» Sie übermittelte die Frage des Mönchs.

«Nein, er springt nicht mehr an.»

Es war klar, was er vor sich sah. Es kam nun heraus, daß er den Mönchen sein Auto verheimlicht hatte, und Père Henri, der strenge Père hôtelier, der sich um ihn kümmerte, würde darauf bestehen, daß er es nun abgab, zu seinem Besten natürlich. Ein neues Kapitel seines Lebens stand bevor. Eine weitere Tür würde darin zugeschlagen. Und er selbst war daran schuld. Er ließ den Kopf hängen.

Madame Coste verließ die Küche. Sie wollte das Auto untersuchen, ich sah sie in Gummistiefeln am Fenster vorübergehen. Wir schwiegen. Ich dachte: Nein, es ist unmöglich, der Unterschied ist zu groß, unüberbrückbar – man kann manches lernen in neuer Umgebung, aber doch nicht so viel! Und dieser Zufall wäre zu unwahrscheinlich – er ist ausgeschlossen –, während eine Stimme in mir sagte: Doch, das ist überhaupt nicht unmöglich, es ist wirklich so!

Dann sagte ich in die Stille hinein: «Apropos Ihre Frau – heißt sie jetzt Lecœur-Jouët?»

Desfosses sah mich verwundert an. «Lecœur-Jouët – ja, habe ich das nicht gesagt? Docteur Philippe Lecœur-Jouët, das ist der Mann, mit dem sie fortgegangen ist. Sagt Ihnen der Name etwas? In seinem Fach ist er bekannt.»

Meine überraschende Frage, für die es ja gar keinen Anlaß gegeben hatte, holte ihn kurz aus seiner Niedergeschlagenheit heraus. Der Name war ein Faktum, etwas Objektives.

Sein Unfall in dieser Nacht hatte eine lange Vorgeschichte. Darin hing alles mit allem zusammen, aber er war nicht in der Stimmung, die Schuld an den Folgen der Sauftour bei jemand anderem zu suchen; was so hilflos machte, war doch, daß alles Gegenwärtige von lange Vergangenem herkam, das bis zum Ende des Lebens mitgeschleppt werden mußte.

Mir aber war es vorgekommen, als sei ich in ein dunkles Zimmer getreten und hätte das Licht eingeschaltet: ein Blitz, der alles grell erhellte. Eine Erleuchtung, als hätten sich mit einem Schlag meine sämtlichen Lebensrätsel gelöst. Ich war wie ein Blindgeborener, dem unversehens die Augen geöffnet werden. Der einzige Gedanke, den ich fassen konnte, war: Ach so! Ach, so sah die Welt aus, so hing sie zusammen, das also war es, was sich hinter dem Zufälligen verbarg! Daß Monsieur und Madame Lecœur-Jouët und der Schuster Desfosses mit meinem Leben gar nichts zu tun hatten – die Lecœur-Jouëts würde ich höchstwahrscheinlich nie wiedersehen –, das war ohne Bedeutung. So muß einem Mathematiker zumute sein, dem überraschend eine Gleichung gelingt, die mit dem, wonach er eigentlich sucht, nur am Rande zu tun hat – die schiere Erkenntnis, daß sich dies so und so verhielt, schuf ein Glücksgefühl. Rätsel waren lösbar, die Wirklichkeiten blätterten sich auf und zeigten ihren Kern: ein erregender Anblick, verbunden mit einer Ahnung von Allwissenheit, auch wenn es an meiner Lage gar nichts änderte.

Armer Desfosses! Mich verlangte danach, zu singen und zu tanzen. Schon sehr lange war mir nicht so wohl zumute gewesen. Und ich erlaubte mir auch einen bescheidenen Stolz: Nein, ein aufmerksamer Beobachter meiner Umgebung, das war ich schon, vormachen konnte man mir nichts so leicht, das brachte zwar kein Brot, steigerte jetzt aber meine Stimmung bis zum Übermut.

Auch in diesem Niemandsland gab es Nachbarn; ein Bauer fuhr auf seinem Traktor vor, zog das Auto aus dem Graben und schleppte es zu einer Werkstatt. Desfosses sah ihm hinterher, mit hängenden Schultern.

«Wie komme ich jetzt nach Nantes zu meinem Sohn?»

«Sie mieten einen Wagen in Châteauroux.»

Ich wollte Hoffnung verbreiten, er sollte an meiner für ihn unverständlichen Heiterkeit teilhaben. Die Sonne hatte Kraft und wärmte den Asphalt. Eine Amsel drückte sich mit ausgebreiteten Flügeln auf den Boden und bot sich den Strahlen dar in einer kurzen lustvollen Erstarrung. So mußte man leben: immer bereit, dem geschenkten Augenblick den höchsten Gewinn zu entlocken. Aber auch Desfosses durfte sich nicht beschweren. Die Affaire wurde ganz ohne Gendarmerie abgewickelt. Das Auto vom Kloster lenkte zum Glück nicht der strenge Père Henri, sondern ein junger Mönch in grauer Arbeitskutte, denn er arbeitete in der Landwirtschaft. Sein Lächeln war gelassen.

«Wir haben uns Sorgen gemacht. Sie sind nicht verletzt?»

«O nein, nein, es ist nicht weiter schlimm gewesen ...»

Als ich den Schuster am nächsten Tag in der Auberge de l'Abbaye wiedersah, war sein Kopf kahlgeschoren. Das sah nach einer Bestrafung aus, war es natürlich nicht; er ließ sich jeden Monat zusammen mit den Mönchen kahlscheren, damit war die Haarpflege erledigt. Und seine gute Laune war zurückgekehrt.

«Ach, Monsieur, welch ein Erlebnis! Doch den Schluß habe ich vergessen – alles weg! Daß so etwas möglich ist?»

7. XII. 1989

Der Dämon ist noch einmal zurückgekommen und hat mich am Nacken gepackt. Da war es aus mit meinen Vorsätzen, und ich habe tatsächlich wieder, und dann sogar mehrmals, die Nummer von Hella gewählt, obwohl ich doch wußte, daß es nicht mehr die ihre war. «Kein Anschluß unter dieser Nummer», sagte die Maschinenstimme mit ihrer undurchdringlichen Korrektheit. Nichts war ihr vorzuwerfen, zu Mitleid oder Einfühlung war der Automat nicht verpflichtet. Aber daß dies nun endgültig so sein sollte – so endgültig wie der Tod –, davon konnte ich nicht genug bekommen, und die Automatenstimme kannte keine Ungeduld und würde mich so lange gleichgültig belehren, bis die Nummer irgendwann neu vergeben wäre.

Es gibt eine Wonne der Schande. Wenn man jeden Stolz verloren hat und als der rundum Blamierte dasteht, wenn kein Ruf mehr verteidigt und kein Gesicht mehr gewahrt werden kann, dann gewährt die Schamlosigkeit auch Vorteile. Wohl habe ich mich in meiner Haut dennoch nicht gefühlt. Nach meinem letzten Anruf suchten mich Albträume heim, die mir das Zubettgehen vergällten, sonst meine sicherste Zuflucht in jeder Notlage. Jetzt ängstigten mich Traumbilder der lächerlichsten Art. Ich sah mich nach Hause zurückkehren, wo das Treppenhaus völlig umgebaut war. Um mehr Fläche für die Wohnungen herauszuschinden, so hörte ich eine vernünftige Stimme sagen, habe man die Treppe stark verengt. Und zugleich hatte man sie aufgeputzt, ihr mit Tauen als Treppengeländer ein schiffsmäßiges Aussehen verliehen, Barometer und Kompasse aus Messing zierten die Wände, die nach oben hin immer mehr zusammenrückten. Bald berührten sie meine Schultern, ich mußte schräg wie ein Krebs vorangehen, mußte mich mit dem ganzen Oberkörper in den Schacht hineinbeugen, und dabei fragte ich mich, wie ich hier meine Möbel herunterschaffen sollte – eine Unmöglichkeit. Das fieberhafte Nachdenken darüber, daß der Schreibtisch, selbst wenn man ihn senkrecht stellte, überall anstieße, ließ eine Erstickungsangst entstehen, die mich aufweckte – nur um mich recht eindringlich daran zu erinnern, daß ein Umzug in der Tat bevorstand, mit anderen, aber ebenso unlösbaren Schwierigkeiten wie im Traum.

Man kann sich selbst nicht entfliehen, oder vielleicht doch? Zum ersten Mal bin ich dankbar, mich in «Les Hortensias» verstecken zu dürfen. Es hat sich jetzt auch jede Hoffnung auf ein Entgegenkommen von Herrn Krass zerschlagen; seine Abkehr war zwar nicht ganz so schroff wie die von Hella, aber vielleicht noch hinterhältiger. Nach dem letzten Treffen mit seiner Frau fühlte ich mich ermutigt, weiter bei ihm anzurufen, erst im Abstand von einigen Tagen, dann systematisch immer fünfzehn Minuten nach der vollen Stunde, als würden meine Versuche dadurch unberechenbarer. Irgendwann mußte er doch aus Lagos zurückkehren, nachdem er das Attentat überlebt hatte, als habe der Anschlag ganz speziell ihm gegolten. Und tatsächlich: Was mir bei Hella verwehrt geblieben war, das sollte nun bei Herrn Krass überraschend glücken. Es war früher Nachmittag. Ich hatte es schon dreimal läuten lassen, da war Sonja am Apparat, keineswegs verwundert, meine Stimme zu hören, und bereit, mich zu verbinden, in soldatischer Kameradschaftlichkeit, die nichts von dem verriet, was mich erwartete.

«Krass», sagte die wohlbekannte Stimme fett und gelassen im Hörer. «Sie rufen zur Unzeit an. Ich habe vier Minuten Zeit für Sie. Was kann ich für Sie tun?»

So abweisend das klang, es flößte mir Vertrauen ein: So und nicht anders sprach Herr Krass. Das mußte für den Verlauf des Gesprächs aber nichts bedeuten. Hätte ich nur eine Stoppuhr zur Hand gehabt! Seinem Befehl zu militärisch knapper Information hatte ich oft entsprechen können. Jetzt bloß nichts Überflüssiges sagen und keinesfalls so wirken, als wolle ich ihn an eine Verpflichtung erinnern! Weil ich nicht damit hatte rechnen dürfen, ihn wirklich zu erreichen, war ich unvorbereitet. Ich legte Freude in meine Stimme, aber meine Frage brachte ich stotternd vor: Seien wir uns nicht einig gewesen, daß ich bis zum Jahresende bezahlt werden solle?

Diesen Appell an eine gemeinsame Erinnerung schnitt er mir ab. «Mir ist zu Ohren gekommen, daß Sie Frau Krass bedrängt haben.»

Ich sah seine steinerne Miene vor mir. Nur er allein konnte «Frau Krass» mit solcher Würde aussprechen. Mit ihm mochte es sich verhalten, wie es wollte, aber «Frau Krass», das war eine weit über Alltagsniveau entrückte Instanz.

«Ich darf Sie ersuchen, das in Zukunft zu unterlassen. Meine Frau ist mit den Abwicklungen des Tages nicht befaßt.»

Das klang wie die alte Devise des polnischen Reichstags: «Der König herrscht, aber er regiert nicht.» Ich sah mich einem ernsten Vorwurf ausgesetzt; anstatt meine Sache zu vertreten, mußte ich mich verteidigen. «Keinesfalls wollte ich Frau Krass bedrängen. Das Gespräch kam auf ihren Wunsch zustande ...» Hatte ich etwa vor, ihn Lügen zu strafen? Einen fataleren Einstieg hätte ich mir nicht ausdenken können.

Wieder unterbrach er mich. «Kommen wir zur Sache. Ich vermute, Sie sind in finanzieller Verlegenheit. Das kommt vor, dafür müssen Sie sich nicht auf angebliche Abmachungen berufen. Ich habe verstanden. Und ich habe etwas Besseres für Sie als Geld. Geld gibt es überall. Ich habe einen Rat, einen kostbaren Rat aus meiner Lebenserfahrung.» Er sprach unvermutet sanft, beruhigend, zärtlich. «Versuchen Sie, allein durchzukommen – ohne Kredit, ganz allein. Sie werden sehen, das geht. Vertrauen Sie mir! Vertrauen Sie sich selbst! Sie müssen Selbstvertrauen erwerben, das habe ich bei Ihnen sofort festgestellt. Ohne Selbstvertrauen kommen Sie nicht durch. Mein ganzer Erfolg beruht auf meinem Selbstvertrauen.»

Mir war, als habe er mich eines sehr intimen Geständnisses gewürdigt. Er ließ seine Worte wirken; mir fiel keine Antwort ein.

«Meine Zeit ist um.» Das kam wieder sachlich und kalt. Es knackte. Das Gespräch war beendet. Ebensowenig wie Grußformeln gebrauchte er Abschiedsworte, auch das war ich von ihm gewohnt.

Ich habe inzwischen meinen Zorn überwunden. Unerwartet ist etwas von der krassischen Kälte auf mich übergesprungen. Er hatte doch eigentlich recht. Es geht tatsächlich immer irgendwie weiter – nach dem Bankerott, nach dem Ende der Liebe, nach dem Hinauswurf aus der Wohnung. In Luft löst sich der Mensch nach einer Katastrophe nicht auf, weiteratmen muß er, die Nahrung kommt auch irgendwoher, und als gescheiterte Existenz sitze ich, wie ich inzwischen weiß, an einem Ort, an dem ich es aushalte, vor allem, nachdem es so aussieht, daß die Wolken sich ausgeregnet haben.

8. XII. 1989

Lange hatten die Wolken tief gehangen und sich mit den Nebelschwaden über dem Fluß verbunden, es war so grau und dunkel, daß es aussah, das Wasser stiege, die Schwerkraft überwindend, zum Himmel auf. In den ersten Tagen ließ das Regenrauschen mich fürchten, die anschwellende Flut werde die Ufer des flachen Flusses bald überschwemmen, als solle «Les Hortensias» mitsamt den vom Gewicht der Tropfen gebeugten, braun gewordenen Blütenbüschen demnächst ersaufen. Vor dem Küchenfenster platschte es durch die schadhafte Regenrinne in breitem Strahl herab. Unmöglich, sich aus dem Haus zu bewegen, ohne sofort triefnaß zu sein.

Und dann das Wunder: Noch fallen ein paar schwere Tropfen, aber da leuchtet schon das Blau, die diluviale Verfinsterung ist vergessen. Schönste Wetterwonne – Sonnenstrahlen, welche die kristallkühle Luft durchdringen, Wärme und Frische halten sich für eine Stunde noch die Waage. Dieser Wechsel wirkt auf meine Verfassung, als sei der seelische Mikrokosmos von dem makrokosmischen Sturmgebraus oder Zephyrwehen tatsächlich abhängig. Jedenfalls kam ich gestern morgen mit jedem lauen Windstoß aus der seelischen Trübheit etwas mehr heraus und empfand eine neue Hoffnung, daß sich mein Schicksal unter einem blanken Äther ändern könnte.

Selbst das Bedauern, daß Hella nicht Zeuge meiner Auferstehung werde, hielt nicht lange und verblaßte, als ich das Haus verließ, mich vom Fluß entfernte und über eine Anhöhe die Felder erreichte. Die Landschaft ist flach und menschenleer, auch hier zeigt nur ein Wasserturm in der Ferne eine Siedlung an. In die großen Felder, die auch in diesem Landstrich die alteuropäische Kleinteiligkeit abgelöst haben, schieben sich Waldstücke wie die Soffitten eines barocken Bühnenbildes. Solche Wände aus Buchen und Eichen, selbst wenn sie eine Autobahn säumen, bewahren für mich etwas von den Zeiten vergangener Feudalität mit Jagden, Hörnerklang und einem Frühstück am Waldsaum und sehen auch neben Kartoffelfeldern aus wie von Le Nôtre geplant, Baumarchitektur. Was hier zwischen den Feldern stehengeblieben ist, erreicht allerdings nicht die Stattlichkeit der Wälder in deutschen Mittelgebirgen. Es fehlen die Baumriesen. Offenbar denkt niemand daran, Bauholz zu schlagen; kein Forstarbeiter räumt auf, die dünnen Stämme stehen zu dicht, um sich entfalten zu können.

Im Innern eines Waldstücks aber bin ich auf einen regelrechten Urwald mit umgestürzten Stämmen gestoßen, die von dicken, saftig grünen Moospolstern überwachsen waren. Noch troff alles, das Gras von Regentropfen besetzt, in denen sich die Sonne blitzend verfing. Die Spinnennetze waren von den Himmelsfluten nicht zerrissen worden, doch die Regentropfen ließen sie durchhängen wie feine, im Wald aufgespannte Gazeschleier. In den hohen Farnstauden lebte eine Zeit fort, als in diesen Regionen noch gar keine Menschen gehaust hatten, sondern jene übergroßen Reptilien, die im Mythos zu Drachen geworden sind.

Beim Weitergehen drang ich in eine verborgene Welt vor, in der für Hella kein Raum war. Ich war allein, aber nicht mit dem schmerzhaften Gefühl eines Mangels. Die alten Götter reisten nicht, sondern wohnten dauerhaft in ihren Tempeln,

Stätten und Hainen, hockten in Felsspalten, Quellen und auf Grenzsteinen und verloren über jeden, der aus ihrem Herrschaftsbezirk auswanderte, ihre Macht. War meine Liebe zu Hella oder, um ein weniger erhabenes Wort zu wählen, meine Besessenheit von ihr auch so etwas, was sich jenseits eines bestimmten Raumes auflöst?

Und jetzt war es, als seien die Geister auch zu hören, denn die Geräusche einer fernen Treibjagd erfüllten den Wald: das helle Büchsenknallen wie ein Platzen von Luftballons, näher und ferner rückende Hornstöße, das Klappern der Treiber, die mit Stöcken an die Stämme klopften, Rasseln vergleichbar, Menschenrufe, vom Laub halb verschluckt – ein in ein Fugato geratender Lärm. Ich vergaß jede Sorge, obwohl eine Treibjagd nicht ganz ungefährlich ist, wenn man unbeteiligt hineingerät, aber dieses Klopfen, Singen und Klingen als an- und abschwellende akustische Wolke schlug mich in den Bann, ich wollte immer weiter zuhören. Wo ich stand, wurde aus diesen Geräuschen eine chinesische Musik, was ich, wäre ich ein Teil der Jagdgesellschaft gewesen, wohl kaum so empfunden hätte, weil sich Schönheit oft erst aus einem gewissen Abstand offenbart, während ihre geschäftigen Hervorbringer nichts davon mitbekommen.

Auf einer Lichtung wichen die hohen Farne zurück, weil sie den Schatten lieben; hier hatte der feuchte Herbst eine im Wald unerwartete Blumenpracht entstehen lassen. In eine weite Fläche aus Moos waren Hunderte von wilden Zyklamen gebettet, ein See aus phosphoreszierendem Rosa. Im wilden Gehölz war ich auf ein Gartenkunstwerk gestoßen, nah am Boden, wie ausgegossen. Die Jagdgeräusche waren ins Unhörbare gesunken. Ich hatte eine unsichtbare Grenze überschritten und inmitten des Waldes ein Blütenreich betreten.

Ein Rascheln: Ein großer, kräftiger Hase brach aus dem Gebüsch hervor, wie im Angriff auf mich zuschießend, die Beine schienen den Boden nicht zu berühren. Es war, als hätte er hier eine Freistatt gesucht, eine Zuflucht vor dem Schrot der Jäger, aber als er mich sah, warf er sich herum und war sofort wieder zwischen den Bäumen verschwunden. Ich blieb lange stehen. Der Anblick des zarten Rosa im grünholzigen Dickicht ließ mich nicht los.

Auf dem Rückweg verirrte ich mich und kam weit oberhalb von «Les Hortensias» beim ummauerten Friedhof des Dörfchens heraus; die Keramikblumen auf den Steingräbern leuchteten bunt. Wenn die Toten unter ihren Grabplatten hervorkämen, würden sie das Dorf beinahe verlassen finden, die Häuser wohlverwahrt hinter geschlossenen Läden, kein Huhn und keine Ente, kein Wachhund und keine Mausekatze weit und breit. Die Toten werden die letzten Bewohner dieser Landschaft sein, dieser Gedanke begleitete mich und verließ mich auch später nicht, wie überhaupt in dieser Luft die Gedanken sich langsamer auflösten als in der Stadt. Sie entstanden und blieben dann gegenwärtig, ohne an ein Ergebnis zu gelangen, sondern schwebten im Hirn träge auf und ab, wie die Blattgoldfetzen in gewissen zuckrigen Likören. Bis ins Bett begleitete mich das Bild des Zyklamenhains in der Waldlichtung. Was machte es so einprägsam? Seine Schönheit war verbunden mit Gefährlichkeit.

Ich meinte jetzt zu verstehen, warum der Anblick von Blüten auf dem Waldboden die griechischen Dichter zu ihren grausamen Träumen angeregt hatte. Blumen standen bei ihnen immer für das ausströmende Blut junger, tödlich verwundeter Menschen mit berühmten Namen: Hyakinthos, Narziß, Adonis, Ajax und Kyparissos, Daphne und Smilax und Myrrha, die aus stets mit der Liebe verbundenen Gründen einen gewaltsamen Tod gestorben waren, ihre Todesqual jedoch jedes Jahr in ein wiederkehrendes Leben verwandeln durften, körperlichen Verwesungshauch in Blütenduft, Leichenblässe in zarte Farbigkeit. Einen Blütenteppich als Erscheinungsform einer großen Blutlache zu deuten und Entsprechungen im Gegensätzlichen zu entdecken – im Wachen ist das wenigen gegeben, den Wahnsinnigen und den Dichtern vorzugsweise, im Traum jedoch jedermann. Da können die Formen mühelos die Plätze wechseln und dabei sie selbst bleiben, da können Anemonen, Narzissen, Hyazinthen, Zypressen, Krokus und Nelken eine lichte Senke mit ihren Sternen überziehen und gleichzeitig Blutlachen sein, in denen tödlich verwundete Menschen liegen. Blüten und Bluten, war das womöglich dasselbe Wort, vergleichbar einem aus zwei Farben gewebten Stoff, der je nachdem, wie er ins Licht gehalten wird, entweder rot oder grün erscheint? So wollte mir das im Halbschlaf vorkommen, in meiner Nachteinsamkeit im klammen Bett, als mir die Zyklamenkissen auf der Lichtung, violett-rosa vor dem Samtgrün des Bodens, in anschwellender, schrill werdender Leuchtkraft vor Augen standen und gleich darauf in einen nackten Frauenkörper übergingen, der sofort wieder zu Blüten wurde und dann wieder zu der mädchenhaften Frau, deren Gesicht mir verborgen blieb, deren Körper ich aber allzu gut kannte – ich scheue mich jetzt, ihren Namen niederzuschreiben, denn es war nicht die Angstvorstellung eines Albtraums, es ging ein Frieden von dieser Erscheinung aus. Eine Last fiel von mir ab, und schließlich siegte in ruhigerem Leuchten die Blütenerscheinung, von der ich wußte, daß sie mit der Frau identisch war.

Ich erwachte bei Sonnenschein. Einen sehr schwarzen Kaffee trank ich an der Theke der Auberge de l'Abbaye, Herzklopfen stellte sich ein, aber das kam vom reichlichen Koffein und hatte nichts mit den Beklemmungen der vergangenen Tage zu tun. In der Porterie des Klosters kaufte ich eine Postkarte mit einer Ansicht der Landschaft; unmöglich, dem Bild eine Botschaft zu entnehmen.

«Leb wohl!»

Ich überlegte eine Weile, ob ich diesem Wunsch noch etwas hinzufügen sollte – ein ausdrückliches Versprechen, etwas Versöhnliches? –, und habe sie dann ohne ein weiteres Wort in den Kasten geworfen. Im Lauf des Tages ist der Schmerz noch einmal zurückgekehrt, schwächer, erträglich geworden.

Ich darf an Aufbruch denken.

Dritter Teil

Marcia funebre

1

Tage des Wartens auf den Anruf von General Habob. Alles im Rahmen höherer Gerechtigkeit, so hätte Ralph Krass denken dürfen. Wie oft hatte er nicht auf seinen eigenen Rückruf warten lassen, so lange, bis die Leute verrückt geworden waren, man hatte das Schmoren auf ihren Fingernägeln schon beinahe riechen können; nicht ohne Grund dachte man bei solchen geistigen Qualen in Kategorien der Folter. Aber daran erinnerte er sich natürlich nicht, denn er hatte sich ja stets im Recht gefühlt, wenn er nicht zurückrief. Er hatte sich schließlich vor Zudringlichkeiten schützen müssen, und überdies war er niemand, der nach anderer Leute Pfeife tanzte, das mußte man verstehen oder eben lernen.

Von General Habob hingegen war es eine Frechheit, sich nicht zu melden. Der hatte ein Büro, er konnte irgendwen anrufen lassen, um einen zu vertrösten – nein, das bitte auch nicht, da war es schon besser, wenn der alte General sich den Anruf, oder auch den Nicht-Anruf, selber vorbehielt. Zeit also für ein ausgedehntes Frühstück im inzwischen weitgehend geleerten Frühstücksraum des Hotels Windsor, wo diese Mahlzeit allerdings eher mager ausfiel, kalte, zähe Toastscheiben und Aluminiumkapseln mit einem Klecks Marmelade drin. Immerhin konnte man Spiegeleier bestellen.

Die Kellnerin paßte zu dem altertümlich kolonialen Stil dieses Hotels in Kairo: klein und kurzbeinig, in einer Art Uniform mit langem dunkelblauen Rock und einer fertig gebundenen, fettigen schwarzen Krawatte; das Gesicht ohne Hals auf breiten Schultern, ein schwarzer Zopf hing den Rükken herunter. Keine schöne Frau, jedoch eine besonders liebenswürdige. Schon als sie Ralph Krass den zweiten Tag sah, behandelte sie ihn wie einen Stammgast. Viel Englisch stand ihr nicht zu Gebote, aber was sie konnte, das setzte sie unerschrocken ein, denn sie sah sich als Gastgeberin in der Pflicht, einen einsamen Mann zu unterhalten.

«Bitte sehr, die Spiegeleier.» Sie kredenzte den Teller, als hätte sie ihn soeben aus dem Nichts herbeigezaubert.

Ralph Krass wollte bummeln, wollte hier eine Weile zubringen – notgedrungen –, aber er bekam es nicht hin, langsam zu essen. Das Spiegelei hing gelbweiß über seiner Gabel, happs, war es als Ganzes im weit geöffneten Mund verschwunden und ungekaut hinuntergeschlungen. Wie gelang es ihm da nur, dennoch delikat und wählerisch zu wirken? Im Widersprüchlichen war er ein Meister.

Die Kellnerin hieß Imän. Es gab auch einen Kellner, einen jungen Lackel, der häßlich über sie sprach: Sie sei nicht ganz richtig im Kopf, träume immer noch von einer Heirat, werde aber niemals heiraten – die!? Nie! Das alles vor ihren Ohren, dargeboten zur Zerstreuung des Gastes, und der hielt es für richtig, das nur zerstreut aufzunehmen, ein Mann wie er nahm zu solchem Geplänkel keine Stellung. Imän hingegen, so roh sie sich auch von dem Kellner behandeln ließ, empfand das Bedürfnis, vor dem fremden ernsten Herrn nicht ganz so jämmerlich dazustehen.

Kaum war der Kellner verschwunden, trat sie an seinen Tisch und sagte gedämpft, die Pendeltür zwischen Pantry und Saal fest im Auge behaltend: Was der da nicht wisse – sie sei längst verheiratet, allerdings nur als dritte Frau, für die der Ehemann demgemäß nicht viel Zeit habe, eine Stunde in der Woche. Sicher, da könne man auch etwas anstellen, aber immer streng geheim, die anderen Frauen dürften das nicht erfahren. Ganz so offiziell standesamtlich schien es also nicht zugegangen zu sein. Ja, sie müsse viel warten, neuerdings sogar, wenn er dann schließlich bei ihr sei, denn da habe sich ein Leiden eingestellt, er sei gegenwärtig in Behandlung – weil ihr die Wörter fehlten, fiel ihr Bericht, vermutlich ungewollt, drastisch aus, mit dem Mund führte sie dem unergründlich lauschenden Gast vor, wie ihr Drittel-Ehemann an ihren Brustwarzen saugte, aber dann kam ihr etwas Besseres in den Sinn, was mit der Macht des Bildes sprach. Sie holte aus dem Buffet ihr Telephon hervor. Bei einem seiner letzten Besuche habe sie das unauffällig montiert, es sei die ganze Stunde seines Aufenthaltes festgehalten.

Gäste betraten den Saal, ein blasses finnisches Paar. Imän überließ ihm ihr Telephon und begann am anderen Tisch ein munteres Gespräch.

Ein Zimmer, vollgestopft mit Möbeln und Sachen aller Art, in warmem bräunlichen Licht verschmolzen, Rembrandt-Luft, in dem sich die Gegenstände aus dem Dunst heraus formen. Es war so beengt, daß kein zweiter Schritt in dieselbe Richtung möglich war. Vorn ein Sopha mit großem schwefelgelben Kissen – Vermeerfarben. Ein junger Mann mit nacktem Oberkörper und Baseballmütze zwängte sich durch die Fülle, und nun trat auch Imän hinzu, in rosafarbener Djellaba mit Silberstickerei, unerwartet luxuriös, wenn man sie nur mit dem geklebten Schlips gesehen hatte. Aus der Situation ging hervor, daß sie den Jungen aus dem Haus haben wollte – es war der kleine Bruder, wie sie später erklärte –, der dann auch etwas Bedrucktes überzog und sich davonmachte, mit geneigtem Kopf, den Blickkontakt verweigernd.

Jetzt Stille im Zimmer. Imän im rosigen Gewand, taillenlos, einer kleinen Litfaßsäule gleichend, ging auf und ab und richtete etwas. Sie warf nie einen Blick in Richtung Kamera, als wolle sie das üben, aber in der Ansammlung von Kram blieb das Telephon vermutlich auch dann unsichtbar, wenn es offen herumlag. Der Drittel-Ehemann trat auf, indem er sich seitlich durch die Tür schob, groß, langbeinig, gut gebaut, in Lederjacke, mit sehr dunklem, wohl nubischem Bauerngesicht. Die Begrüßung war flüchtig, Imän reckte sich ihm hungrig entgegen, er antwortete mit einem lässigen Klaps auf ihren Oberarm. Er hatte vieles zu bedenken, den Kopf voll Sorgen, das teilte sich mit. In einem einzigen Schwung haute er sich in einen Sessel und legte die Beine hoch, und schon war ein Telephon an seinem Ohr. Verhandlungen begannen, Imän hockte ihm erwartungsvoll gegenüber, unbedingt bereit, jeden Augenblick dieses seltenen Besuchs auszukosten. Aus dem Schatten rückte sie ein Tischchen mit Teegläsern hervor, was konnte da nicht noch alles verborgen sein, aber zum Wasserkochen mußte sie sich kurz losreißen. Der Mann hatte offenbar Ärger, schüttelte den Kopf, kraulte sich mit geübtem Griff den Hosenlatz. Sie versuchte, ihm von ihrem Sessel aus näherzukommen, und begann, mit der ausgestreckten Hand sein Knie zu tätscheln, höher hinauf reichte ihr Arm leider nicht – ob in diesem Knie empfängliche Nerven saßen? Er ließ es sich gefallen. Dann verlangte er, die Post zu sehen. Die Briefe lagen bereit, Imän überreichte sie sorgenvoll. Das alles war notwendig, aber es ging ab von der eigentlichen Zeit, der so seltenen und so lang erwarteten. Er las, es sah nach einer Rechnung aus oder nach Amtlichem, er steckte die Blätter ein.

Da war aber noch was Wichtiges. Imän holte ein Intarsienkästchen hervor, mit kleinem Spielzeugschlüssel wie aus dem Touristenbasar, das in diesem Zimmer aber echt und alt aussah. Sie entnahm ihm einen Packen, setzte sich breitbeinig und nach vorn gebeugt hin und zählte die vielen abgegriffenen Scheine ägyptisches Inflationsgeld, wenige Dollars wert, und dieses vornübergebeugte Zählen, das schien schon wieder von einem holländischen Gemälde zu stammen, «Bei der Pfandleiherin» hätte das heißen können. Den Scheinpakken reichte sie dem bequem Ruhenden hinüber, der verließ sich auf ihre Überprüfung und steckte auch das Bündel ein. Schließlich rappelte er sich auf, bei seinen langen Beinen das richtige Wort; dieses Sich-Einsammeln besagte: «Bringen wir es hinter uns.»

Die Tür zum Nebenzimmer stand offen. Dort herrschte kein bräunliches Durcheinander; ein barock geschnitzter Bettrahmen füllte den ganzen Bildausschnitt, darüber ein gekippter, halbrunder Spiegel, in dem man die Kissen erkannte. Und jetzt auch den Kopf des Mannes, der sich dort wohl ebenso hingehauen hatte wie vorher in den Sessel, winzig klein auf dem Telephonbildschirm, aber präzis, ein Blick durchs Schlüsselloch, der in ein weit entferntes Haus führte. Imän kehrte noch einmal zurück, umgezogen, jetzt in einem rosa Satinunterkleid, das die Schultern frei ließ und auf der Mitte der Oberschenkel in lange Fransen überging; hier war lebendig geblieben, was in Deutschland zuletzt George Grosz gezeichnet hatte. Nahe der Kamera hob sie ihre Arme, sie war sorgfältig rasiert, und sprühte sich aus einer buntgoldenen Flasche etwas unter die Achseln – das mache man so, sagte sie zu Ralph Krass, zu dem sie zurückgekehrt war, nur für diesen Zweck benutzte sie ein besonderes, teures Parfum.

Sie ist von vollendeter Unschuld, dieser Gedanke überraschte ihn, dafür hatte bisher in seinem Leben ein Anlaß gefehlt. Der Film war zunächst nicht nach seinem Geschmack gewesen, dieses Milieu interessierte ihn nicht, die viel zu vielen, das kannte er, er kam selbst da her – wenngleich seine Verhältnisse nicht so malerisch gewesen waren wie in Imäns Film; er wußte, da war keine Kraft, da verbarg sich nichts, damit war nichts anzufangen. Mit den besseren Leuten übrigens auch nicht. Aber so wie der Film sich entwickelte, begann er ihn zu fesseln. Die Krönung der Abläufe war nur im Spiegel zu verfolgen, wenn der einmal ein bräunliches Bein, einen bräunlichen Arm auffing, wie von Ertrinkenden, die sich strampelnd gegen das Versinken wehren und gerade noch eine Hand über die Wasseroberfläche halten können. Dazu die Ruhe des vorderen Zimmers, das in seinem nunmehr beredt gewordenen Schweigen dalag, als ob alle Gegenstände im Raum angespannt die Ohren spitzten, um von dem Liebesgewitter nebenan etwas aufzuschnappen.

Der Film brach ab – «das Telephon war nicht aufgeladen», sagte Imän, sich mit unglücklicher Miene entschuldigend, aber Ralph Krass hatte genügt, was er gesehen hatte. Er war kein großer Freund von Pornographie, denn er verglich sich ungern mit anderen Männern, und er wollte glauben, daß die Frauen, mit denen er zu tun hatte, das auch nicht taten. Er sah Imän prüfend an, die niedrige Stirn, die eigentümlich eckig war, die runden kohlschwarzen Augen, den harten kleinen Mund, der so gewinnend wie möglich lächelte. Das rosaglitzernde Unterkleid hatte offenbart, daß sie durchaus keine Litfaßsäule war, wie die alle Reize verbergende Djellaba es hatte vermuten lassen. Ihm gefiel die Vorstellung, die Sphären zu vertauschen, die sich in dem Kostümwechsel angedeutet hatte – vom geklebten Kellnerinnenschlips zur

Reizwäsche der zwanziger Jahre. Hier tat sich eine Gelegenheit auf, die ungewisse Wartezeit durch Ablenkung etwas zu verkürzen.

Ob damit eine gefährliche Schwächung verbunden sein könnte? Das angestrebte Gespräch mit General Habob war, nüchtern betrachtet, gegenwärtig die einzige Karte in seinem Ärmel. Wie rasend schnell alles zerfallen war, es hatte doch eben noch ungezählte Optionen gegeben, und plötzlich waren sogar dem Bewegungsspielraum Grenzen gezogen. Wohin, wenn es hier nicht klappte? Die Vorstellung, untertauchen zu müssen, schreckte ihn nicht – sich den Blicken der Feinde entziehen und an anderer Stelle und in anderer Gestalt wieder ans Licht treten, dazu fühlte er sich immer noch imstande. Ein Neuanfang lag in seiner Macht. Es war noch nichts verloren: Solange er lebte, würde nichts verloren sein.

«Und ich habe eine hohe Lebenserwartung», sagte er leise zu sich selbst, einen Arzt zitierend, nicht wörtlich allerdings. Der Mann hatte nach einer Untersuchung vor zehn Jahren gesagt: «Ich sehe nichts, was Ihre Lebenserwartung einschränken könnte.»

Imän aber hatte das Selbstgespräch belauscht und sagte ebenso leise: «Ich verstehe Sie nicht.»

«Ich wollte sagen», fuhr er auf englisch fort, «daß ich Sie gern besuchen würde.»

2

Das Gespräch mit Mister Doss fand nach dem Frühstück statt im Büro des Hotels Windsor, diesem verkramten Gelaß mit dem mächtigen Tresor aus der Zeit vor dem Ersten Weltkrieg – ein Berliner Fabrikat nebenbei, hier ruhte sein Paß vor jedem Zugriff sicher, auch vor dem seinen. Mister Doss, der koptische Hotelier, war die Weltläufigkeit selbst. Er wollte keine Menschen mit Zahlungsschwierigkeiten kennen, seine Gäste waren grundsätzlich solvent, und so befleißigte er sich, den Anschein dieser Überzeugung bis zur endgültigen Widerlegung aufrechtzuerhalten. Mister Doss pflegte einen gesellschaftlichen Stil, der in der Zwischenkriegszeit in Europa üblich gewesen war, in Ägypten, jedenfalls in diesem Haus, mit kolonialer Verspätung konserviert wurde und sich stark vom Auftreten des deutschen Gastes abhob.

Ralph Krass um Teilzahlungen anzugehen war unüblich. Außerdem hatte man solche Wünsche, sollten sie aus irgendwelchen Gründen dennoch bestehen, an seine Assistenten, Sekretäre oder die bei ihm einflußreiche Sonja Reiss zu richten, aber nun war es eben dahin gekommen, daß derlei Gehilfen nicht zur Hand waren. An seinem Auftreten änderte das nichts. Er liebte den Hof, er brauchte den Hof, aber er war keine Funktion seines Hofes, er war eine davon unabhängige Größe. Die finstere Ruhe, mit der er Mister Doss anhörte, war von sichtbarer Zerstreutheit begleitet.

Dessen greiser Vater war Zeuge des Gesprächs. Gegen das Frösteln, das ihn nicht mehr verließ, mit Pudelmütze und Wintermantel auch hier im Büro geschützt, lauschte er nicht, sondern spielte mit seinem Gebiß, das lose saß und leise schnalzte, wenn die Zunge den Sitz am Gaumen lockerte.

Ralph Krass schwieg, während er massig auf dem hölzernen Drehstuhl vor Vater und Sohn Doss saß. Der Versuch des Hoteliers, die Angelegenheit zu entdramatisieren, prallte an ihm ab. Es ging darum, die letzten zehn Tage am besten sofort zu bezahlen – natürlich nur, wenn es recht sei und keine Schwierigkeiten bereite. Hörte er überhaupt richtig zu, oder gab es da anderes, was dringlicher erwogen werden wollte? Ja, das gab es. Mit welcher Ungeduld hatte er den Anruf von General Habob erwartet; und nach dem Frühstück war es schließlich soweit gewesen. Ein Assistent des Generals hatte ihm kurz und kühl beschieden, daß es zu einem weiteren Treffen nicht mehr kommen werde. Abwesend und ohne an Mister Doss das Wort zu richten, reichte er ihm eine verheißungsvoll goldfarbene Kreditkarte.

Jetzt war es an Mister Doss, höfliche Verzweiflung schauspielerisch glaubwürdig zu machen: Das elektronische System sei bei ihnen im Haus derzeit zusammengebrochen, auf unbestimmte Zeit außer Funktion – solange sei Barzahlung willkommen.

Ralph Krass erhob sich und ordnete die Karte sorgfältig wieder in die Brieftasche ein: «Ich werde sehen.» Ein königliches Wort, ein abschließendes zumal. Das Ergebnis hatte ihn keineswegs beunruhigt. Als er das Büro verließ, war es, als würde es heller im Raum.

Auf der Straße trug er einen schweren zweireihigen Schneidermantel, der ihm allerdings zu eng geworden war und nicht mehr geschlossen werden konnte. Auf der Seite gegenüber lagen Teehäuser, am Vormittag noch mäßig besucht. Ein kleiner Esel zog einen Karren, auf dem zwei Knaben einen Haufen Plastikflaschen beförderten. Die Schuhputzer, im Staub hockend, sahen auf, als er vorbeiging, und klopften mit den Bürsten auf ihre Holzkästen, um auf sich aufmerksam zu machen. Seine Schuhe hätten ein Wienern vertragen, aber er sah durch die Männer einfach hindurch. Um ihn herum sanken die alltäglichen Zudringlichkeiten in sich zusammen; es war, als hätte er einen Pakt mit der ganzen Welt geschlossen, der ihm überall ein Höchstmaß an Respekt sicherte. Der nächste Geldautomat befand sich in einer Seitenstraße, in einem Verwaltungsbau aus der sozialistischen Nasser-Zeit, jetzt überwiegend leerstehend, fein eingestaubt mit Kairos braunem Puder – die einzige verbliebene Funktion dieses neupharaonischen Klotzes bestand nur noch darin, diesen Automaten zu beherbergen, der von einem schwarzuniformierten Soldaten schläfrig bewacht wurde. Es war Pech, daß Mister Doss die Karte nicht akzeptiert hatte, dann wäre er glatt durchgekommen. Jetzt mochte das komplizierter werden.

Ralph Krass vor einem Automaten – schon das eigentlich ein Unding. Wozu war man von der Natur verschwenderisch mit der Gabe der Autorität ausgerüstet worden, wenn man schließlich vor einem Apparat landete, der die menschliche Spreu und die echten Persönlichkeiten nicht auseinanderhielt und vor keinem durchdringenden Blick erbebte? Er leistete sich mit dieser Karte eine demonstrative Unbeholfenheit, mit der er sich wenigstens selbst bewies, nicht als Sklave einer Maschine geschaffen worden zu sein: Die Nummer, die es einzugeben galt, trug er auf einem Zettel bei sich und las sie ab, mit der goldenen Halbbrille auf der Nase, wie eine soeben empfangene Botschaft. Tief in ihm ruhte die Gewißheit, daß auch diesmal der Schlitz ein Bündel Scheine ausspucken werde. Hatte er vergessen, wie schwierig es gewesen war, den lange fälligen Kredit ein weiteres Mal zu strecken? Außerdem hätte «frisches Geld», sein Lieblingsbegriff, einfließen müssen, in der Hoffnung, der stotternde Motor seiner Unternehmungen werde dann wieder anspringen. Inzwischen waren alle Fristen, die man ihm großzügig oder auch waghalsig gesetzt hatte, in einem Maße verstrichen, «daß es schon gar nicht mehr darauf ankam». Der Gedanke beruhigte ihn, er klang so realistisch. Statt dessen sollte die platte Tagesvernunft recht behalten: Der Automat verweigerte sich und gab auch bei einem zweiten Versuch nur zu lesen: Der Kreditrahmen sei überschritten.

«Aber das wissen wir doch.» Er schüttelte den Kopf, als habe er einen störrischen Untergebenen vor sich. Es gab in der Nähe, auf der von Passanten und Autos bis zur Lähmung verstopften Straße des sechsundzwanzigsten Juli, einen weiteren Automaten. Zur Eile bestand kein Grund, er ging gelassenen Schrittes. Das Angebot eines Taxifahrers lehnte er ab. Daß sein Kleingeld knapp war, hatte er verstanden.

Der zweite Automat stand mit dem ersten im Bunde. Man hatte sich offenbar abgesprochen, lächerlich. Dann eben nicht.

Dann eben nicht, das war es tatsächlich, was er dachte. Er stand allein in Kairo ohne ein einziges ägyptisches Pfund in der Tasche und ohne Aussicht auf Hilfe. Er hatte Schulden im Hotel und würde es verlassen müssen. Der Gang zum Deutschen Generalkonsulat verbot sich aus naheliegenden Gründen, eine Rückkehr unter deutsche Hoheit war «gegenwärtig nicht vorgesehen», um es mit seinen eigenen Worten zu sagen. Er hatte gefrühstückt, zum Glück, Imän hatte ihm zwei Spiegeleier serviert, aber wie lange kam sein gewichtiger Körper damit aus?

Und obwohl dies alles unbestreitbar war, stieg keinerlei Sorge in ihm auf, schon gar keine Panik, im Gegenteil. Als er sich von dem Automaten abwandte und langsam auf das dunkel drohende Gerichtsgebäude zuging, auf dessen Stufen Männer und Frauen in ländlicher Tracht kauerten, von weit her angereist und auf die Verhandlung wartend, überfiel ihn ein rauschhaftes Unabhängigkeitsgefühl. In seinem Gang lag etwas Schlenderndes, soweit ihm das in seiner physischen Schwere gegeben war. Eine neue Freiheit beschwingte ihn, als werde sich bald etwas Unvorhergesehenes ergeben. Eindringlich empfand er, daß er das Geld, das ihm kleinlich verweigert worden war, auch gar nicht brauche. Er brauchte überhaupt nichts. Die vielen Provisorien, die er in den Zeiten seiner großen Einkünfte niemals aufgegeben hatte, waren der Einübungszustand gewesen, der ihn auf das Neue vorbereitete.

3

Es war später Vormittag, der Tag dehnte sich in voller Länge vor ihm aus. Er gehörte ihm. Es gab keine Verabredung, niemand, den er in Kairo kannte, wartete noch auf ihn. Diese Türen waren zugefallen, das war gut. Erst jetzt begriff er, wie gut das war. Ein wundersames Werk der Verwandlung ging in ihm vor, ähnliches war früher geschehen, wenn er, selten genug, einmal eine Weile allein gewesen war. Er erwarb dann die Gabe, unsichtbar zu werden. Seine berühmte Ausstrahlung, das Jupiterhafte, wie von fernem Donnergrollen Begleitete, das gewaltig Unerforschliche, war plötzlich ausgeschaltet. Er erschien dann vollständig ausdruckslos, seine Erscheinung verlor das Einprägsame, er war jetzt austauschbar. Die Leute bemerkten ihn kaum, auch wenn er ihnen gegenüberstand, besonders die Kellner der Caféterrassen fällten ihn aus ihrem Blickfeld gleichsam aus. Europäer waren selten um diese Jahreszeit in Kairo und fielen im Gedränge des Boulevards zwischen den Schleiern und Mützen auf – ihn aber bemerkte niemand mehr, und wenn er angerempelt wurde, schaute der Drängler verblüfft, daß da jemand gestanden hatte. Er löste sich auf in der Menge wie ein Salzkorn im Wasserglas.

Die Straßenschluchten von Downtown-Kairo empfingen

ihn – in der Zeit der Monarchie von Wiener und Brüsseler Architekten hochgetürmte Apartmenthäuser, jetzt mit blinden Scheiben und abends in Dunkelheit liegend, weil die einstigen Bewohner längst im Ausland lebten. Auf einem Balkon hoch über der Straße stand ein Mann im Bademantel, rauchte und telephonierte; er war groß wie ein Streichholz, aber Ralph Krass hielt inne, als erkenne er einen alten Freund. War Levcius nicht vor beinahe zehn Jahren, kurz vor dem Ende seiner Haft, gestorben? Gestorbene mochte er nicht, in ihrem Mangel an Durchhaltevermögen lag etwas Verächtliches, rechnen mußte man mit solchen Verlierern jedenfalls nicht mehr. Jetzt trat zu dem Telephonierer eine Frau – wo Levcius war, hatte es immer eine Frau gegeben, er machte Geschäfte mit Frauen, bezog sie in seine Strategien ein, verkaufte sie, beteiligte sie aber auch; so etwas hatte er für sich selber immer abgelehnt. War das Paar da oben Vorzeichen für die erwartete neue Chance oder eher ein Winken aus der Vergangenheit? Da waren sie schon wieder im Haus verschwunden.

Er bog in eine Seitenstraße ein. Hier war das Pflaster zerbrochen, im Erdreich standen Pfützen. Unter freiem Himmel ein Café mit alten Bugholzstühlen und Tischchen dazwischen, um den Unterarm daraufzulegen. Das ließ trotz des steifen Mobiliars den Eindruck von Bequemlichkeit entstehen. Die Raucher waren an ihre gluckernden Wasserpfeifen wie an medizinische Apparaturen angeschlossen. Die Shisha absorbierte den Raucher in gleichem Maße wie er sie. Der Schlauch mündete in eine Art Szepter aus Messing oder Chrom, mit Samt umhüllt. Manche schmiegten nach den ersten Zügen dieses Szepter wie einen Säugling an sich, es liebkosend, während sie weiche Wolken aus dem Mund quellen ließen. Junge Männer eilten mit Kellen voll glimmender Holzkohle hin und her und legten rotleuchtende Bröckchen nach. Im Schwarz dieser Kellen und vor dem Schmutz der verfallenen Mauern war das rote Feuer von einer Reinlichkeit, die den Rauchern Leben zu spenden schien – sie selbst unbewegt, die Feuerboten stets auf den Beinen, und dazu verströmte die Zeit. Ralph Krass verurteilte das Rauchen, er mißbilligte es so nachdrücklich, daß es in seiner Gegenwart niemand mit Genuß tat. Das Kettenrauchen seiner Frau – hatte sie sich das erst angewöhnt, als er anfing, sie zu vernachlässigen? War das ein Streitpunkt gewesen, den sie unterschlagen hatte? Der eigenschaftslose Ralph Krass, der frei durch Downtown-Kairo trieb, fand an der Wasserpfeife nichts zu tadeln. Er sah sogar mit Wohlgefallen diese Reihe nachdenklicher Könige, die mit dem Szepter die Herrschaft über ihre dunstigen Reiche ausübten, indem sie jegliche Aktion strikt verweigerten. Auch darin lag Macht, eine Macht, die seiner eigenen, die er gerade jetzt deutlich spürte, im Ursprung verwandt war.

Auf der Straße hockte ein Bettler, nicht alt, nicht jung, ohne sichtbare Gebrechen, den Blick erwartungsvoll auf die Passanten gerichtet. Wer gab, wer gab nicht? Dafür entwickelte man doch sicher einen Blick. War es erfolgversprechender, herumzuwandeln und die Leute abzukassieren, oder hatte der ruhig an der Ecke Ausharrende abends die fettere Beute eingesammelt? Noch war der Gedanke fern, sich neben dem Bettler einfach auf das Pflaster zu hocken, aber warum eigentlich nicht? Hier kannte ihn doch niemand, von General Mustafa Habob abgesehen, der aber tagsüber wohl nicht über die Talaat Harb promenierte, vielmehr gar keinen Schritt zu Fuß tat, sondern in seiner gepanzerten Limousine gefahren wurde. Nicht ausgeschlossen freilich, daß der ihn weiter beobachten ließ; sein Auszug aus dem Hilton war vermutlich bekannt und wurde analysiert, er hatte niemals Aufwand beim Verheimlichen getrieben. Laß die Leute alles wissen, wirklich alles, bis sie sich am Wissen überfressen haben und es aus sich herausspeien. Es zählte nur das physische Gegenüber – die Augen, die Stimme, die erotische Wucht eines schweren gesunden Körpers, unter dessen gepflegter Haut sich ein immenses Kraftreservoir verbarg.

Dennoch durfte er sich fragen, was ihn jetzt weitergehen ließ. Das Gehen änderte nichts an den Umständen, er hätte ebensogut irgendwo verweilen können, zu sehen gab es genug, und langweilen würde er sich nicht. In einem solchen Café konnte man mit einem einzigen Tee stundenlang ausharren, kein Kellner drängelte nach einer neuen Bestellung, nur zehn ägyptische Pfund, nicht mehr als zehn Cent, die waren das Eintrittsgeld in dieses bescheidene Paradies. Einen Metallbecher Leitungswasser gab es dazu, vor dem allerdings wurde der westliche Reisende gewarnt, und er war noch nicht soweit, daß der Durst alle Grenzen der Vorsicht eingerissen hätte.

Das Gehen lenkte ab, die Bewegung der Beine vermittelte dem Hirn die Botschaft, daß er sich auf ein Ziel zubewege. Einen Stadtplan hatte er nicht dabei, wozu auch. Gelegentlich blieb ein Taxi auf seiner Höhe am Bordstein stehen, der Fahrer bot seine Dienste an. Ihn wegzuschicken gelang wie gewohnt mit lässiger Geste, da war es wieder, das den Menschen zugewandte Antlitz des Ralph Krass, der zu beschäftigt war, um sich spazierenfahren zu lassen: «Wenn Sie mich hier gehen sehen, könnte es nicht sein, daß ich das tue, weil ich es gerade will?» So etwas teilte sich in seinem Kopfschütteln mit, wer hätte da insistiert.

Die Straße verengte sich, zugleich nahm das Gewühl zu. Männer mit Riesenpaketen auf dem Kopf, hochbeladene

Fahrräder, vor Waren überquellende offene Läden. Unzählige, einzig mit dem Kaufen und Verkaufen befaßt – schon richtig, das war alles Ramsch, Plastik aus China, häßlich gemusterte Stoffballen, Gummisandalen, Millionen Uhren, aber es war eben der Treibstoff, der die soziale Riesenmaschine in Gang hielt. Ihm war es immer gleichgültig gewesen, womit er handelte. Der Handel war etwas Eigenes, hatte mit dem Produkt gar nichts zu tun, das Produkt war nur das Mittel, um das Handeln möglich zu machen. Handeln war Psychologie, Mathematik, Tangotanzen im schönsten Sinne: Einer führte, und der andere leistete geschmeidigen Widerstand, der sich wiederum in gleitende Bewegung umsetzte. An diesem Staub, diesem Geschrei, diesem zähen Feilschen um winzige Beträge, an dem Plunder, der schließlich den Besitzer wechselte, war nichts zu verachten.

Vor undenklich langer Zeit, in einem anderen Leben, hatte er mit koreanischen Spielsachen gehandelt, billigem Zeug, das in die europäischen Kinderzimmer gedrückt werden sollte, um schon im zartesten Alter den Geschmack des Nachwuchses zu verbilden. So sahen es manche Leute, aber wie fern war das von den Notwendigkeiten des Lebens. An diesem Spielzeug hing die Wiedergeburt eines von einem grausamen Krieg beinahe gänzlich vernichteten Volkes. Er kannte solche Argumente, bei Weihnachtsansprachen in der deutsch-koreanischen Handelskammer war derlei zu hören gewesen, oberflächliches, nur zum Schein politisches Gerede. Die Gottheit, welche die Welt regierte, war genauso aus Eisen wie das glühend erhitzte Maul des Molochs, in welches die Karthager einst ihre Erstgeborenen geworfen hatten. Ein realistisches Gottesbild hatten sie gehabt, eine Handelsnation übrigens, ein modern denkendes Volk. Den Moloch mußte man nur durch den Begriff Notwendigkeit ersetzen, dann war man in der Gegenwart angelangt. Verrückterweise stimmte die Notwendigkeit in seiner Vorstellung mit ihrem genauen Gegenteil überein, mit der Willkür, vor allem der eigenen – seine Willkür, das war Notwendigkeit, in ihm kam das zur Deckung. Er war es nicht gewohnt, nur für sich selbst zu philosophieren, er war ja kaum allein gewesen. Um so reizvoller wurde dergleichen jetzt; er war doch sein bester Gesprächspartner.

Ohne es zu merken, hatte er sich schon weit vom Stadtviertel seines Hotels entfernt. Über der Basarstraße wölbte sich eine metallische Brücke, eine Autobahn in der Höhe des zweiten Stocks der über fünfstöckigen Häuser. Es war laut, die Autos ließen die Stahlplatten dröhnen.

Ralph Krass fand sich unversehens bedrängt von seiner Umgebung, Platzangst war ein zu hartes Wort für das, was ihn befiel, eher ein Unwohlsein, das Fluchtbedürfnisse auslöste. «Sorgen Sie dafür, daß ich hier wegkomme», hätte er, bis vor kurzem noch, zu dem gerade anwesenden Aide-de-camp gesagt, und alsbald hätte sich ein Wagenschlag geöffnet, aus dem kühle Luft hervordrang. Jetzt nichts dergleichen. Das Alleinsein offenbarte seine schwierige Seite. Er war ratlos.

Da ragten steinerne Stufen auf die Straße. Beinahe wäre er darüber gestolpert und begriff erst dann, daß sich ein Fluchtweg auftat. Die Treppe führte in eine Moschee. Er folgte dem hohen dunklen Gang bis zu einem Gestell, in dem Schuhe standen; richtig, man legte ja die Schuhe ab im heiligen Raum. Er neigte sich zu Boden. Wegen seiner Beleibtheit war es ein Kampf, mit den Händen die Füße zu erreichen. Der Schweiß trat ihm auf die Stirn. Warum trug er keine Slippers? Wer war daran schuld, daß er keine Slippers trug? Ein Gedanke aus einer anderen Zeit.

Das Sich-vornüber-Beugen tat ihm nicht gut, ihm wurde schwindlig. Er lehnte sich an die Mauer, die aus großen, ebenmäßig behauenen Quadern gefügt war, mit sehr sparsamem Ornament, fein gemeißelte Gesimse und Profile gliederten den hochgewölbten Raum, dessen Schönheit sich vor allem seinen Proportionen verdankte. Aus der Höhe hing an dikker Bronzekette eine große Ampel mit vielen kleinen Glasscheiben herab. Ihm war, als schwanke diese Ampel hin und her – hatte Galileo Galilei nicht anhand solchen Schwankens irgend etwas bewiesen? Je länger er, an die Mauer gelehnt, stand, desto weniger schwankte die Ampel. Sie hing, als er wieder ganz zu sich gekommen war, vollkommen still; Galilei hätte an ihr gar nichts beweisen können.

Er unternahm einen zweiten Versuch. Der sonst so harmonisch in seine Statur integrierte Bauch war wie ein Betonblock, er mußte sich hinsetzen. Die Schöße seines Mantels legten sich wie Flügel um ihn.

Daß er auf dem Boden saß, war hier zum Glück nicht auffällig, sondern sogar geboten. Die wenigen Männer unter der Kuppel, einige davon mit den Verbeugungen beim Beten beschäftigt, andere in gedämpfter Unterhaltung, fanden nichts Ungewöhnliches an seinem Betragen. Einmal sitzend, blieb er sitzen. Ein abgetretener grüner Teppich breitete sich unter ihm aus, staubiger Geruch stieg daraus empor. Das Licht fiel aus Fenstern in der Kuppel, weich und grau. Es war statthaft, hier zu lagern, der Raum war dafür geschaffen, nicht nur für das gemeinsame Gebet in den öffentlichen Liturgien, sondern auch zum ruhigen Verweilen, zum Atmen und Ausruhen in diesem Frieden. Eine Moschee aus der Mameluckenzeit, beste Architektur – das sagte ihm zwar nicht viel, aber daß sich hier, mitten im grellbunten Basargeschiebe, ein solch edler Rückzugsort befand, stimmte ihn dankbar. Einfach hier sitzen. Die anderen Männer konnten das freilich besser, hatten ihre Körper daran gewöhnt, brauchten keine Sessel und Polster, um es bequem zu haben. Die nahmen auf dem Boden, dessen Härte vom Teppich nur unwesentlich gemildert war, die richtige Haltung ein; hatten sie denn keine Knochen, die sich an dem Stein rieben? Wenn ein schwerer Mann auf dem Boden lag, dann kam doch unweigerlich der Augenblick, wo das einfach weh tat? Diese Art Schmerz könnte ihn schließlich vertreiben, sonst nichts.

Zunächst hielt er es aus. Er lehnte mit dem Oberkörper an der Wand, die Beine waren ausgestreckt und ragten in den Raum. Er spürte die Beine jetzt, er war lange herumgelaufen, und er war untrainiert. So etwas schaffe ich aber noch, das stimmte ihn zufrieden. Es mischte sich in seine Erschöpfung, die sich erst jetzt offenbarte, noch kaum die Furcht. War er nicht frei heute? Weil das bisher so selten vorgekommen war, mußte er sich das mehrfach vorsagen.

Der Raum hob seine Gedanken wie von selbst in die Höhe. Die aus der Kuppel herabhängende Riesenampel bildete ein Zentrum, das an sich zog, was ihm durch den Kopf ging. Ein Gott – diese Vorstellung war ihm sympathisch, mit dem Polytheismus hatte er nie etwas anfangen können, so schön ein Mars oder ein Apollo, eine Artemis und gar eine Venus auch waren. Es mußte den einen geben, der die Richtung vorgab, und der Göttervater sei das nur bedingt gewesen, hatte man ihn belehrt – damals in Neapel, nicht wahr? Da mußte er nur an sich selbst denken; niemals hätte er es in einer Firma ausgehalten mit Konkurrenten auf gleicher Stufe. Deshalb war er aus der Versicherung herausgeflogen, schon während der Lehre, die war eine Zumutung für ihn gewesen. Vom ersten Tag an hatte er sich im offenen Aufstand gegen den braven, gewissenhaften Mann befunden, dessen Abteilung er zugewiesen war, jetzt fiel ihm das ein. Er lächelte unwillkürlich. Als er noch nichts gekonnt und nichts gewußt hatte, war er bereits ganz er selbst gewesen, darüber durfte man schon einmal staunen.

Und dennoch, es gab Leute, die sich gegen die Vorstellung dieses einen Allmächtigen genauso empörten, wie er sich damals gegen den Abteilungsleiter empört hatte, und solche Allmacht und Allwissenheit niemandem zugestehen wollten. Da schrieb ein Mann – wie hieß der noch gleich, er hatte, wie es seine Gewohnheit war, den bereits gelesenen Teil des Buches mitsamt dem Buchdeckel abgerissen und weggeworfen –, die chemischen und physikalischen Verhältnisse im Kosmos seien zu reich, zu verästelt, zu unabsehbar, die Milliarden von Menschen, jeder einzelne mit individuellem Bewußtsein, in ihrer Fülle zu überwältigend und die zahllosen vielfach miteinander verquickten Kausalitätenketten zu wenig nachzuvollziehen, als daß all dies in einem einzigen göttlichen Bewußtsein immerfort und gleichzeitig evident gehalten und gar noch beeinflußt werden könne. Wo doch schon nach menschlichem Maßstab jeder Eingriff in die gesellschaftlichen oder ökonomischen Abläufe in seinen weiteren Folgen nicht zu kalkulieren sei! Ja, dachte er, wie eine Riesenpuppe an die Wand gelehnt, die Hände auf dem Teppich liegend, dessen staubgesättigte Rauhheit tastend, ein solches Bewußtsein, in dem dies alles aufgehoben ist, nicht nur ich, sondern auch Levcius und General Habob, und zwar mit all unseren Nerven und Sehnen und Hämorrhoiden, einschließlich der Haare, von denen angeblich keines von unserem Haupt fällt, ohne daß ... Klingt unmöglich, das kann es nicht geben – oder kann es von mir aus geben, ist dann aber ohne Bedeutung, weil für uns nicht vorstellbar und deshalb ohne Konsequenz. Gott weiß alles über mich – viel Spaß, da weiß er was.

Dieser Einfall überraschte ihn, darauf hätte er eigentlich nur cognacbeflügelt kommen können. Schon sehr lange war es her, daß er so viele Stunden keinen Alkohol getrunken hatte – am Tag nach der Blinddarmoperation mochte das gewesen sein –, aber heute kam der Durst hinzu, das lange Gehen, nein, noch kein Irren, eher ein Schweifen, anfangs mühelos, nun als Anstrengung empfunden. Auch Hunger meldete sich, die Sehnsucht, mit etwas Salzigem die Körpersäfte zu reinigen. Aber die Erschöpfung war größer. Das Kinn sank ihm auf die Schulter, die Lider flatterten. Ein Mann mit weißem Turban und bräunlicher Galabeya kniete vor einem Weihrauchkessel und blies hinein, Schwaden stiegen auf und erschienen ihm, der zusah, in ihrer Würzigkeit nahrhaft, als Wind- und Wolkenspeise.

Ist es aber nicht vielmehr so, daß ich, mein Wille, meine Seele, nenn es, wie du willst, genau wie der allmächtige Gott ebenfalls über Milliarden Entitäten gebiete, die in ihrer Funktion, selbst wenn es um Tod und Leben geht, ganz und gar von diesem geistigen Zentrum abhängen? Diese Milliarden Zellen – alle von dem einen Lebenswillen gelenkt, und wenn dem nicht so ist, dann ist das ein Symptom gefährlichster Krankheit. Der normale Mensch kann sein Vegetativsystem nicht regieren, aber nur, weil er es nicht geübt hat. Indische Sadhus vermögen ihren Zellen zu befehlen, Nährstoffe aufzunehmen oder zu verweigern, sie steuern ihren Herzschlag, ihr Schlafbedürfnis, sie können ihre Kräfte verzehnfachen und lange leben, ohne zu essen, weil das Zentrum den Zellen befiehlt, ohne Nahrung auszukommen. Da hat man ihn doch, den allmächtigen, bis in den letzten Weltwinkel hinein wirkenden Gott. Es gibt viele davon, so viele, wie es Menschen gibt – nein, so viele auch wieder nicht, man mußte zum Selbstherrscher berufen sein.

Wie er da im Dämmer lehnte, Weihrauch einatmend, sich von ihm nährend, war ihm, als spüre er seine Gewalt über die Myriaden Einzelteilchen, aus denen sein Körper sich zusammensetzte. Auch jetzt, in seiner Erschöpfung, übte er diese Herrschaft aus: Die Milliarden pumpten, blähten sich auf, absorbierten seine Gedanken, sonderten feine Flüssigkeiten ab, verzehrten etwas, schieden etwas aus und erneuerten sich. Er ließ sein Herz schlagen, das Blut strömen, und obwohl er gar nicht genau wußte, wo die meisten inneren Organe eigentlich saßen – die Milz? die Zirbeldrüse? die Galle? –, wußte er, daß sein Wille sie zur Arbeit antrieb. Auch das Müdewerden war eine Lebensäußerung, eine köstliche sogar, die das Hinübergleiten in den Schlaf unmerklich geschehen ließ.

Unversehens verblaßte die Empfindung seiner Selbstherrlichkeit, seiner göttlichen Körperregierung, und er wurde von einer Ohnmacht wie von einer großen Welle fortgetragen. Von außen betrachtet, sah dieser Schlaf nicht ganz so erhaben aus. Er hing an der Mauer der Moschee wie ein Betrunkener, der an der Straßenecke hingesunken ist. Und schnarchte sogar, rasselnd und laut. Davon wußten alle seine Damen zu berichten, diesem Zeichen einer geräuschvollen Entrücktheit, es war ein Unerreichbarwerden nach gesteigerter Intimität: Wer das aushielt, durfte sich sagen, man «habe seinen Schlaf bewacht», etwas anderes war dann nicht möglich, selbst beim Lesen wurde man von diesem Getöse empfindlich gestört. Nicht wenige wählten deshalb die Flucht und mußten dabei keineswegs leise sein – er wachte selbst dann nicht auf, wenn man ihn schüttelte. Am nächsten Morgen fand er sich allein, ein verwandelndes

Erwachen, als wären die Ereignisse der Nacht nur geträumt gewesen.

Der zahnlose Wächter der Moschee war duldsam; er sah in diesem ausdrucksvollen Schlaf keine Verletzung des Tempels. Von den hohen Gewölben warf das Echo dieses Gesäge und Gerassel gedämpft zurück, es war, als sei es das Bauwerk selbst, das in entspanntem Tiefschlaf lag.

4

Er erwachte, weil ihn jemand anstieß. Die Moschee sollte geschlossen werden. In den alten Ampeln leuchteten jetzt weiße Neonspiralen, die den Zauber der Halle brachen. Die Zeiten, als eine solche Kuppel von Hunderten Öllämpchen erhellt wurde, waren vorbei und wurden von niemandem vermißt, zu einer romantischen Bewegung war es in Ägypten noch nicht gekommen. Ralph Krass fiel an diesem Ort auf durch seinen teuren Mantel; daß er nicht mehr zuzuknöpfen war, blieb, da er geöffnet zu beiden Seiten um ihn herumflutete, verborgen. Auch eine Krawatte wurde hier selten gesehen. Seine Schuhe im Regal hingegen waren so dick eingestaubt, als hätte er mit ihnen einen geöffneten Zementsack durchwatet. Es lag in seinem Anblick etwas Vertrauenerweckendes, das an die Brüderlichkeit des Wächters appellierte.

Der hatte gerade aus einer weißen Kunststoffschale eine Süßigkeit gelöffelt, halb Creme und halb Gebäck, in einer zuckrigen Sauce, zähglitzerndem Seim. Den Rest, eigentlich eine stattliche Hälfte, bot er nun dem verschlafen blinzelnden Fremden an, der zunächst nicht begriff und mit den Händen wie ein erwachender Säugling ruderte, dann, erkennend, worum es ging, noch ganz der alte Ralph Krass, abwehren wollte, bis das erwachende Hungergefühl ihm nahelegte, das Angebot wenigstens zu prüfen. Bedenken, vom selben Löffel wie der Zahnlose zu essen, kannte er nicht.

Er probierte, immer noch auf dem Boden sitzend, und ließ sich von einer Süße, die man knirschend nennen müßte, wäre sie nicht in solch salbenhaft fließender Gestalt aufgetreten, überschwemmen. Rosenblätter, Zimt und Nelken fanden sich darin, auch Marzipanartiges. Er nahm sich noch einmal, vom Wächter mit großväterlicher Güte beobachtet, und da geschah es: Der leichte Löffel glitt ihm aus der Hand und verteilte über Krawatte und Hemd eine lange dunkle Sirupspur. Heftiges Wischen mit den Händen, als der kühle Zuckersaft durch den Stoff auf die Haut drang, machte den Schaden noch schlimmer. Er fühlte sich, als klebe es überall am Körper. Eine Alltagssituation, derlei kam bei ihm nicht so selten vor. Er neigte dazu, sich zu bekleckern, aber es war ja stets frische Wäsche zur Stelle, was den Schaden zum Genuß werden ließ: Weg mit dem Dreck, hinein ins frisch duftende, makellose, beim Auseinanderfalten leise raschelnde Hemd.

Die Zuckerstraße auf seiner Kleidung, wie als Wespenfalle angelegt, war der Stoß, der ihn aus dem Wohlbefinden dieses Tages aufschrecken ließ. Sofort war klar, daß der Fleck so einfach nicht würde beseitigt werden können. Der Wächter empfand das Malheur als weniger gewichtig. Er hatte eine Wohnung, er hatte eine Frau, er legte auf fleckenlose Gewänder keinen gesteigerten Wert, aber er wies den Fremden wegen der klebrigen Hände in den Nebenraum zu dem Brunnen für die rituelle Fuß- und Gesichtswaschung. Hier tauchte Ralph Krass sein Gesicht ins Wasser und besprengte auch die Hemdbrust, bis sie ganz durchweicht war. Unter dem feinen Schweizer Batist schienen die Löckchen der Brustbehaarung durch. Die Krawatte nahm er ab, früher hätte er sie weggeworfen – sie war teuer, aber nicht schön und nicht häßlich, noch von Sonja Reiss ausgesucht. Jetzt steckte er sie ein, wer wußte, wann sie ersetzt werden könnte.

Dann holte er seine Schuhe vom Regal und versuchte, mit den nassen Händen den Staub abzuwischen. Das gab eine Schmiererei. Jäh wurde ihm bewußt, welch ein aufwendiger Apparat im Hintergrund schnurren mußte, damit der Mensch dem Mitmenschen einigermaßen manierlich gegenübertreten konnte. Hinter einem korrekt gekleideten Mann standen Schränke voller Hemdenstapel und Waschmaschinen mit sich drehenden Trommeln, Büglerinnen und Reparaturschneidereien. Ohne darüber nachzudenken, schätzte man die Leute nicht bloß nach ihrer Erscheinung ein, sondern auch nach dem Aufwand, der im Verborgenen dafür getrieben worden war.

Der Zustand, in dem er sich jetzt befand, von solchen Ressourcen abgeschnitten, war nur ein Übergangszustand. Das würde sich schnell in die eine oder andere Richtung hin ändern: entweder durch Rückkehr in die gewohnte Gepflegtheit oder durch den entschiedenen Absturz ins Bodenlose, wobei die Gosse durchaus einen Boden hatte, der gar nicht so tief unter den hocherhobenen Häuptern der Bürger lag. Im Waschraum der Moschee offenbarte sich, daß jede Waschung auch etwas von einer rituellen Reinigung hat; der saubere Mensch ist zugleich der von Verfehlungen befreite, und das bedeutet: Der Schmutzige ist der moralisch Fragwürdige.

Gereinigt, aber nicht frischer aussehend, ging er aus dem Waschraum hervor. Das durchweichte Hemd stand am Hals offen, und mit den verschmierten Schuhen in der Hand sah er aus, als wolle er sich unbemerkt davonschleichen. Der Wächter kniete sich vor ihm hin und half ihm dabei, sie anzulegen, indem er aus einem gebrauchten Taschentuch einen Schuhlöffel improvisierte. Die Füße waren geschwollen und paßten kaum mehr in ihr italienisches Lederkorsett.

Daß der Mann für seine zahlreichen nützlichen Dienste einen kleinen Bakschisch erwartete, war recht und billig. Gar nichts ist umsonst, erst recht nicht die freiwillig gewährte hilfreiche Hand, das gehörte zu den Glaubensartikeln des Ralph Krass, der stets ein generöser Trinkgeldgeber gewesen war, auch wenn er dieses Geschäft vorzugsweise durch einen Almosenier besorgen ließ. Auf Deutsch wäre ihm schon etwas eingefallen, um dem Wächter das Ausbleiben eines Trinkgeldes zu erklären, aber hier war er sprachlos. Der Mann lächelte aus faltenreichem Gesicht in berechtigter Vorfreude; dem hatte er nur eine abwinkende Handbewegung entgegenzusetzen, die etwa als «Nix da!» zu deuten war. Als er die ungläubige Verfinsterung des Wächters sah, griff er zu der in der ganzen Welt verständlichen Umstülpung der Hosentaschen, leistete also den Offenbarungseid, worauf ihn jener mit Nachdruck auf die Straße schob. Das eisenbeschlagene Portal fiel hinter ihm zu, ratschratsch machte das Schloß, als er innen den Riesenschlüssel herumdrehte. Bei General Habob war er weniger handgreiflich hinausgeworfen worden, da war man zeichenlos und dennoch endgültig auseinandergegangen.

Während seines Schlafs an heiliger Stätte hatte sich das dichteste Gedränge etwas verlaufen. Immer noch herrschte Hochbetrieb in den Souks, aber der darin Herumtreibende geriet nicht mehr in einen klaustrophobischen Zustand. Doch wie die echte Inkubation – der traumgesättigte Schlaf im Tempel – den Erwachenden verändert entläßt, so war auch Ralph Krass ein anderer geworden. Die Besudelung hatte seinen stillen, erhabenen Ich-Rausch verfliegen lassen. Wenn Selbstgewißheit aber wesentlich zu seiner Persönlichkeit gehörte, was blieb dann von ihr, wenn sie sich auflöste?

Er stolperte manchmal, weil er nicht darauf achtete, wohin er lief, und die Straße sehr uneben war, überall Schlaglöcher und gelockerte Pflastersteine. Dann bog er in eine dunkle Seitengasse ein. Wenn man die Reichweite der überhellen Neonröhren verließ, befand man sich in schwarzer Nacht. Die Dämmerung und den in der rauchbeladenen Luft Kairos besonders rot glühenden Sonnenuntergang hatte er verschlafen. Er spürte wieder die Schwäche, auch Durst war plötzlich da, ein gebieterisches Verlangen nach Flüssigkeit. Zugleich drückte die Blase – da war die Flüssigkeit, sogar zu viel, aber das half jetzt nichts, das wollte heraus. Ein Winkel verriet mit scharfem Salpetergeruch, daß man sich hier regelmäßig erleichterte. Sein großer Rücken verbarg sein Tun vollständig, auch als eine Gruppe schwatzender Männer vorbeikam.

Als er sich wieder zusammengepackt hatte, atmete er auf. Das wenigstens war getan. Was sich, ans Elend gemahnend, «Notdurft» nannte, besaß eine Macht über den Menschen, die alles, was ihm wert und teuer war, für den Augenblick auswischte, keine Idee und keine Liebe hielten dem stand. Erst danach kehrte der ganze Mensch in sich zurück, während er noch mit dem Zuknöpfen beschäftigt war.

Zum ersten Mal gestand er sich ein, ratlos zu sein. Noch war keine Nervosität damit verbunden, nur ein ruhiges «Das weiß ich nicht». Früher hatte er mit diesem Satz gern sein Gegenüber eingeschüchtert. Ein majestätisches «Das weiß ich nicht» konnte so vieles aussagen: Das ist zu unwichtig, als daß ich es wissen müßte; da müssen Sie schon selber sehen, wie Sie zurechtkommen; ich bin unberechenbar und habe keine Angst vor Katastrophen. Von solchen Untertönen war jetzt nichts vorhanden. Es fehlte ja auch das Gegenüber, das mundtot gemacht werden sollte; jetzt ging es um ein Solo-Spiel, daran mußte man sich erst einmal gewöhnen.

Wie gastlich und offen Kairo gegenüber den Fremden war: an allen Ecken Spelunken, Teehäuser, Garküchen. Ohne Geld konnte man sich dort dazustellen, und das neugierige, etwas distanzlose Großstadtvolk eröffnete augenblicklich das Gespräch – aber eben leider doch nicht ganz für nichts. Für sehr wenig, aber mehr als ein Hosenknopf war es schon. Ein winziges Hindernis, ein kühner Mann würde es überspringen. Ja, natürlich, ich werde es überspringen, es ist zu unbedeutend. Was hätte Alexander oder Napoléon an meiner Stelle gemacht?

Beide Gewaltherrscher und Länderfresser waren in Ägypten gewesen, das waren Vergleichsgrößen, die konnte man schon heranziehen. Nur weil man selbst nicht welterobernd über den Erdball zog, hieß das nicht, daß man nicht an ihnen gemessen werden durfte. Genies verdankten sich zum größten Teil – er sagte im Selbstgespräch: zu fünfundneunzig Prozent, seine Augen wurden hart dabei, als lege er einen geladenen Revolver auf den Tisch – den Umständen, in denen sie auftraten. In der zweiten Hälfte des zwanzigsten Jahrhunderts wäre Napoléon als Major an Disziplinschwierigkeiten gescheitert und Alexander als charismatischer Fußballtrainer mit einem Hang zur Gewalttätigkeit entlassen worden, aber sie wären eben doch Napoléon und Alexander gewesen, wenn auch unerkannt, verhöhnt, zurückgesetzt. Ich habe selbst solche Menschen gekannt, gar nicht so wenige Weltherrscher im Verborgenen – der Witz war: Sie hätten wirklich das Zeug dazu gehabt! Die Natur ist eine

Verschwenderin, die von allem unendlich mehr ausstößt, als gebraucht wird.

Das war wieder ein ermutigender Gedanke, der war ihm vertraut. Es tat gut, sich an Überfluß und die Unendlichkeit der Chancen zu erinnern.

5

Ralph Krass war auf eine heller beleuchtete Straße geraten, gesäumt von Teehäusern, einem am andern; war das klug von den Wirten, sich solcher Konkurrenz auszusetzen? Für die Ausstattung hatte sich keiner von ihnen in Unkosten gestürzt: Wacklige Stühle im Staub der Straße, im Hintergrund, auf hohen Regalen, die Wasserpfeifen mit ihren blitzenden Armaturen, und schon war das ganze Teehaus fertig, mehr mußte da nicht angeschafft werden. Aber wie die Leute entschieden, welches sie frequentieren würden, bei gleichen Preisen und identischer Qualität des Gebotenen – das hätte er gern gewußt, denn manche Terrasse war überfüllt, die nächste wenig besucht.

Er verlangsamte seine Schritte, spielte sich und den Kellnern, die ihn zu entdecken begannen, als sei seine Unsichtbarkeit dabei, sich zu verflüchtigen, einen Mann vor, der verabredet ist und die Menge der Rauchenden absucht. Stehen blieb er vor einem kleinen Tisch, an dem zwei junge Männer Domino spielten, die Köpfe über die schwarzweißen Steine gebeugt. Ein schmaler Mann und ein massiger mit rundem Kopf, vertieft in die Linie, die sie da wachsen ließen. Der Massige sah auf, ihre Blicke trafen sich. Ein wildes Gesicht mit niedriger Stirn, geschlitzten, schräggestellten Augen, die

Wangen von Narben zerfurcht. Selbst jetzt, da er lächelte, hatte es etwas Drachenhaftes. Die beiden trugen Krawatten im Unterschied zu den meisten anderen Gästen und auch zu ihm – seine Krawatte beulte die Manteltasche aus.

«Ich habe schon wieder gesiegt, ich siege immer», sagte der Drache. Er war vergnügt und fuhr mit der Hand in die Ordnung der Steine, die der andere noch anstarrte, als könne er die Endgültigkeit seines Pechs nicht begreifen. «Setzen Sie sich!»

Das geschah übergangslos, der Drache brauchte keine Formeln. Vor ihm stand dieser Europäer mit dem dichten weißen Haar, wohlbeleibt, auf den ersten Blick nicht so ramponiert wie auf den zweiten, da begann man ein Gespräch, nicht wahr? Sein Akzent im Englischen war hart und plump, die Wörter zunächst kaum zu verstehen, aber auch Ralph Krass sprach Englisch vor allem mit Leuten, für die es ebenfalls eine Fremdsprache war, und war deshalb auf alle erdenklichen Verformungen eingestellt. Der Verlierer kannte offenbar die schnelle Entschlossenheit seines Freundes, Bekanntschaften zu schließen, und rückte einen Stuhl herbei.

«Mohammed», sagte der Drache, der andere hieß Saladin. Beide streckten sie ihm die Hand entgegen. Sie seien Anwälte – «ich war der jüngste Anwalt von Ägypten, aber das liegt schon Jahre zurück!» Er lachte rasselnd ein Raucherlachen; zu seltsam, daß die Eigenschaft, der Jüngste zu sein, nach ein paar Jahren verlorengehen sollte. «Und der da war der Zweitjüngste.» Er zeigte auf den viel zahmer, intellektueller wirkenden Kollegen mit dünner Stahlbrille – «aber auch der Zweitjüngste ist er längst nicht mehr.»

Doktor Saladin erhob sich. Es war, als hätte er nur auf den Ausländer gewartet, um sich zu entfernen, so als wäre ein erwarteter Klient von Doktor Mohammed eingetroffen. Und Mohammed sah ihm kaum nach, dem Verlierer. Er bestellte Tee für den Fremden. Der haderte einen Augenblick mit sich – sollte er dieser Bestellung zustimmen? Und wenn der Anwalt nicht bezahlte? Kleine Sorgen, plötzlich drückend. Aber als er sich vorstellte, wuchs er wieder zu alter Größe: «Ich bin Kaufmann», das klang noch einmal, als werde hier nicht ein Beruf, sondern ein menschlicher Archetypus beschworen – der Kaufmann an sich, von den Phöniziern bis zu den Venezianern, der Kaufmann als Krieger, als Gründer, als kulturelle Kraft ersten Ranges.

Verstand Mohammed diesen Ausspruch sofort in seinem ganzen Ausmaß? Jedenfalls spürte er das Pathos, und im Pathos steckt ja auch das Leiden, dies alles kam ihm sehr entgegen. Er fühlte sich durch diesen überraschend Hinzugetretenen schon jetzt bereichert, Späße waren nicht mehr angesagt, die hatten nur den Einstieg möglich gemacht. Und dann war der Fremde auch noch Deutscher. Deutschland: das Land von Hegel und Marx!

Von Hegel wußte Ralph Krass, daß er gelebt hatte, aber wenig darüber hinaus; Marx hingegen war ihm schon besser bekannt, als Teufel und schwarzes Tier jener Geschäftswelt, der er angehörte, als Propagator eines Wirtschaftssystems, das nicht besonders gut funktionierte, und als jemand, der den Wohlhabenden das Champagnertrinken verbieten wollte, selber aber gern Champagner trank – so ungefähr war das bis zu ihm gedrungen. Er erinnerte sich vor allem dankbar daran, wie unkompliziert er einst mit generösen Wirtschaftsfunktionären in den östlichen Diktaturen Geschäfte gemacht hatte; diese Erfahrung hatte er den meisten westlichen Geschäftsleuten voraus. Und wenn Marx hier als großer Mann der Deutschen verehrt wurde, war er der letzte, der da widersprochen hätte, dazu war grundsätzlich jeder «große Mann» seinem Herzen zu nah.

Mohammed musterte ihn, seine geschlitzten Augen strahlten vor Freude darüber, daß die Erörterung bedeutender Themen bevorstand. «Die drei größten Männer der Geschichte sind der Prophet Mohammed, Karl Marx und Adolf Hitler.» Immerhin zwei Deutsche, das Bekenntnis war ehrlich gemeint, das war seine Überzeugung seit eh und je, aber jetzt konnte er seinem Gegenüber damit auch noch ein Kompliment machen.

Ralph Krass wiegte das Haupt mit verschlossener Miene, als lasse er vor seinem geistigen Auge andere Große vorbeiparadieren; auch er hatte soeben zweier von ihnen gedacht, die ihm eher eingefallen wären als die von Mohammed genannten. «Nein, ich muß Ihnen etwas bekennen. Sie mögen Ihre Gründe haben, aber bei Hitler stimme ich Ihnen nicht zu. Er hat mich enttäuscht, und über diese Enttäuschung bin ich nicht hinweggekommen.»

Mohammed machte runde Augen, soweit ihm das möglich war, das drachenhaft Gefährliche verschwand, und an die Stelle trat kindliches Staunen. Wie hatte er es heute nur getroffen: Er war auf einen Mann gestoßen, der von Hitler enttäuscht worden war. Das war beinahe so ungeheuerlich, wie Hitler selbst zu begegnen. Und zugleich zeigte sich Schmerz in seiner Miene. Eine Enttäuschung war schlimm; wer einem anderen so etwas antat, hatte Schweres zu verantworten. Viel war es nicht, was ihm von Hitler bekannt war. Das Wichtigste wußte selbst im Jahr 2008 noch jeder Ägypter seines Alters: Er hatte gegen die Engländer gekämpft, diese einst unbegreiflich Allmächtigen, die Weltherrscher, und war nahe daran gewesen, ihnen den Suezkanal wegzunehmen. Besiegt hatte er sie nicht – sie waren so stark gewesen, daß nur sie selbst sich besiegen konnten, und das hatten sie dann auch getan, aber schon der Versuch war lobenswert, und Angst hatte er ihnen jedenfalls gemacht. Siegen taten ohnehin immer die Falschen. Wer gesiegt hatte, danach konnte man nicht gehen. Aber wenn Hitler tatsächlich diesen Mann da enttäuscht haben sollte, dann schwankte die Waage. Er hing am Mund des Fremden, um eine Geschichte zu erfahren, deren Details und die darin vorkommenden Namen ihm vollkommen unverständlich bleiben mußten.

Ralph Krass befeuchtete seine Lippen mit dem Tee, eine ambrosische Wohltat nach diesem Tag. 1945 – was geschah 1945? Mohammed war da noch lange nicht geboren, das kam erst Ende der siebziger Jahre, von der Stadt Fürstenwalde in der Mark Brandenburg konnte er sich auch keine Vorstellung machen, aber er lauschte mit gespannter Aufmerksamkeit, als sei das, was berichtet wurde, gerade für ihn von höchster Bedeutung.

«Ich war zehn Jahre alt!»

Unvorstellbar beim Anblick des imponierenden Mannes mit dem großen weißhaarigen Kopf – sollte auch er einmal ein kleiner Junge gewesen sein? Mohammeds Blick wanderte über das Gesicht seines Gegenübers, um darin Spuren des Knaben zu entdecken, was gar nicht aussichtslos war, weil das Fett Ralph Krass jugendlich erhalten hatte.

«Es war noch Winter, meine Aufnahme in die Hitlerjugend stand bevor. Ich hatte eine neue Uniform bekommen. Sie lag seit Tagen bereit, und ich sah sie mir jeden Morgen wieder an, mit ihren Aufnähern und Schulterklappen. Mein Vater war seit drei Jahren tot, ich war mit meiner Mutter nach Fürstenwalde in der Mark Brandenburg evakuiert, wir waren in Berlin ausgebombt worden.»

Alles in dieser Erzählung wäre der Kommentierung bedürftig gewesen, aber Mohammed stellte keine Rückfragen. Das war seine Gewohnheit: Wenn er einen schwierigen Text las, beachtete er auch nicht die Fußnoten und den wissenschaftlichen Anhang, sondern vertraute darauf, der ungestörten Lektüre genügend entnehmen zu können, mehr, als beim ständigen Innehalten herauskäme; sollte an einer Geschichte etwas dran sein, dann mußte sich das auch ohne Spezialinformation erschließen.

«Die Vereidigung der neuen Hitlerjungen war auf den 12. April angesetzt. Inzwischen rückten aber die Russen vor; der Kanonendonner war in der Stadt zu hören, wie ein ständiges Gewitter in der Ferne. Die meisten Leute hatten sich in der Nacht davongemacht. Als der Vereidigungsmorgen kam, war die Stadt leer, die Rolläden vor den Geschäften heruntergelassen, Fensterläden geschlossen, es war kein Sonntagmorgen, aber es war wie ein Sonntagmorgen, nur ohne Glockenläuten. Ich zog meine Uniform an – nicht zum ersten Mal, ich hatte sie häufig anprobiert – und ging zum Marktplatz, ein zehnjähriger Junge in einer ausgestorbenen Stadt. Spätestens auf dem Markt habe ich Fahnen und Tribünen erwartet. Nichts. Ich war völlig allein; der Kanonendonner war inzwischen lauter geworden.» Der Bürgermeister, die örtlichen Parteifunktionäre, die jungen Befehlshaber der Hitlerjungen – keiner mehr da. Kurz davor seien noch begeisterte Reden gehalten worden. Er habe dieser Vereidigung mit größter Erwartung entgegengesehen, da würde ein neues Leben beginnen, das Erwachsensein stand bevor, das Verlassen der Mutter – «ich wünschte das, sie behinderte mich.» Er könne den ganzen Weg durch die leere Stadt noch immer beschreiben – er sei in der Mitte der Straße gegangen, als ob die Häuser rechts und links Spalier stünden und er ihre

Front abschritte. Und dann die Verlassenheit des großen Platzes – «das war ein Schlag für mich, ich glaubte zunächst zu träumen.» Das sei der Augenblick gewesen, in dem er eine tiefe Enttäuschung empfunden habe ...

«Weil Adolf Hitler nicht gekommen war?» Mohammed wollte zeigen, daß er das Wichtigste verstanden hatte.

So könne man das sagen, abgekürzt. Ralph Krass nickte ernst. Von einem persönlichen Auftritt Hitlers bei dieser Vereidigung sei zwar nicht die Rede gewesen, aber er habe das Weglaufen aller Repräsentanten, die ihn bei dieser festlichen Gelegenheit vertreten sollten, doch vor allem ihm selbst angelastet und das nie verziehen.

«Nie», sagte Mohammed andächtig. «Und er hat später nicht versucht, das wiedergutzumachen oder sich zu entschuldigen?»

«Nein, er hat sich nie entschuldigt. Er hatte auch keine Zeit mehr dafür. Einen Monat später hat er sich umgebracht.»

Mohammed fuhr zurück, seine Miene verfinsterte sich, er wurde drohend und zornig. Ralph Krass sah mit Zufriedenheit, welch starke Wirkung seine Erzählung tat, aber es stand nun auch ihm eine Überraschung bevor.

«Er hat sich umgebracht – ist das wahr? Dann hat er etwas sehr Böses getan, was Gott ihm nie verzeihen wird.»

«Ist das so?» Was Ralph Krass da vernahm, war ihm nicht vertraut. Er hatte irgendwoher gehört, daß die Selbsttötung den Adel des Menschen ausmache, daß gerade darin die Krönung seiner Selbstbestimmung liege, und er hatte sich dies zu eigen gemacht, als wäre er selbst darauf gekommen. Doch, doch, das konnte man so vertreten, das war schon in Ordnung so. Auf die Entschiedenheit Mohammeds in dieser Frage war er einfach nicht vorbereitet. Er hatte über den Selbstmord eigentlich noch gar nicht richtig nachgedacht. Der Gedanke seiner eigenen unbeschränkten Autonomie war ihm zwar selbstverständlich, aber das Bild eines drohenden, zornigen Gottes besaß gleichermaßen Reiz für ihn. «Sie meinen wirklich, Gott wird den Selbstmord nie verzeihen?»

«Nie.» Mohammeds Augen waren jetzt asiatisch schmal, als ob sich unter seinen Vorfahren auch turkmenische Steppenreiter befunden hätten. «Er haßt die Selbstmörder – er brät sie wie Köfte auf beiden Seiten.» Seine großen Hände mit den gewölbten schaufelartigen Fingernägeln ahmten das Fleischwenden eines Köfte-Braters nach. «Er will allein entscheiden, wie lang der Mensch lebt. Wer sich umbringt, greift in Gottes Kompetenzen ein. Das ist schlimm, man darf so etwas nicht einmal denken –»

«Nicht einmal denken!» Ralph Krass richtete sich in der ihm bis eben ungewohnten Auffassung bereits wohnlich ein.

«Nein, denn schon das Dran-Denken öffnet dem Teufel einen Spalt, und durch den quetscht er sich herein, und dann ist der Mensch verloren.»

«Der Teufel», sagte sein Zuhörer, vielleicht zum ersten Mal in seinem Leben, «gewiß, der Teufel ist zu bedenken ...» Und das fiel auch gar nicht schwer, die Vorstellung satanischer Macht ging ihm gleichfalls nicht gegen den Geschmack. An theologischen Debatten, ob es den Teufel gebe oder nicht, hatte er nie teilgenommen. Daß das Böse nicht nur zu bekämpfen, womöglich gar zu überwinden, sondern daß es vor allem zu fürchten sei, weil es den Übeltäter seelisch vernichte, so etwas war ihm schon gar nicht bekannt. Er hatte den Teufel bisher vernachlässigt. Jetzt aber hörte er sich mit der ganzen Feierlichkeit des alten Ralph Krass sagen: «Ich habe den Selbstmord immer abgelehnt.» So etwas auszusprechen war, wie eine neue Hose anzuziehen – und siehe da! Sie paßte.

Der Blick des jungen Rechtsanwalts ruhte weiter auf ihm. Daß er auf diesen Mann gestoßen war, einen nicht vom Teufel, einen vom Himmel Gesandten! Er ergriff nun selber das Wort, von der Vorstellung erfüllt, daß «Mister Ralph», wie er ihn anredete, sein ganzes Leben erfahren müsse; die Erzählung soeben, die ihn weniger des Inhaltes als des düsteren Tones wegen bewegt hatte, öffnete die Schleusen seiner Mitteilsamkeit. Auch er wußte, so jung er war, von Enttäuschungen zu berichten. Er sei Bauernsohn, aus begüterter Familie mit viel Land im Delta, im Gouvernement El Sharkya. Das Dorf, aus dem er stamme, heiße Kafr El Hammam – das Taubendorf.

Ralph Krass unterbrach ihn: Ob das arabische Kafr und das deutsche Kaff wohl miteinander verwandt seien?

Das wischte Mohammed weg, er verstand die Frage gar nicht. Sein Vater habe Ameen geheißen, sein Großvater Mohammed, der Urgroßvater wiederum Ameen und so laute sein eigener Name: Mohammed Ameen Mohammed Ameen –

Ich weiß nicht, wer mein Urgroßvater war, dachte Ralph Krass, sprach es aber nicht aus, obwohl er sich der Unbekanntheit seiner Herkunft nicht schämte. Außerdem war deutlich, daß Mohammed jetzt selber reden wollte.

Bisher hatte der sich noch nicht von seinem Stuhl erhoben, jetzt tat er es, um dem Kellner zu winken, der sie offenbar vergessen hatte. Da erst fiel auf, welch breiter und schwerer Kerl er war, der Anzug zwei Nummern zu groß, was diesen Eindruck noch verstärkte. Im Schwung seiner Rede blieb er noch eine Weile stehen, als richtete er sich an ein zahlreicheres Publikum. Ihm sei es wie Mister Ralph ergangen: Der

Vater früh gestorben, aber er habe ihn nur der Form nach betrauert, nicht mit dem Herzen, denn das sei ein Wüterich und Tyrann gewesen, der nur eines gewollt habe: seine Kinder der Schule zu entziehen, damit sie wie er ein Leben im Schlamm der überfluteten Felder führten. Bei allen anderen Geschwistern sei das auch gelungen, nur bei ihm nicht – «ich bin ein Mann von seelischer Stärke, hart, und habe moralische Werte, anders als der Rest der Familie. Das sind Tiere, und sie leben wie Tiere und werden wie Tiere sterben.»

So stellte er sich Ralph Krass vor, der im Leben noch nie von seinen moralischen Werten gesprochen hatte, von seiner Stärke dafür um so mehr, freilich nicht im Sinn solch schlichter Selbstanpreisung, sondern etwas raffinierter, wie im Westen notwendig; da muß das fette Selbstlob wie nebenbei abfallen und am besten mit koketter Selbstironie gemischt sein – die war nun gleichfalls seine Sache nicht. Aber die Einfalt des jungen Ägypters widerstand ihm keineswegs, war ihm sogar angenehm. Das war wirklich ein Mann – anders als etwa dieser beflissene, schuldbewußte Sekretär, wie hieß er noch gleich, der vor zwanzig Jahren in Neapel dabeigewesen war, ein Versager, der dazu herausgefordert hatte, ihn zu quälen! Unvergeßlich, wie dem vor Angst die Brillengläser beschlagen waren; allein um dieses Schauspiels willen hätte er ihn noch ein wenig halten können.

Wieso dachte er ausgerechnet jetzt an diesen längst folgenlos untergegangenen Mann? Weil Mohammed das andere Extrem darstellte? Mit diesem Kerl, hätte er ihn nur rechtzeitig kennengelernt, wäre hier in Ägypten vielleicht etwas zu machen gewesen – hätte er nicht zu General Habob gepaßt? Früher wäre das gar keine Frage gewesen, unter seiner Sonne hatten immer alle zusammengefunden; zu ihrer eigenen Verwunderung bildeten sie plötzlich eine Gemeinschaft, wenn auch immer nur so lang, wie es ihm gefallen hatte, den Magnetismus aufrechtzuerhalten.

Mohammed verweilte noch bei seinem Vater, dem Familiendespoten. Ralph Krass durfte sich vom Schicksal begünstigt fühlen. Er hatte sich nie einem Stärkeren widersetzen müssen und lauschte deshalb um so aufmerksamer.

Der Alte – der so alt nicht geworden war, mit vierzig Jahren schon am Krebs gestorben – hatte ihn verprügelt, wenn er ein Buch bei ihm entdeckte, bis er eines Tages weggelaufen sei, um als Straßenjunge in Kairo zu leben, und das wäre schlimm ausgegangen, wenn nicht eine fromme Witwe ihn aufgegabelt und in ihr Haus aufgenommen hätte. Als sie feststellte, daß es den Aufwand lohnen könnte, habe sie einen namhaften Professor – mit unzähligen Büchern, Marx und Hegel auch darunter – als seinen Lehrer engagiert. Von da an habe er Privatunterricht genossen, «wie der Sohn eines Paschas, nicht wie ein Bauernjunge aus dem Delta», und dabei brach er in ein triumphierendes Gelächter aus – das Leben hatte Unerhörtes mit ihm angestellt. «Ach, mein Vater», so wandte er sich, die Lachtränen abwischend, wieder an den gelassen lauschenden Ralph Krass, «dies alles ist die reine Wahrheit, denn ich verabscheue die Lüge und würde Sie, meinen Vater, niemals belügen. Das brächte nicht einmal der Teufel bei mir fertig, und meine moralischen Werte gestatten mir das ohnehin nicht.»

«Mein Vater» – man durfte das als respektvolle Anrede eines jüngeren Mannes gegenüber einem verehrungswürdigen Älteren verstehen, in schöner patriarchalischer Sitte, Gott, den König, den Lehrer vor allem als Vater zu sehen und ihm die gebührende Sohnesehrfurcht entgegenzubringen. Diese Anrede fügte sich ein in die altertümliche Höflichkeit eines aus dem Bauernstand in die Sphäre der weißen Krägen vorgedrungenen Mannes, der auf Zeremonien, Respektsbezeigungen und akademische Titel den höchsten Wert legte. Von der wohlwollenden Witwe sprach er als Doktor Subeyda, vom Hauslehrer als Professor Nabil, aber Ralph Krass war mehr als das – Vater eben.

Während das Gespräch weiterfloß, wiederholte sich die Vater-Anrede und wurde, sobald Mohammed allein das Wort führte und Einwürfe kaum mehr gestattete, allmählich zu einem festen Element. Nun war Ralph Krass gerade in seinem Schweigen unübertroffen. Das lastende Schweigen, das drohende Schweigen gehörten ebenso zu seinem Repertoire wie das gelassene und das ermutigende Schweigen. Schweigend konnte er etwa zu verstehen geben: Alles, was Sie sagen, weiß ich längst besser als Sie. Oder: Reden Sie nur, sprechen Sie sich selber das Urteil! Oder: Sie mögen recht haben, aber vielleicht stimmt auch das Gegenteil. Bei Mohammed hingegen wählte er das Schweigen der begeisterten Zustimmung, weil er nach diesem ziellosen Tag Erleichterung darüber empfand, wieder Boden unter den Füßen zu gewinnen.

Die Frage, wie es nach diesem Gespräch weitergehen würde, stellte sich noch nicht. Er war aus seinem Gleis gesprungen, wohl wahr, aber nun, nach einer Wanderung außerhalb der Gleise den Tag über, schien er wieder in ein Gleis geraten, und das erspart einem die Entscheidung über die Richtung – man muß ihm einfach folgen, bergauf, bergab. «Vater», welch einen unerwarteten Reiz hatte das! Natürlich war es vor allem Rhetorik, diesem schlichten Volk angemessen, das kein höheres Kompliment kannte, als einen Fremden in die eigene Familie einzubeziehen. An seinen Vater erinnerte er sich nur dunkel, und Kinder gab es keine, die ihn so hätten nennen können, es sei denn, es liefe da noch jemand herum, den er, ohne es zu wissen, gezeugt hätte. Frau Krass hatte stets erklärt, sie sei vollkommen gesund, der Arzt habe ihre Empfängnisfähigkeit mehr als einmal festgestellt. Das klang weniger nach einem Vorwurf als nach einer kleinen Spitze, sie litt jedenfalls nicht unter ihrer Kinderlosigkeit, und zu einer Untersuchung seiner Zeugungsfähigkeit war es nie gekommen. Mußte er nicht auf Knien dafür danken, jetzt keine Kinder zu haben? Eine Frau konnte man verlassen, Kinder nie, sie klebten an einem bis zum Schluß und fühlten sich berechtigt, Vorwürfe zu machen und Erwartungen zu hegen. Jetzt von diesem vierschrötigen jungen Mann, der weniger wie ein Anwalt als wie ein Leibwächter aussah, Vater genannt zu werden war etwas ganz anderes.

Er lächelte gütig, aber weder er noch Mohammed Ameen sah kommen, was sich da anbahnte. Es war, als sei «Vater» eine Zauberformel, wirkmächtiger als vom Sprecher intendiert. Mohammed rief dem Kellner etwas zu und übersetzte dann: Er habe für den Vater noch einen Tee bestellt. Der Tee war ungewöhnlich schlecht, aus dem Staub von Teeblättern gekocht, einem Abfallprodukt, das mit vielen Löffeln Zucker in eine Art braune lauwarme Limonade verwandelt wurde. Aber Zucker ist nahrhaft, und Ralph Krass war dem Süßen auch in unsubtiler Form nicht abgeneigt. Ja, der «Vater» trinke gern noch einen Tee. Er ging auf die Anrede ein, und bei nächster Gelegenheit nannte er Mohammed, den einstmals jüngsten Anwalt von Kairo, «mein Sohn», das ging ihm sehr gut von den Lippen, kam völlig selbstverständlich und wurde von dem so Angesprochenen mit freudigem Ernst aufgenommen. Die verbindlichste Verwandtschaft schien etabliert, jedenfalls für diesen einen Abend in der festlichen Beleuchtung des Teehauses, dieser Insel im warmen staubigen Dunkel.

Es tat sich jedoch eine unvermeidbare Verlegenheit auf, jedenfalls wenn das neugebildete schöne Verhältnis fortgesetzt werden sollte. Ralph Krass wäre an der Aufrechterhaltung einer gewissen Fassade viel gelegen gewesen, aber das würde die Situation kaum erlauben – von allen Subsidien abgeschnitten, mit bekleckertem Hemd und ohne den kleinsten Schein in der Tasche, buchstäblich auf der Straße sitzend, im Hotel als zurückgelassenen Schatz einen Koffer voller Schmutzwäsche sein eigen wissend, das hatte es in einem gelegentlich aufregenden Berufsleben noch nicht gegeben. Immerhin fiel ihm ein, wo er die Nacht verbringen werde. Wenn ungelöste Fragen an einen herandrängten, war es oft gut, sich eine Weile mit etwas ganz anderem zu befassen, so wie heute etwa mit der moralischen Zulässigkeit des Selbstmords. Dann ergaben sich die rettenden Einfälle wie von selbst.

«Mein Sohn, ist es wohl möglich, daß ich deine Hilfe in Anspruch nehme?»

So etwas sagt man sonst – ohne «mein Sohn» natürlich –, wenn es um Nichtigkeiten geht: einen Platz freizuhalten, ein Auge auf einen Koffer zu haben, ein wenig mit dem Stuhl zu rücken. Aber Mohammeds Miene drückte die Hoffnung aus, es möge jetzt wahrhaft Gewichtiges von ihm gefordert werden. Zu diesem Zeitpunkt war Ralph Krass noch keineswegs sicher, wie seine Bitte, verbunden mit dem Eingeständnis seiner Notlage, aufgenommen werden würde, aber ausgesprochen werden mußte sie. Ein Zurückweichen wäre mit nächtlichem Umherirren erkauft gewesen, zu dem es ja immer noch kommen konnte.

«Mein Sohn, hör zu», sagte er also mit der Eindringlichkeit, die ihm immer noch zu Gebote stand. «Ich war als Kaufmann in meinen Interessen hier dem Verteidigungsministerium zugeordnet», eine wunderbare Formulierung, die, ohne roh zu sein, dem Wissenden alles sagte. «Mein Gesprächspartner war Seine Exzellenz General Habob – leider muß ich sagen ‹war›, weil diese Verbindung vermutlich durch eine Intrige nachhaltig gestört worden ist ...»

«Sie sprechen mit General Habob?» Mohammed war sein Entsetzen anzusehen. «Mein Vater, General Habob ist ein sehr böser Mensch, bestechlich und grausam – passen Sie auf! Wissen Sie, was Ihr Sohn tut, wenn er in die Nähe von so jemandem kommt? Er macht einen großen Bogen um ihn ...» Und damit zog er mit der Hand in weitausholender Geste einen Kreis. Die bloße Nennung dieses Namens hatte ihn außer sich geraten lassen. «Sie, mein Vater, sind ein ehrenwerter Mann, ein Mann von moralischen Werten – Sie kommen aus Deutschland, dort gibt es solche Leute nicht. Vorsicht! Vergessen Sie diesen Kontakt! Werfen Sie die Telephonnummer aus Ihrem Verzeichnis, damit Sie nie wieder in Versuchung kommen, dort anzurufen!»

Ralph Krass hätte nichts Besseres tun können, als Habobs Namen fallenzulassen, um Mohammed auf die Not, in der er sich befand, einzustimmen. Es bedurfte gar nicht mehr der ausführlichen Aufzählung aller Mißlichkeiten: seines Umzugs aus dem Hilton ins Windsor, der Unmöglichkeit, gegenwärtig nach Deutschland zurückzukehren, der Sperrung seiner Konten und der Sperrung des Telephons, dieses Herzschrittmachers des modernen Menschen, als könnte man nicht auch ohne Telephon mit der Welt in Verbindung treten, wie das Gespräch mit diesem jungen Anwalt soeben bewies.

Etwas wollte Mohammed genauer wissen. Der Vater habe wirklich keinen Zugang zu seinen Konten?

«Der ist tatsächlich zur Zeit gestört. Du mußt wissen, ich

lebe im Augenblick auf Kreditbasis, das muß von Zeit zu Zeit neu besprochen werden, was jetzt leider wegfällt. An sich ist fest vereinbart, daß ich an frisches Geld herankomme – das ist ja auch im höchsten Interesse der Bank ...»

Da konnte Mohammed nur beipflichten. Was habe die Bank von einem Klienten, der zahlungsunfähig sei, das schade doch zuallererst der Bank selbst. Er schlug vor, zunächst mit dem Hotelier sprechen. Es sei immer am besten, wenn gleich ein Anwalt auftrete. Die Forderung müsse reduziert werden, das sei ohnehin üblich; dem Vater sei ein Touristenpreis berechnet worden, auf den kein Ägypter sich eingelassen hätte. Morgen werde die Sperrung des Telephons geklärt oder gleich ein neues gekauft. Er begann, über Ralph Krass zu verfügen. Man konnte sich vorstellen, wie er seine Verhandlungen führte, wie er in fremde Verhältnisse einbrach, den Gegner bei den Rockaufschlägen packte und schüttelte. Wo er heute übernachte?

«Heute bin ich vermutlich vergeben.» Ralph Krass sprach geheimnisvoll und war zutiefst dankbar, daß er sich diesem Sohn, der ihn adoptiert zu haben schien, noch nicht mit Haut und Haaren ausliefern mußte. Ob er sich wohl seines Telephons bedienen dürfe?

Er hatte in der Anzugtasche den Fetzen der Papierserviette ertastet, auf dem Imän ihre Telephonnummer notiert hatte, mit der ungelenken Genauigkeit der Halbanalphabetin. Sie war sofort am Apparat, die Verabredung gelang ohne viele Worte. In zwei Stunden sei sie frei im Hotel – dann möge er sie am Hinterausgang erwarten.

Mohammed lauschte mit gerunzelter Stirn. Es war, als traue er dem Vater nicht zu, sich allein in der Stadt zu bewegen. Diese selbständige Aktion mißbilligte er, das war nicht zu übersehen.

Immerhin, es blieben ihnen zwei Stunden. Und in diesen zwei Stunden, die sie im Teehaus verbrachten, lernte Ralph Krass seinen neuen Freund besser kennen, diese Neigung zur Repetition, diese ständigen Versicherungen, ein Mann von Ehre und hohen moralischen Werten zu sein, der allein durch das Leben gehe, weil er nur Gott brauche und sonst nichts, von gelegentlichen Exzessen mit Bier, Gin und Whisky und unehrenhaften käuflichen Frauen abgesehen, wovon er reuevoll aber wieder zur guten Ordnung zurückkehre, indem er die vorgeschriebenen Waschungen vollziehe und sich zum Gebet niederwerfe. Weitere Warnungen vor General Habob fehlten nicht. Noch einmal und stets aufs neue beschwor er ihn, den Umgang mit diesem Mann zu meiden – «Vater, er kann Sie in ein schlimmes Gefängnis stecken, mit Zellen ohne Licht, in der Wüste bei über fünfzig Grad Hitze.» Es wurde auch wieder der einsame Weg zum Anwaltsberuf beschrieben – seine Brüder geldgierig und fern von jeder Bildung, bauten Haus um Haus im Dorf Kafr El Hammam, Riesengebäude mit schmiedeeisernen Toren, er hingegen habe dem Geld abgeschworen und verbringe seine freie Zeit mit den Büchern von Marx und Hegel, aber auch mit den heiligen Schriften der Muslime und Christen, allesamt Quellen der Weisheit. Es war in diesem Sprechen etwas Mahlendes, es grub sich tief in den Zuhörer ein. Und jedesmal, wenn er Ralph Krass «Vater» nannte, vertiefte sich in ihm das Gefühl, hier wirklich einen Vater vor sich zu haben, das war mit Händen zu greifen.

Der hatte seine Bereitschaft gezeigt, sich darauf einzulassen, und doch war ihm zwischendurch unheimlich zumute. Der Mann ist verrückt, dachte er, ein für ihn ungewöhnlicher Gedanke. So etwas sagten nur Leute, die mit außergewöhnlichen Persönlichkeiten nicht zurechtkamen – «du bist verrückt, ein Wahnsinniger», hatte Frau Krass gelegentlich ausgerufen, als er ihr noch die Gelegenheit dazu gab. Auf eine solche Ebene wollte er sich nicht begeben.

Bevor sie aufbrachen, rief Mohammed einen Schuhputzer herbei, der die jämmerlich mitgenommenen Schuhe des Vaters in geduldigem Wienern neu erstehen ließ, im Straßenstaub hockend, als gelte es, seine Niedrigkeit sinnfällig werden zu lassen. Dann faßte er ihn unter und machte sich mit ihm, den Arm kräftig drückend, auf den Weg.

«Wir könnten auch ein Taxi nehmen, mein Vater, aber ich will so lange wie möglich mit Ihnen zusammensein.»

Im Schatten hinter dem Hotel wartete schon Imän, die ihre Uniform mit einer stark gemusterten Djellaba vertauscht hatte, die Riesenblumen ließen sie noch kleiner wirken. Mohammed ließ den Arm seines Vaters los, ohne auf Imän zu schauen, und schärfte ihm ein, vorsichtig zu sein, in polterndem Ton und so laut, daß Imän das auf sich beziehen konnte. Er küßte Ralph Krass die Hand, die schmalen, harten Lippen berührten den glattgepolsterten Handrücken, dann drehte er sich brüsk um.

6

Ralph Krass erwachte zwei Tage darauf gegen sieben Uhr früh in Mohammeds Bett, wußte aber nicht, wie spät es war. Das kleine Gemach war fensterlos, zur Abwehr der Hitze vielleicht nicht dumm, Mohammed hatte allerdings angekündigt, in die Ecke ein Fenster brechen zu wollen, es war dieses Schlafkabinett ja zugleich sein Arbeitszimmer. Auf dem Schreibtisch stapelten sich in Pappdeckeln die Akten seiner Fälle, nicht eben viele, ein ruheloser Akquisiteur war der einst jüngste Anwalt Kairos wohl nicht.

Ihm war nachts der Schweiß ausgebrochen; das war noch unangenehmer als sonst gewesen, weil das Bett nicht mit Leintüchern bezogen war, man berührte mit der Haut die Wolldecken, was ihm großes Unbehagen bereitete. Was die Hygiene anging, waren seine Ansprüche exzessiv. Eine Stunde im Badezimmer war die Voraussetzung für sein Wohlbefinden, die Rasur in zwei Durchgängen, das Auszupfen von Härchen dort, wo sie nicht sprießen sollten, das Feilen der Nägel, das Bad, die anschließenden Wechselduschen heiß und kalt, dies alles war keineswegs nur Ritual, sondern Arbeit, und wehe, wenn diese Abläufe gestört wurden, etwa wenn überraschend Eile angesagt war. Und die erforderlichen Seifen, Cremes, Öle, Lotionen mußten auch zur Stelle sein, jedes Produkt lange erprobt und nicht durch andere ersetzbar. Wenn er das Bad dann verließ, umdampften ihn milde Düfte, wie wenn aromatische Kräuter auf einem Öfchen verbrannt würden; er selbst war der voluminöse Ralph-Krass-Ofen, dessen nie verlöschende innere Wärme die Aromen, die auf ihn gesprüht und gerieben wurden, aufschloß und zum Verströmen brachte.

Er hatte in Unterwäsche geschlafen, wie schon die Nacht davor. Es grauste ihm vor sich selbst. Wie waren Kühnheit und Willenskraft des Geistes aufrechtzuerhalten, wenn der ihm unterworfene Sklave, der Körper, nicht auf der gebotenen Höhe blieb? Das Nachttischlämpchen beschien die Bücherwand hinter dem Schreibtisch. Die Reihen waren schwarz mit goldfunkelnden Aufschriften, eine auf das Wichtigste beschränkte Handbibliothek, die bei aller Verehrung für Marx und Hegel von beiden nicht mehr als einen Band enthielt. Mohammed hatte ihm vorm Schlafengehen die ins Arabische übertragenen Ausgaben noch gezeigt und als Nachtlektüre ans Herz gelegt. Er schlage sie nie wieder auf, verehre sie aber; «ich bin stolz, sie zu besitzen.» Ralph Krass hatte eine solche Empfindung Büchern gegenüber nie gekannt. Hier bei seinem Schutzherrn erlebte er nun zum ersten Mal Buchfrömmigkeit bis zur Buchidolatrie – das Buch als Kultobjekt, beinahe unabhängig von dem, was darin stand.

Er wälzte sich aus dem Bett, ihm schien, als gelinge das schwerer als sonst. Zum Glück war die prächtige Lagerstatt aus falschem Mahagoni mit ihren Bronze-Sphinx-Köpfen an den Pfosten so hoch, wie es das Empire forderte; als er den Boden berührte, stand er dank dieser sinnvollen Konstruktion schon beinahe auf seinen Füßen. Er öffnete behutsam die Tür. Sein Blick fiel in den Salon mit den goldenen Fauteuils und den goldgerahmten, gestickten Koransuren an den Wänden. Auch hier kein Tageslicht, dafür brannte weißglühend die Neonspirale an der Decke, und vom Salon ging der Blick in den engen Korridor. Dort hatte Mohammed in einem Schlafsack auf dem Boden geschlafen, in ständiger Dienstbereitschaft, wie einst der Kammerdiener vor dem Schlafzimmer des Monarchen.

Aber der Sohn war nicht da. Ralph Krass tappte bloßfüßig zum Bad, dem winzigen Gelaß, das sich in einem Winkel des Korridors auftat. Hier befand sich das einzige Fenster dieser Wohnung, eine Luke, die auf einen Schacht führte und doch ein bißchen Tageslicht hereinließ, ohne daß man den Himmel gesehen hätte allerdings. Er würde in diesem Gelaß wenigstens duschen können, diese eine Stufe des morgendlichen Wiederherstellungsprozesses wäre möglich. Viel Raum war nicht zwischen Waschbecken und Kloschüssel, aber gehörte es nicht überhaupt schon zu den urbanen Wundern, daß sogar in diesem besenkammergroßen Loch im Innersten eines solchen Backsteinhaufens, der vermutlich ohne Kontrollen krumm und schief zum Himmel gewachsen war, wirklich Wasser aus der Wand kam? Und das Wasser war nach der Nacht zwischen den Juckreiz auslösenden muffigen Decken eine Wohltat, es war wie eine Taufe, es bewirkte einen schon nicht mehr erhofften Zustand von Reinheit, Frische und Gesundheit.

Er überließ sich dem nicht sehr kräftigen Strahl, das Gelaß in seiner Winzigkeit wurde zu einer Zelle der Lust und des Behagens. Wenn auch sonst so schnell nichts anderes möglich wäre, dies jedenfalls sollte ausgekostet werden. Wie eine der antiken Flußgottheiten, jener alten, aber athletischen Männer, stand er mit unter Wasserschleiern erglänzendem Bauch unter dem Strahl. Keine Falte an seinem Körper; alles saß fest und glatt. Ja, er war fett, aber er hatte keinen Spitzbauch. Von der Brust wölbte es sich herab in einer harmonischen Linie, ohne Kleider sah er besser proportioniert aus als angezogen, weil seine Hosen wie immer tief saßen; ein Schneider hatte ihm eingeredet, das wirke jugendlich. Er verweilte sonst gern bei der Betrachtung seines Körpers, mit einer Art freundlicher Objektivität – «das geht doch so …» Auch Imän schien mehr als zufrieden gewesen zu sein. Hier gab es freilich nur einen kleinen, inzwischen völlig beschlagenen Spiegel, deshalb hielt er die Augen geschlossen.

Er öffnete sie erst, als er Mohammeds Wutschrei vernahm. So gebieterisch, wie es dem Hausherrn in seiner angenommenen Sohnesrolle eigentlich nicht zukam, forderte er, sofort das Wasser abzustellen. Denn nicht nur in der Zelle stand es bald knöchelhoch, es war durch die Plastikfalttür auch in den Korridor gedrungen. Der Schlafsack war durchnäßt, Wasserzungen leckten an den vergoldeten Fauteuilbeinen, auf der Treppe war es dem Zurückkehrenden entgegengeflossen. Aber nachdem die Flut versiegt war, fand Mohammed sofort zu seiner Gefaßtheit zurück. Er war nicht kleinlich, sondern bereit, obwohl sonst von undurchdringlichem Ernst, die Komik der Situation zu erkennen. Und ohnehin bester Laune, denn er kehrte als Sieger zurück. Er war im Hotel gewesen und hatte mit Mister Doss verhandelt.

«Das mache ich sehr gut – es ist mein Beruf. Ich weiß, wie man verhandelt, ich weiß, wie man mit den Leuten spricht.» Es sei ein hartes Gespräch gewesen, Mister Doss habe gestern schon die Polizei benachrichtigt, nachdem der Vater in der Nacht ausgeblieben sei.

Eine überlegene Verhandlungstechnik mochte Mohammed durchaus besitzen, aber er zog das Wichtigste nicht in Betracht: die Wirkung, die sein massiger Körper mit dem zornigen drachenhaften Haupt auf seine Verhandlungspartner ausübte. Im Korridor stand nun ein Aluminiumkoffer im Nassen, der neben den durchschwitzten Hemden auch das extra geräumige Reisenecessaire mit den vielen Flaschen und der Zahnbürste enthielt; das war jetzt besonders willkommen. Dem Koffer entströmte beim Öffnen der Dunst der getragenen Wäsche, vermischt mit dem Duft der Seifen und Wässer – das Unreinliche und das Parfümierte in atemverschlagender Verbindung. Ralph Krass als Geist entstieg dem Koffer, während er sich leiblich darüberbeugte.

Mohammed war stolz. Auf ein Viertel des Zimmerpreises habe er den Mann heruntergehandelt. Sowie das Geld da sei, werde auch der Aktenkoffer herausgegeben.

Das war das letzte Paradestück, das Ralph Krass geblieben war, mit seinen sanft schnappenden Schlössern und dem nußbraun glänzenden Leder. Die Papiere darin waren, nach der Absage von General Habob, weitgehend wertlos geworden – immerhin erfreulich, daß der Koffer noch nicht in die Hände der Polizei und damit über kurz oder lang in die des Generals gelangt war, es hätte dessen Einschätzung seiner Bonität ungut bestätigt. Daß auch das ausstehende Viertel zur Zeit nicht geleistet werden konnte, war erst einmal unwichtig. Er stand nackt vor Mohammed, dessen Augen niedergeschlagen waren, denn er war ein Nachkomme jenes Noah-Sohnes, der die Nacktheit des Vaters nicht verhöhnt hatte, und reichte mit abgewandtem Kopf seinem Gast ein Handtuch, damit der sich bedecken könne.

Und nicht nur den Koffer hatte er dabei, auch ein Frühstück war besorgt, Fladenbrot und in einem Plastikbeutel brauner Bohnenbrei. Während der Vater seine Toilette vollendete, schob der Sohn mit einem Schieber das viele Wasser aus der Wohnung, deckte den Tisch und kochte Tee. Ralph Krass staunte, wie selbstverständlich er sich in diese neue Lage hineinfand. Dankbarkeit war eine Empfindung, in der er sich ein Leben lang nicht geübt hatte; die Zufriedenheit, die ihn jetzt erfüllte, war vielleicht eine Vorform davon.

Als Mittelmeeranrainer hielt Mohammed nicht viel vom Frühstücken, stattdessen rauchte er; das sah aus, als bisse er von der Zigarette mit seinen nach innen gewachsenen Zähnen, rotbraun wie Rhinozeroshorn, kleine Stücke ab. Dabei sah er seinem Gast wohlgefällig zu, der mit Heißhunger den Bohnenbrei in sich hineinlöffelte und das Fladenbrot zerriß wie einen Vertrag mit unannehmbaren Propositionen.

«Das Rauchen, das finden Sie nicht gut, mein Vater, und Sie haben recht. Es ist nicht gut, aber ich tue es trotzdem – ich tue es, obwohl es nicht gut ist und ich das sogar weiß. Ich muß es tun.» Seine Selbsterkenntnis erfüllte ihn mit tiefem Behagen.

Er dachte nicht nur an das gegenwärtige Wohl seines Wahlvaters, sondern auch an das zukünftige. Es galt, Ralph Krass in Kairo zu installieren. Wenn es nach ihm ging, war die Lösung der letzten Nacht – der Vater im Bett und er auf dem Boden – perfekt und wäre unbeschränkt fortzusetzen gewesen, gar wünschenswert. Nun hatte man sich einmal gefunden, die Zeit, in der man sich nicht gekannt hatte, war schon gar nicht mehr richtig vorstellbar, da lag ein recht enges Beieinandersein nah. Andererseits erkannte er in dem Deutschen den Mann großer Verhältnisse, auch wenn er ihn auf der Straße liegend aufgegabelt hatte. Mister Ralph hatte ihm inzwischen von seinen gewaltigen Geschäften berichtet und nicht verschwiegen, daß es binnen kurzem so weitergehen werde, nach einer Phase der Neuorientierung und des Absteckens der Felder in der Region.

«Ich werde auf jeden Fall in der nächsten Zeit vor allem im Vorderen Orient tätig sein.»

«Etwa zusammen mit General Habob?»

«Nicht unmittelbar mit ihm. Wir wollen eine Denkpause einlegen, aber auf längere Sicht wird er natürlich beteiligt sein. Wir hatten einen Kampf, wir haben gerungen von gleich zu gleich. Er hat versucht, mir ein paar Rippen zu brechen, aber er hat verstanden, daß er dann der Verlierer wäre ...»

Mit höchster Besorgnis lauschte Mohammed. Daß er erfuhr, der General habe einen Angriff auf den Vater verübt, bestärkte ihn in seinem bis dahin rein politisch motivierten Abscheu vor dem hohen Militär. «Achtung! Aufgepaßt, mein Vater!»

«Ich denke daran. Auch du wirst in diesen künftigen Projekten eine Rolle spielen, und zwar keine kleine. Ich werde dauerhaft Beratung brauchen, ich habe ein Budget dafür vorgesehen, ich kaufe Rat ...» Die frische Rasur, der belebende Duft des Rasierwassers, viel Tee und ein gefüllter Magen hatten ihm seine Zuversicht zurückgegeben.

Mohammed verfolgte einen näherliegenden Plan. Er eröffnete ihm, diese Kanzlei in ihrer äußersten Beschränktheit sei ihm der liebste Aufenthaltsort, wirklich glücklich sei er nur hier in diesen Räumen, die kaum größer als sein Anzug seien; er trug einen anderen als gestern, der ihm gleichfalls etwas zu groß war, was seinen Vergleich besonders sinnfällig machte. Und dabei verfüge er über eine erheblich größere Wohnung in Downtown, die ihm von einem Klienten, inzwischen dauernd in Kalifornien lebend, zur Verwaltung und auch zur Nutzung anvertraut sei, teilweise eingerichtet und in einem stattlichen Gebäude gelegen, eine erste Adresse. Erst wenn der Mann in zehn oder zwanzig Jahren zurückkomme, müsse er sie ihm wieder übergeben. Das sei etwas genau für ihn; so werde er das dem Klienten auch mitteilen: Sein Vater sei dort eingezogen.

Ralph Krass wurde bei diesen Worten endgültig klar, daß Mohammeds Rede vom «Vater» inzwischen weit über die Höflichkeitsformel eines Jüngeren gegenüber dem Älteren hinausgewachsen war. Die eiserne Selbstbezogenheit Mohammeds, die nur wenige Eindrücke von außen in ihn hineinließ, hatte sich offenbar für einen Spalt geöffnet, und durch diesen Spalt war das Bild des Deutschen in seine Seele gelangt. Dort saß es nun fest, der Spalt war wieder geschlossen. Ralph Krass war jetzt sein Vater, wenn auch im Paß geschrieben stand, daß er der Sohn des Ameen, der Enkel des Mohammed und der Urenkel eines weiteren Ameen sei.

Ralph Krass bemerkte mit Wohlgefallen, daß es ihm aufs neue gelungen war, einen Menschen zu erobern, und diesmal sogar, ohne sich der verzaubernden Mittel reichlicher Gaben zu bedienen. Dazu paßte, daß Mohammed die Ankündigung großer gemeinsamer Unternehmungen nur zerstreut aufnahm. Der Jüngere hatte offenbar gar nicht seinen Vorteil im Sinn, ihn interessierte vor allem, daß da etwas gemeinsam geplant werde, aber was, das schien ihm gleichgültig zu sein.

7

Wir fahren in einem Sammeltaxi zur Wohnung.»
«Warum nicht in einem Taxi?»

Mohammed rechnete seinem Vater den Preisunterschied vor: Das Sammeltaxi koste nur ein Zehntel oder gar ein Zwanzigstel von einer Taxifahrt.

Sei die denn nicht ohnehin schon spottbillig?

Das schob Mohammed zur Seite. Auf den Unterschied sollte es jetzt ankommen. «Ich kann rechnen. Ich mache nie schlechte Geschäfte.» Seine Worte enthielten keinen Tadel für den unbedenklich disponierenden Vater, sondern einfach die lautere Wahrheit.

An der breiten Straße, die hinaus zu den Pyramiden führte – in dieser Gegend hatte vor zwanzig Jahren noch kaum ein Haus gestanden, jetzt erhob sich hier ein dichtbevölkertes Großstadtquartier –, rasten die vollgestopften Sammeltaxis an ihnen vorbei. Dieses Warten am staubigen Straßenrand, für unbestimmte Zeit der Konfusion und der Ungewißheit ausgesetzt, hätte Ralph Krass vor kurzem noch nicht geduldet, und wenn ein Helikopter hätte herbeitelephoniert werden müssen. Aber als er jetzt «Wir haben keine Zeit» sagte, war ihm das eher herausgerutscht und klang nachdenklich und nicht fordernd wie früher.

Auf diesen Ton ging Mohammed gern ein: Zeit hätten sie so viel, wie Gott sie ihnen lasse, und Gott gewähre davon weder wenig noch viel, sondern genau die richtige, die erforderliche Menge.

Ralph Krass sah sich um. Wie unsagbar häßlich diese Straße war. Außerdem mit ihren Büro- und Geschäftshäusern nur eine Kulisse, denn dahinter dehnten sich übervölkerte Quartiere ohne Straßenpflaster und Beleuchtung aus: die wild hochgezogenen Wohnblöcke, die verkommen wirkten, obwohl zum überwiegenden Teil noch gar nicht fertig; in einem davon hatte er gerade übernachtet. Aber sah wie dieses Viertel inzwischen nicht der größere Teil der Welt aus? Alle Städte auf Erden, bis auf die europäischen und wenige amerikanische, waren zu stauberfüllten Betonwüsten geworden, mit Häusern, die sich, wenn sie im Krieg oder Bürgerkrieg zerschossen wurden, nicht viel kaputter als im heilen Zustand präsentierten. Dann gab es natürlich noch Doha, Dubai, Singapur – Stadtmaschinen aus Stahl und Glas, ganz in ihr dauergekühltes Innere gewandt. Die hatte er auch alle kennengelernt, Türme, die man gar nicht mehr verlassen mußte, weil es in ihnen wie auf großen Kreuzfahrtschiffen alles gab. Dort wurden die Verhandlungen geführt, dort wurde gegessen, geschlafen, gespielt, gebadet, durch ihre bronzierten Scheiben sah das Chaos draußen satter und tieffarbig aus. Eine rote Sonne sank aus der Bläue in ein Meer aus warmem Dunst, den sie feurig aufglühen ließ. Er hatte sich nie gefragt, ob die Welt vielleicht besser ein anderes Gesicht haben sollte; keine Frage kam ihm überflüssiger vor.

An den billigen Geschäftshäusern, in deren Schatten sie jetzt warteten, hatte irgendwer verdient, dem war das nicht zu verdenken. Es kam nicht so sehr darauf an, was die großen ökonomischen Spekulationen abwarfen, es war vielmehr die Bewegung selbst, die an sich gut war; er sah das wie ein Arzt, der einzig darauf zu achten hat, daß er den Kreislauf seiner Patienten vor dem Zusammenbruch bewahrt, was immer sie mit der gewonnenen Lebenszeit nun anstellen würden. Sobald er erst einmal in Kairo heimisch wäre, ließe sich in Sachen Immobilien sicherlich etwas machen. Große Teile der Stadt waren abbruchreif – hier mußten Ideen her, Überzeugungskraft, an beidem mangelte es ihm nicht. Aber das Stehen im Staub war anstrengend für seine Beine, deren muskulöse Fülle er eben noch betrachtet hatte. Sie mußten eine Last tragen, das tat weh. Am liebsten hätte er sich auf den Bordstein gesetzt, aber wie dann wieder hochkommen? Das wollte auch bedacht sein.

Das Sammeltaxi, das schließlich hielt, hatte Platz nur, wenn man sich rücksichtslos hineinquetschte. Die beiden Männer, zwischen die er zu sitzen kam, rückten gutmütig zur Seite: Wir sitzen alle im selben Boot, schienen sie zu sagen, für dich ist auch noch Platz. Nein, kein Platz – es war heiß hier drin, stickig, der Wagen raste über Schlaglöcher, die Insassen wurden durchgeschüttelt. Ralph Krass, der von Mohammed eine Krawatte geliehen hatte – «ich habe so viele, Hunderte! Ich kümmere mich gar nicht mehr darum!» –, bekam keine Luft. Er faßte sich an den Hals. Ihm war, als würden seine Arme von Gurten abgeschnürt, er hatte Erstickungsgefühle in den Armen – das gab es also auch. Mohammed nickte ihm aufmunternd zu, offenbar hielt er diese Fahrt für ein Extra-Vergnügen.

Als sie ausstiegen, mußte er sich an eine Hauswand lehnen. Er tastete nach einem Taschentuch, um sich den Schweiß abzuwischen. Es war, als streife seine Stirn ein kühler Wind. Mohammed fragte etwas, aber er antwortete nicht.

Wenn ihm in früheren Tagen ein Assistent eine ähnliche Höllenfahrt zugemutet hätte, wäre sein Zorn auf ihn niedergegangen, bis dem vor Angst die Brillengläser beschlugen. Aber Mohammed trug keine Brille.

«Geht es, mein Vater? Schnell war das und billig, und jetzt sind es nur noch zweihundert Meter.»

Im Kairo der Khediven war er schon herumgelaufen. Die hohen Apartmenthäuser wie in Budapest oder Mailand waren vom Wüstensand und dem Ruß des Verkehrsstroms warmbräunlich eingestaubt. Er fand die Luft substanzhaft dick, zum Schneiden, das Atmen wurde zur Arbeit. Endlich betraten sie die Eingangshalle des Hauses, enorm weitläufig, mit grauen schmutzigen Marmorplatten verkleidet, viele davon gesprungen, darüber Spiegel, deren Silberbelag abblätterte. Er erschrak, als er sich darin sah, fand sich zu einem alten Männlein geschrumpft und hätte sich beinahe nicht erkannt. Aus der fast unmöblierten Portiersloge kam ein Greis in schlotternder Uniform, der dort drinnen auf einem durchgesessenen Plastikstuhl ausgehalten hatte. Lesend? Nachdenkend? Die Firmenschilder an der Wand trugen altmodische Schriftzüge mit griechischen und armenischen Namen, goldene Buchstaben hinter Glas.

«Das Haus steht leer», sagte Mohammed, als er sah, daß sein Begleiter die Schilder studierte, «aber Platz gibt es genug – die Loge für den Portier ist so groß wie mein ganzes Büro!»

Im eisernen Käfig des Aufzugs mit rasselnd zufallender Tür wurde Ralph Krass schwindlig, als er bemerkte, daß der Bretterboden breite Ritzen hatte; da fehlte sogar ein Brett und eröffnete den Blick in die Tiefe des Schachts. Ihm genügte es sonst schon, sich den Blick von einem Turm hinab bloß vorzustellen, um Herzklopfen zu bekommen.

Dieser Aufzug sei sicher, erklärte Mohammed, als der Vater ihn stumm auf die fehlende Planke hinwies. Fürchtete er, bereits der Hauch seiner Stimme könne die Stabilität dieses historischen Apparates gefährden? «Viele Male bin ich damit schon gefahren.» Und es gehe schließlich in den siebten Stock – wolle der Vater den lieber zu Fuß ersteigen?

Das Fenster auf dem Vorplatz war so schmutzig, daß nur ein weiches Zwielicht hindurchdrang. Die Wohnung lag hinter einer Flügeltür; Mohammed hatte ein dickes Schlüsselbund dabei und steckte einen Schlüssel nach dem andern in die verschiedenen Schlösser, bis sich im Innern etwas regte, metallisches Schnurren und Schnappen, und die Tür aufsprang. Er trat zurück und ließ Ralph Krass den Vortritt in die ihm zugedachte Wohnung.

Der zögerte – glich dieses Haus nicht dem Gebäude, auf dessen hohem Balkon er neulich den telefonierenden Mann im Bademantel gesehen hatte? Was wäre, wenn Levcius ihm unversehens und doch nicht mehr ganz überraschend gegenüberstünde? Es gehörte nicht zu seinen Schwächen, unangenehme, gar peinliche Begegnungen zu fürchten oder ihnen auch nur mit einem einzigen Schritt aus dem Weg zu gehen. Der Mensch, ob Mann oder Frau, war noch nicht geboren, dem es gelungen wäre, ihn zu stellen. Peinlichkeit war etwas für Leute, die sich ihrer eigenen Position nicht sicher waren und beständig in Angst vor ihrer Entlarvung lebten. Für Granit gibt es keine Peinlichkeit, und Ralph Krass wurde für jeden, der ihm am Zeuge flicken wollte, zu Granit.

Aber war Levcius nicht tot, schon kurz vor Verbüßung seiner Strafe gestorben? Levcius, unselig zwischen Himmel und Erde schwankend – gepaßt hätte das schon. War die Erscheinung womöglich gar ein günstiges Vorzeichen?

Er drehte sich noch einmal um. Das Treppenhaus war schmucklos, es bereitete nicht vor, wohin es führte. Dann trat er über die Schwelle, der Boden zitterte leise. Die Halle war etwa fünf Meter hoch; ein Kronleuchter mit zerrissenen Kristallketten hing so tief herab, daß man mit der Hand daran rühren konnte, ein Pendel. Nach mehreren Seiten hin öffneten sich Flügeltüren, die sämtlich halb offen standen. Die Halle war bis auf einen Louis-Seize-Sessel mit zerrissenem Korbgeflecht leer, das Licht kam aus den Zimmern.

Die Größe und Höhe des Raums halfen ihm, sich zu straffen und seine Erschöpfung zu überwinden. Dies war etwas ihm Angemessenes. Er bewegte sich langsam schreitend voran, zielbewußt, als sei er nach Hause gekommen. So stieß er die mittlere Flügeltür auf. Dahinter lag ein Salon, gleichfalls wenig möbliert, eher ein Saal. Zwei Stucksäulen teilten ihn, mit ptolemäisch-serapischen Phantasiekapitellen. Die Wände waren durch Panneaux gegliedert, über dem Kamin hing eine unbeholfene Kopie von Watteaus «Überfahrt nach Kythera», durch einen Riß in der Leinwand geadelt. Fenstertüren mit sechsunddreißig kleinen Scheiben gingen auf den Boulevard hinaus, aber der Lärm kam hier nur wie ein mildes, beständiges Rauschen an.

Er verweilte nicht. Die Fenster des nächsten Salons hatten bunte Scheiben, blau, rot und gelb, ein langes rokokoartiges Buffet ließ darauf schließen, daß er als Speisezimmer gedient hatte. Aber was alle diese Zimmer einte, und es schlossen sich noch viele an die ersten beiden großen an, achtzehn vielleicht, zum Teil an einem sich verzweigenden Korridor gelegen, der von getäfelten eingebauten Schränken gesäumt war, das war der Staub, ein Staub, wie er ihn noch nie in seinem Leben gesehen hatte.

«Viele Scheiben sind gesprungen», sagte Mohammed, der

getreue Verwalter dieser Wohnung, «da kommen die Tauben und der Dreck herein.»

Was der Staub hier vollbrachte, war ein Werk der Verwandlung. Er bedeckte jede ebene Fläche, und er war so dicht wie grauer Filz oder gar wie Maulwurfsfell und auch von solcher Farbe: Staub aus allem, was in diesem Land in den Jahrtausenden zermahlen worden war, Mumien, Bibliotheken, Tempel, hölzerne Idole, Knochen von einbalsamierten Katzen und Krokodilen, vermischt mit Wüstensand, Abgasen und Heizungsqualm. Wo Ralph Krass ging, hinterließ er eine Spur wie im Schnee. Aber unter der Staubdecke schimmerte es dunkel, und wenn sie zerriß, war es, als sähe man durch die geplatzte Hülle eine polierte Kastanie, das Parkett. Er betrat ein kleineres Zimmer mit gewölbter Decke; in das Quadrat war eine Kuppel gesetzt, mit reichem Stalaktiten-Stuck in den Zwickeln. Hier war es beinahe unheimlich still. Der Raum ging auf einen Innenhof hinaus, in dem eine an ihn heranreichende verdorrte Palme stand.

Mohammed hielt Erklärungen für notwendig. Die ganze Wohnung müsse erst einmal geputzt werden, drei Frauen könnten das in einer Woche schaffen, da und dort kämen neue Fensterscheiben hinein – das Leichteste von der Welt. Warum war es dann nicht längst geschehen? Und Möbel gehörten in die Zimmer. Er kenne einen alten Kopten, der gebrauchte Möbel «für nichts», jedenfalls für wenig abgebe.

Wer seine Kanzlei kannte, wußte, was für Möbel er meinte: die für die ägyptische Bourgeoisie in Massen gefertigten vergoldeten Louis-Seize-Sessel und -Tischchen, die sich in den Trödelläden bis unter die Decke stapelten, Hinterlassenschaften der unter den letzten Königen ersehnten Verwestlichung. Ralph Krass hielt sich mit der Möblierung nicht auf, er war noch bei den großen Linien. «Aber nicht zu viele!» Seine Stimme klang streng. «Ich wünsche, daß die Weitläufigkeit erhalten bleibt. Ich brauche Raum in Hülle und Fülle. Das hier könnte gut mein Büro werden, wenn es nicht noch geräumigere Zimmer gibt.»

«Nein, das ist das Schlafzimmer.»

Mohammed war ein gewissenhafter Schloßführer, aber dies hätte nicht dazugesagt werden müssen, denn in der Mitte, wie eine Opferstätte, stand das Bett. Sein Finger, über den Rahmen streichend, ließ Gold aufblitzen, und als er den Überwurf zurückschlug, leuchtete mitten in der Staublandschaft, blütenweiß dagegen abstechend, ein Kopfkissen auf. So blütenweiß war die Bettwäsche bei genauerem Hinsehen nicht, aber als sie unter dem Staub hervorkam, blendete sie zunächst. Es war Ralph Krass, als sei er an den köstlich süßen Kern einer hart zu knackenden Nuß gelangt. Eine Einladung? Das frischbezogene Bett als das eigentliche Versteck inmitten dieser Verborgenheit? Wie viele Häuser und Wohnungen hatte er in seinem Leben besichtigt! Die hier war etwas Neues.

Er war auf einen starken Eindruck vorbereitet; die Nacht in Mohammeds Arbeitszimmer hatte den erforderlichen Kontrast geschaffen. Seine Phantasie erwachte. Flucht wurde stets als etwas Schwächliches angesehen, als ein Weglaufen vor den Schwierigkeiten, als die Weigerung zu kämpfen. Gab es etwa eine Pflicht, jede übel gewürzte Suppe auszulöffeln, und hätte man sie sich auch selbst eingebrockt? Wer war denn die Instanz, die ein klagloses Ausharren im Unglück verlangen durfte? Heroismus – es war schön und gut, wenn kleine Leute an derlei glaubten, aber das war doch kein Maßstab für ihn. Da hätte man viel Zeit vertan, die mit der blitzartigen Hinwendung zu Neuem, mit dem Landen an unbekannten Ufern besser genutzt war. Widrige Verhältnisse verdienten, daß man ihnen den Rücken kehrte.

Er schritt weiter, machte fortwährend Entdeckungen: ein kleines Kaminzimmer mit islamischer Keramik, ein Badezimmer, in welchem ein Alabasterspringbrunnen stand, die Wanne war wie ein Thron über drei Stufen zu erreichen. Hier roch es allerdings nicht gut, als verwese irgendwo eine Katze, aber noch während seines Rückzugs entdeckte er die Glaskuppel, durch die ein gleichmäßiges, flaumweiches Licht herabfiel.

Und dann die Küche, ein Ort des Ekels, von der einstigen Herrschaft sicher nie betreten, Staub und altes Fett, das an die Wände gespritzt war, hatten sich hier abstoßend verbunden. Zu einer derart prachtvollen Raumfolge gehörten aber auch Unorte, weil es darin eben alles geben mußte, Kammern hinter den festlichen Sälen, eine Unter- und Hinterwelt. Der Schmutz schreckte ihn nicht ab, er störte die Phantasie nicht. In dieser Suite würde er zu einem neuen Leben, einer Verjüngung finden.

Mohammed trat hinzu und nahm von einem Regal eine Rotweinflasche, die hier vergessen worden war. Seine Verwaltertätigkeit hatte ihn bisher nie bis zur Küche vorstoßen lassen. Sieh da, auch dort verbarg sich noch ein Fundstück. Es war überraschend genug, in diesen Grabkammern etwas Genießbares zu finden, in Ägypten gekelterten Wein, aus der griechischen Weinkellerei Gianakis, aus Sultaninen gepreßt, von 1988 – das war lang her, da hatte man auch schon gelebt. Mohammed reichte ihm die Flasche mit verschwörerischem Lächeln; das Alkoholtrinken hatte für ihn immer ein bißchen mit Trotz und Aufbegehren und Laster zu tun, aber für den Vater war das anders. Sie hatten schon davon gesprochen, daß sie Wein kaufen wollten; er selber hielt sich, wenn er trank, eigentlich mehr an Whisky: Wein war teuer, und man brauchte zuviel davon, um berauscht zu werden.

Aber als Ralph Krass seine gepolsterte Hand um den kühlen Flaschenleib schließen wollte, ging in ihm etwas vor, was sich seinem Willen entzog. Etwas Großes wand sich wendeltreppenartig aus ihm heraus, und dieses Herausschrauben nahm alles in ihm derart in Anspruch, daß das Umspannen der Flasche davor zurücktreten mußte. Er lehnte sich an die Wand. Die Flasche entglitt seinem Griff und knallte auf den Boden – eine kleine Explosion, smaragdfarbene Splitter flogen weit, der rote Wein verband sich mit dem Staub zu etwas Schwarzem. Einzelne Tropfen rollten über den dichten Pelz, ohne in ihn einzusinken.

«Machen Sie sich nichts draus, Vater», rief Mohammed, «das hat Gott schon vorher gewußt! Wir kaufen eine andere.»

Aber Ralph Krass antwortete nicht. Sehr blaß lehnte er an der Wand, während die Knie allmählich nachgaben. Mohammed ergriff geistesgegenwärtig seinen Arm. Ein schwächerer Mann als er wäre bei dem Versuch, Ralph Krass zu stützen, mit ihm zusammen in den Glasscherben gelandet.

«Der rechte Arm – ein starker Schmerz», flüsterte er.

Mohammed geleitete ihn, behutsam schiebend und schleppend, in das Schlafzimmer. Als er ihn aufs Bett fallen ließ, erhob sich eine Staubwolke wie von einem platzenden Bovist.

8

Das Hotel Windsor verfügte über einige sehr geräumige Zimmer, die mit Möbeln der dreißiger Jahre eingerichtet waren. Nachdem Ralph Krass aus dem Hilton ausgezogen war, hatte er zunächst ein solches bezogen, das aber in US-Dollars bezahlt werden mußte. Als sein Dollar-Vorrat zur Neige ging, war er in ein kleines, finsteres Zimmer gewechselt, dessen Fenster auf einen Lichtschacht hinausgingen; von oben sah nur ein taschentuchgroßes Viereck blauer Himmel herein. Dafür war es dort ruhig. In dem stattlicheren Raum, dessen Fenster auf die Straße hinausgingen, hörte das Auf- und Abschwellen der tausend Hupen erst gegen Mitternacht auf.

Der Verlust, der für den Hotelier durch seinen Auszug auch aus diesem Zimmer entstand, war begrenzt auf die noch offene Zahlung, denn es gelang ohne Übergang, es weiterzuvermieten. Mohammed war gerade aus dem Büro des Hoteliers getreten, nach ausdauernder Verhandlung über die Rechnung seines väterlichen Schützlings, und trug den schweren Aluminiumkoffer die Treppe hinunter, als der neue Gast, wieder ein Deutscher, sich gerade an der Rezeption eintrug: «Professor Doktor Jüngel, Matthias, geboren am 21. März 1955, Datum der Anreise: 18. 11. 2008, Abreise:

26. 11. 2008. «Es könnte sein, daß ich etwas verlängern muß, mein Apartment ist vielleicht noch nicht frei» – wenn er gewußt hätte, wie leer das Hotel war, hätte er sich die Bemerkung vielleicht gespart.

Als er sein Zimmer betrat, wurde dort aufgeräumt; muffige Schlafzimmerluft, durchsetzt von Rasierwasserduft, stand noch im Raum, obwohl das Fenster geöffnet war, aber durch den Schacht zog die Luft nicht so schnell ab. Er hatte das billigste Zimmer gewählt, nun sah er, was das hieß: wuchtige, den Weg versperrende Möbel auf kleinem Raum. Wer sich hier aufhielt, legte sich am besten gleich ins Bett. Aus seinen unsicheren Zeiten, die zum Glück hinter ihm lagen, stammte die Scheu, Geld auszugeben. Damals war wenig oder gar nichts dagewesen, jetzt hingegen schloß er die Augen davor, was monatlich auf sein Konto kam, und meinte, gut daran zu tun, die Ausgaben weiter klein zu halten. Verblüffend, was sich ansammelte, wenn man so verfuhr, aber er fand es weise, das sofort wieder zu vergessen und wie bisher zu leben – mit dem kleinen Unterschied vielleicht, daß es nicht mehr die Angst war, die das Sparen befahl, sondern Sportsgeist: im Wettbewerb mit der gierigen Umwelt die Taschen so lang wie möglich zuzuhalten und nur im äußersten Fall einen Spaltbreit zu öffnen.

Daß er zwanzig Jahre älter geworden war, seitdem er als Sekretär von Herrn Krass Neapel besucht hatte, sah man ihm von hinten nicht an, denn er hatte seine knabenhafte Figur behalten und paßte immer noch in die teuren Nadelstreifenanzüge, die in jenen Tagen seine Dienstuniform gewesen waren. Er schonte sie, hätte später niemals wieder etwas so Teures gekauft und überwachte seine Ernährung, damit er, zu den seltenen Gelegenheiten, bei denen er sie tragen wollte, noch hineinpaßte. Am Gesicht war freilich nicht vorübergegangen, was seitdem geschehen war – der berufliche Erfolg, der Lehrstuhl für Urbanistik an der Universität Wuppertal, ebenso wie zwei gescheiterte Ehen, hinter denen die Monate, in denen er wegen der Trennung von Hella beinahe wahnsinnig geworden wäre, vollständig verschwanden. Nie wieder hatte er so die Kontrolle über sich verloren. Es ging ihm, wenn er daran dachte, wie manchen Verbrechern, die nach jahrelanger Haft nicht mehr verstehen, was sie einst zur Tat getrieben hat – man war doch inzwischen ein ganz anderer geworden, oder etwa nicht?

Etwas Resigniertes war in seine Züge getreten. Die Beliebigkeit seiner Ehebrüche hatte ihn gezeichnet, wobei er eine melancholische Dankbarkeit empfand, daß am Ende auch ihm die Gabe der Kälte und Rücksichtslosigkeit, nicht mehr geliebte Menschen verstoßen zu können, geschenkt worden war; auch er hatte aus dem verächtlichen Heer der Liebeskranken und Liebeskrüppel austreten dürfen und war in die Abteilung der Dreisten und Gesunden befördert worden. Das Haar war jetzt dünner. Er hielt es kurzgeschnitten und färbte es nicht, sondern tönte es nur; das war keine Eitelkeit, sondern die schiere Vernunft, wenn er im Hörsaal vor jungen Leuten nicht als grauhaariger Greis stehen wollte. Und das war er mit dreiundfünfzig ja noch nicht, und er hätte, wäre er nicht so mager gewesen, sogar noch jünger ausgesehen.

Hella war aus seiner Erinnerung gedrängt wie eine Torheit im Alkoholexzeß. Die Periode als Gehilfe von Herrn Krass erschien ihm aber in überwiegend günstigem Licht; eine verrückte Zeit, ähnliches hatte er nie mehr erlebt, der Mann war dubios, verdächtig gewesen. Gern erzählte er Anekdoten von dessen Verschwendungssucht und ließ sich von den Zuhörern bestaunen, daß er mit einem Waffen-,

Drogen- oder Mädchenhändler, das wechselte bei ihm, auf vertrautem Fuß gestanden habe. Und der Mann imponierte ihm immer noch. Hatte er nicht recht behalten, als er ihn damals am Telefon abgewiesen hatte: «Versuchen Sie es ohne Hilfe – Sie werden sehen, es geht!»

Ja, es war gegangen. Es war gelungen, Fuß zu fassen in der akademischen Welt. Herr Krass hatte das gewußt, er hatte ihn aus seiner Jämmerlichkeit erlöst. Nur unter die Augen sollte ihm der Kerl nicht mehr kommen, dann würde er durch ihn hindurchsehen. «Was kann ich für Sie tun?» Zu so etwas wäre er inzwischen imstande – Achtung und Verachtung, geflochten in denselben Zopf.

Er öffnete seinen Koffer und legte Hemden in den Schrank, dessen Türen quietschten. In diesem düsteren Zimmer müßte er es nicht lang aushalten. Die amerikanische Universität am Tahir-Platz stellte ihren Gastprofessoren Wohnungen auf der Nil-Insel Zamalek zur Verfügung – umsonst. Welchen Zauber besaß dieses Wort für ihn! Bis dahin würde er sich in der Stadt ein wenig umschauen, in ihren Schmutz und ihre Verkommenheit ebenso eintauchen wie in die megalomanen Pläne, in die Wüste ein neues Kairo voll Glanz und Fortschrittlichkeit zu stellen. Städtegründung – daran berauschte sich die Phantasie der Autokraten. Und Kairo war unter seinen Herrschern geradezu eine Enzyklopädie immer neuer Stadtgründungen geworden. Zunächst das benachbarte pharaonische Memphis, später verlassen und als Steinbruch aufgezehrt; darauf Alt-Kairo, das mit römischem Namen Babylon hieß, mit seinen engen Gassen und den bis tief ins erste christliche Millennium hineinreichenden koptischen Kirchen; daneben die islamische Stadt mit den mamelukkischen Moscheen und dem Basarlabyrinth, in dessen Unübersichtlichkeit die Untertanen sich vor den Steuerschergen der Despoten wie in

Fuchsbauten verkriechen konnten; dann die Stadt der Khediven mit ihren Boulevards und achtstöckigen Apartmenthäusern im Neoklassizismus bis zum Art déco und nun, jenseits des Nils, das neue administrative Zentrum mit nachts in die Wüste hineinstrahlenden Hochhäusern – jeder dieser Entwürfe deutlich vom andern geschieden, jeder auf seine Weise dysfunktional und doch nicht wegzudenken. «Kairo, die werdende Stadt» hieß der Arbeitstitel des Buches, welches aus seiner letzten Vorlesung hoffentlich hervorgehen würde. Seine Buchprojekte waren stets mit schmerzhaften Geburtswehen verbunden, am wohlsten fühlte er sich als Herausgeber von Aufsätzen anderer Leute, davon gab es nun schon eine stattliche Reihe.

Reizvoll würde es sein, sich der Spekulation zu überlassen, wie nach der bereits geplanten futuristischen Stufe das nächste Modell aussehen könnte. Er hatte als These formuliert, daß Projekte, waren sie in das konkrete Planungsstadium geraten, im Kern schon gestorben seien. Es werde immer nur gebaut, woran während des Bauens im Grunde niemand mehr glaube. Das postfuturistische Kairo – welcher Machthaber würde es gründen? Welche Form der Herrschaft würde sich damit feiern?

Er war frei, er konnte sich beschäftigen, womit er wollte. Es kam auf diese Gastdozentur eigentlich gar nicht an, sie sollte nur dazu dienen, ihn mit der Universität von Chicago in Verbindung zu bringen, es gab da ein Zusammenwirken mit der amerikanischen Universität in Kairo. Er hatte sich daran gewöhnt, den Fleischwolf des Wissenschaftsbetriebs zu bedienen, in den unablässig etwas hineingeworfen werden mußte. Dieser Schlund war unersättlich. Sieger war, wer bis zur Pensionierung mit dessen Fütterung nicht nachgelassen hatte.

Aber die Freiheit reichte noch weiter. Nicht nur keine Frau, es gab auch keine Freunde mehr; beide Scheidungen hatten zur Folge gehabt, daß sich der jeweilige Freundeskreis von ihm abgewandt hatte. Er galt als Scheusal, unritterlich, kaltherzig, aber das war ihm gleichgültig. Nach jeder Trennung war eine Last von ihm abgefallen. Die geheime Erkenntnis, daß niemand ihn wirklich mochte, hatte ihn lange geplagt, die Zurückweisungen hatten ihm zugesetzt – jetzt hatte er sich an sie gewöhnt.

Er probierte das Bett aus. Als er sich daraufwarf, umgab ihn der Geruch des alten Bettüberwurfs aus fleckigem Samt. Er klappte sein Tablet auf und öffnete verschiedene Dateien. Obwohl er ökonomisch mit seinen Einfällen umging und ungern einen verwarf, kam ihm das heute alles wie leeres Stroh vor, es würde ihn nicht beschäftigen.

Er erhob sich wieder und ging zum offenen Fenster. Das Hotel war solide aus schwarzem Klinker gemauert, der so unzerstörbar schien wie die Backsteingebirge der römischen Antike. Ein Geflecht von Rohren lief darüber hinweg; nie würde es hier frieren, darauf durften die Bauherren vertrauen. Gegenüber lag ein Fenster, das mit rußigen Lappen verhängt war; die anderen Fenster waren unter bräunlicher Staubschicht blind. Jetzt drang, aus großer Ferne, der Ruf eines Muezzins in den Schacht, ein in seiner Gedämpftheit wehmütiger Gesang, der aus dem blauen Himmelsviereck wie ein welkes Blatt heruntersegelte. Dieser sehnsüchtige Ruf – nur in diesem Zimmer empfand man das so, dort, wo der Lautsprecher stand, mußte man sich die Ohren zuhalten, so sehr schmerzte der Lärm – hielt ihn am Fenster fest. Aus der Unentschlossenheit heimlicher Langeweile geriet er in einen Zustand unbestimmter Erwartung.

Ein Fensterflügel im Stockwerk über ihm schwang auf.

Diese Scheibe war spiegelblank, das Zimmer lag gleichfalls im Dämmer. Im gegenüberliegenden Fenster erschien das Bild einer Frau, die in den Schacht hinabsah. Ihr Spiegelbild schwang herum. Er sah sie dort so plastisch, daß er nicht gleich begriff, daß es das unmittelbar über ihm liegende Zimmer war, in dem sie stand. Er blickte zu ihr hinauf und wunderte sich, daß sie ihn, so ruhig sie sich verhielt, nicht bemerkte, aber er stand offenbar außerhalb dieses Spiegelkabinetts. Lang dauerte die Erscheinung nicht, dann schwebte das Bild wieder zurück. Jüngel hatte eine Begabung, sich körperliche Eigenheiten einzuprägen, Haltungen, Bewegungen, Silhouetten. Der Kopf dieser Frau war einzigartig, auch ihr Geradestehen wie auf hohen Absätzen. Ein viereckiges Gesicht, darin große Augen, ein großer Mund und, als das Herumschwingen des Fensterflügels ihr Profil zeigte, eine entenschnabelartige Nase – unvergeßlich, auch wenn die Haarfluten jetzt gebändigt waren.

Er fühlte sein Herz schneller schlagen. Erinnerungen erwachten. Sie hatten nur geschlafen und zeigten nun frische, in der langen Ruhe lebendig gebliebene Bilder. Das Gehen neben ihr durch Neapel, das Aussuchen von Kleidern und Schuhen, ihre lässigen Vertraulichkeiten. Wie sie ihm eine Zigarette von den Lippen nahm, um sie weiterzurauchen, und sie dann an ihn zurückreichte, das alles von ihren Blicken begleitet, diese Augen bekamen nun einmal keinen unverbindlichen Ausdruck hin. Die Peinlichkeit des Abschieds, seine fatale Rolle dabei. Aber daß da Eifersucht und Verrat im Spiel gewesen waren, das verblaßte jetzt. Es war die Schuld von Herrn Krass gewesen, seine absurde Versuchsanordnung. Er verführte die Menschen zu Handlungen, die sie eigentlich nicht wollten. Ihm war jetzt, als habe

Lidewine das genauso gesehen, ja genauso sehen müssen, als sei die Gemeinsamkeit des Erlebten wichtiger als das, was im einzelnen zwischen ihnen vorgefallen war. Und dann die Zeit – so vieles wischte sie weg, das würde bei Lidewine nicht anders sein.

Er verließ das Zimmer. Der alte Aufzug schwebte in seinem eisernen Käfig langsam herab, ein bejahrter Liftboy hatte ihn in den einzelnen Stockwerken exakt zu justieren, damit keine Stufe entstand. Jüngel trat an das Pult der Rezeption. Er bat, mit dem Zimmer von Madame Schoonemaker verbunden zu werden.

Der Concierge war nicht erstaunt. Jüngel hatte richtig gesehen. Aber sie nahm nicht ab. Ahnte sie, wer anrief? Sie mußte doch noch im Haus sein? Der Aufzug war wieder hinaufgeschwebt und kehrte zurück, während das Telephon noch in ihrem Zimmer klingelte. Das Scherengitter öffnete sich rasselnd, Lidewine trat heraus.

Sie hatte sich wenig verändert. Ihr dickes Haar, im Nacken zusammengefaßt, war jetzt von silbrigen Fäden durchzogen, was ihre Jugendlichkeit nicht beeinträchtigte. Sie hatte den Stil ihrer Mutter übernommen, diese Vintage-Kostüme mit den knappen, kurzen Jacken und den langen, bis zum Knie reichenden Röcken, vielleicht war das heutige auch nachgeschneidert. Sie trat zur Rezeption, um ihren Schlüssel abzugeben.

«Lidewine?» sagte Jüngel. Sein fragender Ton war schon Schauspielerei.

Sie sah ihn an. Sein Haar war kurzgeschnitten, nicht mehr zerrauft mit dieser Neigung, sich zum Hahnenkamm aufzustellen, aber sie standen sich so nah gegenüber, daß ihre Kurzsichtigkeit ihn nur ein wenig unscharf werden ließ; sie erkannte ihn. «Ach, wie komisch», ihre Stimme erklang im vertrauten flämischen Singsang, «ist Krasslein etwa auch in der Nähe?»

Sie beugte sich zu ihm und küßte ihn auf die Wangen. Er hatte sich nicht verrechnet, sie war mehr als großzügig. Sie war souverän.

9

Jüngel saß in der Bar des Hotels, die noch zur Zeit des englischen Protektorats eingerichtet worden war, mit zu Sesseln umgebauten Whiskyfässern, eine Hommage der schottischen Okkupanten des muslimischen Landes an den Alkoholismus in ihrer kühlen Heimat. Er hielt sein Tablet auf den Knien, sah aber über den Bildschirm hinweg, seine Hände ruhten auf der Tastatur. Daß er unerwartet Lidewine gegenübergestanden hatte, holte die Tage vor zwanzig Jahren in voller Plastizität in sein Gedächtnis zurück. Die vielen Faxe, die er Hella geschickt hatte, immer in Angst, sie könnten in die falschen Hände fallen, immer mit akribischen Vernichtungsaktionen verbunden. Dieses nächtliche Schreiben in übermüdetem, leicht angetrunkenem Zustand. Wie gern hätte er die Briefe jetzt gelesen. Mit dem Hinzutreten Lidewines hatten sie an Vollständigkeit eingebüßt, er war Hella gegenüber unaufrichtig geworden, eigentlich ohne Not, aus übertriebener Vorsicht. Jetzt gab es schon lange niemanden mehr, an den er ein Journal hätte senden können. Und doch drängte es ihn, die Gedanken der letzten Stunden aufzuschreiben, nur für sich selbst, in der Hoffnung, daß sie sich dann ordneten.

Lidewine Schoonemaker – niemals hätte ich geglaubt, sie einmal wiederzusehen. Als ich die Schatulle der Perlen geöffnet hatte und erkennen mußte, daß sie leer war, da stand mir das Herz still. Ich fürchtete erst, Herr Krass vermute, daß ich mit ihr unter einer Decke steckte; aber es kam nicht der kleinste Vorwurf – Levcius sollte sich darum kümmern –, allerdings dann die Anweisung, am nächsten Tag nach Deutschland abzureisen. Ich habe mich beruhigt; es zog offenbar größerer Ärger auf als ein abhanden gekommenes Collier. Heute ist mir klar, daß sie mich sofort an der Leine hatte. Das war natürlich eine Folge des verrückten Paktes, den Herr Krass mit ihr geschlossen hatte. Sie sollte sein keusches Eigentum sein, erst das hat mich ihr gegenüber befangen gemacht.

Der Tag des Kleiderkaufens, der erste Tag mit Lidewine überhaupt – sie war vollkommen ungeniert beim Anprobieren und zeigte sich mit nackten Brüsten vor den Verkäuferinnen in schwesterlicher Vertraulichkeit. Ich habe nicht gewußt, wohin ich gucken sollte, aber sie wußte natürlich, daß ich anwesend war. Als wir über das unebene Pflaster der neapolitanischen Straßen gingen und sie mit ihren hohen Absätzen einknickte, stützte sie sich mit ihrem ganzen Gewicht auf meinen Arm. Später hat sie ihre Hand auf meine Schulter gelegt, so ging sie überhaupt gern neben einem Mann, und so machte sie es auch bei Herrn Krass, er sollte schon mitbekommen, daß es da jemanden neben ihm gab. Wie sie mich dann gebeten hat, sie in die Pension an der Piazza Bellini zu begleiten, als hielte sie für möglich, daß Renó nicht abgefahren sei. Das war ja noch vor den Mobiltelephonen, sie war für ihn vollständig unerreichbar, während sie ihn im Restaurant vor uns allen verraten hat.

«Er läßt den Termin in Bari nicht sausen, er ist in diesen Sachen zuverlässig. Er nennt das Schauspielerehre, der Vorhang muß hochgehen, auch wenn die Welt untergeht», das hat sie auf dem Weg bergauf vor sich hin gemurmelt. Oben in der Pension wurde von einem Zimmermädchen geöffnet, das nicht wußte, ob Signor Renó abgereist war – «wir schauen in seinem Zimmer nach», Lidewine hat das Mädchen einfach stehenlassen. Die Tür stand halb offen, das Bett war noch zerwühlt. Sie hat mich hereingewinkt in den Raum, in dem sie bis eben noch mit einem anderen Mann geschlafen hatte. Wieso habe ich daran denken müssen? War das der Geruch im Zimmer – ungelüftet, intim? Am Fenster zeigte sie mir den Innenhof und in seiner Mitte den Orangenhain auf unserer Höhe, einen hängenden Garten. Wir schauten gemeinsam hinüber. Sie wies auf die gemauerte Gartenbank im Dunkel des Laubes: «Dort will ich gern sitzen.»

«Herr Krass kann so etwas möglich machen» – ich tat, als sei die Omnipotenz meines Chefs teilweise auch die meine.

Sofort kam ihr Widerspruch: «Nie will ich dort sitzen! Der Garten ist nur von hier aus schön. Nur von hier aus schwebt er in der Luft. Wenn man dort oben auf der Bank sitzt, ist er wie jeder andere Garten auch.»

Plötzlich stand die Pensionswirtin in der Tür. «Da sind Sie ja endlich! Für den Fall, daß Sie etwas suchen – es wurde nichts gefunden.» Eine widerwärtige Frau, mit harter Stimme, rotgesichtig, zerlaufen. Der Herr sei abgereist, Gepäck sei nicht zurückgelassen worden.

Wollte er Lidewine ärgern, oder rechnete er fest damit,

daß sie sich in letzter Minute auf dem Bahnhof einfand?

«Natürlich hat er Ihren Paß dabei – was will ich denn mit Ihrem Paß?»

Als wir das Haus verließen, kam sie mir erleichtert vor. Sie lachte, während wir wieder bergab gingen, im rosig werdenden Licht des frühen Abends, immer auf das Vesuv-Massiv zu, das die Straßenschlucht ausfüllte, ein Gebirge aus bläulichem Rauch.

Nein, ich glaube, mich nicht zu täuschen: Sie nimmt mir nichts übel. Sie hatte vorhin nicht viel Zeit, ist aber mit mir in das Teehaus auf der anderen Straßenseite gegangen. Als ich sie ansah, ihre leuchtenden Augen, schön wie eh und je, mußte ich glauben, daß sie sich über das Wiedersehen freute. Das gehört zu ihr: Großzügigkeit, ein Hinwegsehen über alles Unerfreuliche; ich hatte außerdem nur meine Pflicht getan als ausführendes Organ fremder Launen, und wenn das auch keine ruhmvolle Rolle war, dann hat sie mir doch verziehen. Dieses Wiederfinden nach so langer Zeit an entlegenem Ort, das hat uns beide überwältigt.

Sie saß da, nippte an ihrem heißen Teeglas und sah mich lächelnd an. «Professor bist du jetzt – gut!» Sie wollte mir das Gefühl geben, daß sie das bewundere, obwohl so viel dabei ja nicht mehr ist – wer ist nicht alles Professor. Sie hingegen arbeitet für große Galerien, ihr Vater ist nach seinem Tod berühmt geworden, der Name Schoonemaker hat Klang in der Kunstwelt. Sie soll die Niederlassung einer amerikanischen Galerie in Kairo vorbereiten, das Feld sondieren. Man denkt dabei natürlich an die Golfstaaten, die politisch noch zu rigide sind, als dass man alles dort zeigen könnte. Sie meint, die intellektuelle Atmosphäre in Kairo sei für das Vorhaben günstig, die Sammler aus den Emiraten kämen gern in die Stadt. Wir haben uns einander von unserer Schokoladenseite präsentiert. Dieses Zusammentreffen war glücklich, denn wir beide hatten Glück gehabt, es lag nicht der mühsame Fall vor, daß man den anderen, krank und elend geworden, bedauern muß. Zwanzig Jahre – was hätte da nicht alles passieren können?

Ich wurde mutig. In der Vergangenheit soll man nicht stochern, aber die Neugier war zu groß: Wie es damals bei ihr denn weitergegangen sei, nachdem wir uns getrennt hätten?

Sie war amüsiert, sie war ja über alles amüsiert, aber an diese Episode dachte sie offenbar besonders gern. Sie sei eine Weile bei Achmed geblieben – ich wisse schon, bei dem Kellner. «Das war gar nicht weit vom Hotel, er hatte dort ein Zimmer, ein lustiger Kerl. Aber er hat mich beklaut, das gehörte einfach dazu» – darin kam auch ihr Respekt vor einem Mann zum Ausdruck, der selbst in der Verliebtheit seine geschäftlichen Interessen nicht aus dem Auge verliert. «Übrigens hat mich das gerettet.»

«Etwa die Perlen von Herrn Krass?»

Darauf sie in strengem Ton: «Das war schließlich ein Geschenk, das gibt man nicht zurück. Damit blamieren sich doch beide Seiten. Und ich wollte Krass in guter Erinnerung behalten.»

Jetzt kam ich zum Zug: Die Pointe sei gewesen, daß das Collier noch gar nicht bezahlt gewesen sei. «Den bösen Streit zwischen der Juwelierin und Herrn Krass habe ich kaum mehr mitbekommen, damit war Levcius betraut. Und dann wurde ich nach Deutschland zurückgeschickt und habe ihn nicht mehr wiedergesehen.»

«Aber ich hatte noch mit ihm zu tun.» Die Polizei hatte Renó ausfindig gemacht und ihren Paß beschlagnahmt, und als sie zwei Wochen später Italien verlassen wollte, war sie aus dem Zug geholt worden. «Ich wüßte gern, wo das Collier geblieben ist: Wenn Achmed schlau war – und er war schlau –, hat er die Perlen einzeln verkauft. Ich habe immer wieder einmal nach solchen Perlen Ausschau gehalten, aber nie wieder so schöne gefunden.»

Ist sie jetzt reich? Könnte doch sein. Ich bin es leider nicht, ein Professorengehalt dürfte ihr auch dann keinen Eindruck machen, wenn keine Unterhaltszahlungen davon abgezogen würden. Sie hat noch die alte Art, mir die Zigarette aus dem Mund zu nehmen und nach ein paar Zügen zurückzugeben.

«Und du hast wirklich keine Verbindung mehr zu Krass?»

Das war die Gelegenheit, mich gleichfalls als Opfer darzustellen. Im nachhinein sage ich mir, daß das ein Fehler war. Ihr Mitgefühl für meine Notlage damals war bestenfalls ironisch. Ich war eben kein Spieler, sondern ein Spießer, der eine Buchstabe bezeichnet eine unüberbrückbare Kluft. Zum Glück darf ich hoffen, daß sie nicht allzulange darüber nachdenken wird, Herr Krass war ihr doch wichtiger. Was aus dem wohl geworden sei? Wo der jetzt wohl lebe? Da ich darauf keine Antwort wußte, versank sie in Schweigen, aber ich habe gespürt, daß sie sich weiter mit dem Mann beschäftigte, der sie so unvergeßlich an sich heran-, um nicht zu sagen, zu sich heraufgezogen und dann wieder weggejagt hatte.

In einem anderen Leben habe ich – mit wem? ja richtig, mit Hella – vor dem großen Ingres-Gemälde «Jupiter und Thetis» gestanden. Wie auf der ganzen Reise haben wir uns auch vor diesem Bild gestritten, einem klassizistischen Traum in Eiseskälte: Jupiter mit überbreiter Stirn und nackter, ebenso überbreiter Brust, die Augen gesenkt, blicklos, und an seine Knie geschmiegt eine schlangenhafte Thetis, die den überlangen Arm in die Höhe streckt, um dem Gott den Bart zu kraulen, mit Bäuchlein und Porzellanbrüsten wie weiße Teetassen, aber mutig, um nicht zu sagen, kühn in dem Zutrauen, den brütenden Weltherrscher auf sich aufmerksam zu machen.

«Ich finde es abstoßend, wie die Frau um diesen Mann buhlen muß, während er sich nicht rührt.»

Hella fühlte sich dadurch geradezu persönlich angegriffen. Ich habe versucht, ihr die Situation zu erklären. «Er brütet, weil er nicht wagt, sich zu bewegen. Er ist hingerissen von ihr und braucht seine ganze Kraft, um ihr zu widerstehen.»

«Wozu denn widerstehen?» In ihrer Frage klang Mißtrauen, da ging es doch vermutlich auch in der Mythologie nur um eine faule Ausrede.

«Er weiß, ein Sohn von dieser Frau würde stärker als er selbst und würde ihm dasselbe antun, was er seinem Vater angetan hatte: ihn kastrieren und vom Olymp stürzen. Jupiter denkt hier nur eins: Wie gelingt es mir, aus dieser tödlichen Bedrohung herauszukommen – ich bin mit meiner Kraft fast am Ende ...» Und damals habe ich weder Lidewine noch Herrn Krass gekannt!

Wir werden später zu Abend essen. Dann wird man sehen. Bis dahin hole ich mir «Jupiter und Thetis» auf den Bildschirm und überprüfe meine Erinnerung – ja, das war es, das sind sie und er, und paßt es nicht zu einem Gott, daß er wie alle anderen Götter auch von einem zum anderen Augenblick spurlos verschwindet?

10

Das Zimmer, in dem Ralph Krass erwachte, war groß. Von der hohen Decke hing eine weiße Kugellampe, die oben dick eingestaubt war, an einem langen, vernickelten Stab. Wo hatte er eine solche Lampe schon einmal gesehen? Diese Frage, die sich zunächst ganz sanft formte, wurde in dem Maß, da sie sich der Beantwortung entzog, immer wichtiger für ihn. Nein, die kannte er doch, wenngleich der Raum nicht so hoch gewesen war – lang vorbei und doch nicht vorbei, im Hintergrund nie verschwunden: zu Hause, in der Kinderzeit, in der Küche. Unter dieser Lampe hatten sie gegessen, vor dem hastigen Aufbruch, als die Russen näher rückten und eine lange Heimatlosigkeit und Unbehaustheit begann. Heiße Milch unter dieser Lampe, Apfelpfannkuchen – aber bei ihnen war sie abgewischt gewesen, der Frühjahrsputz kein Ritual, sondern eine tagelange Reinigungsschlacht, die den Haushalt von Grund auf umstülpte, alles unbewohnbar machte, ein Ausnahmezustand mit dem Ergebnis einer Ordnung, die gleichfalls irgendwie unbewohnbar war. Er verweilte bei diesem Gedanken. Wie wichtig es für ihn gewesen war, gegen Ende eines Winters als erster Junge der Klasse in kurzen Hosen im Unterricht zu erscheinen. Er hatte diesen Tag immer weiter vorverlegt, aus Sorge, ihm werde jemand zuvorkommen, seine winterblassen Beine rotgefroren, er hielt das aus.

Aushalten, bei diesem Wort glitt er in die Gegenwart. Aushalten, das war jetzt seine Beschäftigung. Er hatte das Gefühl, sich lange nicht bewegt zu haben. Seine Hände ruhten auf einer kratzigen Wolldecke, die sich nicht angenehm anfaßte. Es war nicht sehr warm unter dieser Decke, die Luft im Raum war kühl. Er versuchte, den Kopf zu heben, aber das war zu anstrengend. Er ließ ihn zur Seite sinken.

Da sah er schon besser, wo er gelandet war. Neben ihm standen drei Betten, aus Eisen mit angeschlagener Lackierung, darin unter bunten Wolldecken Männer, die vor sich hin dösten. Der Raum war bis zur halben Höhe pistaziengrün lackiert, der gelbe Vorhang vor dem durch Schmutz erblindeten Fenster halb heruntergerissen. Unter den Betten sah er die Henkel niedriger Emailnachttöpfe, einer war, dem Geruch nach zu urteilen, offenbar vor kurzem in Gebrauch gewesen. Ein Krankensaal, ein Lazarett. Was hatte er hier zu suchen?

Er versuchte noch einmal, sich aufzurichten. So kurz er den Kopf auch oben hielt, erkannte er doch, daß auf der gegenüberliegenden Seite ebenfalls vier Betten standen. In einem saß ein junger dicklicher Mann mit weißgehäkelter Kappe und schwarzem Bart, der aus einem Kunststofftopf etwas Halbflüssiges löffelte. Er sank zurück. Die Kraftlosigkeit schob sich vor alle Gedanken und auch vor die Unruhe, in die ihn der Ort versetzte. Das Richtige war ein bewegungsloses Liegen. Diese Botschaft vermittelte ihm sein Körper. Nicht denken – liegen. Ja, aber nicht schlafen. Schlafen gelang nicht.

Er schloß die Augen in der Erwartung, daß die Verdunkelung die Ohnmacht begünstigen würde. Das schien zunächst auch so zu sein, da gab es deutlich eine Bewegung hinab in die Tiefe, aber dann stockte es, ging einfach nicht weiter. Es war abschüssig in seinem Innern, es bestand ein Sog ins Schwarze hinein, er sehnte sich danach, dem nachgeben zu können, aber es klappte einfach nicht, er blieb kurz davor hängen. Seine ganze Aufmerksamkeit richtete sich nun auf diesen Punkt, das Hindernis. Ob sich das nicht doch wegdrücken ließe? Die Konzentration darauf machte schließlich den Weg frei. Mühelos wurde er über den bewußten Punkt hinweggehoben, von da an ein Abstürzen in den Brunnen des Tiefschlafes, in dem ihn keine Traumbilder bedrängten – nur der essende Mann gegenüber, der sich die Kunststoffgabel zwischen die purpurnen Lippen inmitten der Barthaare schob, tauchte manchmal auf wie jemand, der etwas weiß und vielleicht erklären könnte.

Als er die Augen wieder aufschlug, war es Nacht geworden. Der Vorhang verbarg das schwarze Fensterloch nur teilweise, das Licht der weißen Kugellampe kam ihm zu hell und gleichzeitig zu dunkel vor. Das Zimmer war jetzt voller Menschen. Um jedes Bett waren Frauen versammelt, die sich gedämpft unterhielten. Sie trugen Kopftücher und hatten große Einkaufstaschen dabei, denen sie Behälter mit Speisen entnahmen. Es gab nicht genügend Hocker für alle, man saß auf den Betten und umstand sie. Viel Konversation wurde mit den Kranken nicht gemacht, aber untereinander getuschelt. Es genügte wohl, daß man anwesend war. Die Familien lösten sich nicht von einem der ihren, bloß weil er im Krankenhaus lag, sondern hingen ihm an wie die Erdbrocken am Wurzelwerk einer Pflanze, die aus dem Boden gezogen wird. Er wandte den Kopf zur anderen Seite, denn der Geruch des Essens aus den Taschen stieg ihm in die Nase und bereitete ihm eine leichte Übelkeit. Sieh da, dort saß ein junger Mann mit großem Kopf, die Wangen narbig, die schrägen, geschlitzten Augen in einer Mischung aus Zorn und Sorge auf ihn gerichtet. Er kannte ihn, doch woher?

«Mein Vater», sagte der junge Mann, «wie geht es meinem Vater?»

Vater? Der hatte offenbar einen Grund, ihn so zu nennen, was bisher niemand getan hatte. Der Kopf des Mannes war nah an dem seinen, er roch den Zigarettenatem – hatte er eigentlich nie gemocht, aber der da durfte offenbar rauchen und tat es auch, man konnte sich nicht immer durchsetzen.

«Es geht Ihnen schlecht, Vater.» Die Stimme sprach leise, wenn auch sehr bestimmt. «Sie dürfen sich nicht bewegen. Sie müssen Geduld haben. Ich werde jeden Tag zu Ihnen kommen, aber Sie müssen gehorchen und dürfen sich nicht anstrengen.» Er habe etwas zu essen mitgebracht, ganz leicht, ganz mild, eine Suppe, die eine alte Frau in der Nähe der Kanzlei auf der Straße koche: Grieß, Milch, eine Zwiebel, ein Stengel Petersilie, eine Prise Salz, Krankensuppe; die werde er ihm jetzt einflößen. Aber er dürfe den Kopf nicht selber heben!

Den Suppenbehälter stellte er auf die Matratze. Die große Hand mit den gewölbten Fingernägeln – Uhrglasnägel, wie man wohl sagt – schob sich unter seinen Hinterkopf und hob ihn etwas an. Er war nun ganz von der massigen Körperlichkeit des anderen umgeben. Ein Löffel näherte sich seinen Lippen, stieß daran, zwang sie, sich zu öffnen. Mild-Warm-Salziges floß in seinen Mund und zu den Mundwinkeln wieder heraus. Er fühlte das und sah den jungen Mann mit halbgeöffneten, unsicher flackernden Augen an, als wolle er sagen: Siehst du, es geht nicht.

«Geduld, Vater.»

Der andere war durch das Verschlabbern von Suppe nicht zu irritieren. Er behandelte ihn als Respektsperson, verehrungswürdig, aber von Gott als Mensch geschaffen, der am allgemeinen Menschenschicksal mit allen Insuffizienzen teilhatte, das war hinzunehmen. Was von der Suppe die Speiseröhre hinunterlief und in den Magen gelangte, tat ihm gut. Während er sie tropfenweise in sich aufnahm, war ihm, als koste er soeben etwas ganz besonders Delikates. Schlingend, das kaum Gekaute hinunterwürgend, beinahe ohne zu schlucken, das schnelle Wegputzen eines hochbeladenen Tellers, so hatte er sich bis vor wenigen Stunden noch ernährt. Der eiserne Magen hatte sich nur selten beschwert, es war vor allem eine Ohnmacht, die ihn nach den Mahlzeiten zu überfallen pflegte.

Dies war aber in unendlich weite Ferne gerückt, als er nun, im Tabakdunst des fremden Körpers, die Suppe wie ein Säugling eingeflößt bekam. Mit derber Hand wischte ihm der andere mit einem Frotteehandtuch den Mund ab. Allmählich kehrten die vergangenen Tage in seine Erinnerung zurück – ja, ja, der junge Mensch mit dem drachenhaften Gesicht war sein Sohn, das war Mohammed, der ihn als Vater adoptiert hatte.

«Wie bin ich hierhergekommen?»

Mohammed erzählte ihm von seinem Zusammenbruch in der Wohnung, die sie gerade erst zu seinem Hauptquartier in Ägypten erkoren hatten. «Wir haben Sie in letzter Minute hierhergebracht. Alle Krankenhäuser waren voll. Hier sind Sie in Shams, weit außerhalb vom Zentrum, das amerikanische Hospital wollte Sie ohne Vorschuß nicht nehmen.»

Ralph Krass dachte gar nicht daran, die Wahl dieses Krankenhauses zu kritisieren, er hatte überhaupt keine Wünsche. Das beste war, in Ruhe zu liegen und Mohammeds gedämpfte Stimme zu hören, der sich wie alle im Raum Mühe gab, die anderen nicht zu stören.

«Vater hat nicht auf sein Herz achtgegeben, hat sich zu sehr angestrengt.»

Es war klar: Mohammeds Sorge würde immer mit Vorwürfen und Maßregelungen verbunden sein. Die Hilfsbedürftigkeit des Vaters machte es ihm endlich möglich, die Zurückhaltung in dieser Hinsicht aufzugeben. Jetzt war das Vorschriftenmachen nicht nur erlaubt, sondern sogar geboten.

Er stellte ihm leise die übrigen Kranken vor. Gegenüber der junge Mann, der unablässig weiteraß und von Mutter, Tanten, Ehefrauen, Schwestern mit stets neuen Vorräten bedacht wurde, wirkte zufrieden, obwohl es ihn hart getroffen hatte: Bei einem Motorradunfall waren die Münzen in seiner Hosentasche durch den dicken Jeansstoff in seinen Körper eingedrungen und hatten die Samenstränge durchschnitten – von vielen Frauen bedient, war er nur noch ein Scheinpatriarch.

Neben Ralph Krass lag ein hundertjähriger Greis, Haut und Knochen, am Alter erkrankt, woran sonst, aber von einer einzigen Begierde besessen: zu rauchen. Jeden, der den Raum betrat, winkte er mit Verschwörermiene zu sich heran und legte dann pantomimisch Zeige- und Mittelfinger auf die entfleischten Lippen; seine Augen, sonst erloschen, leuchteten hoffnungsvoll auf, und wenn ihm die Zigarette verweigert wurde – das Rauchen war in dieser sonst so vernachlässigten Umgebung untersagt –, erfaßte der Zorn ihn, und er begann, mit hoher Stimme wüst zu schimpfen. Mohammed sagte streng, der Mann gebrauche Wörter, die einem Menschen von hoher Moral verboten seien, er gehöre zu den Unwissenden, von denen es im Lande leider allzu viele gebe. Er war unempfindlich für die werbende Anmut, die von den Zügen des nikotinsüchtigen Greises ausging, solange die Hoffnung auf eine Zigarette in ihm noch nicht erloschen war.

In der Ecke am Fenster lag ein älterer Mann, der im Kreis der um ihn in Mänteln wie an einer Bushaltestelle hokkenden Frauen kein Wort sagte. Die Frauen sprachen miteinander, aber er wollte nicht mehr sprechen, er wollte sterben, und zwar zu Hause, doch sie gehorchten diesmal nicht ihm, sondern dem Arzt, der seinem Abtransport nicht zugestimmt hatte. So aßen sie selber, was sie ihm mitgebracht hatten. Er war der einzige, der hier in Bettwäsche lag, soviel Häuslichkeit immerhin umgab ihn.

Ihm gegenüber lag ein noch jüngerer, aber schon weißhaariger Mann, offensichtlich nicht leidend, und schaute mit freundlichem Blick herum – auch er mit weißem Häkelmützchen und dem dunklen Hornhautmal auf der Stirn, das ihn als Beter auswies, weil er mit der Stirn häufig den Boden zu berühren pflegte. Er hielt einen runden großen Kieselstein in Händen und winkte Mohammed, ihm diesen abzunehmen und weiterzureichen.

Der erklärte dem Vater die Funktion des Steins: Vor dem Gebet sei es erforderlich, sich zu waschen – Gesicht, Hände und Füße. Sei kein Wasser zur Stelle, wie in der Heimat des Propheten auf dessen häufigen Reisen durch die Wüste, dürfe Sand genommen werden. Sei aber auch kein Sand zur Stelle, dürfe man die Waschung ersetzen, indem man einen Kieselstein in der Hand halte. Den reibe man dann wie Seife und bedecke danach mit beiden Händen das Gesicht, als ob man es wasche. «Auch Sie bekommen gleich den Stein.» Vielleicht werde er nicht beten wollen, aber der Stein sei immerhin auch schon etwas – «die Vorbereitung auf das Beten ist genauso wichtig wie das Beten selbst.»

Ralph Krass schlief über diesen geflüsterten Erläuterungen ein, nachdem er eine Weile angestrengt versucht hatte, ihnen zu folgen. Mohammed blieb noch neben ihm sitzen, er konnte seinen Blick von dem in tiefste Entspannung gesunkenen bleichen Gesicht nicht abwenden. Dunkle Ringe lagen unter den Augen des Vaters, er sah älter aus. Der Tonus der Haut, der sie sonst glatt erscheinen ließ, war erschlafft, zwischen Mund und Nase zeigten sich tiefe Falten. Im Schlaf entstand eine Maske von beunruhigender Endgültigkeit, aber der Atem ging zwar flach, doch regelmäßig. Mohammed nahm das Handgelenk. Als er nach dem Puls tastete, war es, als wolle er von der eigenen, durch den gelegentlichen Bronchialhusten unbeeinträchtigten Lebenskraft etwas auf diesen kranken Körper übertragen.

Er verließ das Zimmer, um auf dem Gang zu rauchen und nach einem Pfleger Ausschau zu halten. Es gab nicht viele. Sie waren ausschließlich mit den medizinischen Applikationen beschäftigt, die eigentliche Pflege, die Ernährung, das Waschen und Rasieren, mußte von den Verwandten der Patienten geleistet werden. Schließlich eilte ein junger Mann in grüner Krankenhaustracht vorbei, der ihm wenigstens kurz Auskunft geben konnte.

Blutverdünnung sei bei dem Deutschen jetzt angezeigt. Er erhalte die entsprechenden Medikamente. Wenn er die nächsten sieben Tage überlebe, habe er das Schlimmste überstanden.

Mohammed gab ihm ein paar Scheine und seine Telephonnummer. Dann schaute er noch einmal nach Ralph Krass. Der lag da wie aus Marmor, nur der Bart war schon gewachsen und störte den erhabenen Eindruck etwas. Plötzlich entstieg der Nase ein Grunzen. Er begann zu schnarchen. Das wirkte wie ein Zeichen von beginnender Genesung.

Tief in der Nacht erwachte er. Die Frauen hatten den kleinen Saal verlassen, die Kranken lagen wie aufgebahrt nebeneinander. Die Deckenlampe war gelöscht, ein gelb-rötliches Nachtlicht brannte und verschluckte die Farben der bunten Wolldecken. Wieder erlebte er einen Augenblick der Verwirrung, wieder unternahm er einen reflexhaften Versuch, das Bett zu verlassen, der abermals an einer Schwäche scheiterte, die nicht in ihm, sondern wie ein auf ihm lastendes Gewicht zu sein schien. Verwundert betrachtete er seine Arme im rot und blau gestreiften Pyjama, den Mohammed ihm angezogen hatte.

Zu seiner Rechten, wohin er mit Mühe hinüberblickte, lag ein bäuerlicher Mann mit wenig Haar und tiefen Falten. Er hatte Schmerzen, die ihn leise ächzen ließen, das Nachtlicht ließ seine Augen rötlich glitzern. Ihre Blicke trafen sich. Ralph Krass unternahm den Versuch, das Wort an ihn zu richten. Woher sollte aber dieser Fellache, der erst vor kurzem sein Dorf verlassen hatte, Englisch sprechen? Statt dessen nickte er mit leidender Miene und wandte sich ab.

Eine Klingel, um einen Pfleger zu rufen, gab es nicht. Unter den Betten gegenüber huschte etwas vom Dunkel ins Dunkel. Er meinte, ein Tier zu erkennen – eine große Ratte? Über das Starren und Warten, daß sie wiederkäme, fielen ihm die Augen zu. Als die Ratte sich erneut auf den Weg machte, war er bereits fest eingeschlafen.

11

Zu den Verabredungen, die Lidewine in Kairo getroffen hatte, gehörte auch ein Besuch der Malerin Nagla, die erst vor kurzem mit ihrem Bruder aus London in ihre Heimatstadt zurückgekehrt war und sich deshalb in beiden Städten auskannte; so hatte man sie Lidewine empfohlen. Gleich am nächsten Morgen nach dem Aufstehen schlug sie Jüngel vor, dorthin mitzukommen, und obwohl sie sich tagsüber erst einmal unsichtbar gemacht hatte und ihre Wiederbegegnung am Vorabend nicht ganz erfreulich abgelaufen war, wie er sich eingestehen mußte, bedeutete diese Aufforderung doch wohl, daß sie ihn zumindest vorerst als Begleiter akzeptiert hatte. Tatsächlich klang der Ton zwischen ihnen nach altem Vertrauen, als hätten sie in den letzten zwanzig Jahren in ununterbrochener Verbindung gestanden. Ihr gelang das ohne Anstrengung, und Jüngel ging dankbar darauf ein. Was beim Schein der Nachttischlampe mit ihrem vergilbten, gerüschten Schirmchen nicht so gut geglückt war, stellte sich bei Tageslicht nun in Gelassenheit wie von selber her.

«Ist es nicht verrückt – das Parfum, das du damals in Neapel für mich ausgesucht hast, das habe ich neulich wieder einmal gekauft. Siehst du? Erinnerst du dich?» Sie sprühte eine Wolke um sich herum. «Ich habe es geahnt, daß wir uns wiedersehen – man trifft sich immer zweimal!»

Sie war im Windsor nicht abgestiegen, um zu sparen; es hatte etwas mit ihrem Kleidergeschmack zu tun, dieser Kostümierung als Dame der dreißiger Jahre in betont unmodischer Eleganz. So wohnte sie denn auch im schönsten Zimmer des Hauses, mit saalartigem Badezimmer, die Wanne ein Riesenbecken, in dem ein Ralph Krass sich unbeengt hätte ausstrecken können. Blickte man aus dem Fenster des Erkers, so lag die Straße mit den Teehäusern so tief, als stünde man auf einem Turm. Es war das Badezimmerfenster mit den beiden hohen Flügeln, das auf den Schacht hinausging; Jüngel versuchte, ihr das Spiegelwunder begreiflich zu machen, aber von ihrem Badezimmer aus gelang das nicht, der Effekt wollte sich nicht einstellen, das gegenüberliegende Fenster blieb schwarz.

«Du hast geträumt.» Lidewine klang ironisch, fügte aber hinzu: «Die Träume sind immer wahr. Man braucht manchmal nur Zeit, bis man das verstanden hat.»

Ihre Unterhaltung war sprunghaft, sie knüpfte jetzt an die Schilderung seiner ehelichen Desaster während des gestrigen Abendessens an. Zweimal sei auch sie verheiratet gewesen, Kinder habe sie keine – das heißt, «einmal» habe sie eine kleine Kambodschanerin adoptiert, die inzwischen aber wieder in Phnom Penh lebe. Mit dem zweiten Mann hätte es von ihr aus noch ein wenig länger laufen können, aber es sei wohl so, daß sie eine zu geringe Adhäsion habe, um die Männer festzuhalten; dies erklärte sie, während sie sich die Wimpern tuschte und mit aufgerissenen Augen ihr Spiegelbild fixierte.

Er lauschte diesem Geständnis mit zusammengezogenen Brauen – wie war es denn bei ihm darum bestellt? «Weißt du noch? In Neapel hast du von einem Sohn gesprochen, als wir die jungen Kadetten mit Degen gesehen haben.»

«Ja, aber für so einen hätte ich einen besonderen Vater gebraucht ...»

«So einen wie Krass?»

«Warum nicht?» Sie fand den Gedanken offenbar nicht abwegig.

Imän, mit dem geklebten schwarzen Schlips um den Hals, bediente sie, sichtlich animiert, sie als Paar zu sehen. Das Frühstück war so karg, daß Lidewine darüber in Lachen ausbrach. Ob das Essen ungenießbar oder die Leute unfreundlich waren, sie würde darauf stets mit Gelächter antworten, als sei alles Schlechte vor allem komisch. Sowie sie sich in der Öffentlichkeit des Frühstückszimmers befanden, zeigte sie ihre Intimität mit Jüngel durch kleine zärtliche Berührungen, die Hand auf seinem Oberschenkel und das gemeinsame Rauchen einer Zigarette, darin war sie sich treu geblieben, das gehörte zu ihrem festen Repertoire. Imän war gewiß eine der wenigen Frauen in dieser Stadt, die so etwas gern sah, denn üblich war das hier nicht, auch unter Eheleuten in der Öffentlichkeit verpönt. Jüngel hingegen war froh darüber und nickte, als die kleine Imän die ausgestreckten Zeigefinger vielsagend aneinanderrieb; das war ziemlich plump und nur durch das herzensgute Strahlen ihrer schwarzen Augen zu entschuldigen.

Diese Woche war frei. Er hatte nichts Besseres zu tun, als Lidewine zu begleiten, und schmeichelte sich, es könne für sie gar von Vorteil sein, wenn sie in männlicher Begleitung auftrat. Und ökonomisch – er vermied es, plump an Geld zu denken – schien es ihr ja gutzugehen. Unabhängig durfte man sie jetzt doch wohl nennen, als sei sie jemals etwas anderes als unabhängig gewesen.

Die Malerin Nagla wohnte auf der Nil-Insel Zamalek, einem immer noch als bevorzugt geltenden Quartier, obwohl die Apartmenthäuser der Belle Époque und der dreißiger und vierziger Jahre überwiegend heruntergekommen waren. Sie und ihr Bruder hatten die Wohnung von ihren Eltern geerbt, obwohl sie gemietet war. Im ägyptischen Sozialismus nach Nasser waren die Mieten nicht nur auf niedrigstem Niveau eingefroren worden, die Wohnungen konnten darüber hinaus nach dem Tod der Mieter zum gleichen Zins an deren Kinder übergehen. Für diese Rechtsposition lohnte es, nach Kairo zurückzukehren.

Nagla empfing Lidewine und Jüngel, die sich im dunklen Treppenhaus aus dem Aufzug heraustasteten, mit einem leisen Redestrom, der den Eindruck erweckte, als wäre man längst beisammengewesen und mitten im Gespräch unterbrochen worden. Sie sah sich ihre Gäste nicht weiter an, obwohl sie gar nicht wußte, wer da kam, als sei es ihr gleichgültig, wer sich bei ihr ansagte. Die Wohnung war in dem Zustand, in welchem die alte Mutter sie hinterlassen hatte, vermehrt um die Stapel der Leinwände aus Naglas Londoner Atelier. Lidwine wußte, daß das Geschwisterpaar unverheiratet war, aber während Nagla ihre Freiheit zur Verfolgung ihrer Karriere genutzt hatte – mit mäßigem Erfolg, in Ägypten immerhin kannte man sie –, war dem Bruder diese Ungebundenheit zu heilig gewesen, um sie irgendwelchen Zwecken zu opfern. Er verbrachte die Tage im Morgenrock, vom Bett zu einem durchgesessenen Sessel schleichend, von dort auf die Terrasse in einen Korbstuhl und zurück, und zog sich erst abends an, ging alle zwei Tage zum Barbier und später in ein Teehaus, um dort durch gelegentliche Einwürfe in die Unterhaltung anderer etwas von dem herauszulassen, was sich in Jahrzehnten des Grübelns angesammelt hatte.

Gut war ihm dieses Leben, von der Physis her gesehen, nicht bekommen. Er war zerfallen; sein weniges Haar war rötlich verschossen, der Teint hell, aber im Gesicht hing alles, was hängen konnte, herunter. So hatte die Muße zu einem ähnlichen Grad der Erschöpfung geführt wie harte Arbeit. Die Schwester wirkte munter dagegen, obwohl in ähnlichem Alter. Sie war ohne Zweifel von der Mutter zu seiner Beschützerin bestimmt worden und übte diese Rolle umsichtig aus, indem sie ihn von einem Sessel in den anderen dirigierte, als gelte es zu vermeiden, daß er sich wundsitze. Ein kosmetischer Operateur hatte das Aufblasen ihrer Lippen derart übertrieben, daß er offenbar einen Schreck bekommen und das übrige Gesicht sich selbst überlassen hatte. Kräftige Schminke versuchte, das Gleichgewicht wiederherzustellen.

«Ich habe keinen Platz hier; die Leinwände stehen so dicht, die gehen mir alle kaputt», das klang wie aus einem nie abreißenden inneren Monolog. Sie trug ein langes Samtgewand von theatralischem Charakter. Zwischen goldenen Sesseln im ägyptischen Barock und den Bilderstapeln hindurch, so zwängten sich die Gäste in den Salon, der nicht minder überfüllt war. Über dem Sopha hing ein sehr großes Format. In türkisen und orangefarbenen Wolken schwebten, wie von Laserkanonen in den Himmel gestrahlt, der Davidstern, der Halbmond und ein griechisches Kreuz, die dabei waren, ineinander zu verschwimmen. «Ich setze mich mit den großen philosophischen Fragen auseinander», das war in wegwerfendem Ton gesagt, als sei sie gegen ihren Willen dazu verurteilt worden.

Jüngel mußte sich nicht äußern, Lidewine aber war gleich in ihrem Element: «Die Arbeit hat eine gewisse Energie – sie ist ganz schön mutig.»

Das konnte Nagla nur bestätigen. Heftige Erfahrungen habe sie mit diesen Bildern gemacht, einer ganzen Serie, eigentlich noch für London gemalt, dort seien auch einige davon geblieben; dies sei das letzte, vielleicht auch das beste.

Auch das war wegwerfend gesprochen; zitierte sie den Kommentar irgendwelcher Kunstfreunde, der allein schon durch den Superlativ fragwürdig war? «Das beste», was sollte das schon heißen? Jüngel beschloß, vorsichtig zu sein. Wenn man mit dem Superlativ verschleiern wollte, daß man etwas anderes weniger gut fand, enthielt er eigentlich eine Kritik. Eine Frau mit Kopftuch erschien mit dem Teetablett, auf dem grüne, rote und ultramarinblaue Teegläser leuchteten.

«Unglaublich schwierig ist das hier mit Haushaltshilfen.» Nagla durfte wohl darauf vertrauen, daß die Frau ihr Englisch nicht verstand. «Alle stehlen wie die Raben. Es hat gar keinen Sinn, sie rauszuschmeißen, denn die nächste wird erst recht stehlen. Bedient werden heißt hier, sich bestehlen lassen. Das hat meine Mutter immer gewußt, aber so viel aus diesem Haus auch herausgetragen worden ist, es wurde immer voller.»

Ein smaragdfarbenes Teeglas stand noch unberührt. Es war dem Bruder, Herrn Nabil, zugedacht. Er hatte bis dahin, so dick er auch war, gänzlich unbemerkt in einem Sessel gelegen, mit dem der schottisch karierte Morgenrock ihn farblich verschmolz. Anstalten, sich zu erheben, machte er nicht, sondern winkte den anderen wie aus einer Sänfte zu. Jüngel setzte sich neben ihn. Die grauen Augen in dem großen, wie leergewaschenen Gesicht sahen ihn an, als stehe eine Mitteilung bevor, die ließ aber noch auf sich warten.

Nagla und Lidewine fanden schnell ihr Thema – die

Kunstszene in Kairo. Die Malerin urteilte apodiktisch: Gar nichts laufe hier, Künstler gebe es nur auf Provinzniveau, keine Händler, keine Ausstellungen, keine Regierungsförderung, alles tot, alles kaputt, ein Wahnsinn zurückzukehren, wäre da nicht die Wohnung ...

Lidewine unterbrach dieses Lamento. Sie nannte Namen, Nagla horchte auf. Statt auf der Ebene der Allgemeinheiten zu verweilen, wandten sie sich konkreten Plänen zu.

Auch Herr Nabil wollte nun die Gelegenheit nicht mehr versäumen, einen Zuhörer gefunden zu haben, der an seinen Sessel, wer weiß, woher, herangespült worden war. Sein Vortrag wurde von den Gesten seiner weißen, im Gegensatz zu seinem zerfallenden Körper präzis geformten Hände begleitet. Die Unterarme lagen auf den Sessellehnen, aber die Hände richteten sich am Ende eines Gedankens steil auf – eine abwehrende Geste? Oder sollte das heißen: Ich habe alles auf den Tisch gelegt, jetzt kommen Sie! Dann sanken sie wieder auf die Lehne, während er fortfuhr zu sprechen, ohne die gestisch eingeforderte Antwort abzuwarten.

Inzwischen war ein weiterer Besucher eingetroffen, ein junger Mann in einem Anzug, der, so breit seine Brust auch war, ihm immer noch eine Nummer zu groß zu sein schien, mit pockennarbigen Wangen und schräggestellten, geschlitzten Augen. Nagla stellte ihn als ihren Rechtsanwalt vor, dem sie Großes verdanke. Er sei es gewesen, der ihre nicht völlig unbestrittene Erbberechtigung durchgefochten habe. «Seinetwegen sitzen wir hier – man wollte uns natürlich aus der Wohnung heraushaben.»

Der Anwalt bedachte diese Worte mit einem listigen, zufriedenen Lächeln, das seiner Miene das Finstere nahm. Er hörte Lob offensichtlich gern und kannte die westliche Konvention nicht, so etwas herunterspielen zu müssen, auch wenn man es berechtigt fand. Kaum daß er saß, begann er zu rauchen. In polterndem, nicht ungewandtem, aber aufs Einfachste reduziertem Englisch entschuldigte er sich für seine Verspätung; er sei eigentlich vor den europäischen Besuchern erwartet gewesen, habe sich aber um seinen im Krankenhaus liegenden Vater kümmern müssen.

Lidewine zeigte sich durch die Erweiterung des Kreises erfreut und betrachtete ihn neugierig.

Jüngel hingegen wandte sich wieder Herrn Nabil zu, der, die Handflächen steil aufgerichtet, das Vorstellen des Anwalts abgewartet hatte, um seinen Monolog fortzuführen; seine Sprache verriet den langen Aufenthalt auf der britischen Insel. Er war dort schon im Internat gewesen, das ließ er jetzt einfließen. Von ihm aus hätten sie nicht zurückkehren müssen, er habe sich aber dem Willen der Schwester gebeugt. In jungen Jahren habe auch er mit Kunst zu tun gehabt, als Restaurator in einer berühmten Werkstatt, die auch für die National Gallery arbeitete, bis er nicht länger seine Hand den schaurigsten Verbrechen habe leihen wollen. «Ich habe verstanden: Restaurieren heißt zerstören.» Mit eigenen Augen habe er gesehen – dabei trat in seine Miene ein unerwarteter Funken Leidenschaft –, wie unter dem Vorwand der Reinigung vollständig neue Werke produziert worden seien. «Sind Sie je in Luxor gewesen?»

Jüngel verneinte, hatte während seines Gastsemesters eine Reise nach Oberägypten aber vor.

«Gut», sagte Herr Nabil, indem er ihn mit aufrecht gestellten Handflächen am Weitersprechen hinderte. Ob dieser fremde Mann in Luxor gewesen war oder nicht, berührte ihn nicht weiter. Es stünden auf dem westlichen, dem Totenufer, zwei kolossale Statuen, thronende Pharaonen von bedeutender Häßlichkeit, wie ramponierte Roboter aussehend,

Kunstriesen im bedenklichsten Sinne des Wortes, doch von größtem Ruhm in der römischen Kaiserzeit, in der man sie aufgrund eines mythologischen Irrtums «Memnon-Kolosse» genannt habe. «Fragen Sie mich nicht, wer Memnon war, es tut nichts zur Sache.» Und einer dieser Memnon-Kolosse habe damals aus seiner puppenhaften Starre heraus zur Stunde des Sonnenuntergangs zauberhafte Töne von sich gegeben; Imperatoren seien angereist, um sie zu hören, man habe von einem «Gesang der Memnonsäule» gesprochen. «Ich stelle mir etwas vor wie eine Orgel oder ein Akkordeon, ein saugendes Einziehen von Luft und einen anschwellenden Mollakkord, der dann wieder abschwillt.»

Das Wort Akkordeon war aus der Sesselecke zur Sophagruppe hinübergeflogen, Lidewine horchte auf und unterbrach das Gespräch: «Akkordeon ...?»

Herr Nabil bestätigte das, ohne Lidewine weiter zu beachten. Der von diesen Hängen herabfallende Wind sei durch die Ritzen der Steine gepreßt worden, so stelle man sich das vor, weshalb die Assoziation Akkordeon, Dudelsack, Orgel wohl nicht ganz falsch sei – dennoch ein ungelöstes Rätsel. Es müsse dieser wehmütige Akkordeonklang zur rosigen Abendstunde eine bezwingende Wirkung auf die angereisten Monarchen gehabt haben. «Wenn ich zur Sonnenuntergangsstunde von unserer Terrasse aus in der Ferne den Zusammenklang dissonanter Autohupen höre, denke ich an den Memnon-Koloß.»

Jüngel warf das Stichwort «die Verzauberung der Welt» ein oder gar «Wiederverzauberung» – vermutlich wegen der Autohupen – und erwähnte auch die Wirkung von Zugsirenen im Abendschein.

«Hoffnung auf Schönheit», sagte Herr Nabil, während Jüngel unwillkürlich zu der anderen Gruppe hinübersah.

Das Licht im Raum war trüb, denn am Kronleuchter waren einige Birnen ausgefallen. Die Frauen scharten sich um den Rechtsanwalt, der nun von beiden mit «Mohammed» angesprochen wurde und rauchend, breitbeinig, auf einem Hocker im ägyptischen Rokoko saß; wenn er hustete und sein schwerer Körper davon erschüttert wurde, schwankte das Taburett bedenklich in sich. Lidewine hatte sich von ihm eine Zigarette erbeten. Sie ihm geradezu von den Lippen zu nehmen, das ließ der Abstand zwischen ihnen nicht zu – oder fand sie den Anwalt gar zu häßlich? Denn häßlich war er, fand Jüngel, wenngleich in der Art, die man im alten Italien «terribile» genannt hätte, um Furchterregendes und zugleich Respekteinflößendes zu bezeichnen. Gegenwärtig strahlte er allerdings in kindlicher Gutmütigkeit.

Herr Nabil zog Jüngels Aufmerksamkeit wieder zu sich hinüber. «Ich weiß nicht, welcher Kaiser nach Hadrian dann befohlen hat, den tönenden Memnon-Koloß zu restaurieren – er war damals ja schon über tausend Jahre alt und aus einzelnen Quadern aufgemauert, was ihn so monströs erscheinen läßt. Also wurde er restauriert, und was war das Ergebnis? Von da an blieb Memnon stumm – kein Gesang mehr zum Sonnenuntergang, keine Magie vor dem Hereinbrechen der Nacht. Er war repariert, und er war getötet. Und steht seither als Grabmonument seiner selbst auf dem öden Feld vor den Bergen der Sahara. Sie verstehen mich? Das ist ein Beispiel und Beweis meiner These von der durch Restaurierung vorangetriebenen Vernichtung der Schönheit.»

Jüngel versuchte zu lauschen, war aber abgelenkt. Die Frauen lachten da drüben über etwas, was Lidewine gesagt hatte, zugleich verfinsterte sich das kamelbreite Lächeln des jungen Juristen, die geschlitzten Augen wurden drohend. Was seine Empörung ausgelöst hatte, blieb Jüngel verborgen, es gab auch später keine Gelegenheit mehr, das herauszufinden.

«Ich bin ein Mann von starker Moral und menschlichen Werten. Ich bin nicht wie meine Kollegen. Anwälte in Kairo sind alle korrupt und verbrecherisch. Wissen Sie, wie die den Fall von Frau Doktor Nagla betrieben hätten? Sie hätten den Grundbuchbeamten bestochen und die entsprechenden Karten herausgerissen oder gefälscht, je nachdem, was leichter fällt. Aber ich habe mit Argumenten und nur mit Argumenten die Gegenseite vernichtet. Ich habe sie in zwei Instanzen zerstört – ohne Betrug. Ich bringe allen meinen Klienten Erfolg und Frieden.»

So, wie er polterte, war es, als würden Backsteine von einem Lastwagen heruntergekippt.

Er habe schließlich nicht nur Frau Doktor Nagla gerettet. Soeben habe er einen jungen Mann vor der Kastration bewahrt. Der Esel hatte ein Verhältnis mit einem Mädchen aus ganz übler Familie, das waren Kriminelle, die er zum Glück schon länger anwaltlich vertrat. In einem Zimmer hinter einer Garage sei man versammelt gewesen. Der gefesselte junge Mann totenblaß, vor ihm auf dem Tisch habe das Messer gelegen – der Anwalt deutete mit den dicken, dennoch langen Fingern mit den uhrglasartig gewölbten Fingernägeln etwa dreißig Zentimeter an. «Erst der Schwanz, danach der Kopf – das Erste zur Strafe, das Zweite, um ihn zum Schweigen über das Erste zu bringen.» Vier Männer voller Haß auf der anderen Seite. «Wir haben fünf Stunden lang verhandelt – es ging hin und her, hin und her, dem Jungen klapperten die Zähne. Aber ich wußte, ich kriege sie, nur nachgeben darf ich nicht. Das Wichtigste in jeder Verhandlung ist durchzuhalten.»

«Persevere» war sein Ausdruck, der in Jüngels Ohr viel

besser die Strenge dieser im Deutschen so passiv klingenden Tugend zum Ausdruck brachte. Lidewine verbarg ihre Anteilnahme an der Bedrohung des jungen Liebhabers nicht, sie mußte nichts über ihn wissen, um Mitleid für ihn zu empfinden.

Aber Mohammed tadelte sie. Ein wertloses Geschöpf sei dieser Mann, dumm wie ein Tier und ohne Moral. Bei einem Klienten frage er jedoch nicht nach dessen Prinzipien. «Ich verteidige auch die Schlechten so lange, bis Gott sie einst zerbricht.»

Lidewine sah ihn bewundernd an. «Und wie ist das ausgegangen?» Der Preis für das Leben und die Unversehrtheit des Jungen seien fünf Liter Wodka und ein fingerlanges Stück bester afghanischer Haschisch gewesen. Ein herbeitelephonierter Bote habe die Auslösung gebracht. Und nun kam das lange Messer doch noch zum Einsatz: «Die braune Zigarre wurde in exakt vier gleiche Teile geschnitten, während alle scharf aufgepaßt haben.» Er habe dann den jungen Mann an den Bus nach Assuan gebracht, noch nicht einmal von den Eltern habe er sich verabschieden dürfen. «So viele Affairen und Fälle – und zwischendrin ins Krankenhaus zum Vater.» Er fiel zurück in die Finsternis, die seine moralischen Betrachtungen begleitete: «Alle wollen ficken – und das ist leicht, allzuleicht ...» Er schüttelte traurig den Kopf, dann hellte sich seine Miene auf, und er lächelte listig, als sei ihm soeben ein Gedanke gekommen, den auszusprechen er sich untersage, auch wenn er zuvor schon offenherzig genug gewesen war.

Jüngel fragte sich, ob die rohe Ausdrucksweise vor den Frauen, hätte er Arabisch gesprochen, vielleicht gar nicht so schroff geklungen hätte – Nagla, die Salonnière und internationale Künstlerin, zeigte sich jedenfalls nicht schockiert,

Lidewine ohnehin nicht. Bei der erschütternden Bilanz des Anwalts hatte sie sogar ernst genickt, als sehe er das schon ganz richtig so.

«Und doch», sagte Herr Nabil, der seinen Monolog, während Jüngel abgelenkt war, ins Innere versenkt und gleichsam kanalisiert unter den Ausführungen Mohammeds hatte hinwegfließen lassen, nun wieder hörbar, «das Schöne gibt es noch – nicht das vom Menschen gemachte, sondern das natürliche Vorbild von allem Schönen. Federn und Muscheln. Katzen, Fische, Tauben, Krebse. Palmen, aber auch Äpfel, Birnen und das Ei, ob vom Huhn oder vom Strauß. Dort wartet die Schönheit wie am ersten Tag. Als die Menschen sich die Naturformen zum Modell nahmen, taten sie das, weil sie Tiere und Früchte geopfert haben – sie malten und meißelten Opfergaben, alles, was aus dem Profanen ausgesondert worden war, und das eben ist das Schöne. Ich wollte darüber einmal schreiben, ein großes Buch wäre das geworden – was denken Sie? Die These: Ohne Opfer keine Schönheit. Gefällt Ihnen das? Dann schenke ich sie Ihnen, Sie könnten das schreiben. Sie sind zwar auch nicht mehr ganz jung, aber irgend etwas müssen Sie an der Universität ja tun.»

Nagla hatte unterdessen, von ihrem vergoldeten Sessel aus, das Wort an sich gezogen. Daß Mohammed für seine Leistungen immer weiter gelobt werden wollte, erfüllte sie mit Ungeduld. Sie hatte gepflegte ovale Hände, die auffällig jung geblieben waren, aber ihre Gesten waren ungraziös, hackend, mit einer Neigung zum Fuchteln, im Gegensatz zu denen ihres Bruders mit seinem knappen Nachdruck. Lidewine hatte durchblicken lassen, daß sie für ihre amerikanischen Auftraggeber an die Gründung einer Galerie in Kairo denke, eine Filiale, am wachsenden Interesse des potenten Publikums in den Emiraten orientiert, und nun wollte die

Malerin die Gelegenheit ergreifen: Auf genau so etwas habe sie gewartet, in diesem Rahmen stelle sie sich eine große Retrospektive vor.

«Um es gleich ganz deutlich zu sagen, liebste Nagla – deine Arbeiten sind sehr stark, haben viel Energie, sind mutig, und es ist auch wichtig und aufregend, daß das die Malerei einer Frau ist – aber versteh bitte: Das ist ein Thema für Amerika, nicht für den Golf. Ich jedenfalls darf den Start mit dem Toleranzthema nicht zu sehr belasten, das wäre ein tragischer Irrtum.»

Daß Lidewine von «Tragik» sprach, verblüffte den verstohlen mithörenden Jüngel; das war nicht mehr die Frau, die er in Neapel kennengelernt hatte. «Tragisch, daß du deine Botschaft hier nicht anbringen kannst, vorläufig jedenfalls – du weißt selbst, das Toleranzthema liegt immer in der Luft, und auf einmal ist es dran, und du kommst ganz groß raus!»

Für Mohammed war das alles vollkommen unverständlich. Erst recht verwunderte ihn, daß Nagla nachdrücklich protestierte. Die Frauenstimmen wurden lauter, die Separatunterhaltung im Abseits konnte sich dagegen nicht mehr durchsetzen. Jüngel versprach aber, Herrn Nabil gelegentlich wieder aufzusuchen.

«Ich habe viele Ideen für Bücher», aber das klang nicht, als ob er Jüngel damit anlocken wollte, sondern war eher ein Abgleiten zurück in die eigene Gedankenwelt, während die Gäste sich verabschiedeten.

12

Im Hotel öffnete Jüngel sein Tablet, denn er war allein, Lidewine ließ ihm Zeit für sein Selbstgespräch. Er mußte sich dazu zwingen, über die Abläufe der letzten vierundzwanzig Stunden nachzudenken, um sie fassen zu können. Am besten gelang die Rekonstruktion, indem er sie aufschrieb.

Das Wiedersehen mit Lidewine Schoonemaker hat mich mit Gewalt in eine Zeit zurückgeführt, die mir, wie ich glaubte, so fern geworden war, daß alles Peinliche darin mich nicht mehr belasten konnte. Mein Leben danach hat mich für diese Zeit entschädigt. Mir war, als hätte ich mein Bild von mir selbst durch meinen Erfolg irgendwie reparieren können. Zwei Scheidungen – das schreibt sich leicht, aber beides war mit Qualen und Befreiungen verbunden, und daß mir endlich doch noch der Einstieg in die Universität geglückt ist, hat alles vorher in den Bereich der Jugendsünden gerückt. Es ist wahr, ich muß es mir jetzt eingestehen: In Neapel war ich hin- und hergerissen, wenn ich Lidewine sah. Hella hat mich verlassen, weil sie mich unerträglich fand, und ich war unerträglich, weil ich abhängig von ihr war. Doch während ich spürte, daß ich dabei war, Hella zu verlieren, trat Lidewine auf – nicht für mich bestimmt, aber, wie ich überzeugt war, mir Zeichen sendend. Als ihr Aufpasser war ich ihr zwar übergeordnet, doch während sie Kleider anprobierte, war etwas anderes zwischen uns entstanden – beinahe eine Art Kameraderie der Abhängigen, wenn das Kameradschaftliche für sie nicht eine Unmöglichkeit gewesen wäre und es auch heute noch ist. Es gibt sicher keinen Augenblick in ihrem Leben, in dem sie die Wirkung, die sie auf einen – irgendeinen – Mann ausübt, nicht bemerkte, und da ist in mir ein Widerwille gegen sie entstanden. Ich wollte dieser selbstbewußten Frau schaden.

Gut – und dann, nach einem ganzen Leben, das Wiedersehen, ein Neuanfang. Ich habe mich doch nicht getäuscht! Ich täusche mich doch nicht – nein, sie hat sich wirklich gefreut, mich zu sehen, ich meinte außerdem zu erkennen, daß ich ihr jetzt besser gefiel. Ich sehe tatsächlich besser aus als damals, mache Sport seitdem, die Arme haben Muskeln. Wenn Leute, die in jungen Jahren schlecht ausgesehen haben, später doch noch stattlich werden, ist das sogar ein Vorteil, denn der junge Mensch ist zu einem Zeitpunkt schön, in dem er noch gar nichts damit anfangen kann; wer seine beste Zeit im reifen Alter hat, steht auf der Gewinnerseite des Lebens. Freuden werden schnell vergessen, aber Leiden sind zäh wie in Lidewines Akkordeonlied auf Capri, das sie leicht angetrunken und keineswegs intonationssicher gesungen hat. Allein die Gegenwart zählt. Auf sie ist alles zugelaufen, sie verleiht der Vergangenheit ihre Farbe.

Lidewine kann sich in dieser Hinsicht erst recht nicht

beklagen; sie war vor zwanzig Jahren schön und ist jetzt als Erscheinung für mich womöglich noch reizvoller. Was in ihr angelegt war, hat sich voll entwickelt, die Haut immer noch fest und schimmernd, die grauen Fäden in den dunkelbraunen Locken lassen sie fast vornehm wirken. Und sie ist immer noch bereit, das Leben komisch zu finden. Ich habe sie gefragt, ob sie die Kunst, die sie verkauft, eigentlich «gut» findet. Da hat sie nur gelacht, weil es «gut» und «schlecht» für sie nicht gibt – nur «anwesend» und «abwesend», wobei das Anwesende, ob gut, ob schlecht, irgendwie nutzbar gemacht werden kann, das Abwesende aber zu gar nichts taugt. Das und vieles andere haben wir im Restaurant des Hotels besprochen, am Abend nach unserem Wiedersehen.

Als sie gegen Ende des Essens beiläufig ihr schönes Zimmer erwähnte – ich darauf: Ob sie mir das nicht einmal zeigen würde? –, war meine Stimme belegt. Bei ihr nicht die leiseste Verlegenheit. Unvergeßlich die Fahrt im Aufzug – so langsam, daß die Treppensteiger, die um ihn herumliefen, uns überholten, während wir uns gegenüberstanden und ansahen, in Gesellschaft des bejahrten Liftboys an einem Gespräch gehindert, das er doch gar nicht verstanden hätte.

Ihr Zimmer betraten wir durch eine Flügeltür mit Milchglasscheiben. Es war dreimal so geräumig wie meines, zu den Barockbetten kam noch eine elephantenschwere Sitzgruppe rund um einen Onyx-Aschenbecher, feierlich wie eine Opferschale. Wir standen entfernt voneinander. Sie war vorangegangen, um eine Stehlampe anzuknipsen, deren zerbrochener Pergamentschirm ein freundlicheres Licht machte als die schwachfunzelige Deckenlampe. Dazu gedämpft die Hupen von der Straße des sechsundzwanzigsten Juli, Hörner in einer urzeitlichen Schlacht. Sie legte ihre Jacke ab und warf sie auf einen Sessel, darunter trug sie eine dünne Seidenbluse, unter der sich dunkel ihr Unterhemdchen abzeichnete. Ihr Blick quer durch den ganzen Raum zu mir war ernst und freundlich. Wir blieben stumm. Sie begann, sich die Bluse aufzuknöpfen. Die hatte kleine Knöpfe, die sie nicht leicht zu fassen bekam, sie mußte den Kopf senken, das Hindernis untersuchen. Als sie wieder aufblickte und mich starr dastehen sah, machte sie eine kleine auffordernde Bewegung mit dem Kinn: He, worauf wartest du? Willst du im Anzug ins Bett? Beflissen warf ich die Anzugjacke ab und zog mir den Pullover über den Kopf. Die Entkleidung vor einer Krankenschwester hätte nicht nüchterner ausfallen können. Sie kickte ihre Schuhe weg, der enge Rock fiel auf den Boden. Ich war schon bei der Unterhose angekommen, zögerte aber, sie auszuziehen, bevor auch sie ganz nackt war, und legte mich aufs Bett, doch sie jagte mich noch einmal herunter und schlug den Überwurf zurück, sie wollte zwischen den Laken liegen. Sie war immer noch nicht ganz entkleidet, ging in ihrer sehr schönen seidenen Unterhose am Bett vorbei ins Badezimmer und kramte dort eine Weile, während ich mit Bangen auf ihre Rückkehr wartete. Wollte sie einfach das damals unerledigt Gebliebene zügig nachholen, weil man vorher nicht weiterschreiten konnte, in welche Richtung auch immer? Oder hatte sie inzwischen etwas entdeckt, was unverzüglich und ohne Präliminarien ausprobiert werden wollte?

Sie kehrte zurück. Jetzt trug sie nichts mehr auf dem Leib, aber sie bewegte sich, als ob sie allein wäre – hatte sie vergessen, daß in ihrem Bett jemand lag? Der Babybauch war vielleicht etwas größer geworden, aber die kleinen Brüste sahen noch aus wie damals, als sie in dem Modesalon in Neapel vor mir ohne Bluse herumgelaufen war. Sie trat an das Bett, ihr Körper verdeckte die Nachttischlampe, nur ihr Umriß stand vor mir. Dann legte sie sich zu mir, schmiegte sich an mich und schob einen Schenkel zwischen meine Beine. Ich war mir nicht sicher gewesen, ob ich ihre Erwartungen würde erfüllen können, es war zu plötzlich gekommen – die anwärmende Stimmung im Restaurant mit ihren Blicken, ihrem Lächeln mit halbgeöffnetem Mund, ihren lässigen Berührungen war vergangen. Kopf und Herz sind das eine, die Haut hat andere Wünsche. Haut an Haut, das warme Blut darunter, das war die Sprache, die mein Körper sofort verstand.

Was folgte, führte bei ihr möglicherweise nicht zu letzter Hingerissenheit – es hatte auch nicht besonders lang gedauert; was erst fraglich schien, kam fast unerwünscht schnell zustande, aber es trat doch eine fühlbare und wohltuende Entspannung ein, bei mir jedenfalls. Wir rauchten noch friedlich eine Zigarette zusammen, und als sie sich von mir abwandte und zum Schlafen einrollte, zog sie meine Hand zu sich herüber, die sie dann aber nach einer Weile störte. Da stieß sie meinen Arm wieder weg.

War es ein Fehler, daß ich mich am Morgen, nah an ihrem vom Schlaf erhitzten Körper, noch einmal an sie herandrängte? Sie ermutigte mich nicht gerade, wehrte es aber auch nicht ab. Dauerten meine Bemühungen im Vergleich zur Nacht davor vielleicht etwas zu lang? Danach, im Badezimmer, als ich unter dem enorm großen englischen Duschkopf aus kalküberkrustetem

Nickel stand, musterte sie mich unverwandt. Hieß das: Dann wären wir also quitt? Statt dessen sagte sie, mich taxierend: «Dafür, daß du einen Intellektuellenkörper hast, bist du noch ganz gut erhalten.»

So, das ist die Vorgeschichte. Dem folgte, mich überraschend, für die Augen der Welt, repräsentiert durch die dicke Kellnerin mit Schlips, ein heiteres Frühstück als verliebtes Paar. Und später dann der Besuch bei der vom Schönheitschirurgen grausam entstellten Malerin mit ihrem Religionskitsch. Was Lidewine dort wollte? Verbindungen knüpfen vermutlich; wie sie mir sagte, könne man nie genügend Adressen in seinem Telephon haben. Ob die Bilder ihr nun gefielen oder nicht – die Nase dafür, daß damit nichts zu gewinnen wäre, die hat sie sicher. Auf der Fahrt hat sie davon gesprochen, wie gut sie die Situation aus ihrer Kindheit kenne: Besuch von «wichtigen Leuten» im Atelier eines bisher wenig frequentierten Künstlers – wie der zwischen verkrampftem Stolz und Unterwürfigkeit schwankte in der Hoffnung, plötzlich entdeckt zu werden. Jetzt steht sie auf der anderen Seite der Barrikade. Herr Nabil war allerdings ein besonderes Kaliber. Der hatte sich von Furcht und Hoffnung gleichermaßen losgesagt. Ich habe ihm gern zugehört, denn er sprach das Englisch der Kolonienbewohner, die England noch zu übertreffen suchen und Vorstellungen hochhalten, die in England selbst kein Mensch mehr für verbindlich hält.

Und auf einmal betritt dieser Barbar die Szene. Ich setze das Wort mit Absicht, denn es benennt nicht nur die Wildheit, sondern auch die Angst davor. Eine im Rahmen heruntergekommener Bohème-Bürgerlichkeit gar nicht vorgesehene Erscheinung, wie aus dem

Nilschlamm des Deltas gebacken. Niedrige Stirn mit mützenhaftem Haar, nur mit dem Rasenmäher zu schneiden, mitten im verwüsteten Gesicht blitzende Augen, so stelle ich mir einen Kannibalen vor. Aber im Unterschied zu mir trug er eine Krawatte – das muß ich noch lernen, hier beweist die Krawatte, daß man mit der Macht verbunden ist, vielleicht muß ich mir auch eine kaufen. Da saß der Kerl mit seinen bernsteinfarbenen kleinen Zähnen und den gespreizten Beinen vor den Damen, und wenn ihn die Eichel in der Unterhose juckte, griff er sich an den Latz und zerdrückte den Reiz wie eine Laus, und wenn man eine solche landsknechtsartige Geste beim ersten Mal für eine Entgleisung halten mochte, dann aber doch nicht beim zweiten oder dritten Mal. Was aber sonst? Ein galanter Hinweis? Das paßte doch nicht zu seinen Reden von Moral und inneren Werten. Er neigte zum Predigen, und die Damen lauschten ihm ergeben, er war für Madame Nagla eine Autorität. Ob er Lidewine gefiel? Sie war so engagiert dabei wie grundsätzlich mit jedermann – das kannte ich schon aus Neapel; selbst bei den Auskünften von Signora Rizzi – «eine Dame in Italien ißt weder Zwiebeln noch Knoblauch!» – guckte sie, als werde sie in die höhere Lebensart eingeweiht. Sie spielt kein Theater, das dachte ich bereits damals, sie ist aufrichtig an allem interessiert, was sich vor ihren Augen ereignet, so auch an dem Fellachen-Wildschwein, das in dieses verblassende Künstlerheim in Zamalek eingebrochen war und es sogar hatte erhalten helfen. Immerhin ein Mann, der humaner Empfindung nicht vollends verschlossen war. Die familiäre Anhänglichkeit, mit der er wiederholt von seinem kranken Vater sprach, gehörte vermutlich aber zu den nationalen Sitten – die Familie als einziges Ordnungselement im öffentlichen Chaos.

Ich war zwischendrin etwas abgelenkt durch den gebrechlichen Mann, der in mir sein Opfer gefunden hatte. Er unterhielt mich mit seinen Einfällen, ich empfand eine Art Verwandtschaft mit ihm. Ich kenne das zu gut: den trügerischen Eindruck, mehr Gedanken zu haben, als man zu Papier bringen könnte, diese fixe Idee, endlich alles aufzugeben, um ein «großes Buch» zu schreiben; die Täuschung besteht darin, daß die Gedankenflucht eine falsche Vorstellung von Reichtum entstehen läßt. Die Kunst besteht doch vielmehr darin, mit wenigen Gedanken den Eindruck der Fülle zu erzeugen, wie es etwa dem Meister des Alexander-Mosaiks mit letztlich kaum mehr als fünf Figuren gelungen ist, eine Massenschlacht zu inszenieren. Ich habe damals versucht, Lidewine das zu erklären, sie sah dabei aber unablässig nur auf meinen Mund, mein Eifer hat sie amüsiert.

Reminiszenzen, von der Beobachtung der Gegenwart ablenkend! Dadurch ist mir das Wichtigste entgangen. Denn als wir zu dritt unten auf der schlecht beleuchteten Straße standen, erklärte sie plötzlich, mit Mohammed, dem Kannibalen, noch etwas trinken gehen zu wollen, ich möge sie gern später anrufen. Da hatte er schon ein Taxi angehalten, stieg ein, winkte mir mit kamelbreitem Grinsen zu und machte Lidewine Platz. Der Wagenschlag fiel zu. Ich blieb mit entgeisterter Miene zurück – da waren sie in der Nacht verschwunden.

Mit großen Schritten bin ich losgelaufen, vom Zorn angetrieben, um zu der Nilbrücke zu gelangen, die in der Ferne von orangefarbenem Licht übergossen war. Und bin im Finsteren in ein Schlagloch getreten und aufs Pflaster geknallt. Das linke Knie tat weh, die Hände, mit denen ich mich abgestützt hatte, waren verschrammt. Ich fühlte mich miserabel, als ich mich aufrappelte, ausgestoßen aus der menschlichen Gemeinschaft, verachtet und zugleich verächtlich. Der starke Schmerz im Knie hat mich aber abgelenkt. Die Hose fühlte sich feucht an, als sei Blut geflossen. Es ging nur noch darum, irgendwie von dort weg und ins Hotel zu gelangen.

Mit zusammengebissenen Zähnen humpelte ich durch die Nacht. Aber schon während ich dem orangefarbenen Licht näherschlich, begann ich, eine gewisse Erleichterung zu empfinden. Hätte ich eigentlich Anlaß gehabt, mich auf einen ungestörten Abend mit Lidewine zu freuen? Wie hätte der ausgesehen? War es nicht vorausschauend von ihr, das Entstehen einer amourösen Gewohnheit bei nächster Gelegenheit im Keim zu erstikken?

Und dennoch, trotz dieser im Schmerz gefundenen Weisheit habe ich es später, in der Bar des Hotels auf einem Whiskyfaß-Sessel sitzend und mit dem dritten Glas vor mir, nicht unterlassen können, sie anzurufen. Sie hatte sich eine ägyptische Telephonnummer zugelegt, die statt eines Freizeichens eine besonders infame elektronische Ansage hören ließ. Zunächst kam eine aufgeregte Musik, dann ein baritonaler Schrei: «Demiltschev» – war das russisch? –, dann eine andere Männerstimme, die auf Französisch «J'arriiive» stöhnte, dann eine leicht verschnupfte englische Frauenstimme – «Just a moment, please, I am coming» – mir war, als sei ich gezwungen, einen fremden Liebesakt zu belauschen. Ich habe diese Warteschleife gut kennengelernt, weil ich nicht widerstehen konnte, wieder und wieder anzurufen; an welche unseligen Zeiten erinnert mich das? Man lernt nichts im Leben, es ist sinnlos, alt zu werden.

13

Lidewine sah sich um, so vorurteilslos, wie sie jede Umgebung studierte. Sie hatte sich eine wohlwollende Neugier bewahrt und war, obwohl nahe der Fünfzig, noch kein bißchen abgebrüht gegenüber der Vielfalt der Welt. Für sich selbst hatte sie in all den Jahren, die mit Höhen und Tiefen einhergegangen waren, zahllosen Ortswechseln, Einblicken in die unterschiedlichsten Verhältnisse, keine dauerhafte Umgebung geschaffen; sie konnte und wollte sich nicht auf einen bestimmten Stil festlegen, denn jeder einzelne schloß alle anderen Möglichkeiten aus. Um so bereitwilliger bewunderte sie, wenn jemand die eigene Persönlichkeit derart deutlich definiert hatte, daß sie an seiner Wohnung ablesbar war. So wie in Mohammeds Kanzlei: der lange fensterlose Schlauch, von ihm ingeniös unterteilt, um wie auf einem Schiff den kleinsten Winkel zu nutzen, der Salon, der sich hinter den winzigen Bad- und Küchenzellen öffnete, dahinter das Schlaf- und Arbeitskabinett mit seinen verschrammten Mock-Empire-Möbeln und das einzige vergitterte Fenster, nicht größer als zwei Briefbögen und vergittert, auf einen engen Schacht hinausgehend; Tauben brüteten davor und ließen ihren Geruch ins Zimmer dringen, sowie man diese Luke öffnete.

Mohammeds prächtige Goldmöbel bildeten zu dem Verwüstungs-Stilleben auf dem Glastisch einen starken Kontrast. Wenn er aß, richtete er in kürzester Zeit die größte Unordnung an: Kaffee war übergeschwappt, die Käsepakkung aufgerissen, als hätte ein Zollbeamter darin nach verbotener Ware gestochert, verstreuter Zucker, der alles knirschen ließ, zerfetztes Gebäck, von ihm früh auf der Straße bei einem Verkäufer erworben, der einen turmhohen Stapel davon auf dem Fahrrad balancierte, nach Sesam duftende Hörnchen, jetzt Abfall. Lidewine hatte in seinem Schlafzimmer den Kleiderschrank geöffnet, in dem sich die Anzüge drängten – «ich habe sechzig». Er hatte das voll Verachtung gesagt, was scherten ihn diese Anzüge, alle etwas zu groß. Das war Absicht, er wollte seinen Boxerkörper nicht einengen. Er kaufe nur in Port Said, dort seien Textilien am billigsten, Krawatten bekomme man dazugeschenkt – alles Plunder, nichts wert. Weshalb dann sein Eifer, immer neue Mengen anzuhäufen? Lidewine hob die Ärmel an. Die Stoffe hatten braune, graue und blaue Karos oder Streifen – jeder einzelne Anzug nach ihrem Urteil nicht einfach nur indiskutabel im konventionellen Sinn, sondern, so dachte sie, «objektiv scheußlich», aber sie empfand zu ihrer Verwunderung überhaupt keine Notwendigkeit einzugreifen. Bei jedem anderen hätte sie darauf bestanden, den gesamten Inhalt des Kleiderschranks dem Roten Kreuz oder, hier, dem Grünen Halbmond zu übergeben, die ihn in ihren Fundus unbrauchbarer Sachen für arme Leute eingespeist hätten. Keinen Augenblick war sie versucht, Mohammed mit solchen Vorschlägen zu behelligen, es kam ihr einzig darauf an, so viel wie möglich mit diesem unbeeinflußbaren Mann zusammenzusein. Darin war er für sie eigentlich bloß mit ihrer Mutter vergleichbar, der sie niemals gehorcht, deren

Strafen sie aber klaglos hingenommen hatte. Von Mohammed waren keine Schläge zu befürchten, das verboten ihm, wie er sagte, seine «hohe Moralität und seine menschlichen Werte», auch «sein Gott» sehe das gar nicht gern, und er wurde dabei so finster, als versuche er, eine Ahnung von dem Antlitz des erzürnten Weltenrichters zu vermitteln. Diese Äußerung fiel, als er eine verflossene Geliebte erwähnte, eine Russin, die ihn enttäuscht hatte.

Es war früh am Morgen, obwohl dem, was hinter ihnen lag, «une grasse matinée», ein spätes Frühstück angemessen gewesen wäre. Was er tat, war anstrengend für sie und schien auch ihn anzustrengen, nach seiner in sich gekehrten, geradezu mürrischen Miene zu schließen; meist war sein Gesicht aber abgewandt, an ihre Wange gepreßt, bis es weh tat. Dann schließlich hob er den Kopf wie von Schmerz gepeinigt, die Augen waren zugekniffen, er schüttelte ihn in stummer Empörung – da war für ihn der Gipfel erreicht, auf den ein jäher Absturz folgte. Enttäuschend wollte sie das nicht nennen, dafür waren die vergangenen Minuten zu überwältigend gewesen. Sie selbst hatte sich die letzte Hingabe verboten, um nichts von seiner Besessenheit zu verpassen. Die Ungleichzeitigkeit war hinzunehmen – sie angewärmt, er abgekühlt, sie erwartungsvoll, er, jedenfalls für die nächste halbe Stunde, im ewigen Jetzt, zu überhaupt nichts mehr bereit. Die Anziehung einer Frau zu empfinden, war jetzt ausgelöscht, als wäre er wieder zu einem neunjährigen Jungen geworden. Keine Courtoisie half, diese Schroffheit zu kaschieren. Während sie verloren dalag, holte er sich am Kühlschrank ein Bier. Aber sie durfte darauf vertrauen: Sehr bald würde er zu ihr zurückkehren. Geduld, eine bisher unbekannte Tugend – plötzlich war sie dazu fähig.

Vom Frühstückstisch blickte sie in den Flur. Im Badezimmer hörte sie Wasser rauschen, Mohammed rüstete sich für den Tag. Häßlich war, was er auf dem Tisch angerichtet hatte, aber sie dachte gar nicht daran, das Zeug abzuräumen und in die Küche zu tragen. Das hatte sie noch nie und unter keinen Umständen getan – sie wurde bedient, das stand nun einmal fest, daran hatte auch das strenge Regiment der Mutter nichts ändern können. Allenfalls war sie dazu bereit, die Abräumenden zu beraten: «Nicht so plump die Bestecke einsammeln, schön Messer und Gabel über Kreuz legen», ohne auch nur eine einzige helfende Bewegung zu machen.

Mohammed kam aus der Badezelle hervor, ein Handtuch umgeschlungen. Trat man nicht in erotische Verschränkungen ein, hatte ein Mann vom Nabel bis zum Knie bedeckt zu sein. Er war gereinigt, reif zum Gebet. In Hemd und Hose stellte er sich mit dem Rücken zu Lidewine auf, nicht um sich von ihr ab-, sondern um sich dem fernen Mekka zuzuwenden. Da stand er breitbeinig, den Kopf geneigt, wie ein Pinkler, der seinen Strahl beobachtet. Die Füße waren wie in den Boden gerammt, als sei das Gebet mit einer Kraftübung verbunden, die einen sicheren Stand verlangte. Dann eine tiefe Verneigung, dann auf die Knie, das breite Hinterteil Lidewine entgegengestreckt, die Stirn berührte den Boden. Sie hörte ihn murmeln. Er hatte kein einziges Wort der Erklärung für sie übrig, sie war jetzt Luft für ihn.

Es erfüllte sie mit Behagen, daß er sich so unbekümmert betrug, das Rücksichtslose brachte ihn ihr näher. Wie sie das bei jedem anderen Mann tat, hatte sie ihm auf dem Weg hierher die Hand auf die Schulter gelegt, diesmal auch deshalb, weil die Seitenstraße, in der er wohnte, ungepflastert und voller Schlaglöcher war. Er hatte sich das verbeten – «Hand weg». Es sei hierzulande nicht üblich, daß Männer und Frauen sich in der Öffentlichkeit berührten, so etwas sei skandalös. Sie war keineswegs verstimmt gewesen, hatte ihn angeschaut, als ob er einen Scherz gemacht hätte. Die Männer mochten sonst ihre Berührungen. Aber nicht alle. Sie war stehengeblieben: «Ich hatte schon einmal einen Verehrer, den ich in der Öffentlichkeit nicht berühren durfte. Es ist lange her, du erinnerst mich an ihn – das war ein verrückter Mann ...»

«Dann war es ein Mann von hohen moralischen Werten und mit Respekt für den Willen Gottes.» Er belehrte sie ruhig, denn sie wußte nichts, kannte nichts, sie war wie die meisten Menschen. «War er Muslim?»

Nein, das nicht, aber über Religion habe man nicht gesprochen. Ein sehr ernster Mann, ein mächtiger, ein reicher Mann.

«Hast du ihn geheiratet?»

Lidewine schwieg, plötzlich war so vieles wieder da. Daran hatte auch die Wiederbegegnung mit Jüngel Anteil. Jüngel, der Ersatzmann; es ist gut, wenn ein solcher in der Not zur Stelle ist, aber er bleibt die ewige Zwischenlösung, in dieser Beziehung war sie nie gefühlvoll. Sie habe sich die Verbindung mit diesem Mann leider verscherzt, sagte sie schließlich. Sie sei unvorsichtig gewesen, unbedacht, habe seine Wünsche nicht wichtig genug genommen.

«Das war schlecht.» Mohammed schonte sie nicht.

Sie blickte ihn gerührt von der Seite an. Für das Khmer-Mädchen, das sie adoptiert hatte und das längst wieder in Phnom Penh bei seinem Vater lebte, hatte sie niemals mütterliche Gefühle entwickeln können, außerdem wurde es, dem Säuglingsalter entwachsen, ziemlich feindselig, es biß zu, sie mußte rabiat werden, um sich seiner zu erwehren. Inzwischen standen sie kaum mehr in Verbindung, sie vergaß auch manchmal, Geld zu schicken – «ich bin schlimm!» Aber für diesen Klotz von einem Kerl mit seiner jugendlichen Feierlichkeit und seiner Unfähigkeit zu allem Humor – wenn da auch gelegentlich dieses listige Lächeln auf sein Gesicht trat, für ihn empfand sie eine ihr bis dahin unbekannte nachsichtige Weichheit, die man – ja, wie? – am Ende Mütterlichkeit nennen durfte. Zum Glück denkt jeder Mensch gelegentlich Gedanken, die überhaupt nicht zu ihm passen, woher mögen die wohl kommen? Er hat etwas Unschuldiges, das war ein solcher Gedanke. Noch niemals in ihrem Leben war ihr dergleichen eingefallen.

Getrödelt werden durfte nicht, denn Mohammed mußte aus dem Haus. Er wurde im Krankenhaus erwartet, denn der Vater hatte sonst niemanden, der mit den Ärzten sprach, es ging ihm schlecht. Lidewine nahm mit einem Achselzucken hin, daß dieser Besuch so wichtig für ihn war, und er forderte sie auch nicht auf, ihn zu begleiten, als handele es sich um etwas wie das Gebet, da hatte sie nichts zu suchen, und daran fand sie nichts auszusetzen. Fremdheit war nichts, was sie von ihm trennte.

So verstand er ja auch von ihren Kunstgeschäften nicht das geringste. Sie wäre nicht imstande gewesen, sie ihm zu erklären, denn sie selbst hätte nicht gewußt, worum es da eigentlich ging. Um Geld, gewiß, aber um Geld wofür? Was genau es war, was ausgestellt, hin und her geschoben, gesammelt, verkauft oder versteigert wurde – sie hätte es nicht zu sagen vermocht, hatte aber auch nie die Notwendigkeit verspürt, es zu versuchen.

Sie war im Milieu ihres Vaters und seiner Freunde aufgewachsen, die aus Sachen, die andere Leute wegwarfen, alles mögliche zusammenbastelten in der Hoffnung, damit eines Tages das Wunder zu erleben, wie daraus schieres Gold wurde. Die ökonomische Seite des Kunsthandels war weniger schwer zu erfassen. Es ging immerhin um handgreifliche Beträge, das mußte genügen, und das genügte ihr. Denn hohe Summen waren nicht unerreichbar, sie hatte damit schon zu tun gehabt; es war ihre eigene Schuld, wenn sie vieles davon wieder verloren hatte. Sie wußte genau, wann sie zu launisch und unkonzentriert gewesen war, um die große Chance zu ergreifen, aber sie spürte deswegen keinerlei Reue, so wie sie überhaupt nichts, was sie tat, jemals bereute, auch wenn es unerfreuliche Folgen für sie hatte. Im Tiefsten war sie davon überzeugt, daß die meisten Angelegenheiten nicht so wichtig seien, ohnehin niemals richtig gelangen und wieder dahingingen. Und dann hatten Fatalitäten vor allem auch komische Seiten, und worüber man lachen konnte, war doch eigentlich schon nicht mehr zu beklagen.

Sie verließen gemeinsam die Kanzlei, Mohammed auf dem Weg ins Krankenhaus, Lidewine wollte zurück ins Windsor, um dort in Ruhe zu baden und sich umzuziehen, denn am Nachmittag hatte sie eine Verabredung im Kulturministerium. Sie gingen nebeneinander, sie wahrte den Abstand. Wenn er nach seinem Bronchialhusten saftig ausspuckte, wie auf der Straße zweimal geschehen, lächelte sie gleichmütig. Er hatte vulgäre Sitten, aber er war nicht vulgär, das reichte doch?

Unterwegs, nicht weit vom Hotel, kam ihm ein Gedanke. Der Vater hatte etwas verloren, Mohammed wollte danach suchen. Vor einem hohen Portal blieb er stehen. «Komm mit, wenn du Lust hast.» Das Haus verlockte sie, sie folgte ihm in den Aufzug. Oben in der Wohnung verlor sie dann beinahe die Fassung. Das sei ja etwas Phantastisches, passe ja ganz genau – das sei der Ort, den sie zwar nicht gesucht habe, weil sie gar nicht habe ahnen können, daß es so etwas gebe, der aber jetzt gefunden sei! Und dabei boten die Räume einen weniger verzauberten Anblick als noch vor einigen Tagen, als Ralph Krass sie wie Neuland unter frisch gefallenem Schnee betreten und im filzigen Staub beim Durchschreiten Fußstapfen hinterlassen hatte. Durch den großen Salon mit dem zerfetzten Watteau führte die Spur der Segeltuchplane, in der man den Ohnmächtigen herausgeschleift hatte, weil er den Krankenträgern zu schwer gewesen war; es war am schonendsten gewesen, ihn so zu befördern. Jetzt blitzte hier das Mahagoni wie dunkles Eis auf verschneitem Weiher, umgeben vom Getrampel mehrerer Füße. Zerbrochene Scheiben, Taubendreck, triste Vernachlässigung allüberall, aber Lidewine sah vor allem die hohen Flügeltüren, die Panneaux und die falschen Kamine, die blinden Spiegel, das bunte Glas der Fenster, die delabrierten Kronleuchter. «Das ist perfekt! Das ist genau das Richtige!»

Mohammed sah sie verwundert an, verließ sie dann und begann seine Suche im Schlafzimmer. Hier war das Bett immer noch aufgeschlagen, leuchtete aber nicht mehr strahlend weiß, weil der aufgewirbelte Staub, nachdem Ralph Krass hier schwer atmend gelegen hatte, auf die Leintücher herabgesunken war. Er hob die Decke hoch – eine Wolke umgab ihn, so daß er husten mußte.

Zunächst schien es aussichtslos, hier zu suchen, schon gar etwas so Kleines wie einen Zettel. Es hatte der Zufall auch wirklich alles getan, ihn so sorgfältig zu verbergen, daß nur ein zweiter Zufall helfen würde, ihn wiederzufinden. Im Bett war er nicht, auf dem Boden unmittelbar daneben ebenfalls nicht, aber nahe der Schleifspur, schon an der Tür, fand sich ein kleiner Hügel aus Staub, der Mohammed auffiel, als er schon aufgegeben hatte. Er tastete in die pelzigen Flocken hinein – das war Papier! Und zwar kariert, mit einer vielstelligen Nummer.

Lidewine bewegte sich unterdessen in Tanzschritten durch die weite Suite. Die Räume verlangten nach großzügigem Schreiten, nach Drehungen, nach Tänzen. Was wäre hier nicht alles möglich! Dieses ganze Apartment lassen, wie es ist, und in eine Videoinstallation verwandeln. Einen Photobildband darüber herstellen. Die Wohnung restaurieren oder wenigstens putzen und die Galerie darin unterbringen, vielleicht angesichts der Zimmerzahl auch alles auf einmal. Von Europa aus gesehen, war dies hier unübertrefflich, aber was würden Araber dazu sagen? Die liebten das Funkelnde, waren Elstern, die vom Geglitzer angezogen werden. Ganz schnell mußte sie mit den Londoner Auftraggebern sprechen – die müßten einen für Dubai vorgesehenen Installationskünstler einfliegen lassen, der könnte inmitten dieser verwunschenen Pracht ein Schwein, nein, natürlich nicht, sondern ein Kalb, vielleicht auch nur ein Huhn schlachten, frisches Blut in den grauen Staub sprenkeln. Sie sah das vor sich, drängte es aber beiseite, weil sie sich abgewöhnt hatte, Künstlern etwas vorzuschlagen; die fanden alles meistens «völlig ausgeschlossen», nach ihr unbekannten Maßstäben, um danach doch ziemlich Ähnliches zu machen. Ihr Vater etwa hätte im großen Salon ganz einfach mit schulfibelhafter Schreibschrift neben die Tür «la porte» und neben das Fenster «la fenêtre» und neben den falschen Kamin «la cheminée» und neben den aufgeschlitzten Watteau «le tableau» geschrieben; ohne großen Aufwand ging es eben auch und sah trotzdem nett aus, aber ihr Vater war tot und hatte seinen Erfolg nicht mehr erlebt – zum Glück auch nicht, wie seine Tochter durch Kopflosigkeit vieles wieder verspielt hatte.

Mohammed erschien am Ende der Enfilade und kam langsam auf sie zu, mit schwerem Schritt, zufrieden mit seinem Erfolg. Selbstverständlich, sie könne die Räume haben. «Das ist leicht, jederzeit», allerdings nur unter einer Bedingung: Eigentlich wolle sein Vater hier herein, und dem habe er sie auch zugesagt, aber ihm gehe es schlecht, und der Arzt habe keine Hoffnung gelassen. Obwohl er das nur bedingt ernst nehme – «der Arzt ist ein Mann ohne Gott, er weiß nicht, was Gott tut. Gott hat noch nicht entschieden.»

Lidewine hörte das ohne sichtbaren Widerstand. Hindernisse waren dazu da, hinweggefegt zu werden. Es war doch eher unwahrscheinlich, daß Mohammeds Vater Verwendung für diese Palastsuite haben würde. Mohammed war für sie ein Bauernsohn, mit seinen schlichten Sitten, auch wegen seiner athletischen Konstitution, die ihn ohne weiteres befähigt hätte, als Arbeitstier auf den Reisfeldern zu stehen. Aber sie gab sich mit irritierenden Eindrücken nie weiter ab. Es änderte nichts an ihrer Einschätzung Mohammeds, wenn da nun doch ein bürgerlicher Hintergrund vorhanden sein sollte. Vielleicht könnte man mit dem Vater teilen? Platz genug für zwei Firmen wäre hier doch auf jeden Fall? Sie werde London schon einmal von der Entdeckung unterrichten. Ungern verbringe sie ihre Zeit damit, nach Alternativen Ausschau zu halten, wenn man das Richtige bereits zur Hand habe.

Sie umarmte ihn und legte ihre weichen, vollen Lippen auf seine schmalen, die sich nur widerwillig öffneten; sie waren allein, da waren Berührungen doch wohl erlaubt, soweit sie das verstanden hatte. Sie gehe jetzt ins Hotel ... Das ließ sie ausklingen. Würde er eine Verabredung für den Abend vorschlagen? Das war mutig, sie hielt auch für möglich, daß er gar nichts sagte. Könnte sie doch nur in diesen geschlitzten Augen lesen. Selber einen Vorschlag machen? Kam nicht in Frage! Sie ließ ihn los und wandte sich zum Gehen.

«Ist der Mann dein Freund?» Mohammed hatte doch noch den Mund aufgetan.

«Welcher Mann?»

«Der Mann, mit dem du bei Doktor Nagla warst.»

«Ja und nein – ein Freund – kein Freund ...» Sie hatte sich nicht umgedreht, nur das Gesicht etwas herumgewandt, um über die Schulter zu sprechen.

«Ich hol dich heute Abend ab.»

Lidewine atmete auf. Sie fühlte, wie eine Beklemmung von ihr wich, ließ ihre Stimme aber gleichgültig klingen. «Wie du willst. Wenn du Zeit hast ...»

14

Der blinde Isaak sagte, als sein Sohn Jakob sich über ihn beugte: «Ich erkenne den Duft meines Sohnes.» Das hätte auch Ralph Krass sagen können, als er, aus leichtem Schlaf erwachend, Mohammeds Gesicht nahe dem seinen fand. Der Tabakgeruch war jetzt, obwohl ein Leben lang abgelehnt, zu etwas Ersehntem geworden. Die große Hand mit den Uhrglasfingernägeln legte sich auf seine Stirn, als prüfe sie dort die Temperatur und sei zugleich imstande, ein mögliches Fieber wegzunehmen.

Er war sehr schwach. Es gelang ihm nicht mehr, die Stimme zu erheben. In seinem Innern war eine einst straff gespannte Saite zerrissen, die ihn zusammengehalten hatte. Die Schwäche hatte ihn so vollständig überwältigt, daß er sie nicht einmal als beunruhigend empfinden konnte. Sie war die einzige Wirklichkeit, was war da zu bedauern? Und zugleich kam ihm in dieser Schwäche jemand zu Hilfe, auch wenn der Lästiges und Anstrengendes von ihm verlangte.

Mohammed hatte eine große Plastikschüssel mit warmem Wasser mitgebracht, Kernseife und einen Waschlappen. Mit sanfter Unnachgiebigkeit brachte er ihn dazu, sich dem Ausziehen der Pyjamajacke nicht zu widersetzen, und das wurde auch belohnt; diese Berührung der Haut mit dem feuchten Waschlappen tat ihm wohl, diese reinigenden Kreisbewegungen erinnerten ihn daran, was er vermißt hatte. Sah man seinen glatten, aus Fett und Muskeln immer noch wohlkomponierten Körper mit dem kuppelartigen, aber keineswegs hängenden Bauch, so hätte man nicht an einen Schwerkranken gedacht. Auch die Hose mußte herunter. Mohammed wusch hier mit abgewandtem Kopf. Der Vater hatte sich nicht bewegt, als er ihm den Lappen in die Hand drücken wollte, um die heiklen Partien selbst einzuseifen, hatte wohl gar nicht verstanden, daß von ihm eine eigene Aktivität gefordert war, und ließ alles über sich ergehen wie ein Säugling, der, während er gepudert und gewickelt wird, die Zimmerdecke betrachtet.

Nach der Wäsche kam die Nahrungsaufnahme. Mohammed hatte nach einem Gespräch mit dem Arzt etwas Substantielleres als die Milch- und Grießsuppe mitgebracht, den braunen Bohnenbrei, das Grundnahrungsmittel seiner Nation, allerdings nicht so stark gewürzt, wie er das für sich schätzte, und auch ohne Zwiebeln, die eigentlich dazugehörten. Ralph Krass öffnete folgsam seinen Mund für ein paar Löffel und sah dabei Mohammed unverwandt an, als staune er, in welche Verhältnisse er geraten sei. Seinem Gefühl nach war er in diesem großen Krankenzimmer trotz der sieben anderen Männer allein; zwar drangen Geräusche an sein Ohr, ein Stöhnen, ein Schnarchen, ein leises Sprechen, das Quietschen einer Matratze, aber um zu erkennen, woher dies alles kam, hätte er sich aufrichten müssen, und das war unmöglich und auch gar nicht wünschenswert. Wie in den Zeiten seiner heftigsten Aktivität war das Eingetretene mit dem Geplanten deckungsgleich geworden.

Auf Deutsch sagte er in Mohammeds Ohr: «Ich schwimme auf dem Rücken. Ich treibe ... Ich fühle unter mir ein Schlingern, in der See bewegt sich etwas, Strömungen, eine unendliche Bewegung ... Ich kann nicht unterscheiden, ob ich denke oder schlafe, vergesse, ob ich geschlafen habe ... Es ist schön, im Schlaf zu treiben. Der Schlaf umgibt mich und umschließt mich wie Sand, der langsam fest wird ...»

«Yes.» Mohammed war keineswegs verwirrt, obwohl er kein Wort verstand, aber das englische Wort genügte, um Ralph Krass wieder zu ihm hinübergleiten zu lassen. Er kehrte zurück in die Welt, er erinnerte sich. Er sah den Besuch in der verlassenen Wohnung wieder vor sich, seine großen Pläne, die Notwendigkeit, wieder Fuß zu fassen, den Glücksfall, der ihn mit diesem Ägypter zusammengeführt hatte. Und es erwachte der alte Reflex, von einer anderen Seele Besitz ergreifen zu wollen: ihre Phantasie zu okkupieren, sie in die eigenen geträumten Projekte hineinzuziehen, diese noch luftigen Vorhaben mit fremdem Blut zu füllen. Ein Traum, an dem andere teilnahmen, war der Verwirklichung nahe. Seine Stimme war schwach, aber sein Flüstern eindringlich, Mohammed verstand jedes Wort.

«Ich bin dabei, eine sehr große Geschäftsidee zu verwirklichen. Du erlebst mich gegenwärtig in einer Verlegenheit, aber ich habe noch immer Zugriff auf riesige Kapitalien, ich habe die besten Beziehungen. Ich plane hier in Ägypten Immobilienprojekte, international finanziert, über die Landesgrenzen hinaus. Asien» – nur er sprach dieses Wort so aus, daß der ganze Riesenkontinent hinter den wenigen Silben ahnbar wurde. «Manche Leute glauben, ich wäre am Ende, dabei hat das schon öfter so ausgesehen – kleine Funktionäre wie General Habob, die keine Ahnung vom wirklichen Geschäft haben. Aber dafür brauche ich dich, dir kommt eine besondere Rolle zu. Mir wird vermutlich demnächst die Verwaltung eines malaysischen Riesenvermögens übertragen, das zur Zeit noch sequestriert ist – erinnerst du dich an Präsident Marcos?»

Mohammed schüttelte den Kopf, von dem hatte er nie gehört.

«Brauchst du auch nicht mehr – er ist tot, aber sein Vermögen wird von einem Konsortium noch in diesem Jahr Stück für Stück aus der Zwangsverwaltung gelöst und wieder Großinvestitionen zugeführt – es handelt sich um eine knappe Milliarde ...» Bei dieser Zahl löste sich eine Träne aus seinem Augenwinkel und rann die Wange hinab, eine Träne des Glücks und der Rührung angesichts eines solchen, in greifbarer Nähe befindlichen Vermögens. «Du wirst der Präsident meiner Stiftung werden, alles ist durchdacht, ich muß nur hier herauskommen ...»

Er hatte trotz seiner gedämpften Stimme mit jener Überzeugungskraft gesprochen, auf die er sich sein ganzes Leben lang hatte verlassen dürfen. Im Grunde hatte seine Tätigkeit vor allem darin bestanden, andere zu gewinnen, und das war selbst bei Leuten gelungen, die ihm nicht geglaubt hatten – Levcius etwa, der Unglückselige, immer skeptisch und schließlich untergegangen aus Mangel an Durchhaltevermögen. Sogar dieser Schlawiner hatte in Panik verfallen können, das schlaue Durchblickertum ersetzte eben nicht die Fähigkeit zur großen Vision.

Mohammed hatte lange geschwiegen. Erst als Ralph Krass von der Anstrengung erschöpft war, schwerer atmete und die Augen verdrehte, als wollten sie ihm gleich zufallen, sprang er ein, damit der Redefluß nicht abriß. «Bei uns im Dorf, im Gouvernement El Sharkya, da im Delta, hatten wir eine Ziegenhirtin, sehr häßlich, mit Riesenzähnen und tiefen Falten, obwohl sie noch nicht alt war. Sie konnte weder lesen noch schreiben, hat immer dieselbe schmutzige Djellaba und eine Baseballkappe getragen, aber sie hatte Kinder, ich weiß nicht, von wem, sie vielleicht auch nicht. Sie wußte nichts – nichts, mein Vater. Sie wußte nicht, wann sie geboren wurde und wann sie ihre Kinder geboren hatte. Wenn man sie etwas fragte, war ihre Antwort immer: Ich weiß es nicht, ich bin wie meine Ziegen. Und wieso sollte sie es auch wissen? Ich kenne auch nicht den Tag, an dem ich geboren wurde. Auf dem Amt haben sie in meinen Ausweis irgendeinen Tag hineingeschrieben, das macht man bei uns so, es ist nicht wichtig. Wozu? Was würde das ändern?»

Ralph Krass, eben noch weggesunken, hatte dann aber wieder zugehört. Er wollte ihm unbedingt auf diese Frage antworten, als sei sie nicht nur rhetorisch gewesen. Wozu? Das lag ihm auf der Zunge, das war leicht, das mußte heraus. Aber diese Klarheit des wortlosen Gedankens wollte sich nicht in Wörter hineingießen lassen, es war auch quälend geworden, Englisch zu sprechen, die Zunge gehorchte nicht. Wieder fühlte er die große Hand auf seiner Stirn, wohltuend warm. Es war etwas nicht gelöst, etwas Ungeklärtes stand im Raum, aber das mußte warten.

Auch Mohammed wartete, bis die Atemzüge des Kranken verrieten, daß er fest eingeschlafen war. Er stand auf und betrachtete ihn, als ob er erwachen könnte, sowie er sich entfernte. Schade, er hatte ihm nicht berichten können, daß er den vermißten Zettel mit der Nummer bei sich trug. Das hätte dem Vater gewiß Freude gemacht; er war so unruhig gewesen, als er in seiner Brieftasche danach gesucht hatte.

Im Nachbarbett lag der Hundertjährige zusammengekrümmt unter seiner Decke, mit weit geöffneten Augen darauf wartend, daß sich jemand ihm zuwenden würde; als Mohammed sich zum Gehen wandte, trafen sich ihre Blicke. Der Greis winkte ihn zu sich heran und legte beschwörend

Zeige- und Mittelfinger auf die eingesunkenen Lippen: Eine Zigarette. War es der Tabakgeruch, den Mohammed verströmte, der ihn vor Sehnsucht beinahe verrückt machte?

15

Erst am Nachmittag kehrte Jüngel in sein düsteres Hotelzimmer zurück; von der Zerknirschung am Vorabend war nichts zurückgeblieben, er war geradezu beschwingt. Auf dem Bett ausgestreckt, klappte er sein Tablet auf und setzte sein Tagebuch fort.

Ein unerwarteter Anfang meines Gastsemesters. Ich bin in ein fremdes Land gefahren und fühle mich schon ganz heimisch. Gestern abend habe ich mich noch verpflichtet gefühlt, beleidigt zu sein, weil Lidewines Betragen meinen Stolz verletzt hatte. Und jetzt beherrscht mich ein einziges Gefühl: Erleichterung, Aufatmen, Befreiung, um nicht zu sagen Dankbarkeit. Sie hat im rechten Augenblick so getan, als wolle sie mich bestrafen, in Wahrheit ist sie dazu viel zu großzügig.

Und so kann ich selbstverständlich nichts Gescheiteres tun, als sie an Großzügigkeit zu übertreffen. Heute Vormittag sitze ich am Frühstückstisch, als Lidewine sich zu mir setzte, etwas verschlafen, aber bestens gelaunt. Die Kellnerin hatte sich schon besorgt nach ihr erkundigt. Mohammed habe sie früh aus dem Haus geworfen, sein

Vater warte im Krankenhaus. Ihre Miene zeigte, daß sie diese Entschuldigung überflüssig fand; in Europa hält man die Erwähnung familiärer Verpflichtungen für unprofessionell, hier mag das anders sein. Sie gähnte. Nach dem Kaffee werde sie sich noch einmal hinlegen. Aber sie wollte gerade auf ihr Zimmer gehen, da erschien Mohammed im Frühstückssalon, mit neuer schreiender Krawatte, wobei dieser Mann so etwas tragen kann – das finstere, geradezu bedrohliche Gesicht, allein die Nase so dick wie eine Gurke, verträgt ein entschiedenes farbliches Gegengewicht. Er begrüßte mich als alten Bekannten, obwohl wir uns bei Nagla gar nicht unterhalten haben. Lidewines Müdigkeit war sofort verflogen. Sie hatte nichts dagegen, daß ich die beiden auf einem Weg durch den großen Basar begleitete, empfand offenbar nicht die geringste Peinlichkeit und meinte sogar, ich könnte sie beraten. Sie sei auf der Suche nach einem Teppich – jäh war ich wieder in die Position gerutscht, in der ich mich bei unserem ersten Kennenlernen in Neapel befunden hatte: beim Kleider-, Schuhe- und Taschenkauf behilflich zu sein. Unbefangen sprach sie Deutsch mit mir, ohne Mohammed zu beachten, der stumm dabeisaß und nur einmal bemerkte, die deutsche Sprache sei sehr schön; er werde sie erlernen, obwohl sie schwer sei. «Mein Vater und meine Mutter» – die Aussprache des Deutschen gelang ihm besser als die des Englischen, aber er fand etwas Erheiterndes dabei und lachte, bis der Husten das erstickte.

Im Basar-Geschiebe erwies sich seine Begleitung als unentbehrlich, weil er mit freundlichen, aber auch strengen Worten die Händler zurückwies, die herandrängten, um uns in ihre Läden zu locken. Lidewine war sichtbar beeindruckt von der Entschiedenheit ihres neuen Liebhabers, die sich aber auch gegen sie richtete, wenn er ihr das Betreten von Läden verbot, in denen sie von außen Verführerisches entdeckt hatte: Nein, das seien schlechte Menschen, Leute ohne Moral und humane Werte, primitiv wie Tiere, das sah er den Händlern offenbar an der Nasenspitze an. Bei einem mürrischen alten Mann mit weißem Bart und fleckiger Djellaba, dessen Auslagen eigentlich nur aus dick eingestaubtem Ramsch bestanden, stieß Lidewine auf ein Stück Kelim mit bunten Streifen, kaum mehr als ein Fetzen. Den wollte sie haben – wozu? Für ein Kissen, für einen Stuhl? Dieses Blau und Rot und Orange und Gelb mußte es sein. Mohammed urteilte abschätzig über ihren Fund, der sei doch wertlos, schmutzig, trat aber in Verhandlung mit dem Alten ein. Der Händler war schwierig, schüttelte immer nur den Kopf und vermied es, Mohammed oder Lidewine anzusehen. Es handelte sich um einen für unsere Verhältnisse winzigen Preis – die Farben waren wirklich schön, das durfte ich bestätigen –, nur war für Mohammed dieser Handel Ehrensache. Ihm ging es nicht ums Geld, er forderte einen Preis, welcher der höheren Gerechtigkeit standhielt, und schließlich knarrte und murmelte der Alte grämlich in sich hinein, zog das Teppichstück vom Tisch und stopfte es in eine Plastiktüte, worauf er in der Dunkelheit seiner Ladenhöhle verschwand.

Lidewine wollte von Mohammed wissen, was da besprochen worden sei.

«Ich habe ihn gefragt, ob er nicht etwas freundlicher sein und höflicher antworten könnte, wie seine Eltern ihm das beigebracht hätten – und was hat er geantwortet: Wozu soll ich freundlich sein? Wenn ich krank werde, pflegst du mich dann? Wenn es mir schlechtgeht, kaufst du mir eine Medizin? Wenn ich Hunger habe, kochst du für mich? Wenn ich sterbe, begräbst du mich? Er ist allein, man muß ihn verstehen. Mein Vater hat ja mich, ich gebe ihm zu essen wie einem kleinen Kind, ich wasche seinen Körper, ich habe sogar Bettwäsche für ihn gekauft, denn er wollte nicht die Wolldecken spüren. Er hat andere Gewohnheiten als ich, es ist unnötig mit diesen Laken, ich habe noch nie Laken gehabt, aber wer krank ist, kann sich nicht an etwas Neues gewöhnen. Mein Vater war dankbar für die Laken, obwohl er so schwer ist, daß ich das Bett kaum beziehen konnte – ein junger Mann muß seinen Vater eigentlich tragen können.»

Wir lauschten diesen Erklärungen erst belustigt, dann respektvoll. Das Wildschwein – ich empfinde Sympathie für Mohammed und nicht die leiseste Eifersucht, denke sogar, ich müßte mich bei ihm bedanken. Er hat eine zarte Seele, ist vielleicht nur ein wenig zu nachdrücklich im Verkünden seiner Tugend. Wird Lidewine diesem unbestechlichen Blick länger standhalten? Oder doch bald die Flucht ergreifen?

In einem Teehaus ließen wir uns nieder. Mohammed bat darum, sich eine Weile entfernen zu dürfen, die Klienten forderten seine Zuwendung; und so sahen wir ihn denn auf der Straße vor den draußen aufgereihten Sophas auf und ab gehen, zuhörend, brüllend, mit der Faust drohend, dann wieder nachdenklich mit in Falten gelegter Stirn. Er wechselte das Telephon von einer in die andere Hand, um sich mit der rechten nachdrücklich in den Latz zu kneifen. Lidewines Blicke hingen an ihm, zugleich wanderten ihre Gedanken in die Vergangenheit. «Erinnerst du dich an den Tag auf Capri? Diese Gärten gleich vor der Villa.» Sie hatte da etwas gesehen, was ich selber in meiner Aufregung gar nicht wahrgenommen hatte.

«Das Licht in den Zitronenhainen hinter den schwarzen Netzen, die Früchte wie Laternen. Und die Weinpergolen, man konnte nach oben greifen, da hingen noch ein paar Trauben. Die Kürbisse, die Zucchini, die Auberginen, die Melonen, das lag alles auf dem Boden, als hockten dort seltsame Tiere. Der Duft. In einen Wassereimer war eine Eidechse gefallen und zappelte – können Eidechsen schwimmen?» Es sei feucht im Limonenschatten gewesen, ein alter Mann mit seinem Gartenschlauch habe alles triefen lassen. «Das war ein Garten wie unter der Erde, in einem Wurzelreich.»

Ach, und dann der Hahn! Wie groß der gewesen sei, als er noch im Käfig war, und wie klein und verloren, als er unter die Ansammlung von Menschen geriet – die ganze Kraft war vergessen, er sei zu einem panischen Huhn geworden, welche Schande!

Da war sie schon bei Herrn Krass.

«Ich mochte ihn wirklich, er war nett» – das war ein sehr hohes Kompliment aus ihrem Mund, sie verwendete es nur für Männer. «Weißt du, ob Krasslein das Haus gekauft hat? Es war ein böses Haus, niemand kann darin glücklich gewesen sein ... Als Ruine war es wunderschön. Es ist hoffentlich Ruine geblieben, mit den Hortensien und der schlechtgelaunten alten Frau – sie hat mich dafür gehaßt, daß ich den Hahn freigelassen habe, aber ich kann Grausamkeit gegen Männer nicht ertragen. Männer können sich nicht wehren.»

Ich vermute, das glaubte sie tatsächlich. Sie nahm mir

kaum ab, daß ich jede Verbindung zu Herrn Krass verloren habe. Gar nichts konnte ich ihr von ihm erzählen, nichts habe ich über ihn in Erfahrung gebracht, nachdem er mich hatte fallenlassen. Man bedenke: Das waren andere Zeiten, noch ohne elektronische Suchmaschinen. Später habe ich öfter einmal ‹Ralph Krass› eingegeben, oder ‹BTS›, wie sich die Firma nichtssagend nannte, stets ohne den geringsten Erfolg. Er hatte sich, für mich zumindest, unsichtbar gemacht, erstaunlich bei einem derart massigen Mann, der so viel Staub um sich herum aufwirbelte. Immerhin bin ich vor vielleicht zehn Jahren im Reiseteil der New York Times auf einen Bericht über die Villa Faraone gestoßen, wo sich tatsächlich gruselige Szenen abgespielt haben sollen; Exzesse in der Camera egittica wurden erwähnt. Sie sei von einem Mailänder Industriellen wieder aufgebaut worden, aber der neue Eigentümer habe den Blick von dort kaum genießen können, kurz nach der Wiederherstellung des Hauses sei er tot umgefallen. Hatte Lidewine also recht mit ihrer Ahnung?

«Hältst du es für möglich, daß Krass etwas Ernsthaftes mit mir vorhatte? Eine Laune war es jedenfalls nicht, sonst wäre er nicht so böse geworden ...»

Was sollte ich darauf antworten? Er sei verheiratet gewesen, seine Frau hätte ich sogar kennengelernt. «Er hat sie schlecht behandelt, aber scheiden lassen wollte er sich nicht.» Da gab ich mich kundiger, als ich war.

Lidewine sprach mehr zu sich selbst. «Ich war voreilig, ich hatte plötzlich Angst vor ihm.»

Ich spürte, wie sehr es sie drängte, von damals zu sprechen. Etwas war unerledigt geblieben, verblüffend genug bei ihr als Gegenwartsmensch, für den Vergangenheit ein Fremdwort ist. Auf der Rückfahrt von Capri, in dem Schwung des Abends mit «Plaisir d'amour»-Gesang, habe sie sich vorstellen können, ihn zu lieben, gerade auch, weil er so zurückhaltend gewesen sei, so unerklärlich. Sie habe allen Ernstes zunächst geglaubt, er interessiere sich gar nicht für Frauen, benötige eine jugendliche weibliche Begleitung nur aus Dekorationsgründen, aber diesen Eindruck habe sie dann verloren, obwohl die Unsicherheit, wie sie mit ihm umgehen solle, geblieben sei. Erfüllt von dem einzigartigen Tag, das Gewicht der von ihrer Haut erwärmten Perlen fühlend, habe sie in der Kajüte ihren Kopf an seine Schulter sinken lassen – «wie ein Kind bei seinem Vater. Ich habe einfach einen warmen Ofen gesucht.» Er habe das auch gar nicht abgewehrt; unbewegt und wortlos, wie er dasaß, habe sie vermutet, er selbst sei eingedöst.

Ich erinnere mich daran. Madame Lecœur-Jouët hatte auf die beiden gezeigt: «Wie süß», aus ihrem Mund war das Spott.

Bei der Ankunft am Castel dell'Ovo hatte sich die Gesellschaft schnell aufgelöst, es war sehr spät geworden und der allgemeinen Empfindung nach kalt. «Ich bin in der Halle zurückgeblieben, um an der Rezeption um eine zweite Decke zu bitten. Die Kälte war mir richtig in die Knochen gezogen.»

Sie betrat ihr Zimmer und knipste das Licht an; es tat einen Knall, das Licht blitzte auf, lang genug, um zu sehen: Da saß Ralph Krass in einem Sessel am Fußende des Bettes.

«Das war ein Schreck», der fahre ihr heute noch in die Glieder, wenn sie bloß daran denke. Sie habe aufgeschrien, zum Glück nicht laut; jetzt geniere sie sich deswegen, aber in dem Blitzaugenblick habe sie sich nicht in der Hand gehabt. «Sein Gesicht war wie eine böse Maske.»

Nun stand sie ihm im Stockdunkeln gegenüber, nahe der Tür. So verging eine Weile des Schweigens, in welcher er sich nicht rührte. Es klopfte. «Mach auf.» Die zweite Decke wurde gebracht, ein Dreieckskeil Licht fiel ins Zimmer. Er erhob sich und ging hinaus, seine Schritte versetzten den Boden in eine leichte Schwingung.

Sie sprach, als wäre das eben erst geschehen; Furchtsamkeit gehört wahrlich nicht zu ihren Eigenschaften, aber dies war zu unheimlich, um vergessen zu werden. Kaum hatte sie ihren Schrecken überwunden, erwachte ihr Widerstandswille.

«Findest du es zu einfach, wenn ich sage, er ist ein Verrückter?»

Wer hat das vor ihr schon einmal gesagt? Mir erschien das wie eine Ausflucht, eine allzu bequeme Lösung für das Rätsel, das er mir und ihr aufgegeben hat.

«Ich habe gedacht: Jetzt sehe ich zum ersten Mal sein Gesicht – in dieser Geisterbeleuchtung. Das ist er wirklich, paß auf! Und zugleich dieses Bedauern. Ich bedaure immer noch, so ungeduldig gewesen zu sein. Wer weiß, wo ich jetzt wäre, wenn ich mir mehr Mühe gegeben hätte mit ihm – ich finde, er hatte doch einen Anspruch darauf!»

16

Ralph Krass hatte gegessen und war gewaschen worden. Die Pflegerin, die wie jeden Morgen durch den Saal lief, um an die Kranken Tabletten auszuteilen, hatte einen Seitenblick auf Mohammed geworfen, der mit Lappen und Waschschüssel an seinem Bett saß. Auch solche Verrichtungen fielen in den Pflichtenkreis der Angehörigen, Leute ohne Familie waren hier eigentlich nicht vorgesehen.

Er war schwach wie zuvor, sein Leben, so wollte ihm scheinen, war nur noch auf den Kopf beschränkt. Schon den kleinen Finger zu heben erforderte Entschlußkraft, aber dieses Waschen schuf dennoch einen neuen Zustand – fast unbegreiflich, das bißchen Wasser und Seife auf der Haut, wahrlich keines dieser chemischen Kunstwerke in Tablettenform, vor allem rein äußerlich angewandt und trotzdem ein Wohlgefühl erzeugend, das eine Gesundung vorstellbar machte.

Durch das blinde Fenster drang ein warmer Sonnenstrahl. Die anderen Männer dösten vor sich hin, zwei sprachen leise. Diese Leute vermochten die Zeit verstreichen zu lassen, ohne dabei die Geduld zu verlieren. Sie mußten nicht auf einen Fernseher schauen oder Zeitung lesen. Der junge Mann mit der tückischen Verletzung durch die seinen Körper durchschießenden Münzen lenkte sich vorwiegend mit Essen ab;

wann immer Ralph Krass den Kopf hob, sah er ihn aus Plastiktöpfchen löffeln. Der höfliche Weißbart in der Ecke war vor allem mit dem Gebet beschäftigt, seine Hände lagen mit der Handfläche nach oben auf der Bettdecke, als gelte es, den vom Himmel strömenden Segen entgegenzunehmen. Zeit in Hülle und Fülle. Solange es gut lief bei ihm, war seine wichtigste Devise gewesen: «Ich habe keine Zeit», ein Satz mit vielfacher Funktion – als Mahnung an sich selbst, zur Einschüchterung anderer, als Beschwörungsformel, an der er sich aufrichtete. Er war der Mann gewesen, der keine Zeit hat. Wer war er, wenn es plötzlich jede Menge Zeit für ihn gab? Das war eine Frage, die ihn nicht beunruhigte. Die Schwäche verhinderte, daß ein Gedanke sich in die Tiefe bohrte bis dorthin, wo es gefährlich wurde.

Mohammed fragte ihn wieder, ob er nicht den Kieselstein des frommen Mannes in die Hand nehmen wolle, um die geistige Wäsche vorzunehmen, die dem Gebet voranzugehen habe: den Stein durch die Finger gleiten zu lassen und danach mit beiden Händen das Gesicht zu bedecken, als hätte man Wasser geschöpft und es sich ins Gesicht geworfen. Die Vorbereitung auf das Gebet, ebenso wichtig wie das Gebet selbst.

Ralph Krass sah ihn verwundert an. Er hörte dem Jüngeren gern zu, und es fiel ihm nicht ein zu widersprechen. Früher hatte er Widerspruch nie akzeptiert, sich vielmehr ganz grundsätzlich davon abgestoßen gefühlt. Sein Element war die Übereinstimmung gewesen, natürlich indem das Gegenüber sich ihm unterwarf – aber das Wichtige daran war doch diese Einigkeit, die wollte er auch mit Mohammed nicht gefährdet wissen. «Das Beten ... Ich habe es nie gemacht, es war bei uns nicht üblich», das war schon das Äußerste, was er zu entgegnen wagte.

Mohammed wollte die Gesetze der Religion keinesfalls eingeschränkt sehen, aber mit ihnen konkurrierten die Gesetze des Patriarchats, die ebenso befolgt werden mußten. Was der Vater entschied, das hatte Gültigkeit.

«Bei uns im Dorf gibt es einen Mann, der einen Sohn hat, der ist nicht nur taub und stumm, sondern dazu noch blind – was macht man da? Sie wissen, die Taubstummen können die Fingersprache lernen, und die Blinden können die Blindenschrift tasten. Aber wenn gar kein Sinn arbeitet, dann bleibt der Mensch in sich eingesperrt wie in einem dunklen Gefängnis. Und da hat dieser Vater gelernt, das Gefängnis aufzuschließen. Er spricht mit dem Sohn, indem er dessen nackten Arm betastet, sehr schnell, wie ein Flötenspieler, und der Sohn legt seinen Kopf zurück und lacht. Dann antwortet er, aber nicht nur tastend, sondern auch mit den Händen in der Luft, er hat verstanden, daß der Vater sehen kann. Wenn ich zu Hause bei uns in Kafr El Hamam bin, dann versuche ich immer, die beiden zu beobachten. Verstehen Sie, was ich meine? Der Mensch ist wie der taubstumme, blinde Junge. Wenn nicht ein anderer ihn öffnet, bleibt er im Dunkeln.»

«Ja.» Ralph Krass war nicht imstande, diese Geschichte, wie von Mohammed angeregt, ins Metaphorische zu wenden, aber die Vorstellung des auf dem Arm seines Sohnes Flöte spielenden Vaters beschäftigte ihn. Ein junger Arzt trat ein, schaute auf die stille Versammlung, die nichts von ihm begehrte, und wandte sich schon wieder um, als Mohammed ihn aufhielt.

«Wie es gehen soll? Sie sehen es selbst – wenn er die nächsten drei Tage überlebt, hat er eine Chance ...» Der Mann sprach so leise, daß Ralph Krass ihn auch dann nicht hätte verstehen können, wenn er des Arabischen mächtig gewesen wäre, aber ihm war gar nicht klar, daß es sich hier um einen

Ausländer handelte; mit Mohammeds Schlafanzug war der weißhaarige Mann seiner Umgebung eingegliedert.

Beruhigendes und verharmlosendes Zureden wie in Europa üblich – «das wird schon wieder! Sie sind bald wieder auf den Beinen!» – war nicht nach Mohammeds Geschmack, und das Bekenntnis großer Gefühle unterlag der Wahrheitspflicht; nur was der Gewissensprüfung standhielt, durfte ausgesprochen und beschworen werden. So schwieg er denn, als er von dem Gespräch zurückkehrte, und sah Ralph Krass mit gerunzelter Stirn lange an.

«Ich werde traurig sein, wenn Sie gehen, sehr traurig. Ich wollte, daß wir zusammenbleiben. Wenn Sie allmählich dünner geworden wären, hätte ich Sie sogar tragen können.»

Ralph Krass lauschte aufmerksam, aber es war, als dringe die Bedeutung dieser Worte nicht gänzlich bis zu ihm durch. Es war schön, daß Mohammed so eindringlich mit ihm sprach, das schätzte er und hatte es immer geschätzt und vor allem auch selbst so gehalten; der Ton war wichtiger als die Botschaft. Er lächelte, als Mohammed ihm gestand, daß er «vermutlich» – die Einschränkung mußte um der unbedingten Wahrheit willen sein! – weinen werde.

«Ich werde weinen, einen Monat lang. Wenigstens eine Woche, doch, eine Woche schon. Und wenn auch nicht die ganze Woche, das geht vermutlich gar nicht, dann doch trauern – auf jeden Fall an dem Tag, der für mich ein schlimmer, schlimmer Tag sein wird. Danach wird es langsam besser werden.»

Wieder legte sich die große Hand auf seine Stirn, schwer und warm bedeckte sie dem Gefühl nach den ganzen Körper. Er schlief ein.

Unscharfe Gestalten wischten durch seinen Traum, ihm war, als seien sie nackt, aber das Geschlecht war nicht genau zu erkennen. Als er erwachte, wurde ihm klar, daß er von Frauen geträumt hatte. Wie sehr hatte ihn die Suche nach Frauen beschäftigt, Frauen nach seinem Geschmack, die seine Bereitschaft zur Hemmungslosigkeit teilten. «Du bist ein Menschenfresser», das hatte Levcius oft gesagt, der böse, freche, arme Levcius. Und jetzt? Nein, nein, das eigene Los empfand er durchaus nicht als Scheitern. Gegenwärtig hatte er nicht mit einem ernsten Hindernis zu tun, das wäre bald überwunden, dann ging es wieder nach oben – andere hielten so etwas nicht durch, gaben auf, wurden unaufmerksam ... Levcius etwa mit seinem Fluchtversuch aus dem Luxemburger Gefängnis, das reißende Bettuch, mit dem er sich die Mauer herablassen wollte, vier Meter über dem Boden, das genügte, um sich den Hals zu brechen ... Weil der Hals eigentlich vorher schon gebrochen war. Gegenüber Lebensversagern kannte er keine Duldsamkeit, weg mit ihnen.

Da waren sie wieder, die alten Gedanken, die Kühnheit, wie er sie von sich gewohnt war, nur die Wucht fehlte. Die brutalsten Sätze konnte er denken, ohne die Energie dahinter zu fühlen, sie waren jetzt federleicht. Und auch bei der Erinnerung an die Frauen rührte sich nichts, der Körper blieb taub, gefühllos, während sie durch den Kopf tanzten mit fordernder Gegenwart. Er hatte auch im gesunden Zustand schon erlebt, daß der Körper sich interesselos zeigte, und das bei gleichzeitiger Erhitzung des Geistes durch die Phantasie, ein verwirrendes, zum Glück nicht häufiges Mißgeschick, unharmonisch jedenfalls. Das war jetzt anders: Die erinnernde Phantasie blühte, ohne den Körper zu beunruhigen; der schaute ihr gelassen zu wie ein von schwerer Arbeit ausruhender Elephant.

Vor seinem inneren Auge erschien Imän, der letzte Triumph seines Instinktes, der ihn stets auf außerordentliche

Pfade geführt hatte – schön war sie nicht in ihrer vermännlichenden Kellneruniform und mit den kurzen Beinen, aber was hatte sich offenbart, als diese Kleider, nach einem langen Arbeitstag unfrisch riechend, von ihr abgefallen waren. Wobei er sie zur vollständigen Nacktheit beinahe hatte zwingen müssen. Was sie besaß, wollte sie nicht zeigen, als laste dieses unverhoffte Liebesabenteuer weniger schwer auf der moralischen Waage, wenn sie ein Hemdchen anbehielt. In ihrem angestoßenen Barockbett erwachte wieder seine Kennerschaft: Vor ihm lag die Venus von Urbino, sogar der kleine Embonpoint über dem rasierten Venushügel fehlte nicht. Die makellos gerundeten klein-großen Hinterbacken, ihre im Licht- und Luftlosen verborgene Haut, die beständig in der gestauten Wärme unter den Kleidern vor sich hin simmerte, nur bei Lampenlicht entblößt wurde und dann unverschämt nackt erschien. Ein kleiner Schlag auf diese Hinterbacken – die Rötung in der weißen Fülle. Sah man sie so, dann verstand man erst ihr plattgedrücktes Gesicht, es wurde schön für denjenigen, der den Körper kennengelernt hatte.

Eine andere Frau verdrängte Imän. Sie war leicht gebeugt, weil großgewachsen, und versuchte deshalb, sich ein wenig zu verkleinern, Levcius hatte sie die Fragezeichenfrau genannt; das traf auch ihren durchdringenden blaßblauen Blick, der sich forschend in ihr Gegenüber versenkte, so scharf eingestellt, daß er durch den anderen hindurchzublicken schien. Mit Vogelschnabelnase, die nach vorn strebte, war sie auf dünnen, durch sehr hohe Absätze verlängerten Beinen umhergeschwankt, gelegentlich einknickend; sie war zunächst Levcius' Beute gewesen, der sie nach «Erprobung», wie er das nannte, an ihn weitergereicht hatte – gerade das hatte er geschätzt, diesen lässigen Austausch, gern auch in

Anwesenheit seines Impresarios, Agenten, Intendanten, wie sollte man Levcius nennen? Was stand auf seinem Grab? Jedenfalls hatte sich das Fragezeichen durch eine trotzige Schamlosigkeit unvergeßlich gemacht, indem sie über dem Mann, mit dem sie sich gerade befaßte, nie ihr eigentliches Ziel aus dem Auge verlor: eine schwer zu erlangende, dann und wann beinahe erreichte Zufriedenheit. Aber wie hatte sie nur geheißen? Ein Satz von ihr war ihm in Erinnerung geblieben: «Ralphi ist sensibel.» Daß Levcius sich daraufhin ein höhnisches Gelächter nicht verkneifen konnte, hatte ihn damals verstimmt.

Das Vorüberziehen dieser Frauen war unterhaltsam, aber es war nicht leicht, eine aus der Reihe zu fassen zu bekommen, sie flogen gleich wieder weg. Da war auch eine mit einem hochgestemmten Busen, in tiefem Ausschnitt ausgestellt, ja, die hatte es gegeben – aber wann und wo? Eine Engländerin? Mit ihr war irgendein Riesenkrach verbunden gewesen, Lärm im nächtlichen Hotel, Polizei, Aufruhr ... Mit etwas mehr Kraft hätte er versucht, aus den Erinnerungsfetzen ein größeres Bild zusammenzustellen, aber das war jetzt zu anstrengend; «nicht wichtig», eine Formel, die aus der Schwäche kam und sie erträglich machte. Und wer war die Frau mit den künstlichen Augenwimpern, die beim Küssen wie Disteln gestochen hatten, schließlich herunterfielen und gänzlich wimpernlose Schweinsaugen preisgaben, hinter dem Ohr hatte sie eine große kahle Stelle von irgendeiner Operation? Ihr hatte immer die Wärme seiner Hände gefallen, wenn er auf ihr herumpatschte, wie er später auch auf dem Display seines Telephons herumgepatscht hatte; von diesem Ding waren ihm einst, von seiner Lebenswärme geweckt, kostbare Informationen entgegengeblüht – wo war es nur hingeraten? Nie hätte er geglaubt, einen Tag ohne das Telephon auskommen zu können, und jetzt fehlte es überhaupt nicht, da war nichts, was er hätte fragen wollen – er wußte doch alles!

Bei diesem Gedanken erfüllte ihn höchste Befriedigung. Ja, so war es tatsächlich. Da war er wieder, solch ein Augenblick, wie es ihn auch früher einmal gegeben hatte, gesättigt bis zum Platzen – damals war alles schon dagewesen, als Möglichkeit jedenfalls, nicht mehr zu steigern. Sein einsamer Weg als Zehnjähriger durch die verlassene Stadt, auf der Mitte der Straße zwischen den verrammelten Läden, was war danach eigentlich noch dazugekommen? Diese Inbesitznahme des Lebens in einem einzigen Moment – sie festzuhalten war unmöglich, das Erlebnis der unüberbietbaren Fülle glitt in der Erinnerung stets sofort wieder weg. Was danach noch kam – vieles, in der Rückschau unauflösbar verquirlt zu einem farbigen Tumult –, war im ganzen viel weniger als solch ein Augenblick. Die Frage stellte sich aufs neue: Warum mußte das alles geschehen, wenn er dem Kern doch schon so nahe gewesen war? War das Danach nicht eher ein Zurückfallen gewesen? Hätte überhaupt die Möglichkeit bestanden, sehr viel weiter zu gelangen? War alles, was geschehen war, nur ein einziger Umweg?

Hier schlief er wieder ein, aber nicht tief. Er sank nicht vollständig weg, sondern blieb im Zwischenreich zwischen Traum und Wachen. Da war ein Kitzeln unter seinem Kinn, ein Kraulen im Nacken von kalten Fingerspitzen – das erkannte er wieder, diese Berührung des schönen bösen Mädchens, die er ihr doch streng verboten hatte, warum bloß? Was hatte ihn dazu getrieben, sie ebenso heftig anzuziehen wie wegzustoßen? Das Anziehen war köstlich gewesen, das Wegstoßen entsprach gleichfalls einem unbeherrschbaren Impuls, unbegreiflich, nie vorher und nie nachher erlebt.

Hatte er sie etwa getötet? Von seinem Lebensstrom abgetrennt, mußte sie sterben, das war nicht anders vorstellbar. Die Turbulenzen, die danach kamen, hatten ihm keine Zeit gelassen, darüber nachzudenken. Es war etwas Physikalisches: Er hatte gestoßen, und mit diesem Schwung war im Rückstoß er ebenfalls davongeschleudert worden, aus dem Hotel, aus der Stadt, aus dem bis dahin aufgebauten Geschäft. War da etwas zu bedauern? Es war doch alles ganz einfach: Als er an seine Grenzen stieß, hatte er seinen Streitwagen herumgeworfen und war davongebraust, ohne sich umzudrehen selbstverständlich.

Er erwachte, als er die schwere Hand Mohammeds auf seiner Stirn fühlte.

«Wie geht es Ihnen, Vater?»

«Es geht gut.» Er flüsterte. «Hast du den Zettel gefunden? Den Zettel, den ich verloren habe, der in meiner Brieftasche war – hast du ihn wiedergefunden?»

Eine Antwort war nicht nötig. Kleine Zettel lösen sich in nichts auf, das ist ihre Natur. Und doch –

«Ich habe ihn wiedergefunden, Vater. Er lag im Staub. Tatsächlich, ich habe ihn, hier ist er.» Und er zeigte das Stück Papier mit unbeholfen gekritzelten Zahlen. Ralph Krass schrieb nie, und wenn er es dann doch einmal tun mußte, war es die Schrift eines kleinen Kindes. «Ruf dort an und sag, wo ich bin.»

Das war zuviel der Anstrengung. Mohammed fühlte den Schweiß, der dem Vater auf die Stirn trat. Er hatte Suppe mitgebracht, aber das Schlafen war gesünder als das Essen.

17

Ich bin zuverlässig! Wer zu mir kommt, verläßt sich darauf, daß ich seinen Gegner vernichte, und ich vernichte sie meistens – sagen wir: in acht von zehn Fällen, manchmal auch weniger. Ich lüge nie. Wozu? Lügen ist leicht, das ist nichts, mit meinen Kollegen habe ich ein leichtes Spiel, denn Gott ist auf meiner Seite.»

Lidewine begleitete Mohammed aufs Gericht, wo er dringend zu tun hatte. Sie war ein vorzügliches Publikum für solche Deklarationen, die sie schweigend anhörte, mit vielsagenden Blicken. Bemerkte er eigentlich, wie außergewöhnlich schön ihre Augen waren? Möglich, daß er dem keinen Wert beimaß – hörte man ihn nicht geradezu sagen: «Schöne Augen, was ist das? Nichts! Jeder hat schöne Augen!»

Im Justizpalast, einem düsteren Block mit Säulenportal und Freitreppe, auf der die vom Land gekommenen rechtsuchenden Bauern mit ihren Proviantttaschen lagerten, passierten sie lange Korridore, in denen Anwälte in zerknautschten Roben umhereilten, und betraten ein größeres Büro; dort saßen sechs Angestellte, sämtlich eher jung, darunter drei Frauen mit Kopftüchern. Alle waren im Mantel, wirkten wie gerade nur hereingeschneit und führten über die Schreibtische hinweg, auf denen Bildschirme neben alten Schreibmaschinen standen, eine muntere Unterhaltung, die Reden flogen hin und her. Auf Böcken türmten sich die Akten, zerfleddert, die abgegriffenen Deckel mit weichen Schnüren zugebunden. Man hätte nur leicht an einer dieser Schnüre ziehen müssen, um sie zu öffnen. Lidewine fragte sich aber, ob jemand aus dieser geselligen Runde wohl jemals so weit gehen würde, das Gespräch zu unterbrechen und sich einem der Konvolute zu widmen.

Mohammed wurde ohne besondere Aufmerksamkeit als bekanntes Gesicht begrüßt. Er nahm auf einem Stuhl an der Wand Platz, schob danach auch Lidewine einen hin und paßte den geeigneten Moment ab, um sich in die Unterhaltung einzuschalten. Sie fühlte sich wie unter einer Tarnkappe. Keiner begegnete ihrem Blick, keiner nahm sie zur Kenntnis. Das Gespräch schwoll an, da wurde offenbar kontrovers diskutiert. Dann erschien ein Junge mit einem Teetablett und reichte es herum.

«Den Tee habe ich bestellt.» Mohammed unterrichtete, beiseite sprechend, seine Begleiterin.

Sie saßen in diesem Zimmer gewiß schon eine Stunde. An der großen Wanduhr ließ sich das nicht ablesen, die war stehengeblieben. In einer Anwandlung von Ungeduld wandte sie sich Mohammed zu, der, wie gewohnt polternd – es war nun aber ein wie durch ein Federbett gedämpftes Poltern, der Würde des Ortes entsprechend –, in eine Kontroverse verstrickt war. Ihre stumme Intervention wischte er mit einer Handbewegung weg. In solch knappem Takt wurde die Zeit hier nicht gemessen.

Als sie schließlich aufbrachen – unverrichteter Dinge, wie Lidewine annahm –, erklärte er ihr noch auf dem Flur, die Leute, die sie eben verlassen hätten, seien allesamt durch einflußreiche Empfehlung auf ihren Posten gekommen,

Söhne und Töchter von Eltern, die es in der Hand hätten, ihre Kinder im Staatsapparat lebenslang unterzubringen; sie bei Laune zu halten sei ein wichtiger Teil seines Erfolgs. Alles könne spurlos in diesem Büro versickern, Menschen wie von der Erdoberfläche verschwinden, wohlbegründete Klagen sich in Luft auflösen; die Schere der Fristen, die unter diesen Umständen kaum einzuhalten seien, schneide so manches Verfahren ab, noch bevor es überhaupt begonnen habe.

«Personen verschwinden lassen – was für ein wunderbares Land.» Lidewine bekannte, daß sie schon mehrmals den Wunsch verspürt habe, gänzlich unauffindbar zu sein, wenigstens für eine gewisse Zeit, das werde aber immer schwieriger. «Es ist wie beim Meer – irgendwann wird alles, was hineingefallen ist, wieder an Land gespült ...»

«Nicht, wenn die Akte nicht mehr auffindbar ist.» Er schüttelte grimmig den Kopf. Nett und freundlich wirkten die Beamten in dem Büro, «sie lachen gern», aber in Wahrheit seien sie schlimm und «ohne menschliche Werte», wie er nicht vergaß hinzuzufügen.

Nach dem Aufenthalt im Gericht sollten sie Jüngel wiedersehen. Mohammed hatte ihn in eine Bierhalle am Bab El Louk bestellt. Die Anwesenheit des Deutschen war ihm angenehm. Er war kein Mann, der mit Frauen herumzog, und wünschte, mit dem Professor in einen männlichen Gedankenaustausch einzutreten. Dieser Herr und Lidewine kannten einander, aber auf welche Weise, darüber war nicht gesprochen worden, und der Respekt verbot ihm, Vermutungen anzustellen. Niemals hätte er geahnt, daß er selber es gewesen war, der das nicht sehr stark flackernde Flämmchen einer Romanze ausgelöscht hatte; wären die Verhältnisse ihm klar gewesen, er hätte sich die kurz entschlossene Inbesitznahme von Lidewine nie gestattet. Aber so sah es für ihn aus, als beginne da eine Freundschaft.

Wolle Jüngel nicht länger in der Stadt bleiben? Dann werde man sich gewiß häufig begegnen, er werde ihm Kairo aufschließen und «alles» zeigen.

«Und mir?»

Lidewines Frage war nicht ernstgemeint, ließ ihn aber verstummen – daß sie nicht schwieg, wenn er mit ihr allein war, nahm er hin, doch während seriöser Unterhaltungen von Männern hätte sie den Mund halten müssen. War das einer Europäerin denn nicht beizubringen?

Mohammed respektierte das Gesetz seiner Religion, keinen Alkohol zu trinken. Er dachte nicht daran, hier etwas in Frage zu stellen, und hatte für sich eine Lösung gefunden, die einen Schriftgelehrten wohl nicht befriedigt hätte, die jedoch durchführbar war. Das tägliche Trinken untersagte er sich, und manchmal mochten Wochen vergehen, ohne daß er ein Glas anrührte, aber dann gestattete er sich wieder einen Exzeß bis hin zur Trunkenheit, die er danach verurteilte; er gehörte als Sünder nicht zu den Heuchlern, sondern bekannte männlich zerknirscht seine Schwächen und bestrafte sich nach Übertreibungen durch schmerzhafte Enthaltsamkeit. Ausgangspunkt für eine Sauftour war für ihn stets diese alte Bierhalle in Downtown, mit Säulen und Spiegeln, neonhell beschienen, der Boden mit Sägemehl bestreut. Der Wirt war Kopte, dem keine Vorwürfe zu machen waren, wenn er Bier ausschenkte; man mußte ja nur die Charakterstärke beweisen, es nicht zu trinken.

Jüngel gefiel dieses alte Lokal, das «Hureya» – Freiheit – hieß, und wollte wissen, ob das von jemandem etwa politisch verstanden werde.

Mohammeds Antwort war schroff. Politik interessiere ihn nicht. Alle Politiker seien Lumpen, ohne Ausnahme.

Auch Lidewine war entzückt. Immerfort hielt sie nach Örtlichkeiten für Kunst-Performances Ausschau. Dieses «Hureya» sah sie schon bevölkert von einem europäisch-nordamerikanischen Künstlerschwarm, der prächtig da hineinpassen würde.

«Müßt ihr denn alles aufbrauchen und vernutzen?» Jüngel war gereizt, als er von diesen Plänen hörte. Ob man die alten Männer und die armen Studenten, die hier ihren Treffpunkt hätten, nicht einfach in Ruhe lassen könne? Leute wie Lidewine brächten einen solchen Ort ins Scheinwerferlicht, und wenn er dann zerstört sei, reisten sie wieder ab und suchten sich etwas Neues zum Kaputtmachen aus.

Lidewine war weit davon entfernt, ihm solche Tiraden übelzunehmen, lachte vielmehr und rief, in die Hände klatschend: «Ja, genauso mache ich es, schon mein ganzes Leben lang – ich reise ab, wenn alles zu Bruch gegangen ist!»

Mohammed sah dem auf Deutsch geführten Schlagabtausch, von dem er kein Wort verstand, mit Wohlwollen zu, er freute sich, die fremde Sprache zu hören, aber sie erinnerte ihn zugleich an seine Sorgen. Dem Vater gehe es schlechter und schlechter.

«Was sagt der Arzt?» Lidewine hielt sich sonst nicht an Konventionen, war bei wirklichem Unglück aber ratlos: Wurden solche Fragen nicht erwartet, wenn einer von erkrankten Verwandten sprach, die man nicht kannte?

Wichtiger als der Arzt sei, was Gott wolle und was er mit eigenen Augen sehen könne. Aber sie und der Professor könnten jetzt vielleicht eine Hilfe leisten. Der Vater habe ihm eine Telephonnummer anvertraut, vermutlich, um jemanden von seinem Zustand zu unterrichten. Vor dem

Tod müsse man seine Schulden bezahlen und alle um Verzeihung bitten, die man gekränkt habe. Wenn der Vater in seiner Lage plötzlich fordere, daß einer angerufen werde, so bedeute das, er habe verstanden, wie es um ihn stehe. Aber es sei gar nicht so leicht, diesen Auftrag auszuführen. Dem Vater habe er das Telephon ans Ohr gehalten, der sei darüber eingeschlafen. Er selbst verstehe die Stimme nicht, die sich melde, die Stimme eines alten Mannes, aber die Sprache klinge so wie die des Professors.

Die dritte Runde wurde gebracht. Mohammed setzte sich die Flasche an die Lippen und goß sich das Bier in den Schlund – die Ereignisse hatten ihn dem Bedürfnis nach einem Exzeß wieder einmal nähergebracht.

18

Was nun geschah, hat Jüngel später so für sich festgehalten:

Ich nahm den Zettel mit der Nummer und verließ den geräuschvollen Saal. Tatsächlich, eine deutsche Vorwahl. Ich stand auf der bucklig gepflasterten Straße; es meldete sich eine geborstene Stimme. Mohammed hatte sie für eine Männerstimme gehalten – ein hartes Krähen, vom Alter gleichsam in eine Art Stimmbruch versetzt, aber es war unzweifelhaft eine Frau, die da sprach:

«Hier ist Frau Krass – wollen Sie endlich sagen, wer Sie sind, oder ich lege auf.»

Ich tat vor Schreck einen falschen Schritt, knickte ein und tat mir weh, aber ich bekam außer einem Schmerzenslaut noch die gestotterte Frage über die Lippen: «Frau Krass – die Frau von Ralph Krass?»

Die Verbindung war unterbrochen. Ich humpelte, der Schmerzen nicht achtend, zurück in die Halle. Erregtes, nicht sehr scharfsinniges Parlamentieren mit Mohammed.

Woher er den Zettel habe?

Von seinem Vater.

Wie der an diese Nummer gekommen sei?

Das wisse er nicht. Er verstehe nicht alles, was der Vater sage.

Sei der Vater irgendwann in Deutschland gewesen?

«Aber der Vater ist Deutscher!»

«Ihr Vater ist Deutscher?»

«Ja, er ist für mich der Vater. Mein richtiger Vater war ein schlechter Mensch, ohne moralische Werte. Ich habe diesen Vater gefunden, ich bin sein Sohn, er ist mein Vater ...»

Ich überspringe meine Verdutztheit, Fassungslosigkeit, mein Nach-Luft-Schnappen. Ich wandte mich wieder zum Ausgang, die Schmerzen im Knöchel waren vergessen, das zog nur noch ein bißchen. Auf der Straße der zweite Anruf.

«Frau Krass, verzeihen Sie mir – die Überraschung war zu groß.»

Sie erinnerte sich an mich. Sei ich nicht der gewesen, der ihrem Mann noch vor dem Zusammenbrechen der BTS in Neapel beim Geldherauswerfen geholfen habe?

Ich verteidigte mich nicht. Ich wollte den Redefluß nicht zum Versiegen bringen.

«Rufen Sie in seinem Auftrag an? Dann sagen Sie ihm, daß ich für ihn nicht zu sprechen bin. Hätte er sich vor drei Jahren gemeldet, wäre das anders gewesen, aber jetzt ist es zu spät. Er hat zu lange gewartet. Ich wollte ihm treu sein bis zum Tod, aber mein Tod hat sich zu viel Zeit genommen. Können Sie mich verstehen? Ich nuschele etwas, meine Zähne sind kaputt. Er hat mich nie versichert, ich kann sie nicht reparieren lassen. Ich bin noch gar nicht so alt, aber ich sehe uralt aus.»

Sie begann, heftig zu husten. Ich dachte an das küssende, saugende Geräusch ihrer Lippen damals, das anzeigte, daß sie sich beim Telephonieren eine Zigarette anzündete.

«Ich liebe ihn nicht mehr, das können Sie ihm sagen. An der Stelle, wo meine Liebe saß, ist jetzt nichts. Ein richtiges Nichts – es tut nicht weh, sonst wäre es ja kein Nichts. Mein Hund ist auch tot. Den haben Sie doch gesehen, oder war das noch der Vorgänger? Er ist überfahren worden. Danach wollte ich mich umbringen – wegen Ralph nie, das war ein Unterschied. Ich wollte ihn noch mal sehen, noch mal überprüfen, was das war, was mich so verrückt gemacht hat. Ralph Krass ist ein Verrücktmacher, der hat davon gelebt, andere Leute verrückt zu machen, indem er sie mit seiner Verrücktheit angesteckt hat ...»

«Er scheint jetzt sehr krank zu sein. Hören Sie mich? Ich rufe aus Kairo an – auf seinen Wunsch.» Das meinte ich sagen zu dürfen, so hatte ich Mohammed verstanden.

«In Kairo? Warum nicht. Wünsche, gut zu sterben – das können Sie ihm ausrichten. Hat er noch, oder besser, wieder Geld? Wenn Sie in seiner Nähe sind, muß es wohl noch was abzuschöpfen geben – so einer wie Sie kümmert sich doch nicht umsonst. Lieber gibt Ralph Krass sein letztes Hemd an Ihresgleichen als mir in meinem Asyl. Ich sitze hier in einem Zimmer mit einer anderen Frau, sie ist stocktaub und schreit, wenn sie spricht. Ich habe nichts gegen das Verschwenden gehabt, es ist klug, das Leben zu genießen, solange man noch nicht alt und arm ist. Aber ich fand immer, daß er es gar nicht genossen hat – alles in sich hineingestopft, ohne zu kauen, er stirbt sicher an Magenkrebs ... immer ist er weggelaufen, wenn es ungemütlich wurde, auch das kann ich nicht tadeln – warum soll man jede Suppe auslöffeln, die einem nicht schmeckt, auch wenn man sie sich selbst eingebrockt hat? Das war seine Rede. Mein Fehler, das nicht zu beherzigen, sondern zu bleiben und zu warten! Ich war starrsinnig, ich wollte ihn besiegen durch meine Ausdauer, da war er längst auf einem anderen Stern. Meine Ausdauer hat dann doch nicht gereicht – plötzlich hat es einen Knacks getan. Wenn ich ihn heute auf der Straße liegen sähe, ich würde vorbeigehen. Das müssen Sie ihm nicht sagen, wenn Sie zu feige dazu sind. Was er dazu meinen könnte, ist mir ohnehin gleichgültig. Trotzdem, es ist beinahe zum Lachen: zum Schluß noch einmal ein Anruf aus Kairo!»

Und nun lachte sie tatsächlich, kellertief, wie gewisse vergessene Schauspielerinnen aus Berlin, und das Lachen ging in Husten über. Und dann ein Knacks – ich schreibe das Wort nicht umsonst ein zweites Mal.

Im Haus der Freiheit fand ich die beiden Biertrinker in veränderter Laune schweigend nebeneinandersitzen, in deutlicher Gespanntheit. Lidewine sah mich erwartungsvoll an. Das grundsätzlich Amüsierte war aus ihrer Miene gewichen, in den Augen lag Furcht.

«Er ist es.»

Ich mußte gar nicht viel sagen. Ein Einbruch in unsere Vorstellung von der Welt. Lidewine ging es wohl wie mir: Alles, was geschehen war, nachdem wir Ralph Krass zum letzten Mal gesehen hatten, alles, was ihn zur Fußnote unseres Lebens hatte werden lassen, rückte in die Klammer, und vor der Klammer stand wieder er, der schreckliche, unvergeßliche, nie durchschaute Mann. Mohammed sah betroffen zwischen uns beiden hin und her, um Hilfe bittend. Aber wir brachten nichts Vernünftiges hervor, nur: «Ich kenne ihn – wir kennen ihn, von früher …»

Dies Wiederfinden erklärt nichts, gar nichts, und wirft doch ein Schlaglicht auf das Durcheinander des Lebens, als sei man mit größten Mühen die ganze Zeit auf verworren erscheinenden Linien gelaufen, nur um am Schluß zu erkennen, daß man einem vorher festgelegten Muster gefolgt ist.

19

Ralph Krass lag im Krankensaal und wartete. Sein Atem ging flach. Er befand sich nicht schlecht, aber er fragte sich, wann die Hand auf seine Stirn zurückkehre, als habe er darauf einen Anspruch erworben. Wo blieb die Wärme dieser schweren, plumpen Bauernhand, die vielleicht gar nicht dem einstmals jüngsten Anwalt von Kairo gehörte, sondern gar keiner bestimmten Person, einfach etwas Lebensnotwendiges war und deshalb jetzt zur Stelle sein mußte?

Ihm gegenüber standen vier mit Kopftüchern bedeckte Frauen, ganz in Sorge um den jungen, an delikater Stelle verletzten Mann mit dem weißen Käppchen, dessen Riesenappetit nach den Plastiktöpfchen in ihren Einkaufstaschen verlangte. Der zusammengeschnurrte Greis neben ihm, mit dem in seiner Fleischlosigkeit schönen Kopf, hielt in seiner Seitenlage den Blick auf ihn gerichtet. Zeige- und Mittelfinger lagen auf seinen Lippen, als solle ihm diese Berührung das Rauchen ersetzen, vielleicht gar die Illusion befördern, jemand werde ihm tatsächlich eine Zigarette in den Mund stecken. Er hatte aber verstanden, daß der Fremde ihm nicht helfen konnte, längst zischelte er nichts mehr zum Nachbarbett hinüber. Obwohl so viel älter als Krass, hielt ihn die

Hoffnung am Leben, der schon entwöhnten Zunge noch einmal Rauch zu schmecken zu geben.

Ralph Krass hingegen, vom Warten auf die Wiederkehr der Hand abgesehen, hegte darüber hinaus keinerlei Wünsche und war im Gegenteil sogar sicher, daß alles auf seinen Befehl hin geschah. Ihm war, als stehe er an der Schwelle einer unerhörten Erleuchtung, einem Durchbruch seines Denkens hinein in die Erkenntnis. «Die Dinge sind mal so und mal so, mal vor dir und mal hinter dir, warm, kalt, stark, schwach, hoch, niedrig. Ich treibe, habe keinen Ort.» Das war kein unangenehmes Gefühl, im Gegenteil. Es war wohltuend, von einer sanften Strömung ergriffen zu werden, die weit weg führte, ein unangestrengtes, zugleich richtungsloses Vorankommen in einem warmen Meer. Mit dem Kopf unter Wasser, mit weit geöffneten Augen, schwamm er auf Sterne zu, Kissen farbiger, intensiv leuchtender Blüten, die gestochen scharf vor ihm standen, denen er jedoch nicht näherrücken konnte – zum Greifen verlockend, aber unberührbar, aus fester Substanz, jedem Altern entzogen. Eine Schönheit war das, die anzog und dann sofort zurückwich. Das Meer – sind das Korallen?

Er tauchte auf, war wieder in dem Zimmer mit der hohen Decke. Nie hatte er über weniger Raum verfügt. Seine Grenzen waren die Grenzen des Bettes, aber das genügte, denn sie zu überschreiten war unmöglich. Er schob das gleich wieder weg, niemals hatte er sich mit dem Unmöglichen befaßt. Was sich seinem Willen nicht beugte – weg damit. Jetzt brauchte er sich nicht zu beklagen, da gab es nichts, was sich ihm entziehen wollte, noch nicht einmal die von Glasklarheit umgebenen Korallen; auch dieses Hindernis ließe sich überwinden, nicht ausgeschlossen. Vielleicht, indem man die Flut um sie herum absaugte? Aber ob sie dann noch so hart funkelten, ja ob sie nicht vielleicht an der Luft in sich zusammenfielen?

Plötzlich stellte sich ihm die Frage, ob Mohammed wohl die wiedergefundene Telephonnummer angerufen habe. Warum war das so wichtig? Es war sehr wichtig. Er befand sich in einer Lage, die ihn auf das Wesentliche zurückgeführt hatte. Von hier aus ging es erst weiter, wenn die Fundamente definiert waren. Wer war er? Um das zu erfassen, galt es zu begreifen, was ihm unbedingt und notwendig zu eigen war, welchem Sternbild sein eigener Stern angehörte. Sterne stehen Lichtjahre auseinander und sind dennoch miteinander verbunden. So war das auch mit ihm und der Frau, die sich stets mit Nachdruck «Frau Krass» genannt hatte, womit er einverstanden gewesen war. Das war «seine Frau» – auch jetzt formten seine Lippen lautlos «meine Frau», die Kraft der Objektivität ging von diesen Worten aus. Bei Ausnahmemenschen mit einem Ausnahmeschicksal spielte die Frage von Glück und Unglück keine Rolle; die war von Bedeutung für die Existenzen aus dem Gewühl – «ich komme aus dem Gewühl», hatte er einst von seiner eigenen Herkunft gesagt, aber nicht aus Bescheidenheit, sondern um das Ausmaß seines Aufstiegs deutlich zu machen, die Apotheose zur Einzigartigkeit. «Gewühl», er liebte das Wort, Schmutz und Perlen mischten sich untrennbar im Chaos, in tumulthafter Unvorhersehbarkeit. Wem es gelang, sich von dort herauszukatapultieren, das Gewühl unter sich zu lassen, der hatte ungewöhnliche Kraft bewiesen. Frau Krass war nicht vom gleichen Kaliber, hatte sich aber vorwiegend würdig betragen, und wenn sie einmal verletzend gewesen war, hatte sie auch das Recht dazu besessen.

Und diese Reise nach Ägypten, dieser Weg an einen Rand, von dem gegenwärtig keine Umkehr vorstellbar war, sie mußte und sollte davon erfahren. Sonst war nichts erforderlich, denn der Funken in ihm war klein, aber er schien ihm beständig wie die Glut in den rußigen Kellen, in denen die Kellner glimmende Kohlen zu den Wasserpfeifen brachten. Wie sie pulsierte unter weißer Asche, vom Ruß mit seiner Todesschwärze abstechend wie das Leben selbst. Ein Funken war ein Wunder, er konnte einen ganzen Wald in Brand setzen. Aber auch wenn er erlosch –

Hier hielt er inne. Wie er da warm und reglos in der von Mohammed im Basar gekauften großgeblümten Bettwäsche lag, kam ihm auf einmal der Gedanke, das Leben als Toter sei ebenfalls aushaltbar, mochte sogar besondere Schönheiten haben. Weil er niemals Scherze machte, lächelte er auch jetzt nicht; ihm erschien das vielmehr plausibel – niemandem nützlich, niemandem schädlich, ohne Freund, ohne Feind, unwissend. War es nicht das, was er meinte, wenn er früher «Das weiß ich nicht» gesagt hatte? Das war bei ihm niemals das Gestammel des schlecht vorbereiteten Prüflings gewesen, Ausdruck von Ahnungslosigkeit, Ignoranz, Phantasielosigkeit, sondern von all dem das genaue Gegenteil. «Das weiß ich nicht», eine Weile kreiste das durch seinen Kopf, es war, als sei eine Ermächtigung damit verbunden, der Welt ins verblüffte Gesicht hineingesprochen. «Das weiß ich nicht» pulverisierte jeden Widerstand, General Habob und den Hotelier mit seiner Zahlungsaufforderung, die nichts war als schäbiges Mißtrauen, erst recht die störrischen Bargeldautomaten in ihrer Roboterdummheit.

Er schlief wieder ein. Ein Arzt trat an sein Bett, hob seinen Arm und fühlte den Puls. Ein seltsamer Kranker. Europäer landeten üblicherweise nicht in diesem Hospital, die brachte man ins amerikanische Krankenhaus, dort hätte er vielleicht eine Chance gehabt. Er legte den Arm behutsam auf die

Bettdecke zurück und betrachtete das Gesicht. Tiefe Linien hatten sich zwischen Mundwinkeln und Nase eingegraben, die Augen waren umschattet, als wären sie geschminkt. Die Krankheit ließ ihn schlanker erscheinen, obwohl er in der kurzen Zeit nicht abgenommen haben konnte. Kalter Schweiß stand auf der Stirn. Die Lider schienen in einer Art Eigensinn zugekniffen, als hätten die Augen jetzt zurückzustehen, weil es um die Betrachtung andersartiger Bilder ging.

Und so war es auch: Nebel, in undurchdringlichen Schwaden, in leichten Wolken bewegt, den hatte er zu durchqueren. Aber nun wurde klar, daß dieser Nebel von einem ungeheuren Wasserfall erzeugt wurde, der von solcher Höhe herabstürzte, daß sich die Fluten in Tröpfchen auflösten, als Kaskade gar nicht mehr erkennbar – ein Wolkenleib, der die Gewalt, die ihn hervorbrachte, nur ahnen ließ. Hinauf ging der Blick und immer weiter hinauf und am grau Ungestalteten des Nebels entlang, bis in großer Höhe, im Himmel geradezu, der Dunst sich auflöste, ganz verschwunden war und die Aussicht auf die über die Klippen stürzenden Wasser freigab. Die Sonne ließ sie aufglänzen, ja es hatte den Anschein, als fielen diese goldenen Fluten dort oben gar nicht herab, sondern kreisten in der Höhe, stünden mit dem Unteren, dem Becken, das mit schwarzer Flut unter Schaumkronen gefüllt war, überhaupt nicht in Verbindung; es war wie bei bestimmten chinesischen Lampen, in deren zylindrischem bemalten Schirm sich ein zweiter, feiner perforierter Schirm drehte und den Eindruck von Wasserfällen hervorbrachte, die nie ans Ziel gelangten. Staunenerregend waren diese Kaskaden im strahlenden Licht wie nichts zuvor in seinem Leben. Er stieg ihnen entgegen, diesen ewig bei sich bleibenden kreisenden Fluten, langsam, sehnsuchtsvoll, den Nebel nicht ohne Mühe zerteilend, denn er war substanzhaft, eine weiche, aber auch schwere Substanz, dickem Schaum vergleichbar. Und dann, schon sehr nah an den kreisenden Wassern im Licht, ein Nachlassen der Kraft, die ihn emporhob, und es gab keine eigene Kraft, sie zu ersetzen – das hieß Stürzen, ein Fallen hinab, während die Himmelsfluten immer kleiner wurden, hinab durch weite Räume ohne ein anderes Ziel als das immer dichter anwachsende Dunkel, die Nacht.

20

Jüngels Schicksal: Bewegungen auszulösen, ohne selbst jemals eine Hauptrolle zu übernehmen. Immerhin fiel ihm das letzte Wort zu den Ereignissen um Ralph Krass zu.

Auf unserer Fahrt ins Krankenhaus, ein überstürzter Aufbruch nach kurzer Erstarrung, unternahm ich den Versuch, Mohammed die Verhältnisse zu erklären; er sah uns an und sah an uns vorbei und schüttelte den Kopf. Mehr als ein abgerissenes Aneinanderreihen von Fakten, aus denen sich für ihn kein vollständiges Bild ergeben konnte, habe ich nicht hinbekommen, doch genug für einen Verdacht. Lidewine schwieg, aber dies war nicht ihr vielsagendes Schweigen. Sie hatte vielmehr die Zugbrücke zu uns hochgezogen, war in Gedanken versunken.

Im Krankenhaus eilten wir hinter Mohammed her, ohne ihn hätten wir uns in dem verschachtelten Gebäude nie zurechtgefunden. Alle Korridore waren mit Menschen gefüllt, zum Teil auf dem Boden sitzend, wartend: die Hauptbeschäftigung in diesem Land, wo, wenn nicht hier, zu erlernen. Die Tür zu dem Zimmer, in dem er lag, stand offen. Frauen waren an den einzelnen Betten versammelt, eine reichte einen großen Kieselstein von einem Kranken zum anderen, nur bei ihm stand niemand. Ich habe ihn sofort erkannt, obwohl sein Haar inzwischen ganz weiß geworden war. Er lag mit leicht geöffnetem Mund, die Augen zur Zimmerdecke gerichtet.

Lidewine trat an ihn heran. Sie lächelte jetzt und sagte: «Krasslein», während sie mit den Fingerspitzen sein Kinn berührte, um es sanft zu kraulen. «Er ist kalt», sagte sie, öffnete ihre Handtasche, nahm ein kleines Schminketui heraus, klappte es auf und hielt ihm den Spiegel vor den Mund. Die Spiegelfläche blieb blank und klar.

Mohammed hatte ihr stirnrunzelnd zugesehen. Jetzt drängte er sie zur Seite und legte seine Hand auf die bleiche Stirn, fuhr dann mit ihr über die Augen und schloß sie. Er murmelte etwas, bevor er sich mit steinerner Miene zu uns wandte. «Von Gott kommen wir, und zu Gott kehren wir zurück.»

Lidewine machte eine Bewegung, als wolle sie die Schulter des Toten berühren, aber Mohammed hielt sie davon ab. Er war der Eigentümer dieses Toten.

Im Zimmer verbreitete sich die Erkenntnis, daß eine Leiche anwesend war. Die gedämpften Gespräche verstummten. Wir standen schweigend um das Bett – ich verdattert, vor den Kopf gestoßen, Lidewine mit schimmernden Augen, hörbar atmend, ihre Brust hob und senkte sich, Mohammed mit erhobenen Händen, offenbar betend. Er schickte uns dann, ganz Rechtsanwalt, der die Verhältnisse zu regeln hat, in barschem Ton fort: Der Paß müsse aus dem Hotel geholt werden, der Tote werde noch vor Sonnenuntergang begraben. Die Frauen verließen die Betten ihrer Verwandten, sammelten sich um die Leiche und begannen mit einer wimmernden Klage, die auch dem Fremden gebührte, der mit niemandem hier gesprochen hatte.

Im Hotel folgte das Satyrspiel. Der Direktor weigerte sich, den Paß aus dem Tresor zu holen, verwies auf die unbezahlte Rechnung, war argwöhnisch, zeigte auf den edel abgegriffenen, mahagonifarbenen Aktenkoffer, der als Pfand dageblieben sei. In Neapel war ich mit einem ganz ähnlichen, bis zum Rand mit Dollarscheinen gefüllten Koffer herumgelaufen – oder war es derselbe?

Ob wir die ausstehende Summe übernehmen wollten?

Ich druckste etwas herum, die Frage brachte mich in Verlegenheit, aber Lidewine hat sofort erklärt, die Rechnung zu übernehmen, ohne sich nach der Höhe zu erkundigen.

Auf der Rückfahrt zum Krankenhaus, während ich mit dem Fahrer um den Preis feilschte, sah sie an mir vorbei. Wir steckten bald in dichtem Verkehr und kamen nur schrittweise voran, das Krankenhaus lag weit entfernt. Wir sind hin und zurück sicher drei Stunden unterwegs gewesen.

Als wir das Krankenzimmer schließlich wieder betraten – nachdem wir uns noch einmal gründlich verlaufen hatten, ohne ein Wort miteinander zu reden und ohne uns anzusehen –, fanden wir das Bett schon leer. Auch Mohammed war verschwunden. Lidewine berührte das Kopfkissen, das noch den Abdruck zeigte, wo Herr Krass gelegen hatte. Dann nahm sie ihr Telephon; zweifellos rief sie bei Mohammed an, bis zu mir drang dieses gellende «J'arriiive» und «Just a moment, please, I am coming», aber es meldete sich niemand.

Ein Pfleger erschien. «Gehören Sie zu dem Verstorbenen? Er ist schon zum Friedhof gebracht worden.»

Er begleitete uns zu einem Büro. Dort schrieb eine Frau mit Kopftuch die Daten aus dem Paß in ein Formular, fügte den Todestag hinzu, 24. 11. 2008, und reichte ihn dann zurück. Lidewine nahm ihn entgegen, sie hatte ihn schließlich erworben.

Der Pfleger hatte uns den Friedhof genannt – «die Totenstadt», die sei allseits bekannt, die finde jeder Taxifahrer. Wir hatten das Glück, an einen Fahrer zu geraten, der ein bißchen Englisch sprach. Ich saß hinten neben Lidewine, und er schaute, wenn er sprach, stets in den Rückspiegel und suchte meinen Blick. Mit ihm in Verbindung zu sein schenkte mir eine gewisse Entlastung, denn ihr Schweigen blieb undurchdringlich. Es war geradezu, als gebe sie mir eine Schuld daran – woran? Herrn Krass wiedergefunden zu haben? Zu spät an seinem Totenbett angekommen zu sein, am besten gleich noch an seinem Tod? Eins stand fest, durch dieses Wiederfinden war ich endgültig aus dem Spiel geraten; ich störte sie jetzt nur noch und wäre am liebsten bei der nächsten roten Ampel aus dem Auto gesprungen, wenn ich nicht ebenfalls sein Grab hätte sehen wollen.

Der Wagen hielt in einer stillen Straße, die auf einer Seite von niedrigen kastenartigen Häusern ohne Fenster gesäumt war. Eine Gasse tat sich dazwischen auf – dorthinein sollten wir uns begeben, immer geradeaus, wir würden schon sehen. Schon bei den ersten Schritten wölkte der Staub um unsere Füße, nach kurzem waren sie ganz und gar gelblich eingepudert. Hier im Westen der Stadt begann bereits die Wüste; wie in der pharaonischen Antike begrub man die Toten in Richtung Sonnenuntergang, dort, wo der Weg hinab in die Unterwelt sich öffnet. Wir folgten der Gasse zwischen den kleinen Flachdachgebäuden, eines am anderen, Menschen waren nicht zu sehen. Jedes der verrosteten Haustore war mit Ketten verschlossen, aber als unversehens einmal eines offenstand, faßte ich mir ein Herz und tat ein paar Schritte hinein.

Das Innere glich einem der schlichteren Wohnhäuser in Pompeji, die um ein Atrium herumgebaut sind, hier jedoch gab es in der Mitte kein Becken, sondern einen aufgemauerten Block; ich begriff, dies war ein Mausoleum, völlig schmucklos. Wozu dienten die leeren Zimmer drum herum? An einer Wand lehnten aufgerollte Strohmatten. Sollten sich hier die Gäste der Trauerfeier aufhalten, kam hier die Familie an Gedächtnistagen zusammen?

Lidewines Ungeduld ließ sie das Schweigen brechen. «Wo ist der Friedhof?» fragte sie, als ich aus dem Haus wieder hervorkam.

«Wir sind schon da. Dies ist der Friedhof, dies sind die Häuser der Toten.»

Es hatte keine Mauer und keinen offiziellen Eingang gegeben, schon gar kein Amtsgebäude einer Friedhofsverwaltung, wo man sich nach dem Verbleib eines Toten hätte erkundigen können. Zugleich war ich sicher, daß Herr Krass wohl kaum in einem solchen Haus bestattet werden würde. Der einst jüngste Anwalt Kairos hatte sein Familiengrab gewiß im Delta, und auch wenn die Grabhäuser verfallen waren und keine Spuren irgendeiner Grabpflege zeigten, würden sie einem mittellosen Ausländer nicht offen stehen.

Wir strebten voran, durch die Straßen dieser verlassenen Stadt. Das Geschiebe und Gedränge der Grabhäuser wollte kein Ende nehmen. Nur da und dort hockte eine Frau auf der Schwelle, trocknete Wäsche, spielten Kinder, die bei unserem Anblick davonstoben – wohnten hier Grabwächter, oder waren wohnungsuchende Landflüchtige in die leeren Häuser eingedrungen? Ich erkannte, daß ich der Abfolge nebeneinander errichteter Städte, deren Summe Kairo war, eine weitere hinzufügen mußte: diese hier, die so leer war wie eine Idealstadt in der Phantasie.

Wir wußten nicht, wohin, und liefen dennoch schnell, Lidewine mit ihren hohen Absätzen knickte gelegentlich ein, aber sie hielt Abstand von mir. Meine Schulter wurde nicht gebraucht, und es war mir recht so. Ihre Berührung hätte mich verlegen gemacht.

Es öffnete sich ein kleiner Platz, gerahmt von Grabhäusern, überdacht von einer Zeltplane; eine Girlande bunter Birnchen zeigte an, daß hier Leute zusammenkamen. Tatsächlich, da wurde Tee gekocht, die Gräber auf dem Platz, gemauerte Katafalke mit erhöhtem Kopfteil und niedrigem Fußteil, waren zu Bänken für die Gäste geworden. Einige Männer saßen in ruhigem Gespräch zusammen. Ein Aufatmen – endlich würde uns jemand helfen.

Die Teetrinker waren freundlich, verstanden unsere Frage aber nicht.

Ein Toter, soeben hierhergebracht, wo werde der begraben? Ich nahm meine Zuflucht zu Gesten, legte den Kopf auf die gefalteten Hände, um einen Schlafenden darzustellen.

Die Männer unterredeten sich, ich hoffte, sie hätten mich verstanden. Lidewine hatte meiner Pantomime ungerührt zugesehen. Sie griff noch einmal zum Telephon. In der Stille klang «J'arriiive – just a moment please, I'm coming» zu mir herüber, jene offenbar weit verbreitete Warteschleife, die auch von Mohammed ausgesucht worden war.

Die Sonne stand schon tiefer, wir durften nicht verweilen, den angebotenen Tee lehnte ich ab. Ein Mann in grauer Djellaba zeigte geradeaus, immer geradeaus. Wir folgten dieser Richtung über Stock und Stein, die Bebauung wurde lockerer. Es lagen nun einzelne Gräber zwischen den Häusern, immer diese gemauerten rechteckigen Kuben mit Kopf- und Fußteil, meist bröckelte der Verputz. Viele Gräber hatten keine Aufschrift, vielleicht war sie auch verblaßt – wir haben das nicht studiert, wir eilten voran.

Ich dachte an meine Aufgabe in Neapel, Herrn Krass Immobilien zu zeigen: die Villa, das Kloster, den Palast, die angemessene Residenz. Wie wäre es gewesen, hätte ich ein Totenhaus auf diesem Friedhof für ihn finden müssen? Hätte er sich mit der Schmucklosigkeit anfreunden können? Wer hätte sich in den Zimmern rund um den Katafalk zum Totengedächtnis jetzt versammelt? Wären solche Mähler mit Levcius, Frau Roslovski, den Rizzis, Madame Lecœur-Jouët, der weggelaufenen Madame Desfosses, alle auf Teppichen und Polstern auf dem Boden hockend, nicht nach seinem Geschmack gewesen? Hätten dann nicht auch Mohammed und Lidewine dabeisein müssen, aber auch Frau Krass? Ihr Groll gehörte in die Zeit, nicht in die Ewigkeit. Und ich als Maître d'hôtel? Solche Bilder flogen mir zu, weil Lidewine mich nicht mehr beachtete; wir liefen nebeneinander wie Fremde. Das Gastmahl, das war die eigentliche Essenz seines Lebens gewesen, diese Gastereien wollten mir jetzt als Vorwegnahme eines Totenmahles erscheinen.

Aber nun hatten wir die Totenhäuser hinter uns gelassen und waren in eine weite, sandige Senke eingetreten, in der Grab an Grab lag – hier ruhten die vielen, die kein Mausoleum besaßen, beinahe Schulter an Schulter, aber alle von einem gemauerten Block beschwert, der einen Sarkophag darstellte, obwohl sie, dem Brauch gemäß, ohne Sarg bestattet worden waren. Ein Feld, bedeckt mit Klötzen wie aus einem Baukasten, aus der Ferne ebenfalls einer Stadt gleichend. Manchmal wölbte sich eine Kuppel zwischen den Gräbern, welche die Ruhestätte eines Sufi-Heiligen anzeigte, eines Marabut. Aus der großen Gleichheit der Seelen trat nur hervor, wem es schon zu Lebzeiten vergönnt gewesen war, die Erde gelegentlich unter sich zu lassen.

Von weitem war ein Mann zu sehen, der zwischen den Gräbern hin und her stieg und dort wohl etwas räumte, aber wir kamen ihm nicht näher, denn die in unseren Weg hineingeschobenen Gräber hinderten uns daran, die Richtung beizubehalten. Wir mußten uns nach Art des Springers auf dem Schachfeld fortbewegen. Einmal stießen wir auf ein ausgehobenes Grab. Ich griff in die Erdhaufen, um festzustellen, ob sie noch feucht seien, aber es war trockenes Gebrösel. In diesem Boden stieß man vermutlich nie auf feuchte Schichten.

Wir verabredeten, in verschiedenen Richtungen zu suchen. Unsere Stimmen klangen fremd nach dem langen Schweigen. Aus den Augen konnte man sich nicht verlieren – ein zwischen den Gräbern herumstaksender Mensch blieb selbst noch aus der Ferne sichtbar. Lidewine hatte ihre Schuhe ausgezogen, um leichter voranzukommen. Ich hatte bald die Hoffnung verloren, lief aber weiter, nur ohne suchenden Blick. Vielleicht war Herr Krass hier begraben worden, vielleicht auch nicht. Wer hierhergebracht wurde, der trat in das Heer der Namenlosen ein.

Die Sonne stand tief inzwischen. Ich war besorgt, im Dunkeln nicht aus dem Gelände herauszufinden, das mir grenzenlos vorkam, als wäre das Kairo der Lebenden der Totenstadt nicht benachbart, ja als wären wir in eine wirkliche Unterwelt geraten, die sich nicht neben, sondern unter Kairo befand. Das Licht tat alles, um diesen Eindruck zu verstärken – es war dicht, schwer und glühend. Ein weiteres Mal erlebte ich, wie die rauch- und staubgeschwängerte Luft dieser Stadt die untergehende Sonne im qualmigen Dunst glühen ließ wie geschmolzenes Rotgold.

Ich sah, daß Lidewine sich auf einem Grab niedergelassen hatte, ganz klein und schwarz, nur noch ein Schattenriß. Da saß sie wie eine Frau am Meeresstrand, die den Horizont betrachtet. War sie an unser Ziel gelangt? Ich steuerte auf sie zu, mußte aber bei jedem dritten Schritt um die Ecke eines Grabes biegen; als ich so nah gekommen war, daß ich ihre Stimme vernehmen konnte, stand sie auf.

«Es hat keinen Sinn, wir werden ihn nicht finden.»

Sie hatte sich nicht zufällig dort hingesetzt. Gerade an diesem Grab führte eine Straße vorbei, eher ein unbefestigter Feldweg, der mußte doch irgendwohin führen, zu einem Ausgang womöglich. Ein Auto rumpelte uns entgegen, kaum zu glauben, ein Taxi – etwa von ihr herbeigerufen? Nein, das war ausgeschlossen. Wie hätte sie erklären können, wo wir uns befanden?

Und doch schien sie mit dem Fahrer irgendwie im Bunde. Er hielt vor uns an. Lidewine wandte sich mir zu, gab mir einen flüchtigen Abschiedskuß auf die Wange und stieg ein, die Schuhe in der Hand, ohne sich umzudrehen. Sie habe eine Verabredung, das verstand ich gerade noch.

Es wurde sehr schnell dunkel, am Horizont blinkten die Lampen der Großstadt auf. Ich empfand kein Bedauern darüber, allein zu sein. Im abnehmenden Licht leuchteten die Katafalke hell. Irgendwo dazwischen mußte man Herrn Krass begraben haben. Es war nicht notwendig, Genaueres zu wissen; diese ganze Totenstadt war sein Grab.

Am nächsten Morgen erfuhr Jüngel an der Rezeption, daß Mrs. Schoonemaker das Hotel verlassen habe. Wohin? Es gab keine Nachricht für ihn. Aber er war sich sicher und hätte am liebsten mit irgendwem darum gewettet: Zu Mohammed sei sie nicht gezogen.

Weitere Titel

Das Leben ist kurz

Das Rot des Apfels

Der Nebelfürst

Der Ultramontane

Die 21

Die schöne Gewohnheit zu leben

Du sollst dir ein Bild machen

Häresie der Formlosigkeit

Krass

Mogador

Stilleben mit wildem Tier

Westend